虹口记忆丛书

中国左翼作家联盟成立大会会址纪念馆　编

穿越岁月的文学刊物和作家

（四）

丁言模　著

中国社会出版社
国家一级出版社·全国百佳图书出版单位

图书在版编目(CIP)数据

穿越岁月的文学刊物和作家. 四/丁言模著. —北京:中国社会出版社,2019. 11
(虹口记忆丛书)
ISBN 978-7-5087-6258-6

Ⅰ. ①穿… Ⅱ. ①丁… Ⅲ. ①中国文学—现代文学—文学研究 Ⅳ. ①I206. 6

中国版本图书馆 CIP 数据核字(2019)第 269176 号

丛 书 名:虹口记忆
编　　者:中国左翼作家联盟成立大会会址纪念馆
书　　名:穿越岁月的文学刊物和作家. 四
著　　者:丁言模

出 版 人:浦善新
终 审 人:尤永弘
责任编辑:陈贵红

出版发行:中国社会出版社　　邮政编码:100032
通联方式:北京市西城区二龙路甲 33 号新龙大厦
电　　话:编辑部:(010)58124825
　　　　　邮购部:(010)58124848
　　　　　销售部:(010)58124845
　　　　　传　真:(010)58124856
网　　址:www. shcbs. com. cn
　　　　　shcbs. mca. gov. cn
经　　销:各地新华书店

中国社会出版社天猫旗舰店

印刷装订:中国电影出版社印刷厂
开　　本:170mm×240mm　1/16
印　　张:29. 25
字　　数:490 千字
版　　次:2019 年 12 月第 1 版
印　　次:2019 年 12 月第 1 次印刷
定　　价:68. 00 元

中国社会出版社微信公众号

丛书

目　录

级文学、文学社会学的方法，以及日本文学代表人物、欧洲艺术情况，形成东西文化交流和“碰撞”，在某种程度代表了当时国际文坛的不同潮流，在中国广大读者面前展现了一幅中西文化色彩斑斓的画卷。

《文艺研究》也是为刚成立的左联送上的一份礼物，在某种程度上“实用价值”超过了左联第一本译介、评述的文艺理论专集《文艺讲座》（1930 年 4 月 10 日出版）。

《世界文化》是左联创办的第一本文化刊物，鲁迅参与最初的筹备工作，但是该刊正式出版时偏离了他的初衷。

该刊与左联其他文学刊物宗旨不尽相同，如其中谈及思想文化斗争、互济运动、苏联友谊社等，加之这期《世界文化》刊登的文章大多是思想文化斗争内容，理应与潘汉年担任中央“文委”书记领导的文化工作直接挂钩，由潘汉年或他人来统筹左联、社联等稿件，比较合情合理。但是，尚需挖掘资料佐证。

受到李立三“左”倾冒险错误达到高潮的影响，冯乃超写的《左联成立的意义和它的任务》批评调子迅即“拔高”，扩大批评范围，严肃批评现有的左联刊物，无形中包括鲁迅、柔石办的《萌芽月报》等。

《文化斗争》是左联和社联的机关刊物，其实不妨认为是“文委”按照上级指示创办此刊物。潘汉年与朱镜我、李一氓等人协商，牵头左联、社联组稿，并通过他们的渠道散发此刊物。因此，不妨说潘汉年代表“文委”主编《文化斗争》。

其中郎当的《战斗的随笔》可能是潘汉年所作，该文颇有“天马行空”的气度，思维敏捷，联想丰富，看似两者不相干的事情却能够“拈手而来”，巧妙地连接在一起，只需寥寥数语，便可成文，并“以小见大”，胜似长篇大论，功夫在诗外。

《文学生活》是张静庐与左联作家首次合作创办左翼文学刊物。刊登的张天翼、魏金枝、叶圣陶等文学作品各有特色，穆木天、姚蓬子、赵景深等人译作，值得关注。

沈起予著译成果引人瞩目，但是很少有人提及《文学生活》首次发表他创作的中篇小说《碑》，但是该刊突然夭折，连载计划中止。此后，沈起予将此小说修改一番，改名为《残碑》出版。

“剧联”广州分盟创办的《戏剧集纳》仿照上海《文艺新闻》。创刊号组稿的重点是“丁潘事件”，除了头版评论、消息登载之外，第4版则是专版。其他版面介绍了上海、广州戏剧动态等。其中《梅叶荷特剧场与梅叶荷特》，见证了萧宜越（即杜乃硕）早期翻译活动。

257 《光明》“跨界”综合性，高擎“国防文学”旗帜（上）

《光明》半月刊，洪深为主编兼发行人，沈起予、李兰夫妇负责编务。该刊云集众多名作家，汇总诸多杰作，撰稿人有茅盾、郭沫若、周扬、洪深、夏衍、于伶、张庚、杨骚、周立波、徐懋庸、沙汀、艾芜、舒群、姚雪垠等，大多是1936年6月7日正式成立的中国文艺家协会成员。

筹办《光明》时，周扬、夏衍、何家槐以不同方式参与指导和协助，该刊与《文学界》恰好形成“一里一外”互补的现状。《光明》办得“风生水起”，很“接地气”，影响愈益扩大，甚至超过了《文学界》。此后，《文学界》停刊，《光明》独领风骚，周扬等人也继续在此刊物上发表各种文章。

该刊自称是纯文学刊物，其实是“跨界”综合性的文艺刊物，自始至终高擎“国防文学”旗帜。除了小说、诗歌、散文（随笔）、评论、报告文学等之外，文学剧本、戏剧评论尤为突出，特别是集体创作的剧本，此举被公认为20世纪30年代首先倡导的一种新的创作方法，产生了广泛影响，一直延续到新中国成立之后的戏剧界。

274 “五大剧社”春季联合公演（“戏剧专号”之一）

《光明》第2卷第12期（1937年5月25日）推出“戏剧专号”，精彩纷呈，由于篇幅比较长，以下分为6篇专题文章，依次介绍。

“五大剧社”在“中国话剧大本营”卡尔登大戏院（后为长江剧场）举行春季联合公演，轰动一时。《申报》刊登此公演消息，同时刊登国民党的上海市社会局一则布告，犹如高悬“达摩克利斯之剑”，同时警告那些“企图越轨”的进步剧团，随时可以取缔。

郑伯奇、张庚、石凌鹤、光未然等人撰文点评这次春季联合公演。张庚认为这次公演是“第三次中兴”的一个重要标志，但是目前存在“四缺少”的危机，并提出解决问题的思路和建议。对于四十年代剧社演出的《生死恋》，夏衍进行了尖锐批评，认为四十年代剧社演出《生死恋》时，“那种舞台上纷乱，不合作，不统一，这在话剧运动上是如何痛心的一件事啊！”

323 “双胞胎”《赛金花》禁演后的“舌战”(“戏剧专号”之四)

“戏剧专号”发表的《中宣部长和熊佛西氏谈禁演〈赛金花〉之辨说忆记》（署名 A 记者），堪称一大奇文。

在场的国民党中央委员陈立夫手握生死予夺的大权，谁也不敢冒犯。但是“A 记者”毫不畏惧，巧妙地遣文造句，将“菠萝蜜杏仁冻”与“不规则的刀叉轻击的声音”组合在一起，形成一组辛辣讽刺的场景。接着把笔锋一转，让国民党中央宣传部部长邵力子出场了，推出“舌战”一台戏，增加了全场的“热点”气氛。

“A 记者”不仅是一位出色的剧作家，而且是一位高明的导演。在全场“聚光灯”下，熊佛西成为主角，迅即进入“剧情”，慷慨激昂的大段“独白”，令全场“震撼”：“我是一个中国人，是一个爱国家爱民族的中国人。”这掷地有声的誓言，即使是在场的“大魔头”陈立夫也暂且不语。

340 鲁迅观看王莹等演戏（“戏剧专号”之五）

“戏剧专号”还邀请各剧团演员陈波儿、王莹等人写稿。

1935 年 11 月 3 日晚上，王莹等演出改编的《钦差大臣》（果戈理原作）。鲁迅夫妇前去观看，事后委托丽尼转告意见：“县长底妻子（王莹扮演）必定是个丑妇，所以和女儿争风才有喜剧的效果，如果像业余（剧人协会）所演出的那样俊扮，就和作者底本意大有差别了。”

347 许幸之改编的《阿 Q 正传》(“戏剧专号”之六)

《光明》编辑沈起予有意刊登许幸之改编的《阿 Q 正传》（“许本”），这再次鼓起许幸之的信心，在油印本的基础上又作了修改，把第四稿交给沈起予，于是就有了《光明》连载该剧本的一段佳话。

欧阳凡海评论了“许本”“田本”（田汉改编的同名话剧），一贬一褒，泾渭分明。许幸之很不服气，作了辩解。

中法剧社公演“许本”的《阿 Q 正传》，一炮打响，连演 17 天，创造了票房纪录。同时，“田本”也亮相于上海舞台，报刊惊呼“《阿 Q 正传》闹双包案”。

360 郭沫若首倡的王茂荫研究

清朝官员王茂荫是《资本论》注解中出现的唯一一个中国人。20 世纪 30 年代出现了不同版本的中译本《资本论》，而且所依据的国外《资本论》版本也不尽相同，因此，在“出口转内销”的复译过程中产生了各种难题。

《光明》陆续刊登了郭沫若等人研究王茂荫的6篇文章。郭沫若被誉为研究王茂荫的首倡者，促进了早期的王茂荫研究，进入了发掘王茂荫史料、揭示清朝“币制改革”的阶段。《光明》则为他们提供了“首次亮相”的大舞台，超出了该刊标榜“纯文学”刊物的范围，破例“闯入”中国近代经济史和历史人物研究的领域。

但是，郭沫若并不是第一个在《资本论》的注解里确认王茂荫（译音）的学者。早在4年前，王思华、侯外庐已经把“万卯寅”更正为王茂荫。

1937年3月，著名历史学家吴晗已经完成了《王茂荫与咸丰时代的新币制》，他运用多年积累的史料，作了准确的阐述，成为王茂荫研究的早期阶段“总其成”者。

《哀悼鲁迅先生特辑》收入24位作家写的哀悼文章或诗歌。

日本左翼作家鹿地亘写的《和鲁迅在一起》中有一句“在这大的悲哀里面”，竟然与夏衍短文的标题《在大的悲哀里》几乎相同。此标题以后也出现在夏衍的自传体回忆录《懒寻旧梦录》里，内容大为扩充。

何家槐写《学习鲁迅先生的精神》短文时，第一次公开了4月25日鲁迅写给他的一封信，并作了“附注”，以作自我辩护，“澄清”外界各种传说。但是，后世研究者众说纷纭。

事前，《申报》刊登《光明·哀悼鲁迅先生特辑》预告，徐懋庸的《知我罪我公已无言》短文标题和作者名字的字号比较大，特别醒目，引起议论纷纷，猜测其用意何在——暗示鲁迅与徐懋庸之间的矛盾。对此，《光明》编辑不得不发表《本刊重要启事》。

《光明》“战时号外”第5期（1937年10月10日），沈起予等人特地以“本社”的名义发表《鲁迅先生逝世周年感言》，并配有一年前鲁迅病逝于床上的一张照片。如果是沈起予起草的，那么这填补了一年前“特辑”未能刊登他的文章的“空白”。

沈起予等人万万没有想到《光明》第1卷第3期的“附录号外”《高尔基哀荣录》的一篇译文《永息在我们的心里》酿成一场轩然大波，引起与黎烈文及其朋友圈的一场笔战，这是“两个口号”论争尾声时的一个插曲，令人三思。

《大沪晚报》是国民党中统CC系下属秘密组织干社的直属外围单位。该报发表《两篇译文的对照》一文挑起事端，也许是想控制上海文坛的舆论导向，故意自我炒作，趁机浑水摸鱼，产生广告效应，扩大影响。

太阳社“四处出击”的《海风周报》

兼任中央宣传部长的瞿秋白，在武汉曾与其他同志商议筹办一本刊物，专门刊登工农兵和进步作家的作品，蒋光慈、钱杏邨等人接受瞿秋白的建议，决定创办一种新型的革命文艺刊物。一天，钱杏邨等4人在马路上走，被太阳晒得汗流浃背，杨邨人（后叛变）大声抱怨：“太阳真凶!”蒋光慈却像发现新大陆似的叫起来：“我们的杂志就定名《太阳》，有了向光明的意义。”孟超回过头问：“定什么呀?”“太阳!”“好！太阳！太阳!”钱杏邨等人立即表示同意，商议分工撰文。

大革命失败后，蒋光慈、钱杏邨等人又相聚在上海，自筹春野书店，出版《太阳月刊》，以及出版“太阳小丛书”。1928年1月，太阳社在上海正式成立，地点在四川北路1999弄（丰乐里）32号楼上，楼下是“苏广成衣铺”营业部。先后加入太阳社的有王艺钟、刘一梦、徐迅雷、洪灵菲、戴平万、林伯修（杜国庠）、冯宪章、楼建南（楼适夷）、卢森堡（任钧）、殷夫、顾仲起、圣悦（李平心）、祝秀侠等。

图1－1　《海风周报》汇刊

这些人都是党员，属于中共闸北区委领导的文化支部（即第三支部）。该支部书记是黄耀，朱镜我、彭康分别负责组织、宣传工作，组织生活后以冯乃超、洪灵菲为首。该支部分为若干小组，蒋光慈是太阳社党小组长（一说是钱杏邨）。蒋光慈与瞿秋白私交不错，邀请瞿秋白参加太阳社，瞿秋白欣然同意。

20 世纪 20 年代初，瞿秋白第一次在莫斯科采访、工作时，曾在东方大学中国班执教，与班里许多学员结下深厚友情，其中就有多才多艺的蒋光慈。瞿秋白与蒋光慈不仅诗歌唱和，而且 1922 年 12 月，蒋光慈的入党申请得到批准，瞿秋白正是参加党组织讨论者之一，增进了他俩之间的了解。

1927 年 12 月，瞿秋白写的《俄国文学史》作为蒋光慈的专著《俄罗斯文学》下卷，由创造社出版部出版。蒋光慈在《俄罗斯文学·书前》作了说明，“关于本书的下卷，我要深深地感谢我的朋友屈维它（瞿秋白）君，因为这是他的原稿，得着他的同意，经我删改而成……”

太阳社成员都是党员，瞿秋白因故不便出面，蒋光慈、钱杏邨有时去找他请示有关事宜，瞿秋白有时委托夫人杨之华转达意见。1928 年夏天中共六大召开后，瞿秋白留在莫斯科工作，1930 年 8 月下旬回国。

蒋光慈、钱杏邨主编的《海风周报》创刊之前，潘汉年接受江苏省委宣传部长李富春的指示，在江苏省委下面成立一个文化党组，以便沟通文化界各方面的组织及成员之间的联系，以贯彻党的思想文化路线和方针政策。潘汉年被指定为文化党组书记，成员有李一氓、阳翰笙、钱杏邨、孟超、潘梓年等。这是中共在上海建立的第一个直接领导左翼文化界工作的组织。1928 年冬天，中共中央决定将原属江苏省委宣传部的文化党组划归中央宣传部直接领导，仍由潘汉年担任党组书记。1929 年 6 月至 7 月间，中共六届二中全会决定成立中央文化工作委员会即中央文委，其成员除了原有的人员之外，还陆续增加了冯雪峰、林伯修（杜国庠）、夏衍等，潘汉年担任中央文委第一任书记。因此，《海风周报》撰稿人钱杏邨、孟超、林伯修（杜国庠）、夏衍等人的身份并非寻常，标明此刊物并非那么简单——仅仅是太阳社同人刊物。不过他们的回忆录中从未透露此刊物与党组织之间的关系，迄今仍然是一个难解之谜。

《海风周报》停刊后，1929 年夏秋之际，党组织对“革命文学”论争进行了认真的考察和研究，并且认为论争双方并没有原则分歧，要求党员作家首先做起，停止论争，并进一步争取把所有左翼文艺界的力量团结起来，共同对敌。10 月中旬，潘汉年召集了创造社、太阳社和冯雪峰、夏衍等人，转达了中共中央的意见，认为主要的错误是教条主义和宗派主义，要求停止对鲁迅、茅盾的“围攻”，潘汉年为未能及早发现和认识这个问题作了自我批评。此后，开始筹备左联。因此，在“革命文学”论争后期创办的《海风周报》具有当时的一些鲜明特点，发表的文学评论、随笔受到“左”倾影响。

1929年1月1日，瞿秋白在莫斯科度过了第一个元旦。这时原在上海的蒋光慈、钱杏邨主编的《海风周报》创刊了，这是钱杏邨凭着广泛的人脉关系，与泰东图书局商谈的结果（该书局曾出版蒋光慈、钱杏邨的各种专著），又邀请蒋光慈担任主编，钱杏邨不仅要参与主编的事务，更多的精力则放在组稿、写稿上。

图1－2　《海风周报》汇刊署名“海风周报社”编辑，由泰东图书局发行

《海风周报》是太阳社在《太阳月刊》《时代文艺》停刊后创办的又一种文艺刊物，署“海风周报社”编辑，泰东图书局发行，16开本，横排。1929年4月28日出版第16期后，大约延至同年6月出最后一期，为特大号，共出版17期，1930年，泰东图书局出版了合订本《海风周报汇刊》（合订本封面上注明“上海泰东图书局发行，1929年”，但是内封下端注明1930年），最后一期有《编辑室消息》，但是合订本则没有此文章，总目录上也没有此文目录，因此，不清楚终刊号出版的具体时间。1959年10月，上海文艺出版社影印本特地作了说明。笔者家父丁景唐在一纸上写道：“要找样本，可能揭开此事（之谜）。”但是，《海风周报》终刊号原本难以找到，甚为遗憾。

《海风周报》保持了《太阳月刊》的基本特色，继续鼓吹无产阶级（普罗）革命文学，刊登的某些诗文和评论受到“左”倾思潮的影响。该刊以创作、批评、翻译并重，有戴平万、洪灵菲、冯宪章等人的小说；冯宪章、森堡、殷夫等人的诗歌；蒋光慈、钱杏邨、祝秀侠等人的评论；蒋光慈、林伯修（杜国庠）、楼建南（楼适夷）、林凝今、夏衍（若沁）等人的译作。

1929年春节特别早，1月10日大年初一，蒋光慈、钱杏邨在春节前后没有停止办刊的工作。该刊出版创刊号最后刊有第2期目录预告，显然蒋光慈、钱杏邨已经考虑此刊周期短，必须提前组稿、编稿，保证该刊按时出版的连续性，以免失去办刊的诚信。但是，他俩随时遇到各种意外事情，不得不临时想办法。第3期出版时是大年初四（1月13日），春节前第2期《编辑室消息》透露：

1. 本报（第）3 期业已编定：(1) 钱原（杏）邨的《关于陈衡哲创作的考察》，(2) 戴平万的《Reed 的生平及其著作》，(3) 林伯修的《理论与批评》的译稿，(4) 杨邨人的创作《董老大》，(5) 祝秀侠的《〈一个女性〉的批评》，(6) 魏克特的《鸟笼室漫话》。（第）二期预告里的《〈我的童年〉的批评》，因容纳不下，移在（第）四期发表。

2.（第）二期付刊以后，知道戴万（望）舒君已把《一周间》译了一半。自然一种名著有两种译本并没有关系，但我们觉得在这译著闹着饥荒时代，改译其他作品对于读者更为有益。从第三期起，《一周间》不再续刊。以后改请蒋光慈君翻译新俄短篇，自（第）四期起陆续在本报发表。同时，我们希望戴君的单行本赶快出来。

3. 我们要特别介绍高根教授的《理论与批评》，这是一篇很重要很有价值的论文，每个研究无产阶级文艺的青年都应该细读。希望不要因为艰深而忽略了它。又，第一期 16 面（页）的插图标题第一个“村”字是多余的。（第）13 面（页）（第）11 行系误排入，请读者自己删去，“附记”上面的一行符号应移作第 11 行。其他错误，我们还没有收到作者的通知。

4. 本报内容侧重批评介绍，兼登其他关于文艺稿件，欢迎投稿。不用时如附有邮票当于半个月内寄回。采用稿（件）编者有删改权，需要报酬者请特别声明。尤其欢迎对于国内文艺作品的简短的批评及国内外的文坛消息。关于本报改进方法亦希望读者随时指教。

校对问题看来是个“老大难”，即使这篇短文也有不少“硬伤”，稍加查看便可挑出。蒋光慈、钱杏邨因“离印刷所太远”，“没有方法去”校对，有些“硬伤”还要等待作者、读者前来通知，方可明白。

以上第二条详情见下文，在此不赘述。

前两期的预告还算正常，第 3 期就出问题了。以上第 1 条还是编排妥当后，信心满满地写下的。但是正式出刊时又起变化了，可能字数超过了限定篇幅，戴平万、魏克特（蒋光慈）两文都移到第 4 期，原拟移到第 4 期《〈我的童年〉的批评》（李铁郎即洪灵菲作）则“消失”了，因故再也没有出现。事前没有预告的《介绍鲁迅先生的做人秘诀》（李白裕）则临时插进第 3 期里。

第 4 期因编入第 3 期临时抽出来的文稿，因此变成了“特大号”，第 5 期出版时间也正常，蒋光慈、钱杏邨再次写了《编辑室消息》：

1. 关于本报第四期，我们有几句话要向读者诸君说明。第一是那篇《鸟笼室漫话》本来是排在第五期的，因为（第）四期全部原来不预备登载关于中国文学的稿件。

2. 第二，《弥海尔溪亚》一稿，舒夷君早已投给另一杂志，我们因为这一篇可以和《失业者》并看，技巧都是很接近大众的，所以拿来发表了，这并非是舒夷君一稿两投。我们希望读者们能多给我们一些这样简练而接近大众的创作。

3. 第三，《理论与批评》一文本来想在（第）四期登完，因地位关系没有办到。这一篇的写作方法很奇特，高根教授在每一节里抄了一种关于文学上的主张，在最后一节又节抄了几段党的文艺政策做结论。全文可以说作者自己没有写作，完全是节录。但我们从这一篇里可以看到外国文坛的理论的各种倾向及党的批判。

4. 值得预告的，就是第六期本报将刊载卢那卡司基的《关于文艺批评的任务之论调》一文。这一篇批评纲领对于文学作家以及批评家的关系异常切要。全文将近万言，一期登完，请读者诸君注意。

5.（第）四期本报，错字异常的多，这时因为离印刷所太远，我们自己没有方法去校，在最近当把（第）一期至（第）四期的错误刊印一张表送呈读者。又左翼作家传记6改为5，并非遗漏。

6. 最后我们希望读者诸君常常的赐稿，常常的指导，使本报能以逐渐的充实，改善。

蒋光慈、钱杏邨对校对问题非常头疼，仅这短文里又出现几处“硬伤”，原拟纠正为“左翼作家传记6改为5”，结果“5”还是错了，应该为第9篇。“第二”“第三”是衍字，因前面已有序数。

《弥海尔溪亚》《失业者》均为楼适夷译作，由于蒋光慈、钱杏邨“偏爱”，或者疏忽等原因，《弥海尔溪亚》译作变成“一稿两投”。

预告问题还是难以处理，按照常规，第5期（1929年1月27日）登载下一期的目录预告：钱杏邨的《文艺批评家的任务》、林伯修的《关于文艺批评的任务之论调》、徐任夫的诗歌《都市的旋律》、祝秀侠的《评勺水的“有律现代诗”》、蒋光慈的《致张资平君的公开信》。但是，第6期“难产”了，拖延至2月27日才出版，变成了第6、7期合刊，取消了原拟的第6期中的3篇文稿，仅保留了林伯修、蒋光慈的两篇文章。其中祝秀侠一文被安排在第9期。

原拟刊登的唯一一篇诗歌，作者徐任夫即殷夫（左联五烈士之一），临时被撤下，显然殷夫的诗歌过于“赤色”，被反动的图书检查官查禁。

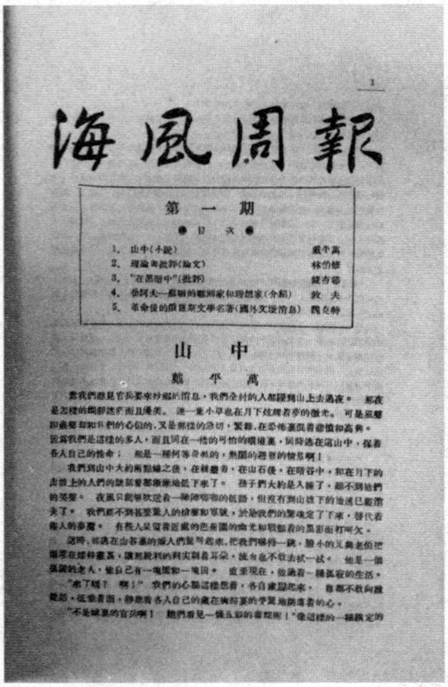

1

海風周報

第一期

目次

1、山中（小說） 戴平萬
2、理論與批評（論文） 林伯修
3、"在黑暗中"（批評） 錢杏邨
4、倍阿夫—蘇聯的戲劇家和理想家（介紹） 敦夫
5、革命後的俄羅斯文學名著（國外文壇消息） 魏克特

山中

戴平萬

[illegible]

图1－3 《海风周报》第一期

第6、7期合刊发表钱杏邨的《致岳真先生一封公开信》，过了数日之后，钱杏邨才发觉此文中有一个不该出现的“硬伤”，一个月后才在该刊第10期末刊登《更正》启事：“有不得不更正的一点。六七期本报合刊里，写给岳真的信，原来的‘以后又随着阶级斗争之发展而变迁’（P23第7行）中的‘又’字，被误排为‘不’字了。这个意义相差太远，务请读者改正一回。”对此，钱杏邨无可奈何，蒋光慈还是忙着自己的译著（正在写小说《丽莎的哀怨》等），对于这种“硬伤”见多不怪了。

第6、7期合刊的因素，影响了第8期的出版时间，因此，第8期卷末刊登《本报特别启事》：“本期本应在二月十七日出版，因一月份多出一期，故本期出版期改为二十四日。恐有误会，特此声明。”

第6、7合刊还有预告，此后取消了预告，其内情肯定有许多故事。第14、15期又出版了合刊，时间也拖延了一个多月，第13期出版时间为3月23日，后面的合刊则是4月28日。这已暗示其中发生了不可预料的变故，果然第17期为特大号，内容为原两期的篇幅，把积存的稿子挑选一番，一并发表，最后还写了《编辑室消息》，显然是告别之语。泰东图书局生怕触动反动当局的敏感神经，在制作《海风周报汇刊》合订本时，删除了该文，留下了一个无法填补的空白。

蒋光慈、钱杏邨办刊并不顺利，遇到了许多问题，最终难以支撑，被迫停刊。蒋光慈在主编《海风周报》时，还主编太阳社另一本刊物《新流月报》，1929年3月1日创刊，该刊第5期改名为《拓荒者》，第3期改为左联刊物，共出5期，1930年5月停刊。

1929年底，太阳社自动解散，后该社成员全部加入左联，钱杏邨被选为左联常委（一度担任党团书记），后任“文总”常委、宣传部长；蒋光慈被选为候补常委。

钱杏邨曾到上海就读中华工业专门学校土木工程系（肄业），后回到安徽芜湖老家执教中学。受到恽代英的启发教育，参加中国共产党，那是1926年的事情。次年四一二反革命政变后，他受到反动派通缉追捕，徒步跋涉千里赴武汉。他和蒋光慈是安徽老乡，早年相识于芜湖，并与孟超、杨邨人（后叛变）同在全国总工会宣传部编辑科任干事，一起筹备第四次全国劳动大会，负责宣传工作。

钱杏邨曾多次撰写评述蒋光慈诗文的长篇文章，作了高度评价，他认为蒋光慈“是最初最努力提倡革命文学而继续不断的在努力的一个作家；我们从民众方面看来，他究竟是比较能代表他们所诉说欢娱苦闷与渴求的一个诗人”。[1]

钱杏邨是现代著名剧作家、文学理论家、文艺批评家。一生著述丰富，涉及文学、文艺理论、文艺批评、戏剧、电影文学史、美术史等多方面，又重视俗文学及曲艺资料的搜集、整理和研究工作。

但是，钱杏邨对于《海风周报》编辑往事很少提起，也许与该刊第3期临时插进《介绍鲁迅先生的做人秘诀》（李白裕）一文（详见本文附录《辨识“鲁迅先生的遗札三封”》）等有关系，刻意回避，留下许多难以解开的谜团。

丰富多彩的译文

《海风周报》的译作丰富多彩，在某种程度上超过了该刊发表的诗文的分量。译文中既有苏联、法国、波兰、芬兰等小说，也有苏联、日本学者的文学理论，这与蒋光慈、林伯修（杜国庠）、楼建南（楼适夷）、夏衍等人的勤奋翻译密切相关。

苏联作家里别进斯基，是苏联文学开创者之一，长期担任苏联作家协会监察委员会主席，曾获得劳动红旗勋章，1959年11月24日病逝。著有中篇小说《政治委员》《近卫军人》，长篇小说《符拉索夫队长》和“三部曲”《山与人》《遥远的火光》《苏维埃的早晨》等。

里别进斯基的小说《一周间》发表于1922年，此后的30多年里，里别进斯基修改几次，并发表《我是怎样修改〈一周间〉的》文章。《一周间》问世后，立即引起苏联文坛的重视，列宁和斯大林也给予关注。次年，英国记者兰塞姆翻译此小说。1926年日本东京改造社推出池谷信三郎的《一周间》译本。1926年7月，鲁迅写的《马上日记之二》（收入《华盖集续编》）提及《一周间》和作者的名字，感叹日译本《一周间》出版“介绍之速而且多实在可骇”，并揶揄中国在翻译这方面的迟缓。

1930年3月16日，上海艺术剧社的刊物《艺术》月刊在上海创刊，夏衍（沈端先）主编，刊登蒋光慈翻译的《一周间》（时译为里别丁斯基作，北新书局1930年1月初版）广告：“这一部小说是新俄文学初开放的第一朵花。出版以来，已经有了世界各国的译本。读了这书，我们不但可以得着普罗文学之美学上的满足，并且可以了解俄国革命的神髓。现在由蒋先生直接从俄文译出，一定会格外的引起读者的兴味吧！”

事前，蒋光慈的译作《一周间》第一章已经发表在《海风周报》第2期（1929年1月6日），署名魏克特。这时蒋光慈、钱杏邨发现戴望舒也在翻译《一周间》，于是第3期《编辑室消息》声明，不再连载蒋光慈的译作《一周间》，“改请蒋光慈君翻译新俄短篇”，这也反映了蒋光慈胸襟坦然，服从大局，并非“锱铢必较”，让出版面，刊登其他译作。《海风周报》停刊后，1929年9月7日，蒋光慈译完《一周间》，同年12月写下《译者后记》。

蒋光慈概述了《一周间》的主要内容：“书中的情节很简单：在一个县城里，需要筹措燃料，因为没有燃料，就不能运输谷种来种地。保护城市的一营兵，照情势看，要被派遣到离城二十多里路的一座庙宇去，因为那里有很大的森林。在城的周围猖獗着土匪，而城里又潜伏着许多叛党。若将兵派走了，而遗下城市没有保障，这是很冒险的事情，但是若没有燃料，这也是很大的困难。党部倾向于冒险的一方面。叛党利用城中无兵的机会，暂时占据了城市，而将党的首领很残忍地杀死了许多。后来被派出的一营兵回来复将叛乱取消了。”

蒋光慈认为：“这一部书美妙的地方在什么地方呢？在于它表现从事英雄的，悲壮的，勇敢的行动之主人翁，并未觉得自己的行动是英雄的，悲壮的，勇敢的。”“倘若艺术的作品是能够使人用新的眼光观看环境的事物，那末，《一周间》就是一部很有价值的艺术的作品了。在《一周间》内，我们看出革命的Dialectic（辩证法），我们看出真正的革命的个性，这种个性是以完成整个的，全部的社会组织为前提，而走入自身的消灭。”

太阳社成员冯宪章撰写了介绍蒋光慈的译作《一周间》一文，认为该小说“在世界普罗列塔利亚文学史上，将留下不朽之名”。“《一周间》便是我们可以拿来当做模本，而尽量利用的既成的东西。”[2]

鲁迅称《一周间》原作为“具有纪念碑性的作品”，同时对于蒋光慈有关从日文转译著作的言行不以为然，并且认为学过俄文的蒋光慈“原是最为适宜”进行俄文翻译的，“可惜养病之后，只出了一本《一周间》，而日本则早已有了两种的译本”。(《“硬译”与“文学阶级性”》，收入《二心集》) 鲁迅没有翻看蒋光慈的译本，却早已在内山书店购买了日译本《一周间》。1933年12月20日，鲁迅写信给曹靖华说：“《一周间》译本有两种，一蒋光慈从俄文译，一戴望舒从法文译，我都未看过，但听人说，还是后一本好。”[3]

1929年9月7日，蒋光慈译完《一周间》，同年12月写下《译者后记》。1930年1月，北新书局出版蒋光慈的译作《一周间》。稍后，戴望舒（江思）根据法文版译出该小说，由水沫书店出版。新中国成立后，潘秋高（1962年再版《一周间》时为潘庆高）、陈蔚将原来戴望舒的译本校订一遍，1958年6月由人民文学出版社出版。现将两种译本同一段内容文字抄录如下：

（蒋光慈译文）立在舞台中间的圆桌子的旁边，出现了两个人。从马戏园的一切角落里，向他们呼喊着他们的名字，于是克里明同志，一个穿着兵士制服，昏黄中脸上现着微微的皱纹，然而具着一双又美妙又平静又有精力的眼睛的人，依着群众的意志，从舞台中高叫道：

——同志们，我宣布城区的党的大会开会了，会议的日程是国民经济委员会的主席关于边区的经济情形的报告。没有反对的罢？季曼同志现在就开始报告了。

（戴望舒译文）在演技场中央的圆桌边，出现了两个人。四面八方都有呼喊他们姓名的声音。随后，由于千百只举起来的手的要求，克里明同志便出现在演技场中央了。他穿着一件军大衣；他的面貌的轮廓在马戏院的朦胧光线中显得有些模糊不清。大家在他那安静而留神的目光下，沉寂下来，于是克里明说：

“同志们，俄国共产党市委会现在宣布开会了。会议程序先是人民经济委员会主席关于地方经济情形的报告。没有异议吗？现在，请齐曼同志发言。”

两者的差异还是比较大的，无须细辨。翻译本来就是一件苦差事，现在世人当然不会理解蒋光慈等人的翻译苦衷。

蒋光慈还翻译了苏联作家谢芙林娜的小说《信》，反映了十月革命后建立了苏维埃政权的农村新面貌，信是一个孩子写的，以他的口气来反映周围的各种变化，这个构思颇为新颖。蒋光慈在译文后写了说明："谢芙林娜女士成了现代俄国文坛的名家，其作风朴直可爱，无女性的缺点。她的中篇小说《粪土》(《肥料》，鲁迅翻译，作者为里琪亚·绥甫林娜）使她成了名。这一篇虽然叙述一件很平凡的牧牛儿的故事，然而我们读了之后，觉着有无限的回味。"

《海风周报》第 8 期、第 9 期连载了蒋光慈翻译的小说《最后的老爷》(苏联作家曹斯前珂作)，讲述一个曾经威震八方的老地主的趣闻逸事，沙俄皇帝曾和他下过棋，并亲热地拍拍他的腮帮。他的情人永远是最漂亮的女人，他可以不惜一切代价得到她们。一次，他有一个古怪的念头，只要女方有正统的贵族血统，他都要娶她为妻，为他传宗接代。结果来了竞争对手——一位高傲的男爵，与这位老地主展开了"傲慢与偏见"的野蛮较量……

小说刻画老地主的形象比较成功，让中国广大读者耳目一新，特别是小说的开头和结尾的呼应：起初是一个老乞丐，又唱又跳，但是扔给他的却是石头、粪土，还有一点面包，老乞丐立即吞食了。引起"我"的恻隐之心，施舍给他一个面包。站在一旁的一位时尚老人讲述了这个老乞丐的来历，原来他就是昔日威震八方的老地主，在苏维埃政权建立之后，他烧毁了自己的住宅，故意让农民（过去的奴仆）得不到任何财产，"连他手上的戒指都取下来，扔到火里去。乡下人一直到现在还在那灰烬里寻找呢"。小说结尾还是那个讲述老地主的时尚老人，同老地主"并起肩来，一块儿向前走去了"。小说没有说明这时尚老人的身份，但是读者可以猜出他似乎是老地主原来的老管家。

小说没有直接描述苏维埃新政权带来的翻天覆地的巨变，但是通过描写老地主的大起大落的经历，却深刻地说明了一切。这是当时鼓吹"革命文学"的作家应该认真思考的创作问题，如何尽快地摆脱"标语口号"的粗糙、简单的创作理念和方法。

"他总是用着指甲去挖，一直到发现了什么字母或什么新字为止。这是狱中的秘密的记号，或者经过许多年，当司达克已经不在此处的时候，另有别一个狱囚来读它，如司达克现在读它一样。那人也将同他一样，企图着猜度到这种记号的意思。……单身房的四面墙壁，统统都被钳上了不可揣摩的记号，——这是许多年代的，无数时日的，积留下来的痛苦的遗迹。"

这是蒋光慈（华希理）翻译的《狱囚》（弗尔曼诺夫原作）中的一段描写文字，昏暗、孤独、死寂整天包围着这个德国革命者，他渴望能够“飞”出铁窗，迫切想知道外面的战友、领袖和革命形势。“在那辽远的，广阔的平原上，现在是怎样了？波尔雪委克（布尔什维克）的营垒还存着吗？他们的号召还在响动着吗？被折磨了的人类对于他们的号召有响应吗？那个震动全世界的大喇叭手，李林（列宁），还活着吗？”这种发自心底的声音，也同样无数次发生在中国反动派的监狱里，然而类似题材的小说译文却能与广大读者见面，这是蒋光慈等人鼓吹“革命文学”的一条捷径。

蒋光慈翻译的《革命后的俄罗斯文学名著》，列出高尔基、托尔斯泰、维列塞也夫、爱莲堡等小说，其中有些先后被翻译成中文，如里别进斯基的小说《一周间》、谢拉菲莫维奇（绥拉菲靡维奇）的《铁流》、弗尔曼诺夫的《叛乱》（富尔曼诺夫的《夏伯阳》）等。他还译介了苏联雕刻家岳珂夫、波兰音乐家门涅司克等，这为《海风周报》增添了异域艺术长廊之窗。

楼适夷，现代作家、翻译家、出版家。他与钱杏邨、王弼、胡心灵曾是创造社门市部里的常客。楼适夷的第一本短篇小说集《挣扎》，经钱杏邨热心帮助，推荐到现代书店，顺利出版，楼适夷拿到了全部稿费，促使他俩关系密切，成为无话不谈的挚友。

1927 年 10 月，钱杏邨通知楼适夷，说是济难会请鲁迅吃饭，找些作家作陪。10 月 19 日，鲁迅日记中写道：“晚王望平招饮于兴华酒楼，同席十一人。”王望平即王弼，时任济难会干事，到场的还有潘汉年、郁达夫夫妇、许杰等。在这次酒席上，楼适夷第一次见到鲁迅。此后，楼适夷加入了太阳社，他回忆说：

《太阳月刊》只出了七期，到 1928 年下半年，办不下去了。阿英关系多，又在泰东书局办了一个《海风周报》。这回是周刊，阿英要稿要得更凶了，可我写不出。阿英说：“那你就翻译点也好！”我受正规教育少，外文没有学好，自学了一点世界语，能捧着辞典看些小文章。那时常常可以见到一种德国出版的、工人世界语团体的刊物，叫做《无祖国》。刊物小，作品也小，大都是苏联、东欧的不大有名的作者，（写的）诗和短篇（小说）。我就试着给《海风周报》翻（译）了一些。后来，在解放前，我靠翻译过日子，原来第一回也是被阿英（强）迫出来的，那时译的一些小作品，到 1929 年编成一本小册子，叫做《桥》，是郑伯奇同志要的，在他帮人创办的一个小出版社“文献书房”出版的，算是我的处女译本。[4]

自《海风周报》第4期起，楼适夷翻译了短篇小说《失业者》（德国作家爱弥儿根凯儿原作）、《弥海尔溪亚》（波兰作家勃频斯基原作）、《顶好听的声音》（犹太作家塞格罗维契原作）、《资本家的灵魂》（波兰作家柯尔支柴克原作）和两首诗歌《通向那未来之邦》（瑞典作家 H. F. Sp al）、《在战旗下》（N. B）等。

这些诗文大多翻译于1928年11月、12月，正是钱杏邨、蒋光慈创办《海风周报》时期，钱杏邨（阿英）抓稿很“凶”，反映了创刊时缺稿，后来稿子多了，就把楼适夷的译稿延顺到第4期才发表。

第5期《编辑室消息》中谈到楼适夷的译稿“一稿两投”，并解释《失业者》《弥海尔溪亚》可以“并看，技巧都是很接近大众的”。

《失业者》千余字，属于微型小说，描写“我”失业了，在很短时间内闪过各种念头，喝醉了，被警察赶走；想做小偷，于是联想到许多后果。整篇小说的构思如同“意识流”，让中国大多数读者很新奇。

《弥海尔溪亚》的篇幅比较长，4000多字，讲述牢房里13岁的孤儿弥海尔溪亚，他的母亲早死了，父亲因信仰社会主义被处死。他在牢房里坚贞不屈，高唱革命歌曲，激起同牢房难友的斗志。小说最后写道：“接着，我被流配到西伯利亚去了，从此再也没有见到我们的弥海尔溪亚了。但是那（哪）个的不知道呢，今朝弥海尔溪亚已是闻名的共产党了，华沙区普罗利大利亚（无产阶级）的神圣。”

楼适夷的译稿发表4年后，1933年9月17日，因参加筹备上海远东反战大会，楼适夷被捕入狱，1937年出狱。新中国成立后任出版总署编审局副处长、人民文学出版社副社长、副总编辑等。

夏衍从日本回国后，也编入中共闸北区委领导的文化支部（即第三支部），党小组长是钱杏邨（一说是蒋光慈），其他小组成员都是太阳社成员，彼此比较熟悉。但是，夏衍否认是太阳社的成员。夏衍是刚入党几个月的新党员，钱杏邨则是大革命时期入党的，那时他俩分别住在上海北面的唐山路、下海庙，相隔一箭之遥，很快成为无话不谈的朋友。[5]

自1928年至1934年期间，夏衍把翻译作为一个公开的职业，每天翻译2000字。太阳社的蒋光慈等人创办的春野书店，1928年出版了夏衍翻译的小说集《地狱》，原作者正是日本左翼小说家、剧作家金子洋文。他早期曾参加日本无产阶级文学运动，作品有小说《地狱》、剧本《枪火》等。

《海风周报》第5期发表了夏衍写的《关于金子洋文》，介绍了金子洋文的生平及其著作。夏衍把金子洋文的创作活动分为三个阶段：空想的社会主义时代，《小儿病》的时代，《地狱》以后的时代。并认为“《地狱》发表之后，他的作风，有了个很大的转变，从《毛线》转到《沈潜》，从空想变成现实。《沈潜》使作品全般流出了一种野趣横溢的甘味”。夏衍最后认为：“全体的说来，金子洋文的作品，多有一种描写普鲁列塔利亚（无产阶级）的纯情苦恼和争斗的抒情的倾向。”

此后，《大晚报·辣椒与橄榄》刊登张若谷的《恶癖》一文，其中列举金子洋文等人“恶癖”的例子。对此，鲁迅在《文人无文》中点评，并将张若谷一文作为“备考”，附在文中（1933年4月4日《申报·自由谈》，署名何家干）。

《海风周报》第9期至12期，连载夏衍（若沁）一组译介之文《我们的文艺》，其实是介绍苏联等国的普罗文学作品，这些材料来自夏衍这时期转译的许多外国文学作品和文学理论书籍。《我们的文艺》的设想可能起初与夏衍写的第一篇《关于金子洋文》有关，“触发”了钱杏邨继续组稿“译介之文”的灵感，“接替”蒋光慈（魏克特）在创刊号上发表的《革命后的俄罗斯文学名著》，让蒋光慈有更多时间去干其他的著译工作。

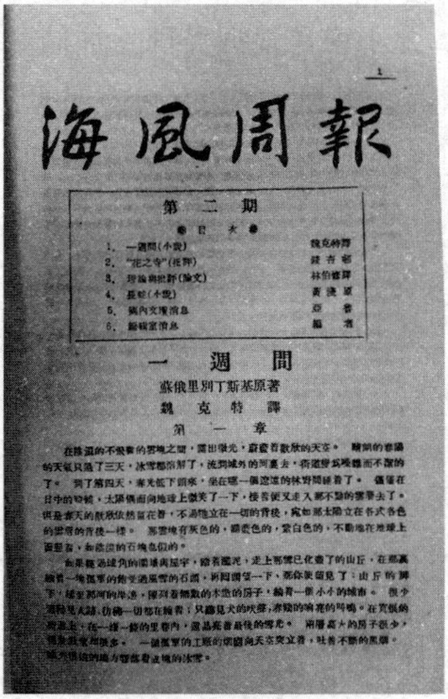

图1-4　《海风周报》第二期

“凡是留心苏俄普鲁列塔利亚文学的人们，谁都知道在这纪念之内，苏俄文学上有了伟大的发展，最能够代表这种发展的作品，魏克特君在本刊第一期上已经有了简短的介绍，不过，这一本最近（一九二七）出版的《破灭》还不曾采集进去。”法捷耶夫的著名小说《毁灭》，夏衍转译为法及哀夫的《破灭》。

夏衍的开场白，表明了自己撰文的目的与蒋光慈（魏克特）一文的衔接关系。他直言不讳地指出《毁灭》的最大缺点，“和《一周间》及《水门汀》比较起来，这一部作品的情节可以说非常的单调（这种过分的单调，或许可以说是这篇作品最大缺点）”。

夏衍的点评和介绍《毁灭》也许是比较早的，与后来瞿秋白等人的高度评价有着明显的不同。此后（1931 年 9 月），鲁迅从日文转译的《毁灭》，由大江书铺出版，署名“隋洛文”，但马上遭到反动当局的查禁。11 月下旬，鲁迅又以“三闲书屋”的名义，自费印行了《毁灭》第 2 版。并且干脆署名为“鲁迅”，以示反抗。瞿秋白收到鲁迅赠送的第 2 版《毁灭》，再看看署名，心里便明白了，不由得佩服鲁迅硬骨头的精神。他把此译本与俄文原著校读后，按捺不住激动的心情，写了一封长信给鲁迅，开头称呼鲁迅为“敬爱的同志”。

瞿秋白在信中说：“你译的《毁灭》出版，当然是中国文艺生活里面的极可纪念的事迹。翻译世界无产阶级文学的名著，并且有系统的介绍给中国读者（尤其是苏联的名著，因为它们能够把伟大的十月，国内战争，五年计画的‘英雄’，经过具体的形象，进过艺术的照耀，而供献给读者），——这是中国普洛文学者的重要任务之一。”[6] 以后他俩互相配合，互相支持，不断扩大翻译世界无产阶级文学作品和马克思主义经典文艺理论的范围，成为 30 年代左翼文学战线上的重要成果之一。

夏衍写的《我们的文艺》第 2 篇介绍美国进步作家辛克莱及其长篇小说《火油》（现译为《石油》），“《火油》是辛克莱的最大长篇，也是他技巧最圆熟的作品。出版的时候，他自己捧着一大包的书籍亲自到波士顿街头去叫卖，但是不久即受到了当局发卖禁止的命令”。此小说是根据美国石油储藏的一件丑闻于 1927 年写成的，在此前后，辛克莱创作了《屠场》《石炭王》《波士顿》《世界末日》等。

夏衍认为《石油》《波士顿》“不能作为小说。因为这些作品的兴味中心不是作人物的运命，而是忠实的美国资本主义的解剖”。这是颇有见解的。由于受到苏联文学评论家的影响，夏衍也把辛克莱作为“我们”的行列，认为他还是“一个的社会主义 Journalist（新闻工作者），同时还是一个现实的 ldealist”（理想主义者）。

鲁迅文章中也经常提到辛克莱，同时也为新近“蹿红”的辛克莱打抱不平，“中国大嚷过托尔斯泰，屠格纳（涅）夫，后来又大嚷过辛克莱，但他们的选集却一本也没有”。（《伪自由书·为翻译辩护》）

夏衍写的《我们的文艺》后面两篇，分别介绍了苏联作家里昂诺夫的《巴尔叔克》、倍·拉维来尼育夫的剧本《崩坏》。

《海风周报》第 13 期，夏衍（若沁）的译作《露莎的短简》，文前注明：

“下面所译出的，是露莎·罗森堡从狱中寄给她女友的短简，大部分，是寄给里卜克内四夫人苏菲和考茨基夫人露衣赛的狱中消息。我们从这些散文诗一般的短札里面，可以知道露莎不仅是个伟大的经济学者，而且同时又是一个优秀的诗人。”

露莎·罗森堡，今译为罗莎·罗森堡，出生于波兰，是著名国际共产主义运动政治活动家和理论家，德国共产党的创始人之一和第二国际左派领袖，得到列宁等人的尊重。1919 年 1 月被杀害，同年爆发俄国十月革命；里卜克内四，今译为卡尔·李卜克纳西，也是德国共产党的先驱者，马克思、恩格斯的战友，他与罗莎·罗森堡同时被捕入狱，被杀害。中国革命者曾每年定期集会纪念遇害的罗莎·罗森堡、卡尔·李卜克纳西，以此号召革命，激励斗志，教育广大民众。

林疑今翻译的《关于高尔基》，这是美国著名作家辛克莱原作，反驳了美国和西方对高尔基的种种污蔑和诽谤。这类似鲁迅夫妇、瞿秋白夫妇共同完成的《萧伯纳在上海》，无情地撕掉了大人先生、圣贤豪杰的花哨西服，“赤裸裸的搬上舞台”，由此揭穿这个光怪陆离“文明社会”的内幕。

林疑今在译文后注明：“这篇是辛克莱的一本《The Braso Check》（《布拉索支票》）里译出，原文是在第十章里，因为时间和种种的关系先译了这篇。原名是《从露西亚来的声音》，是译者冒昧地把它改了。”

王抗夫（王弁石）曾翻译《铁踵》，美国作家杰克·伦敦原作（泰东图书局 1929 年 5 月版）。事前，《海风周报》第 16 期刊登了他的译文《英琪儿》（芬兰 Madame Aino Kallos 原作），被编排在卷首，有趣的是该文的要目标题是《英儿琪》（合订本也误排了），但是正文标题和正文里的女主角的名字都是英琪儿。

此小说的构思颇为新颖，英琪儿是个奶妈，被雇来照料小伯爵（婴孩），她却想念自己的孩子，正嗷嗷待哺，便叫女仆帮忙抱来。她看着两个不同命运——贫富悬殊的孩子，灵机一动，分别扒下两个孩子的不同色彩的衣服，互相交换穿上，于是一个奇特的场景出现了。这个象征意味的细节很容易勾起各种联想，产生复杂的情感。

当奶妈还在一味地欣赏、思绪纷飞的时候，女主人的脚步声在楼下响起了，奶妈反而镇定了，“鞭打我也好，赶我走也好。我决定把我的孩子带走。”这里没有大喊大叫，只有一个高大、美丽的奶妈的形象，说着极为平常的话，但是富有哲理，闪耀着现实主义文学作品的光辉。

《海风周报》刊登的唯一一个独幕剧《停电》，巩子翻译，日本作家荒野寒村原作。剧情很残酷，讲述罢工工人家里的女孩病重，医生上门来动手术，在关键时刻，停电了，女儿死了。这时外面响起了女孩父亲兴冲冲赶回来的呼声："万岁！万岁！大胜利呀……"原来电气工人加入了罢工行列，"今天晚上的电灯一直也不会再亮了"。家里的妻子面对女儿的尸体，悲痛欲绝，号啕大哭。

兴奋与悲愤，生存与死亡，这是一个强烈的反差对比的悲剧，一方面是女孩父亲参加今晚劝说电气工人罢工的见面会，只好放弃陪伴病中的女儿，取得了扩大罢工阵营的"大胜利"，一方面却付出了女儿病亡的惨痛代价。虽然此剧情有些牵强附会，经不起推敲，但是表达了一种罢工必胜的信念，哪怕付出生命和鲜血的沉痛代价。

如果说女孩病亡的原因归根结底是逼迫工人罢工的资产阶级，那么人情的理性光辉在此失去了同情性，赤裸裸地暴露阶级斗争的残酷性和尖锐性。

日本著名的文学家、剧作家秋田雨雀曾是中国留学生的"老朋友"，撰文发表于东京左联办的《杂文（质文）》（详见丁言模：《东京左联月刊〈杂文（质文）〉》，载丁言模：《穿越岁月的文学刊物和作家（一）》，中国社会出版社 2017 年版）。

1927 年秋天，秋田雨雀前往莫斯科。次年 5 月归国后，做了一次演讲（陈直夫翻译，题为《苏联之艺术概况》），回顾了莫斯科之行的所见所闻，他认为苏联与日本生活相比较，前者"实在感到非常的'单纯美'"，充满了溢美之词。他还见到了许多苏联作家和评论家，其中有林伯修译文的原作者高根教授等人，高根教授介绍说：现在苏联的作品绝不比过去作品逊色，虽然没有托尔斯泰、陀思妥耶夫斯基，但是苏联已经有很多有希望的普罗作家。秋田雨雀听了介绍后，表示"异常满意"。

《海风周报》的众多译作成为该刊的"拳头产品"，其中的文学作品和理论阐述的水准，大多超过了该刊发表的蒋光慈、钱杏邨等人同类的文章，这也是当时一些左翼、进步刊物的"共性"。

林伯修的译作和建设性阐述

太阳社的林伯修，原名杜国庠，资格很老。1907 年留学日本，与李大钊共同组织丙辰社，又为南社成员，后执教北京大学、中国大学等。1928 年，他在上海加入中国共产党，从事普罗文化运动。他是左联的发起人之一、社联党团成员，参加党刊《红旗》等编务工作。

《海风周报》前5期连载林伯修的长篇译作《理论与批评》，后面接连发表了他的译作《关于文艺批评的人物之论纲》《普罗列塔利亚底内容与形式》《艺术底内容与形式》《关于几个文艺的问题》《艺术之社会的基础》等。这一组转译的文章，代表了太阳社借助《海风周报》平台大力宣传关于建设、发展无产阶级文学理论的主旋律，其中既有分析新兴理论建设的必然性，即把历史唯物辩证法的基本原理与俄国十月革命胜利的实践相结合，也有驳斥各种谬论的阐述，表达了展现美好前景的愿望。

以上引用的《编辑室消息》，已经充分说明蒋光慈、钱杏邨对于林伯修的长篇译作《理论与批评》的高度评价，认为“这是一篇很重要很有价值的论文，每个研究无产阶级文艺的青年都应该细读。希望不要因为艰深而忽略了它”。这意味着此译作具有指导性、前瞻性以及某些实际操作性。关于高根的介绍，林伯修（伯川）翻译的《全世界左翼战线作家传略》（《海风周报》第4期）中专门列出一节，还介绍了卢那察尔斯、格拉得可夫（亦译为革拉特珂夫，著有小说《水泥》等）、巴比塞等。

《理论与批评》可能是高根教授专著《无产阶级文学论》的部分内容，林伯修还翻译了该专著日译本的序言（1927年）：“直至十月革命之后，无产阶级始能够亲自用自己的言语表明自己的感情，气分（氛）及要求了。指示着俄罗斯的无产阶级文学的本书（《无产阶级文学论》）对于日本底读者最能够证明：俄罗斯底劳动阶级自身之中怎样地蕴藏着伟大的精神的力哩。俄罗斯底劳动者在十年前虽还是被榨取阶级，没有什么权利，被帝制政府有意地迫陷于无智（知）底泥沼，而且为教会和官吏所欺凌了，但一旦为革命所解放了的劳动阶级在这十年中间从其同伴中使一群优秀的作家登台了。”

《理论与批评》引用了托洛茨基的论文集《文学与革命》、瓦浪斯基《关于无产阶级艺术与我党底艺术政策》、烈烈威支的《艺术上的共产党底政策》等文的观点。

托洛茨基的《文学与革命》中的第一部分早在1922年、1923年以各篇论文形式发表于《真理报》，后出版单行本，以后几次再版。1925年美国纽约国际出版社出版英文版，后由李霁野、韦素园合译，1928年2月未名社出版，不料2个月后李霁野等人因此被捕入狱。

托洛茨基此书在中国影响很大，鲁迅、瞿秋白都很重视，即使斯大林与托洛茨基的意见分歧公开化，该书的许多内容依然被广泛引用。

瓦浪斯基亦译为瓦浪依斯基，烈烈威支亦译为列列维奇，他们曾是苏联最有影响的文学团体“拉普”（俄罗斯无产阶级作家联合会）重要成员。1924 年 5 月，俄共中央出版局召集的文学会议出现激烈的争论，托洛茨基也发言了，题为《论文学和俄共的政策》（后收入再版的《文学与革命》）。这次会议的报告与发言曾由鲁迅收集在所译的《文艺政策》一书里。1925 年 1 月，“岗位派”（《在岗位上》刊物为阵地）的观点系统化形成决议，成立了“拉普”，在《真理报》《布尔什维克》《在岗位上》等报刊上发表文章，进行激烈辩论，主要集中在党的文艺方针、文化革命等问题上。为了解决这次大辩论，1925 年 6 月 18 日，俄共中央发表《关于党在文学方面的政策》，“岗位派”发生了决裂，瓦尔金、罗果夫、列列维奇等坚持原观点，成为所谓的“左”翼少数派，后被撤销有关职务。

由于“拉普”的形成、演变的历史很复杂，不断出现各种争论，形成“理不断”的因果长链。不同时期介绍到中国来的苏联文学理论，都有不同程度的“拉普”理论烙印，包括林伯修的译作《理论与批评》等。然而，蒋光慈、钱杏邨等人觉得这些新近产生的苏联文学理论都很新鲜，对于“贫乏”的左翼文学理论领域来说都是“他山之玉”，拿来主义占据了上风。至于中国众多读者是否理解，是否愿意“化为已有”，这已经不是“窃火者”所考虑的事了。蒋光慈、钱杏邨等人自己是否理解，另当别论。鲁迅固有自知自明，“革命文学”论争中，被“挤”着看了几种“科学底文艺论”，才明白了先前的文学史家们说的一大堆纠缠不清的疑问。（《三闲集·序言》）

臧原惟人是日本著名学者，曾留学苏联，被称为“日本无产阶级革命文学家”，他的理论见解曾在中国左翼、进步作家之间产生了很大影响，形成了“一个中心”，同时他提出的唯物辩证法创作方法，也带来了教条主义的消极影响。

林伯修翻译了臧原惟人的一篇论文《普罗列搭（塔）利亚艺术底内容与形式》，连载于《海风周报》第 10 期、第 11 期。该文讲述了普罗艺术的历史，以及形式、内容之间的辩证关系。认为普罗艺术家批判地吸取大众的伟大的艺术作品形式，“尤其是过去底革命艺术底形式，会给予许多东西于普罗列搭（塔）利亚艺术”。

林伯修还转译了卢那察尔斯的《艺术之社会的基础》，连载于《海风周报》第 14、15 期合刊和第 17 期。其标题下注明“林伯修重译”，显然他对以前的译文并不满意。但是停刊了，并未刊完，因此仅刊登了前半部分。

冯雪峰则有卢那察尔斯同名的译作，水沫书店1929年5月初版，他在《译者附记》中写道：“译在本书中的三篇卢那卡尔斯基（A. Junacharsky）底艺术论文，都是据日文译本底重译。第一篇和第二篇是据外村史郎底译本（《艺术之社会的基础，丛文阁版》），第三篇据茂森唯士底译本（《新艺术论》，至上社版）。”“翻译时，得呐呜、鲁迅二先生底帮助最大，望舒、馥泉、望道诸先生也有不少的教助，均此志谢。”

由于林伯修的译文未刊完，来不及说明译自哪个日文版本，冯雪峰的说明则可以弥补这个缺憾。如果将两人的译作进行校对，那么是一个很有意思的话题，可以引申出许多故事。

林伯修凭借翻译的许多马克思主义经典理论著述，以此观审中国文坛，他撰写了《1929年急待解决的几个关于文艺的问题》（《海风周报》第12期），开头就提出撰文的宗旨：“1928年是中国普罗文学主张它的存在权的年头，1929年应该是它开始确立它自己的理论和实际地解决当前的具体问题的年头。”并认为目前已经从“革命文学”发展到普罗文学的阶段，但是“未曾充分地给予马克思主义的认识——确立普罗文学的理论”，也很少讨论具体问题。因此，他提出三点意见：

其一，普罗文学的大众化的问题。并提出8个小问题，最后两个小问题：一是“普罗文学决不因其大众化而减低它的价值”；二是“作家自身的生活便应该普罗化”，才能真正地把握普罗意识；作家应该细心地接近及观察他所要描写的对象。

其二，普罗文学的写实主义的建设问题，这是当前极为重要的问题，“这要我们的作家及批评家有意识地积极地在这一方面来共同努力”。

其三，艺术运动的两重性的问题。即普罗文学运动中产生的宣传和鼓动的作品，同时促进提高普罗文学艺术，建设普罗文化。林伯修同意沈起予的《艺术运动底根本概念》（《创造月刊》第2卷第3期）的基本观点，同时纠正沈起予说的普罗文艺运动是“政治运动底辅助”的说法，认为“普罗文艺运动是普罗斗争中的一种方式，它和政治运动一样地是阶级解放所必要的东西”。“在这里只有工作上分配的问题，而不是性质上轻重的问题”。

林伯修的三点意见既是太阳社鼓吹“革命文学”的继续和进一步的发展，也代表了当时的一个理论标杆。虽然后世并未给予重视，冷淡、疏远，甚至遗忘，但是此文“承前启后”——中介环节的历史地位客观存在。

其一，提及“革命文学”产生的源流，“它简略地追迹了‘五四’以来的文学革命的历史，扬弃了浪漫主义及自然主义……等等的文学，同时指出了革命文学的发生之必然及它的社会的根据”。虽然此文难以展开阐述，但及时总结了同人的理论成果，进行了“提纲挈领”的概括性表述。

其二，此文的第一点意见，正是此后左联成立前后的几次大众化讨论的“前奏”，而且后两点具体问题，瞿秋白等人都给予高度重视，多次撰文阐述，并且延续到此后毛泽东提出的工农兵文艺理论，产生了延安文艺座谈会之后的大量实践成果，其巨大的影响力渗透在新中国成立之后的前期当代文学史。

其三，此文的第二点意见，也是左联高度关注的问题，特别是瞿秋白参与左联领导工作之后，译介了大量的马克思主义文艺经典学说理论，以苏联现实主义创作方式为典范（融进各种政治因素），努力促进左联文学创作及其理论建设。

其四，此文的第三点意见，既是瞿秋白等人“左”倾指导思想的延续，又受到苏联文坛“拉普”观念的影响，不同程度影响了此文的第二点意见的实施，加之其他复杂因素，这种观念影响深远，已有多文阐述，毋庸赘述。

钱杏邨的严苛述评和辩解

如果说林伯修等人的译作是“窃取”苏联无产阶级文学的“火种”，那么林伯修的《1929 年急待解决的几个关于文艺的问题》一文是“中国化”的一种可喜的尝试，但是仅此一文而已，成为《海风周报》的“闪光点”。

相对而言，钱杏邨的各种述评文章则是一个“面”，几乎每期都有，成为该刊的“半壁江山”，不妨认为是一种风向标。他的文学评论是筛选、吸收、运用“窃取的火种”的一种实践，形成自己所需要的“批判武器”，对于现代文学创作进行一次短暂的“巡礼”，对于不同对象采用不同角度的评判，得出不同的结论。同时，他介绍了国内外的一些文学作品。

钱杏邨最初以勇猛的评论家姿态出现于中国现代文坛，四处出击。《海风周报》发表他的文学评论文章比较多，不仅点评三位新兴女作家丁玲、凌淑华、陈衡哲作品，还评价了“走红”茅盾的新作《幻灭》《动摇》、巴金的随笔，以通信的方式谈论太阳社成员顾仲起之作、《红黑》编辑岳真（沈从文）的观点等，呈现了多元化的评论色彩，折射出敏感、灵活的思考和恪守普罗文学信念的执着精神。

丁玲说：“我这本集子里的主人公，都是在黑暗中追求着光明的女性，所以书名定为《在黑暗中》。”此为丁玲的第一个短篇小说集（1928 年 10 月上海开明书店初版），收入了《梦珂》《莎菲女士的日记》《暑假中》《阿毛姑娘》4 篇短篇小说，另有 1 篇后记《最后一页》。此集子受到广大读者的青睐，到 1934 年 6 月已经再版 6 次，累计发行 10 万余册，这是一个惊人的数字。

钱杏邨评论《在黑暗中》时，只是把丁玲作为新女性作家来看待，毫不客气地指出：“《梦珂》是写女子职业问题。《莎菲女士的日记》写性恋心理。《暑假中》以同性恋为描写的对象。《阿毛姑娘》写女性的物质欲望的发展及其打击。四篇之中，《莎菲》《梦珂》写得最好，《暑假中》则不如庐隐的《海滨故人》，《阿毛姑娘》第一章是失败了。在技术方面，作者似长于心恋描写。那种热情的，冲动的，大胆的，性恋的，一切性爱描写的技巧，实在是女作家中所少有的。”

其实，《梦珂》塑造的女主角原型有丁玲昔日闺蜜王剑虹的身影。1927 年 10 月上旬，随着中央机关迁移到上海，瞿秋白在郑超麟陪同下秘密回沪。瞿秋白还问郑超麟，《小说月报》上有一个署名“丁玲”的写了一篇小说，写得很逼真。[7] 丁玲原名蒋祎，字冰之，1927 年冬天发表第一篇短篇小说《梦珂》时首次使用丁玲为笔名。瞿秋白曾称病逝的前妻王剑虹（与丁玲都曾是瞿秋白执教上海大学的学生）为“梦可”，法文“我的心”的译音，这些都为王剑虹的挚友丁玲所熟悉。现在她使用“梦可”谐音作为小说题目，这不能不让瞿秋白感到很意外，很想知道小说作者“丁玲”究竟是谁。不过，瞿秋白与丁玲重逢，则是在 1930 年冬天，瞿秋白遭到党内“无情斗争”之前，这已是题外话了。

丁玲自我表白的笔下女主人公是“在黑暗中追求着光明”，但是这个定位有点触动了资深评论家钱杏邨的心底，他承认《在黑暗中》集子是“一部写实主义的创作，以个人为出发而仍以个人为终结的第一期写实主义的创作。作者微微的具有世纪末的病态”。这“第一期”定语，意味着丁玲刚踏入现实主义创作的大门——较高的评价。“《在黑暗中》所表现的，当然是渴望自由与幸福的小资产阶级的个人主义者的思想，有着无政府主义的倾向。在这样的人物之间，有向上的积极的求出路的一面，也有消极的走向灭亡的一途，作者所表现的人物，是代表了后者。”

同时，钱杏邨受到苏联文坛流行社会学“批判武器”的影响，认为丁玲“对于文学本身的认识，仅止于‘表现’，没有更进一步的捉到文学的社会的意义。作者只认识‘文学是人生的表现’的一个原则，忘却了‘创作人生’的一面。”

以同样的思路，钱杏邨点评凌淑华的短篇小说集《花之寺》（新月书店1928年初版，收入《等》《茶会以后》等12篇作品），作者“从客观方面所看到，她显然的是取着进步的资产阶级智（知）识分子的立场，以大部分力量在描写资产阶级以及破产的资产阶级的太太小姐们的生活和心理，而表示不满，是代表进步的中国资产阶级的智（知）识分子思想的女性的意识，不过，‘文字技术还没有怎样的精炼’”。

凌淑华是作家、画家，素有“淡泊明志、宁静致远”的精神，她生活在社会上层，周围环境的人事素材决定了她早年创作的特点，钱杏邨认为“她应用绘画上素描的方法，来表现以上的种种人物，风格朴素，笔致透逸”。凌淑华的文风有别于同时代的丁玲、白薇等，被称为“中国的曼殊斐尔”。

鲁迅在《〈中国新文学大系〉小说二集序》对于凌淑华的创作特点有言简意赅的点评：“她恰和冯沅君的大胆，敢言不同，大抵很谨慎的，适可而止的描写了旧家庭中的婉顺的女性。即使间有出轨之作，那是为了偶受着文酒之风的吹拂，终于也恢复了她的故道了。这是好的，——使我们看到和冯沅君、黎锦明、川岛、汪静之所描写的绝不相同的人物，也就是世态的一角，高门巨族的精魂。”

“文酒之风”——凌淑华的成名作《酒后》（著名戏剧家丁西林将其改编为剧本）发表于1924年末《现代评论》，丁玲的处女作《梦珂》写于1927年冬天，与她俩比起来，陈衡哲属于文坛“前辈”，甚至被称为“新文学运动第一个女作家”。胡适指出：“当我们还在讨论新文学问题的时候，莎菲（陈衡哲）却已开始用白话作文学了。”（《小雨点·胡序》）

陈衡哲的短篇小说集《小雨点》（新月书店1928年初版），收入1917年至1926年挑选的10篇作品。陈衡哲是历史学家，诗文写作是她的爱好，她的丈夫任叔永是她的“第一读者”。陈衡哲在《小雨点·自序》中写道：“我既不是文学家，更不是小说家，我的小说不过是一种内心冲动的产品。他们既没有师承，也没有派别，他们是不中文学家的规矩绳墨的。他们存在的唯一理由，是真诚，是人类感情的共同与至诚。”

任叔永在《小雨点·任序》中认为陈衡哲的小说创作约有3个特点：一

是技巧有了相当的成功，二是作品中表现了很敏锐的感觉，三是作者对于人生问题有了很好的见解。对此，钱杏邨表示同意，并且顺着此思路说开去，最后点评：“她的创作不仅是‘表现’，而且是有‘意义’的。”《小雨点》集子中的《一支扣针的故事》“是最富有小说的风味的，结构层次分配得自然而适当，只是末尾有些松弱。其次，《洛绮思的问题》结构虽然没有《一支扣针的故事》来得紧严，但大体上是比较的健全”。《孟哥哥》《波儿》《一日》《巫峡里的一个女子》“是最失败的”。

如今世人评价丁玲、凌淑华、陈衡哲的小说创作时“脑洞大开”，全然没有“规矩绳墨”的约束，与昔日钱杏邨等人的点评“恍如隔世”。这反而证实了她们三人小说具有“六面体”的想象空间，任人的思维自由飞翔。不过钱杏邨的点评似乎偏向于凌淑华的小说，命运也眷顾了凌淑华的后半生。她们三人的命运当属丁玲大起大落，最后“修得正果”——平反，重新赢得世人的眼光，陈衡哲的“孤寂”晚年与丁玲不可“同日而语”了。

对于太阳社成员顾仲起及其作品，如今世人已经淡忘。[8] 1929 年初，顾仲起自尽于黄浦江。2 月 26 日，钱杏邨写下《关于顾仲起先生》，因而此文当属追思之文，首次以书信的方式谈论太阳社同人，其实是分析了顾仲起自杀的原因，并点评他的文学作品。

钱杏邨此文开头引用顾仲起的《残骸 · 后记》作为“由头”：在钱杏邨“的批判之中，多少带有一点培植与曲谅的地方，这，我看是可以不必的，不过，他老（?）先生批判鲁迅的态度，到（倒）是很正大的呢。我的作品不见得会得着杏邨先生的阅读，更不能得着杏邨先生的批评的了。然而，我是很希望，要是杏邨先生在比较清明的时候，因为要追时间的原（缘）故，来读一读我的作品，再高兴的话，写几句话来教训教训，这也许是增加我创作兴奋的药剂吧”。

钱杏邨作为太阳社的骨干，他的《死去了的阿 Q 时代》等文产生了很大影响。现在“旧事重提”，有些悔意，他写道：“关于顾先生批评我的话，在原则上我是完全的接受。在过去我的批评之中，因着种种事实的关系，实在有些不得不‘培植与曲谅的地方’。我自己也曾在别的短文里提到这一点。在最近，我正开始着克服这种不很必要的倾向。”以后，钱杏邨不仅代为鲁迅书写了出售杂文集《二心集》版权的收据等，而且写了不少评价鲁迅作品的有关文章，在早期鲁迅研究史上颇有影响。

对于亡友顾仲起——大革命时期加入共产党、参加北伐战争、农民暴动的总指挥，钱杏邨依然毫不留情，将意识形态的批判高于一切，由此掩盖了他对亡友的追思之情，似乎这样才可以向党组织有个交代。他认为："顾仲起先生，我从他的创作里所看到的，他是一个不彻底的革命的小资产阶级。他所以终于免不了走入自杀的一途，其主要的动力就是不健全的小资产阶级固有的意识形态在作祟。"并且，分析顾仲起自杀有三点具体原因：政治的苦闷，经济的苦闷，不正确的恋爱观。

顾仲起颇有才华，著有短篇小说集《生活的血迹》《笑与死》《爱的病狂者》，中篇小说《残骸》《坟的自供状》《葬》和诗集《红光》等。但是，钱杏邨不愿意过多点赞，冷冷地指出"他的取材以及描写，仍然不外乎个人生活的记录，仍然有自传的倾向。而不能取材于广大的群众，或者对于时代更有关切的题材。他所表现的，可以说完全是革命失败后不彻底的革命的小资产阶级生活形态的反映。然而，我虽有这样的不满，但他的创作的时代色彩，以及时代意义，我们是不能否认的。他是一个值得我们注意的作家"。钱杏邨采用先抑后扬的手法，以浓厚的批判色彩掩盖他内心的哀悼之情，这归根结底还是与顾仲起的自杀有关。如果让如今世人重新评价顾仲起这位"老革命"作家，语气可能委婉得多了，毕竟拉开历史距离观审，可以多一些不同角度的反思和探索。

对于顾仲起的自杀，蒋光慈表示惋惜，同时认为除了继续努力奋斗下去之外，第二条道路便是"既不能继续反抗黑暗的势力，又不能投降于敌人的营垒，那除了自杀，还有什么路可走呢?"最后指出："我们的青年作家，是自杀了，这是谁的罪过呢？……若政治没有光明的一天，那么这悲剧是永不会停止的。"（魏克特：《鸟笼室漫话》，载《海风周报》第 4 期）

1928 年 1 月 8 日，茅盾发表了《欢迎〈太阳〉》（《文学周报》第 5 卷第 23 期），对于蒋光慈、钱杏邨等人的太阳社寄予厚望，同时对于蒋光慈写的一篇宣言式的论文《现代中国文学与社会生活》提出批评，指出"惟有描写第四阶级的文学才是革命"的提法是错误的。

同年 7 月 28 日，被迫流亡于日本的茅盾撰写了《从牯岭到东京》论文，自我解剖了早期思想及创作，其中谈到《幻灭》《动摇》《追求》的构思及创作经过，以及对于国内文坛的意见，这是针对太阳社、创造社存在的"革命文学和理论实践方面的一些问题"，有感而发，结果引来了太阳社、创造社的"围攻"，成为鲁迅之外的又一个批判对象。

对此，钱杏邨曾写过《从东京回到武汉》批评长文，分为 5 个部分，即

《到了东京的茅盾》《缠绵幽恋，激愤昂法，迷乱人色的人生》《〈幻灭〉〈动摇〉的时代推动论》《所谓文论的天然对象》《从东京回到武汉》。但是，此长文“因种种的不得已的关系，一直到现在还没有印将出来”。因此，钱杏邨将其中第三部分《〈幻灭〉〈动摇〉的时代推动论》发表于《海风周报》第14、15期合刊（1929年4月21日出版），并在文前作了有关说明。

钱杏邨为“标语口号文学”作了辩解，认为这是普罗文学创作初期的必然产物，“这一术语，虽是资产阶级作家用为谩骂的工具，用来反应（映）普罗的‘宣传文艺’一术语，在事实上只做了普罗文艺运动初期的不可避免的一部分不健全的技巧的创作的说明，事实上时（是）阻止不了普罗斗争文艺的发展的。”

钱杏邨讽刺茅盾对于“标语口号文学”的批评，“他从普罗文艺立场退到小资产阶级的立场，从认为必然的初期的普罗文艺的病态，而变为以这变态作为他的攻击普罗文学对象，是（他）自己的进步！”最后6个字下面有粗黑点，以示重点，其意不言而喻了。

最后，钱杏邨还为郭沫若的文学是政治“留声机”的观点作辩护，认为“这个警语是非常正确的”。因此，“茅盾先生或许是物质的环境原（缘）故，根本不能了解留声机器的奥意，而觉得是一种凌辱，那是当然的。至于茅盾先生要觉得有价值的，在革命文艺上不得不有反对的价值了”。“茅盾先生也许是要革命的，那么请你先要完全弃掉你自己阶级的利益，努力获得普罗的意识罢！”

钱杏邨自以为是坚决站在维护普罗文学的立场上，以此与苏联“拉普”某些文学观点相接轨，把茅盾强行按在严厉批判的被告席上，此类似当初“围攻”鲁迅的遗风。以上谈及钱杏邨对于曾“围攻”鲁迅有些悔意，同时继续严厉批判茅盾，“旧事重提”（翻检出昔日批判茅盾的文章），依然沿顺着昔日“围攻”鲁迅的思维惯性。这“双重标准”令人似乎不可理解，其实也很正常，不足为奇。

1932年10月，瞿秋白加入与胡秋原、苏汶（杜衡）关于“文艺自由”论争，在《现代》第1卷第6期发表了《文艺的自由和文学家的不自由》，一方面为钱杏邨辩护，因钱杏邨的观点被胡秋原抓住话柄；一方面批评钱杏邨，“要求文学家无条件的把政治论文抄进文艺作品里去，这固然是他不了解文艺的特殊任务在于‘用形象去思索’。钱杏邨的错误并不在于他提出文艺的政治化，而在于他实际上取消了文艺，放弃了文艺的特殊工具”。

其实，钱杏邨并非完全不懂“用形象去思索”，否则他以后也无法创作出许多出色的剧本。为了鼓吹普罗文学主张，钱杏邨不惜“矫枉过正”，当然其中还有其他复杂的原因。

瞿秋白在此文中也提及郭沫若的“留声机”观点，以批判胡秋原的“勿侵略文艺”“文艺自由论”的观点，重申“文艺——广泛地说起来——都是煽动和宣传，有意的无意的都宣传。文艺永远也是，到处是政治的‘留声机’”。并且坚决高举“文学大众化”的旗帜，大众文学必须反映大众的心声，发挥“留声机”的功效，产生积极的社会意义。因此，郭沫若的“留声机”观点很容易被当时左翼文艺运动者所接受，并非偶然，包括钱杏邨等人。1928 年 7 月 10 日，创造社的冯乃超特地撰写《留声机的本事》，热情鼓吹“留声机”的效应，便是一个例证。

《海风周报》还刊登了《茅盾的〈一个女性〉》（祝秀侠）、《一个女性》（徐杰）、《茅盾与〈动摇〉》（克生）等文。茅盾的短篇小说《一个女性》写于 1928 年 8 月 20 日，发表于《小说月报》第 19 卷第 11 期，茅盾自我评价道：小说女主角琼花“天真的心，从爱人类而至于憎恨人类，（最）终成为‘不憎亦不爱’的自我主义者。但是自我主义也就葬送了她的一生”。（《写在〈野蔷薇〉的前面》，载短篇小说集《野蔷薇》，大江书铺 1929 年 7 月版）

祝秀侠认为茅盾的创作“并不是革命文学，里面找不出一点革命的思想。他所（拥）有的，只是幻灭动摇——思想的动摇。这一点我实在替作者危险（担忧），思想愈向下沉，作品将更离时代远，甚而至于会和时代相背驰”。

徐杰认为“茅盾先生的《一个女性》里面狠（很）明显的暴露了作者的思想带了许多虚无主义的倾向，到头只是一个虚无的结局，用这种唯心派的理论，是绝对不能解释宇宙和社会的复杂的问题的，不但不能解释，而且愈解释愈怀疑，愈怀疑则愈消沈（沉），这一种感伤主义的叫苦只是教青年走到堕落颓废的路上去的。茅盾先生这就是你为小资产阶级者所叫的苦了！”

克生的随笔一文则是冷嘲热讽，认为茅盾的《从牯岭到东京》“其实好像是在教训，教训那些不明白，胡乱，不懂文艺技巧的吧，可是有人说：他是在介绍他的艺术手腕精明，他怕人家忽视，然而可以用来答辩吗？”最后写道：“被压迫、被摧残而感到苦痛的朋友们，我们应当起来捣碎消灭麻醉剂似的文化，要建设我们的新文化。呵……”这最后的笑声，不知是哪个声部的音符。

克生的随笔，使人联想起“革命文学理论权威之一”傅克兴的《从小资产阶级文艺理论之谬误——评茅盾君底〈从牯岭到东京〉》长文（《创造月刊》第2卷第5期，1928年12月10日出版），其口气“唯我独尊”，与克生的随笔很相似。

值得注意的是傅克兴一文发表时，其后有《创造月刊》编辑委员会的按语：“茅盾的《从牯岭到东京》这篇文章，显然与普罗列塔利亚文学尖锐地对立着，我们对于他的意见，应该从各方面去批评分析。克兴这篇文章，在一般理论上，我们认为正确。然而茅盾的文章，同时提出了许多现实的具体的问题，这些问题，我们不应该抹杀它，而应该正当地去解决它。关于这一点，编辑委员会认为克兴的文章，还有充分讨论的必要，并希望一切同志来参加这个讨论，使我们的文学运动因此得一个更进一步的具体的展开。”

显然，钱杏邨急于发表《从东京回到武汉》一文，并非“图一时的快感”，而是策划、组稿的结果，主动与《创造月刊》的“讨论”相呼应。茅盾后来回忆说：

> 《从牯岭到东京》引来了太阳社和创造社的朋友们的围攻。他们异口同声说我是小资产阶级的代言人，要树立小资产阶级的文艺。他们的逻辑是：你主张作品可以写小资产阶级，你的作品又是小资产阶级，因此你就是小资产阶级的代言人。这等于说，描写强盗的必然就是强盗。不过他们还给我留了一点面子。他们说：“我们这一次战斗是和与鲁迅一班人的战斗不同的，这一次的战斗是无产阶级文艺战线上与不长进的所谓革命的小资产阶级的代言者的战斗！”也就是说：我还够不上“封建遗孽”（指郭沫若批判鲁迅之言——引者）。我这“小资产阶级代言者”头上还保留一顶“所谓革命的”帽子，虽然是“不长进的”。[9]

除了茅盾受到严厉批评之外，另一位陌生的巴金（第一次公开使用此笔名）也未能幸免。

1929年3月，钱杏邨的文艺评论集《力的文艺》问世（泰东图书局出版），其中收入了有关各国文艺研究的文章。该集子前写有《自序》（1929年1月31日），事前发表于《海风周报》第9期（1929年3月3日），题为《关于文艺批评——〈力的文艺〉自序》。钱杏邨却在此序言中“节外生枝”，为自己辩护，即曾写过一文，提及托尔斯泰是“卑污的说教者”，同时反驳巴金的言论，因此在《自序》后又写了《附记》：

关于托尔斯泰“卑污的说教者”的批评，曾引起一位署名巴金的法国留学生在《东方杂志》“托尔斯泰号”大骂。他不但把Linen（列宁）说的话送给了日本的大学教授，而且把Trotsky（托洛茨基）的《文学与革命》当做无产阶级文学理论的经典。这些笑话我们姑且不问。总之，托尔斯泰固然有他的伟大的地方，但是，说托尔斯泰是“卑污说教”也并不是一种污蔑。不要举远的例证，我们就把接着巴金的一篇排的托尔斯泰给辜鸿铭的信看一回就可以证实。巴金先生！请您看一看托尔斯泰是在怎样的向中国人说教：

“中国人民过去以及将来还要遭受的磨折确是重大，但是，正在这个时候，中国人民不应该把忍耐心失了，不过当把对于压迫者的态度改变了，俾不致自己使这个对于暴力的退让——不以恶报恶——所造成的伟大的结果濒于危险。”

“基督教徒说：‘那个能够忍受到底的人是唯一的幸福者。’我觉得这是已经树定的真理，虽则人们很难使自己相信它。不以恶报恶，不与恶合作，这就是自赎和战胜那些作恶的人们最妥当的方法。”

巴金先生！这是托尔斯泰在1906年自己写的信，我们不必再翻他的全（部）著作，也就可以看到他是怎样的在说教了。巴金先生！托尔斯泰究竟不是“卑污的说教人”呢？假使你仍然不信的话，那么我就再把Linen（列宁）的原文抄一段给你，巴金先生！请你冷静一点，仔细的考虑一下罢。下面便是我引出的Linen（列宁）所说的关于托尔斯泰的话了：

“……一方面无忌惮的批判资本主义的榨取，剥去政府的暴行，裁判及行政的喜剧的假面具，且暴露了富与文明的成果的增大，和劳动大众的贫困，野兽化，苦痛的增大间的矛盾之深刻的根据，但他方面，提出了‘抗恶勿用暴力’这个愚劣的说教。虽然以清醒的现实主义剥去一切的假面具，但同时又是世界中最卑污的人即宗教的说教者。……”

巴金的译作《脱落斯基的托尔斯泰论》（脱落斯基即托洛茨基），载10月10日《东方杂志》第25卷第19号“托尔斯泰号”（1928年10月10日出版）。文章送出前，他“忽然想起个新的笔名（巴金）”，因该文发表时间比《灭亡》早近3个月，故该文成为巴金所有著译中第一次公开使用此笔名的问世文章。

这期专号是纪念托尔斯泰诞辰百年，除了巴金的译文之外，还有《托尔斯泰》（记者）、《托尔斯泰诞生百年纪念》（陈叔谅）、《托尔斯泰与东方》（胡愈之译）、《托尔斯泰的艺术》（彭补拙译）、《托尔斯泰的两封信》（味荔译）。

钱杏邨在以上引用的托尔斯泰一封信，起因是辜鸿铭（后为清华大学教授）通过上海总领事寄给托尔斯泰两本书《尊王篇》《当今，皇上们，请深思！论俄日战争道义上的原因》，这是辜鸿铭用英文写的书。托尔斯泰收到书后，1906 年 9 月至 10 月写了回信，强烈谴责西方列强侵略中国，“躬为兽行”。该信先后发表于德文《新自由报》、法文《欧罗巴邮报》、日文《大阪每日新闻》。《东方杂志》“托尔斯泰号”刊载的一组文章中的译文大多译自法文《欧罗巴邮报》，其中《托尔斯泰的两封信》，即托尔斯泰写给辜鸿铭、印度甘地的两封信。不过，此两封信的译文与如今的译文有较多不同之处[10]。巴金的译文开头有一段说明（1928 年 9 月 9 日，在法国）：

据说近来在中国有所谓“革命文豪”从日本贩卖到了一句名言：“托尔斯泰者卑污的说人也。”好一句漂亮的话！其实昆仑山之高，本用不着矮子来赞美，托尔斯泰的价值也用不着“革命文豪”来估定。日本的大学教授（?）在高楼大厦（?）中，吃过了精美晚饭（?）后，利用也是他的余暇，偶尔随随便便地说道：“托尔斯泰者卑污的说人也。”倒也无足怪，而中国的“革命文豪”居然把它当做金言似的连忙贩卖过来，就未免有点“出人意表之外了”。

这几天法国各报为托尔斯太（泰）百年纪念大出特号，大吹大擂，倒也热闹。我近来恰读完了托氏的名著《战争与和平》很受感动，现在读到脱洛斯基的文章，觉得有些地方“实获我心”，所以抽出一点时间翻译出来，一则作为我个人对于托氏百年纪念之一点表示，二则让那般（班）“革命文豪”知道他们祖师之艺术的见解，看看托尔斯泰究竟是否“卑污的说教人！”

巴金第一次公开使用此笔名，便被钱杏邨“浇了一盆冷水”，究其原因：其一，巴金不知道此言是列宁所说的，否则他可能会去查个究竟。其二，文坛上盛传的“革命文豪”之说，与太阳社、创造社等人“围攻”鲁迅有关系，特别是“盛气凌人”的教训口气，而且文学创作模式却是“标语口号”，引起巴金等人的不满。其三，托尔斯泰的宗教学说众说纷纭，其中包含的世界大同——所有人无论在精神上、物质上都团结在一起的理性世界，与巴金信奉的无政府主义思想有着相同之处，加之托尔斯泰的宗教思想与文学创作之间的密切关系，不能不引起巴金虔诚的思想感情，容不得他人的任何玷污。加之诸多原因，巴金一开头就“劈头盖脸”地向“革命文豪”发起挑战，虽然没有点名钱杏邨，却深深地刺痛了对方的敏感心理。

30 岁的钱杏邨比巴金大 4 岁，又是“老革命”的文学评论家，他看的社会科学书籍比较多，包括日文转译的，有点看不起这位陌生的年轻人巴金——初出茅庐。虽然钱杏邨写的《附记》没有像“围攻”鲁迅、茅盾那样锋芒毕露，但是严厉的口气不得不令人“倒吸一口冷气”。最重要的是钱杏邨拥有列宁的“批判武器”，这是巴金从未听说过，至少在这点上“未开口”，钱杏邨已经在气势上取得压倒性的优势。

不过，钱杏邨引用的列宁之言出自《列甫·托尔斯泰像一面俄国革命的镜子》，与当时的瞿秋白译文已有比较明显的差距，后者译文如下：

一方面——没有宽恕地批判资本主义的剥削，暴露政府的强暴，法庭和国家管理机关的滑稽，发见（现）财富的增多和文明的胜利与工人群众的贫穷，野蛮，苦痛的增加之间的全部深刻的矛盾，别方面——痴呆的宣传“对于恶的无抵抗”，对于强暴的无抵抗。一方面，最清醒的现实主义，揭穿一切种种的假面具；别方面，宣传世界上所有一切混蛋东西之中的最混蛋的一种，就是宗教，想要在官派神甫的位置上安放一种根据道德见解的神甫，这就是最精细的，因此也就是最恶劣的神甫主义。

瞿秋白译文与如今的译文又有不同之处。当时收入他积极翻译和编写的《“现实”——马克斯主义文艺论文集》，其中大部分文章均未发表。以后由鲁迅编入瞿秋白译作《海上述林》上卷，副标题改为《科学的文艺论文集》（解放后出版的《瞿秋白文集》恢复原样）。

如果按照以上抄录的瞿秋白这段译文，那么钱杏邨、巴金不约而同提及的“卑污的说教人”，变成了“最恶劣的神甫主义（者）”，同样也是贬语。

26 岁“血气方刚”的巴金当然不服气，1929 年 3 月，特地去购买这期《海风周报》、钱杏邨著的《力的文艺》及《暴风雨的前夜》，研究钱杏邨《附记》中批评自己的文字。

3 月中旬，巴金拟作长文分析托尔斯泰的思想，并驳斥钱杏邨等认为托尔斯泰是“卑污的说教人”的观点，遂在自己编辑的《自由月刊》第3期“下期要目”栏内预告：“署名巴金的法国留学生”答所谓“现代文坛最有力的批评家”钱杏邨。

4月25日，巴金《随便写几句话答复钱杏邨先生》（杂文），载上海《自由月刊》第1卷第4期，辛辣地嘲笑和驳斥钱杏邨在《海风周报》上批评巴金的文字，认为批评“托尔斯泰是说教者”的钱杏邨才是“卑污的说教人”。其中许多细节不必再详述，离题太远了。

胡也频、丁玲和沈从文共同编辑的《红黑》月刊第2期（1929年2月10日出版），刊登了《钱杏邨批评之批评》一文，署名岳真，有的学者认为这是沈从文的笔名（他原名沈岳焕），并且初步考证此文是沈从文的一篇佚文。

对于钱杏邨的文学批评模式，该文认为这是“把文艺形式以及思想上革命的，牵入政治心态影响上去，因此文学的功效等于政治的目标，而文学说完成的仿佛还是一种帮助或拥护政治的方向，把文学这样看有点怪”。

事前（2月5日），钱杏邨已经看到此文，便以书信的方式写了《致岳真先生我的一封公开信》［载《海风周报》第6、7期合刊，后收入钱杏邨的《作品论》集子（上海沪滨书店1929年版）］。钱杏邨承认岳真一文“好意是十二分感激的”，同时认为“有许多地方误会了我，而且因着彼此的立场不同，你说提出的问题，我也认为有继续讨论的必要”。

其一，钱杏邨反驳了岳真“有点怪”的观点，认为：

无产阶级为着自己的前途，拿文艺来做斗争的一种工具，来唤醒和组织群众，用唯物论辩证法去看，正是必然的而且应该的事实，毫无足怪的事实。所以，你的“有点怪”的判断，虽然在唯心思想弥漫一时的时代可以说是当然的，然而，这观点终究是不正确的，不过是证明了你和时代精神的隔绝罢了。

造成你的这种错误的主因，是由于你的思维考察的方法基本的错误。是由于你把文艺看作超然的东西，把文艺看做是不和其他社会现象相联系的单一体，这种方法是不健全的，是十九世纪最风行的。

钱杏邨运用的“批判武器”——文学工具论，来自苏联“拉普”的观点，如果进一步考察上层建筑与经济基础的辩证关系，那么可以详见普利汉诺夫的“五项因素”，瞿秋白早在大革命时期已经阐述了。[11]

其二，关于钱杏邨引用译本的原文问题，岳真“含讥带讪，骂了一句勇气太大，举顶绝踵”。钱杏邨郑重声明：“我的胆量并不大，我只是不信任非Marxism（马克思主义）的批评，无论他是历史上的怎样名人，我都要照着我的观点去把他重行（新）估定一回。这是事实，不是勇气。”这是钱杏邨的一种誓言。尽管他掌握的“批判武器”并不完善，但是，他能够在当时险恶的政治环境中斩钉截铁地公开声明，这才真正需要非凡勇气的。

其三，岳真指责钱杏邨“相信在据说极右的杂志中发表的作品便是落伍的东西，而新兴的有色的杂志总可无条件的说他极好，所登载的作品也全是革命的巨著”。对此，钱杏邨坚决否认，希望对方拿出“这一个结论的证据来”。最后写道：“我想《海风周报》六号上译载的卢那查尔斯基的《关于文艺批评任务之论纲》一文可以代替我的解答。”此译文作者是林伯修（杜国庠），登载于《海风周报》第6、7期合刊。由此联想到当初太阳社、创造社“围攻”鲁迅，迫使鲁迅查看、翻译卢那查尔斯基等人著作的原因之一。

巴金也关注岳真此文，他写的《现代文坛上最有力的批评家之真面目》（《自由月刊》第1卷第4期）也引用了岳真此文的一些言论，即以上谈及的第三点，认为钱杏邨的考证方法，就是“在作品中一言一语中肯定了这作品根本思想以及艺术态度”。

钱杏邨的教条主义错误，后由瞿秋白等人作了严肃批评。然而当时钱杏邨的话并没有激起岳真（沈从文）仿效鲁迅去查看卢氏等人的原著，他也无暇再去与钱杏邨论争，一直恪守着自己的文学理念和信仰，此后与左翼作家展开各种论争，这博得如今不少学者的“点赞”。沈从文在《记胡也频》里回顾创办《红黑》等刊物时说：“我们就从不打量在刊物上攻击他人而揄扬自己。”（上海《时报》，1931年10月4日至11月29日连载）

偶尔，整天忙忙碌碌的钱杏邨也会挤出时间即兴吟诗：“朋友，这一夕话才使我醒悟了，知道你所住的是一座改良的囚牢。往日我以为你是自由翱翔的飞鸟，现在刚认识了改良的人物都是一些毒鸟。他们承受的社会的毒汁早已浸入了骨髓，粉饰的浮面内藏着原先的毒杯。朋友，快离开这座囚牢，莫再低徘，改良主义本是人间最可怕的恶鬼。”

钱杏邨在此诗歌前面说明：“这真使我为难了。印刷（所）的朋友跑来说《（海风）周报》第五期缺少一个page（页码）的稿子。积稿固然不少，然而没有一个page这么短的。立刻要稿，随时写也写不出结果，只好抄这首旧诗来填空白。”此诗落款为“一九二八，五，一四夜”，发表于《海风周报》第5期（1929年1月27日），距离稍后钱杏邨写的《致岳真先生我的一封公开信》（2月5日）相隔近10天，无形中使得两者具有某种内在关系。钱杏邨由此表明一年前已经摆脱改良主义的“牢笼”，现在“旧事重提”，提醒文友们，不要再次陷入此“牢笼”，一起加入建设革命文学——普罗文学的伟大工程。

钱杏邨利用《海风周报》的平台，挥动“批判武器”四处出击，获得了文学评论家的名声，同时得罪了不少人；他在积累经验教训的同时，也在初步意识到要反思，其中既有比较平和、客观的点评，也有“金刚怒目”的主动出击，但是岳真（沈从文）触动他的“底线”时，则坚决给予反驳。1929年底，钱杏邨撰写的《一九二九中国文坛的回顾》一文（载《现代小说》第3卷第3期），则对于沈从文的短篇小说给予充分肯定，并认为其“成绩最出色”，有些短篇小说“也似乎有些接近普罗来了”。也许他知道岳真即沈从文，给予宽容和理解，毕竟那时已经在筹备左联了，思想境界应该有所提升了。

如果说1928年是钱杏邨大搞文学评论的新开端，撰写了几十万字，汇编了几本集子，那么《海风周报》则是一个延续的窗口，反映了钱杏邨初期文学评论的鲜明特点。同时，钱杏邨也写了不少推荐国内外文学作品的文章。

“是在什么地方看见过这样的一部长篇，现在我已无从追忆了。只彷（仿）佛记得原著者是一个曾经被放逐到西伯利亚的波兰作家先驱罗什伐斯基（Sierosjewski）。全书说的是一群被遗弃在西伯利亚荒原中的懒（癞）子们的生活。”

钱杏邨说是“无从追忆”，大概是托词，否则他写此篇《被损害的灵魂》介绍这部书的内容怎么会有这么多的具体内容。此文的后半部分是点评，他认为：“全书的技巧是成功的。伟大的西伯利亚的冰天雪地的背景固然是写得使我们神往；就是那里的佃渔生活者的生涯的全部也很精细的描写了出来；至于女主人公的变态的性格与动作，那种趋于极端的个人主义的虚无主义的思想，也是实在的给予了我以一种强烈的印象，一种很亲切的认识。”

罗什伐斯基，现译为瓦茨瓦夫·先罗谢夫斯基（1858—1945），他的父亲参加了1863年1月起义被捕入狱，他在中学时就参加了秘密爱国组织，被学校开除，较早地接受了社会主义思想。他两次被捕入狱，先后流放到西伯利亚。他曾访问日本、朝鲜和中国等地，1904年回到波兰华沙，参加民族解放斗争。波兰独立后，他曾先后担任参议员和波兰科学院院长等职务。

先罗谢夫斯基的早期作品主要反映西伯利亚流放期间当地人民的生活状况，以及包括他自己在内的波兰流放者们的处境，有的作品具有自传性质。钱杏邨介绍先罗谢夫斯基的小说，属于这时期的，这在中国现代翻译史上并不多见。

先罗谢夫斯基著有《中国小说集》，其中出名的是长篇小说《洋鬼子》，对殖民主义者进行了批判和谴责，热情讴歌了义和团和中国工人的反帝反封建的斗争。他热爱中国，仔细观察了中国的风俗习惯，如节日前打扫房间和院子，除夕守岁、放鞭炮，大年初一拜年，正月十五要龙灯等，他都写得绘声绘色，好像这些是出自一个中国作家的手笔。[12]

俄国作家安德烈夫（安得列夫）与高尔基是同时期的著名作家，钱杏邨认为："在 1900 年代的俄罗斯文坛上，高尔基（Gorky）和安得列夫两人可以说是一对怪杰。他们所代表的完全是相背（而）驰的两个方向。假如说，高尔基是一个胜利的歌唱者，那么，安得列夫就可以说一个失败的预言家。假如说：高尔基是一只海鹰，暴风雨的胜利的先知；那么，安得列夫必然的是一只乌鸦，他生着一对黑色羽翼。"

泾渭分明的判定之后，钱杏邨在此篇《安得列夫与〈红笑〉》中点评了安德烈夫（安得列夫）著名的中篇小说《红的笑》（1904 年）。此小说由梅川翻译，刊登于《小说月报》第 20 卷第 1 期（1929 年 1 月 10 日出版），钱杏邨写点评文章在其后（4 月 19 日），却遗漏了该小说书名中的"的"字，在此点评文中后来出现了《红的笑》全称。

钱杏邨认为此小说是一篇"很好的东西"，"这是一篇非战的小说，描写了战争的疯狂与恐怖"。"他虽然没有完全离开高尔基，可是，他已是在掘发他的坟墓了。"主要原因之一，俄国十月革命后，他流亡国外。"在这以后，《红的笑》便成了安得列夫的国土，《红的笑》就是死亡……他只看到人类的丑恶面，在笑里他看到了战争的影响。他所看到的人类的兽性的发挥，是人类理性的失掉。"这些观点受到苏联文坛的影响，当然也有钱杏邨自己审读的结果。

鲁迅偏爱评价安德烈夫（安特来夫、安特莱夫）及其作品，他介绍"安特来夫生于一千八百七十一年。初作《默》一篇，遂有名；为俄国当世文人之著者。其文神秘幽深，自成一家。所作小品甚多，长篇有《赤咲》一卷，记俄日战争事，列国竞传译之"。（《域外小说集·杂识》，收入《译文序跋集》）《赤咲》即《红的笑》。

鲁迅还翻译了安德烈夫的小说《黯澹的烟霭》，在《附记》里介绍了安德烈夫，认为他的创作“都含着严肃的现实性以及深刻和纤细，使象征印象主义与写实主义相调和。俄国作家中，没有一个人能够如他的创作一般，消融了内面世界与外面表现之差，而现出灵肉一致的境地。他的著作虽然很有象征印象气息，而仍然不失其现实性的”。（《译文序跋集》）鲁迅不仅为安德烈夫的作品被中国反动当局查禁而愤愤不平，而且受到安德烈夫创作的深刻影响，承认自己的小说《药》结尾受到“安德烈夫式的阴冷”的影响。

早在1926年1月14日，鲁迅写的《有趣的消息》已经引用安德烈夫《红的笑》的有名词语：“没有花，没有诗。”梅川译文为：“你知道地球已发狂了，已没有花与歌在地球上了。”

钱杏邨与鲁迅的评价有些不同，前者侧重于“政治上的分野”，他的点评文章最后引用了苏联学者Mirsky的评价：“安得列夫在今日的俄罗斯的读者之中，已没有了复生之道。事实上，岂仅于俄罗斯的今日的读者，安得列夫的时代是不会复生于世界的所有的被压迫的大群（众）里了，革命红。”

钱杏邨写下此文的3天前（4月9日），殷夫创作了诗歌《一个红的笑》：“我们要创作一个红色的狞笑，在这都市的纷嚣之上，牙齿与牙齿之间架着铜桥。大的眼中射出红色光芒。”“红笑的颌颚在翕动，眼中的红光显得发抖，喜悦一定使心儿疼痛，这胜利的光要照到时空的尽头。”这正是钱杏邨呼喊的“革命红”，呈现在殷夫的《血字》组诗里，他与钱杏邨“心有灵犀一点通”，但是，从未引起文学史研究者的注意。

洪灵菲、祝秀侠、蒋光慈风格不一的评述之文

《海风周报》介绍了不少国内外进步作家及其作品，以及对于近期书刊热点的评介，这不仅在传递一些新信息，而且显示了太阳社同人对于文坛动态的一种舆论导向——鼓吹普罗文学及其审美情趣。

1933年7月26日，洪灵菲时为中共中央驻北方代表秘书处秘书，去北平宣武门外李大钊烈士侄女的家中联系工作，不幸被守候的国民党中统特务抓起来，原来他被叛徒出卖了。

洪灵菲曾是左联常委之一，姚蓬子（左联总务部长）主编左联刊物《文学月报》，后由周扬接替，他俩都曾出版不少文学著作，但是结局截然不同。洪灵菲在监狱里坚贞不屈，次年夏天在雨花台英勇就义。

洪灵菲、姚蓬子曾先后翻译了高尔基的《我的童年》，孟超回忆说：

我还记得和他（洪灵菲）最初的见面，是在北四川路底横浜桥口一家极小的广东馆子里，我和阿英在那里吃最廉价的包饭，他和（戴）平万、杜老（杜国庠）也常常在另一个桌子上出现。这个饭馆客人并不太多，每次相遇，从神态中，从谈话的口风中，彼此是早已默识了，但开始接谈，还是经过了郁达夫的介绍，他把大家拉拢到一个桌子上，几杯白酒，一场热烈的叙话，彼此就恍如多年的旧交。不过，灵菲平常总是谨愿沈（沉）默，不多发言，虽然也有感情激越的时候，以不过高笑几声，一刹又恢复到宁静，特别是对于他过往的事迹，更是很少叙述。[13]

当初，蒋光慈、钱杏邨、孟超成立了太阳社，创办了《太阳月刊》。洪灵菲、戴平万、杜国庠组织了我们社，出版了《我们月刊》。双方“虽然对外是各自独立，其实在同一目标之下，不但步调一致，慢慢的两个组织也由此二化一了”。（孟超《我所知道的洪灵菲》）

《我们月刊》1928 年第 3 期发表了洪灵菲翻译的《沉郁》，其实是高尔基的《我的童年》第 6 章。次年，《海风周报》第 4 期刊登了洪灵菲以李铁郎的笔名发表的《读了高尔基的〈我的童年〉》，该文引用了不少《我的童年》译文内容。他认为：“《我的童年》是高尔基的后期的许多作品中的重要的一部。它是有了目的意识的写实作品，为着‘真理’同时为着‘事实’。”“这部书的作用是在写出被压逼（迫）阶级的精神的伟大，他们是进化的原动力，是未来的地上的乐园的建树者。”

洪灵菲的挚友戴平万也在《海风周报》第 4 期发表了《李特的生平及其小说》，该文介绍美国作家约翰·李特（John Eeed），“用着他的鲁莽的青年人的革命眼光，用着他的诗意的，生动的描写，把他从世界的每一个角落里所体验着的各种人生，写成简短而有力的小说，表现着被压迫者的悲苦的命运和他们的伟大的精神。他是一个青年人，一个天才的诗人，一个热情的理想家。而且他是斗争中的一员战士啊！他的朋友 Mah Eastman（马伊士曼）在〈群众〉上发表着纪念他的文中，称他为‘一个能了解科学的诗人，能面着事实的理想家呢’”。

该文称李特曾是美国共产党创始人之一，在莫斯科当选为共产国际执委，1920 年 10 月 17 日病逝。此后，美国进步人士成立约翰·李特俱乐部，创办

《新群众》刊物（美国共产党创办的一种文学与社会政治性的月刊）。左联的《前哨》曾发表美国《新群众》负责人的来信，提及将刊登关于左联五烈士等牺牲消息和抗议书。[14]因此，戴平万此文介绍，以便广大读者了解约翰·李特俱乐部的来历，因为在当时其他左翼刊物中时常出现该俱乐部的动态信息。

祝秀侠在复旦大学中文系毕业后留校任教，并从事文艺创作，在《太阳月刊》《海风周报》《新流月刊》发表小说和评论。他曾是左联成员，后转向国民政府，晚年任台湾中华文化学院历史与华侨研究所教授、中国地方文献学会监事等。

祝秀侠的有关述评在《海风周报》上发表不少，他述评的对象比较杂，大多与钱杏邨的指点和约稿有关。那时钱杏邨常去复旦大学，曾每周去一次，也先后“拉”着殷夫、森堡（任钧）、楼适夷等人前去。

1929 年 1 月 1 日，曾孟朴、曾虚白父子主编的《真善美》“女作家专号”（一周年纪念号外）出版了，其中有冰心的《赞美所见》及两则来信，庐隐、吴曙天、陈学昭等小说，白薇、袁昌英、赵慧深的剧本，苏雪林等评论，以及孙席珍、徐蔚南的“忆语”等，这是特邀张若谷组稿编辑的，他也撰写了《中国现代的女作家》的专题文章。

此专号引起众人议论纷纷，大多是尖锐批评和挖苦、讽刺的，这让“吃力不讨好”的张若谷觉得很委屈，他特地撰写了《关于女作家专号》一文（《真善美》第 4 卷第 1 期，1929 年 4 月 16 日出版），作了辩解，并且列出 3 个月里 30 多篇文章的标题、作者和发表的报刊，点评了一些“拍砖”文章，其中有祝秀侠《读过“女作家号”以后》（载《海风周报》第 5 期）。

张若谷奔走得满脸是汗，面恳函求，几乎两个膝头都要屈下去，才编成了一本所谓“女作家号”。……然而，我却抱歉得很！想来想去也找不出一句好话恭维他，第一个是无聊，第二个是无聊，第三个仍是无聊！

祝秀侠此文落款“完稿于江湾草舍中”，时在复旦大学。祝秀侠受到太阳社鼓吹“革命文学”的影响，也流露出“排斥异己”的倾向。张若谷编辑的“现代女作家专号”引起众多非议，祝秀侠也毫不犹豫地加入“打死老虎”的行列，对于冰心等女作家出言不逊，尽遣讽刺挖苦之词句，只图简单省事，一吐快意。不过有时也说几句比较中肯的话，但立即被淹没其中。此点评之文开头便定下基调，最后把张若谷撰写的《中国现代的女作家》“拎出来”贬斥一番，其中谈到丁玲：

还有丁玲的作品，这本所谓“女作家号”是缺如的。无论如何说，丁玲总是一位超出一般女作家之上的新进的作家。她长于心理的描写，她的作品是流露着浓烈的情感的。但张先生却批评她“忽略了情感的一方面”，我们试再读《莎菲女士日记》，那莎菲女士的内心表现还不流露尽致吗？

钱杏邨等人都很重视丁玲的创作，祝秀侠也不例外，抓住了张若谷的“把柄”，这些深深刺痛了张若谷的高傲、自信的心理。

张若谷早年曾赴比利时留学，接受正统的西式高等教育，一生致力于文学评论和翻译，全力把法兰西文学和文化精髓介绍到中国来，著有《异国情调》《文学生活》等。他的生活里也充满了“法兰西化”，甚至影响了他的择偶标准，产生了不少趣闻逸事，不时被其他文人揶揄一番。

面对众多非议，张若谷在《关于女作家专号》里进行了各种反驳，他鄙视祝秀侠一文：

“竟连为什么要出这样专号”的原意，“也猜不着”。只是看见了《代卷头语》，就自以为“恍然”大悟了。他谈到《女作家专号》内容时，先存了某种成见他所以对于各篇作品，就下了这样的按语：

“冰心女士的《赞美所见》……一件陈皮！”我毕竟蠢笨！懂得女士所赞美的仅是：“如今那堪你以神仙之躯”，接连又是几个“嗟乎粲者”而已。

张若谷“以其矛攻其盾”，反唇相讥，给后世留下的印象是祝秀侠此点评之文可能是《海风周报》中“败笔”之一，嗟乎。但是，祝秀侠点评汪锡鹏的获奖小说《结局》长文与以上“信口开河”之文有着“天壤之别”——好得多。

《海风周报》最后一期发表祝秀侠点评之文，文后附有说明：“《结局》汪锡鹏作，创造社第一次奖金征文当选。”其实是创造社第一次征文的“二等当选”（一等奖阙如，三等奖是周阆风的《农夫李三麻子》）。这是由张资平、王独清、段可情、李初梨、傅克兴、冯乃超组成的审查委员会评出的，并公布了《悬赏征文审查报告》（冯乃超“负本文责”），认为“应募稿十三种中，从形式及内容双方的标准下只能选出两种。能够全部符合本社的条件的作品，还是没有。经审谨的讨议的结果，决定下列两名当选……”

并认为“汪锡鹏君以多彩的笔触描绘一女子的流离转变的命运，配以变乱多端的时代背景之一角。从手法上看来，是成功的作品。同时，作者自身的告白也是很老实的，这篇只把时代的一角描写出来，这就是说从侧面观看时代潮流的奔潮。取材和态度是制约作品之能否成为伟大的一关键，对于我们这位前途灿烂的青年作家的艺术的素质，我们不能不希望他能再进一步认识社会的真相”。(《创造月刊》第 2 卷第 3 期，1928 年 10 月 10 日出版)

汪锡鹏毕业于金陵大学附中，保留金陵大学学籍去南昌谋职务，后参加北伐，又转读杭州之江大学、上海东吴大学文理学院。1930 年 7 月，毕业于东吴大学，获得文学学士学位。作者自称“我随着我的心，流浪，不安定，不安定了六七年，流浪了六七年”，指的是毕业前一段纷扰生活。除了长篇小说《结局》之外，汪锡鹏又根据漂泊不定的流浪生活陆续写成多篇小说，汇编为《汪锡鹏小说集》，上海矛盾出版社 1934 年 1 月初版。

1929 年 1 月，汪锡鹏的代表作《结局》由创造社出版部出版，此后一年内印行三版，受到广大读者的青睐。该小说初版时，《创造月刊》第 2 卷第 6 期（1929 年 1 月 10 日）期末特地推荐《结局》：“这本书是本社 1928 年第一次征文期中，在数百部著作之内，很谨慎的审查的结果所选出来的作品，技巧方面在最近的文坛上，确是一部成功的作品，内容描写一个青年女子，在革命前后的种种，流离转徙的经过，衬以变乱离奇的时代背景，文笔流利，别具风格，真是百读不厌。这是因为作者以纯客观的描写，老老实实，又自然又深刻，在现今文艺界，洵为不可多得之佳作。”此言有过誉、吹嘘之处，含有商业广告（书籍预告）的风气。祝秀侠对于《结局》也给予了较高的评价，他认为：

描写的手腕，要算刻画出女性心理的变化为最高强。作者驱使着流利通畅的笔仗，赤裸裸将整个女性的心理纤细地活现出来，这是本书最大的成功。在中国的创作上，从来描写女性心理的小说，很是缺乏，最近丁玲女士才颇有一两篇短篇使人稍微满意。但也不过是纯粹闺阁式小姐的病态心理的表现，不是整个以时代做背景的女性描写。以时代做背景的描写，在茅盾的三部曲里面才多方面的表现过。《结局》里的芷芳，很使我想及《幻灭》里的静女士。茅盾描写女性心理的变化也是很成功的。而作者对于芷芳心理的解剖，似乎还要比茅盾描写静女士深刻一些，露骨一些。但文字方面却没有茅盾这样艳丽动人。

该小说不仅具有鲜明的大革命时代特色，而且塑造了典型的女性形象芷芳，以上谈及的“赤裸裸将整个女性的心理”，包括了该小说深刻、大胆地描写芷芳的女同性恋心理。

祝秀侠将“无名小卒”汪锡鹏的创作与“当红”的茅盾的作品进行对比，这不仅反映了太阳社同人“不拘一格”的点评思路，而且透露了他们与创造社的密切关系，甘愿“为他人做嫁衣”——热情地为创造社同人的征文活动摇旗呐喊。祝秀侠还关注其他“热点”话题，大胆地提出自己的看法。

1927 年 3 月，巴金写下《〈工女马得兰〉译者序》，收入 1928 年 3 月开明书店出版的同名译作。他认为：“近来译成中文的西洋文学名著中最使我感动的，只有三部书，第一部是阿志跋绥夫的《工人绥惠略夫》；第二部是路卜询的《灰色马》；第三部书便是此书。”巴金认为该书“是一本充满着希望的书，它的‘英雄’对于革命是有坚定的信仰的。……就艺术方面讲，这本书也是成功的作品。全篇无异乎是一首很长的散文诗，句法短劲有力，修辞也很美丽，还带有极强的煽动力”。

祝秀侠则是从斗争题材角度来选择三部作品：德国剧作家霍甫德曼的剧本《职工》、英国作家高尔斯华绥的剧本《争斗》和法国作家米尔波的剧本《工女马得兰》，而且注重从思想意识层面来评价。

他着重点评了《工女马得兰》，认为该剧与前两者“同样的是描写劳动者对资本阶级的反抗运动的劳动剧”，但是在结局和立意上却有点差异。《职工》作者是站在小资产阶级立场说话，仅仅表示同情无产阶级，却未曾走到无产者的阵地来。《争斗》更是一种社会民主党改良派的思想，把最后的胜利并未归功于工人领袖，而是给予改良主义者。《工女马得兰》“比较能站在无产阶级上面而说话的，它的结局充满着劳动者热烈希望的叫喊！而且显然地暗示着无产者将来必然胜利的生命！”他认为该剧“最有力量的地方，是说出无产者残酷的生活和痛苦的情况，一面又将资本家的面目用最有色彩的笔调渲染出来”。

显然，祝秀侠与巴金的审美价值和情趣有所不同，虽然他俩都在谈论斗争、革命、信仰，但是内涵截然不同，巴金以作品的艺术感染力为标杆，包括凸显人性的描写。祝秀侠则是避开此敏感话题，紧紧抓住劳资对立的斗争及其社会根源——贫富差距，这是普罗文学的“美学”准则。由此衍生出中国现代文学史上的两种不同的评判标准，后者曾一度成为有关专著和大量论文的固定思维模式，甚至“上纲上线”为“路线斗争”，将“政治第一”的标准压倒一切。

钱杏邨编排祝秀侠此文后，特地写了《附记》：“关于《工女马得兰》，我在去年七月虽（已）写过一篇批评，与秀侠的意见稍有不同。对于秀侠的这一篇，我认为不满足的是他没有把《工女马得兰》是无政府主义的戏剧指将出来，除此而外，我没有什么意见。我的批评已收在拙书《文艺与劳动问题》里面。”钱杏邨不满意祝秀侠一文，还是针对巴金的无政府主义倾向而言，以此区别于巴金的评判标准。

1928 年 10 月 1 日，文学刊物《乐群》在上海创刊，起初为半月刊，32 开本，出版了 4 期。次年元旦改为月刊，内容衔接，卷期另起。起初由张资平署名编辑，后扩大为编辑委员会，由张资平、陈勺水、周毓英、洪涛、悲禅组成。

其中陈勺水，即陈启修的笔名，陈启修是多才多艺的著名教授，早年毕业于日本东京帝国大学，在苏联时，他在熟稔四门外语的基础上，又学习掌握了俄语。回国后执教北大等高等院校，讲授马克思主义课程，又南下广州、转赴武汉参加各种革命工作。大革命失败后，他被迫流亡日本，与中共失去联系，易名陈豹隐。

1930 年 3 月，陈启修翻译的《资本论》，这是我国已知最早的一本正式的《资本论》中文译本（详见本书收入的《郭沫若首倡的王茂荫研究》）。事前，陈启修流亡日本期间，写过戏曲、小说，翻译过高尔基的文学作品。1929 年底，出版了近百万字的著作。世人很少知道他曾撰写《有律现代诗》，刊登于《乐群》半月刊第 4 期（1928 年 11 月 15 日出版），曾一度成为中国文坛的“热点”话题。

起初，张资平还为陈勺水此文打抱不平，认为此文“是中国诗坛上的巨大激浪，中国的诗坛或者要跟着这个浪头打下去。但自从在四期半月刊上发表后到现在这一点影响都没有，这不能不说中国的诗坛竟然是筑在野庙里了，何以这样寂寞无声！我们的态度固然赞成勺水的提倡，但是读者和诗人们的模拟与检讨，我们是十二分的热望的！”（《乐群月刊》第 1 卷第 1 期《编后》）

张资平在文坛上的名声褒贬不一，他这么大声嚷嚷，强烈刺激了有识者的自尊心，于是纷纷撰文，赞同或批评的意见，各持己见，陈勺水的《有律现代诗》一时成了谈论的“焦点”。陈勺水认为：“凡是诗，都是有韵律的，因为有韵律，才是可吟的东西。”因此，现代诗歌不妨有脚韵，推敲一下平仄。在音数方面，他主张学习西洋体，至少得有十缀音。

毛一波认为：新诗形式运动，是旧事重提，这可以在胡适、闻一多、郭沫若等人的新诗论述中找到依据。对于陈勺水的主张，毛一波“可以说完全赞同，不过在音数方面，我至今还以为，不必限定，不管是七个音也好，十七八个音也好，而不必专学西洋的十四缀音也。至于行数，更可不必计较。如果一规定，即简直就与旧诗一样的束缚人了”（毛一波：《有律现代诗》，1929 年《真美善》第 3 卷第 6 期）。

这个点评比较平和，有节有理。“血气方刚”的祝秀侠则持“全盘否定”的态度，挥笔写下了《评陈勺水的〈有律现代诗〉》。他认为：

其一，“脚韵方面。勺水君认为脚韵为诗之要素条件，形式必有韵，这实在是错的，固然我们不主张随意涂抹的自由诗，但每句诗都规例地要押着韵，也是有‘辞害意’的弊端!”

其二，“音节方面。勺水君用一定的音数排列成整齐的字句，以为便于诵读而且更显得出韵律”。他反对长短句的自由诗。祝秀侠认为：“这点，我又觉得不然的。在好的诗章里面，自然我们可以诵得出恰如其分的很和谐的音数与节奏。这种伟大的和谐，不一定每一章诗篇都是在划一的情况内相同的。各有各种和谐的诗和。如勺水君规定的音数讲来，更会有一种弊病。”

这第二点与毛一波的观点相似，不过后者的阐述更有说服力。至于第一点是“仁者见仁，智者见智”，不必“唯我独尊”。

祝秀侠最后写道：“总之，勺水君以为现在新诗的不成功，全由于诗的形态上，故他主张‘应该在诗的形态上研究’，这点刚刚和我相反，我以为现在中国诗坛之糟糕全由于作者没有情绪没有做诗的真精神，关于这点，以后再详细论及。希望勺水君和我不断的讨论。”

这是与陈勺水观点截然不同的关键，真情才是新诗歌的灵魂，不必拘泥于各种形式。自五四新文学运动以来，热情奔放的新诗正是冲破几千年传统旧体诗歌的平平仄仄束缚的时代产物，祝秀侠作为年轻人，自然要维护新生事物，坚决反对“重蹈覆辙”。

《海风周报》的蒋光慈、钱杏邨理解祝秀侠的“潜台词”，便写了“模棱两可”文后“编者附记”：“关于勺水的原文，编者还没有读过，现在不能说什么话。不过，秀侠君的这一篇，我（们）认为他的理论的依据是资产阶级的文学原理，因为是一种讨论，我们把它发表了。”

这个说明令人有些看不懂，不知是在推卸责任，还是批评祝秀侠。因为该文批评陈勺水的依据偏偏是资产阶级文学家的经典之言，而不是苏联文坛——普罗诗坛的新兴理论，这与《海风周报》鼓吹革命文学的旨意“格格不入”。

其实，理应“点赞”祝秀侠，他敢于发表自己的意见，并且将所掌握的外国诗歌理论介绍给中国读者，不应该强行贴上“阶级”标签，否则变成了“非此即彼”的机械直线思维——“左”倾的标志之一。仅在这点上，祝秀侠并非是“完全”复制太阳社的一套“革命文学”理论，还是保留了自己独立思考的空间。

“编者附记”既是一种托词——因为祝秀侠的批评理论未必没有破绽，容易被“好事者”抓住把柄，又是留下一条退路，既然是“一种讨论”，说错了也没关系。这也是为祝秀侠和《海风周报》作了一个“不是下策的下策”，只要“自圆其说”即可。

张资平写的“三角恋爱”作品印行数量惊人，拥有大量的“粉丝”读者，但是不断地遭到左翼作家的尖锐批判。张资平也不是“省油的灯”，在《乐群月刊》第1卷第2期《编后并答辩》（1929年2月1日出版）发牢骚：

我原是习自然科学的人，中途出家改习文学已经十二分的吃力。对于革命理论及普罗列搭（塔）利亚文艺理论至1927年春才略略知道。这是我不伪的告白。但是住在风气闭塞的武昌，一本新书都买不到，所以失了研究的机会。到上海来后，接受太困难，对于许多大作家不能敷衍，得罪了些人（或许也有常常见面的人在内）确是有的。但为书店前途计，实不能不如此。……

当初乐群（书店）初办时，蒋光慈替他的友人送了一部稿子来要我买，并且立刻即要钱。凑巧那时候乐群（书店）的股款收到很少，我无钱应付，拒绝了蒋君的要求。这件事实，和蒋君在《文艺生活》上嘲骂我的文章有没有关系我不敢知，但事实总是事实。

……最后要声明一句，那穷人凑办的书店决不留着闲钱来敷衍那些像煞有介事的“名流”“大家”把不通的稿件也收进来，要晓得敷衍作者便要贻误读者的啊！

此文一经刊登，引爆了蒋光慈的“火药桶”，他写了《致张资平君的公开信——读了〈乐群月刊〉二期张资平骂我的话以后》（《海风周报》第6、7期合刊），“资平先生！我介绍过一部稿子给你，那是事实。你的稿子退还了，那也是事实，但是我却没料到你会拿这种事实来造我的谣言”。“你不但武断我是冷嘲热骂你，而且提起了我介绍过稿子给你的事情，暗示读者知道我是在藉端报复，发泄私愤。资平先生！我知道你会思想，但是没料到你思想得有这般巧妙！”

对于张资平的“三角恋爱”小说的专家，蒋光慈质问道：“你的哪一个读者不是这样地承认你呢？为什么别人可以说得，而我说一下就要犯了法？你自己想一下，你过去是不是这样的作家？”

原来创造社的郑伯奇、葛埃朋创办的《文艺生活》第2期（1928年12月8日）上发表了《蒋光慈与记者的对话》，谈及自己翻译时，顺便提及张资平的“三角恋爱”“四角恋爱”小说的专家，并非是正式评价他的小说。此文刊登后，蒋光慈发现记者写的内容有误之处，便特地写了《关于〈蒋光慈与记者的对话〉》，刊登于《文艺生活》第3期（1928年12月）。

由于《文艺生活》第2期同时刊登了K. S.（可能是章克标或他人）写的《著作者与出版者》等文，张资平便起疑心，联想起事前有个青年送了一部译稿给张资平，开价比较高，也被拒绝了。因此，他断定此青年就是K. S.。并将此事与蒋光慈送稿一事联系起来，于是都写进了《编后并答辩》。

至于其中的许多细节问题，双方各执一词，难以考证。而且，蒋光慈这封公开信刊登时，删去了一头一尾，只保留了其中驳斥张资平的内容。原信比较长，可能牵涉到创造社一些人，现在删去了，可以减少许多麻烦，免得“理还乱”，这可能是钱杏邨劝说蒋光慈的结果。

张资平编辑的《乐群月刊》，刊登了陈勺水翻译的许多介绍高尔基的论述和日本普罗文学动态等。因此，蒋光慈指出：“资平先生！你现在是转换方向了，你现在也开始在从事于革命文学运动了！革命文学作家考察一切，他的眼光应该是唯物的，不应该是唯心的，假使你对于我的批判不同意的话，你应该根据事理来指出我的错误，你不应该牵涉到其他不关于问题的本身的事。……资平先生！你的推测未免太唯心了罢！”

张资平是创造社的元老，并且是创造社出版部的最大“债主”，他有许多版税。他从武昌来上海后，一到出版部，就要求清算版税，成仿吾叫出版部每月先给他80元，他碍于老朋友的面子，当时答应了，但心里很不服气，总认为大家都在吃他的版税，并对于创造社的转向“革命文学运动”，极为不满。他也看不惯新回国的冯乃超、朱镜我等同人，产生了更多的情绪抵触。此后，张资平与王独清“搞小动作”诸事，详见郑伯奇等人的回忆录。因此，张资平写的《编后并答辩》是“一石双鸟”，既是讽刺蒋光慈等“革命文学”鼓吹者，也是“报复”创造社新老同人。

戴平万、蒋光慈、殷夫等人诗文

《海风周报》发表的诗文并不多，产生的影响也不如钱杏邨等人的述评，其中有戴平万、黄浅浮、杨邨人、陈一燕、洪灵菲等人的小说，蒋光慈、冯宪章、森堡（任钧）、殷夫等人诗歌，还有杨邨人写的独幕剧。独幕剧是该刊发表的唯一一个剧作。

戴平万，参加左联筹备工作，后任满洲省委负责人刘少奇的秘书。戴平万与罗登贤、赵一曼等领导了东北地区的声势浩大的工人运动，创建了早期的东北抗日联军。1935 年春，戴平万返回上海后，从事革命文化运动。

《海风周报》创刊号的卷首便是戴平万的小说《山中》，由此为该刊的文学作品“定下基调”，可能是钱杏邨要求的“命题之作”。他利用自己参加彭湃领导的农民运动的亲身经历和有关素材，创作了此小说。主要描写反动官兵“清乡”，迫使一些村民逃进山里，留在村里的乡亲们则遭到毒手，其中有不少是逃进山里村民的亲人。小说通过人物的对话，连接起山里山外的残酷现实和大革命失败后乡村变化的一系列场景。最后出现了普罗文学作品中常见的愤怒画面：“我们……我们！……定要！……要打倒他们！那些反革命的狗！”元兴老伯举起了他的粗大的手臂，高声喊道。省略号原有，理应是醒目的革命口号，故意隐去。“我们都跟着呼喊起来了。我们的嘈杂的，愤怒的，反抗的声音，充满着山谷和各个岩穴的空隙。”这“标语口号式”的结尾，曾一度成为早期“普罗文学”的鲜明特点。

不久，戴平万又写了短篇小说《都市之夜》，形式与内容和《山中》截然不同，好像出自另外一个人之手。该小说通过一个朋友讲述女房东勾引他，揭示了黑暗社会一幕幕畸形画面，进步青年到处受到压制，甚至租房都受到歧视，因为被怀疑是共产党分子。小说谴责女房东的同时，也同情她被骗失身、被蹂躏的痛苦处境。

当时洪灵菲和同乡戴平万等青年挤在上海法租界一间十多平米的小房间

里，生活条件十分艰苦。洪灵菲每天 4 时起床，灵感涌现，铺开纸笔开始写作，到 8 时别人起床时，他已经写了上千字了，他的才华可见一斑。

1926 年，洪灵菲加入中国共产党，并介绍革命伴侣秦静（秦孟芳）入党。1927 年四一二反革命事变后，洪灵菲也被列入黑名单，被迫逃离广州，曾在香港遭到拘捕；他饿着肚子，蜷缩在新加坡栈房里，忍辱挨骂，乘船去泰国曼谷……他经历了四处漂泊之凄苦。

这些艰难经历，成为洪灵菲撰写“三部曲”《流亡》《前线》《转变》等 7 部长篇小说的素材，充当了“普罗列塔利亚和敌对的阶级作战的军前的喇叭手”。他还翻译了高尔基的《我的童年》、陀思妥耶夫斯基的《地下室手记》《赌徒》等，加之他写的其他诗歌、散文、杂文、论文等，大约百万字。洪灵菲被蒋光慈称为“新兴文学中的特出者”，孟超亦推重他是初期革命文学团体中“最勤奋最辛劳的一个”。

《海风周报》第 14、15 期合刊发表了洪灵菲的短篇小说《在俱乐部中》，讲述故事的素材正是他在新加坡等地漂泊的生活内容。小说中出现的异国他乡的各种人物，都是散点的速写（没有中心人物），通过“我”的所见所闻，把各种故事情节串联起来，夹叙夹议。这与艾芜笔下充满南国情调的小说风格完全不同，愤怒的词语多于生活细节的生动描写。

“在新加坡岛上的交际。只是杂在被贱踏的一群里面才有希望。只有这样的一群，我和他们才有共同之点，我的心灵才能够和他们混在一片。衣服楚楚的上流人呢——他们是看不起我的，而我也看不起他们。”他愤愤不平地写道：“那班表面上似乎是党国的忠实的志士们不是公开地向他们说，只要他们每人交纳五千元，他们便可以无罪了吗？然而，他们都是穷光蛋，所以他们都免不了成为什么派的首要，免不了被他们拿去枪毙了！妈妈的，这成什么世界呢？”

冯宪章是个老革命、左联诗人，1927 年加入中国共产党，参加广州起义。1928 年秋，他留学日本，与蒋光慈等建立太阳社东京分社，并在留学生中建立党组织。次年他被日本政府驱逐回国，参加左联成立大会，从事创作和翻译活动。

冯宪章抱病撰文介绍蒋光慈翻译的《一周间》，刊登于左联第一本译介、评述的文艺理论专集《文艺讲座》（1930 年 4 月 10 日出版）。次年 5 月，冯宪章不幸被捕，同年 8 月被折磨病死于狱中，时年 23 岁。后被追认为革命烈士，但是，他的诗文几乎被人遗忘了。

冯宪章的小说《游移》（《海风周报》第17期）讲述一对青年男女恋爱、同居的故事，插进一些大学生活、平民夜校等经历。小说落款“三月三日于东京”，显然这是一个旧稿件，留下作者曾留学日本的“足迹”。可能是出于同情病中的冯宪章的艰难处境，蒋光慈、钱杏邨在该刊最后一期发表了此小说。

穆木天，中国现代诗人、翻译家，并且是象征派诗人的代表人物。早年在日本京都第三高等学校文科部学习时，通过京都大学的留学生郑伯奇结识了郭沫若——正在筹备创造社。不久，创造社发起人名单中出现了穆木天的名字。他的文学活动开始于翻译，他最初翻译的《王尔德童话》集子（泰东图书局1922年2月版），有一定的影响。

1926年4月下旬，穆木天离开日本回国，起初在上海创造社出版部总部工作。2个月后，他南下广州，应聘执教国立广州大学（后改名为国立中山大学），并参与创造社出版部广州分部的工作。

3年后，《海风周报》第12期至第14、15期合刊连载一篇小说《玻璃窗格的泪痕》，署名文昭。穆木天原名为穆文昭，这是他出生后，他的父亲请人取的名字，意即以“文”而“昭”，似乎应验孩子将来走上文学道路而“昭显”。但是，有关研究穆木天的各种专著里，很少提及他写过小说，大多论述他的译作和诗歌创作。如果《玻璃窗格的泪痕》是穆木天所作的小说，那么则是一个不大不小的发现，而且填补了一个空白，即《海风周报》也刊登创造社人员的来稿。

《海风周报》连载小说《玻璃窗格的泪痕》时，穆木天已经离开广州北上，在京津任教（后去吉林老家任教），1931年初才到上海。《玻璃窗格的泪痕》情节比较简单，讲述“C将军统治广东的时候”，几千个工人大闹公安局，要夺回一名壮士李坤。李坤是在家里被捕的，他的妻子“像母狗一般向那领队的直扑过去，连哭带骂，下死劲的纠缠着”，结果受到毒打，昏倒在街上。不料她已经怀孕了，胎儿死在肚里，小说由此开始叙述故事。

“我”陪着李坤及其女儿几次一起去医院探望病人——李坤的妻子，小说的笔墨主要花费在“犹豫不决”之际，是否要给李坤的妻子动手术，直到她病死在手术台上。

按照蒋光慈、钱杏邨的审稿标准，此小说比较平淡，至少可以删改一番，用不着连载，毕竟《海风周报》每期的篇幅有限。但是，《海风周报》不仅连载了此小说，而且没有中断，显然这是好友转托的，情义匪浅。

陈一燕的小说《薄瘗》（连载）是以大革命时期国民军的一场战斗作为背景，描写的焦点却是一个战士的尸体，“看着土坑掘就了，我们的战士入土了，没有衣履，亦没有薄棺，只用一方破席卷着，面部是用那破斗笠盖着，这样草草地掩上松松的黄土，我失声感喟了，然而中尉副官说：这还算他幸运！”

此景此情此言，包含了复杂的内涵，令人回味和深思，这正是小说的成功之处，以及“以小见大”的构思，这在《海风周报》文学作品中仅此一例。

黄浅浮的小说《长蛇》被安排在《海风周报》第 2 期，显然是钱杏邨事前约稿的结果。其副标题《另一中国在人轨道上的故事》，这里校对出问题了，把“中国人”分开了。而且开头写道：“这是一九一年底暮秋底事。与其说是故事，不如说是新闻。”由于遗漏了年份的一个关键数字，无法进一步查询此故事的来源，也不知事后蒋光慈、钱杏邨是否发现。

小说的故事很简单，革命党人炸了铁路，“轰！！一声天崩地裂的巨响”，一列货车被炸飞了。“天色破晓了。在红色的太阳光底下，一条长蛇炸死在那寂寞的，破晓的铁轨上面。”此文大概也是钱杏邨急促约稿，作者临时“急就章”的结果。

杨邨人的小说《董老大》的主角是个酒鬼，趁着酒兴大骂 K 省的农会——没收田园，杀人放火，把田主豪绅都杀个精光。地方上的农会劝说乡亲们：不要同董老大那样胡闹，应该顾全大局。此后无人与董老大说话，远远躲开了。此小说具有象征意味，几年后却成了叛变后杨邨人的真实写照。

杨邨人写的独幕剧《租妻官司》是一出荒诞闹剧，打官司的双方都有理，租妻合同到期，送还租来的妻子，但是没有能力偿还租妻的数百元，因为家里也欠了一屁股的债，搞得县老爷无法断案，由此抨击光怪陆离的社会现象。不过，叛变后杨邨人的故事，无人愿意写一个讽刺性的剧本，因令人讨厌，避之唯恐不及。

蒋光慈的诗歌、小说创作在中国现代文学史上占有一席之地，影响比较大。1925 年 1 月，蒋光慈的第一部诗集《新梦》由上海书店出版，收入 1921 年 7 月至 1924 年 7 月的作品，是作者“留俄三年中的诗集”。对此，钱杏邨推崇为“简直可以说是中国革命文学著作的开山祖”。1925 年 2 月，蒋光慈协助郭沫若校译屠格涅夫的《处女地》，参加创造社，在《新青年》上发表怀念列宁的散文《在伟大的墓之前》。同年 11 月 1 日，完成了第一部中篇小说《少年漂泊者》，1926年1月亚东图书馆出版后，在青年读者中引起强烈反响，7年中竟再版15次，由此生动地展示了他的革命文学创作道路。

蒋光慈的第一部诗集《新梦》中收入《西来意》，诗前简要说明：“读维它所著《赤潮集》，见序文中有‘西来意’三字，不禁生感，爰做此诗，并呈维它。”当时（1922年夏天）在东方大学学习的蒋光慈看到瞿秋白（维它）《赤潮集》（后亡佚）的序文，顿生诗情，成为与瞿秋白的唱和之作。

《海风周报》第5期刊登蒋光慈的叙事诗《从故乡带来的消息》，长达百行，这是该刊发表他的唯一一首诗歌，后收入《乡情集》时改题为《乡情》。诗歌描述了诗人孩提时的伙伴，是一个轿夫的儿子，诗人称他为“黄牛”，具有象征意义。时隔多年，诗人问起故乡的友人，才得知昔日被人鄙视的“黄牛”，当上了农协执委，“他专与豪绅做对，任谁也不奈他何，从前是轿夫的儿子，现在变成了穷人的大哥”。最后，“黄牛”牺牲了，“农民协会封闭了，豪绅们又重新弹冠相庆”。“友人说罢长叹息，我亦默默而无语；不料被我久忘的黄牛，现在又复活在我的心里。”

此诗是现代版的杜甫《石壕吏》，并被赋予革命斗争题材，不仅以象征手法揭示农村贫穷的惨痛现状，而且追溯了轰轰烈烈大革命时期的中国农民奋起反抗的情景，结果是惨烈的悲剧。此诗的整体构思犹如蒋光慈的纪实文学《短裤党》，百行的叙事诗却容纳了重大题材和深刻的思想内容。

左联五烈士之一殷夫[15]，1928年2月在上海同济大学附属德文补习科读书时，经常阅读《文化批判》《创造月刊》《奔流》《太阳月刊》等，后参加太阳社。钱杏邨回忆说：

> 殷夫同志，在我们中间是年纪最青（轻）的，我们总是把他当“小弟弟”看待，非常的喜爱他，他留给我们的苦痛也最深。牺牲了的同志很多，只有他是更多的出现在回忆之中。记得我和他的相识，是在第一次大革命失败以后，是一九二八年的春天。那时他在吴淞同济大学读书。
>
> 《太阳月刊》是这年一月开始出版的。就在创刊号发行不几天，我们收到了一束诗稿，署名是殷夫。我立刻被这些诗篇激动了，是那样充满着热烈的革命感情。从附信里也证实了他是“同志”。于是，我不自觉的提起笔，写了复信，约他来上海。还很快的，以非常惊喜的心情，告诉光慈、孟超和其他同志。这就是发表在《太阳月刊》上的殷夫同志的第一组诗。
>
> 在约定的日子，他果然按时到了我指定的地点。我们见到他那样年青

（轻），真是说不出的愉快。他内心也很激动，几乎一见面就要叫了起来。我们立即把他拉到临近的一家广东茶座。他，和鲁迅先生所记一样，“面貌很端正，颜色是黑黑的”，中等身材，留着短发。这一天穿着西装，但不新，是深色。

我们在茶楼谈的很多。在谈话中，他有时给我们以羞涩的感觉，就更衬托出他的年青（轻）和纯朴。从这次谈话中，我们知道他曾经被捕，现在学校的环境对他也不利，但他还是想坚持在这里学好德文。知道他和蒋介石那边哥哥的关系，说他哥哥怕他革命，总想把他带在身边。更多的，是谈他的诗，他的写作生活，当时的文学活动。他说话时总是很沉静，声音相当低，像在秘密会议场子里一样。句子很短，很明快，也很诚恳。完全显示出革命者的朴素风格。情况，和鲁迅先生的初次会见迥不相同，这主要恐怕是由于党的关系吧。（1961 年 10 月 30 日《人民日报》）

这是记述殷夫的“第一手”资料，其中谈到《太阳月刊》发表殷夫的第一组诗，其实是长达 512 行的长篇叙事诗《在死神未到之前》，发表在《太阳月刊》4 月号，署名任夫。“他和蒋介石那边哥哥”，指殷夫的大哥徐培根，曾留学德国，历任蒋介石总司令部参谋长、国民党政府航空署长等职务，台湾《传记文学》曾刊登徐培根的回忆录及其有关照片。

殷夫牺牲后，钱杏邨曾写了一篇追思小文《殷夫小传》，发表于《前哨·纪念战死者专号》。笔者撰写《悲壮、严厉的〈前哨·文学导报〉》（载丁言模：《穿越岁月的文学刊物和作家（三）》，中国社会出版社 2018 年版）疏漏了《殷夫小传》的作者是钱杏邨（阿英）。

因诸多历史原因，《殷夫小传》此小文存在一些问题，笔者家父丁景唐专门写了《阿英〈殷夫小传〉校读杂记及其他——对于殷夫史料的探索和正误》。为此，详见丁景唐、陈长歌编的《殷夫集》（浙江文艺出版社 1984 年版）附录的《殷夫著译系年目录》《殷夫的名字、别名、笔名集录》，经修订的《诗人殷夫的生平及其作品》，以及丁景唐写的《后记》。

《海风周报》第 5 期（1929 年 1 月 27 日）登载下一期的目录预告，其中有徐任夫（殷夫）的诗歌《都市的旋律》，但是该刊第 6 期并未刊登。蒋光慈主编的《拓荒者》第 4、5 期合刊（1930 年 5 月 10 日出版）发表了殷夫的组诗《血字》，其中有《意识的旋律》《都市的黄昏》，分别写于 1929 年 4 月 23 日、27 日，可能与事前的《都市的旋律》有某种内在关系。

《海风周报》最后一期（第17期）发表殷夫的诗歌《梅儿的母亲》，该刊合订本目录上署名徐殷夫，正文里则署名殷夫。

事前（1928年秋天），殷夫第二次被捕入狱。不久他的大嫂托人保释出狱，回到象山县城家中。其时，殷夫的小姊徐素云任象山县立女子小学校校长，她邀请杭州蚕桑讲习所毕业的同窗好友盛淑真（后改名为孰真）前来执教。殷夫回乡，得与盛淑真见面。此前，他俩经徐素云介绍已通信两年多。但是，殷夫母亲听到一些闲言，反对他俩爱情的发展，盛淑真含怨于年底离去。这种爱情的波折、对慈母的眷爱，以及婚姻问题上同母亲的思想冲突，又有对革命理想的追求，期待重新走上革命征途，投入新的战斗等，都反映在殷夫的诗篇里，形成了殷夫这个时期诗歌的风格和特色。

“母亲，别只这样围住我的项颈，你这样实使我焦烦，我怕已是软弱得无力离开床枕，但即使是死了，我还要呼喊。”“你怎知道我的心在何等地沸腾，又岂了解我思想是如何在咆哮，那你听，这外边是声音，解放的呼声，我是难把，难把热情关牢。”

殷夫在象山县城家中，怀着复杂的情感写下这首《梅儿的母亲》，落款为“在乡下”，其实这是决心向慈母告别之诗。他甚至写道：“母亲，让我呼吸，让我呼吸，我的生命已在这个旦夕，但使我这颓败的肺叶，收些，收些自由气息！”他要奋力挣脱慈母的怀抱，“别窒死了我，我要自由，我们穷人是在今日抬头，我是快乐的，亲见伟举，死了，我也不是一个牢囚！”

1929年初，殷夫告别慈母，离开象山家乡，来到上海，寻找党的地下组织。经过一段短时间的流浪生活，他同党的地下组织接上关系，成了一名从事地下秘密工作的职业革命家，直至牺牲。

殷夫被称为天才诗人，曾编选自己的诗歌集《孩儿塔》，收入1924年至1929年秋之间的诗作65首，约占他的全部诗作110首的三分之二。新中国成立后，先后有各种版本的殷夫诗文选集，最后由丁景唐、陈长歌汇编为《殷夫集》，被列入“浙江烈士文丛”（浙江文艺出版社1984年版），是比较完整的殷夫诗文集，分为六辑，即《孩儿塔》和搜集到的其他诗歌34首，以及小说、速写、散文、传记、论文和译文、译诗。该集子前刊有丁玲先后两次作的序言，以及鲁迅的《中国无产阶级革命文学和前驱的血》《为了忘却的纪念》等。

“风！是凛冽的海风！回旋，奔驰，急促，猛勇。……向着田垄，向着工厂中，吹送！”这是诗人冯宪章写的《“是凛冽的”海风》，从内容来看理应是为《海风周报》特地创作的，“工厂中，黑烟迷朦，机械依然一样转动，工人依然一样上工，往日的气血已经凝冻。风！海风！突然带着热气向他们吹送！疑（凝）血消溶（融），是这样地雄，随这机轮奔动！动！”诗人为《海风周报》吟唱，点赞该刊强大的宣传效应，重新鼓起工农的战斗力，憧憬着普罗文学的美好明天。

“萧杀的气息紧紧地把大地拥抱，萧条的凉意染黄了河边的嫩草；在这群大雁南来的当儿，啊！啊！朋友哟，我们又要握手言别了。”著名左翼诗人森堡（任钧）写的《送行曲》，副标题为《送宪章，劲锋二兄留日》，诗后注明：1928 年作，1928 年冬日改作。

1928 年秋，冯宪章等留学日本，森堡写诗送别，并写下誓言：“看哟，我们的灵魂已经联合在一起了，从今以后呀——我们的情感要始终如此的狂暴，我们的喉咙要始终为被践踏者而叫号，我们的热血要始终为被践踏的大众而奔流，我们要一心一德去完成我们的创造。”

留在国内的森堡继续在“叫号”，“今天有事罢工后的第三天，虽然我们的前路还是缥缈如梦；但已经把敌方弄得忙乱震恐，已经和盘地托出了工友们的团结与英勇。难道我们不怕罢工后的饥寒交迫？为恶劣长期生活只得忍着短期苦痛！难道我们不懂恶魔们的毒狠顽凶？为了获得战斗经验还是向前冲锋！”（《罢工后的第三天》）

梅孤峰的诗歌《民众》强烈抨击军阀混战，“呵！‘战争’呀，这咒诅的武力的战争，呵！‘戮杀’呀，这可毁灭的恶症的漫行”。罪恶的战争给广大民众带来了可怕的灾难，“看吧，无数没家可栖的灾民的哀声，才是将军得以乐行的欢笑之时；受难的血肉底横飞，才是领袖先生欢宴时杯中的美酒！”批判矛头直指“领袖先生”蒋介石等首脑，也是《海风周报》的诗文中出现的唯一一次。诗人呼唤正义的战争，“要是我们的血应该为我们自己而流，我们的头颅应该为我们自己而牺牲，‘战争’呵，我们应该为着我们自己而战争！‘战争’呵！我们的战争是光明的自由的战争呵！”

成立中国著作者协会等信息

钱杏邨以亚鲁的笔名，编写了《国内文坛消息》（《海风周报》第 2 期），但是，此后事务繁杂，他不得不停止编写这种信息。

《国内文坛消息》透露了不少信息，大多与太阳社、创造社成员有关，包括蒋光慈、钱杏邨创办《海风周报》的同时又做的其他事情，由此可得知办刊时组稿的一些情况。其文如下：

中国著作者协会，经过两个月的筹备，已于1928年12月30日正式成立。于是日下午二时假上海北四川路广肇公学开成立大会。计到郑振铎，孙伏园，张崧年等九十余人。选举结果，郑伯奇，沈端先，李初梨，彭康，郑振铎，周予同，樊仲云，潘梓年，章锡琛九人为执行委员，钱杏邨，冯乃超，王独清，孙伏园，潘汉年五人为监察委员。并有下列重要提案，（甲）以一月份为宣传月，争求思想言论出版之自由；（乙）刊行创作年鉴；（丙）组织委员会发行会刊；（丁）聘请法律顾问。现该会正在积极进行。

泰东图书局1929年除将刊行有系统的社会科学小丛书外，并将刊行世界文艺丛书，系统的介绍世界的文章，年内至少刊行三十种。该丛书现已付现的有六种：(1) 王弁石译美国杰克·伦敦的二十余万字的名著《铁踵》；(2) 蒋光慈译新俄短篇名著选；(3) 陈家驹译德国霍甫德曼的名剧《织工》；(4) 林伯修译高根教授的《文学论》；(5) 王艺钟译新俄名著《苏俄学校儿童日记》，三月底前完全出齐。

高尔基的《儿童时代》（《我的童年》）已由李铁郎君译了出来，不久即可出版。郁达夫君也把高氏的《托尔斯泰回忆录》全部译完。蒋光慈君自翻译小说工作完结后，在继续作长篇小说《丽莎的哀怨》，写在上海的一个白俄的舞女的对于祖国的回忆，及渴望着回到新的俄罗斯的心理，以中俄两国作地方的背景。钱杏邨君的《现代中国文学作家》第二卷业已付印。他现在正从事一部《文艺与劳动问题》的著作，专门研究各国关于罢工的名著。

林伯修近译《俘虏》即将出版，这是一（本）日本现在的新兴文艺作家的短篇选集。内容有述说广大的人类爱的《俘虏》，有关于反军国主义的《兵士》和《草间中尉》，有刻画着一个和黑暗的环境奋斗的农夫的悲惨的家庭的《御加代》，又有描写着一个受了金钱的蹂躏，因而不得不把肉体零星地出卖的女人的《卖淫妇》，五篇共计四万余言，可以代表日本最近文坛的第一流的作品，发行所海宁路晓山书店。

其一，筹备中国著作者协会的主将是潘汉年。（详见本书附录《左联与中国著作者协会》）

钱杏邨编写该协会成立的消息，也是传递一个信息：太阳社、创造社已经有新动作了，进一步扩大阵营，将大有作为。此后，钱杏邨强调此协会与左联成立有直接关系，这是后人研究左联史不可忽视的“前奏”，但是引起多少人重视呢？

其二，介绍泰东图书局的出版信息，一是为该书局做广告；二是展示太阳社成员勤奋笔耕；三是双方配合密切；四是表明《海风周报》是双方合作的成果之一，也是为该刊做宣传。

其三，其中提及的这些作者及其作品，先后以不同方式出现在《海风周报》里，不妨视为钱杏邨组稿的重点对象。

如洪灵菲（李铁郎）翻译高尔基的《我的童年》，则由他自己撰写读后感。林伯修的译稿，由钱杏邨编排连载，让广大读者先睹为快。陈家驹翻译德国霍甫德曼的名剧《织工》，虽然没有作为专题评述，但放在祝秀侠点评《工女马得兰》一文里，做个比较分析。王弁石翻译的美国杰克·伦敦的名著《铁踵》，同样让他有个亮相的机会，发表了他的译文《英琪儿》。钱杏邨撰写的一些文学评论文章，先后收入他的有关集子。因此，钱杏邨采用这样特殊的组稿方式，“近水楼台先得月”，也是各个刊物公开的秘密。

其四，钱杏邨首次披露了蒋光慈的小说《丽莎的哀怨》有关信息，提前做了广告。

综上所述，至少可以得出以下一些看法：

其一，《海风周报》是太阳社鼓吹普罗文学的重要阵地，发表的一些译文和述评很有分量，特别是林伯修的一组翻译文章，代表了太阳社借助《海风周报》平台大力宣传关于建设、发展无产阶级文学理论的主旋律。他撰写的《1929 年急待解决的几个关于文艺的问题》，既是太阳社鼓吹“革命文学”的继续和进一步的发展，也代表了当时的一个理论标杆。虽然后世并未给予重视，冷淡、疏远，甚至遗忘，但是此文“承前启后”——中介环节的历史地位客观存在，理应在左翼文学运动史、中国现代文学史上占有一席之地。

其二，《海风周报》发表众多翻译的外国文学作品，成为该刊的“拳头产品”，大多超过了该刊发表的诗文，这也是当时众多左翼、进步刊物的“共性”。

《海风周报》发表的创作诗文并不多，产生的影响也不如钱杏邨等人的评述，但是，保留了一些珍贵的作品，如洪灵菲、殷夫等人的作品。

其三，太阳社、创造社“围攻”鲁迅的高潮已经过去了，但是，“火药味”依然存在，继续受到极“左”影响，因此《海风周报》第3期临时插进《介绍鲁迅先生的做人秘诀》（李白裕）一文（详见本文附录），并且将茅盾视为小资产阶级代言人，继续严肃批判，这在筹备左联之前不足为奇。

其四，蒋光慈、钱杏邨主编《海风周报》积极配合冯乃超等人编的《创造月刊》有关征文活动，并且与对方保持联系。蒋光慈在《鸟笼室漫话》里仅介绍了3个人，除了太阳社的顾仲起，另两个便是创造社后期的重要人物冯乃超、王独清，特别是点赞了王独清的转变，从原来的颓废诗人转变为“革命的叫号者”。

《海风周报》刊登了一些用笔名发表的文章（难以考证），理应与创造社后期人员有关。由于钱杏邨等人的各种回忆录中很少提及《海风周报》，因此留下了许多难解之谜。

不过钱杏邨对于《文艺讲座》（1930年4月10日）记忆犹新[16]，弥补了笔者未能及时写入《左联第一本文艺理论专集〈文艺讲座〉》［载《穿越岁月的文学刊物和作家（三）》］的缺憾。钱杏邨的回忆不仅可以补充笔者撰文的不足或错误之处，特别是钱杏邨前去联系神州国光社，并且编辑《文艺讲座》，功不可没，在此向这位一辈子从事革命文化事业的老前辈致敬！

同时，可以联想到蒋光慈、钱杏邨主编《海风周报》的主旨之一，即刊发“较长的理论研究和译介苏联、日本马列主义文艺理论文章”，这与一年后的《文艺讲座》“总结革命文学运动的文章”等有内在联系。

［注］

［1］钱杏邨：《蒋光慈与革命文学》，收入《现代中国文学作家》，上海泰东图书局1928年7月初版。

［2］丁言模：《左联第一本文艺理论专集〈文艺讲座〉》，载丁言模：《穿越岁月的文学刊物和作家（三）》，中国社会出版社2018年版。

［3］该全集编辑组：《鲁迅全集》第12卷，人民文学出版社1987年版，第299页。

［4］楼适夷：《我和阿英》，收入《适夷散文选》，人民文学出版社1994年版。

［5］夏衍：《忆阿英同志》，收入《夏衍杂文随笔集》，生活·读书·新知三联书店1980年版。丁言模：《穿越岁月的文学刊物和作家（三）》（中国社会出版社2018年版）第17页，误写夏衍为太阳社成员，致歉。

［6］该文集编辑组：《瞿秋白文集》（文学编）第1卷，人民文学出版社1985年版，第504页。

［7］郑超麟《史事与回忆》第1卷，香港天地图书有限公司1998年版，第315—316页。

［8］顾仲起，江苏如皋县人，早年毕业于江苏省第一代用师范（今南通师范），开始文学创作。在黄埔军校加入中国共产党，参加东征、北伐。大革命失败后，参加蒋光慈、钱杏邨组织的太阳社。1928年4月，在家乡担任农民暴动总指挥，失败后，流亡津、沪。次年春，女友被国民政府杀害等因，自尽于黄浦江。著有短篇小说集《生活的血迹》《笑与死》《爱的病狂者》，中篇小说《残骸》《坟的自供状》《葬》和诗集《红光》等，其中《生活的血迹》《残骸》《坟的自供状》被国民党政府查禁。（详见巴彦：《顾仲起生平纪略》，载《新文学史料》1980年第2期）

［9］茅盾：《我走过的道路》（中），人民文学出版社1984年版，第25页。

［10］钱杏邨《附记》引用的托尔斯泰信中一段话，如今译为：

中国人民过去经历过，现在仍经历着的折磨是巨大的和艰难的。但正是现在，重要的是中国人民不要失去忍耐，不要改变对暴力的态度，不然就会丧失忍受暴力、不以恶报恶必定产生的严重后果。

"惟有忍耐到底的，必然得救。"——基督教教义说。我也认为这是毋庸置疑的真理，虽然人们难以接受。不以恶报恶和不参与恶不但是得救，而且也是战胜作恶者最为妥善的手段。（朱春荣译）

［11］丁言模：《施存统介绍瞿秋白授课讲义〈社会科学概论〉》，载丁言模：《瞿秋白、鲁迅等往事探觅》，中国社会出版社2015年版。

［12］张振辉：《20世纪波兰文学史》，青岛出版社1998年版，第85—89页。

［13］孟超：《我所知道的灵菲》，载《洪灵菲选集》，开明书店1951年7月初版。

［14］丁言模：《悲壮、严厉的〈前哨·文学导报〉》，载丁言模：《穿越岁月的文学刊物和作家（三）》，中国社会出版社2018年版。

［15］左联五烈士之一殷夫，原名徐伯庭，一名徐白，早年在浙江象山县高等小学读书时，学名徐祖华。1923年夏考入上海民立中学初中一年级。1926年7月越级考入上海浦东中学高中三年级。1927年四一二反革命政变，

他被捕入狱，高中未能毕业。出狱后，考入上海同济大学附属德文补习科一年级。此后，两次被捕。出狱后，专门从事青年反帝大同盟、青年团和青年工人运动方面的工作。后参加团中央机关刊物《列宁青年》的编辑工作。1931 年春被捕，英勇就义。

[16] 吴泰昌（记述）：《阿英忆左联》，载《新文学史料》1980 年第 1 期。其中写道：

在专案组退回的供审查用的阿英自著中，有一本初版本的《文艺讲座》（第一册）（一九三〇年四月）。阿英翻了良久，谈了一些关于这本书的情况。

他说这是左联成立后不久，夏衍、乃超和我几个人搞起来的。原来胃口颇大，想得也简单，打算两、三个月出一本。后来止（只）出一期，就被查禁停刊了。

左联搞创作的人较多，本来搞理论批评的人就少，就是这有数的一些，在左联都不同程度地担当了职务。第一期稿子有些文章是临时赶写的，有些是积存的。从第一期筹稿情况来看，我们担心以后的稿源，所以，停刊后没有再设法改头换面以别的名义继续出。

第一期的内容，是我们几个人分头去征集的。有鲁迅、郭沫若、朱镜我、彭康、华汉、光慈、雪峰、洪灵菲等和我们几个人的稿子。最后汇拢到我这里来编排。承印这本杂志的上海神州国光出版社是我联系的。我同他们比较熟，其时，他们正在出版我的《文艺批评集》。

当时左联杂志有几种，但多是以创作为主的。《文艺讲座》原想集中发点较长的理论研究和译介苏联、日本马列主义文艺理论文章，也想发点总结革命文学运动的文章。来稿是不修改的，观点也不要求统一。如仔细看发表几篇探讨文艺运动的文章，对（郁）达夫的评价可能就不完全一样。

[附录]

辨识“鲁迅先生的遗札三封”

杨之华[1]编辑的《文坛史料》（上海中华日报出版社 1944 年版）载的“鲁迅先生的遗札三封”。因诸多原因，被史学界长期忽视。现初步考证第一封信可能是写给张静庐（1936 年 5 月 7 日，但是《文坛史料》抄录为 5 月 17 日），第二封信（残缺）可能是写给林语堂的，大概是 1929 年 1 月 24 日或 3

月6日。第三封信也是写给林语堂的（1933年6月20日），已收入《鲁迅全集·书信集》。前两封信尚需进一步挖掘史料佐证，希有识者明示。

（一）

第一封信：

某某先生：

顷收到十三日信，谨悉种种。弟向来厚于私而薄于公，前之不欲以照片奉呈，正因并“非私人请托”，而有公于读者之虑故。近来思想倒退，闻“作家”之名，顿觉头痛，又久不弄笔，实亦不符；而且示众以后，议者骤增，于逛马路进饭馆之类，殊多不便。《自选集》中像，未必竟不能得，但甚愿以私谊吁请勿转灾楮墨，一以利己，一以避贤。此等事本不必絮絮，惟既承下问，慨然知感，遂辄略布鄙怀，万万曲予谅察为幸。

鲁迅顿首。（五月十七日）

此信提及《自选集》（《鲁迅自选集》），天马书店1933年3月初版，遭到反动当局查禁。1936年10月，天马书店出版普及本，版权页上有鲁迅的朱印白文版权证印花。版权页上注明：发行者郭澂（郭静唐）。

其一，如果是《自选集》初版本，那么当时具体联系人为楼适夷，他与鲁迅联系时在1933年1月14日至6月1日。其中4月13日，鲁迅又收到楼适夷的来信，符合以上此信开头提及“顷收到十三日信”。但是，鲁迅当即回信。

其二，如果是《自选集》普及本出版之前，1936年4月13日，鲁迅收到楼炜春的信，转告狱中楼适夷的译稿诸事，鲁迅“即复”，此信现收入《鲁迅全集·书信集》，没有提及《自选集》。5月7日，鲁迅收到张静庐的信，立即回信，这在鲁迅日记中有记载。但是，5月17日，鲁迅日记没有回信记载。如果是《文坛史料》抄录时误写时间为“17日”，那么此信写给张静庐，比较合情合理。

鲁迅当时的糟糕心境与以上信中提及“近来思想倒退，闻‘作家’之名，顿觉头痛”诸语相符合。事前，鲁迅拒绝加入周扬等人发起的中国文艺家协会诸事（详见4月24日、5月2日鲁迅先后写给何家槐、徐懋庸的信）。5月4日，鲁迅写信给曹白时说：“说起我自己来，真是无聊之至，公事、私事、闲事，层出不穷。刊物来要稿，一面要顾及被禁，一面又要不十分无谓，真变成一种苦恼，我称之为‘上了镣铐的跳舞’。”最后一言，鲁迅原来在《且介亭杂文二集·后记》中说过，原作“带着枷锁的跳舞”。现在重申此语，显然鲁迅此时的心境很差，况且身体大病虚弱，遇到索要照片的“意外”之事，头疼不已。

以上提及鲁迅写的信的口气，应付张静庐也合情合理。张静庐主持经营的光华书局、现代书局、联合书店、上海杂志公司等多次与左翼作家打交道。1936年3月，鲁迅曾主持、黄源编辑的《译文》复刊后，便是张静庐经营的上海杂志公司总经销的。张静庐回忆说：

《译文》——唯一的世界文学作品介绍者，从与××书店分手后，要找一家出版处所。同××书局接洽过，并已与××书局签订下条件相当优越的合同草约。忽然，有位朋友介绍给我，并介绍主编人黄源先生同我谈谈。……

为决定《译文》的出版处所，三家书店选择那（哪）一家？曾开过一次谈话会。还是由鲁迅先生的意见，决定交给上海杂志公司出版。理由是“没有政治背景的纯粹新书店；只要谁不要想占谁的便宜，‘精明’是无妨的。”于是在比较低的条件之下，双方签订了合同。

黄（源）先生也是一样的怀着怕我过于精明的一个，连每期登几行广告都写上合同里去。当时，我觉得有点好笑，因为我并不是以刊行一种杂志，作为敷衍某一派作家的手段。

进行合作之后，一切都使他觉得惊异。——一点不精明，和初见面时所想象的那一个人完全不同。此后合同一再满期都没有补订过。[2]

显然张静庐与黄源合作复刊的《译文》很顺利，黄源向鲁迅汇报时也理应提及此事，给鲁迅留下不错的“印象”。

1936年4月10日，鲁迅收到郑振铎来信，附有张静庐、钱杏邨的信。郑振铎的信主要是为了消除不必要的“误会”，即关于事前《译文》停刊、黄源被迫辞去《文学》编辑，鲁迅停止向郑振铎主编的《世界文库》提供译作《死魂灵》等纠缠一团的诸事。

张静庐、钱杏邨的信内容不得而知，大概也是与《译文》停刊、复刊等事有关。钱杏邨也许是以上张静庐提及的那个介绍与黄源见面的“朋友”，尚待考证。

5 月 7 日，鲁迅收到张静庐的信。由于他俩原来直接打交道很少，因此鲁迅对于张静庐“敬而远之”，以“外交辞令”谢绝了“说客”之请。他俩同为浙江同乡，张静庐为浙江慈溪人，距离鲁迅老家绍兴并不远，同属于“大宁波”，因此信中出现“弟向来厚于私而薄于公”等语。至于“顷收到十三日信”，不妨说是鲁迅已经收到楼炜春的信（可能提及乞要照片一事），现在来答复张静庐。

当时天马书店遭到国民党当局的查禁或扣留邮包，不断遭受政治压迫和经济损失，43 岁的韩振业经理心力交瘁，1935 年 11 月不幸去世。其后由郭静唐（郭澂）继任经理，出面维持，增筹资金，进行书店改组，楼炜春利用业余时间前去帮忙。1938 年 6 月，天马书店被迫停业。

由于楼适夷还在监狱里，为了给《自选集》普及本“增光添彩”，郭静唐（郭澂）或楼炜春等人只好辗转委托上海滩出版界“大佬”张静庐，出面写信向鲁迅索要照片，无奈鲁迅谢绝。

（二）

第二封残信（无收件人、无落款“鲁迅”、无时间）：

蒙示甚感。其实两者亦无甚冲突，倘有人骂，当一任其骂，或回骂之。又其实，错与被骂，在中国现在，并不相干。错未必被骂，被骂者未必便错。凡袅首示众者，岂尽“不良分子”也欤哉。

此信与蒋光慈、钱杏邨主编的《海风周报》第 3 期（1929 年 1 月 13 日）有关。该刊第 2 期《编辑室消息》（1929 年 1 月 6 日）透露：

1. 本报（第）3 期业已编定：（1）钱原（杏）邨的《关于陈衡哲创作的考察》，（2）戴平万的《Reed 的生平及其著作》，（3）林伯修的《理论与批评》的译稿，（4）杨邨人的创作《董老大》，（5）祝秀侠的《〈一个女性〉的批评》，（6）魏克特的《鸟笼室漫话》。（第）二期预告里的《〈我的童年〉的批评》，因容纳不下，移在（第）四期发表。……

因大年初一是 1 月 11 日，因此年初四的第 3 期已经在春节前编订，正如以上引文所谈的。但是，正式出版的第 3 期仅保留了钱杏邨、林伯修、杨邨人的文章，偏偏硬是插进了李白裕写的《介绍鲁迅先生的做人秘诀》（以下简称《秘诀》），这是一篇“奇文”，令人咋舌，并引申出许多疑问。

《秘诀》名义上是摘录林语堂的《鲁迅》（1929 年《北新》半月刊第 3 卷第 1 期）一文，其实是断章取义，颠倒褒贬，拼凑成文，属于“二度创作”。如果以林语堂的原文来对照，那么《秘诀》的许多文字无法“对应”，只有仔细辨认，才能搞清楚《秘诀》摘录了哪些内容，漏掉了哪些关键词语，曲解、“发挥”了哪些原意。

李白裕“二度创作”后，加以“诠释”，引申出鲁迅做人的三大“秘诀”，并且分别作了“抄者按”，最后还有一个小结的《附记》。李白裕首先摘录以下的文字：

林语堂先生说道：

“我只想说一说这位深湛的年老的中国学者鲁迅先生处于极复杂的环境中的做人法。如他对我所说的，要做人实在不容易。他如何从那些极艰难的境况中爬出来的办法，即足以佐证我所说的关于他深知中国人的生活及其生活的那些话。那深知是由于年老，但还是由于透彻的明瞭中国的历史，因为，照他的话，在中国古时候，学者做人从来就不容易。”

1. 鲁迅在北京。

“一九二六年春天，张作霖快入北京的时候，当时的政府列出五十个过激的教授和智（知）识分子的名单预备通缉他们，鲁迅当然是其中的一个。在那些过激的教授大都离去北京之前不久，我问鲁迅，你打算怎么办呢，现在？‘装死’便是他的回答。”

林语堂时在上海东吴大学教授英语，此文用英文撰写的，光落翻译（可能是林语堂自己翻译的，即“双簧戏”），《北新》发表时在作者名字下注明“China Critic，December，1928”，直译为“中国评论家，1928 年 12 月”。此文是首次披露林语堂的所见所闻——1925 年至 1927 年期间的鲁迅真实心态，一改他往日“冷嘲热讽”的作风，坚决站在鲁迅的一边，严厉指责那些“当局们”刁难、蛮横、冷漠的“伪君子”行径，甚至抨击国民党的“清党运动”罪行。此文在林语堂一生中是很少见的，描写了一个比较真实的鲁迅，特别是概括了鲁迅在险恶环境中的“隐晦”策略，给予高度评价，并认为

“耶稣也曾显示过正相同的应世的智慧哩”。这在鲁迅生前看到的无数评价自己的文章中是唯一一次，包括林语堂此文——前所未有的。

但是，“唯一”此文也被李白裕“抽筋扒皮”，干脆彻底抛弃了林语堂文中褒扬、愤懑、痛惜、怜悯等诸多情感，并且煞有介事地“蒸馏”出他所急需的“结晶”——“装死”，由此作为讽刺、抨击鲁迅的首要“凭证”。

李白裕的“抄者按”认为：“这（是）鲁迅先生暗示给我们的做人的秘诀之一，在压迫来到的时候，你不必再继续去干，最适当的方法就是‘装死’！”他装出一副“道貌岸然”的模样，神秘兮兮地劝告广大读者，“压迫来到的时候”，鲁迅并不是铁骨铮铮、毫不妥协拼杀的斗士，而是“忍气吞声”的奴才——鲁迅曾有奴隶与奴才区别等精辟见解，特别是点评《水浒》宋江为“不可救药是奴才”。

2. 鲁迅在福建

“当时的事实，分明是不利于他的。凡属他所到的地方那里便有青年学生们之显著的活动，写白话文的恶趋势，非孔的空气之增长，如此等等，都是难以否认的。当时的事实是大不利于他的。鲁迅便以一种尼采式的坦然态度，他便离却了那个大城。”

林语堂并没有说明鲁迅的做人“秘诀”之二是什么，李白裕则沿顺着林语堂评说鲁迅“装死”的思路，趁机发挥：“这是鲁迅先生暗示给我们的做人的秘诀之二，环境在于你不利的时候，你就离了那个大城，实行三十六着，一走了之，是为（上）策。”

1925年鲁迅主持《语丝》周刊时，曾两次写信给林语堂约稿，林语堂便成了《语丝》的主要撰稿人之一。此后，他俩的友情逐渐加深。1926年“三一八”惨案发生后，林语堂与鲁迅等人一起撰文痛斥军阀的残酷行径，林语堂、鲁迅都被列入“黑名单”。他俩先后离去，相聚在厦门大学，与该校理科主任刘树杞等人抗争，最终他俩先后被迫离开厦门大学，北平、厦门是他俩关系的“蜜月”时期。

李白裕借题发挥，嘲笑鲁迅“三十六计走为上”——逃走，哪里还有广大读者心目中鲁迅“以笔做刀枪”的气势。

3. 鲁迅在广东

“在无锡学者吴稚晖与杨虎等做清党运动的时候，鲁迅的决意隐晦的第三个时期便到了。但是，他不缄默，怕的是受害。他做的更聪明些，他谈出一大堆话来，关于一些他的对方简直莫名其妙的事，情例如安特列夫哪，陀思托边夫斯基哪。又，由那些有权势的当局做后台老板的一个大学请他讲演，鲁迅不拒绝他们更聪明些，他洋洋洒洒演（讲）了一大篇有趣的话，谈的是纪元前三世纪的文学状况。”

其中“简直莫名其妙的事，情例如安特列夫哪，陀思托边夫斯基哪”，这段又误排了，原文是“简直莫名其妙的事情（例如，安特列夫哪，陀思托也夫斯奇哪）。”

事实上，鲁迅的确“不缄默”。他离开厦门大学到了中山大学，1927 年广州发生了四一五“清党”事件，2000 多名共产党嫌疑人被杀害，中山大学部分学生也遭军警逮捕。鲁迅主张营救被捕学生，但遭到校长朱家骅的反对，加之其他原因，鲁迅提出了辞职。这时，国民党当局还不放心，故意邀请鲁迅讲演，试探他的态度。于是鲁迅作了《魏晋风度及文章与药及酒之关系》的演讲，曲折地揭露和讽刺国民党的暴政。

1928 年 12 月 30 日，鲁迅写给陈濬的信中说：“弟在广州之谈魏晋事，盖实有慨而言。‘志大才疏’，哀北海之终不免也。迩来南朔奔波，所阅颇众，聚感积虑，发为狂言。”（《鲁迅全集·书信集》）林语堂文中不便多说“弦外之意”，只是点到为止，“那些听众都觉得有趣味，赞叹他的创见与通篇中精彩的解说，而且，当然地，并没有看出那要点”。

李白裕全然不顾这些事实，继续“淋漓尽致”地借题发挥，好像拾到了天上掉下的“大元宝”——攻击鲁迅的最有力的证据，得意扬扬地写道：“这是鲁迅先生暗示给我们的做人的秘诀之三：在政治环境恶劣的时候，无论是和人谈话，抑是公开讲演，最好是闭口不谈政治，闭户读书，什么都不要去管。”鲁迅被描绘为一个采菊东篱下的“闲云野鹤”，悠哉游哉，哪里还有广大读者敬仰的“心系天下”的斗士形象。

费了一番周折，“蒸馏”出鲁迅做人的三大秘诀：“装死”“逃走”“装糊涂”，李白裕终于出了一口“恶气”。他究竟抱着什么心态，想达到什么目的，已经昭然如揭了。这位李白裕还觉得不过瘾，写到兴头上，干脆来一个“此地无银三百两”的小结“附记”：

以上是鲁迅先生在复杂的政治环境里的三种做人的秘诀，第一是“装死”，第二是“逃跑”，第三是“装糊涂”（?）。除“按语”外，完全由《北新》第卷一期林玉（语）堂先生《鲁迅》一文里录出，抄者不负责任。还有一句要补充的，据林先生说：“鲁迅先生是现代最深刻的批评家而且大约是少年中国之最风行的作者。”我们在鲁迅先生的做人秘诀中，如林先生所说，可以我（找）到他的“充分的气魄”，和“给青年仰望的巍然的力量。”

此“附记”近200字，其中误排为“第卷一期”，“可以我（找）到他的”，《海风周报》校对错误比较多，另撰文述之。

“充分的气魄”诸语，林语堂的原文是“如果鲁迅，这位叛逆的思想家，是戴上了‘青年叛徒们的领袖’的头衔，那就是因为实际上那班青年叛徒们还不曾在他们同辈中见到什么充分的成熟性和‘独到处’，充分的气魄和足以给他们仰望的巍然的力量。”

李白裕本来对鲁迅就没有什么好感，看到鲁迅是“青年叛徒们的领袖”等语，敏感的神经备受强烈的刺激，心底激起阵阵“嫉恨”波浪。他调动了大脑细胞的“潜能量”，干脆来一个“以其矛攻其盾”，将计就计，恰好以此作为讽刺鲁迅的有力“证据”。

李白裕积压多时的怨气痛快地发泄了，“充分的气魄”诸语恰如给他的一个“点赞”——逼真的漫画形象，就差鼻子上没有一圈白粉了。李白裕是何人，代表了哪些人的“心声”，不必“人肉搜索”了，只是可惜了一本好端端的鼓吹普罗文学文学刊物《海风周报》，被这支“暗箭”损坏了形象。如今世人碍于面子，不好意思提及此文，或者根本不知道。

查看《北新》半月刊第3卷第1期（1929年1月1日），恰巧与《海风周报》同时问世，成了“难兄难弟”。《北新》编辑部成员向广大读者抱拳“恭贺新禧”，弥补了《海风周报》没有套红的喜庆气氛。

这期《北新》除了刊登林语堂《鲁迅》一文之外，还有不少译文，其中有鲁迅的《沙漠上》、赵景深的《高尔基评传》、梁遇春的《罗素的自叙》等。同时刊登了鲁迅主编的《奔流》和鲁迅杂文集《而已集》等广告。因此，李白裕能够从中翻捡出“大元宝”，实属不易，当然要“欣喜若狂”一番了。

如果潘梓年（后为“文委”“文总”负责人）还没有去创办华南大学（按照上级党组织的指示），那么这期《北新》还是他负责的。这期《编者的话》最后写道：“曾经有一位投稿者来信，他问本刊是否反对‘无产阶级文学’。他的意思就是问我们在作品的选择上是否有‘派’的成见。其实本刊的‘地盘’一向是公开的，本无所谓派。至于‘无产阶级文学’，在现在究竟真有这东西产生么？如果有，反对自然是无效而且无聊；如果还没有，又何所用其反对？总之，我们所欢迎的是有生命的有力量的作品。”

《编者的话》如此的巧妙，既不能让反动当局抓住把柄，又表明自己的态度。如果李白裕与潘梓年（或他人担任《北新》编辑）相识，那么不妨学学这种有“雅量”的气魄，也许再写《秘诀》之类的“奇文”，会多一点含有“智慧”的文笔出现，不必这么笨拙，有失“饱读经书者”之态。

这里引申出一个问题，潘梓年曾以“弱水”笔名，在《战线》第1期（1928年4月1日出版）上发表《谈现在中国的文学界》，也参加了“革命文学”论争，并点评论战的双方，认为鲁迅《“醉眼”中的朦胧》“不敬得很，态度太不兴了。我们从他先后的论战上看来，不能不说他的气量太窄了。最先（据所知）他和西滢战，继和长虹战，我们一方面觉得正直是在他这面，一方面又觉得辞锋太有点尖酸刻薄，现在又和创造社战，辞锋仍是尖酸，正直却不一定落在他这面……他那种态度，虽然在他自己亦许觉得骂得痛快，但那种口吻，适足表现出‘老头子’的确不行罢了……我们不禁想起了五四时的林琴南先生了”。对此，鲁迅在《三闲集·我的态度气量和年纪》给予反驳。

因此，潘梓年或其他编辑可能把这期刊登林语堂文章的信息传递给熟悉的文友，于是就有了李白裕的“奇文”，突出了尖酸刻薄的特点。

如果推算一下时间，李白裕的“奇文”落笔很快。刊登林语堂《鲁迅》一文的这期《北新》元旦出版，李白裕拿到手也要几天后。他必须赶在1月9日（大年三十）前完稿，在恭贺新禧的鞭炮声中，“劝说”蒋光慈、钱杏邨“就范”，临时插进《海风周报》第3期（大年初四，1月13日）。其内情从未有人透露，其实还是封存为好，以免“功成名就”的历史人物又要被恶意“颠覆”了，被好事者趁机大肆宣扬，“污染”了广大读者的耳目。

蒋光慈、钱杏邨与鲁迅之间关系，已有多文评述，不必饶舌了。不过有一点说明，当时“围攻”鲁迅，有些人“意犹未尽”，还想“戏耍”一下论争的对手，便出现了李白裕的“奇文”。

如果抛开恩恩怨怨诸事，认为李白裕的“奇文”属于“左”倾的思想产物，那么李白裕总结鲁迅做人的三大“秘诀”，恰好是“左”倾者依顺着强大的思维惯性，作为进行猛烈抨击的“焦点”，绝不能容忍。只有鲁莽的李逵抡圆板斧“赤膊上阵”，才符合“左”倾者的口味，这是鲁迅坚决反对的。不知李白裕是否上街参加飞行集会、撒传单，如果没有此胆量，那么他只是躲在上海亭子间里的小文人了。

“非此即彼”的思维逻辑并非是李白裕的“专利”，因此蒋光慈、钱杏邨“默许”临时插进李白裕一文，也很正常。但是，不必进一步苛责，因为当时的险恶环境足以让他们遭受太多的磨难了。

李白裕的“奇文”问世后，鲁迅、林语堂有何反应呢？

1929 年 1 月 6 日上午，鲁迅写信给林语堂。当天晚上，鲁迅写信给章廷谦，自我调侃说：“上海书店有四十余家，一大队新文豪骂了我大半年，而年底一查，拙作销路如常，捏捏脚膀，胖了不少，此则差堪告慰者也。”

《海风周报》第 3 期（1 月 13 日）刊登李白裕的“奇文”之后，1 月 24 日午后，鲁迅写信给林语堂，下午，林语堂赶来了。26 日，郁达夫“招饮陶乐春”，邀请鲁迅、许广平与林语堂及其夫人等人。2 月 16 日，林语堂访见鲁迅，交谈。3 月 6 日，鲁迅写信给林语堂。3 月 17 日，应北新书局老板李小峰邀请，鲁迅、许广平与林语堂、柔石等人前去“陶乐春”饭馆聚餐。此后，鲁迅与林语堂还有各种交往。

鲁迅日记中记载这些，没有透露出具体内容，包括其中两封信的内容；鲁迅、林语堂的有关文章也似乎未谈及李白裕的“奇文”，不约而同地保持“沉默”。

不过在鲁迅逝世后，林语堂和他人辗转提供的三封鲁迅信件，于是便有了以上抄录的第二封信。

如果说这是得知李白裕“奇文”之后——“蒙示甚感”，鲁迅回信给林语堂的信，那么这一番话清楚地表达了鲁迅当时的心境，特别是最后一句，与林语堂文中推举鲁迅为“青年叛徒们的领袖”之语相对应。其实类似的“暗箭”，鲁迅一生中不知收到多少，反正习惯了。

鲁迅晚年时（1936 年 4 月 23 日）致曹靖华信中还抱怨说：“近十年来，为文艺的事，实已用去了不少精力，而结果是受伤。认真一点，略有信用，就大家来打击。去年田汉作文说我是调和派，我作文诘问，他函答道，因为我名誉好，乱说也无害的。后来他变成这样，我们的‘战友’之一却为他辩护道，他有大计画，此刻不能定论。我真觉的不是巧人，在中国是很难存活的。”（《鲁迅书信集》）田汉等事已有公论，且不详述，这不妨作为一个很好的注解，指以上林语堂点评鲁迅作为著名“学者”做人之难的独到见解。

如果以上的残信果真是如此，林语堂为何不敢承认，还要辗转提供时特地匿名呢？（可能是“中介者”所为）其中诸多原因之一，林语堂与鲁迅早已“断交”，况且《文坛史料》编辑的名声狼藉，一旦公布后患无穷，更加“理还乱”，这是林语堂很忌讳的事情。

鲁迅、林语堂保持“沉默”，显然是双方沟通的结果，如果他俩一起“发威”，那么又要陷入类似“革命文学”论争的旋涡里，被旁人看笑话，在中国文坛上又要增添无数的嚼舌根“花絮”，甚至延续至今。

鲁迅曾说：“苛求君子，宽纵小人，自以为明察秋毫，而实则反助小人张目。”（《且介亭二集·“题未定”草·九》）这不妨作为鲁迅、林语堂保持“沉默”的一个诠释。

（三）

《文坛史料》发表的第三封信（1933 年 6 月 20 日），无须抄录了。该信中有“天王已无一枝笔，仅有手枪”诸语，这是指鲁迅拒绝为林语堂、陶亢德编辑的《论语》撰写“打油诗”之事。同日，鲁迅往万国殡仪馆送被暗杀的杨铨入殓（林语堂借故未去），鲁迅还特地写了《悼杨铨》旧体诗。因此，他当晚写给林语堂信中表示对反动当局的愤恨之情，溢于言表，当然也没有心思写什么恬闲的“打油诗”。

《文坛史料》编辑收入此信时，哪里敢说明情况，并且将信的抬头“语堂先生”改为“某某先生”。同时该书其后“鲁迅先生书简遗墨”刊登此信手迹时，干脆删除该信的抬头，并在开头注明：“鲁迅先生书简遗墨（从未在他处发表者）”，以示“独家新闻”。

《文坛史料》编辑在《跋》中也不提收信人的名字，并说：“编者为此，特走访各友，从事搜集，费时月余，仅得五封，其中，中文者三，日文者二，受（收）信人均为鲁迅先生生前挚友。”

声称“日文者二”，但是又说没有日文铅字，无法排印两封信，仅刊出鲁迅用日文写信的最后部分，即数行文字和落款：“一九三五年三月六日鲁迅记于上海”，也注明“从未在他处发表者”。

其实，这并非是信，而是鲁迅用日文写的《内山完造作〈活中国的姿态〉序》，早已由鲁迅自译为中文，收入《且介亭杂文二集》。1935 年 3 月 6

日，鲁迅日记写道："夜为内山君《支那漫谈》作序。"但是，鲁迅自译该序的落款则是"一九三五年三月五日鲁迅记于上海"，比日记里的记载时间提前了一天，不知何故，大概是疏忽了。

上海鲁迅纪念馆编的《鲁迅日文作品集》（上海文化出版社 1981 年版）收入鲁迅用日文写的《内山完造作〈活中国的姿态〉序》，落款则仅为"一九三五年，鲁迅记于上海"，大概是为了避免"提前一天"的问题，因该书后面收入鲁迅自译的中文序言。

《文坛史料》仅刊登鲁迅此日文序言的最后部分，除了故弄玄虚之外，更重要的是此序言最后讽刺"亲善""提携"等，鲁迅在《且介亭杂文二集·后记》里特地作了有关说明，这是"文化汉奸"杨之华等人"做贼心虚"之事，哪里敢多刊登几页原稿。

《文坛史料》内容繁杂，另撰文述之。

［注］

［1］此杨之华并非是瞿秋白的夫人，而是抗战时期日伪政府的"文化汉奸"。如今网上流传的《文坛史料》（上海中华日报出版社 1944 年版）编者"张冠李戴"，将两个同名同姓的人物混为一谈，以讹传讹，令人匪夷所思。

［2］张静庐：《在出版界二十年》，上海杂志公司 1938 年 6 月初版，第 177 – 178 页。

研究空白：鲁迅主编的《文艺研究》创刊号

鲁迅与陈望道的大江书铺

陈望道与鲁迅是多年之友，友情笃厚。最初则是陈望道翻译的《共产党宣言》“牵线”，他委托周作人将此书转赠给当时身在北京的鲁迅。此后，陈望道作为《新青年》编辑的身份向鲁迅约稿。

在鲁迅日记中第一次出现陈望道的名字，则是1926年8月30日。8月29日早晨，鲁迅由北京赴厦门途经上海，晚上同周建人访见北新书局的李志云，以及开明书店的章锡箴。次日晚上，到消闲别墅聚餐，刘大白、夏丏尊、陈望道、沈雁冰、郑振铎、胡愈之、朱自清、叶圣陶、王伯祥、周予同、章雪村、刘勋宇、刘叔琴和周建人欢聚一堂，真可谓“贤士毕集”。晚饭后，刘大白、夏丏尊、陈望道、章雪村乘兴到旅馆拜访鲁迅，这时已下雨，大家依然畅谈一番，不减兴致。

1928年元旦过后，1月19日，鲁迅由周建人陪同，应陈望道之邀，赴东亚食堂聚餐，3天后便是大年三十（1月22日），众人提前喜贺新春。这时鲁迅已经定居上海，开始他后半生的辉煌文学生涯。此后，陈望道两次邀约鲁迅前去他执教的复旦大学及其附属实验中学进行演讲，双方交往增多。

同年夏天，陈望道、汪馥泉等人创办了大江书铺。事前，陈望道与正在南洋的汪馥泉频频书信来往，商讨了筹备书铺的各种问题，包括经营方针、范围、经济来源等。汪馥泉是五四时期杭州甲种工业学校的学生，与夏衍同校，都曾向《浙江新潮》投稿，思想激进。

陈望道与汪馥泉为师生关系，具有创办书铺、办刊物的共同志向。陈望道在信中说：“书店工作倾向，也已计及，我想最好范围略宽，为科学、思想、文艺的传播机关。”“我的计划书铺，有一大方针：即经济条件与人同等，而以我们质上量上的努力竞胜它。我以为，反此原则，一定要失败的。以一万办，即以资本博人信任；以钱换稿费，更明显是上述原则的应用，不必说的了。”“我以为我们要在这小书店如毛的当中，有点特色，本钱似应大一点。”[1]由此谈起请朋友凑股份的事，此后却因此发生了经济纠纷，大江书铺不得不停止业务。

大江书铺起初设在闸北东横浜路景云里4号，鲁迅则住在景云里23号(9月9日移居18号，后住在17号)。7月22日下午，陈望道、汪馥泉访见鲁迅，希望鲁迅给予支持和帮助大江书铺。

事前，陈望道与汪馥泉商议创办刊物的问题时，认为“杂志恐怕是月刊或半月刊好。周刊太费事。照现在的潮流，即是月刊，亦不必即要登长文”。“我也已略和几个做文译文——如新出著名作家茅盾，及傅东华等——商量，大抵可以集合十个人来作基本人。”他还说：“办杂志起初必须贴钱，慢慢使它独立，书店并可揩油登广告。现今各杂志都出稿费，多者且在五元以上。就是创造社，现在也不能无费取得文稿，故亦皇皇登着招稿广告了。”[2]

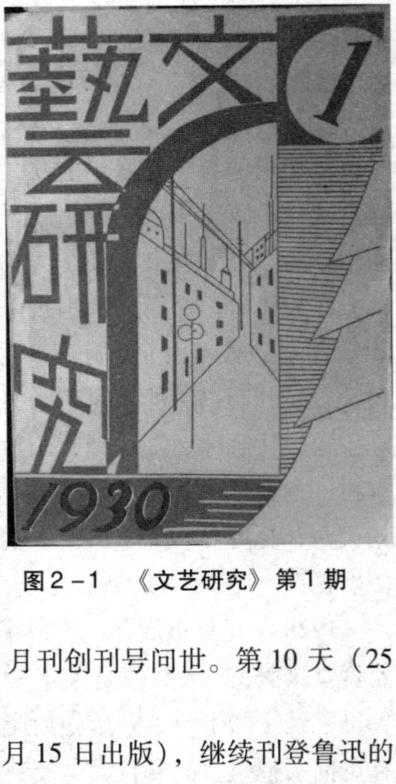

图2－1　《文艺研究》第1期

筹办《大江》月刊期间，9月15日、16日，陈望道接连冒雨敲开鲁迅的家门，向鲁迅约稿。9月26日，鲁迅把《捕狮》译稿和信寄给陈望道。10月15日，《大江》月刊创刊号问世。第10天（25日），陈望道登门送上稿费和大江书铺的信。

此后，《大江》月刊第2期（1928年11月15日出版），继续刊登鲁迅的译稿《北欧文学的原野》（原作者为日本片上伸），以及鲁迅《译者附记》。汪馥泉在这期《编辑后记》中欣喜地写道：“本刊创刊号有陈望道底《关于片上伸》，这号承鲁迅给了片上伸的《北欧文学的原野》，这是多么底感谢的事呀!”

《大江》月刊第2期、第3期（1928年12月15日出版）“文坛近讯”栏目里，先后刊登有关鲁迅的近况，“鲁迅将往大陆大学演讲，闻鲁氏将主张文学无用论”。“鲁迅将翻译俄国耶珂莱甫作《十月》。”

《大江》月刊第2期出版之前（1928年11月5日），许德珩去拜访鲁迅，邀请他前去大陆大学讲演。因该校有一些进步人士李达、邓初民等任教，学生大多是大革命期间经受洗礼的革命青年，其中也有与党组织失去联系的学生。11月10日，鲁迅讲演关于“从文学革命到革命文学”的内容，恰恰与《大江》月刊所说的相反。也许后者是故意“避嫌”，因为该校校长是陈公博（后为王乐平代理），汪精卫是董事长，顾孟余、王乐平、彭泽民、何香凝等为董事。

鲁迅转译的《十月》，原作者耶珂莱甫即雅各武莱夫（雅柯夫列夫），最初分刊于《大众文艺》月刊第1卷第5、6期（1929年1月20日及2月20日）。陈望道、汪馥泉事前得知此信息，提前预告，说明他们与鲁迅的关系非同一般。

陈望道、汪馥泉等创办大江书铺后，酝酿一个雄心勃勃的计划，准备出版“大江百科文库”。汪馥泉提笔写下醒目标题《大江书铺之两种新计划》（《编辑者》1931年第1期），其中写道：“大江书铺为新书店后起之秀。最近计划出版两种丛书，一为《大江百科文库》，由陈望道主持，内分文艺，英文，社会科学，自然科学等类，年内可出版者有数十种。编撰者为叶绍钧，夏丏尊，刘大白，傅东华，谢六逸，李石岑，李青崖，樊仲云……诸氏二为《少年丛书》，内含文学的，历史的，科学的三大类。”

《大江百科文库》中有陈望道编辑的《文艺理论小丛书》《艺术理论小丛书》，鲁迅应邀为这两种丛书翻译了《现代新兴文学的诸问题》（片山伸作）和《艺术论》（苏联卢那察尔斯作）分别于1929年4月和6月出版。陈望道一直将其两书珍藏了近半个世纪，其后捐献给上海鲁迅纪念馆。

1930年初，大江书铺迁往五马路（今广东路）宝善里521号，次年10月又移至北河南路景兴里584号。

1930年元旦的第2天下午，陈望道冒雨访见鲁迅，两天后（1月4日）是周海婴百日喜庆之时。1月31日（大年初二），陈望道来拜年，并赠送《社会意识学大纲》（再版本）。此书是陈望道、施存统合译，原作者为苏联著名学者波格达诺夫（亦译波格丹诺夫），大江书铺1929年初版，以后多次再版。该书《译者序言》开头写道：“所谓社会意识，就是指语言，文字，艺术，哲学，宗教，道德，习惯，法律，思想，科学，等‘文化’，或‘精神文化’，所以实际就是一部文化学。又因解说的顺序，采用所谓历史的顺序的缘故，实际又就是一部文化发达史。”此论在某种程度上“统领”陈望道主持的“大江百科文库”。

此后，鲁迅主编的《文艺研究》后面也刊登了《社会意识学大纲》的广告，声称“本书将言语，文字，思想，艺术，法律，道德，宗教，风习等一切繁复异常的文化，尽用问来答往的体制，极巧妙地，先说明其大意，次叙述其源流。将各科概论及发展史融合在一处。读完这书，无异（疑）读完各科的概论及各科的发展史。而且分别读各科专书，决不能如此互相贯串（穿）。原文取材精博（读了本书再去读各科专书，将知其句句有来历，而深服其‘博’，既读专书而来读本书，将见其提纲挈领要言不烦，而力称其‘精’），为目前世界上社会意识书中最著名的名著。译文‘完善’，已有定评。中添插画十余幅，注解几十条，末又附索引，使人无检查之苦而有鉴赏之乐，更属锦上添花”。

2月1日晚上，陈望道、汪馥泉以大江书铺的名义，邀约鲁迅（冯雪峰陪同）、傅东华、施复亮（施存统）、沈端先（夏衍）、冯三昧、郭昭熙等，在新雅茶店（经营粤菜、茶点、食品，在虬江支路转角处）聚餐，商谈创办《文艺研究》季刊一事。

鲁迅很是高兴，回去思考一番之后，起草了《文艺研究》例言八条，并写了信，一起寄给陈望道。

4月25日，鲁迅“夜阅《文艺研究》第一期原稿讫”。因此，《文艺研究》创刊号扉页上注明“1930年2月15日初版”，应该推迟为“5月初版”。5月3日，鲁迅收到“《文艺研究》第一期译文豫支版税三十”。

但是，《文艺研究》仅出一期便停刊，诸多原因之一鼓吹“激进思想”。同时，陈望道的名字暂且消失在鲁迅日记中，直到1934年陈望道创办《太白》半月刊前后时，他的名字才重新出现在鲁迅日记里。

大江书铺还出版了不少政治、经济、文艺方面的著译书籍，其中左翼作家鲁迅等著译书籍大多被查禁，使得书铺遭受了很大的损失，而且大江书铺内部发生经济纠纷。左联外围刊物《文艺新闻》第9号（1931年5月11日）刊登一则消息《文人重文化，商贾重黄金——大江书铺受人捣乱》：

五月六日《申报》载有大江书铺理事吴梓权、吴泽春两人的启事，阅读其中文句，似说明该铺内部有了纠纷。大江（书铺）原系陈望道等数著作家所组织的，成立以来，为时颇久，向对出版经营，态度似甚慎重，所出书籍亦多有价值之作。今次该书店内部若真有纠纷，是诚不幸的事。记者于六日上午，适遇该铺常务理事某君，乃叩以此事之来由，某君谓："大江在开始的时候，完全是读书人办的，且决定是不论股本之大小，一人必有一权；而对于著作家们也特别是以生产合作的原则为依归。后经某人介绍，加入了吴等的股本，不料吴等加入后，即意图把持全铺，把持不得，则要求退股，既允其退股，于是又藉口查账捣乱。现在已请某等四律师作法律交涉，当可解决。"按：作家自己经营书店，原系欲脱离书商之垄断，自有其文化的意义，若参加合作者不明此意而竟不惜以各种手段来破坏，是太不值于自己的存在了。

1931年5月5日、6日《申报》刊登吴梓权、吴泽春两人的启事，提及大江书铺常务理事施存统、陈望道、冯三昧、郭照熙、汪馥泉等。此后，鲁迅依然把译稿《毁灭》交给大江书铺，得以1931年9月30日出版。不过鲁迅并不满意。原来大江书铺担心反动当局注意鲁迅的名字，此书被查禁，便改为"隋洛文"，又删去了序跋。对此，鲁迅决定用大江书铺的纸版，用"三闲书屋"名义，自费印行，1931年10月出版。

大江书铺因经济纠纷，大约在1932年底结束业务。1935年12月4日，鲁迅写给复旦大学学生刘暮霞的信中叹道：大江书铺"后来盘给开明书店了"。并说存放在内山书店里有一包书刊，"包内还有《艺术研究》一本，是出一本就停版的月刊，现在恐怕也已经成了古董，都可以送给先生"。[3]鲁迅误说了《文艺研究》季刊之名，显然不想再提起往事——"大江百科文库"的子系统小丛书计划刚萌生便被扼杀了。

"不谋而合"的《文艺研究》

《文艺研究》卷首为鲁迅起草的八条《例言》：

一、《文艺研究》专载关于研究文学，艺术的文字，不论译著，并且延及文艺作品及作者的绍介和批评。

二、《文艺研究》意在供已治文艺的读者的阅览，所以文字的内容力求其较为充实，寿命力求其较为久长，凡泛论空谈及启蒙之文，倘是陈言，俱不选入。

三、《文艺研究》但亦非专载今人作品，凡前人旧作，倘于文艺史上有重大关系，划一时代者，仍在绍介之列。

四、《文艺研究》的倾向，在究明文艺与社会之关系，所以凡社会科学上的论文，倘其中有若干部分涉及文艺者，有时亦仍在绍介之列。

五、《文艺研究》甚愿于中国新出之关于文艺及社会科学书籍，有简明的绍介和批评，以便利读者。但同人见识有限，力不从心，倘蒙专家惠寄相助，极所欣幸。

六、《文艺研究》又甚愿文与艺相钩连，因此微志，所以在此亦试加插图，并且在可能范围内，多载塑绘及雕刻之作。

七、《文艺研究》于每年二月，五月，八月，十一月十五日各印行一本；每四本为一卷。每本约二百余页，十万至十二万字。倘多得应当流布的文章，即随时增页。

八、《文艺研究》上所载诸文，此后均不再印造单行本子，所以此种杂志即为荟萃单篇要论之丛书，可以常资参考。

此《例言》折射出鲁迅等人在新雅茶店聚餐时交谈的部分内容，也透露了陈望道、汪馥泉拟创设“大江百科文库”的初衷之一，即《文艺研究》季刊“顺理成章”列入原拟的宏大计划。

《例言》第 1 条是该刊的内容的范围，文艺理论、作品、评论和作者介绍等都列入其中，颇有“百科全书”文艺类的气魄。

第 2 条强调高质量，“内容力求其较为充实，寿命力求其较为久长”，将学术性、科学性、资料性放在第一位，要经得起历史阶段性的检验，成为一种值得信赖的文艺研究工具书。

第 3 条，推出新观念、新思想、“新人新作”的同时，兼顾“前人旧作”，但是必须是“文艺史上有重大关系，划一时代者”，要达到如此高标准的要求，也需要编辑的渊博学识，独具慧眼之胆魄和能力。

第 4 条“究明文艺与社会之关系”的论文，这与太阳社、创造社“围攻”鲁迅有密切关系，迫使鲁迅多多看了有关社会文艺理论的各种书籍，也促使他转译了许多日本学者介绍苏联有关社会文艺理论的专著和文章。

第 5 条注重国内学者出版的新专著，希望同人相助，弥补缺憾。

第 6 条理应是鲁迅的远见，古今中外的社会思潮、文艺史都与美术史紧密相连，而且“多载塑绘及雕刻之作”，使人联想到鲁迅是左翼美术运动的实际领导人，特别是中国现代新兴木刻运动的倡导者、指导者、推动者，他积极介绍国外的优秀木刻家及其作品，悉心培养陈烟桥等青年木刻家。

第7条为组稿、撰稿、编辑的“硬指标”，包括时间、质量、形式等，“每本约二百余页，十万至十二万字”，这个压力很大，同时也反映了鲁迅作为不挂名的主编具有很大的信心和勇气。

第8条透露了“丛书”二字，这大概是陈望道、汪馥泉在新雅茶店聚餐时强调的一个关键词。如果办刊一切顺利，并得以发展，那么《文艺研究》作为一个“子系统”的小丛书，列入“大江百科文库”的总系统浩大工程中。陈望道、汪馥泉对于鲁迅寄予厚望，期望鲁迅在有生之年帮助完成这个“夙愿”。

1930年 2月 15日初版

每本實價大洋七角

（郵費另加）

預定全年：實價大洋二元二角

（每年一卷 每卷四本） （郵費另加）

图2－2 《文艺研究》版权页

同时，折射出鲁迅欣然同意担任《文艺研究》不挂名的主编的心态和设想，其中至少有如下一些因素：

其一，《文艺研究》创刊号问世时，左联正在积极筹备之中。虽然事前太阳社、创造社与鲁迅关于“革命文学”论争宣告停止，双方同意站在“中国左翼作家联盟”的旗帜下，但是双方的反思深度、广度则有所不同。太阳社、创造社大部分人员逐渐转变了对鲁迅的态度，并且积极宣传鲁迅思想和研究鲁迅的作品，有的骨干则依然对此耿耿于怀，甚至延续到“文革”之后。

这时鲁迅需要继续深入反思，重新梳理自己的思路。事后他说：

“我有一件事要感谢创造社，是他们‘挤’我看了几种科学底文艺论，明白了先前的文学史家们说为一大堆，还是纠缠不清的疑问。并且因此译了一本蒲力汗诺夫的《艺术论》，以救正我——还因我而及于别人——的只信进化论的偏颇。”（《三闲集·序言》）“蒲力汗诺夫”即普列汉诺夫——“俄国的马克思主义之父”，是极为重视历史唯物主义问题的马克思主义者，在苏俄、中国等哲学、史学、文学等领域里产生了广泛的影响。

鲁迅“只信进化论的偏颇”的反思，这在瞿秋白撰写的《〈鲁迅杂感选集〉序言》已有精辟之论，瞿秋白指出：《三闲集》保留“这时期的争论和纠葛转变到原则和理论的研究，真正文艺学说的介绍，那正是革命普洛文学的新的生命的产生”。即鲁迅在这时期学习和接受马克思列宁主义，转向“革命普洛文学”行列。这直接“点到”鲁迅的心脉，难怪鲁迅为瞿秋白书录：“人生得一知己足矣，斯世当以同怀视之。”留下一段佳话，至今为人传诵。

随着思想初步转变，观念必须更新，鲁迅重视国外新兴科学文艺论，并采取“拿来主义”。他说：“总之，我们要拿来。我们要或使用，或存放，或毁灭。那么，主人是新主人，宅子也就成为新宅子。然而首先要这人沉着，勇猛，有辨别，不自私。没有拿来的，人不能自成为新人，没有拿来的，文艺不能自成为新文艺。”（《且介亭杂文·拿来主义》）这些名言警句不妨成为鲁迅欣然同意主编《文艺研究》的首要原因。

其二，鲁迅继续反思的同时，也想建立一个自己心目中的“科学底文艺论”，这必须夯实基础，即译介大量的国外新兴科学文艺论，以科学态度进行“或使用，或存放，或毁灭”。同时提醒曾是论争对手的太阳社、创造社成员，以及广大爱好文学者，学习，学习，再学习，点燃“普罗米修斯盗取的火种”。在某种程度上，《文艺研究》是为即将成立的左联献上的一份“见面礼”。但是，并没有引起左联作家的浓厚兴趣，甚至根本不提起，似乎并不存在。

在左联成立时，鲁迅语重心长地告诫说：“‘左翼’作家是很容易成为‘右翼’作家的。”并着重指出：“我们应当造出大群的新的战士。”他后来回顾说：“这时已经输入了蒲力汗诺夫，卢那卡尔斯基等的理论，给大家能够互相切磋，更加坚实而有力。”[4] 鲁迅希望《文艺研究》能够继续承担这个“输入”的历史使命，以供大家一起学习、研究和提高学识水平，以免重蹈覆辙——所谓无休止的论争，貌似形而上的长篇宏论，陷入个人主义、宗派主义、关门主义的泥淖里。

其三，鲁迅在继续反思的时候，迫切需要一个亮相的平台，而且是志同道合的学术界同人共同拥有的、持久的，而不是目光短浅、贪图享利、哗众取宠的“匆匆过客”。陈望道创办大江书铺的思路，切合鲁迅之意，因此双方一拍即合。

如果此后酝酿“大江百科文库”的计划得以实现，那么鲁迅必然“趁势而上”，大展宏图。但是，历史没有“如果”二字，《文艺研究》被扼杀后，鲁迅有些心灰意冷，再也不提“戳心窝”的此事，甚至时隔 5 年后称之为“古董”。

其四，鲁迅在继续反思的时候还有一个重要的背景，大革命失败后，中国向何处去？引起了一场关于中国革命性质问题的论战。自 1929 年开始，各种报刊纷纷刊登有关文章，吸引了广大读者的注意力，大大小小的书店争先推出各种有关社会学的书籍。

冯雪峰曾帮助鲁迅与神州国光社联系编印《现代文艺丛书》，并取得合同。鲁迅感叹说：1930 年“上半年，是左翼文学尚未很遭压迫的时候，许多书店为了在表面上显示自己的前进起见，大概都愿意印几本这一类的书；即使未必实在收稿罢，但也极力要发一个将要出版的书名的广告”。（《集外集拾遗·〈铁流〉编校后记》）

《文艺研究》以译作为主，其中有些重要译作是从社会学的视角来研究文学活动，“闯入”文学社会学的领域。这成为鲁迅试图建立“科学底文艺论”的一把“金钥匙”，与有志者的同人一起携手建设，进入一个现代文学理论的“重建期”。国内外学术对于文学社会学有不同的理解和划分，一般来说认为文学社会学是文学理论一种重要的形态，具有特别重要的地位。

新兴的社会学理论，“无意识”与文学社会学相接轨，融入时代潮流，鲁迅和陈望道置身于其中，“不谋而合”创办《文艺研究》是在必然之中，期待“双赢”，皆大欢喜。

鲁迅编排的清晰思路

筹备《大江》月刊时，陈望道曾计划“大抵可以集合十个人来作基本人”，即该刊的基本撰稿人，以确保稿源。在该刊创刊号上刊出浙江著作家的名单：王鲁彦、沈泽民、胡愈之、周予同、孙福熙、俞平伯、樊仲云、钱君匋、王任叔、沈雁冰、周作人、郁达夫、孙伏园、章锡琛、傅东华、方光焘、沈瑞先、周树人、徐调孚、陈望道、施存统、夏丏尊、顾均正、汪馥泉、胡仲持、周建人、徐葆炎、陈大悲、褚东郊、钱玄同、丰子恺等。

其中有些作家的著作由大江书铺出版，双方关系不错，不过这张名单还是有做广告——吸引读者之嫌，但是反映了陈望道积聚同乡作家的资源，这是以乡友、乡情为纽带结成的人脉网络，也是当时上海滩许多社团常用的方式。

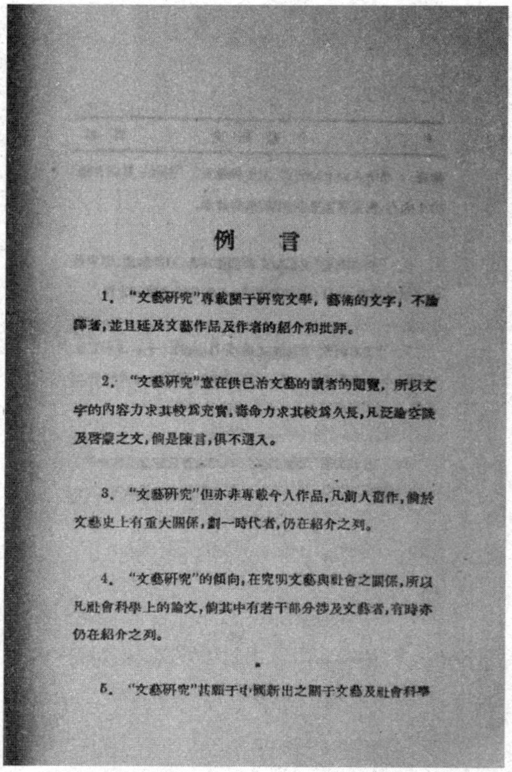

例言

1. “文藝研究”專載關于研究文學，藝術的文字，不論譯著，並且延及文藝作品及作者的紹介和批評。

2. “文藝研究”意在供已治文藝的讀者的閱覽，所以文字的內容力求其較爲充實，壽命力求其較爲久長，凡泛論空談及啓蒙之文，倘是陳言，俱不選入。

3. “文藝研究”但亦非專載今人作品，凡前人舊作，倘於文藝史上有重大關係，劃一時代者，仍在紹介之列。

4. “文藝研究”的傾向，在究明文藝與社會之關係，所以凡社會科學上的論文，倘其中有若干部分涉及文藝者，有時亦仍在紹介之列。

5. “文藝研究”甚願于中國新出之關于文藝及社會科學

图2－3　鲁迅为《文艺研究》起草的八条《例言》

《大江》月刊撰稿人中有不少以上名单上的作家，封面设计便是钱君匋，《文艺研究》封面也可能是钱君匋所为。

《文艺研究》封面设计颇有新意，打破惯例，左边的刊名呈现上升弧形拐弯的形式，与中间图案——西洋画延伸景观视觉效果融为一体，象征着刊名愿景远大、博学深邃。右上角一个红色的大写美术字“1”，意喻创刊号。左下为红色的“1930”，并衬以逐渐向上的抽象图案，与中间的延伸景观图案相互映衬，形成一种整体积极向上、勃勃生气的气氛。

1930年2月1日晚上，在新雅茶店聚餐人不少，但是《文艺研究》创刊号的要求高、难度大、时间紧，按时交出译稿的仅4人，即傅东华的《英国文学史·绪论》、陈望道的《自然主义文学底理论的体系》、鲁迅的《车勒芮绥夫斯基的文学观》，冯雪峰是陪同鲁迅前去聚餐的，则一口气交出三篇译稿《现代欧洲无产阶级文学底路》《关于在文学史上的社会学的方法》《资本主义与艺术》。另外，韩侍桁也许未能“叨陪末座”，也赶出译稿《芥川龙之介在思想史上的位置》。

傅东华“出道”比较早，早年毕业于南洋公学，考入中华书局任编译员，开始翻译短篇小说，发表于《中华小说界》。当时他与陈望道同在复旦大学执教，应邀在新雅茶店聚餐时，他的名字第一次出现在鲁迅日记里。此后，傅东华担任生活书店编辑，主编大型文学刊物《文学》时，与鲁迅发生笔墨之争，留下不可磨灭的阴影。

傅东华翻译的短篇小说集《两个青年的悲剧》，收入哈代、高尔斯华绥、爱伦坡等人的作品，由大江书铺出版，并在《文艺研究》后刊登该书广告，称其“译笔明畅清丽，人所共知，此书所收，尤属精辟”。

这次傅东华交出的译稿《英国文学史·绪论》，正文里的标题前面加上“TAINE 的”，即伊波利特·丹纳，法国著名的文艺理论家和史学家，又是历史文化学派的奠基者和领袖人物，被称为“批评家心目中的拿破仑”。傅东华在译文后面注明：“本篇依据 World’s Greatest Literature 丛书内 Henry Van Laun 的英译本转译。”即依据《世界上最伟大的文学作品》丛书内亨利·范朗的英译本转译。

在这前后，已有人翻译或编写《英国文学史》。梁实秋点评林惠元翻译、林语堂校对的《英国文学史》（F. 塞夫顿·德尔默教授，Professor F. Sefton Delmer 著，北新书局 1930 年 1 月初版）时认为：中国人作英国文学史有两个难点，其一，作一本可靠的英国文学史，一定先要尽量地读英国文学作品。“我看过几种中文写的英国文学史。我敢断定那几个作者对于英国文学尚无相当的根底，恐怕顶普通的几种杰作还不曾读过，冒（贸）然做史，结果是错误得一团糟！”其二，“给中国人看的英国文学史，其体例方法都要特别的加以考虑，以适应中国学生的需要为原则。以外国文写的英国文学史，我不能举出那（哪）一部为最好，大概都是各有所长”。（《新月·书报春秋》，1929 年第 2 卷第 10 期）

梁实秋此言引起众多读者的注意，加之其他复杂原因，至今无人翻译丹纳的《英国文学史》，不过与此同为“姐妹篇”的世界名著《艺术哲学》在国际和中国读者中影响很大，至今仍然有各种豪华新版本持续问世。

因此，傅东华的译稿《英国文学史·绪论》（以下简称《绪论》）反而成为“孤本”，至今鲜为人知。

其实，丹纳的《英国文学史》比《艺术哲学》提前一年（1864 年）开始撰写，前后两者同时完成于 1869 年，因此，都是围绕着“种族、时代、环境”三要素理论展开阐述。丹纳说的种族因素是内部根源，环境（既指地理、气候等自然环境，也指社会文化观念、思潮制度等社会环境）是外部压力，时代则是后天的推动力量。正是这三者的相互作用，影响和制约着包括文学艺术在内的精神文化的发展及其走向。他在《绪论》里最后写道：

> 我所以挑选英国的，这是因为它的文学至今还存在，可以直接观察，故比那个已经灭绝而仅有断片残留的文化的文学比较容易研究；又因为它跟法国文学不同，故在法国人眼中，更容易看出它的极显著的特征来。而且，除开英国文化所特有的东西外，除开一种自然的发展外，它又因新近受着一种

极有效的征服而显出一种强迫的转变；而它的文化所由出发的三种所与的条件——种族，气候，和诺尔曼的征服——都可以明白了然地在它的文学的纪念物里看出；所以我们在这部历史里可以研究到人类变态的两种最有力的原动力，就是自然与强迫，且可无间断地无疑义地从一串可信据的完全的纪念物里去研究它们。我在这本书（里），试欲解释这些原始的原动力，显示它们的逐渐的效果，并且说明它们的暗中作用曾如何使得宗教和文学作品完全显出，及未开化的萨克森人所藉以变成近日的英吉利人的那种内在的组织如何发展。

显然，丹纳的《英国文学史》也同样集中了他的文学批评理论和美学思想，也同样围绕着“种族、时代、环境”三要素理论展开论述。这三要素早在18世纪的孟德斯鸠及此后的圣伯夫都曾提到，在丹纳的笔下才发展为一个严密、完整的学说，并以大量的史实为论证。

丹纳的“种族、时代、环境”三要素理论对于19世纪晚期的文艺研究产生了巨大影响。著名作家左拉通过吸收丹纳的理论，逐渐形成了一整套自然主义的文学主张；布吕纳介对丹纳的理论加以修正或补充，进一步研究现有文学作品对从事文学创作的人的思想所产生的影响；朗松则将其运用于文学史研究，注重考察文学源流以及文学与客观环境的关系，后世称其为“朗松主义”；普列汉诺夫将丹纳的美学理论进行了历史唯物主义改造，率先在俄国用马克思主义研究美学等。[5]

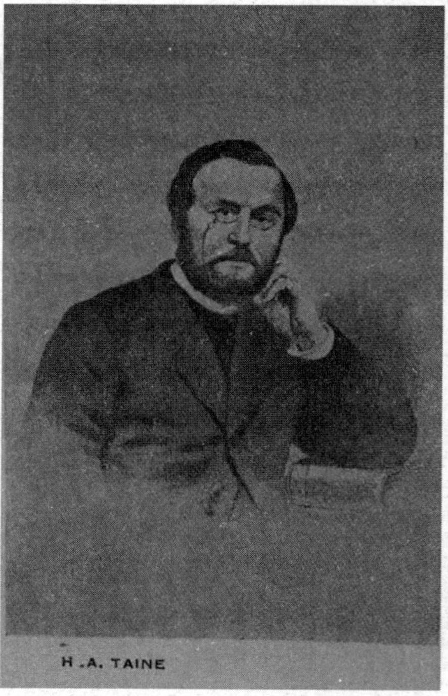

图2－4　伊波利特·丹纳的蚀铜版肖像

普列汉诺夫的学说在苏俄不同时期的历史命运，跌宕起伏，引起各方的论争，直接影响到中国左翼文学理论。鲁迅鉴于“拿来主义”的指导思想，让中国广大读者自行分辨普列汉诺夫的学说来源之一——丹纳的“种族、时代、环境”三要素理论，这并非是傅东华翻译《绪论》的初衷。如今学者把丹纳的理论列入文学社会学的范畴，作了许多精彩的论述。当初鲁迅虽然没有明确意识到此观念，但是在许多精辟论述中已经触及。

对于丹纳的名字，鲁迅并不陌生，提及《艺术哲学》有时译为泰纳。1928 年 2 月 25 日，一位读者写信给鲁迅，谈及泰奴（丹纳），鲁迅回信时讥讽“号称革命文学家者，是斗争和所谓超时代”的产物。由此引开说去，“社会停滞，文艺绝不能独自飞跃，若在这停滞的社会里居然滋长了，那倒是为这社会所容，已经离开革命，其结果，不过多卖几本刊物，或在大商店的刊物上挣的揭载稿子的机会罢了”。(《三闲集 · 文艺与革命》）丹纳坚持整体的联系的观念，反对孤立地看待和分析事物，“因为艺术家不是孤立的人”。在这里则是“鲁迅化”了，成为谈及“文艺与革命”问题的经典之言。

鲁迅将傅东华翻译的《绪论》安排在《文艺研究》卷首，该译文长达 2 万 5 千余字，占据 47 页（全书 220 页），分量很重。

《绪论》其后的长篇译文便是陈望道翻译的《自然主义文学底理论的体系》，这恰与丹纳的文艺理论形成一个承递关系。此译文原作者为日本平林初之辅，篇幅更长，竟有 3 万多字，占据 67 页，他和傅东华的译稿篇幅，占据《文艺研究》创刊号的“半壁江山”。陈望道在译文后注明：

本篇由（日本）新潮社出版《文学思想研究》第五，第六卷及第八卷中译出。作者平林初之辅氏在我国五四运动前后是一名最出名的新兴文学的战士。但最近一二年忽然（出）现了动摇怀疑的倾向——像去年载在《新潮》上的《政治的价值与艺术的价值》(最近收入《文学理论底诸问题》中）便是这倾向最引人注意的一篇文章。这篇还是几年前的文章，对于新兴文学理论和自然主义文学理论底联系，颇有所发明，可供文学理论建设者底参考，特译载在此。法文我是全外行，所附译文全依原译文直译，间有译文前后互异之处也仍其旧，倘有错误，即请指正。

这注明的落款为“一九三〇年四月五日”，距离事前 2 月 1 日晚上聚餐时商谈《文艺研究》已有两个月了，显然在这期间陈望道除了应付各种繁杂事务之外，还要熬夜赶译此文稿。

陈望道的译文分为 3 章：第 1 章《见于〈英（国）文学史〉绪论的泰纳底体系》，分为 4 个小标题：“自然主义理论对于旧理论的特异点”；“精神现象底决定论”；“种族，环境，时代说”；“泰纳体系底缺陷及其独创性”。认为“泰纳（丹纳）底文学理论有错误（而这如后述当然是有的），应该不是错在研究方法太科学，倒是错在研究方法之中混有非科学的独断的部分”。

译文第 2 章则是评价丹纳的《艺术哲学》，题为《见于〈艺术（哲）学〉中的泰纳底体系》，分为 4 个小标题：“决定艺术品的诸关系（所谓实验美学论）”；“艺术是什么（艺术底本质论）”；“艺术生产底行程”；“结语”。

译文第 3 章《左拉底实验小说论》，评价左拉承接丹纳文学理论所形成的自然主义的文学主张。其分为 5 个小标题：“关于自然主义者言辞”；“自然主义底起源及发达”；“克罗德・伯尔拿底方法论”；“实验的方法对于小说的应用”；“结论”。

长期以来对于丹纳文学理论的研究成果甚多，史学界一般认为丹纳深受 19 世纪自然科学的影响，尤其对达尔文的生物进化论思想推崇备至。当时西方科学界，能量守恒定律、细胞学说和达尔文进化论这三大发现，标志着 19 世纪自然科学突飞猛进的发展，也必然深深地影响到文学理论的研究和发展。

同时，丹纳受到德国哲学家黑格尔和法国实证主义哲学家孔德的影响，渗透在丹纳的《英国文学史》《艺术哲学》中。丹纳的“种族、时代、环境”三要素理论，虽然这种划分有些含糊不清，却基本覆盖了影响文学艺术发展的主要因素，初步地揭示了文学艺术与外部世界的复杂关系。

陈望道译文前两章，原作者平林初之辅吸收了当时国外研究丹纳文学理论的成果，运用普列汉诺夫的历史唯物主义“批判武器”，结合自己的理解和分析，借以形成一个“新兴”文学理论批评框架——至少对中国广大读者来说，这是鲁迅欣然接受主编《文艺研究》的初衷之一。

鲁迅编发了傅东华、陈望道的两则长篇译文之后，安排了他自己翻译的普列汉诺夫评价车尔尼雪夫斯基（以下简称车氏）文学观的译文，题为《车勒芮绥夫斯基的文学观》。虽然鲁迅只翻译了其中的第 1 章，但是篇幅也很长，多达 2 万 3 千多字，仅次于前面两篇译文。

鲁迅的译文与如今我们看到的普列汉诺夫为车氏辩护之文《车尔尼雪夫斯基的美学理论》（周扬有译文），两者有许多论述内容相似，其中都谈及车氏的学位论文《艺术与现实的审美关系》（鲁迅译为《艺术和现实的美学底关系》），引用了该论文中的许多原文，并加以阐述“美是生活”，反驳皮萨列夫攻击车氏“要毁灭一切美学”的谬论。

普列汉诺夫认为："科学底美学的任务，是并不被确证艺术不仅表现美的'观念'，也表现人类的别的欲求（向往真实，爱，等等的）这事实所限定的。那任务，大抵是在揭发人类的这些欲求，怎样地在那美的概念之中，发见自己的表现，以及这些怎样地在社会发达的过程之中，一面自行变化，同时也使美的'观念'变化起来。""关于美的我们的概念，它本身就被这些欲求所贯注，它本身就表现着这些。"（此为鲁迅的译文，与如今译文有不同之处）

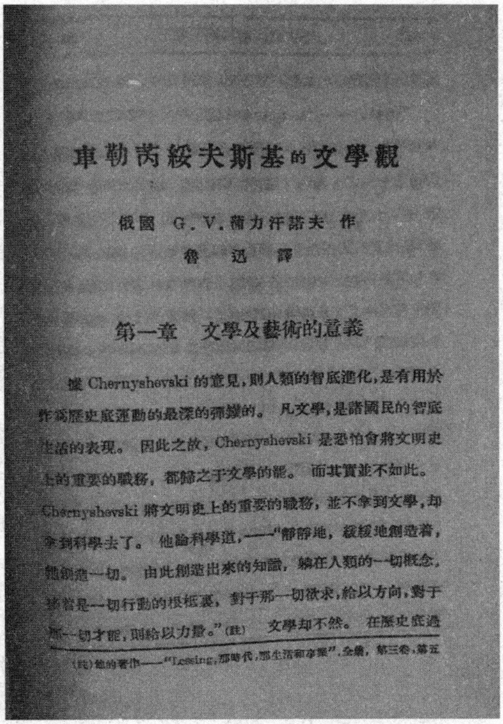

車勒芮綏夫斯基的文學觀

俄國 G.V.蒲力汗諾夫 作

魯 迅 譯

第一章 文學及藝術的意義

據 Chernyshevski 的意見，則人類的智底進化，是有用於作為歷史底運動的最深的彈簧的。凡文學，是諸國民的智底生活的表現。因此之故，Chernyshevski 是恐怕會將文明史上的重要的職務，都歸之于文學的罷。而其實並不如此。Chernyshevski 將文明史上的重要的職務，並不拿到文學，却拿到科學去了。他論科學道，——"靜靜地，緩緩地創造着，……一切。由此創造出來的知識，躲在人類的一切概念，……是一切行動的根柢裏，對于那一切欲求，給以方向，對于那一切才能，則給以力量。"（註） 文學却不然。在歷史底過

（註）他的著作——"Lessing，那時代，那生活和事業"，全集，第三卷，第五

图2－5 鲁迅翻译的《车勒芮绥夫斯基的文学观》

普列汉诺夫继承了马克思和恩格斯的美学理论，吸取车氏等俄国革命民主主义者的现实主义美学的精华，揭示了人类的文化与艺术的发展史，以及艺术的起源与本质，指出了功利主义是审美活动的基础。他以原始艺术的丰富材料为例证，证明了美的判断、趣味与实用、善的观念不可分割的统一和一致，即美感、艺术的社会功利的真正本质和目的。

对此，鲁迅很赞赏这个杰出的美学思想，他在自己翻译的普列汉诺夫《艺术论》的序言中写道：普列汉诺夫的研究表明，"是社会人之看事物和现象，最初是从功利底观点的，到后来才移到审美底观点去。在一切人类所以为美的东西，就是于他用——于为了生存而和自然以及别的社会人生的斗争上有着意义的东西。功用由理性而被认识，但美则凭直感底能力而被认识。享乐着美的时候，虽然几乎并不想到功用，但可由科学底分析而被发现。所以美底享乐的特殊性，即在那直接性，然而美底愉乐的根柢里，倘不伏着功用"。（《三闲集·〈艺术论〉译本序》）这美感的二重性第一次提出的是普列汉诺夫，在中国则是首推为鲁迅。

普列汉诺夫被公认为俄国马克思主义政党的创始人和领袖之一，是最早在俄国和欧洲传播马克思主义的思想家、俄国和国际工人运动著名活动家。

他的学说在国际上产生很大的各种影响，包括欧洲无产阶级文学运动，冯雪峰也做了有关译介工作。

1929 年 8 月 20 日，冯雪峰转译了匈牙利文学理论家 I. 玛察的《现代欧洲艺术及文学底诸流派》，连载于鲁迅主编的《奔流》月刊第 2 卷第 4 本、第 5 本。鲁迅在《编后记》里介绍说："I. Matsa（玛察）是匈牙利的出亡在外的革命者，现在以科学底社会主义的手法，来解剖西欧现代的艺术，著成一部有名的书，曰《现代欧洲的艺术》。这《艺术及文学底诸流派》便是其中的一篇，将各国的文艺，在综合底把握之内，加以检查。篇页也并不多，本应该一期登毕，但因为后半篇有一幅图标，一时来不及制版，所以只好分为两期了。""这篇里所举的新流派，在欧洲虽然多以（已）成为陈迹，但在中国，有的却不过徒闻其名，有的则连名目也未经介绍。在这里登载这一篇评论，似乎颇有太早，或过时之嫌。但我以为是极有意义的。这是一种豫先的消毒，可以'打发'掉只偷一些新名目，以自我夸耀，而其实毫无实际的'文豪'，因为其中所举的各主义，倘不用科学之光照破去，则可借以藏拙者还是不少的。"此最后之言又是针对那些所谓的"革命文豪"。

随后，冯雪峰又转译了玛察的《现代法兰西文学上的叛逆与革命》，刊登于《朝花旬刊》第 1 卷第 11 期（1929 年 9 月 11 日）。1930 年 3 月 15 日，他转译了玛察的《新演剧领域上的实验》，刊登于《新文艺》月刊第 2 卷第 1 号（3 月号）。因此，《文艺研究》刊登冯雪峰转译的《现代欧洲无产阶级文学底路》，已经是他转译 I. 玛察的第 4 篇文章了。

此译文介绍了欧洲无产阶级文学早期的特点，其一，激进的小资产阶级作家将他观察到社会的矛盾，"当做具体的当面的问题"，没有"历史的展望"，"思想是被他们在从现实的进行隔离了的姿态上来观看了"。其二，"将具体的现象在主观的形而上学的考案中抽象化了"，这不是"写实的，而是象征派的或表现派的形象"。其三，"在整个的情节和它的各部分上变成了为插话的东西了的那鄙俗的自然主义或分析的写实主义去了"。

这三点也是中国左翼文学早期作品中普遍存在的，其关键词是"没有展望""抽象化""插话"，总而言之，"直白"的议论替代了文学形象化的描写，违背了文学创作的基本规律。

译文的第四点鼓吹"综合的写实主义"，"这种综合的见解会将情节底构成底形式的伦理学提高到辩证法的历史主义"等。这是受到波格丹诺夫等为首的苏联无产阶级文化派的影响，他们认为文化与艺术就是以"生动的形象”总结人们对社会经验。这种观点以后被称为庸俗社会学——把普列汉诺夫、梅林等人著作中的某些不大确切的言论加以引申，并提高到一般方法论的原则，在马克思主义关于意识形态的阶级性以及意识形态与社会阶级之间关系、关于存在决定意识、经济基础与上层建筑的关系问题上作了简单化、庸俗化的阐释，认为意识形态现象直接取决于物质现象和社会阶级的经济基础，文学创作直接依从于经济关系和作家的阶级出身。他们认为文学不是客观世界的主观反映，不考虑时代政治思想和社会心理等因素，不考虑文学艺术自身的规律性和特点，把文学看成是社会科学的一个类型，看作是社会科学研究内容的一种形象图解而已。社会庸俗学代表人物便是弗里契、彼列维尔泽夫等。[6]

波格丹诺夫、弗里契等人的著述当时在中国比较多，颇有名气，《文艺研究》最后刊登大江书铺出版的书籍广告，其中有波格丹诺夫的《经济学大纲》（施存统译）、波格丹诺夫的《社会意识学大纲》（陈望道、施存统译）、弗里契的《艺术社会学》（陈雪帆译）等。

左联成立后，冯雪峰等人起草、1930 年 8 月左联执委会决议《无产阶级文学运动新的情势及我们的任务》，便是社会庸俗学在党内“左”倾错误问题上的一种反映。瞿秋白参与左联领导之后，认为这个决议“有些论点不妥”（因为那是李立三“左”倾错误时期的产物），建议另起草一个新的决议。由冯雪峰起草《中国无产阶级革命文学的新任务》，经过瞿秋白精心修改后定稿，决议还存在“左”倾问题，但是已经提出要与观念论、机械论、主观论、浪漫主义等作斗争，由此逐渐出现了左联创作的新局面。

冯雪峰转译玛察的《现代欧洲无产阶级文学底路》时，左联刚成立，把“综合的写实主义”——辩证唯物主义创作方法，作为新兴的文学理论介绍到中国，一度流行，中国一些左翼作家也纷纷介绍。

冯雪峰在译文最后写了一个说明：“以上一篇从《现代欧洲的艺术》日译本底附录中译出，原是原著者底《欧洲文学与无产阶级》（一九二七年莫斯科）一书底结论部分，这是日译者藏原惟人所节译的。关于原著者，请参看《现代欧洲的艺术》（大江书铺出版）。”冯雪峰的译文最后落款时间为 1930 年 4 月 24 日。

《文艺研究》刊登的大江书铺出版的书籍广告中也有玛察的《现代欧洲的艺术》（冯雪峰译），并介绍：

这是一本从科学的社会主义的立场，论现代欧洲底新艺术的一切流派及一切倾向的书。读了此书，可以明白未来派，立体派，表现派，新原始主义，构成派，纯粹派，踏踏主义，同时主义，行动主义，顶点主义等等新艺术，及欧洲诸国底革命和左翼文学，是什么东西。以其立场之正确及材料之新颖渊博，此书之出，人们叹为艺术学界之一事件，如卢那卡尔斯基、弗理契等甚至特别为文赞扬它。全书十三万字，并插有未来，立体，表现等新派作品多幅。

以上谈及的冯雪峰转译玛察的几篇文章，可能都是出自这本《现代欧洲的艺术》。

《文艺研究》收入冯雪峰第2篇译文《关于在文学史上的社会学的方法》（以下简称《方法》），这是左联成立后首篇介绍文学社会学的方法，由此衔接《文艺研究》前面几篇译文的重要内容。

《方法》认为："倘若文学底这种社会学的原则出发，我们就可在各种作品中看见下面的三种东西。1．作家底艺术的创造之产物。2．社会的现象。3．不断地变化着的历史的生活中底一事实。当然，这三种东西是同一的同时的存在；但在分析的研究上可以各（个）别地处理。""同一的同时的存在"下面有粗黑点，以示重点。这种文学社会学的思路最初出现于左联成立前后，鲜明地体现在所有左翼文化、文学刊物发表的评论文章里，形成"雷打不动"的固定模式，并且长期统治着我国文学评论界。但是，几乎无人知道其源头之一是冯雪峰翻译的《方法》。

《方法》的原作者是日本文艺批评家、俄国文学研究者冈泽秀虎，著有《苏联、俄国文学理论》《集团主义的文艺》等，显然他笔下的文学社会学也是苏联文坛流行的文学理论批评的模式。

冯雪峰还翻译了冈泽秀虎的其他著述，《以理论为中心的俄国无产阶级文学发达史》，作为鲁迅翻译的《文艺政策》即《苏俄的文艺政策》的卷末附录（上海水沫书店1930年6月出版）。冯雪峰最有名的译文《论新兴文学》，原作者也是冈泽秀虎。此后，冯雪峰将其改题为《组织与文学》，其实是修改、增补了原译文的结尾，此译文后为《党的组织和党的出版物》。（详见本书收入的《冯雪峰与〈文化月报〉和〈世界文化〉第2期》）

《文艺研究》收入冯雪峰第3篇译文《资本主义与艺术》，原作者是德国著名记者、政治家、历史学家和文学批评家弗兰茨·梅林，19世纪80年代中期，他逐步接受了马克思主义理论。列宁评论梅林："不仅是愿意当马克思主义者的人，而且是善于当马克思主义者的人。"当时中国左翼、进步报刊上，经常出现译介梅林的有关论述。

《资本主义与艺术》首先介绍在德国柏林举行的国际美术展览会暨"柏林美术家协会"建立50周年，随后评价以德国艺术品为主，也提及意大利、比利时、荷兰等欧洲国家的艺术品。最后以激进词语评价说："资产阶级底艺术的及科学的没落，是和它底政治的及社会的没落有着极密接的关联的，所以究竟在这样可希望什么，是很可疑的了。艺术如果不从资本主义底恶梦里解放出来，则它不会再有第二次伟大的飞跃吧。"

1930年2月1日晚上，鲁迅与陈望道、汪馥泉等人在新雅茶店聚餐，商谈创办《文艺研究》季刊。同一天下午，刚抵达上海的韩侍桁敲开鲁迅家门，寒暄几句后，转入正题——向鲁迅借了20元。这是一笔不小的数目，相当于当时一名熟练工人的月薪。鲁迅帮助他住进闸北景云里，成为鲁迅的近邻。鲁迅便让韩侍桁翻译了《芥川龙之介在思想史上的位置》，收入《文艺研究》。

韩侍桁曾留学日本，1928年将翻译的文艺理论文稿投寄给鲁迅主编的《奔流》等，开始与鲁迅书信来往，并在日本为鲁迅购书，鲁迅也以《朝花夕拾》《而已集》相赠。此后，通过鲁迅介绍，韩侍桁认识冯雪峰，参加了左联成立大会。在此前后，韩侍桁成为鲁迅家里的常客，这在鲁迅日记里有多次记载。随着国民党白色恐怖加剧，韩侍桁脱离左翼文学队伍，赞同叛徒杨邨人的文学主张，并吹捧后者。鲁迅在《伪自由书·后记》中讽刺韩侍桁在杨邨人叛变革命中看到了"良心"，并在著名的《答徐懋庸并关于抗日统一战线问题》中把杜衡、韩侍桁、杨邨人一起列入"第三种文学"的批判对象。

韩侍桁的译稿《芥川龙之介在思想史上的位置》，译文原作者是日本学者唐木顺三，介绍了日本著名作家芥川龙之介的创作情况。对于芥川龙之介及其作品，鲁迅比较熟悉，他与周作人合译的《现代日本小说集》（商务印书馆1923年6月初版），其中有鲁迅翻译夏目漱石、森鸥外、有岛武郎、江口涣、菊池宽、芥川龙之介等6位作家11篇小说，其中有芥川龙之介的小说《鼻子》。鲁迅还写了《关于作者的说明》，介绍了芥川龙之介等人有关情况，以及《鼻子·译者附记》等。对此，有的学者撰写了关于鲁迅的《阿Q正传》和芥川龙之介的《鼻子》之比较的文章。

芥川龙之介与森鸥外、夏目漱石被称为20世纪前半叶日本文坛上的"三巨匠"。芥川龙之介在1921年以大阪《每日新闻》视察员身份来中国旅行，先后游览上海、杭州、苏州、南京、汉口、北京等地，回国后发表《上海游记》《江南游记》等。芥川龙之介在1925年3月写的《日本小说的中译》一文中，评价鲁迅（周树人）和周作人翻译的《现代日本小说集》。1927年7月，芥川龙之介因故自杀，享年35岁。此后，他的挚友菊池宽设立了以他的名字命名的文学新人奖。

韩侍桁在译文后注明："这一篇是成为我的芥川龙之介论之一部的。可是，我想，作为一篇独立文字，也是可以读的，所以在这里揭载了。"韩侍桁的译文原载日本昭和四年（1929年）9月号的《思想》，以上提及的冯雪峰转译的《资本主义与艺术》，原载1930年《思想》4月号，显见此刊物在冯雪峰等人心目中的重要性。那时翻译的日本《思想》刊名与如今翻译的刊名《新潮》不同，不知是否同一刊物，后者是1904年创刊，曾大量译介欧洲文学。

韩侍桁的译文前有芥川龙之介的石刻画像，作者是方善竞。1929年7月29日，他将此石刻画像等寄给鲁迅。1930年4月12日，鲁迅写信给方善竞说："近日始将芥川龙之介那一个（石刻画像），送到《文艺研究》去了，俟印成后，当寄奉也。"此后，方善竞在香港，与匈牙利世界语者布劳恩合作，出版了第一部世界语译本的《鲁迅小说选》。新中国成立后，他致力于鲁迅著作的世界语翻译工作，1963年中华全国世界语协会，以香港版的《鲁迅小说选》为蓝本，编辑出版《鲁迅小说集》，方善竞执笔翻译鲁迅的小说《药》《阿Q正传》等7篇作品。

鲁迅为《文艺研究》起草的《例言》第6条，谈及"多载塑绘及雕刻之作"。因此，他提供方善竞的石刻画像，是在情理之中。《文艺研究》前面还有丹纳（H. A. TAINE）的蚀铜版肖像，以及车尔尼雪夫斯基的画像，大概也是鲁迅或他人提供的。至于其他译文原作者普列汉诺夫、梅林等人画像，鲁迅一时未找到，否则每篇译文前都有一幅有关画像，形成一个完整的"图文并茂"的构思结果。此后，鲁迅编辑的瞿秋白译文集《海上述林》，其中收入的《"现实"——马克斯主义文艺

图2－6 芥川龙之介的石刻画像，方善竞作

论文集》里，安排了恩格斯、普列汉诺夫、拉法格、左拉等原作者的图像。

综上所述，至少可以得到以下一些看法：

其一，鲁迅主编的《文艺研究》的思路清晰，前面傅东华的《绪论》译文与陈望道的译文，构成西方文学理论框架之一：丹纳“种族、时代、环境”三要素理论及其“续文”左拉的自然主义文学主张。接着是鲁迅的译文《车勒芮绥夫斯基的文学观》，把读者的思路引向普列汉诺夫的美感二重性——美学与功利之间的关系，意喻着那些“号称革命文学家”，也无法拔着自己的头发脱离地球，还是应该脚踏实地战斗、写作和生活。

《文艺研究》后面的冯雪峰3篇译文和韩侍桁的译文，则是介绍欧洲无产阶级文学、文学社会学的方法，以及日本文学代表人物、欧洲艺术情况，形成东西文化交流和“碰撞”，在某种程度代表了当时国际文坛的不同潮流，在中国广大读者面前展现了一幅中西文化的色彩斑斓的画卷。

其二，《文艺研究》作为“大江百科文库”的子系统小丛书计划，由鲁迅负责担当，是陈望道等人心目中最为合适的人选。根据以上的初步分析，也见证了这个美好的期望。

由于冯雪峰的3篇译文“锋芒毕露”，加上《文艺研究》后面的大江书铺出版书籍的预告，如《苏联社会政策》（施复亮、钟复光合译，田中九一著）、《文学之社会学的研究》（方光焘翻译，平林初之辅著）等。这些都引起国民党当局图书检查官的恐慌，坚决扼杀刚刚问世的《文艺研究》，鲁迅、陈望道等人的美好计划随之破灭了。

其三，一个不该有的鲁迅研究的空白。鲁迅主编的《文艺研究》也是为刚成立的左联送上的一份礼物，在某种程度上“实用价值”超过了左联第一本译介、评述的文艺理论专集《文艺讲座》（1930年4月10日出版）[7]，延续了鲁迅的反思，正如他所说的“清楚了明白了先前的文学史家们说为一大堆，还是纠缠不清的疑问”。但是，为《文艺讲座》撰稿的冯乃超等人从未提及几乎同时出版的《文艺研究》创刊号，似乎后者距离现实斗争太遥远了，不值得一提。

如果把鲁迅主编的《文艺研究》创刊号，放置于在此前后问世的鲁迅译述，那么便可引申出更多的话题。

仅仅在1929年至1930年期间，鲁迅先后翻译了《现代新兴文学的诸问题》（片山伸著）、《艺术论》（苏联卢那察尔斯著）、《文艺与批评》（苏联卢那察尔斯著）。鲁迅主编《文艺研究》创刊号之后，他又翻译了《文艺政策》

（苏联文艺政策的文件汇编）、《艺术论》（俄国普列汉诺夫著）等。其中《文艺政策》，鲁迅解释说：因为在“革命文学”论争时，看到大家的批评文章缺乏先进理论的指导，因此废话太多，“解剖刀既不中腠理，子弹所击之处，也不是致命伤”，于是着手翻译了这部“含有各派的议论”的书，“献给这些速断的无产文学批评家”。[《〈奔流〉编校后记（一）》]。

因此，自“革命文学”论争之后，《文艺研究》是鲁迅继续反思的一种体现，即在这阶段里鲁迅译文长链环节中不可或缺的组成部分，弥补了前后译文的不足之处，形成一个“插曲”，把现阶段的文艺理论追溯至“源头”，然后再来看看现在的文艺理论新观念。鲁迅原拟凭借《文艺研究》的公开平台，汇聚团队的智慧和力量，以“拿来主义”为宗旨，与同人一起进入中国文艺理论“重建期”，开创一个新局面。

可惜无人进一步研究鲁迅这时期的译述，或者只是扫描式地顺便说几句，更谈不上研究《文艺研究》在鲁迅这阶段里译述长链中的地位和重要作用，留下一个不该有的鲁迅研究的空白。

其四，《文艺研究》的“续文”。鲁迅在论述普列汉诺夫的美感二重性时，瞿秋白并未与鲁迅见面，此后与鲁迅畅谈几次后，也写了《“美”》的随笔，引用了车氏的学位论文《艺术与现实的审美关系》中一些原文，并以政治家眼光和魄力来述说车氏的美学理论，注重车氏利用美学再现“现实”的权利，是为了达到文学“启蒙”的功利性，并且结合眼下的残酷斗争，进一步明确提出“艺术……是阶级斗争的武器”，同时批评普列汉诺夫把“作为生存斗争的工具的艺术和‘无所为而为’的艺术对立起来”。[8]瞿秋白毫不犹豫地将美学归入唯物论的艺术社会学的派别，扩大了“美学功利性”的外延和内涵，超出了鲁迅所理解的美学二重性。

1934 年初，瞿秋白赴中央苏区之前，这篇随笔《“美”》和其他文章保存在鲁迅那里，半个世纪后才公开。但是，一直没有人去研究此《“美”》与鲁迅译述普列汉诺夫的论述之间的关系，以及两者与车氏、普列汉诺夫的美学思想有关。

其实，鲁迅以上说的“普列汉诺夫的研究”原始的出处，瞿秋白译介的《“现实”——马克斯主义文艺论文集》作了详细注释。该文集的第 3 部分辑入瞿秋白编写的《文艺理论家的普列汉诺夫》，以及 4 篇译文即普列汉诺夫的《易卜生的成功》《别林斯基的百年纪念》《法国的戏剧文学和法国的图画》《唯物史观的艺术论》。瞿秋白在《唯物史观的艺术论》特地作了一个脚注，介绍说：“这是一篇演讲大纲……尤其是关于原始民族的艺术的，大概有很多次。他的文集里所收的《没有地址的书信》就和这些演讲有密切的关系，其中的内容，往往和现在还保存着的这一类的演讲大纲相符合的。”

该文集还收入《拉法格和他的文艺批评》《左拉的〈金钱〉》《关于左拉》等译文。加之前面瞿秋白写的《马克斯、恩格斯和文学上的现实主义》，则是当时相对较为全面的马克思主义经典作家的文论。马克思、恩格斯关于现实主义的深刻的革命性的见解，大为深化了瞿秋白心目中的“普洛现实主义”。由此形成了马克思、恩格斯、普列汉诺夫、拉法格、左拉等文艺理论学说的框架，这与事前鲁迅主编的《文艺研究》形成一种“对接”。因此，鲁迅很看重瞿秋白译介的《“现实”》，并非偶然。

《“现实”》中的大部分文章均未发表，鲁迅则仔细看过。瞿秋白牺牲后，由鲁迅编入瞿秋白译作《海上述林》上卷，副标题改为《科学的文艺论文集》（解放后出版的《瞿秋白文集》恢复原样）。迄今为止，史学界从未将鲁迅主编的《文艺研究》与瞿秋白的《“现实”》结合起来进行分析和研究，形成一个鲜为人知的空白。

［**注**］

［1］［2］邓明以：《陈望道传》，复旦大学出版社 1995 年版，第 103 页，第 104 页。

［3］《鲁迅全集》第 13 卷，人民文学出版社 1987 年版，第 262 页。

［4］鲁迅博物馆鲁迅研究室编：《鲁迅年谱》第 3 卷，人民文学出版社 1981 年版，第 196—198 页。

［5］丹纳原著，曹龙兴导读：《〈艺术哲学〉导读》，天津人民出版社 2009 年版，第 6 页。

［6］刘永明：《左翼文艺运动与中国马克思主义文艺理论的早期建设》，中国文联出版社 2007 年版，第 21 页。

［7］丁言模：《左联第一本文艺理论专集〈文艺讲座〉》，载丁言模：《穿越岁月的文学刊物和作家（三）》，中国社会出版社 2018 年版。

［8］瞿秋白：《“美”》，收入《瞿秋白文集》（文学编）第 2 卷，人民文学出版社 1986 年版。详见丁言模：《〈瞿秋白文集〉的两个新注解——兼谈瞿秋白与车尔尼雪夫斯基》，载常州瞿秋白纪念馆编：《瞿秋白研究》第 4 辑，（上海）学林出版社 1992 年 1 月出版。

鲁迅“远离”的左联文化刊物《世界文化》

1930年9月10日创刊的左联文化刊物《世界文化》，最初出现在鲁迅的日记里，表明鲁迅参与最初的筹备工作。

1930年3月2日成立左联后，3月14日，泰东图书局总经理赵南公或他人在万云楼宴请鲁迅、柔石、冯雪峰、韩侍桁等11人，并向鲁迅等人约稿，希望左联编辑一个刊物，给该书局出版。3天后（3月17日），鲁迅在日记里写道：“午后议泰东（图）书局托办杂志事，定名曰《世界文学》。”

泰东图书局总经理赵南公原来与创造社郭沫若等人很熟悉，被称为创造社的“出版社”，直至创造社自行成立出版部。泰东图书局出版了许多左翼文学书刊，屡次被禁止，但是屡次继续出版，赢利是主要目的之一。这次宴请鲁迅等人，牵头者可能与钱杏邨（阿英）或他人有关。

4月29日、5月29日，左联接连召开两次会议，冯乃超主持的第二次会议上透露：“编辑部召集了二次上海各左倾杂志联席编辑会议，计划了机关志《世界文化》的编辑考案。”[1]柔石（或他人）时任左联编辑部主任，在两次“各左倾杂志联席编辑会议”上提出创办《世界文化》的计划，并且向大家约稿。

从定下刊名至创刊有近半年的时间，查看鲁迅日记，其中5月29日左联开会后的两天里，柔石接连到鲁迅家里去。柔石与鲁迅来往甚密，起初是为了合编左联刊物《萌芽月刊》诸事。6月初该刊改名为《新地月刊》（仅出1期），停刊之后，除了处理有关善后诸事，按照左联领导冯乃超等人的意见，他俩也许再次谈起创办《世界文化》的话题。

《世界文化》发表的冯乃超的《左联成立的意义和它的任务》（以下简称《任务》），则是在《中国无产阶级文学运动及左联产生之历史的意义》（载

《萌芽月刊》改名的《新地月刊》）的基础上修改而成的。并且《新地月刊·编辑室杂函》答复读者信时说：左联“现在正在努力地活动，在社会上，革命上，文艺运动上已有相当表现。……《世界文化》闻第一期不久即可出版”。这与该刊刊登《左翼作家联盟的两次大会记略》透露“机关志《世界文化》的编辑考案”的消息相互呼应。因此，不妨认为《世界文化》是停刊的《新地月刊》一种“延续”。此后，又有《世界文化》第2期，这是很有意思的话题。（详见本书收入的《冯雪峰与《文化月报》和《世界文化》第2期》）

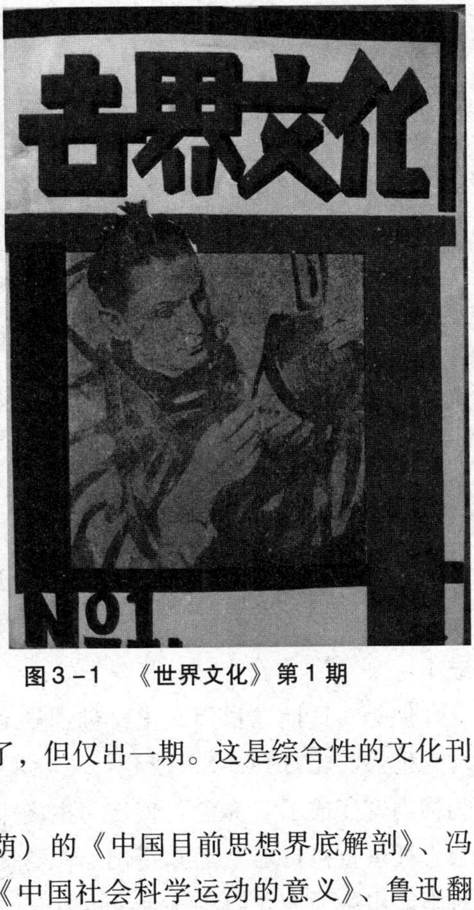

图3－1　《世界文化》第1期

1930年8月6日，鲁迅收到徐诗荃寄来的两包5本书，“又《左向》一本，《文学世界》三份”。徐诗荃是1929年到德国留学，鲁迅委托他购买木刻书籍等，鲁迅也寄去一些中国画本，托他转送给德国朋友。《世界文化》刊登鲁迅翻译的《无产阶级革命文学论》，是从德文转译的，译文后注明：“本文见于《Die Links·kurve》一卷三号，1929年十月。”该外文杂志是8月6日鲁迅收到的《左向》，这时距离《世界文化》创刊仅有1个月的时间。

鲁迅的译文《无产阶级革命文学论》交稿后，《世界文化》的编辑工作进入“最后阶段”。9月10日，左联机关刊物《世界文化》正式问世了，但仅出一期。这是综合性的文化刊物，分为3个栏目：

其一“论文”栏目：朱镜我（谷荫）的《中国目前思想界底解剖》、冯乃超的《任务》、梁平（吴亮平）的《中国社会科学运动的意义》、鲁迅翻译的《无产阶级革命文学论》、冯乃超翻译的马克西柯夫的论文《Kommintere纲领上的文化革命问题》、烈文的《苏联社会主义建设的伟大发展》。柔石（刘志清）的报告文学《一个伟大的印象》，这是该刊独一无二的文体，编者无法处理，只好放在“论文”栏目里。

其二“资料”栏目：《苏联友谊社第一次国际大会》《中国救济运动的发展》《联邦第十二年全联邦对外文化联络协会》《苏联友谊社的国际会议》。

其三“世界文化消息”：中国、苏联和其他的各方面信息。

该刊25开本，比较厚实、大气，并非粗糙、单薄的，但是由于条件限制，该刊没有总的页码。第一个栏目里的各篇文章各自独立计算页码，后面两个栏目则是以各自栏目的一组文章分别计算页码。这种“活页”形式，其中原因之一是为了适应当时党内宣传（类似散发传单）的需求，便于拆开来，“化整为零”，各自印行，作为单篇发行，灵活机动，不受约束。

由于时间仓促和疏忽，装订此刊物时发生差错，其中《中国社会科学运动的意义》一文内的第3页至第10页与《苏联社会主义建设的伟大发展》一文的第3页至第10页，互相错订。上海文艺出版社1959年11月根据原刊影印时，加以纠正。

此刊物封面红黑套色，大幅照片是外国男子穿着制服的工作形象，处于醒目的正中位置，上下分别为刊名和“No. 1”，右下角署名“SS.”，理应是封面设计者的笔名。

此刊发行人考虑比较长远，在该刊的扉页上列出订户和广告价目表，注明订户每月1册（期）3角，邮费“国内二分半，国外七分半”，这使如今世人全然看不懂，怎么会有“半分”；全年预订12册（期），3元，这显然比较优惠。

广告费：“1. 底封面纸里外每期每面洋三十元。2. 普通（夹入正文中或正文后）每期每面洋二十元。3. 彩色及长期刊登另议。”这个广告费用与市场价格差不多。显然此刊发行人很有自信，只要能够继续办下去，能够收回成本。

但是，这期《世界文化》创刊号扉页上注明：编辑者、出版者、发行者均为世界文化月刊社，“摒弃”了泰东图书局，远离了鲁迅当初协议的结果，刊物内容变成了“赤色”宣传为主旋律。事前（8月15日）《左联中心机关杂志征求直接订户》通知指出：“经验告诉我们靠书店的合法营业路线，绝对不能出版代表我们斗争活动的杂志。”（《文化斗争》创刊号，详见本书收入的《潘汉年代表“文委”主编〈文化斗争〉》）

这期《世界文化》“世界文化消息”栏目里刊登了《中国左翼作家联盟》的新消息，虽然没有写明时间，但提及5月24日结束的“苏代会”（详见下文），因此不妨认为是关于5月29日左联会议的专题报道，即对于“过去工作表现的缺点归纳为三点：A. 组织不健全；B. 计划不周到；C. 政治教育不充分”。最后强调：“建立不受合法条件所限制的中心机关志，创设自己独立的出版发送工作，以对付反动统治势力的摧残和压迫。”

因此，被“摒弃”的泰东图书局也没有胆量公开“认领”这份刊物，顺水推舟，卖个人情，“皆大欢喜”。不过这期刊物还是刊登了泰东图书局的书籍广告，作为一种必要的回报。该刊《编辑后记》写道：

《世界文化》的卷首，我们少了一篇表示态度的文章，所以，在这里补充几句话。

大家都知道近几年来国际状况有了一个转变，这就是资本主义日益崩溃，工人斗争，民族解放运动日益发展，他方面社会主义的国家苏联的经济建设日益强固发达。目前世界的尖锐对立就是资本主义和社会主义的对立斗争。

《世界文化》是这个对立斗争当中产生出来的文化之忠实报道者。它要成功为中国文化领域中的最大无线电台。

它报告资本家阶级的残酷的统治（白色恐怖，法西蒂化），也报告无产阶级的互济运动。

它报告中国的无产阶级的解放斗争，也报告世界各国的解放运动。

它报告无产阶级文化的发展，也报告歪曲，反对，压迫无产阶级文化的各种实情。

它报告国内文化上种种组织和建设。

第一期主要的还是中国自身的问题，这里面有朱镜我的《中国（目前）思想界的（底）解剖》，冯乃超的《左联成立的意义和它的任务》，大体包括了目前中国文化现象的主要问题。其他如互济运动是中国最现代的一种运动。更有刘志清君的《一个伟大的印象》的通信（讯），不但是难得的报告，又是很好的文学作品。其他国外主要的介绍了苏联的文化建设，尤其是对外文化联络机关“VOKS”的活动，以至各国“苏联友谊社”世界大会情况。前者的用意使国内专门家尽量利用这机关，使苏联实际状况能够切实些介绍到中国来，后者的用意，在目前帝国主义者拼命进攻苏联的时候，要告诉理解苏联同情苏联者以他们应该有的认识。敢说中国苏联友谊社正在筹备中，那么，它的成立在世界大战迫切之际特别有重大意义。

消息栏这次编辑工作没有起组织的作用，来的非常没有计划，下次应该改变。

末了我们对于《世界文化》的直接订户准备一种周刊付送，万一收不到，请写信向编辑部函索。

此番言论旗帜鲜明地宣告《世界文化》是无产阶级与资产阶级殊死斗争的时代产物，是大力宣传国内外无产阶级文化（以国内和苏联为主）的阵地，严厉批判反动文化。同时“它要成功为中国文化领域中的最大无线电台”，这在20世纪20至40年代的左翼、进步刊物中唯一的“特大口号”，反映了编者的胆魄和勇气，以及坚定的自信心。

但是，至今也不清楚此刊物的编者究竟是何人。

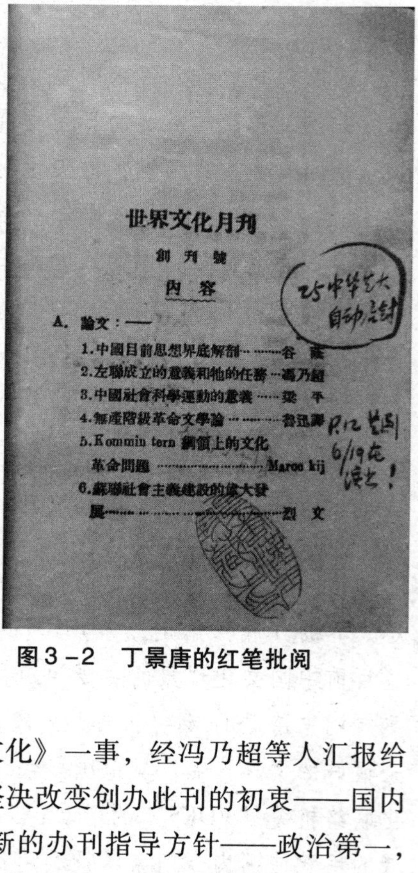
世界文化月刊

創刊號

內容

A. 論文：——

1.中國目前思想界底解剖……谷 蓀

2.左聯成立的意義和牠的任務…馮乃超

3.中國社會科學運動的意義……梁 平

4.無產階級革命文學論……魯迅譯

5.Kommin tern 綱領上的文化革命問題……Marco kij

6.蘇聯社會主義建設的偉大發展……烈 文

图3-2　丁景唐的红笔批阅

《世界文化·编辑后记》谈的一些内容，与左联其他文学刊物宗旨不尽相同，如其中谈及思想文化斗争、互济运动、苏联友谊社等，而且《编辑后记》开头的一些话与潘汉年主编的《文化斗争》“开场白”很相似。加之这期《世界文化》刊登的文章大多是思想文化斗争内容，理应与潘汉年担任中央“文委”（中共中央宣传部文化工作委员会）书记领导的文化工作直接挂钩（详见本书收入的《潘汉年代表“文委”主编〈文化斗争〉》），由潘汉年或他人来统筹左联、社联等稿件，比较合情合理，但是，尚需挖掘资料佐证。

如果说鲁迅等人当初筹备创办《世界文化》一事，经冯乃超等人汇报给潘汉年，随后根据现实文化斗争的需求，坚决改变创办此刊的初衷——国内外学术性的文化介绍，改为“文委”制定新的办刊指导方针——政治第一，策划、主持者是中央“文委”、左联、社联负责人，由左联具体操办，那么也并非不可能。由左联操办的具体人可能是柔石，他在鲁迅与冯乃超、朱镜我等人之间“左右逢源”，《世界文化》成为曾是激烈论争的双方“相逢一笑”之处，共同高举左翼文化斗争旗帜。

“拔高”调子：为左联成员“上课”

左联成立后，潘汉年写了《左翼作家联盟的意义及其任务》（载《拓荒者》第1卷第3期，1930年3月10日出版），已经明确了左联的性质、意义和任务，他指出：“1. 这联盟的结合，显示它将（有）目的意识的有计划去领导发展中国的无产阶级文学运动；2. 加紧思想的斗争，透过文学的艺术，实行宣传与鼓动而争取广大的群众走向无产阶级斗争的营垒。”

冯乃超是筹备左联的重要成员，并且是左联首任党团书记兼宣传部长。1930年3月2日左联成立后，他写了《中国无产阶级文学运动及左联产生之历史的意义》（以下简称《运动》，发表于1930年6月1日的《新地月刊》）。

此文基本上沿顺着潘汉年一文的指导思想的思路，并且解释了左联的联合战线的问题，“即使他做过富国强兵的国家主义的梦”，“过浪漫生活，高唱艺术至上主义，只要他现在能够理解革命”，“积极能替革命做工作，他就是革命的文学团体左联的同志”。这个说法比较符合事实，能够为左联大多数成员所接受。

几个月后，冯乃超写的《任务》）一文批判了1930年6月9日《上海日报》的论调，因此，完成此文的时间至少在此后，即李立三“左”倾冒险错误占据了党内统治地位期间。因此，该文的调子徒然“拔高”，大力宣传“中国社会经济基础的危机愈加促进中国革命的深入”，产生中国革命的新高潮。在此大前提下，传统的“文以载道”的观念迅即“飞跃升空”，左联的一切工作都要为现实斗争服务，否则就不能纳入无产阶级文化运动的轨道。

在左联组织观念上，冯乃超认为：“第一，消灭了妨碍运动发展的小团体意识——文坛封建制度的帮口观念——由散漫的组织集中成为一个统一的组织。第二，清算了过去运动中所犯的过失与弱点，获得了无产阶级文学运动的正确观念，因此规定了正确的运动路线和策略。第三，克服了小资产阶级的倾向，一步一步接近工农群众，促进了运动再进一步的新发展。”

因此，左联成为一个半政党，不仅仅是各个文学团体的联合战线组织，在行动上要求左联成员上街“飞行集会”，示威游行，散发传单，到工厂去做鼓动工作。左联严重脱离了文学创作的“硬道理”，成为“拔高”调子的外在符号，而且以上提出的三点意见难以落实，甚至延续到半个世纪之后。

1930年8月，左联执委会决议《无产阶级文学运动新的情势及我们的任务》（以下简称《情势》，载《文化斗争》创刊号，1930 年 8 月 15 日出版），则是把冯乃超写的《任务》"拔高"调子进一步归纳总结、提升。

1931 年春，瞿秋白从中共中央领导岗位上"退下来"，隐居在紫霞路 68 号时，开始参与领导左联工作。5 月下旬，冯雪峰敲开茅盾家门，希望茅盾担任左联行政书记。瞿秋白闻讯后，相约茅盾，听取关于左联存在的问题：左联像政党，不重视作家的创作活动，又存在着"关门主义"的错误倾向，而且继续执行 1930 年 8 月左联执委会决议《情势》。该决议根本不提作家的创作活动，对作家的创作热情和愿望扣上"作品主义"的帽子；生硬照搬苏联"工农通信员"的经验，把工农通信员运动的意义极端化，成为左联压倒一切的工作，其实际内容又成为扫盲和启蒙工作；蔑视小资产阶级出身作家的作用，而左联成员又恰好都是小资产阶级出身的作家。

瞿秋白认为这个决议"有些论点不妥"，建议另起草一个新的决议。由冯雪峰起草《中国无产阶级革命文学的新任务》，经过瞿秋白精心修改后定稿。1931 年 11 月，左联执委会通过该决议。茅盾等文学家立即感到这个"转变"的重要性，也得到鲁迅的赞成。茅盾深有感触地说，"决议提出在文学领域里的各种主张，基本上是正确的，是符合于当时的历史条件的"。决议在左联的历史上有十分重要的作用，"开始了蓬勃发展、四面出击的阶段"，这应该给瞿秋白"记头功"。[2]

在李立三"左"倾冒险错误推行时期，冯乃超的《任务》一文不能不受到深刻影响。冯乃超还指出左联"需要一个统一的中心机关（杂）志"，充分发挥左联刊物的重要功能，即刊物的任务不仅要普及思想，加强政治教育，而且要借助左联刊物的平台，"吸收政治的提携者"，以及"集体鼓动者""集体的组织者"。这是生硬照搬苏联工农通信员的方式，这在白色恐怖猖獗的恶劣政治环境里，怎么能够施行呢？

冯乃超认为这是左联"应该提供大部分的精力来建立这个工作。只有这样，'左联'的组织才能够扩大，才能够脱离单纯的作家组合，而成为真正斗争的机关"。这是执行当时党内积极推行"布尔什维克化"，中共中央领导班子增加工人成分等决定精神，把左联刊物"团结力量、凝聚力量、扩大力量"的功能发挥到极限。

事前（5 月 29 日）冯乃超主持左联会议时，严肃批评"各杂志还没有实行分工，编辑方法也不好，并且除了少数的杂志以外，其他杂志都不执行左联的决议案，不能为左联而动员"。（《左翼作家联盟的两次大会记略》）

这次公开发表的《任务》的批评调子迅即“拔高”，扩大批评范围，严肃批评现有的左联刊物，无形中包括鲁迅、柔石办的《萌芽月报》等。

首先，冯乃超责疑目前左联领导下面的许多刊物，究竟哪一本刊物能够代表左联的“斗争意识，正确地传达‘左联’的活动方针的么？这些都不但不能执行自身的中心任务，而且暴露了各（杂）志编辑方针的独善倾向，‘各人自扫门前雪’，这个倾向的具体表现，就是好几本同一模型的庞大杂志”。

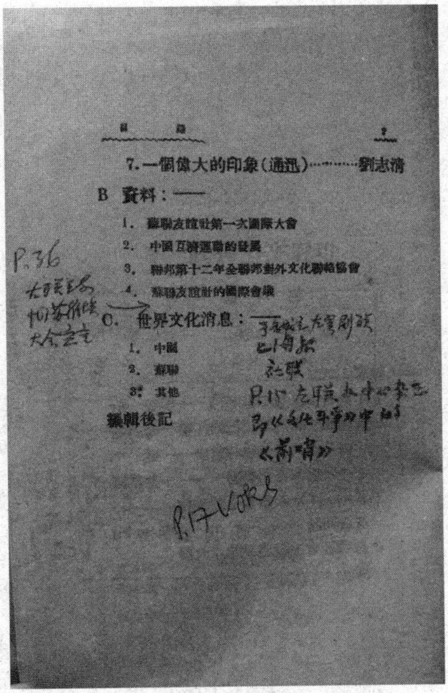

图 3－3　丁景唐的红笔批阅

其次，“这些杂志的编辑方针完全放弃了接近有数（素）养的工人的可能性。文学杂志的旧观念强韧地胶结着每个杂志及编辑方针。不晓得‘集合政治的不满，一切反抗的要素，而以这些一切的要素丰富无产阶级的革命运动。’这并不是运用政治机关杂志的原则，文学杂志与政治杂志的区别只是技术部门的区别”。

“集合政治的不满……”[3]指办党报的问题，出自列宁《从何着手?》，发表于1901年5月出版的《火星报》第四号上，作为头版的社论。该文论述俄国社会民主工党机关报《火星报》作用的代表性文章，成为列宁后来由此扩展的政治专著《怎么办?》的核心观点。《从何着手?》很早就传到了中国，对共产党办报理论产生了长期、深远的影响。

冯乃超等人积极推行将左联转化为“半政党”的各项措施，加之教条主义和直线思维，特别是把左联刊物“党报化”，把政治与文学画等号，直接高呼政治口号，排斥形象思维搞文学创作，在某种程度上是冲着鲁迅等人来的。这让鲁迅等人很是反感，但又不便明说，因为左联成立不久，需要一个比较稳定的团结气氛。

但是，在鲁迅日记中竟然没有收到这期《世界文化》的记载，鲁迅也从来不提自己翻译的《无产阶级革命文学论》，好像一切都不存在，“随之任之”，也许这期内容“赤色”，故意避之。

自从“革命文学”论争停止后，鲁迅与创造社、太阳社的合作，最初体现在左联的刊物上，不过鲁迅提供的文章并非是传世杂文，而是译文，或者不撰文稿。左翼文化刊物《巴尔底山》（1930 年 4 月 8 日出版）虽然是鲁迅选定刊名并题写刊名，但是他不满意该刊的“文风”，没有他写的任何文章。[4]“革命文学”论争中，鲁迅感谢创造社“挤”着他看了几种“科学底文艺论，明白了先前的文学史家们说为一大堆，还是纠缠不清的疑问”。（《三闲集·序言》）因此，鲁迅提供译文以表示一种合作的方式，不尽之言在其中。

1930 年 4 月 10 日，左联第一本译介、评述的文艺理论专集《文艺讲座》问世，由冯乃超主编，神州国光社发行。事前，鲁迅提供《艺术与哲学·伦理》前半部分。[5]这次交给《世界文化》的文章也是译文《无产阶级革命文学论》，仅从标题上来看，也比《艺术与哲学·伦理》更鲜明，更“符合”冯乃超等人的“激情”。但是，这期的《编辑后记》偏偏不提，也许鲁迅此译文的“分量”不如朱镜我、冯乃超那样具有直接的指导性意义，也许是为了“避嫌”。其他刊物一旦采用鲁迅的稿件，在《后记》中总要提一下，以示重视，毕竟鲁迅的文章是一块“金字招牌”，便于招徕读者，提高刊物的销售量，扩大影响。

鲁迅的这篇译文《无产阶级革命文学论》（Andor Gabor 安多·加布尔作），阐述了无产阶级文学的产生、发展的必然性，驳斥了论敌的种种谬论，并且分析了无产阶级文学与革命、生活之间的关系，以及作者、创作的各种要求和历史使命。

该译文强调“我们的工作的最大部分便是在引起与增进那革命的无产阶级底文学的活动了”，培养“革命的劳动阶级的行列里”的著作家，因为“只有他们才能完全地从那革命的阶级斗争的立脚点来体验无产阶级及他们那解放的战斗，和同化了那达到最高的发展的革命原理（和那革命的实践相联属着）”。“我们需要发展它，好使无产阶级革命的文学能够开花。”

对于如何培养革命的作家的问题上，一直是左联倡导的，并且仿照苏联模式，培养工农通信员的观念“相接轨”。瞿秋白参与左联领导工作时，在有些文章里也说过类似的话。鲁迅没有明确表态，仅仅是译介此观点，以谨慎的态度“静观后事”。

朱镜我与冯乃超、李初梨、彭康等都是留日学生，思想激进，成为后期创造社的骨干，与太阳社蒋光慈等人大力倡导无产阶级，他们的批判武器主要来自日本学者筛选、吸收和转译的苏联普罗文学理念，由此参加批评鲁迅等人的“革命文学”论争，朱镜我撰写了《艺术家当面的任务——检讨〈检讨马克斯主义的阶级艺术论〉》等文。

朱镜我回到上海，主编《文化批判》月刊，1928 年 5 月加入中国共产党。次年，他参与筹建左联，后任中央文委书记、中共江苏省委宣传部长。因此，这期《世界文学》首篇文章是朱镜我（谷荫）的《中国目前思想界底解剖》，其次是冯乃超的《任务》。

朱镜我一文结合现实斗争，以“非此即彼”的思维阐述了政治与普罗文学关系及其理念，甚至在批判党内“中国机会主义与托落斯基（托洛茨基）反对派”时，混淆了“机会主义、盲动主义和官僚主义”的界限，“眉毛胡子一把抓”，这只有党内高层领导人才明白这是李立三“左”倾冒险错误——同时以极左“反托”（反对陈独秀等人的取消主义）、批判之前的瞿秋白“左”倾盲动错误。

朱镜我一文代表了党内的“正统”声音，最后呼吁：“全中国的革命分子，不敢落后的智（知）识阶级，应该站在革命的马克思主义的旗帜之下，为中国革命，为中国新文化之创造而参加斗争，参加左翼作家联盟或社会科学家联盟而尽其一分子的任务！”“阶级斗争之锐尖化，已经将到顶点的现在，已经没有中间的道路，中间的立场，谁不愿藏身在反动的营垒之中，谁就应该走进革命的阵线！”

朱镜我此文写于 1930 年 6 月 15 日，是在冯乃超主持 5 月 29 日左联会议之后。他俩的文章都有鲜明的针对性，有感而发，迫切希望整顿左联组织，来一个“总动员”，尽快地统一大家的思想，积极跟上“急剧”变化的形势。

5 月 29 日的左联会议已经批评了左联内部的各种错误倾向，其中指出：“左联工作没有建立起来，它还不是一个坚固的而且坚决的斗争团体，是无容讳言的事。这一原因是由于全联盟员对于目下的政治形势还没有彻底的把握，对于这联盟底历史的，文化的，政治的意义，还没有十分的透彻。”（《左翼作家联盟的两次大会记略》）因此，朱镜我、冯乃超认为很有必要为左联全体成员“上课”，认清严峻的政治形势，勇敢地担负起历史重任。

虽然他俩的“上课”效果难以达到预期目的，但是留下了这两份珍贵的历史文稿，这是研究左联早期思想变化和开展工作的重要资料，即左联成立后，至同年 8 月通过的左联决议《情势》之间的重要“中介环节”，否则无法理解《情势》决议的背景。这是长期以来被忽视（甚至“不屑一顾”）的左联早期的重要问题，形成一个不该有的研究空白。

朱镜我一文中提到刚成立的社联（中国社会科学家联盟），《世界文化》特地发表了梁平（吴黎平、吴亮平）的《中国社会科学运动的意义》一文。

1929年7月，吴亮平从苏联回到上海，以中共中央宣传部代表的名义参加“文委”工作，潘汉年为“文委”书记，其中早期成员有朱镜我、李一氓、柯柏年、王学文、冯乃超、杜国庠、杨贤江、彭康、彭芮生等，其中有些人成为社联负责人。

吴亮平还参与筹组左联工作，并担任《环球》主编，编译和撰写有关介绍国际政治形势和各国革命运动发展状况的文章。1930年2月，在中共法南区委工作，同时在上海法政大学授课。积极投入关于中国社会性质的论战，在《新思潮月刊》等进步刊物发表文章。同年，他首次翻译恩格斯的《反杜林论》全书，并且先后著有《社会主义史》《辩证唯物论与唯物史观》《从资产阶级民主革命到社会主义革命》等。

1930年5月20日，召开成立社联大会，潘汉年报告筹备经过，左联代表田汉等人演说，产生了执委会（设有秘书部、宣传部、组织部、总务部等）和基金筹募委员会，并组织编辑委员会、出版委员会等部门。《巴尔底山》第1卷第5期（1930年5月21日）首次披露《中国社会科学家联盟底成立》的消息，此后《新思想》月刊（1930年7月1日）第7期发表了《中国社会科学家联盟底成立及其纲领》。

《世界文化》创刊号“世界文化消息”栏目发表了《中国社会科学家联盟的现状》，其中有社联的纲领，以及6月22日开会的情况，介绍了社联与其他各团体的关系和存在的问题。

同时刊登了吴亮平撰写的《中国社会科学运动的意义》，这是对已经发表有关社联消息等的一种重要补充——理论上的阐述，以宣传马克思主义社会科学思想为主，指出思想革命的任务，由此指导社联的工作和发展的方向，虽然不免有“左”倾的观点。该文列有6个小节：《伟大的变革时代》《革命运动与理论》《马克思主义在科学上的胜利》《中国社会科学运动勃兴的意义》《国内社会科学思潮的简略的分析》《中国革命马克思主义者的任务》。

吴亮平最后指出：“中国正处于伟大的变革时期之中。中国一定要从帝国主义统治下的反动国家，转成工农的革命国家。在这一时期之中，革命的思想家——马克思主义者——负担着非常重大的任务。中国新兴社会科学运动，是客观革命形势所必然产生的结果，这一运动，应该是群众的，应该吸收广大的群众来参加，只有这样，新兴社会科学运动，才能负担起它的伟大的任务。”

多年后，吴亮平回忆说：社联成立时还处于幼年时期，理论上还不够成熟，在学习和运用马克思主义方面还存在简单化和教条主义的倾向，没有很好地与联系中国革命实际、文化运动的实际相结合，在译介中还带有一些杂质，这是难免的。大家缺乏革命斗争经验，有些是缺乏文化工作的经验，一切还在学习和摸索中。[6]

社联是左联的姊妹团体，有些社会科学家也是左联成员或者领导人。朱镜我担任社联首任党团书记，党团成员有杜国庠、王学文、刘芝明等。此后，许涤新曾任社联研究部副部长、宣传部长、党团书记等职。他的回忆文章保留了社联的大量史料，其中包括何思敬、何云、艾思奇、胡乔木、邓拓、陈同生、曹荻秋等人的生动事迹。在白色恐怖的险恶环境中，社联成员十分重视马克思主义的理论建设，甚至冒着坐牢、杀头的危险从事介绍和宣传的工作，并且创办了《研究》《新文化》《社会现象》《盟报》等刊物。

吴亮平发表《中国社会科学运动的意义》后，同年 11 月不幸被捕，被判刑 2 年，关押在提篮桥监狱。他出狱后，即赴中央苏区工作。1936 年斯诺到陕北访问，吴亮平负责接待，并担任毛泽东同斯诺谈话的翻译。新中国成立后，吴亮平担任化学工业部副部长、中共中央党校顾问等职务。

报告文学《一个伟大的印象》

柔石、胡也频、冯铿作为左联代表（一说冯铿参加了“苏代会”预备会，并未参加正式会议）悄悄出现在一个临时开设的“医院”里，地点在闹市区的南京路卡尔登大戏院（后为长江剧场）后面一幢四层楼房里，这是中共中央特科第一科（总务科）和第三科（行动科）相互配合安排的。

1930 年 5 月 20 日至 24 日，全国苏维埃区域代表大会（以下简称“苏代会”）在这里秘密召开，底楼是挂号门诊间，住着特一科的工作人员，二楼、三楼是病房，四楼为会议厅。开会时，各地代表以“病人”身份相继“住院”。会议结束后，分散住进各个旅馆，并迅速离开上海。

5 月 29 日，柔石前往跑马场（今人民广场）北面的南京西路津门饭店（今华侨饭店），乘电梯上三楼，参加左联召开的全体成员大会（鲁迅未参加）。柔石介绍了“苏代会”的情况和《中国土地法大纲草案》，还有人宣读了《左联致全国苏区代表大会祝词》（以下简称《祝词》），其中写道：“这次代表大会的召集，其意义的庄严和使命的伟大，开中国革命史上之新纪元。我们希望这次大会，第一，能够加紧无产阶级对于目前土地革命的政治领导。第二，具体的统一建立苏维埃政权的战线，所以我们希望这次大会的召集，不但是加紧推进革命高潮的到来，而且确立中国无产阶级解放斗争的前途。特此披沥我们的热诚，祝贺大会的成功!”

《祝词》理应是参加“苏代会”的柔石、胡也频、冯铿撰写的，刊登于《世界文化》创刊号，但是并未出现在前面的目录页上。同时，在“世界文化消息”栏目里发表了《中国苏维埃区域代表大会》的专题报道：

> 无疑意（义），中国已经有两个政权的对立了。
>
> 在红色的五月中，中国苏维埃区域第一次大会，举行在白色恐怖笼照（罩）下的帝国主义根据地。到会的代表有各地苏维埃区域代表，有各地红军，游击队的代表，有各大中心城市的赤色工会的代表，有各地革命团体的代表，一共到会的有五十人。

这则报道还介绍了这次大会的五大决议：政治决议案；苏维埃组织法；土地法；劳动保护法；关于红军决议案。以及其他决议案，如大会宣言、五卅宣言、告农民书等。

柔石、胡也频、冯铿参加这次“苏代会”期间，采访了来自苏区的红军代表，了解苏区各方面的情况，其中《赤色区域和青年教员》很可能是柔石等人写的，也发表在这期《世界文化》“世界文化消息”栏目里。

“苏代会”结束后，柔石等人分别创作了不同题材的文学作品，柔石写的报告文学《一个伟大的印象》，以刘志清的笔名，发表在这期《世界文化》上，以多种文学手段从不同角度、不同层面生动地描述了这次“苏代会”，弥补了《中国苏维埃区域代表大会》专题报道的许多内容，这也是留存至今唯一的关于“苏代会”的专题报告文学。但是，由于诸多原因，如今此文越来越远离研究者的视线，似乎要将被中国现代文学史“剔除”了。

> “这是最后的战争（斗争），团结起来到明天，INTERNATIONALE 就一定要实现!”幽（悠）扬的雄壮的国际歌，在四壁的红色的包围中，当着马

克斯与列宁的像前，由我们唱过了。我们，四十八人，密密地静肃地站着，我们底姿势是同样地镇定而庄严，直垂着两手，微伛着头……

我们，四十八人，同聚在一间客厅似的房内，围绕着排列成一个颇大的“工”字形的桌边，桌上是铺着红布，布上是放着新鲜的艳丽的红花。我们底会议就在这样的一间浓厚的重叠的如火如血的空气中开始了。

“同志们！苏维埃的旗帜已经在全国到处飘扬起来了！”我们底主席向我们和平地温声地作这样的郑重的开会词。

《国际歌》最初由瞿秋白配着曲调翻译为中文，故意把Internationale译音为英特纳雄耐尔，便以配乐歌唱。后来《国际歌》的中文歌词修改多次，但是“英特纳雄耐尔”的译音一直传唱至今。

柔石文中说的48人，与以上的专题报道说的50人略有不同。该文中大量细节的真实性不容置疑，但是很少“再现”在如今“红色”题材的各种影视作品里，原因之一除了极少数的研究学者之外，柔石此文几乎被世人淡忘。

有一位辽东的同志，身体高大，脸孔非常慈祥和蔼的人，他在和我作第一次的谈话时，——我们是同睡在一间寝室的地板上的——他就告诉我他对于革命底最初的认识和行动；他说他之所以革命，并不是为了“无产阶级”四字，他是大地主的孩子，钱是很多的，而他却想推翻“做官阶级”——这四字是他用的；……

他底话，在这晚，是被纠察员底命令：“十一点钟了，熄灯，不准再讲话！”而停止了。

这位身材高大的红军代表是柔石写的一文中人物形象描写的笔墨比较多的一位，大地主的子女背叛了自己的阶级，勇敢地参加了革命。这类故事在艰苦卓绝的长期土地革命战争初期已经涌现，但是对于大都市的广大读者来说则是“头号新闻”，也让柔石大开眼界。接着，柔石又描写了红军代表身上的枪伤，以及他透露心底的最大秘密——爱情，于是一个具有丰富思想感情的红军代表鲜活地跃然纸上。这是柔石运用了写小说的特长，塑造了都市读者感到很新鲜的人物，以“零距离”的所见所闻，有力地驳斥了反动派恶毒地攻击、百般丑化红军指战员为“青面獠牙”“嗜血成性”的谣言传闻。

在这次的代表会议里，有我们底十六岁的年轻的勇敢的少年列席。他有敦厚而稍近野蛮的强的脸，皮色红墨，两眼圆而有精彩，当发言的时候，常向旁或向上投视，一边表示他在思想着所发的言，一边正像他要用着他底两眼底锐利的火箭，射中革命底敌人的要塞似的。他底发言，是简朴的，稍带讷讷的，有时将口子撑的（得）很圆，——他是湖南人——正似他底舌是变作了一只有火焰的球在滚着一样。他底身体非常结实而强壮，阔的肩，足以背负中国的革命底重任，两条粗而有力的腿，是支持得住由革命所酬报他底的劳苦和光荣的。他是少年先锋队的队长……

柔石观察人物很仔细，借助文学联想的翅膀，运用散文手法，将神圣的革命使命赋予眼前的少年英雄身上。这次大会为柔石提供了创作的新天地，所接触的代表都是“前所未闻”的新鲜形象。如果他没有牺牲，那么他的左翼文学创作肯定能出现一部传世之作，与他的著名小说《二月》《为奴隶的母亲》相媲美。

冯铿也采访了“苏代会”代表，大有收获，创作了新的左翼小说《小阿强》《女同志马英的日记》（后修改为《红的日记》）等。其中小阿强是一名勇敢的农村少年，红军部队开进村子里的时候，他高举着一面红旗，走在前面带路。如果说她塑造的革命少年小阿强与柔石笔下的16岁列席代表是同一个人物原型，那么冯铿与柔石心底涌起的创作灵感是不约而同的。

柔石的激情不由得喷涌而出，“我牵了他底两手，紧紧地握着，而且，假如当时的环境能够允许，我一定向他拥抱而高喊起来：‘亲爱的弟弟，我们期待着你做一个中国的列宁！’”后来得知这位少年英雄在南京被反动派杀害了，激起柔石心底的无比愤怒，他提笔写下抒情长诗《血在沸》：“血在沸，心在烧，地球在震动，火山在爆发！”眼前浮现出这位少年英雄的脸庞和眼神，“冲向前！同志们！我们要为死者复仇，要为生者争得迅速的胜利！”

柔石发表《一个伟大的印象》之后，参加了“苏准会”（全国苏维埃代表大会中央准备委员会）秘书处工作，其他工作人员有李星月、张文秋、彭砚耕、冯铿、胡毓秀等，林育南担任秘书长，准备1930年11月7日召开第一次全国工农兵苏维埃大会，成立苏维埃中央政府。中央特科一科租用的上海愚园路庆云里31号，成为“苏准会”秘密办公处，周恩来、瞿秋白、李维汉、任弼时等时常来这里，参与起草文件的讨论等。

同年12月，“苏准会”工作告一段落。次年1月17日，发生了东方旅社案件，柔石等人被捕，不久英勇就义。正如柔石写的《一个伟大的印象》的最后誓言：“世界革命成功万岁！我们都以火，以血，以死等待着。”

“世界文化”信息链

《世界文化》后面两个栏目“资料”“世界文化消息”，说是“世界文化”信息链，其实是报道苏联文坛和中国共产党领导的左翼文学运动等“正能量”为主。

苏联为了奋力突破各帝国主义的层层封锁和阻扰，努力摆脱“孤立”的被动局面，大力开展与各国左翼、进步力量的联络工作，于是产生了《苏联友谊社第一次国际大会》《苏联友谊社的国际会议》《联邦第十二年全联邦对外文化联络协会》等消息。

1928年5月27日，召开苏联友谊社第一次国际大会，英国、法国、捷克、澳大利亚、德国等左翼、进步组织代表出席，由英国洛沙（苏联友谊社英国支部书记、独立劳动党代表）主持会议，他作了《帝国主义战争的危险》报告，此后其他与会代表也作了发言。其中强调指出：“苏联是热心而是正当地希望和平的唯一的国家。”“苏联国内已经计划地实行七小时间工作制，讲求合理化的一切方法来改善工人生活，别的国家里面，对工人生活维持的攻势却日益加紧，华盛顿条约现在早已变成一张废纸。”显然这是大力宣传苏联——世界上第一个社会主义国家制度的优越性，而且是全世界被压迫民族争取独立和解放运动者所追求的“理想彼岸”。

这次大会指出：“苏联为着全世界被压迫者及从事劳动的人们求解放而斗争。因此全世界的工人对于资本主义种种犯罪的势力，对于帝国主义战争，对于包围苏联，压迫中国及殖民地的帝国主义，对于残暴的法斯蒂主义，应该举其全力来斗争。”并且强烈呼吁：“为维护苏联和平及社会主义祖国的苏联而斗争。”

这时，从国内前往莫斯科的瞿秋白等人已经在紧张地筹备中共六大，因此，大会发言中出现了声援中国革命的呼声并不是偶然的。更重要的是1927年12月11日广州起义失败后，12月14日南京国民政府发布“对苏联断绝邦交令”，掀起“反共反苏”的逆流，立即遭到了瞿秋白等人的强烈谴责，坚决要“联合世界无产阶级和苏联”。

1931年九一八事变后，随着形势的变化，以及强大舆论的压力之下，中苏经过磋商、谈判，1932年12月14日终于复交。1935年10月25日，著名的国民党左翼人士张西曼拒绝了亲日的行政院长汪精卫推任驻苏大使之诱惑，与兄张仲钧、徐悲鸿等人艰难地创办中苏文化协会，并邀请国民党要人任职，国民政府立法院长孙科为会长，蔡元培、于右任、陈立夫、颜惠庆和苏联驻华大使鲍格莫洛夫等人为名誉会长，张西曼此后一直担任唯一的常务理事，实际主持协会工作，徐悲鸿、梁寒操等人为理事。这是昔日苏联友谊社在中国的一种延续，张西曼等人做了大量的工作，经常与苏联对外文化联络协会打交道。其中有徐悲鸿、梅兰芳等苏联之行，苏联版画展览会在南京、上海等地巡回展出等，产生了很大的影响。

苏联对外文化协会简称VOKS（Vsesoiuznoe Obshchestvo Kul’turnoi Sviazi a Zagranitsei），“目的是使外国的代表和苏联有密切关系，举行夜会，使这些代表在席上报告本国的艺术，科学，文学，技术等。这夜会不断的准备着，很能符合协会的一般目的。”这是《世界文化》发表的《“VOKS”的夜会》（贺非译）一文，与《联邦第十二年全联邦对外文化联络协会》等文，从不同角度介绍了苏联对外文化协会的性质、作用和影响。该协会通过与各国文化交流的途径，向全世界展示苏联文化，并交流外国文化，以期达到冲破帝国主义对苏联的封锁，这是灵活的一种外交策略。

当时中苏关系断交，《世界文化》报道苏联对外文化协会和苏联友谊社，其本身就是对中国反动统治的一种强烈抗议，以及传播一种新视野、新事物、新观念，希望唤起民众的“觉悟”。

以上谈及苏联友谊社第一次国际大会，作为列席贵宾中有工人救援国际代表、反帝同盟代表等。

1929年下半年，许多省市在党的领导下陆续成立革命互济会，这是地下组织，成员主要是党员和受党领导的革命者，该组织与公开的济难会、人道互济会不同。

按照党组织的有关指示（潘汉年曾领导互济会），1929年12月24日至27日，中国革命互济会在上海召开第一届全国代表大会，是在一条弄堂里的两幢相连的三层楼房里，三楼是郭亮的爱人李灿英（机关负责人）的住处。大会代表住在二楼，地板擦得很干净，大家和衣睡在地板上。开会是在另一个大房间里进行，代表们都坐在地板上，情绪激昂，开幕和闭幕大家低声唱起《国际歌》。出席大会的有来自江苏、浙江、湖南等14个省的代表和中共中央、共青团中央、全国总工会、赤色救济国际代表，共30多人。主持会议的是秘书长沈少华，中共中央代表潘梓年传达了中央指示，互济会第一任党团书记兼主任戴晓云作报告，关于4年来的工作概况及今后工作方针，会议审查通过了《中国革命互济会目前的任务与工作方针决议案》等一系列文件，确定了反对白色恐怖，援助被压迫群众的革命斗争，救济遇难战士及其家属，号召贫民救济运动，反对伪善事业与欺骗的人道主义宣传，援助并救济红军及苏区民众等6条工作纲领，其策略、工作方式等不可避免地受到“左”倾影响。会议制定了《中国革命互济会总章程》，选举产生了领导班子，“总会地址暂设上海”。

《世界文化》发表了《中国互济运动的发展——中国革命互济会的组织状况及白色恐怖的情形》长文（写于1930年6月19日），便是介绍这次召开代表大会的情况，其中介绍了“经费的来源”，主要靠国内外的募捐，“在西欧及苏联募捐的成绩较好，对此会帮助很大”。但是，“中国白色恐怖的严重，救济费需要的庞大，互济会经济常在困难中，希望革命和同情革命的读者，切实予以帮助”。

鲁迅曾参加了互济会的活动。1930年6月7日，鲁迅在日记中写道：“捐互济会泉百。”冯雪峰回忆说：共产党与鲁迅的来往，主要通过互济会。有一次，冯雪峰去看望鲁迅，恰巧鲁迅刚送走一位客人，鲁迅解释说：这个人是互济会的，来过三次，人真老实，每次来都要大讲一通革命高潮。[7]

此长文最后附有两张表格：《中国革命互济会会员人数表》《中国各省白色恐怖统计表》。第二张表格注明时间为1929年5月1日至1930年5月30日，江苏、浙江等地被监禁者27214名，被屠杀者12790名，被通缉者1273名。下面注明：“此表是根据反动派报纸所记载统计而成，统治阶级对于白色恐怖消息是不肯宣布的。然而其屠杀的数量已经骇人了。中国白色恐怖的利（厉）害可见一斑。”

在30年代的左翼文化刊物上，此文和两张表格大概是首次公布，独一无二的。这“跨界”的信息给《世界文化》增加了白色恐怖中残酷斗争的气氛，反映了革命志士英勇奋战、献出生命和鲜血的真实情况。

这期《世界文化》还刊登了《为出版〈中国通信〉征集材料致各团体函》，这是中国革命互济会全国总会发出的通知，开头便是李立三“左”倾的高调，随后写道：“敝会站在救助革命的立场上，觉（得）有出版国际刊物的必要。兹经宣传委员会的讨论，决定出一月刊，定名为《中国通信》，用英日二种文字分别印行，发行到全世界各国。内容有——1. 中国革命形势；2. 中国革命斗争——工人，反帝，青年，农民，争自由，学生等斗争。3. 中国白色恐怖；4. 苏维埃区域状况以及红军发展形势；5. 思想斗争；6. 中国革命互济发展情形等。”“希望贵处关于每月有系统的叙述，交《中国通信》发表，以宏（弘）宣传。”并规定：“第一期月刊定于六月廿五日截稿，以后各期即定每月廿五日为截稿期，来稿即希按期交到为荷。”

互济会总会设有组织部、宣传部、援救部，分别曾由王弼、蒋宗文、黄慕兰担任部长。1930 年 2 月，互济会创办《海光日报》，刊登红军、苏区消息，报道互济会及其自由运动大同盟、青年反帝大同盟等组织的动态，还编辑出版了《出路》《互济生活》等刊物。以上提及的《中国通信》，每月一期，约 5 万字，每期印 2000 份。但是，笔者未查到此刊。

中共江苏省委机关报《上海报》，由李伟森（李求实）主编，1929 年 4 月 17 日创刊于上海，初名《白话日报》《白话报》，5 月 19 日定名为《上海报》。后因国民党反动政府干扰，该报先后改用《天声》《晨光》《沪江日报》《海上日报》等名称。同年 11 月 12 日起，恢复《上海报》原名。次年 8 月 14 日，出版最后一期停刊。该报以上海为基地，面向全国发行，发行量最多时日销 8000 份，开始公开发行，很快改为秘密发行。《世界文化》刊登《中国工人的报纸》消息，介绍《上海报》：

中国目前虽然没有全国的工人报纸，可是各地方都有一种小的报纸。如上海的《上海报》，香港的《香港小日报》等在严重的压迫与摧残下面流入工人群众的手里。

《上海报》出现已有一年多的历史，开始用《白话报》的名称，经十数次的破坏更换了二三次名称，成为现在的《上海报》。

《上海报》在这样的环境下，艰难困苦的和种种难关斗争，最近它在工人群众中的信仰一天一天的增加。工人阶级现在也知道要用自己的力量来拥护自己的阶级的报纸。现在一方面，工联会及各赤色工会均设法援助《上海报》的发展。

最近开了一次编辑的扩大会议，把种种问题都解决下来了。现在要加紧通信网，发送网，以至扩大定（订）户的工作。

那末（么），将来全国规模的政治机关报也或许以这个报纸作基础发展下去。它不但是宣传鼓动的中心而且是组织的中心。

订阅手续可向各赤色工会，革命团体，共产党支部问询。

这是左翼刊物上唯一一次公开介绍《上海报》，虽然难以明确这是中共江苏省委机关报，但是，“将来全国规模的政治机关报也或许以这个报纸作基础发展下去。它不但是宣传鼓动的中心而且是组织的中心”。这公开表明《上海报》的非同寻常的政治背景。

文中提到“艰难困苦的和种种难关斗争”，其一，《上海报》的送报人及特派员先后被捕的有10多人，判刑最重达8年，在狱中受尽了酷刑，此外因销售此报而被罚、被捕的在80人以上。其二，承印《上海报》的印刷局也遭到查封，老板被捕，财产被没收，还被判了几年徒刑。

因此，李伟森（李求实）等人不得不采取特殊措施，从外观上看，该报很像上海流行的消闲性小报，第1版和第4版充塞着商业性广告，标题也尽可能趣味化。但是内容则是反映被压迫工人大众的生活与愿望，李伟森（李求实）在《本报一年工作之回顾》一文中写道：“我们当时唯一的信念是：我们的日报是为工人大众出版的。”

该报为8开4版（《白话报》为3日刊），内容分为三大部分：（1）社论、时评等；（2）新闻、消息、通讯；（3）通俗文艺。其中该报开辟了副刊，发表了大量的明白晓畅、通俗易懂的大众文学作品，同时在工人、农民中培养发展通讯员，这是一个富有开拓性的工作。

该报不仅是研究上海工人运动史的珍贵史料，也是左联五烈士之一李伟森（李求实）生前留下的一份珍贵资料，从不同角度反映了他的思想文化、审美情趣、文学活动和主编机关报等真实情况。

1930年4月，李伟森（李求实）主编《〈上海报〉周年纪念册》，其中有《拥护上海工人的〈上海报〉》（问友）、《本报一年工作之回顾》（求实）、《本报在斗争中的领导作用》（松涛）、《一年来的采访与发行工作》（为人）等。

如果说《世界文化》发表的《中国工人的报纸》是李伟森（李求实）撰写的，那么该刊增加了特殊意义。该文发表之前，中共中央决定将《红旗》与《上海报》合并为《红旗日报》，因此，《中国工人的报纸》一文也是《上海报》公开的“最后一瞥”。

《世界文化》也刊登了国内文化信息，《戏剧运动联合会消息》介绍左联成立后，3月19日由艺术剧社、摩登社、剧艺社（后改称光明剧社）、南国社、辛酉剧社等组成上海戏剧运动联合会，“它成立的目的是技术知识的交换，人才的训练，经济的互相援助，虽然主要的纲领是书名为民众的戏剧运动，可是性质上只是一个同业组合”。撰稿人批评该联合会“第一成立以来依然没有一点工作表现，第二，这是因为该联合会没有一定的主张，对社会的态度还没有一致”。同时透露准备组织“左翼戏剧联盟”，“如果成立，这不单对于中国戏剧运动有伟大贡献，而且对于统治阶级收买了的剧社必定有猛烈的对立斗争”。

同年 8 月 23 日，中国左翼剧团联盟成立了，但是，遭受国民党当局高压政策的钳制，艺术剧社、南国社相继被查封，光明剧社、辛酉剧社等负责人受到威胁被迫出走，其他剧社也无法开展活动。9 月，文委书记潘汉年召集冯雪峰、郑伯奇、夏衍、田汉等研究决定，转变方式，成立以个人自愿参加的左翼戏剧家联盟（“剧联”）。此后才逐渐打开局面，掀起了戏剧运动的高潮。

因此，《戏剧运动联合会消息》也是受到李立三“左”倾冒险错误的影响，急于要“进攻”，亮出旗帜，向反动派示威。

1930 年 4 月 15 日，第二次全国教育会议在南京开幕，会议历时 9 天，蒋介石以国民政府主席身份到会演说。会议分组审议教育部制定的《改进全国教育方案》。主要决议案有《实施义务教育初步计划案》《实施成年补习教育初步计划案》《筹设各级各种师资训练机关计划案》等。

《世界文化》发表的《第二次全国教育会议》消息，作了有关介绍之后，强烈谴责“国民党施行白色恐怖，摧残教育的事实，却明显地摆在大家面前。如中华艺大，建南中学及艺术剧社被封，大夏，中公，复旦，劳大，上海艺大的革命学生及绍兴公学校长被捕，都是对于全教会议闭幕以后不久的事。把这两件事情对比来看，不是更可看出党国的什么教育会议只是一种骗人的勾当吗?”矛头直指蒋介石和南京政府，虽然没有明确点名，但是只需看一下有关新闻报道便可明白，这是编者与读者之间的一种默契。

《世界文化》还刊登了其他信息，在此不赘述了。综上所述，至少可以得出以下一些看法：

其一，改变办刊初衷。鲁迅等人与泰东图书局商议《世界文化》的初衷，很可能是着重于译介“艺术与社会”之类的文章，如同鲁迅、冯雪峰翻译的苏联卢那卡尔斯基等人的经典著作，这与鲁迅的思路——感谢创造社“挤”着他看了几种“科学底文艺论”有密切关系。

但是，随着李立三“左”倾冒险错误占据党内地位，潘汉年和朱镜我、冯乃超等人不能不受到深刻影响，加之“宁愿战着死，也不愿跪着生”的战斗激情，迅即改变了原来办刊的初衷。况且5月29日左联会议传出一个重要信号：“建立不受合法条件所限制的中心机关志，创设自己独立的出版发送工作，以对付反动统治势力的摧残和压迫。”甚至摒弃了原来合作者泰东图书局，鲜明的“赤色”文化内容成为办刊的主旋律。

其二，强调“斗争”，抛弃“文学”。除了柔石的报告文学《一个伟大的印象》之外，其余的都是文化思想批判和建设，紧密联系实际斗争，不仅为左联成员“上课”，而且公开宣传马克思主义社会学说，猛烈抨击国民党反动统治。该刊的信息链所反映的内容比较广泛，如中共江苏省委机关报《上海报》、革命互济会、成立上海戏剧运动联合会等，这些都与其他左联、左翼刊物有着明显的区别，后者基本上以诗文创作为主，兼有翻译外国文学和国内外文坛动态。

因此，这期《世界文化》应该是思想文化综合性刊物，而不是文学期刊。从组稿、发表文章来看，策划、主持者是中央“文委”、左联、社联负责人，并通过中共中央宣传部或江苏省委宣传部，向革命互济会等约稿，从而形成富有鲜明斗争色彩的“正宗”机关刊物，至少在策划、主持者心目中理应如此，这才符合中共中央宣传部部长李立三的“左”倾思路。

其三，这期《世界文化》保存了许多珍贵史料，细细琢磨，可以挖掘出大量的“弦外之音”。特别是朱镜我、冯乃超为左联成员“上课”的两篇文章，这是研究左联早期思想变化和开展工作的重要资料，即左联成立后，至同年通过的左联决议《情势》之间的重要“中介环节”，否则无法理解《情势》决议的背景。这是长期以来被忽视（甚至“不屑一顾”）的左联早期的重要问题，形成一个不该有的研究空白。

如果说这是策划、主持者“始料未及”的收获，不如说是撰稿人、组稿者的功劳。但是，如今世人介绍这期刊物时只是“扫描”式地说一下，最多提及鲁迅的译文，也不愿意多说几句话，生怕被人抓住什么“话柄”。

鲁迅为何“远离”此刊物，不妨说是偏离了他的初衷，对于其他诸多因素，他从未提及。也许他写给友人的信中谈起，但是未能保存下来。

《世界文化》是左联创办的第一本文化刊物，并非是在原有刊物的基础上改变的，如《萌芽月刊》《拓荒者》等。《世界文化》仅出一期，也在“清醒者”的预料之中。

［注］

［1］《左翼作家联盟的两次大会记略》，载《新地月刊》（即《萌芽月刊》第6期），1930年6月1日出版。

［2］茅盾：《我走过的路》（中），人民文学出版社1984年版，第86—87页。

［3］此段话今译为："我们需要报纸，没有报纸就不可能系统地进行有坚定原则的和全面的宣传鼓动……没有政治机关报，就绝对实现不了我们的任务——把一切政治不满和反抗的因素聚集起来，用以壮大无产阶级的革命运动。"（《列宁全集》第5卷，人民出版社1986年版）

［4］［5］详见丁言模：《左联第一本文艺理论专集〈文艺讲座〉》，《左翼之"左"的文化刊物〈巴尔底山〉》，载丁言模：《穿越岁月的文学刊物和作家（三）》，中国社会出版社2018年8月出版。

［6］吴黎平（吴亮平）：《长念文苑战旗红——我对左翼文化运动的点滴回忆》，载《左联回忆录》（上），中国社会科学出版社1982年版。

［7］冯雪峰：《党给鲁迅以力量》，载《雪峰文集》第4卷，人民文学出版社1985年版。

潘汉年代表“文委”主编《文化斗争》

最后一次主编《文化斗争》

潘汉年是一个传奇人物，1931 年春，担任中共江苏省委宣传部长，5 月调任中央特科工作之后，历经惊险的故事为世人津津乐道。

当初，1925 年五卅运动之后，潘汉年经阮钟一、王弼介绍加入中国共产党。次年 3 月，正式加入创造社出版部，成为一个崭露头角的“小伙计”。他主编了第一份刊物《A11》，以创造社出版部的地址——闸北宝山路三德里 A 字 11 号为刊名。该刊于 1926 年 4 月 26 日创办，刊登的短小精悍“语丝”式的杂文以及泼妇骂街式的社会短篇，深受读者欢迎，大部分出自潘汉年之手。

《A11》被查禁后，潘汉年不甘心，创办了《幻洲周刊》，仅出 2 期便夭折了。他和叶灵凤一拍即合，合编的《幻洲》半月刊又和读者见面了，焕然一新。该刊上半部分为“象牙之塔”，叶灵凤主编；潘汉年主编该刊的下半部分，取名为“十字街头”，引起较大的社会反响。远在厦门执教的鲁迅都给予积极的评价，称它是上海的杂志中“较可注意”的一种，并说《莽原》在上海销量的减少，“也许是受它（指《幻洲》半月刊——引者）的影响，因为学生的购买力只有这些”。[1]

1927 年 2 月，应郭沫若（国民军总政治部副主任、南昌政治部主任）、李一氓（国民军总政治部副秘书长，郭沫若入党介绍人之一）邀请，潘汉年前往南昌，担任《革命军日报》总编辑。

大革命失败后，潘汉年返回上海，继续与叶灵凤合编《幻洲》半月刊。同年 10 月，秘密参与编辑张秋人主持的秘密刊物《工人》。

1928年1月，《幻洲》半月刊出至第2卷第8期遭查禁，潘汉年、叶灵凤设法改刊名为《现代小说》。4月1日，潘汉年单独主编《战线》周刊，撰写了许多杂文、政论，抨击形形色色的敌对势力，同时也参加了创造社批判鲁迅的行列。鲁迅在《三闲集·我的态度气量和年纪》中对于潘汉年的《战线》点评道："英勇的刊物是层出不穷，'文艺的分野'上的确热闹起来了。日报广告上的《战线》这名目就惹人注意，一看便知道其中都是战士。"[2]"文艺的分野"是当时创造社同人的常用语；"都是战士"，指潘汉年、潘梓年等撰稿人。

1928年5月，潘汉年担任中共江苏省委宣传部文化工作党团（或称文化党组，后划归中共中央宣传部领导）书记；后为"文委"（中央宣传部所属的文化工作委员会）第一任书记。因此，他成为执行中共六大决议《宣传工作的目前任务》——六届二中《宣传工作决议案》有关指示的具体执行者"第一人"。（详见本书附录一《左联与中国著作者协会》）

左联成立后，1930年4月11日，左翼文化刊物《巴尔底山》创办于上海，鲁迅选定刊名并题写刊名，李一氓"负责编成"，第4期起改由朱镜我、李一氓等编辑，潘汉年也列入该刊"基本队伍"的名单。该刊于1930年5月21日出至第1卷第5期被禁停刊。[3]

图4－1 丁景唐主持影印的《中国现代文学史资料丛书》（乙种）有三种刊物《文化斗争》《戏剧集纳》《今日之苏联》

同年8月15日，潘汉年主编《文化斗争》，这是他一生中主编的最后一份刊物。

笔者家父丁景唐曾主持影印了两批40余种的20世纪20年代末、30年代初的革命文学期刊，其中作为《中国现代文学史资料丛书》（乙种）有三种刊物：《文化斗争》《戏剧集纳》《今日之苏联》，并放在一起，外面专门制作了硬壳外封，扉页上印有这三种刊物的说明。关于《〈文化斗争〉影印本出版说明》写道：

《文化斗争》，中国左翼作家联盟和中国社会科学家联盟的机关刊物，1930 年 8 月 15 日创刊，8 月 22 日出版第 2 期，16 开本，现仅发现两期。在这两期中，有左联的《文学运动的情形（势）及我们的任务》和《对苏区代表大会报告决议案》，社联的《拥护苏维埃代表大会宣言》等。1961 年 5 月根据原刊影印，共印 900 部。

《文化斗争》《戏剧集纳》《今日之苏联》原刊均为孤本，如今影印本也成为珍本了。《文化斗争》前两期印行时间相隔一周，潘汉年等人原来设想为周刊。该刊没有特制的封面和封底，相当简约，类似于“活页”快报。

首页刊名放在顶端，为美术字，4 个字两小两大，下端有一根被砸碎的铁锁链，中间迸溅出一颗火星，由此凸显反抗国民党当局的“文化围剿”。

刊名下面除了说明“第一卷第一期”和出版时间，还注明：零售：每份大洋二分，订阅：全年一元，半年五角；邮费：国外全年五角，半年二角半，国内不加。通讯录：“各左翼杂志（《新思潮》，《社会科学战线》，《拓荒者》，《萌芽月刊》，《社会科学讲座》，《大众文艺》，《南国月刊》，《新文艺》，《巴尔底山》，《现代小说》）转。”

潘汉年熟悉这些左翼刊物，还曾为其中一些刊物撰过稿。不过《文化斗争》发刊时，这些左翼刊物已经遭到查禁，因此潘汉年等人策划、组稿、编辑《文化斗争》时，理应在 1930 年 5 月至 1930 年 8 月 5 日（潘汉年撰写《本刊出版的意义及其使命》落款时间）。这两期的《文化斗争》撰稿人中有潘汉年、李一氓（鬼邻）、朱镜我（谷荫）。

潘汉年等三人都是创造社后期重要成员，后同在“文委”工作，关系密切。潘汉年主编《幻洲》《战线》时，与李一氓编辑的《流沙》，互相配合，互为后援。多年后，已经去世的潘汉年冤案终于平反，1985 年，李一氓写有悼念潘汉年之诗：“电闪雷鸣五十春，空弹瑶瑟韵难成。湘灵已自无消息，何处更寻倩女魂。”这是仿照唐代著名诗人李商隐的诗，第一句指潘汉年自参加革命以来正好是 50 年，第二句指工作虽然有成绩而今成空了，第三句指潘汉年死在湖南而不为人知，第四句指潘汉年夫人董慧早已辞世。李一氓对于曾经患难的老友的感叹、痛惜、怀念等复杂感情，皆寓意于此悼念诗之中。

左联成立后，潘汉年继续在“文委”工作，曾陪同李立三到爵禄饭店会见鲁迅。5月20日，潘汉年参加社联（中国社会科学家联盟）成立大会，并代表“文委”讲话，显然他的工作范围兼顾左联、社联。“文委”成立时，朱镜我为成员之一，后接替潘汉年为“文委”书记，又任社联党团书记、“文总”（左翼文化总同盟）党团书记。李一氓为“文委”成员，主要是参加一些会议，撰写文章，“不像其他同志非常活跃地领导了这个工作”（李一氓之语），后为“文总”的第一任负责人（没有正式职称）。

以上“影印本出版说明”认为《文化斗争》是左联和社联的机关刊物，其实不妨认为是“文委”按照上级指示创办此刊物。潘汉年与朱镜我、李一氓等人协商，牵头左联、社联组稿，并通过他们的渠道散发此刊物。因此，不妨说潘汉年代表“文委”主编《文化斗争》。

《文化斗争》其他撰稿人均为化名赫林、子贞、史君、郎当，大多是临时起的，冯乃超（左联第一任党团书记）、王学文（社联发起人之一）等都有可能使用这些笔名撰文。潘汉年主编《幻洲》半月刊下半部分的杂文时，随意起各种笔名，如亚灵、泼皮、水番三郎、迪可、汗牛等，擅长嬉笑怒骂撰文。《文化斗争》发表署名“郎当”的文章，可能出自他的笔下。

《文化斗争》第1期卷首为潘汉年的《本刊出版的意义及其使命》（1930年8月5日），此文比较长，其如下：

目前中国文化斗争急剧尖锐，与政治上的两个政权对立的斗争一般地到了你死我活的紧张。一个是日趋崩溃没落，作最后挣扎的反动统治，一个是正在生长发展，一日千里的苏维埃——工农兵政权；根据政治形势而变化的文化斗争领域上，我们同样看到反马克思主张的文化运动与正确的马克思主义文化运动斗争的深刻化。

统治阶级积极的指使一般御用学者，发挥其虚伪的曲解的合法的马克思主义思想，（如新生命派，其实还说不上合法，戴上一条假马克思主义的面具而已），拥护提携托洛斯基及机会主义的取消派思想以外，最近更是有计划的提倡社会民主主义，（如邓演达，陈启修等的什么农工党，中华革命党宣言），以及民族主义的文学运动，（如徐蔚南，朱应鹏指导的什么民族主义文学运动宣言，《前锋周刊》等）企图缓和和消灭正在勃发高涨的无产阶级文化运动。

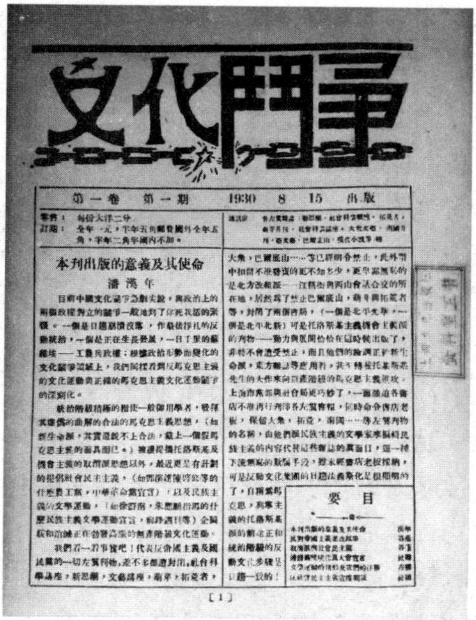
文化鬥爭

第一卷 第一期 1930 8 15 出版

本刊出版的意義及其使命

潘漢年

要目

[1]

图4－2 《文化斗争》第1期卷首为潘汉年的《本刊出版的意义及其使命》

我们看一看事实吧！代表反帝国主义和国民党的一切左翼刊物，差不多都遭到封闭，《社会科学讲座》，《新思潮》，《文艺讲座》，《萌芽》，《拓荒者》，《大众文艺》，《巴尔底山》……等已经明令禁止，此外暗中扣留不准发卖的更不知多少，更卑鄙无耻的是北方改组派——汪精卫与西山会议合交的所在地，居然为了禁止《巴尔底山》，《萌芽》与《拓荒者》等，封闭了两个书局（一个是北平光华，一个是北平北新），可是托洛斯基主义机会主义派的刊物——《动力》与《展开》恰恰在这时候出版了，非特不会遭受禁止，而且他们的论调正被新生命派，《东方杂志》等应用着，甚至转载托洛斯基先生的大作来向无产阶级的马克思主义进攻。上海市党部与社会局更巧妙了，一面强迫各书店不准再行刊印各左翼书报，同时命令书店老板，保留《大众（文艺)》，《拓荒者》，《南国》……等左倾刊物的名称，由他们派民族主义的文学家来编辑民族主义的内容代替这些杂志的真面目，这一种下流无耻的欺骗手段，虽未经书店老板采纳，可是反动文化集团的日趋法西斯化是很显明的了，自称为马克思，列宁主义的托洛斯基派的前途正和统治阶级的反动文化步骤是日趋一致的！

那些书店老板是缺乏革命性的小商人，在当局摧残革命文化手段日益毒辣的时候，他们是只有软化，虽然明明知道三民主义的，民族主义的一切书报是没有多大销路，（广大青年读者已经不易再受骗了！）可是为要在尚未完全瓦解的反动政权之下维持书店的基础，也只得履行当局的强迫条件，——风闻某书局已经承认市党部发行民族主义的什么刊物了。同时那些书店老板将接受那些假马克思主义的托洛斯基主义派的书报替代过去一切马克思主义的东西，因为既可避免当局的禁止，同时又因为那些革命叛徒是剽窃马克思主义的名辞，容易迷惑欺骗广大的青年群众，书店老板在营业利益上是看得见托尔（洛）斯基主义好比外表漂亮堂皇的淌白，比较面目溃烂，梅毒第三期的野鸡（三民主义的民族主义的）富于迷惑诱骗读者的本事高得多。

一切革命的马克思主义的书报，往后希望那些书店来出版，是一天天的困难了，为了要广（扩）大我们文化斗争的宣传工作，是不应该再幻想那些以买卖为主的书店来代我们发行，只有坚决的建立我们自己的出版发行工作，要用一百廿分的努力，来克服一切困难的客观条件，我们只有与广大青年读者结合一条战线，来维持发展我们的出版发行工作！我们要具备着忍艰耐苦的决心，从国民党，托尔（洛）斯基派，社会民主党……一切反马克思的文化欺骗，迷惑之下，争取我们的广大青年读者！

所以，《文化斗争》的出版，是从战斗中自己建立出版工作的第一声！

经济拮据，印刷困难，发行麻烦……这些困难条件，要我们一切努力马克思主义化斗争的同志们，共同负担起克服的决心！不容许我们有稍稍忽视这工作的表现！我们坚决的反对幻想书店代替出版发行的机会主义的倾向！

这是简单的叙说的本刊出版的意义；以下略略说一下本刊的使命：

在两个政权决死的现在，反动统治者是集中一切非马克思主义，假马克思主义……反动文化运动的力量向我们总攻击，所以我们要树（竖）起马克思，列宁主义的旗帜，建立正确的革命理论，争取广大的青年群众，起来为苏维埃政权斗争！另一方面为着广大苏维埃区域工农兵对于新文化的需要迫切，要努力苏维埃文化运动的创造。

根据上述任务，本刊具体工作是：

(一）发扬马克思，列宁主义的理论；

(二）加紧与一切对非马克思主义，假马克思主义的斗争；

A. 反对民族资产阶级的改良主义，(如新生命派）。

B. 反对自由资产阶级的思想，(如胡适派的《新月》，周作人派的《骆驼草》)。

C. 反对取消派——托洛斯基，机会主义，(如动力，展开)。

D. 反对第二国际社会民主主义，(邓演达，陈启修的什么农工党?)

(三）苏维埃文化运动的理论与实际：

本刊为篇幅所限，内容并无一定的分栏形式。对于如左翼文化团体消息是经常要刊载的！或许本报记者记载有疏忽欠详之处，希望如左翼团体——社会科学联盟，各学校社会科学研究会，左翼作家联盟……各学校文学研究会，左翼剧团联盟，左翼美术家联盟……等团体，指定通行（信）员与本刊编辑部发生经常密切关系。再目前本刊编辑和发行是由左联与社联共同负责，希望剧联，美联很快派人参加。

本刊在严重的白色恐怖之下，将成为每个革命青年的良友，因此我们决定举行广泛普遍的基金募集，以免遭受压迫而中止，详细办法，下期公布。投稿通信暂由各左翼文化团体或各左翼杂志编辑处转交。

此文有几点值得注意：

其一，筹备《文化斗争》时，李立三“左”倾冒险错误达到顶峰时期，潘汉年此文也不可避免地受到“左”倾影响，开头“日趋崩溃没落，作最后挣扎的反动统治”诸语，便是李立三等人过高估计国内形势的一种说法。不过潘汉年并未长篇大论地“复制”，而是笔锋马上一转，进入正题——反抗、冲破国民党的“文化围剿”，说明创办《文化斗争》的宗旨。

其二，因受到“左”倾影响，包括“否认存在中间营垒”等，潘汉年以“非此即彼”的思路，尖锐地批判各种改良主义派，包括邓演达等人的国民党左派都属于“中间营垒”，“托派”及其理论更是党内严厉批判的对象，这牵涉到苏共内部尖锐复杂的斗争。潘汉年按照上级指示，以这种基调“统领”《文化斗争》，也是一种宣告，公开亮出自己的政治旗帜。

其三，潘汉年在强调严厉批判的同时，提出建设革命文化的远大目标：“我们要树（竖）起马克思，列宁主义的旗帜，建立正确的革命理论，争取广大的青年群众，起来为苏维埃政权斗争！另一方面为着广大苏维埃区域工农兵对于新文化的需要迫切，要努力苏维埃文化运动的创造。”这是对左联、社联等左翼文化团体提出的新要求。此后，译介苏联等国的普罗文艺理论、左翼作家及其作品，左翼文坛动态等，更多地出现在各种左翼、进步报刊里。

其四，潘汉年强烈谴责反对当局查封左翼刊物，视之为“文化围剿”的毒辣手段。同时，许多书店为了生存不得不屈从国民党当局，潘汉年列举了不少事实。因此，这期刊物最后刊登的《左联中心机关杂志征求直接订户》（可能是潘汉年写的）明确指出：

自《拓荒者》《大众文艺》《艺术》等杂志继续被封禁过后，经验告诉我们靠书店的合法营业路线，绝对不能出版代表我们斗争活动的杂志。同时本联盟活动的深入，迫切的需要有一个坚强的领导机关杂志。所以我们现在要筹备一个中心杂志，需要读者诸君起来作直接订户。不管压迫怎样的残酷我们决心把它冲破，绝对不会半途中止，而且每期能够送到诸君之前。

从农村，工厂，战线，一切地下层，同志们，快送你们的报告来!!!

左联中心机关杂志迫切地需要此类文字，火急送来，以一切革命情绪，斗争感情，生活苦痛，来充实革命运动啊!

这三个惊叹号的一段文字，特别粗大醒目，采用与此通告的标题是一样的粗大字体，以及四周带花纹的粗厚围框。显然这代表了潘汉年等人火燎一般的焦急心情。这里说的左联中心机关杂志即第2年春创办的《前哨·文学导报》。

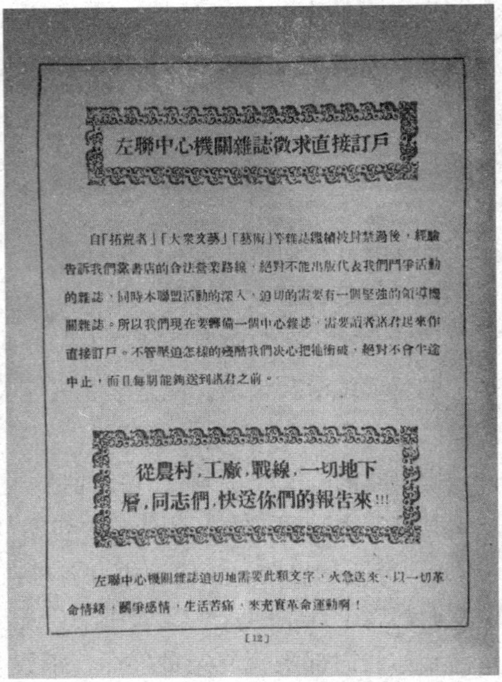
左聯中心機關雜誌徵求直接訂戶

自「拓荒者」「大衆文藝」「藝術」等雜誌繼續被封禁過後，經驗告訴我們靠書店的合法營業路線，絕對不能出版代表我們鬥爭活動的雜誌，同時本聯盟活動的深入，迫切的需要有一個堅強的領導機關雜誌。所以我們現在要籌備一個中心雜誌，需要讀者諸君起來作直接訂戶。不管壓迫怎樣的殘酷我們決心把牠衝破，絕對不會半途中止，而且每期能夠送到諸君之前。

從農村，工廠，戰線，一切地下層，同志們，快送你們的報告來!!!

左聯中心機關雜誌迫切地需要此類文字，火急送來，以一切革命情緒，鬥爭感情，生活苦痛，來充實革命運動啊!

〔12〕

图4-3 《文化斗争》刊登的《左联中心机关杂志征求直接订户》

果然，《文化斗争》第2期封底刊登了《左翼作家联盟为建立机关杂志〈前哨〉向广大革命群众的通告》：

《前哨》是中国无产阶级文学运动之总的领导机关杂志。它的编辑计划已经准备好了，第一期创刊号打算在十月初出版。同志们，为促进革命之深入，无产阶级文学运动之前进，拥护我们大家所有的杂志。

起来，做本杂志之直接定（订）户!

起来，把一切斗争记录，从农村，工厂，学校，战线，各地下层寄给我们，充实革命运动。

起来，加入“左联”，加入通信运动!

起来，给我们以一切物质上精神上的援助!

创刊号内容：——

革命青年的任务

通信运动及作家的组织活动

为什么中国常有军阀混战?

斗争通信

长沙——法电斗争——学校与学校斗争——工厂斗争

国际通信

前哨战（短评栏）

诗歌及小说

漫画及画报

其他

这是潘汉年撰写的，也是他准备主编综合性文化刊物《前哨》组稿的结果，拟有时评、通信、小说、诗歌、漫画等综合性内容。文中的“起来”排比句，颇有后来《义勇军进行曲》的气势。此后，潘汉年、冯乃超被调动工作，由冯雪峰担任左联党团书记，把《前哨》创刊号的内容改为“纪念战死者专号”，即纪念“左联五烈士”专刊。[4]

其五，潘汉年“希望如左翼团体——社会科学联盟，各学校社会科学研究会，左翼作家联盟……各学校文学研究会，左翼剧团联盟，左翼美术家联盟……等团体，指定通行（信）员与本刊编辑部发生经常密切关系。”此口气类似“文委”下达的通告。《文化斗争》第2期发刊后才成立“文总”（1930年10月），那时“文委”是通过各联的党团同时通过“文总”去领导的左联、社联等。因此，潘汉年代表“文委”发出此指示，并且说明《文化斗争》的目前状况，“本刊编辑和发行是由左联与社联共同负责，希望剧联，美联很快派人参加”。

其六，随着各种左翼刊物不断地遭到查禁，《文化斗争》必须开辟出版、发行的渠道，才能扩大刊物的影响。但是，如果改变过去依靠“书店的合法营业路线”，“读者诸君起来作直接订户”，那么在险恶环境中还是难以如愿实现，事实也是如此。左翼、进步报刊的创办者只有凭借灵活多变的出版、发行策略，才是切合实际的途径。

《文化斗争》的经济来源仍然是一个大问题，潘汉年也坦陈：“我们决定举行广泛普遍的基金募集，以免遭受压迫而中止，详细办法，下期公布。”但是，第2期并未公布结果，显然此事受阻。

最后，潘汉年设想《文化斗争》的投稿办法：“投稿通信暂由各左翼文化团体或各左翼杂志编辑处转交。”这也是无奈之举，既要公开发行《文化斗争》，又不能透露投稿通信处，以免遭到反动当局的严厉查处。

综上所述，可以勾勒一个粗略框架：1930年6月11日召开的中央政治局会议上，通过由李立三起草的《目前政治任务的决议》（即《新的革命高潮与一省或几省首先胜利》）。此后，按照李立三等人指示精神，潘汉年等人原拟“两条腿走路”，即由潘汉年负责牵头左联、社联等左翼团体，创办“文委”直属的刊物《文化斗争》和左联机关中心刊物《前哨》。两种刊物各有分工，《文化斗争》统揽革命文化工作的全局，发布有关指示和文件，侧重文化理论批评，汇集、传播全国各地的文化信息。

《前哨》则是突出左联机关中心刊物的重要性，区别于中途“转向”改为左联刊物的《拓荒者》《萌芽》等，侧重于左翼文学作品、动态和左联文件等。[5]

随着潘汉年的工作调动，“文总”的成立等因素，潘汉年等人原拟“两条腿走路”的计划发生变化，《文化斗争》因故停刊。“文总”创办机关刊物《文化月报》（详见本书收入的《冯雪峰与〈文化月报〉和〈世界文化〉第2期》）等，并办有内部机关刊物《文报》。[6]《前哨·文学导报》则发挥了左联机关中心刊物的指导性、引领性的作用，进一步实施了潘汉年等人原拟的计划，初步达到了预期目标。

也许，潘汉年曾留下创办《文化斗争》等回忆文稿（“检查交代”的文字），但是，迄今未能透露，甚为遗憾。

立场鲜明，严厉批判

《文化斗争》第1期右下角设有这期目录，其中有潘汉年的《本刊出版的意义及其使命》，朱镜我（谷荫）的《反对帝国主义进攻红军》《取消派与民主党》，社联的《拥护苏维埃代表大会宣言》，冯雪峰等人起草、1930年8月4日左联执委会通过的《无产阶级文学运动新的情势及我们的任务》（目录上为《文学运动的情形及我们的任务》），社联的《反社会民主主义宣传纲领》。

该刊第2期右下角也同样设有这期目录：赫林的《参加九七示威》、子贞的《文化上的托罗茨基主义》（正文标题有误）、朱镜我（谷荫）的《〈动力〉底反动的本色》、《中国左翼作家联盟在参加全国苏维埃区域代表大会的代表报告后的决议案》、李一氓（鬼邻）的《对于反苏战争的欧美著作家的态度》、郎当的《战斗的随笔》、史君的《读〈中国文学的新史料〉》。

关于《取消派与民主党》《反社会民主主义宣传纲领》《文化上的托罗茨

基主义》《〈动力〉底反动的本色》等批判文章的重要背景，李一氓回忆说：

大革命失败后，一个很重要、很迫切的问题提出来了：中国向何处去？这个问题更紧密地联系到中国社会性质的问题。其实这个问题在党的六大（1928 年）决议上，是解决了的，因此而形成的政治纲领基本上是正确的。……但中国当时的反动党派，竭尽一切污蔑和歪曲之能事，反对我党。国民党、国民党分支的改组派和第三党、国家主义派，其他的资产阶级知识分子集团如新月派、现代评论派，以及托陈取消派，都在不同程度上认为帝国主义势力已不存在，认为在鸦片战争后，中国已建立资本主义，认为中国的封建制度早已消灭，现在不过是“残余的残余”。这么一幅美好的景象，无非是要证明：反对帝国主义是错误的，反对买办资产阶级是错误的，进行土地革命是错误的。那么，什么是正确的呢？一言以蔽之，拥护国民党现政权，搞改良主义。

因此，中国共产党对上述各派和他们的各种反动论点，加以批驳，就成为当时理论战线上的重要任务。于是，一场关于中国社会性质问题，亦即关于中国革命性质问题的论战便于 1929 年开始了。我们办的《新思潮》月刊，在 1930 年 4 月，出了一个专号，从各方面论述这个问题，正面阐述我们的观点。[7]

对于《新思潮》月刊，潘汉年在《本刊出版的意义及其使命》中提及。因此，《文化斗争》延续对“各种反动论点”的严厉批判，体现了共产党鲜明的政治立场和理论观点。

社联的《拥护苏维埃代表大会宣言》《中国左翼作家联盟在参加全国苏维埃区域代表大会的代表报告后的决议案》，以及左联执委会通过的《无产阶级文学运动新的情势及我们的任务》，有关情况详见本书收入的《鲁迅“远离”的左联刊物〈世界文化〉》等。[8]

《文化斗争》第 2 期发表郎当的《战斗的随笔》值得一读。该文摘录了 8 条报刊上的消息，并进行了点评，短小精悍，类似潘汉年早年撰写的“语丝”式的杂文、随笔。

二、最危险的事

一九三〇年八月十二日的《申报》，其长沙通讯上说红军攻克长沙后，限制米价至每升二百文，该通信员称之为“最危险的事”，我们大家想一想罢，这对于甚（什）么人是最危险的事！上海的读者当然知道，现在上海的米价是卖五百至六百文钱一升啊！

三、三千与一百

我们依然根据资产阶级的报纸。红军攻克长沙后，杀去土豪，劣绅，官僚，共约一百余人；红军退出长沙后，何键反动白军至今屠杀工农学生的革命群众已至三千余人。三千与一百仅就数目上已说明“闯”与“献”的头衔究竟属之谁人。

这两则均为百余字，仅举出两组数字对比，便说明截然相反的事实，言简意赅，无须多余文字。

工农红军两次打长沙，震惊全国。特别是红军第二次攻打长沙时，毛泽东等人主动撤出战斗，避免了革命力量的损失，是对李立三“左”倾冒险错误的一种事实上的纠正。对此，已有多文撰述。

四、海陆军大臣脱罗斯基

北京大学法学教授黄右昌[9]老爷在其九十六页的大著《海法与空法》中述及苏联空军组织时，大书“海陆军大臣脱罗斯基”。这位教授如其要来教我的法学，本学员可有点受不了。但这里或者是个预言，罗曼诺夫皇族如复辟的时候，安知脱罗斯基不荣膺“海陆军大臣”。可惜苏联的社会主义建设，日益坚固，罗曼诺夫（皇）族固是失望，预言家黄右昌老爷也是失望，脱罗斯基大臣更是失望。

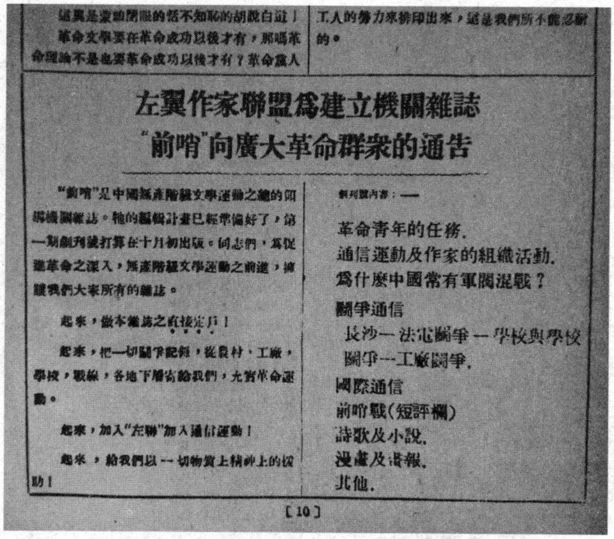

這裏是蒙助閉眼的瞎不知恥的胡說白道！革命文學要在革命成功以後才有，那嗎革命理論不是也要革命成功以後才有？革命黨人

工人的勞力來排印出來，這是我們所不能忍耐的。

左翼作家聯盟爲建立機關雜誌
“前哨”向廣大革命群衆的通告

“前哨”是中國無產階級文學運動之總的領導機關雜誌。牠的編輯計畫已經準備好了，第一期創刊號打算在十月初出版。同志們，爲促進革命之深入，無產階級文學運動之前進，擁護我們大家所有的雜誌。

起來，做本雜誌之直接定戶！

起來，把一切鬪爭記錄，從農村，工廠，學校，戰線，各地下層寄給我們，充實革命運動。

起來，加入“左聯”加入通信運動！

起來，給我們以一切物質上精神上的援助！

創刊號內容：——

革命青年的任務.
通信運動及作家的組織活動.
爲什麼中國常有軍閥混戰？
鬪爭通信
長沙—法庭鬪爭—學校與學校鬪爭—工廠鬪爭.
國際通信
前哨戰(短評欄)
詩歌及小說.
漫畫及畫報.
其他.

[10]

图4－4　左翼作家联盟为建立机关杂志“前哨”向广大革命群众的通告

按：上引文见北京大学社会科学增刊第四

卷第三四合刊九十一页。

脱罗斯基，即托洛茨基。俄国十月革命胜利后，托洛茨基先后担任外交人民委员、海陆军人民委员、革命军事委员会主席等职。“托派”（托洛茨基等人及其追随者）问题，如今已经真相大白，无须多言。

此短文是“一箭双雕”，既是讽刺北大教授搞错了托洛茨基的职务，又是挖苦托洛茨基，由此引出新的话题：苏联新政权日益巩固，决不会让昔日的沙俄罗曼诺夫皇族复辟。如今苏联已经成为历史名称，这是题外话了。

五、无独有偶

上面是中国教授的荒唐，但是无独有偶，我们再来看一位外国教授的荒唐。美国哈弗大学政治学教授何尔康（A. N. Holcombe）于1930年出版了一本《中国革命》，在第六章，第七章上大写……（翻译出来就是“中华苏维埃共和国”，“议会制度对苏维埃制度”，“广东苏维埃政府”，“汉口苏维埃政府”）做梦都梦不着这位教授乃是指的国民党广州政府，国民党武汉政府，这样，首先蒋介石与汪精卫就不答应，此外连鬼也没有看见“工农兵代表大会”（这才是苏维埃）的影子在那（哪）里。这位何教授是应该向梁实秋教授学一学乖，做文章的时候查一查字典，请看S，o，v，i，e，t这六个字母拼起来的字，后面是如何解释的。

Soviet，译为苏维埃的，是指原作者在英文版《中国革命》第6章、第7章中时常用的一词，于是出现了以上荒唐的多个连接词。

此短文继续“一箭双雕”的思路，“顺便”带出了梁实秋（时为山东大学外文系主任兼图书馆长）。梁实秋曾获得哈佛大学文学硕士学位，回国后撰写《文学是有阶级性的吗》，遭到了冯乃超的尖锐批评，在《拓荒者》第2期上发表《阶级社会的艺术》一文，甚至把梁实秋称为“资本家的走狗”。梁实秋不服气，撰写《“资本家的走狗”》一文，以示回复。此后便产生了鲁迅著名一文《“丧家的”“资本家的乏走狗”》，刊登于《萌芽月刊》第1卷第5期（1930年5月1日）。

《拓荒者》《萌芽月刊》等左翼文学刊物先后遭到查禁，潘汉年在《本刊出版的意义及其使命》里已经说明，因此在这里“顺带”梁实秋，“刺”一下也不足为奇。

郎当的《战斗的随笔》颇有“天马行空”的气度，思维敏捷，联想丰富，看似两者不相干的事情却能够“拈手而来”，巧妙地连接在一起，只需寥寥数语，便可成文，并“以小见大”，胜似长篇大论，功夫在诗外。

该文最后注明“待续”，如果《文化斗争》继续办下去，那么郎当的《战斗的随笔》将成为一个专栏。如果能够确认这是潘汉年所作，那么将产生更多的新话题。

［注］

［1］［2］鲁迅：《致韦素园信》（1926 年 11 月 9 日），载《鲁迅全集》第 11 卷第 497 页；第 4 卷第 108 – 112 页，人民文学出版社 1987 年版。

［3］详见丁言模：《左翼之“左”的文化刊物〈巴尔底山〉》，载丁言模：《穿越岁月的文学刊物和作家（三）》，中国社会出版社 2018 年版。

［4］［5］［8］详见丁言模：《悲壮、严厉的〈前哨·文学导报〉》，载丁言模：《穿越岁月的文学刊物和作家（三）》，中国社会出版社 2018 年版。

［6］详见孔海珠：《左翼·上海（1934—1936）》（上海文艺出版社 2003 年版）、《“文总”与左翼文化运动》（上海人民出版社 2016 年版）。

［7］李一氓：《模糊的荧屏》，人民出版社 1992 年版，第 107 – 108 页。

［9］黄右昌早年被选送留学日本岩仑铁道学校，后转入法政大学。归国后，教授民法、罗马法课程，任北京大学法律系教授兼系主任，兼任清华大学、法政大学等校教授。著有《罗马法与现代》《海法与空法》《法律之革命》《民法要义》等。新中国成立后，他继任湖南大学教授，后任中国文史研究馆馆员。

左联成立周年问世的《文学生活》

1930年春左联成立后，姚蓬子不仅担任左联总务部长，而且在光华书局“欧罗巴文艺丛书”中，有他翻译的《妇人之梦》（法国果尔蒙著）、高尔基的长篇自传小说《我的童年》，特别是后者竟然成了畅销书，引起出版界人士的关注。

姚蓬子的交际很广，他喜欢讲笑话，熟悉上海许多文人，时常挨着门牌号走进朋友家里，只要他一露面，立刻热闹起来，产生了很多故事，在坊间流传。

不久，联合书店总经理张静庐已经改变了原先出版社会科学书籍数十种的模式——曾被称为社会科学书店，“近日多出文艺书籍”，竟然有“单行本十余种”，他与姚蓬子再次“挂上”关系了。事前（1924年），姚蓬子刚进入上海滩，首次在光华书局当编辑，经理正是张静庐（1929年离去，创办联合书店，后为现代书局经理）。

张静庐是中国现代出版界的奇才，开拓型的创业人，他的超前意识决定了“极为兴盛”的经营方式，其中包括了骤然兴起的左翼文学，是一个潜在的巨大市场——有利可图。姚蓬子还想当一回主编，尝尝鲜嘛，于是他俩“殊途同归”。

1930年冬天已经传出风声，张静庐拟“请蓬子主编《文学生活》月刊，创刊号明年一月出版”。（《读书月刊》1930年第1卷第2期，1930年12月1日出版）春节过后，便有消息传出联合书店将出《文学生活》：

该刊以真挚的态度和坚毅的精神从事于真实的创作与认真的介绍是本刊的基本努力。特约中国最忠实于文学的创作家与理论家，叶绍钧、郁达夫、蒲牢（茅盾），白薇，台静农，傅东华，赵景深，沈起予，戴望舒等，为本刊作主要的撰稿者，创刊号定于二月份出版。（《中国新书月报》1931 年第1卷第3 期，1931 年2 月出版）

果然，一个月后《文学生活》问世了，32 开本，署名“文学生活社”编辑，隐去姚蓬子的名字，联合书店发行，时间为1931 年3 月1 日，恰好是左联成立一周年，也是献上一份“薄礼”。虽然郁达夫、蒲牢（茅盾）、戴望舒等并未“赐稿”，但是创刊号上出现的叶绍钧、张天翼等“第一线”作家名字也足以增光添彩了。

如果说这是张静庐与左联作家首次合作创办左翼文学刊物，那么这个意义就非同寻常了，以后张静庐创办杂志公司，还与其他左翼作家多次合作办刊物，产生了许多很有意思的故事。

图5－1　《文学生活》第1期

姚蓬子第一次为自己主编的《文学生活》四处组稿、约稿，忙得不亦乐乎，左联部分成员也为他的热心肠所“感动”，先后提供文章。姚蓬子为该刊设置了栏目，但是，放在目录每篇文章的括弧里，如“创作”“小说”“童话”“作家论”，只有最后的“文艺短论”作为栏目是正式出现，其他都没有归类，可能是姚蓬子“疏懒”或者时间仓促，各种栏目的文章“眉毛胡子一把抓”，凭着“第一印象”，排列了文章顺序，放置在该刊的目录上。

现在大致划分为4 个栏目：“小说创作”有张天翼、沈起予、白薇、魏金枝、欧阳翰、叶圣陶的6 篇作品。“诗歌创作”有穆木天、姚蓬子的诗作。“外国文学”均为译作，但是并非都是小说，也有欧洲文学史、诗歌等，译者有姚蓬子、俞彬、赵景深、林适文、韩侍桁。“文艺短评”仅有韩侍桁、俞彬写的两篇文章，另有一篇是韩侍桁写的《一个空虚的作者——评沈从文先生及其作品》，被列入“作家论”栏目。

这些作品和有关广告所占的页码竟有250多页，显然姚蓬子很是兴奋，张静庐也比较满意，“两厢情愿”有了不错的开局。姚蓬子在这期创刊号的《编者的话》中写道：

在编完《文学生活》的第一期之后，本可以不必再在此地画蛇添足的再写什么编后记了。因为，一种文学刊物底有否价值，并不靠自己底夸大的鼓吹，或书店底被人鼎力的广告，而可以博得读者们底意外的尊重，或广大文坛上的影响的，本刊第一期的面世，凭我们自己也虔心地里重视着内容的不充分与不满意，只希望读者们和从事文字的人们，能给与我们忠实的，严厉的，真诚的，使本刊以后能够第一期的向着完美的路上走去。

在这里要向读者推荐的叶圣陶先生底《蚕儿和蚂蚁》，穆木天先生底诗。前者，不仅是能够启发儿童底智慧的良好的儿童读物，同时也是一篇极成功的文学作品。穆木天先生回到了十年不见的故乡，奉天，感到日本底骄横的气焰弥漫在故乡底朴素的农田。他禁不住有感叹于中的写出了这一首诗，这一首沈（沉）痛的诗。

张天翼先生是一位难得的新进作家，他底小说不仅在技术方面是成功的，而感动人的力量也极大，所以我们特地在此地推荐一下。

《碑》是沈起予先生的处女作，是一长篇创作，以后按期在本刊上续载。白薇女士底中篇小说《天地之死》下期续完。

至于侍桁先生批评沈从文先生的那一篇批评，在中国非常缺少作家论的今日，我们也认为是一篇有意义的文学（章）。

至于其余的文章，恕我们不再在这里一一介绍了。

编者 一九三〇、二、五日

由于校对者的疏忽，此文落款时间提前了整整一年，应为1931年2月5日（立春），2月16日是除夕。显然，姚蓬子在春节前后一直忙于《文学生活》创刊号，此落款时间对于他的前半生文学活动具有特殊意义。但是，一个小小的疏忽，与他当时的“好运”开了一个不大不小的玩笑。

这期创刊号上刊有《征稿条例》，理应是姚蓬子、张静庐协商的结果。其如下：

1. 凡与本刊旨相附之各种文艺及与文艺有关之著译，无论创作，翻译及介绍，均所欢迎。

2. 投寄之稿，望誊写清楚，并加标点，如能依本刊行格誊写者尤佳。

3. 投寄译稿，务请附寄原文。万一不便寄时，务请将原著者姓名及出版地点详细注明。

4. 投寄文中，如有图表，务请绘写清楚，以便制版。照片及复制图片，务请将原片挂号附寄。

5. 稿末请注明姓名，住址。寄稿后地址如有更动，亦希望随时通知。

6. 投寄之稿，揭载如否，概不退还。如寄稿时附有邮票及挂号费者，未能揭载时，当按原址退还。

7. 投寄之稿，揭载后酌致每千字一元半至二元的薄酬。

8. 投寄之稿，若本刊尚未登载，已先在他处发表，恕不致酬。

9. 投寄之稿，本刊得酌量增删，如投稿者不愿他人赠（增）删，须豫（预）先声明。

10. 来稿请寄上海四马路望平街口联合书店《文学生活》编辑部收。

第7条的稿酬“每千字一元半至二元”，已属较高了，有的稿酬还要低，有的甚至只好将刊物作为稿酬寄给作者。第8条则严格规定，不准一稿多投，否则无稿费。但是也有作者情愿如此，可以获得亮相的机会，毕竟那时报刊是撰稿者唯一的亮相平台，出版单行本另当别论。

最后一条注明了《文学生活》编辑部设在望平街口联合书店内，望平街南起福州路，北终南京路，当时汇聚了近代上海最重要的大小报纸，包括《申报》《新闻报》《时事新报》《民国日报》等，被称为“报馆街”。1931年1月，联合书店“假水沫书店门市部旧址”，开始营业，《文学生活》编辑部设在其中，姚蓬子大概曾去过。

精打细算的张静庐不会错过刊登联合书店的广告《最近新书》。其中有高尔基的《四十年代》（麦耶夫即林疑今翻译）、辛克莱的《追求者》（曾广渊翻译）、洛曼诺夫的《没有樱花》（姚蓬子翻译）、歌德的《少年维特之烦恼》（郭沫若翻译）、张天翼的《从空虚到充实》等。

其中译作《四十年代》的广告还特地占据了大半页，显然是重点推出：“轰动世界，人人必读的《四十年代》，麦耶夫翻译，钱君匋装订。”“本书乃当代大文豪高尔基最近的著作，以极生动的文笔，描写十月革命四十年前黑暗的社会，其价值远在《母亲》《奸细》之上。译者忠实流畅。”

张静庐接连推出这些左翼、进步的中外文学作品，引起创刊不久的左联外围刊物《文艺新闻》周报（前期由袁殊主编，后期由楼适夷、叶以群等人先后编辑）的关注，其第5号（1931年4月13日）头版“出版界之一周”栏目里报道：

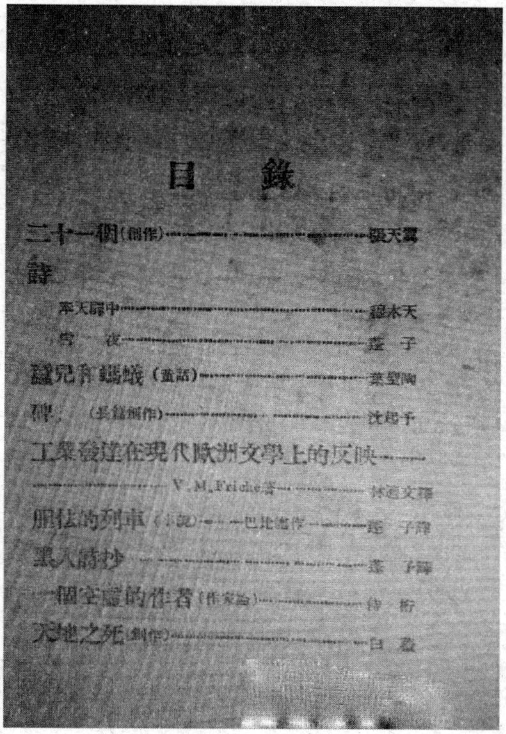
目錄

二十一個（創作）……張天翼

詩

[illegible]……穆木天

[illegible]夜……蓬子

蠶兒和螞蟻（童話）……葉聖陶

碑（長篇續作）……沈起予

工業發達在現代歐洲文學上的反映……V. M. Friche著……[illegible]譯

脫軌的列車（小說）……巴比塞作……蓬子譯

黑人詩抄……蓬子譯

一個空虛的作者（作家論）……侍桁

天地之死（創作）……白薇

图5－2　《文学生活》目录

> 联合书店最近出版名著二种，一为高尔基的近著——四十年代第一卷，作者自称此书为生平最满意的作品，由麦耶夫译，全书五十万言。一为辛克莱的得意杰作——追求者。描写一位洁白的青年，因不满于他的现状，就满怀热忱，离开了正在没落的故乡，去过着那种追求者的生涯……全书十五万言。

姚蓬子翻译的《没有樱花》（洛曼诺夫著），暂且没有见到此书。事前已有闻侣鹤翻译此作，发表于郑振铎主编的《小说月报》第21卷第7期（1930年7月10日出版）。姚蓬子曾编辑《俄国短篇小说集》，1931年光华书局作为“欧罗巴文艺丛书”之一出版，其中有姚蓬子根据英文版转译的《恋爱的权利》（洛曼诺夫著），显示了姚蓬子对苏联“同路人”作家洛曼诺夫等人小说发生了很大兴趣。他在该小说集的《译后杂记》中写道：“同路人底重要作品，译到中国来的却很少。所以在开始选择的时候就有了这样的观念，纵然是不充分的，不完备的，也要将这部译集作为介绍同路人作品底一个小小的尝试。”

姚蓬子与张静庐的合作，远远不止创办《文学生活》，还有一个更大的计划，《文学生活》刊登了预告《高尔基巴比塞名著译丛书》：

高尔基与巴比塞是现代欧洲的两位巨神，两只巨兽，两个与人间的黑暗奋斗着的文艺界的先驱者。他们底作品似炬火，似明镜，照透了一切社会里罪恶，痛苦，悲惨；他们底文章是叫号，呐喊，抗议书，是血和泪的结晶，他们底伟大震撼了全世界的文坛，他们底力激动了读者大众底热情。但是他们在中国，只不过知道名字而已，他们底山一般的著作，并没有多少译成中文，因此本店特请蓬子，穆木天，沈起予三位先生编译这部丛书，想将他们底伟大的作品，逐渐翻译过来，贡献给亲爱的读者们，第一辑预定十种，在一九三二年前出齐。第一种目录：

高尔基：《哥蒂耶夫》（沈起予译）、《大学时代》（陈虚若译）、《初恋》（穆木天译）、《在世界上》（韩侍桁译）、《二十六男与一女（短篇集）》（蓬子译）。

巴比塞：《锁链》（蓬子译）、《十字架上》（穆木天译）、《力》（沈起予译）、《飞机》（杜衡译）、《人间地狱》（蓬子译）。

其中穆木天翻译的《初恋》（高尔基著）[1]、姚蓬子翻译的《人间地狱》（巴比塞著，可能是《炮火》）已经着手进行了，因为这期《文学生活》特地另外刊登了联合书店的“新书预告”，已经提及这两本译作，还预告了郭沫若的《前秦思想批判》、鲁迅等译集《青春》。《青春》译集似乎没有听说过，也不知准备收入哪些人的译作，现仅存“新书预告”的书目。那时，姚蓬子与鲁迅关系尚可，鲁迅曾有《赠蓬子》一诗，引起后世各种猜测。

如果说起姚蓬子、穆木天、沈起予的翻译水准，那么穆木天的水平最高，但是姚蓬子作为牵头人，拥有“说话权”。他们三人的“三角联盟”一事，应该在姚蓬子为《文学生活》组稿时产生的，得到张静庐的首肯。穆木天与沈起予同为日本京都大学毕业生，穆木天曾任创造社出版部东京分部经理，1931 年初南下到上海。沈起予是创造社后期冯乃超、李初梨、彭康等“留日派”中的一员。姚蓬子、张静庐原来就是光华书局的“搭档”，与创造社诸人相熟悉，加之姚蓬子、沈起予均为左联发起人。因此，“三角联盟”兴味相投，首次亮相于《文学生活》创刊号中，也在情理之中。

如果“三角联盟”一事进行顺利，那么中国现代翻译史上又增添一则趣闻，但是随着张静庐离去，联合书店“土崩瓦解”了，那么“三角联盟”和以上刊登的“新书预告”都成为泡影，仅留下这些设想中的翻译计划和书目。

《文学生活》问世后，立即被反动当局嗅出其中“赤色”味道，责令张静庐去“谈话”，于是姚蓬子仅当了一期的主编便“下台”了。自然有人为之鸣不平，《文艺新闻》第3号（1931年3月30日）“出版界之一周”不动声色地刊登一则短消息：“《文学生活》据说厚因编者关系，遭当局注意，有自动停刊意。或改由市委范争波编辑。”

现代书局与联合书店有业务上来往，一听此消息暗自一乐，其发行的《现代文学评论》1931年第1卷第1期（1931年4月10日）也报道《范争波编〈文学生活〉》：“范争波氏对于文学极有研究，自在《前锋》月刊等发表长篇译著以来，颇引读者之注意。闻范氏今后拟专向这方面努力，计划中之长篇著作尚有多种，不久即可在海内各大刊物上发表，刻受联合书店之聘，将担任《文学生活》编辑云。”

范争波，河南人，早年就读于上海中法工专和震旦大学，1929年创办大光书店，又与他人经营现代书局，他大肆鼓吹反动的民族主义文艺运动，并创办《前锋周刊》《前锋月刊》等，遭到左翼作家严厉的批判。

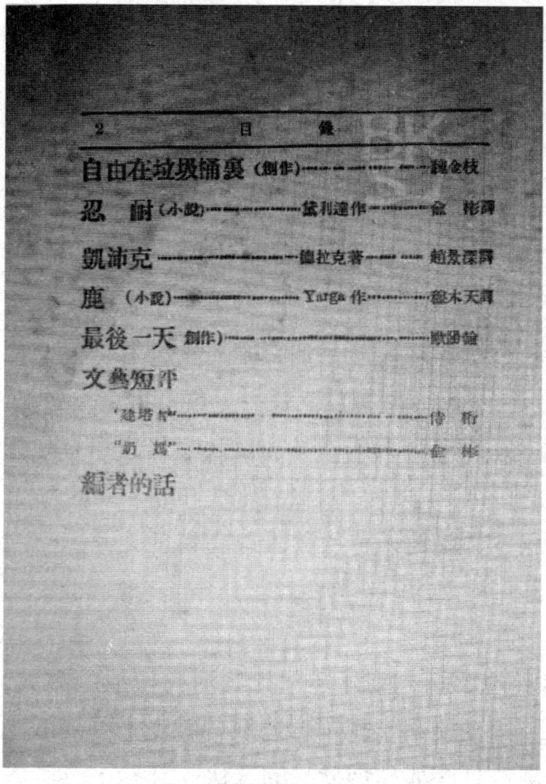
2 目錄
自由在垃圾桶裏（創作）……魏金枝
忍 耐（小說）……黛莉達作……俞 彬譯
凱沛克……德拉克著……趙景深譯
鹿（小說）……Yarga作……鈴木天譯
最後一天（創作）……歐陽翰
文藝短評
“建塔者”……侍 桁
“奶 媽”……俞 彬
編者的話

图5-3 《文学生活》目录

事前，国民党上海特别市党部宣传部召集新生命、群众、现代、光华、开明、北新、商务等书店代表30多人开会，责令各书店出版书籍要先送该宣传部“审核”，并规定所有查禁书籍必须立即烧毁。1930年3月1日，国民党上海特别市第六次代表大会主席团中出现范争波的身影（市党部常委），与陈德征、潘公展、熊式辉并排就座，“声名显赫”。

左翼文学刊物《文学生活》由“死对头”范争波来接手，岂不是将大耍淫威，直接“开刀”吗？张静庐眼看原来的美好计划顿时化为乌有，但又不能得罪国民党要人，加之其他因素，干脆溜之大吉，跑到武汉去了。同年夏天，张静庐声称在武汉《中山日报》任职，上海联合书店的业务难以兼顾，因此“将该店全部版权及存书盘与现代书局”。事前，范争波接手主编《文学生活》一事，不了了之。

其实，姚蓬子如果继续办该刊，那么党内“左”倾占据统治地位，也不允许他维持现状，必须转向“赤色”，这与后来他协助丁玲办的《北斗》命运一样，最终遭到查禁。

《文学生活》只是昙花一现，姚蓬子此后也不愿意多谈此事，其中许多内情便成为难解之谜。

张天翼等人诗文创作

姚蓬子与张天翼同龄，均出生于1906年，都曾就读北京大学，不过姚蓬子出道（出名）早些，无形中“扶持”了文坛新人张天翼。姚蓬子在《文学生活》创刊号上发表了张天翼的短篇小说《二十一个》，不仅安排于卷首，还在《编者的话》中热情地推荐。

“官逼民反，民不得不反”，这句坊间名言鲜活地体现在《二十一个》里。惨无人道的高连长，威逼部下士兵与敌军肉搏战，自己则龟缩在后面“督阵”。惨烈战斗后，还剩下几十个人，高连长却下令不准抢救伤员，甚至要枪毙不服从命令的士兵，顿时引起愤怒士兵们的哗变。小说结尾出现了一幕戏剧性的画面：

“他们也得是乡里连稀饭都吃不着才跑来，……伙计，你起不起得来?”那人勉强站起来，摇摇地又要倒。沈振国一把扶住他。……

“自然是打王八蛋。”沈振国说。“现在再不想升官，只想打些那乌烟瘴气的家伙。”“我赞成!”来兴说。……

死了一个班长，来了一个萧权——就是以前的敌人；我们便又是二十一个了。二十一个一起走：腿好像撑住腿瘸的。

人性的光辉旗帜在这里突然展现飘扬，刚才还你死我活肉搏战的敌人，现在则成了“救死扶伤”的对象，哗变士兵出现了奇迹般的转变。哗变的士兵要去哪里？小说没有说明，但是“打些那乌烟瘴气的家伙”让众多读者看了解气，说出了他们的心声，如同看了现代版的《水浒传》。

张天翼早在北京大学就读时，开始信仰共产主义，但是他未必知道大革命失败后，中共中央瞿秋白等人曾发出号召，要策反国民党军队，争取士兵哗变等。张天翼可能“误打误撞”，选择了士兵的哗变题材（其他左翼、进步作家也有类似题材的作品），尖锐抨击军阀混战，烧杀抢掠，无恶不作，给人民带来了深重的灾难。

瞿秋白看到《二十一个》之后，点赞一番，认为张天翼“的确有自己的作风，他能够在短篇的创作里面，很紧张的表现人生，能够抓住‘斗争’的焦点。他的言语，也的确是人话。不过魄力是比较的不大。如果作家尽力于短篇的作品，他一定能够胜任愉快的运用他的天才”。（《画狗罢》）瞿秋白是在1931年初秋点评的，已经参与左联领导工作，对于文坛的创作很是反感，也严厉批评左联的作品，然而对于张天翼的《二十一个》则是点赞，这是极少数的案列。

冯乃超首任左联党团书记兼宣传部长，对于左翼文学作品比较挑剔，对于张天翼的《二十一个》则是“刮目相看”。他认为：“小说《二十一个》使我们注意到张天翼存在。在两种意义上，他是新人，——在创作新的形式上，在他是新的作家上。”“《二十一个》里面是士兵的自发性的哗变。从这里可以看出作者之同路人的客观性。不过这里所描写的士兵生活我们不能不认承是非常确实如真，技术上是成功的。”（《新人张天翼的作品》）

瞿秋白（董龙）、冯乃超（李易水）两文同时刊登于丁玲主编的左联刊物《北斗》创刊号（1931年9月20日出版），足以说明左联认同张天翼的《二十一个》的形式和内容，虽然冯乃超依然搬照苏联文坛的“同路人”的概念，以此说明张天翼的立场并非是布尔什维克的。这时姚蓬子也协助丁玲在办《北斗》，他自然暗地里一番高兴。

沈起予著译成果引人瞩目，著有短篇小说集《火线内》、中篇小说《飞露》等，但是很少有人提及《文学生活》首次发表他创作的中篇小说《碑》，但是该刊突然夭折，连载计划中止。此后，沈起予将此小说修改一番，改名为《残碑》。赵家璧主持的良友图书印刷公司将其编入《良友文学丛书》，1935年12月初版，以后几次再版，显然受到读者的欢迎。以下将《碑》与《残碑》的开头做个比较：

《碑》开头：一九二×年——

汉口前花楼的凤台旅馆，正包围在薄寒的夜阴里。已是午夜过了两点，但这旅馆的客厅内，还有许多僵尸似的客人，围着几张不曾沐浴过的秽污的裸体桌子；桌子上的麻雀牌，亦在不断声地继续跳跃。客人的周围，混杂着几个茶房，一从打盹中醒来，又沉沉地提起茶来斟在客人的腕傍的杯内，使精力已（疲）惫的客人，得重新渗滴一些出来，以供麻雀牌的削取。

在旅馆之各个房间内，亦有十之八九都不曾睡去，他们都躺在那薄尘污染的帐内，拼命地吮吸那耶稣的从仆们从大英帝国坐起军舰，佩着十字架捧来的鸦片。

这旅馆的一间狭隘的房中，栈（躺）着一个初由乡村逃出的青年。他每在夜间的十点钟时，房内的一盏发红的电灯，就要被茶房来强迫地熄去。光明既被剥夺了，他只有无聊赖地在一幅（副）木板上辗转，所感觉的，只有饥饿向着他肠的肚腹进攻，杂音鼓进他的耳膜来。

《残碑》开头：一九二×年——汉口

前花楼的凤台旅馆正被浓密的夜霭包围着。已是午夜过了两点，但客厅上的牌局还不曾散，各间客房内的鸦片声也嗤…嗤…的正响得起劲。

旅馆的一间狭隘的房中，栈（躺）着一个初由农村逃出的大病后的青年。每在夜间很早，茶房便来把门外的电门给他关上，使他只（好）无聊地躺在黑暗中辗转，让一切的嘈声在耳膜上打闹。

显然，相隔4年的文稿开头文字相差比较大，《碑》的行文的欧化句子痕迹明显。《残碑》的开头删去累赘的描写，通晓明快，马上进入正题——主人公孙丘立出场了。

小说中的孙丘立是一个穷学生，准备到南京等地去谋生，坐船时去汉口时遇到川军的一位军需官，他吃喝嫖赌，兼贩卖军火和鸦片，涉世未深的孙丘立无形中成了军需官贩卖鸦片的“马仔”（把两包鸦片藏在自己的简单的行李里），得到的回报是住进汉口的凤台旅馆。孙丘立病了，军需官趁机甩掉他。孤苦伶仃的孙丘立交不起房租，半夜里只得偷吃旅馆里的“番菜”（将客人残余饭菜倒在一起），于是出现了小说开头的场景。

《文学生活》刊登了《碑》的前3节，姚蓬子特地在文后注明“下期续刊”。相隔十几年后，读者才看到此后的内容：进步青年孙丘立因生病和穷困，被迫离开汉口。两年后，他又返回大革命后期的汉口，参加了国民革命军，抱着美好的理想，并尝到了爱情滋味，但是遭到陷害，只好脱下军装逃走。该小说《残碑》意喻大革命失败，众多进步青年理想破灭，以不同方式离开汉口，选择了不同的人生道路。

姚蓬子认为《碑》是沈起予开始写大篇幅小说的“处女作”。该小说的构思很有特点，前3节除了介绍孙丘立来历之外，其余的篇幅都花在旅馆和客船上，这是两个流动性很大的社会缩影，折射出光怪陆离的畸形社会现实。由此暗示孙丘立的前途未卜，艰险重重，令读者不由得为他担忧，亟待知道“下回分解”的一个个悬念。

6年后，沈起予担任大型文学刊物《光明》主编，特地写了《我在创作上达到的见解——致〈光明〉的投稿者》一文（《光明》第1卷第6期，1936年8月25日），开头第一小节标题为《不要骂人》，告诫初学者：“许多投稿看来，大都是一开口就骂人或者诉苦。自然，以现在的环境而论，帝国主义的可憎，黑暗社会的可恨，不能不说达到了极点。但作者在作品上应尽的责任是在唤起读者自然去憎去恨，而不是在使读者先看出了自己先有憎有恨。”其实这里是说要用文学形象来表达作者的憎恨和热爱，“掩藏”自己的观点，才能达到“自然”表达的效果。

沈起予的“处女作”《碑》已经注意到这一点，并且已经运用渲染、衬托等各种描写手段，悉心塑造主要人物，他的起点比较高，并非是粗糙、简单了事，直接站在读者面前，涨红脸、粗脖子，嘶哑地叫喊。

女才子白薇的中篇小说《天地之死》，类似长篇报告文学的结构，讲述辽、鲁、豫、闽、浙几省的11个青年艺术家，组成写生团到西南一带实地考察，他们深入到农村、矿山、铁路、工厂，了解劳动人民的疾苦，做一些启蒙教育工作。这期间穿插了许多青年男女的缠绵爱情片段，成为不可或缺的“调色板”：

回到房中她发现了一封笨重的挂号信，惊动得爱情热耀耀地去拿了来要吻，忽又奇惊那字迹何以是这样放达!? 拆开看了更不解满纸的狂语何以是这样乱暴!? 甚（什）么“你好哪，名声传遍了全云南省城！……看你哥哥对你怎么样，天杀的东西现在到昆明来做大官了……那可不是我的弟弟？你的强盗！……好啊，你又和强盗恋爱了！……”又甚（什）么“我认识他了，好一位有趣的诗人！当我在大喝酒时，他巧睇我就像个天真的处女……他做得世界最美丽的诗，和你一样美丽，能叫人青春的魂在飞耀，你看我，我身上，是跑进了如何新鲜的魅力哟!!! 如当我最初看了你给我的魅力。……他送我回来，唱诗给我听使我流泪，在快活的高笑里我会流泪，你晓得，我是为谁呢？在不眠的夜里，在像饮了毒的岁月里，我过去，你晓得，我还是在为你祝福哩。在祝福中我难过，如像喝多了酒要吐的难过，但我羡慕天蒂，他一切都比我好啊！在羡慕中消灭了我的嫉妒，我的嫉妒变成了爱护你们的力啊！……”

这蓄积已久的感情如同开闸的急流，喷涌而出，一泻千里，难以遏制。如果再抄录下去，那么不知还要多少篇幅才能满足，真所谓“满纸的荒唐言”。其中晃动着“冤家”杨骚的身影，以及白薇独自的“苦思”，不得不咽下的苦酒，但又心不甘，“才下眉头又上心头”，应验了“爱比死更冷”的坊间传言。这些似乎“跑题千里”了，左翼作家和批评家却能坚持忍受，憋住气看下去，不发一言，保持“沉默”，这与苛刻评价沈从文等“自由文人”的作品形成鲜明的反差。大概是他们看惯了白薇的“一泻千里”的情感文字和思维，不必“锱铢必较”，否则小肚鸡肠了。

《文学生活》连载此小说的最后（未完，未查到续文）也是讲述缠绵的男女爱情，结尾一句话“天地的晴暗，就在此一转”，这“切合”该小说的标题《天地之死》——如果说这是隐喻“山盟海誓”的爱情破灭，那么青年艺术家的写生团“闯入”荒山野岭则是罗曼蒂克的绝佳场景，这与好莱坞影片的许多构思很相似。但愿这并不是白薇的初衷，也不是左翼批评家所期待的，却是她的忠实粉丝心底里热切希望的，能够打动敏感的心底柔软之处。

有的学者怀疑此小说不是左翼作家白薇写的，而是另有同名同姓的作者。白薇在1947年曾公开声明过，在新文学里发表作品的“白薇”不是她（此文未找到），不知指的是不是这篇小说。至少她未曾有在云南一带生活的经历，但是此小说的文风又是属于大家熟悉的白薇的。

以“最后……”冠名的小说标题比较多，这是中国作家受到法国作家都德的著名短篇小说《最初一课》的影响。

——妈妈就请转去吧，外面很冷，妈妈又还脸都没洗呢！

——是，是，是，宝珍，我就得去。不过，你须好好的记着：春生出来后，你们别慌张着就回来，你一定要他去洗个澡，剪个发，把你带去和他换的衣服穿好再回来。长头发，臭衣服，我见着是要多痛一次心的，记着我的话啊，宝珍！

——妈妈不是说了三次了吗？这几句话。

她又笑了，又感动的笑了。

——我怕你忘记呢！

妈妈也笑了，也很感动的笑了。

这是欧阳翰写的《最后一天》中的一个场面，淳朴的话语没有惊天动地的技巧，这是母亲和媳妇苦苦盼了3年的春生——第二天就要出狱了。在这盼望的“最后的一天”却成为小说的标题，截然不同于其他“最后……”冠名的小说。小说以散文的笔调，细腻地描写了母亲和媳妇的焦急盼望的一言一行，每个细节都渗透着浓浓的思念之情，将母亲、媳妇的喜悦至泣的浓郁感情，甚至涂抹不开——分明是血泪，反而让人感到几分不安，难道……

果然，十字街口出现了一队全副武装的兵队，杀气腾腾的排头兵手中拿着“两把鲜血淋淋的鬼头大刀”。媳妇看到告示，顿时天昏地转，竟然苦苦等了3年却是春生的血淋淋首级。事前的“最后一天”既是母亲、媳妇盼望之时，也是入狱的春生生死关头，这一切都是伏笔，最后昭然若揭，小说情节推向高潮。

如果是歌剧，那么这是最强音符，戛然而止，群山低首默哀，此时无声胜有声。如果是诗歌，那么震撼人心的诗句，强烈抗议凶残的反动当局杀害革命志士的滔天罪行。

1931年2月7日深夜，反动派秘密杀害左联五烈士等。2月5日，姚蓬子写下《编者的话》，正是革命烈士牺牲前的“最后一天”。左联五烈士等英勇就义后，反动派严密封锁消息。《文学生活》问世时，《最后一天》恰巧成为左联五烈士等革命者献出生命和鲜血的一种象征，被赋予了更为丰富的内涵与外延。这是姚蓬子始未料到，他在《编者的话》中也避免提及此“血淋淋”的作品，毕竟这是反动当局严厉查禁的。

魏金枝曾受到鲁迅的指导和教诲，也喜欢鲁迅的小说，受到深刻影响。姚蓬子刊发魏金枝的小说《自由在垃圾桶里》，其中的主角没有名字，连阿Q的“地位”都不如，曾是作者的邻居，顽皮、任性。他小时候，脑子一发热，把辛辛苦苦卖油条的钱，尽情地抛撒给民众；他贪图玩乐，竟然卖掉家里的铁锅，拉着伙伴去看戏。母亲去世后，他成了孤身孑立的流浪汉，在垃圾桶里捡东西，甚至想找吃的。作者动了恻隐之心，介绍他到学校里去当校役，他却说："你是教我作奴仆么?"作者叹道："让他到垃圾桶里去寻他的自由吧!"

鲁迅笔下的阿Q的痴呆，狂人的"英雄"气概，不约而同集中在魏金枝笔下的"他"——畸形社会的一个缩影。在其他作家的构思中也出现类似的情况，只是"他"的形象和经历、环境等不同。

但是，魏金枝这篇小说是通过朋友转述的，并非是直接描写"他"，不如他的其他"乡土文学"作品那样流畅，而且最后还站出来点题，说了一通道理，似乎有"画蛇添足"之嫌。

叶圣陶曾以《稻草人》童话集，成为中国现代童话创作的拓荒者。姚蓬子主编的《文学生活》想凭借叶圣陶的名声为该刊"增光添彩"，也乐意接受童话作品，毕竟这是一种崭新的艺术创造。

叶圣陶的《蚕儿和蚂蚁》后收入他的童话集《古代英雄的石像》（开明书店1931年6月初版，1936年4月再版），如今已经被公认为经典童话之一。该童话说的是一条蚕儿突然"觉醒"了——为什么活着，"蚕生到世上来，唯一的大事是做茧。吃桑叶并不是大事，只是一种手段"。它哀叹："辛辛苦苦一辈子，原来是为那全不相干的'人'!"决定绝食反抗。这时，以勤劳工作为象征的蚂蚁又唱又说的一番开导，又带着这条蚕儿去参观蚂蚁王国，蚕儿"幡然醒悟"，"自己厌恶的工作同蚂蚁赞美工作都有原（缘）由"，彼此情景不同，对于工作的意念也就不同了。

世人都以此篇童话作为"正能量"教育儿童，却从不曾指出其中渗透的悲哀色彩，这正是叶圣陶寻求如何"摆脱羁绊"的鲜明特点，这在他的其他童话作品中不同程度地存在着。在"虚无与意义叙述中"的价值引导时，叶圣陶更多地向往于一种抽象的力量之美，以此曲折地对抗周围的黑暗现实。

穆木天，中国现代诗人、翻译家，并且是象征派诗人的代表人物。穆木天在日本留学回国后在广州、北平、天津等地任教，然后回到久别的家乡吉林。这时家乡的情景已变得面目全非了，一方面是日本帝国主义殖民地建设的风光，铺设了铁路，开发了矿山，建起许多工厂。同时东北的丰富宝藏被掠夺了，人民大众处于奴役的苦难生活之中。"东北人民天天在那儿遭屠杀"，使他"感到心中总像有几条利刃在挖扎似的"。

穆木天的第二部诗歌集《流浪者之歌》，就是在这种悲愤情绪中写出来的哀歌。该集子收入21首诗歌，作于1930年至1936年，1937年7月由上海乐华图书公司出版，作为"国防诗歌丛书"之一，卷首为穆木天写的长文

《我的诗歌创作之回顾》（1933 年）作为“代序”。

《流浪者之歌》诗集也收入《奉天驿中》，最初发表在姚蓬子主编的《文学生活》创刊号。穆木天怀着沉重的心情写道：“现在啊，是黄色的灯光，黄色的灯光，/ 现在啊，是汽车的声响，汽车的声响，/ 到处啊，是满目菜色的中国人，/ 到处啊，是日本帝国主义的喜气洋洋。”“我对着尘埃的灰黄，/ 想到天边，想到民间，彷徨地默想，/ 啊，那一声汽笛不是带走无数的血汗，/啊，那一声汽笛不是带来了千万的刀枪。”

“黄色的灯光”隐喻侵华日军的黄色军服，满目皆是；“汽车的声响”象征着侵华日军炫耀的军事力量，趁机掠夺中国东北的大量物产。这些构成穆木天在奉天（沈阳）看到的“第一印象”，触目惊心，激起诗人强烈的爱国自尊心，何时扔掉这“屈辱”二字？“民众总有一天想到了苦痛，/ 他们那时要举起旗来向你们反抗。”

穆木天在吟诗的旅途上，对新诗的创作方法进行了曲折的探索，他认为：“诗的世界是潜在意识的世界。诗是要有大的暗示能。诗的世界固在平常的生活中，但在平常生活的深处。诗是要暗示的，诗最忌说明的。”对此，姚蓬子也有同感。

姚蓬子最初是以诗人在上海文坛上“崭露头角”的。1929 年 3 月，他的第一本罗曼蒂克的诗集《银铃》由水沫书店出版了，该诗集的广告词中写道：“蓬子先生是研究着象征派的法国文学的人，所以他（的）诗也完全有着象征派的法国诗风。《银铃》一集是他以前的诗底精选集。据作者自己说，以后的诗格又要改变了，那么这集将成为他的诗艺上可贵的遗产，爱读作者之诗的人不可不购一册。”（上海《新文艺》1929 年 12 期）

“以后的诗格又要改变了”，即改变罗曼蒂克的“小资”情调开始转向现实主义的诗风，较多地体现在姚蓬子的诗歌《雪夜》里：“伴着风，伴着雪，伴着街灯的青光，/ 伴着你的寒冷，饥饿在街头彷徨，/ 像一颗死鱼翻动在白色的冰块上，/ 在你破烂的衣裳凝冻着颤动的寒光。”

象征手法依然是鲜明的，诗人的目光从“柳绿呢喃”转向寒冷街头的流浪老人，“像狂风雨在天空卷一只衰老的斑鸠，/ 没有你的安息，更没有你的自由，/在你周围只有黯淡的风，白茫茫的光，/ 只让你伴着寒冷，饥饿在街头彷徨”。同时采用强烈对比的景象色彩，“也许此刻舞宫里还沸腾着欢乐，沸腾着疯，/ 飘动着桃色的衣裙，灯也榴花似的红”。

诗人叹息：“你，是那千千万万无家归的一个，/ 一个伴着饥饿，寒冷在雪夜彷徨的老人；／你的命运就是别人赏心的资料，隔天红炉边会有人含笑读你倒毙的新闻。”此类“悲天悯人”的诗歌在姚蓬子一生的诗歌创作中不多见，世人也记不起了。

译介外国文学

法国文学在中国产生的影响曾仅次于俄国，其中文学家巴比塞、纪德等人深受“赞赏”。1931 年 2 月，左联五烈士等倒在血泊中。苏联的法捷耶夫、法国的巴比塞、美国的辛克莱等作家联名发表《革命作家国际联盟为国民党屠杀中国革命作家宣言》，鲁迅在杂文里也提及此事。

姚蓬子与张静庐曾商谈出版《高尔基巴比塞名著译丛书》，同时姚蓬子已经着手翻译巴比塞的小说《胆怯的列车》。小说描写的是一场因超载引起火车车祸的悲剧，那是发生在俄国十月革命爆发后（1917 年 12 月），一群急吼吼要赶回家探亲的法国士兵（第一次世界大战前线回来），扯开嗓门怒吼着，强迫火车司机开车。老式笨重的蒸汽火车气喘吁吁上坡后，下坡时车轮转得越来越快，火车像脱缰的疯马。

现在，人类的力量是没有方法可以阻止这冲到深渊里去的这一列车辆了。带着一阵可怕的急响和咆哮，绵绵不断的喷着水汽——因为司机者以（已）经在制动机上轧伤了，而制动机却并没有制住这铁的怪物——五千 Hundredweight（一种衡量的名词，有作一百十二磅，有作一百二十磅，按各地风俗而异——译者）的铁和二千四百英石的活生生的血肉——反而在制机的时候，引着了车辆的 Underwork 烧起火来了。

这小黑屋里的风潮突然变成了灿烂的火星，接着变成了绵绵的火之流，还有一颗急促的慧星射到圣·米盖尔特·毛莲的车站上去。

姚蓬子虽然在译文中加了注释，但是“二千四百英石的活生生的血肉”等语句，令人费解。在熊熊火焰中，车厢里 500 条生命的绝望惨叫声，垂死挣扎的扭曲躯体，痛苦、狰狞的面容，隐喻着残酷的第一次世界大战——人类文明史上的一场惨烈巨大悲剧，成千成万的鲜活生命葬身于一场资本主义国家掠夺战——为了掠夺生产资料、商品市场、殖民地。诅咒这万恶的战争，争取人类和平、自由、幸福，便是《胆怯的列车》带给中国广大读者的一种思考。

姚蓬子凭着几年前的诗人“桂冠”，余兴未减，喝一口浓茶，翻译了《黑人诗歌抄》，共有3首。他也许注意到译诗的韵律问题，也许一味地自我陶醉，全然不管他人的“冷眼”相讥，反正今朝有权不用“可惜”了。但是，姚蓬子一时疏懒，不愿意注明原作者的英文名字，仅有他的生硬译名，大概是认为读者也只有如此的认知水平，没有必要去查找原作的出处。

经查找一番，才得知第一首诗歌《给一位黑人姑娘》原作者葛文杜李·B. 般纳忒（姚蓬子译），今译格温德林·贝内特（Gwendolyn Bennett），诗歌题为《给一位黑人女孩》，与姚蓬子的译诗有较多不同。

（姚蓬子的译诗）我爱你，爱你底棕褐色的颜色／爱你底圆润润的薰黑的胸膛，／我爱你，爱你声音里的破碎的忧情，／爱你那安息着刚愎的眼皮的暗影。／你，有或种旧日的被遗忘了的皇后们的东西／潜伏在你的足步底温柔的放逸里，／有或种上着锁链的奴隶的东西／呜咽在你的谈话底韵律里。／啊，你棕褐色的小姑娘，你天生悲哀的伴侣，／保存你底一切皇后的威仪，／忘记了你曾经做过一度的奴隶，／并且张开你底丰满的红唇来讥笑那“运命”！

（今译）我爱你棕色的皮肤／和你又圆又黑的乳房。／我爱听你的声音——消除忧伤／和你眼睛注视的阴影。／长期被遗忘的高贵神态／在你轻盈纵情的步态中隐隐可见，／受压迫奴隶的苦难抽噎／在你谈话的韵律中体现。／哦，可爱的黑人女孩生为忧伤伴侣，／保持你特有的高贵气质／忘记你的奴隶身份／并大声嘲笑命运。[2]

姚蓬子翻译的第二首诗《假使我们必须死去》，最后写道：“虽然坟墓张开了大口躺在我们面前等候，／可我们要怎样对付？／做那堂堂的大丈夫吧，／我们要正视这一群残酷的，卑鄙的仇敌，／虽然被揿倒在墙上，在死去，但是——我们要反攻的！”这与如今译诗也有较大的不同，原作者克劳特·麦开莱，今译克劳德·麦凯（Claude Mckay）。

仅过了几年，“坟墓张开了大口”，虽然没出现辣椒水和老虎凳，但是姚蓬子已吓破胆，跪倒在特务头子的面前，招供了一切。再回看他的第二首译诗中“堂堂的大丈夫”，成了一种辛辣的讽刺。左联成立那天，鲁迅告诫各位：左翼作家很容易成为右翼作家的。鲁迅料事如神，此言果然成了不折不扣的“谶语”，硬生生地发生在曾当场聆听鲁迅讲演的姚蓬子的身上，命运真会捉弄人。

姚蓬子翻译的第三首诗歌：“‘……爱，来我一块去吧，啊，我们的爱情是真实的！’这是往日飘扬在湖上的歌曲，这是舟子往日歌唱着的，在他心情还年青（轻）的时节。”（《舟子的歌》）姚蓬子笔下的这位原作者亚尔般忒·A. 惠德曼，仅从此译名来看，并不是著名黑人诗人华特·惠特曼（Walt Whitman），在他的代表作诗集《草叶集》里也没有此诗。

姚蓬子翻译的《黑人诗歌抄》出自《美国黑人诗集》，由著名黑人诗人詹姆斯·韦尔登·约翰逊（James Weldon Johnson）主编，哈考特－布雷斯－朱万诺维奇出版公司于1931年出版修订本。该诗集每次出版，詹姆斯·韦尔登·约翰逊都写了很长的前言，详细介绍了美国黑人诗歌的形成、发展。[3]

中国现代文坛关注外国黑人文学，在某种程度上也属于五四以来翻译弱小民族文学的传统。姚蓬子翻译的前两首发出“求正义、求公道的呼声”。第三首也是在追求玫瑰色的自由、幸福，与他几年前的诗集《银铃》浪漫情调相接轨，延续着“象征派”的身影，也是25岁的姚蓬子“青春痘”的再现。

赵景深早年在天津南开中学读书时，开始陆续翻译、出版《安徒生童话》，以后还翻译了俄国作家契诃夫、屠格涅夫等人的作品。姚篷子向赵景深约稿时，他已被复旦大学聘为教授，同时兼任北新书局总编辑。

这次应姚蓬子约稿，赵景深也关注弱小民族文学的翻译，与姚蓬子的《黑人诗歌抄》互为呼应。有的学者认为：中国知识界关注弱小民族文学的翻译，以对抗英美法德文学的翻译潮流，进而解构强势文学对中国文学的殖民化，寻求平等和制衡心理的积极应对措施，表达了“求正义、求公道的呼声”。抗战时期，对弱小民族文学的翻译掀起了新的高潮，更是具有强烈的历史使命感。

捷克斯洛伐克共和国是第一次世界大战后奥匈帝国瓦解，捷克与斯洛伐克联合，于1918年10月28日成立的。《小说月报》《中国青年》等刊物曾陆续刊登《现代捷克文学概略》《战后捷克文学》《捷克的民族运动与文学》等。

赵景深翻译的《凯沛克》（原作者德拉克，William A Drake）介绍捷克著名文学家凯沛克，这大概是首次专题介绍，此后赵景深还译介了《最近的捷克文学》等文。《凯沛克》译文称凯沛克是“捷克民族主义第一个著名的诗人”，并且撰写了小说、戏剧等。其写道：

> 凯沛克天才的整个性质是捷克的。这个年轻时代的领袖在战后替代了符尔赫列支奇（Vrchlicky），勃雷什那（Brezina），马卡尔（Machar），以及沙伐（Sova），他完全证明了他那特别团体的类型。符尔赫列支奇曾经译过欧洲的古典文学，将它们的形式介绍给波西米亚文学，凯沛克的小说和戏剧便很狡猾的借用了来，改成刺激而不合法的新时代的呼喊并且偶尔还加点油盐酱醋，很巧妙地把德国表现主义，俄国莱阳主义（Rayonnism）以及立体派（他的兄弟乔失夫·凯沛克 Jesef capek 从法国借来的）混合起来。在技巧上，凯沛克的作品是违式的，因为他是一个用古典传统的近代主义者。他的小说之所以有力也由于这种二元性，结构巧妙，与他的戏剧一样。

凯沛克，今译卡雷尔·恰佩克，是捷克著名的剧作家和科幻文学家、童话寓言家。他曾先后4次获得国家奖，是捷克文学史上占有重要位置的作家之一。[4]

赵景深的译文通俗易懂，有时有“神来之笔”，出现“添油加醋”的译词，如同他在复旦大学课堂上授课时“唱念做打”“手眼身法步”（后来成为资深的昆曲研究者），生动传神，不拘一格。不可否认，赵景深翻译的“牛奶路”（银河），受到鲁迅、瞿秋白等人的讽刺和批评，如今已有人为他打抱不平——喊冤。读者还是喜欢这种“文化意象的异化”——形象化的表述，接地气嘛。

赵景深在该译文后特地注明“除上述作品外，凯沛克著有《实用主义》（Pragmatism，1914），《意大利通信》（Jtalske Listy 1923），《英国通信》（Pisty Z Anglie 1926），《创造者亚当》（Adam Stvritel 1927），《金钱》（Money）等等”。

意大利女作家格拉齐娅·黛莱达，1926年以《邪恶之路》获得诺贝尔文学奖。她的作品都以家乡撒丁岛乡村为背景，现实主义的力量同宿命论色彩紧密交织。她把灾难归结为命运的安排，人却无能为力，犹如“风中芦苇”。同时，她笔下富有诗意的描写和拟人的手法，被称为自然主义流派。她的代表作有《灰烬》《母亲》《离婚之后》《科西玛》。其中《灰烬》曾改编为电影，由著明女影星埃莱奥诺拉·杜塞担任主角。“文革”后，各家出版社陆续出版了黛莱达的各种文学作品集，这是当初姚蓬子等人未曾想到的。

《文学生活》刊登黛莱达的短篇小说《忍耐》（俞彬翻译），通过老少的对话，反映了撒丁岛乡村古老的宗法关系的瓦解，乡村居民经济上的破产和精神上蒙受的创伤，折射出迅速发展的资本主义关系的侵袭结果。

“Fbbene，忍耐着吧，”这年老的扫帚贩插说。“你的意思是，葡萄树和果树园、羊栏都要为富人所有了；穷人将再也没有一点东西，那时甚至连金雀花也没有了！我的银圣·法兰西斯呀……”他开始咳嗽起来。

学生从暗红的墙顶伸出他底两臂来，绝望地望着天空。“他们甚至于不能够理解了；他们已经不是人了！”他叫喊道。

“你不能够给我一些东西吗?”这扫帚商终于这么问。

可是李克希亚是深信他定理的，不肯给他一点帮助。而老头子是报复地思索着：“那孩子是疯癫了吧。”

该小说开头显示了黛莱达的文笔纤细婉致，抒情韵味浓郁。随着老少对话展开，逐渐展开一幅现实主义的冷酷画卷。这欲抑先扬的手法，首尾呼应，形成鲜明反差。

译者俞彬在文后注明：黛莱达“不满廿岁，她就出版了一本《撒丁尼亚的故事》。一九〇〇年她的《爱莱斯》出版后，她底声名就传遍了欧洲。她底作品底风格是纯朴而美丽的，她底描写是率直而深刻的，她时常拿那‘长满了金雀花丛’的故乡做她小说底背景的。这篇是她一九二八年的近作，她指出了人类未来的光明”。

穆木天通晓英、法、日、俄4国语言，日语多用于“重译”，即“间接翻译”法国、俄国文学作品时，以日译本作为一种参照的阅读，翻译法国文学作品几乎贯穿了他的一生，翻译成就最高。1921年翻译第一部作品是王尔德的童话《自私的巨人》，由此踏上了文学道路。他一生的外国文学翻译，范围很广，数量惊人，据不完全统计，他翻译的外国文学作品百余种，其中单篇发表的译作70多篇，单独或结集出版的作品50多部，这在同时期“三位一体”（诗人、作家兼翻译家）中当属佼佼者。[5]

《文学生活》创刊号发表穆木天的译作《鹿》（俄国 Yarga 作），根据日文转译的，落款时间为1931年1月8日翻译，这大概是他刚到上海时翻译的第一篇译作。小说的主角是一个辛劳5年的淘金人，怀揣着分到的一点金子。回家的途中“见财起意”，贪心想捕捉一头鹿，结果掉进急流里，好不容易死里逃生，但是丢失了金子。他在绝望中想自杀，“黑暗和光明在他心里斗争着”，最终，他昂起头，走向前方，生活还得继续。

这是一个寓言式的故事，劝诫人们千万不要贪婪，“路边的野花不要采”，更不要被生活的挫折压弯了腰。小说最后写道：“我找一个买卖作……找赚大钱的……那么，春天的时节，我买一些货物——那时可以赊来的，买点面粉，胰子（肥皂），煤油……烧酒，他忿怒地嚷，否定了一切的他的过去。”

1930年底，穆木天因向学生宣传抗日思想，被吉林大学解聘，他被迫只身离开故乡，南下上海。这篇译作也不妨看作是他自我鼓励、继续奋进的一种鞭策。

《文学生活》创刊号刊登了长篇译文《工业发达在现代欧洲文学上的反映》，副标题《摘译自 V. M. Friche：“欧洲文学发达史”》，林适文翻译。

沈起予看到后，不满意，重新依据日文版转译（封面上注明“沈起予重译”），书名仍为《欧洲文学发达史》，开明书店1932年4月出版，1935年2月再版，这是当时比较系统地介绍欧洲文艺思潮的译著中很重要的一部。事前，“文总”机关刊物《文化月报》（1932年1月15日）刊登了该书广告：“这是科学的文艺史者弗里契氏的杰作之一。它的内容之精审，早已著闻于世了，在这里也不必多说。译文流利畅达，而有忠实可靠。”该书前面有沈起予的《译者题记》：

这书是茀（弗）里契（V. M. Friche）著的，我的译本，则系根据日本外村史郎氏的译本转译而成。我很感谢外村氏给了我不少的鼓励，并慨然地将俄文原本借给我。

但我愿很坦白地声明，这俄文本对于我差不多没有什么帮助，因为我不识俄文。虽然有几处也曾请了朋友为我对照过，但我不敢就此武断地说我的译文已没有错误，因为我知道我的朋友的俄文程度也不怎样高妙。在此，我只能相信外村氏，我知道他在日本是翻译俄文书籍的权威之一。

关于出版上，我要感谢叶绍钧，茅盾两位朋友为我介绍；关于翻译上，我要感谢那照例出力为我校读原稿的李兰。

李兰是沈起予的妻子，也是出色的翻译家（详见本书收入的《〈光明〉“跨界”综合性，高擎“国防文学”旗帜》上）。“朋友的俄文程度……”可能是指穆木天（自学的俄文）或他人。

沈起予的译本前面还附有外村史郎写给沈起予的回信，他说："你翻译弗（弗）里契的《欧洲文学发达史》，想拿拙译书作底本，这是我的无上光荣，一定请你使用罢。出版的时候，务请你寄赠一册给我，我很快乐地等待着中国同志的译本装饰我的案头的时候的到来。我想我的日译本是《欧洲文学发达史》被翻为外国语中的最初的东西里，英法德等国似都还没有人把这书翻译过，我的手中自然不会有这种译本。"

沈起予的转译本分为9章，最后一章《工业技术社会的文学》分为4个小节，即《文学上的资本主义发达之反映》《工业技术社会之诗的样式》《社会主义作家》《进步的社会主义作家》。林适文摘译的是第9章的第1小节、第2小节，与沈起予的译文略有不同之处，举例如下：

（沈起予译文）：未来派最初的宣言中，有一篇是声明"要杀掉月光"者，亦非偶然的。加伐阿基里之"Sia maleditta la luna"［"月亮哟，你被咀（诅）咒吧！"］便可以用来作为这篇宣言之诗的图解。

最近的诗人们，不特把生活当作发生运动的一种行动来解释，而且更把它当成运动本身的感觉来处理。福尔果列在一首诗中叫道："我们不愿无言，我们不愿安静。我们要的是快速，回转，旋风。"其次布茨支又叫道："生活成为旋风，一切都走都动。新的诗歌，是必要那向着前方，向着更高的运动之速力之歌。"

（林适文译文）：未来派底最初的宣言，有一个就是声明"要杀掉月光"的东西，也不是偶然的。拿来做这个宣言之诗的图解的东西。是加伐基阿里底"Sia maleditta la luna"［"月亮啊，你被咀（诅）咒吧！"］

最近的诗人们，不仅将生活当做发生运动的一种什么行动来处理，并且当做运动本身底感觉来处理了。"我们不喜欢沈默，我们不喜欢安静。福尔戈雷在其诗之一中叫道，——我们欲求快速，转回，旋风。""生活成为旋风，——这回是布茨支叫道，——一切在跑着，动着。新的歌，向前去，向更去的运动底速力底歌，是必要的。"

沈起予的译文到此结束第1节，林适文的译文在此特意空一行，继续第2节译文。

沈起予的译文比较流畅，毕竟还有李兰帮助校对；林适文的译文则拘泥于直译，有些生硬。林适文的译文可能也是根据外村史郎译本转译的，不大可能是俄文版的，否则他与沈起予的译文不同之处还要多。

左联接受国际革命作家联盟的领导，深受其各方面的影响，其中包括弗里契与普列汉诺夫、卢那察尔斯基等人的有关论述，其中庸俗社会学倾向，也不可避免地体现在弗里契《欧洲文学发达史》里，也曾盛行于左翼文学批评领域。1932 年 4 月“拉普”（俄罗斯无产阶级作家联合会）解散，弗里契等人已经受到集中批判，这是根据斯大林的有关指示。

仅有两篇文学评论

《文学生活》创刊号“文艺短评”仅有韩侍桁、俞彬写的两篇文章，不过姚蓬子在《编者的话》中并未提韩侍桁评论台静农的小说集《建塔者》，其实这是左翼文学中新产生的“亮点”，却还未有人作专题评论。

台静农早年在北京大学文科研究所勤工俭学时，参加了鲁迅发起成立的未名社，这成为他文学创作的新起点，他以写短篇小说为主，兼写诗歌、散文，多载《莽原》《未名》半月刊等刊物，此后汇编为短篇小说集《地之子》《建塔者》。他编的《关于鲁迅及其著作》（上海开明书店 1926 年 7 月印行），为最早的鲁迅研究资料专集。台静农与鲁迅的关系和他的众多著作等情况，已经有多文介绍，被称为“一代大家”。

台静农的短篇小说集《建塔者》（未名社出版部 1930 年 8 月印行），被公认为是他当时思想更趋激进的产物之一。1930 年 11 月 5 日，鲁迅收到未名社寄来的 6 本《建塔者》。次日晚上，柔石、蒋径三（时为商务印书馆编辑）来访，鲁迅分别赠送一本《建塔者》。该集子与韦丛芜的《君山》、台静农的《建塔者》、鲁迅的《朝花夕拾》等都收入未名社编印的《未名新集》丛刊，鲁迅认为这些“也都算是相当可看的作品。事实不畏轻薄阴险小儿留情”。（鲁迅：《忆韦素园》）鲁迅在《〈中国新文学大系〉小说二集序》中指出：台静农的《建塔者》“要在他的作品里吸取‘伟大的欢欣’，诚然是不容易的，但他却贡献了文艺；而且在争写着恋爱的悲欢，都会的明暗的那时候，能将乡间的死生，泥土的气息，移在纸上的，也没有更多，更勤于这作者的了”。

《建塔者》集子共收入小说 10 篇，台静农在《后记》（1930 年 7 月 26 日）中写道：

以精诚以赤血供奉于唯一的信仰，这精神是同殉道者一样的伟大。暴风雨之将来，他们热情地有如海燕一般，作了这暴风雨的先驱。本书所写的人物，多半是这些时代的先知们。然而我的笔深觉贫乏，我未曾触着那艰难地往各各得上十字架的灵魂深处，我的心苦痛着。其实一个徘徊于坟墓荒墟而带着感伤的作者，有什么力量以文笔来感染时代的光呢？

本书写于一九二八年，始以四篇登载于《未名》半月刊，旋以事被违幽禁。事解，适友人编某报副刊，复以笔名发表者五篇。并一篇，作最迟，未发表。

今辑印成书，不敢以此敬献于伟大的死者，且以此纪念着大时代的一痕罢。

台静农写了《建塔者》《昨夜》《春夜的幽灵》等文后，“旋以事被违幽禁”，即1928年4月7日，未名社因出版托洛茨基的《文学与革命》中译本（李霁野、韦素园合译），遭到北京当局的查封，台静农无故受牵连，与李霁野等一起被捕，遭羁押。5月26日，台静农在友人常惠的帮助下，托北京大学国学研究所所长叶恭绰出面营救，方才获释。

此牢狱之灾给台静农留下了难以磨灭的印象，他出狱后，撰写了《死室的彗星》《历史的病轮》《遗简》《铁窗外》《被饥饿燃烧的人们》等。这些短篇小说和被捕之前写的4篇都收入《建塔者》集子，集子的最后一篇《井》未曾发表在刊物上。没有想到此后台静农又遭到两次锒铛入狱的经历，时间为1932年12月12日、1934年7月26日。

因此，再回看他在《后记》中的肺腑之言，以及那些小说的描写，包括“时代的先知们”——革命者等人物，都可以在他第一次被捕经历中找到踪迹。他被捕前写的《建塔者》已经提及“我们的塔的基础”，是“我们的血凝结成的鲜红的血块”，既是劳动成果的心血，也暗示将付出生命与鲜血的巨大代价。

27岁的台静农正是展现横溢才华的阶段，却尝到第一次坐牢的铁窗滋味。他完全可以描写监狱里的所见所闻，也足以构成一组监狱小说，震动文坛。但是，反动当局的残酷、野蛮的高压手段，迫使台静农以散文式的“点状”手法，跳跃性的思维，将记忆中的黑暗、可怕、惊悚的片段和其他并不熟悉的革命者生活“融合”在一起，构成了类似小说的作品。其中塑造的人物既有周围的朋友，更有台静农似曾相识的年轻革命者形象，可敬可叹的情绪时隐时现在字里行间，这让熟悉台静农的朋友很不理解。韩侍桁点评道：

严格地说，这集里所收的文字，十之八九是不能具有完整的短篇小说的外形，所以说它们是些“手记”与随笔，……只是关于一些事件的轮廓的描写，仿佛使我们觉得这位作者对于他所取的事件和人物，虽是具有热烈的同情与致意，而他并不能走进这些事件和人物们的深处，他尽了他的最好的力量，只是作了一个轮廓。但这轮廓致陈的结果是力的薄弱。作者是知道自己的缺点的。

韩侍桁在叹息的同时，进一步指出：台静农敢于直面现实，这些作品“已经显示着我们的这个特殊残酷的时代的黑暗与恐怖了，这种显示，给予了他的作品的价值”。并且，台静农“总会有一天能寻出弥补的方法”，“给我们一些更深刻的新的创造，我们切望地期待着”。正如台静农的《建塔者》最后所说的：“我的朋友，你该相信，从此我们塔的伟大的基础上，又增加了一份新的力量了！”

韩侍桁与鲁迅、柔石等一同参加了左联成立大会，曾撰写大量的文艺批评文章，出版了丹麦批评家勃兰兑斯的《十九世纪文学之主潮》等译作。在批评作家作品和讨论“大众文艺”“第三种人”等问题时，韩侍桁持有不同意见，鲁迅遂停止与他交往。韩侍桁点评台静农的《建塔者》时，在鲁迅日记中已经不再出现他的名字了。

韩侍桁比台静农小 6 岁，并没有看到后者更为激进的左翼小说。台静农的第一本小说集《地之子》的影响很大，使他成为 20 年代乡土文学的代表作家之一，其作品“从内容到风格，皆师法鲁迅”。显然台静农想另辟蹊径，但是《建塔者》集子并未获得预期效应。

如果说韩侍桁点评台静农的《建塔者》怀着一种平和、客观的心态，那么他对于沈从文的文学作品的评价则是严厉得多了。姚蓬子在《编者的话》中认为此评论“在中国非常缺少作家论的今日，我们也认为是一篇有意义的文学（章）”。

沈从文才华横溢，构思如涌，创作了许多篇美文，流传至今，由此奠定了他在中国现代文学史上的地位。但是，由于他特立独行的性格等复杂因素，他的前半生饱受争议。改革开放后，沈从文成为被挖掘“出土”的文学大师，重新绽放昔日的耀眼光环，令人恍如隔世。

1929 年 8 月，中国公学校长兼文学院院长的胡适破格延聘沈从文为国文系讲师，崭露文坛的沈从文并没有大学文凭，自学成才，却要教授新文学研究和小说习作课程，这是如今世人简直无法想象的“天方夜谭”。

韩侍桁撰写《一个空虚的作者——评沈从文先生及其作品》时，沈从文已经去青岛山东大学执教，那是该校校长杨振声之聘请。

一个享受着较大的声誉，在某一部分领有着多数的读者，其实是轻轻地以轻飘的问题遮蔽了好多人的鉴赏的眼，而最有力地诱引着读者们于低级的趣味的作者，是沈从文先生。

……他的取材，是范围很小的，一，描写城市青年男女的性的诱惑与恋爱的关系；二，描写乡村没有教育的男女的本能的性的冲突；三，带（戴）着游戏的颜色眼镜来观察，将士兵的痛苦的生活变成了滑稽；四，便是如作者替他自己一篇小说所起的名称的《平凡的故事》。全部地讲，是一些作者偶然感觉着有趣的琐碎无聊的事件，他的目的也就是在把自己对于那事件所感到的趣味再传给读者，因为他所写的材料无论描写得多么细致，对于社会的进展与对于个人在社会上的责任的认识，毫无启示的；并且就是从美的观点看，它们也不能发展出美的外形或给读者以美的感觉。

韩侍桁评价沈从文早期的文学作品，特别是沈从文在上海中国公学教书时，已经出版的短篇小说集《鸭子》《旅店及其他》《蜜柑》等，所描写的湘西乡俗民风和生活，引起人们的注目。其中《萧萧》《牛》《柏子》《阿丽思中国漫游奇境记》显示了他早期小说具有乡土抒写的鲜明特点。

这些“有趣的琐碎无聊的事件”属于“灰色”的中间文学，虽然不是“白色”的，但是“毫无启示”的社会作用，无形中“有害”于广大读者。这在左翼作家的评判天平上，显然是偏向“被告”另一端，决不能与“怒吼”式的文学“相提并论”。韩侍桁的“第一印象”的评价，毫不掩饰地说出了众多左翼作家的评判标杆，大有“棒杀”之威力，反映了血气方刚的左翼作家的无畏气势。

其实，韩侍桁的“第一印象”也并非毫无道理，沈从文的早期作品确实是大多表现了“有趣的琐碎无聊的事件”，这一直归属于小资情调的范围。在“即此非彼”的思维定式——“左”倾在党内占据统治地位的年代里，遭到左翼作家的批评，实属正常，这与如今多元化的审美情趣完全不同，不必苛责。

同时，韩侍桁严厉批评沈从文的作品“不能发展出美的外形或给读者以美的感觉”，这是过于贬低、丑化，简单省事了，未免陷入直线机械性思维的模式。拉开历史的审美距离，有的学者认为：沈从文此后创作的《边城》《长河》等系列代表作，以“乡下人”的主体视角审视城乡对峙的现状，批判现代文明在进入中国的过程中所显露出的丑陋，大为丰富了现代小说的表现范围。其中美的情趣和价值已经孕育于他的早期创作活动中，尽管与左翼作家的观念相悖违，但是客观存在，不可抹杀。

魏金枝也享有“乡土作家”之誉，他的短篇小说集《七封书信的自传》，被鲁迅誉为“优秀之作”。1930 年加入左联，担任左联刊物《萌芽》助理编辑，协助鲁迅、冯雪峰办理此刊物。这期间的几年里，魏金枝又写了 5 篇短篇小说《颤悚》《父子》《桃色的乡村》《奶妈》《学不会的人》，结集出版时书名为《奶妈》。

俞彬因姚蓬子前来约稿，撰写了书评《奶妈》。1930 年 11 月，联合书店初版。1932 年 10 月，现代书局版，1932 年 10 月再版，封面重新设计。

俞彬认为这本集子讲述了“广漠的古老的农村在死亡的过程个中所演出的故事”。“作者是尽力表现着这褪了色的中国的农村里的人物。和一个怀里抱着幼小的孩子，一面含泪凝视着死去了的丈夫的母亲一样，作者是含着严肃的又悲哀的苦笑凝视着这衰老了的农村底骸骨，同时怀里又紧抱那光明的年轻的一代的。”

《奶妈》为代表作，塑造了一位艰苦斗争中英勇牺牲的女革命者形象，批判了小市民的灰色生活（其他作家也写了类似作品）。小说最后女革命者临刑前把孩子托付给对方时说：“好好地去养着吧！大半的人类都已没有希望，像你们，像你们，难道还有希望么？让他们长起来！你们呢，领受着你们的苦痛吧！”

《父子》表现的是农民一家痛苦地挣扎着，最后衰老、残废的父亲被迫自杀，留下年轻的和幼小的“在茫茫的人世间奋斗着”。父亲临死前对儿子说：“一样的，你和我都没有喊饿的资格，我们只有死。”

《桃色的乡村》的大旱天里，毒辣的太阳“晒得稻叶卷拢来像苍黄的棒香，（干裂的）田里的拆口有一尺来深的，简直放得脚”。这时旧的麦子吃完了，新谷又毫无希望——青黄不接的饥饿难忍时刻，作者不愿让忠顺老伯像《父子》里的天兵老叔那样去自杀，“叫他在无望之中去觅出一条生活底新路来”。俞彬进一步指出：

至于作者底文章体裁，在许多地方，是犯了宽松，冗长的毛病，换句话，对于剪裁太不充分。自然，像《父子》，像《奶妈》，这两篇小说不但在感动人的力量上有着可惊的成就，就是剪裁也达到无可增减的地步了。但是，如《桃色的乡村》，如《学不会的人》，将许多文字花费在非主要的描写与叙述上，这不经济不能说是一个可遗憾的失败。我希望，在作者第三个创作集出现的时候，能够克服这一个美中不足的遗憾吧。

讲到风格，也可说是颇旧式的。但在这颇旧式的风格中，却蓄有一种沈（沉）痛的，缠绵的情调；这大约是作者眼见生育自己的农村在衰老，在死亡，不自觉的发出了哀悼底一个证据吧。

末了，我诚恳地向读者推荐，这小说集是荒芜的中国的文艺界里的一个难得的收获，这里有着一束惨淡的可令人读了感动的凄艳的花朵。

刚问世的《文学生活》里出现“荒芜的中国的文艺界”诸语，强烈抗议反动统治野蛮摧残左翼、进步文学，更应该热忱地捧出“凄艳的花朵”——短篇小说集《奶妈》。

《文学生活》是姚蓬子独立编辑的唯一一本左翼文学刊物，以后他只是淡淡地提起，从未详谈。

［注］

［1］高尔基短篇小说集《初恋》，现代书局1932年2月初版，次年再版，署名穆木天译（据日译本转译）。目次：《卷头语》（译者）、《初恋》《恋爱的奴隶》《某女人》《守卫》《隐者》。

［2］［3］刘江、桑思民编：《美国黑人诗歌研究》，世界图书出版公司2013年版，第97页，《前言》。

［4］卡雷尔·恰佩克（Karel Capek，1890—1938），1909年入查理大学攻读哲学，获博士学位。此后他从事新闻工作并开始文学创作，曾任国际笔会捷克分会主席。1935年，他谢绝了英国作家赫伯特·乔治·威尔斯让他接替国际笔会主席的提议，并出席了巴黎的世界作家保卫文化大会。

他和哥哥、画家约瑟夫·恰佩克合写过几部作品，约瑟夫在法西斯占领捷克后期死于集中营。恰佩克兄弟的早期文学活动，深受第一次世界大战前以表现资本主义社会的混乱为主要特征的文学流派的影响。

1920年他发表了科幻剧本《万能机器人》，发明了机器人这个词，此剧本已成为世界科幻文学的经典。科幻小说《小狗达西卡》《九个童话故事》等，不仅是捷克家喻户晓的经典，也是世界文学的瑰宝。

卡雷尔·恰佩克善于抓住生活中最细微的东西，也是他写的游记小品的特点，以独特的手法，描绘出其他各族人民具有异国情调的城市与生活，如《英国书简》《西班牙纪游》《北方之行》。

20 世纪 30 年代中，恰佩克投入了反法西斯斗争，撰写了 4 部著名作品，即长篇幻想小说《鲵鱼之乱》《第一救生队》，剧本《白色病》《母亲》。（参见巴拉伊卡、吉希、帕莱尼切克：《捷克斯洛伐克文学简史》有关章节，星灿翻译，外国文学出版社 1984 年版）

［5］陈方竞：《文学史上的失踪者：穆木天》，北京大学出版社 2007 版，第 259 页。

冯雪峰与《文化月报》和《世界文化》第 2 期

冯雪峰与两种左翼刊物

1932 年 11 月 15 日，“文总”（中国左翼文化界总同盟）的机关刊物《文化月报》于上海创刊。次年改刊名为《世界文化》第 2 期，1933 年 1 月 15 日出版。先后由陈乐夫、徐介石担任编辑，这两个编辑均为化名，尚待考证。但是，这两种刊物都与冯雪峰有关。

1931 年 2 月，冯雪峰调任左联党团书记，成员有夏衍、钱杏邨、阳翰笙等人。1932 年 2 月，他调任“文委”（中共中央宣传部文化工作委员会）书记。同年 12 月，他调任中共上海中央局宣传部干事，管理一个对外提供宣传资料的通讯社和“文委”，他的直接领导是宣传部部长朱镜我。阳翰笙接任左联党团书记之后，1932 年下半年，改任“文委”“文总”党团书记，主要分管戏剧，直到 1935 年 2 月被国民党逮捕为止。阳翰笙认为“文委”也是“文总”的党团成员，即一套班子，两块招牌，尽管接任者胡乔木有不同看法，但是作为当事人阳翰笙的说法是比较可信的。

因此，《文化月报》和《世界文化》第 2 期与冯雪峰的关系密切，况且这两期刊登的文章可以提供重要的旁证。

《文化月报》和《世界文化》第 2 期刊登的《本刊启事》完全相同，均为冯雪峰撰写（《冯雪峰全集》第 12 卷附录《冯雪峰年谱》，人民文学出版社 2016 年 11 月出版）。

《文化月报》刊登鲁迅的《论“第三种人”》（1932 年 10 月 10 日）、鲁迅（洛文）的译文《苏联文艺理论及文学批评的现状》、应修人（丁休人）创作的《金宝塔，银宝塔》等。其中鲁迅一文是参加瞿秋白、冯雪峰、钱杏郇等人与胡秋原、杜衡（苏汶）等人关于“文艺自由”的论争，这时鲁迅与瞿秋白、冯雪峰的关系密切。

《文化月报》创刊之前，1932 年 10 月 6 日，鲁迅在日记里写道：“晚洛扬来并赠桌上电灯一座。”12 月 11 日，鲁迅邀请在家里避难的瞿秋白、杨之华夫妇和冯雪峰、周建人吃晚饭，这在鲁迅日记中有记载。《世界文化》第 2 期（1933 年 1 月 15 日）问世之后，1 月 15 日，鲁迅收到瞿秋白（维宁）的来信。1 月 25 日，鲁迅邀请冯雪峰前来吃年夜饭，“又买花爆十余，与（周）海婴同登屋顶燃放之”，一起欢度除夕之夜。

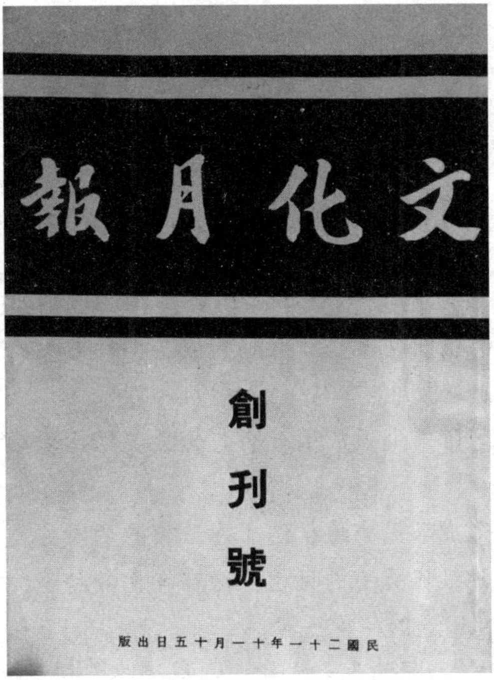

图 6－1　《文化月报》创刊号

鲁迅一直关注这场“文艺自由”论争，进入论争后期，谨慎的鲁迅才撰文参与，以此声援瞿秋白、冯雪峰等人。鲁迅写的《论“第三种人”》区别对待胡秋原与苏汶，既没有把“第三种人”划入敌人的营垒，又没有对文艺与政治的关系作出简单化的解释，而是着重分析苏汶等人想做“第三种人”而又做不成的矛盾心理。鲁迅的日记没有透露撰写《论“第三种人”》的细节，很可能是冯雪峰与鲁迅商量后，鲁迅才撰写的，这也是冯雪峰组稿时常用的方式，许广平曾述说此事。

《世界文化》第 2 期刊登了中共中央宣传部部长张闻天（科德）的《关于文艺上的关门主义》一文，署名“洛扬、科德”，由此见证了冯雪峰（洛扬）与张闻天的“上下级”合作。此文旨在纠正“左”倾关门主义的错误倾向，从而结束了“文艺自由”论争；冯雪峰不仅删改了张闻天一文，还作了一个注解。为此，夏衍回忆说：冯雪峰是《世界文化》编委会成员。[1]

在《世界文化》第 2 期里，冯雪峰还撰写了“补白”中的《反战大会》和《山西的教会》（未完），但是两文标题没有出现在这期目录上，也未署名（《冯雪峰全集》第 12 卷附录《冯雪峰年谱》记载此事，人民文学出版社

2016 年版）。现抄录《反战大会》短文，如下：

反战大会

反战大会是由罗曼罗兰和巴比塞等所发起，号召全世界无产阶级和革命群众，来反对进攻苏联世界大战。本来预备在七月底在日内瓦举行，可是遭到了当局的禁止而改于八月二十七日在安姆斯丹开的。这空前盛举动员了五十七个国家的三千万革命的，爱好和平的，有各种政治倾向的群众。这三千万群众委派了二千一百九十五个代表出席。这些代表的组成分子如下：

社会成分		政治地位	
工人及艺匠	1865	共产党	830
智（知）识分子	240	社会党	347
农民	72	其他	1018
其他	18		

代表中值得注意的有印度国民党领袖 Patl，Scottsbourgh 案二黑工人的母亲，Edda Wright，拒绝开赴远东的一万五千名英国水兵的代表，国际旧参战军士同盟代表，美国退伍军士代表等。

三天热烈与紧张的会议，产生了国际长期反战委员会与无数实际行动底决议，与发表了一个反战宣言。

这一宣言是全世界下层统一战线形成了底声威，是罪恶滔天的帝国主义底判决词，是全世界革命怒潮进入新阶级底历史的记录，这宣言将激起全世界反帝国主义战争震天憾地回响与风起云涌的斗争行动。

冯雪峰此文发表后，1933 年 9 月 30 日，宋庆龄主持召开了远东反战大会（旧址位于霍山路 85 号，欧洲毗连式建筑公寓），中外来宾 60 多人出席会议，宋庆龄被选举为主席。

冯雪峰主持这次大会的筹备工作，他回忆说："当时中共上海中央局责成江苏省委负责组织这次秘密会议，省委又决定由我负主要责任（我当时任省委宣传部长）。主要的工作除产生上海的群众代表外，是安排国际代表和上海群众见面，以及布置秘密会场等。"[2]

参加筹备工作的组织有上海反帝大同盟（"上反"）、"文总"和左联、社联等有关负责人。冯雪峰、刘芝明（"上反"党团书记、社联成员）和张凌青（又名张耀华，社联成员，《正路月刊》主编）成立核心小组，在北四川路老靶子路（今武进路）转弯角上的一家旅馆房间里秘密召开会议，决定有关事项。并得到鲁迅等人鼎力相助，左翼（进步）刊物都纷纷以不同形式进行宣传。

关于这次大会的各种情况，已有多文介绍。但是从未提到冯雪峰事前写的《反战大会》，介绍有关情况，作为在上海举行远东反战大会的先声。过去冯雪峰传记、年谱等专著也均未提及。此文颇有历史价值，透露了最初参加会议的 2000 多“代表的成分”，以及其他有关情况。

《文化月报》和《世界文化》第 2 期成为参加“文艺自由”论争的阵地之一。《世界文化》第 2 期卷首刊登《现代》1933 年新年号的要目广告，其中有瞿秋白以冯雪峰的笔名洛扬发表的《并非浪费的论争》，冯雪峰（丹仁）写的总结性文章《关于“第三种文学”的倾向与理论》，杜衡（苏汶）写的《1932 年文艺论辩之清算》，作为一种回音。

这个要目广告至少传递了几个信息，一是表示双方论争的态度，就此停止。二是感谢施蛰存、杜衡（苏汶）主编的《现代》作为论争的主要平台，刊登论争双方的文章，包括瞿秋白、鲁迅等人批评文章，这在当时众多文学刊物中是很少见的。三是冯雪峰与施蛰存、戴望舒、杜衡（苏汶）是相识多年的老朋友，双方论争时，他私下还是与苏汶会面。并且得到杜衡（苏汶）的允许，冯雪峰从他那里拿走胡秋原的长文《浪费的争论》（关于瞿秋白、周扬等人批判他的答辩），才有了瞿秋白代写的《并非浪费的论争》一文。

冯雪峰作为编委，不仅为《世界文化》第 2 期安排了张闻天的稿子和杨之华的小说《隔离》（详见本文附录一），而且提供《现代》等要目广告，这些都是长期以来被忽视的一个“空白”。

这里引申出一个问题，事前已经有了同刊名的《世界文化》（详见本书收入的《鲁迅“远离”的左联刊物《世界文化》），仅出一期便停刊了，为何几年后还要以“旧瓶装新酒”呢?

一些学者认为《文化月报》停刊后，改刊名为《世界文化》，其实，不妨换一个角度思考。1930 年 9 月 10 日创刊的《世界文化》，事前，冯雪峰参与筹备此刊物。但是，该刊未凸显初衷，鲁迅并不满意，甚至在日记中不提此刊物，好像与此事无关。冯雪峰为了弥补此缺憾，故意“旧瓶装新酒”，并且提出建议，特意注明《世界文化》第 2 期。这期刊登的《本刊启事》《征稿条例》与《文化月报》刊登的两者完全相同，编排的文章与《文化月报》有衔接的内在联系，作为一种补偿，也未尝不可。由此解释《世界文化》第 2 期的“冠名”问题，也说得过去，否则读者难以理解这个“第 2 期”的来缘。而且，《文化月报》与《世界文化》的封面设计截然不同，分别为 16 开本、大 32 开本，后者则与原来的同名刊物开本相同，大小尺寸基本相同，而且都是采用“活页”的方式。

《文化月报》和《世界文化》第 2 期的撰稿人大多使用化名，难以考证，现在已知有鲁迅、张闻天、冯雪峰、应修人、楼适夷、杨之华，与左联、社联（中国社会科学家联盟）的关系还是很密切，社联成员则承担了这两种刊物的重要文章。

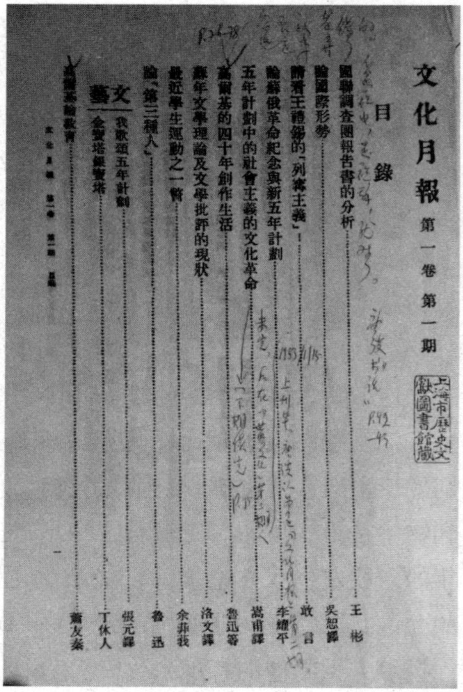
文化月報 第一卷第一期

目錄

國聯調查團報告書的分析……王彬
論國際形勢……吳恕譯
請看王禮錫的「列寧主義」……敢言
論蘇俄革命紀念與新五年計劃……李耀平
五年計劃中的社會主義的文化革命……嵩甫譯
高爾基的四十年創作生活……魯迅等
蘇聯文學理論及文學批評的現狀……洛文譯
最近學生運動之一瞥……余非我
論「第三種人」……魯迅

文藝

我歌頌五年計劃……張元譯
金璧塔與寶塔……丁休人
高爾基論教育……蕭友秦

图 6－2　丁景唐的红笔批阅

《文化月报》创刊号刊登了周扬接手主编的左联机关刊物《文学月报》第 1 卷第 3 期的要目广告，其中有鲁迅、夏衍、田汉、洪深、张天翼等人文学作品，更有瞿秋白、鲁迅、夏衍（沈端先）、田汉等人文章。《世界文化》第 2 期继续刊登了《文学月报》第 1 卷第 4 期的要目广告，其中有鲁迅、夏衍、田汉、洪深、张天翼等人文学作品。[3]

特别是《文化月报》刊登了鲁迅、茅盾、丁玲、曹靖华、冯雪峰（洛扬）、夏衍（突如）、楼适夷等共同署名的《高尔基的四十年创作生活》。周扬回忆说：这是左联以鲁迅等人名义发去的贺信，鲁迅的名字是代签的，事后鲁迅也同意了。对此，周扬很重视，此后专门编辑了《高尔基创造四十年纪念论文集》一书，交良友公司出版（不久被查禁）。[4]

《文化月报》刊物的最后版权页上，注明出版者：文化月报社；社址：上海五马路（广东路）河南路口；通讯处：真如暨南大学李宗成收。《世界文化》第 2 期改为“真如国立暨南大学钱佐臣收”。

1923 年 7 月，成立中共暨南大学支委。这在上海现代革命斗争史上，暨南大学一直是学生运动的一面旗帜。暨南大学左联小组长白曙曾负责收稿件[5]，他刚进校门时（1932 年夏天），遇到老同学李致民（中共暨南大学支部负责人，又是社联成员，曾介绍左联重要成员林焕平入党），便向孙石灵介绍他加入左联，该校的诗人雷溅波、谭林通（与周扬关系较好，左联理论研究委员会成员）也是左联小组成员。因此，《文化月报》和《世界文化》第 2 期的公开通讯处出现了暨南大学李宗成、钱佐臣的名字，这两者都是化名，至于其中内情，有待挖掘资料。

《文化月报》中间夹着许多书店的新书广告，其中有开明书店出版的《苏俄科学巡礼》（克劳则尔著，潘谷神译）、《欧洲文学发达史》（苇里契著，沈起予译，详见本书收入的《左联成立周年问世的〈文学生活〉》）；光明书局出版的新书有钱杏邨（钱谦吾）编的《青年创作辞典》、左联成员邱韵铎翻译的《深渊下的人们》等；大江书铺出版的陈望道《修辞学发凡》、鲁迅翻译的《艺术论》、茅盾的小说《野蔷薇》、夏衍（沈端先）翻译的《初春的风》等；北新书局发行的鲁迅杂文集《三闲集》，并注明："这是鲁迅先生的第五（本）杂感集，凡一九二七年到一九二九年的文章都已收入，凡三十四篇内中如《现今的新文学的概观》等篇都是不曾发表过的。"

《南强书局新书》的广告，其中有钱杏邨（钱谦吾）编的《语体小品文作法》《上海事变与报告文学》（这是中国现代文学史上第一部报告文学集）、黄锦涛编的《高尔基印象记》《托尔斯泰印象记》、王抗夫编的《一九三一年短篇小说年选》、李君实编的《模范语体文评选》等。

南强书局出版了许多钱杏邨书籍，双方关系密切，钱杏邨（阮无名）编写《中国新文坛秘录》时，一边写一边交稿，南强书局接到文稿立即排版付印。钱杏邨完成了 18 篇文章，随后南强书局通知"已达十二万字"以上，钱杏邨便戛然而止。

而且，南强书局设在北四川路公益坊 38 号，地处公共租界内，革命进步活动的安全系数相对较高，因杜国庠（左联发起人之一、"社联"重要成员）的人脉关系，一度形成了一个潮汕闽籍的地缘文人圈，柯柏年（社联负责人）、许美勋（左联成员）、冯铿（左联五烈士之一）等曾参与南强书局的翻译或编辑工作。

以上这些广告延续在《世界文化》第 2 期里，而且这些书局、书店等都与左联、社联成员有各种关系，形成一个出版进步书刊的网络，因此可以为《文化月报》和《世界文化》第 2 期提供某些帮助，缓解资金上的困境。《文化月报》卷首刊登冯雪峰写的《本刊启事》：

本刊坚决地担负着为大众的胜利而斗争的任务，为了执行这一任务以及为了本刊的存在与发展，我们要求广大的读者群众，全体动员来参加本刊的工作。现在，我们提出六个征求，敬待读者回答：

征求各地通信员 本刊征求各地各学校各团体与一般社会上农村中的斗争消息，生活状况，希望读者经常报道，特别欢迎关于各种活动的照相。

征求读者投稿 本刊征求关于政治，经济，文化的一切稿件，希望给读者踊跃投稿。

征求读者通信 本刊希望读者能将自己的生活情形，随时告诉我们；并欢迎提出一切询问和讨论问题。

征求读者批评和建议 本刊匆促出版，内容的充实与改进，都有待于读者的批评和建议。希望各地读者多多发表意见。

征求读者代售及推销 本刊欢迎外埠读者代售和推销帮助建立很好的发行路线。

征求直接定（订）户 为避免商业的剥削以及发行方便起见，本刊欢迎读者直接订阅，并希望多多介绍定（订）户。

这个“六个征求”的策划“前景远大”，期望能办起一个全国性规模的综合性文化刊物，并要招收全国各地的通讯员，保持文化信息及时、畅通，让刊物在“第一时间”内爆料，甚至是“独家新闻”。还设想建立一个全国性的销售网络，“欢迎读者直接订阅”，更希望产生“滚雪球”的效应。1930年8月15日《文化斗争》第1卷第1期刊登《左联中心机关杂志征求直接订户》，并且指出：“靠书店的合法营业路线，绝对不能出版代表我们斗争活动的杂志。”（详见本书收入的《潘汉年最后一次主编的〈文化斗争〉》）显然这个政策延续在几年后的《文化月报》和《世界文化》第2期里。

这个“六个征求”与该刊卷末同时登载的《代售简约》有内在关系，后者写道：“一、本刊欢迎书局商店，学校机关或私人代售本刊。二、书款每月结付一次，邮票十足通用，惟以一角以下者为限。三、售余册数，可于出版后两月退还。”显然这是南强书局或其他书局的代销书刊的营业思路，由此缓解“开办”之初经济拮据的问题。《世界文化》第2期则没有出现《代售简约》，大概是经济困难，无法兑现，尤其是第2条。

同时，《征稿条例》也规定不支付稿费，“暂以本刊为酬”。其全文如下：

一、关于政治，经济，文化，小说，诗歌的一切稿件，均所欢迎。

二、投稿须誊写清楚，并加标点，文体须浅近的白话。

三、寄投译稿，请附原文。如不便附寄时，请将原著题目，原著者姓名及出版年月与地点叙明。

四，本刊因困于经济，来稿一经登载后，暂以本刊为酬，惟版权仍归作者保留。

五、来稿如附足邮票者，不刊时当按照原址寄还。

六、稿末请注明详细地址。寄稿后如有更改，请随时通知。

显然这与“六个征求”、《代售简约》是一揽子计划，都是该刊策划者与书店方面协商的结果。

根据以上这些情况，大致可以勾勒出一个概况，即《文化月报》和《世界文化》第2期，由一个“松散”的编委会负责，主要成员有“文委”“文总”主要成员，以各种方式进行组稿，社联、左联成员成为主要撰稿人。冯雪峰等人为主要策划者、组稿者（重要稿件），《文化月报》等两种刊物都与冯雪峰密切相关，甚至可能是冯雪峰亲为（《世界文化》第2期）。但是，如今很少见到两种刊物当事人的“第一手”资料，许多内情成为难解之谜。

两种刊物概况

《文化月报》封面设计比较简约，上端为黑色底纹，凸显刊名，上下各有一条粗黑线。“创刊号”三个字则是竖排，显得很醒目。下端为“民国二十一年十一月十五日出版”。封底版权页刊有《征稿条例》《代售简约》和《广告刊例》，并注明；“本期特大号，零售每册贰角”，平时为零售1角5分。

整本刊物文字均为竖排，卷首为《本刊启事》，接着是目录，编排的内容分为五大部分，第一部分是国内外时事、文化动态的评述，即《国联调查团报告书的分析》（王彬）、《论国际形势》（吴恕译）、《请看王礼锡的〈列宁主义〉》（敢言）、《论苏俄革命纪念与新五年计划》（李耀平）、《五年计划中的社会主义的文化革命》（嵩甫译）、《高尔基的四十年创作生活》（鲁迅等）、《苏联文学理论及文学批评的现状》（洛文译）、《最近学生运动之一瞥》（余菲我）、《论“第三种人”》（鲁迅）。目录中的洛文的译文标题《苏联……》错为《苏人……》，这是校对问题。

这一部分没有设置栏目，王彬、吴恕译文放在前两位，鲁迅一文则被编排在最后，显然这是以凸显“政治第一”，其次是经济、文化，大致上依次排列。这部分内容充实，在五大部分中的分量最重。

第二部分设置栏目“文艺”，仅有两篇作品，即张元翻译的《我歌颂五年计划》、应修人（丁休人）[6]的《金宝塔，银宝塔》。

应修人与冯雪峰等人都是早期新诗歌的优秀创作者，他俩关系甚好，潘漠华、汪静之共同出版四人诗作的合集《湖畔》，此后便有了湖畔诗社的名义。1932 年 1 月，应修人到中共江苏省委宣传部任秘书（后任宣传部长），不久写下了革命童话《金宝塔，银宝塔》，第一次以丰富的想象力描写了中央苏区有关情况，表现了苏区人民对革命政权的热爱和信任。此文与杨之华的小说《隔离》分别成为《文化月报》《世界文化》第 2 期的唯一的文学创作亮点，各自“独领风骚”。

第三部分也没有设置栏目，有四篇译介文章，即《高尔基论教育》（萧友秦）、《苏联世界语运动小史》（庆生译）、《苏联文学与工人突击队》（侔天）、《洛桑会议与渥太华会议》（林尚达）。如果编排在后面的“文化情报”栏目里，篇幅显得过长；如果放在前面，又与“评论”话题有些疏远，显得有些不伦不类。

第四部分设置为“时事述评”，编排了两篇文章，即《自由市文化城与军备区域》《粮食跌价与美麦借款》，作者均为陈质夫，此化名与这期编辑陈乐夫，可能是同一人，尚待考证。

最后是“文化情报”专栏，内容有些杂乱，如《拉普解消》《哀森休坦归国》《庆祝革命纪念》《日美术家大活动》《日剧团赴俄》《发明家八十万人》《国际革命作家同盟总会》《高尔基日》《血的北平市“九一八”纪念》《汉中学生反抗统治者压迫言论自由》。主要是报道苏联文坛消息，最后才是国内斗争消息。

从整个编排情况来看，这些文稿是好不容易凑起来，这给编者出了一大难题。而且文稿质量参差不齐，虽然有鲁迅等人的文稿作为“亮点”，但是，仍然难以达到“六个征求”的预期效果。如果考虑到当时的险恶环境，以及人员分散，领导班子调动频繁，工作繁忙等因素，那么一切释然了，不必再苛求了。

同时，也可以大致推测这期编辑陈乐夫，学识水平颇高，懂得日文或俄文（或者两者皆知），擅长写各种译介文章，他在有限的条件下，尽了自己的最大努力。他在《编后语》（1932年10月7日）中写道：

在一种出版物的创刊号，每每看到有一篇发刊词，说明该刊物的立场，态度及范围等等；同时也有用以夸赞它说发表的货色，或用以掩盖它本来的面目。《文化月报》的刊行，自然是因为执笔者有许多要说的话，许多想提出来与读者共同讨论的问题……，不过我们觉得执笔者的立场，态度及其所讨论的范围，都在每篇中赤裸裸的表现出来，聪明的读者自会明白，用不着再来说明，所以，没有把常有的"宣言式"的发刊词来占一些篇幅。

可是，关于创刊号所登载的文字，我们觉得有略说几句话的必要。这无非是想把各篇介绍一下，让读者容易醒目，并不想在这里来说些"自画自赞"的废话。

这一期，因为出刊仓促，有些想做的文章，不能如期做出，内容的配置也有不能尽如所期，这得请读者原谅，以后当力求充实，使它逐期更加精采（彩）。这一期中，王彬的《国联调查团报告书的分析》，在写的时候，只有《报告书》的节要，可作根据，但大体上已把它的作用，明白的指出。吴恕抄译的《论国际形势》，介绍了原文的要点，它把现在国际政治已转入一个新的阶段，正确地规定出来，文虽短，却值得注意。敢言的（一文）请看王礼锡的《列宁主义》！把王礼锡先生的"武断""曲解"……尽量指出，读过《读书杂志》的读者，可以从这篇文字中看出真理的面目。耀平的《论苏俄革命纪念与新五年计划》说明了两个五年计划的任务，指出第一（个）五年计划的成功是和十月革命的政权有密切的关系，在现在中国有些人们空想要把新酒装在故酒瓶里，大喊其效法苏联的计划经济来帮助资产阶级"造（生）产"的时光，是值得一读的。嵩甫译的《五年计划中的社会主义的文化革命》是叙述文化革命在五年计划中怎样进展的一篇有力的文字（本期刊载一半，下期续完），在它写成的时候，五年计划还未完成，现在当然是更加进展了。这是要请读者注意！余菲我的《最近学生运动之一瞥》，把法西斯蒂教育政策与学生界的反抗简括地写出。洛文译的《苏联文艺理论及文学批评的现状》，是留心普罗文艺的人们必须注意的一篇论文。译者是翻译界的老手，译笔忠实，是可以保证的。鲁迅等共同署名的《高尔基的四十年创作生活》一篇是中国文坛庆祝高尔基创作四十年的文字，它底意义，无须编者再赘（言）。张元译的《我歌颂五年计划》是一篇歌颂五年计划的诗歌，在这篇诗歌里，我们可以看出苏联的诗人对于五年计划是怎样热烈地在歌颂和帮助。丁休人的创作《金宝塔，银宝塔》，是一篇有趣的作品。鲁迅的《论第三种人》，是与文艺底阶级性颇有关系的文字，所谓第三种人这个问题，最近文艺刊物（有）不少讨论，当为读者所关心。其他各篇，这里不细说了。

其实，我们这个刊物，以后拟划出一些篇幅登载读者的来稿，欢迎读者尽量帮助我们！

最后，希望读者对于本刊，尽量给予批评和指教！

提及鲁迅一文，则侧重于“文艺底阶级性”——意识形态的斗争，这未免有点“偏题”了。值得注意的是点赞了鲁迅（洛文）的译文《苏联文艺理论及文学批评的现状》，“是留心普罗文艺的人们必须注意的一篇论文”。并特地指出：“译者是翻译界的老手，译笔忠实，是可以保证的。”

《文化月报》创刊号问世后，遭到查禁。一年后以《世界文化》第2期的名义“续编”，但是其封面、开本等均与《文化月报》截然不同。

图6－3　《世界文化》第2期

这期封面设计的咖啡色的木刻图案为重头戏，几乎占据封面的大部分，巨大的齿轮特别醒目，配以辐射光线与暗影互衬的效果，意喻历史车轮在黑暗统治势力的压制下，依然无所畏惧，轰然向前进。刊名则被“挤压”到右下方，仅占据斜狭长的篇幅，刊名四字自小渐大，象征着“以弱变强”，逐渐发展。整个封面设计为套色的木刻效果，颇有气势，在“第一时间”内给予读者一个视觉上的猛烈冲击。扉页为《本刊启事》（照旧），后面的版权页照旧，只是删除了原来的《广告刊例》《代售简约》。

这期开本改为25开（原为16开），将原来《文化月报》竖排方式改为横排，而且每篇主要文章都是采用

“活页”的方式（与原来的《世界文化》相同），即页码都是独立的，均为自第一页开始，直至该文结束，以便独立抽出，另编入其他书刊，或者编成小册子。这是由经费不足等因素造成的，所采取的特殊处理方式。

这期刊物除了延续《文化月报》的有关书局新书广告之外，还增添了正午书局的新书广告，其中有张天翼《鬼土日记》等12种新书。封底是韩起翻译的《列宁回忆录》（正午书局1933年1月出版）广告，声称“本书系根据英译本，参照日、法译本译出，并请人从原文对照一遍，极忠实流畅之能事。共十一章，并附蔡特金女士所作《列宁印象记》一篇及名贵插图十余幅”。韩起参加了左联理论研究组，时为正午书局编辑，他还翻译了《苏联大观》（良友图书印刷公司出版），其中有许多精美的插图。他是胡风、梅志夫妇的老朋友，梅志撰写的《胡风传》（北京十月文艺出版社1998年版）里讲述了许多事情。韩起风华正茂（25岁）时，已经拥有幸福的三口之家，但是《列宁回忆录》出版后，他突然病逝了，他的生平事迹和译作如今鲜为人知。

《世界文化》第2期目录分为三个部分，第一部分为原来的“时事述评”栏目，其中有《日内瓦大暴动》《国联十九国特委会的决议》《德国军备平等要求告一结束》《战债问题——欧美间赖债和索价的趣剧》《中俄复交》，作者均为陈质夫、素庵。这期内容超过了《文化月报》同一栏目，但是，第一篇未完，戛然而止，不知什么原因。

第二部分是这期的主要内容，但是依然延续《文化月报》第一部分的编排方式，不设置专栏，其中有《国家社会主义底真面目》（王彬）、《谁能领导反帝国主义文化斗争?》（亚秀）、《动荡奔溃的中国农村》（许逖甫）、《资本主义稳定之末路与中国革命危机》（吴恕）、《关于文艺上的关门主义》（洛扬、科德）、《文化的建设之路》（丹仁译）、《战争与美国》（丹华译）、《站在战争与革命新周期之前》（王彬译）、《五年计划中的社会主义的文化革命》（嵩甫译，续完）、《苏联工业的发展》（姚金凤译）。

这部分内容依然是以国内外时事、文化动态为主，特别是张闻天的《关于文艺上的关门主义》分量很重。冯雪峰（丹仁）翻译的《文化的建设之路》，在冯雪峰的年谱和传记等有关专著里从未提及，后收入《冯雪峰全集》第12卷（人民文学出版社2016年版）。

第三部分栏目为“文艺”，楼适夷的译文《斯拉汉的夜》（报告文学）、杨之华（文尹）的小说《隔离》，这是瞿秋白指导、杨之华执笔的最后一部小说，虽然未完，但也足够说明许多问题。

其中有些撰稿人大多是《文化月报》的“老面孔”，如王彬、吴恕、嵩甫、陈质夫等。也许与王学文、许涤新、钱亦石（后为社联党团书记）、李凡夫（行政书记）等人有关。

冯雪峰删改张闻天的《关于文艺上的关门主义》

冯雪峰删改“顶头上司”张闻天的《关于文艺上的关门主义》重要文章，这让如今世人根本无法理解。同时，牵涉到瞿秋白与张闻天转换角色的关系，可以引申出许多很有价值的话题，但是很少有人关注，笔者曾撰写专题文章。[7]

张闻天担任中央宣传部部长之后，通过大量艰苦实践及信息反馈，以及国内外形势的急剧变化，逐步意识到“左”倾一套，在中国革命实际中根本行不通。

1932 年 10 月 27 日，张闻天在临时中央政治局会议上，将“左”倾的问题作为一个突出的、严重的问题提出来。1932 年 10 月 31 日，张闻天写下《文艺战线上的关门主义》（署名“歌特”），发表在党内机关报《斗争》第 30 期（1932 年 11 月 5 日）。稍后，他又写了《论我们的宣传鼓动工作》，刊登于《斗争》第 31 期（1932 年 11 月 18 日），这两篇文章都是为了纠正党内“左”倾错误。张闻天在《文艺战线上的关门主义》里指出：

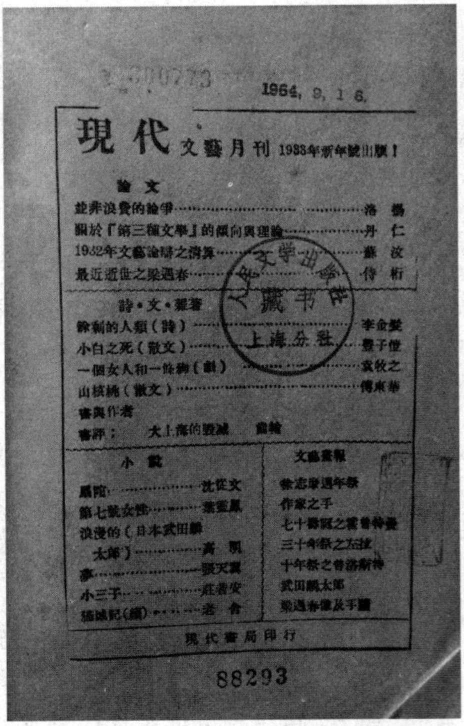

图 6－4 《世界文化》扉页书籍广告及两枚印章

试翻阅最近一些文艺杂志上关于文艺性质与文学大众化等问题的讨论，我们立刻可以看到在我们的同志中间所存在着的非常严重的“左”的关门主义。这种关门主义不克服，我们决没有法子使左翼文艺运动变为广大的群众运动。

这种关门主义，第一，表现在对“第三种人”与“第三种文学”的否认。我们的几个领导同志，认为文学只能是资产阶级的或是无产阶级的，一切不是无产阶级的文学，一定是资产阶级的文学，其中不能有中间，即所谓第三种文学。这当然是非常错误的极左的观点。……

第二，表现在文艺只是某一阶级“煽动的工具”，“政治的留声机”的理论。照这种“理论”看来，凡不愿做无产阶级煽动家的文学家，就只能去做资产阶级的走狗。这种观点，显然把文学的范围大大的缩小了，显然大大的束缚了文学家的“自由”。

“几个领导同志”即瞿秋白、冯雪峰（中央“文委”书记）等，诚恳地接受张闻天的批评，经商量后，由瞿秋白代为起草《并非浪费的争论》(1932 年 11 月 10 日完稿)。11 月 26 日，冯雪峰写了总结性的一文《关于“第三种文学”的倾向与理论》，除了继续批判胡秋原、苏汶的自由主义文艺观之外，对张闻天提出的正确意见作了具体阐述，承认“个别同志”曾有“指友为敌”的错误，已加以纠正。对于一般作家，要携手共进，绝非“拒人于千里之外”，更不能看作为“资产阶级的走狗”。

根据张闻天的意见，冯雪峰派人直接去做团结胡秋原的工作，示意他不要再争论下去了。这些措施对于最终妥善处理这场历时一年的“文艺自由”论争起了很大的作用。

在当时党内“左”倾思想占据统治地位的情况下（这与共产国际“左”倾错误指示有密切关系），张闻天、瞿秋白等人对“左”倾的批评或纠正还是局部的、阶段性的，难以从根本上实现转变。但是他们难能可贵的“清醒”，为推动 30 年代左翼文艺运动发展作出了杰出的贡献。

《世界文化》第 2 期转载了张闻天的《文艺战线上的关门主义》一文，冯雪峰作了一些删改。

原文开头：“中国左翼文艺运动，所以一直到今天没有发展的原因，是由于我们在文化运动中一些做领导工作同志的右倾消极与‘左’倾空谈。”

冯雪峰删改为：“中国左翼文艺运动，所以一直到今天没有发展的原因，主要的是我们的右倾消极与‘左’倾空谈。”删去了“在文化运动中一些做领导工作同志”，而是保留了“我们”，其概念外延扩大，覆盖面更广，上上下下都有责任，决不能把责任都推到一些分管文艺运动的“领导同志”。以上引文中“我们的几个领导同志”，也删去了“领导”二字。这并非是冯雪峰推卸责任，而是指出党内存在“右倾消极与‘左’倾空谈”并非“一日之寒”，而且并不局限于“中国左翼文艺运动”。

原文：“此外，在‘煽动的工具’，‘政治的留声机’中固然有文艺的作品，然而绝不是一切宣传鼓动的作品都是文艺作品。在有阶级的社会中间，文艺作品都有阶级性，但决不是每一文艺作品都是这一阶级利益的宣传鼓动的作品。……许多揭破现社会的矛盾，描写小资产阶级的没落的作品，可以不是无产阶级的作品，但可以是有价值的文艺作品。”

这直接牵涉到历时一年“文艺自由”论争的焦点之一，张闻天在瞿秋白、冯雪峰等人的文章基础上进一步明确：一是“绝不是一切宣传鼓动的作品都是文艺作品”，二是衡量文艺作品的价值的尺度，即以上引用的最后一句。当时极“左”思想占据党内统治地位，直接影响了左翼文艺创作，张闻天此观点大有“石破天惊”的震撼力，即使在长达半个世纪的中国现代文坛依然有持久的穿透力。

对此，冯雪峰特地加了一个注解，放在文后：“科德在这里关于文艺的阶级的任务，艺术的价值，以及关于托尔斯泰作品的说明，是很简单的，恐怕容易引起误解，请读者参看丹仁在《关于“第三种文学”的倾向与理论》（《现代杂志》）中关于这几点的比较详细的解释罢。”落款为“L. Y. 附记”；冯雪峰（丹仁）此文刊登于《现代》第2卷第3期（1933年1月1日出版）。

由于篇幅有限等因素，冯雪峰删去了张闻天此文后面的两大部分，其一“最后，必须说到关于文艺大众化的问题。……但这绝不是说，只有这种宣传鼓动的通俗作品，才是无产阶级的文艺。而且事实上这种作品的大多数却不是文艺作品。这当然不是左翼作家的耻辱”。其二，“在目前中国这种文化落后的国家中，就是产生中国的高尔基，他的作品也没有法子为大多数工人所阅读。然而我们决不说，因此中国现在不要高尔基。中国现在不但需要高尔基、绥拉非莫维支，而且需要那些小资产阶级的革命文学家。这些人的作品，在广大的小资产阶级的知识分子中都有极大的革命的作用”。

这些段落的主要意思，在瞿秋白、冯雪峰等人文章里已经阐述清楚，不必再重复了。

多年后，夏衍觉得很奇怪，他和周扬、阳翰笙都没有看到张闻天这两篇重要文章，也不知道“科德”是何人，并且责怪冯雪峰：当初为什么没有把张闻天两篇重要文章的主张向“文委”所属各联党员传达呢?[8]

其实，在“外忧内患”的复杂尖锐的政治环境中，王明宗派小集团依然强硬推行“左”倾政策，瞿秋白是被王明等人“逐出”中央领导岗位的，深受其害，冯雪峰与瞿秋白接触后，心照不宣。冯雪峰加以转载，本身就是一种传达的方式，如果开会传达，会产生什么样的不可预料的后果呢？换一个角度来看，冯雪峰转载的方式，在某种程度上也是保护张闻天，而且长期“秘而不宣”。冯雪峰去世后，由研究张闻天的资深学者程中原严谨考证，才确认“科德”是张闻天，真相大白于天下。

夏衍回忆说，自己和周扬、阳翰笙都没有看到张闻天这两篇重要文章。夏衍可能没有看到或者事隔多年忘了，但是，周扬、阳翰笙是知道此事的，而且还做了有关指示。

陆万美 1932 年春参加“北方左联”，不久加入中国左翼文化总同盟北平分盟（以下简称北平文总）。次年初，他接受北平文总负责人陈沂的任务，南下上海，通过鲁迅等人，找到了阳翰笙、周扬和丁玲、沙汀，汇报了北平文总和“北方左联”等情况。1933 年 4 月 15 日，创办了“北方左联”机关刊物《文学杂志》，其鲜明特色就是反对“左”倾的“关门主义”。

1933 年 4 月 30 日，“北方左联”召开第 10 次代表大会，总结了过去的工作，一致决议：在实际工作中，肃清“左”倾关门主义及忽视文学斗争任务的错误。加紧批判、打击反动文艺，坚决执行批评、加强教育工作等。因此，谷万川等人意识到要进一步纠正“左”倾关门主义，同时继续撰文呼应已经结束的上海“文艺自由”的论辩，并且进行了小结。

《文学杂志》创刊号上发表谷万川写的《论文学上底腐败的自由主义——反苏汶底〈论文学上的干涉主义〉》，其中谈到：

对于“自由人”的态度，我很同意《世界文化》第二期《关于文艺上的关门主义》那意见，因为在资本主义世界动荡崩溃之中，很多小资产阶级在经济上日益陷于绝境，走向无产阶级的阵营，左翼文艺战线上的人，决不应拒之千里之外，实际上帮助了敌人！争取这一部分群众到自己这方面来，是目前最重要的任务之一。但“打击关门主义”不仅是理论，更重要的是实行。过去一切行动方面“左”的倾向，欲完全纠正过来，恐比写几篇文章，需要更多的努力罢。

该文说出了“欲完全纠正”，因为当时“左”倾错误在党内占据统治地位，并非一朝一夕能解决的，能够意识到这点很不容易。

创办《文学杂志》之前，鲁迅到北平探亲，对于办刊讲述了明确的指导思想。鲁迅回沪后，写信给该刊编辑王志之，继续反对“关门主义”，这些与张闻天的《文艺战线上的关门主义》一文有关系。[9]

值得注意的是《文化月报》《世界文化》第2期两种刊物上依然刊登流露“左”倾思想的文章，与张闻天的文章同时并存。

“资本主义的一般危机，早已踏进了第四个年关；不仅前途茫茫，看不见是好景气的象征，而且更激剧地突耀直泻下去。”这是《资本主义稳定之末路与中国革命危机》（吴恕）的开头，接着阐述了“资本主义稳定之末路”，“反革命战争危险之迫切”，“中国经济之崩溃”，“白色恐怖与反动统治之动摇”等，这些王明等人“左”倾错误理论（受到共产国际和苏共极“左”思潮的影响），已经成为党内一种理论“共识”，不过在这里很大程度转换为“保卫苏联”——世界革命中心论，也是为鼓舞中国革命者的奋斗士气等忠实服务，没有人会去质疑。

《文化月报》发表《请看王礼锡的〈列宁主义〉》（敢言）一文，编者还为其点赞。《世界文化》第2期发表的《国家社会主义底真面目》（王彬）、《谁能领导反帝国主义文化斗争?》（亚秀）、《动荡奔溃的中国农村》（许逖甫）都有一个重要背景：中国社会科学界大论战，即中国社会性质论战、中国社会史论战和唯物辩证法论战。

当时，瞿秋白参加“文艺自由”论争时，也密切关注中国社会性质论战。1932年5月，瞿秋白撰写了与胡秋原论辩的第一篇文章《“自由人”的文化运动》，同时接连写了《中国的经济和阶级关系——对于方亦如的批评》《孙倬章先生的土地问题》《唯物辩证法的合法主义化》等文。这几篇文章都与当时论战的主要话题有着密切关系，后两篇是批判孙倬章《中国经济的分析》《中国土地》问题和王礼锡《思想方法论》，这些都发表在王礼锡主编的《读书杂志》上。方亦如《中国经济问题》并不是发表于《读书杂志》，但该文批评的对象任曙则是参加大论战的托派代表之一。任曙还曾特地写了《关于中国经济的研究和批判》一信给王礼锡、陆晶清夫妇。

王礼锡应十九路军将领陈铭枢（后为反蒋抗日“福建事变”的主要领导人之一）的邀请，主持神州国光社，出版许多马克思主义书籍和进步文艺作品。他主编的大型综合性刊物《读书杂志》于1931年4月1日创办，出版中国社会史论战专辑，为论战各方提供一个固定的“亮相”舞台，轰动一时，刊物供不应求。共产党组织社会科学工作者在该刊物上发表文章，宣传党对中国社会和中国革命的基本看法。这时，王礼锡因主持神州国光社出版进步读物，触怒反动当局，已被迫出国，由胡秋原代行主持编务。

由于当时党内执行来自莫斯科的指示，推行“左”倾错误思想，坚决打击中间势力和“第三营垒”。与蒋介石有不同政见的陈铭枢所支持的神州国光社王礼锡、胡秋原等文化人属于“第三营垒”，成为共产党严厉批判的对象。瞿秋白以高度的政治责任感，并以“非此即彼”强大的政治斗争逻辑思维，运用唯物史观和辩证法作为批判武器，针对大论战中的有关问题进行批判。同时严厉指责王礼锡、胡秋原办的《读书杂志》等刊物，认为他们表面上假装革命，甚至冒充“马克思主义派”，帮助国民党欺骗民众，与托派、“第三党”有共同的政治危害性等。

瞿秋白等人的文章中不可避免地流露出“左”倾思想，即坚决打击中间势力和“第三营垒”，这是张闻天无法意识到，也不可能加以“纠正”的。因此，仅就这一点，也为冯雪峰转载张闻天一文的妥善处理方式提供了一个有力的旁证。

鲁迅译文发出一个强烈信号

《文化月报》《世界文化》第2期刊登了鲁迅等人译作，成为该刊的“拳头产品”，大多与苏联文坛动态有关——中国和其他国家左翼、进步文学界的风向标。

鲁迅大多以译作刊登于左联新创办的刊物，并且都是与阐述普罗文学理论有关，而不是写杂文去投稿，作为双方合作的诚意。后世研究者对于鲁迅这一类的译作也仅仅是简单介绍，好像不大有兴趣去钻研，留下了许多研究的空白，令人遗憾。

鲁迅翻译的《苏联文学理论及文学批评的现状》（以下简称《现状》），发表时署名“洛文”，落款为“三二，三，一九，原作；三二，八，二七，译完”，可能译自日本《普罗文学》。但是，在鲁迅日记里找不到“蛛丝马迹”，与他应邀写的《论“第三种人”》一样。

《现状》原作者是日本学者上田进，鲁迅的译文很长，分为8节，主要介绍斯大林写信给《无产阶级革命号》杂志编辑部一封信，批评苏联理论界落后与社会主义建设的新形势（第二个五年计划）。最初披露此信是在1931年11月7日苏联作家统一协会的机关报《文艺新闻》上刊载的，同时发表了《为了文艺科学的列宁底阶段》，“恐怕是第一次将文学理论的列宁阶段，明明白白地作为问题的文章”。此事引起强烈反响，法捷耶夫、吉尔波丁等纷纷表态，由此引申出批评弗里契、波格达诺夫——布哈林等理论错误。接着产生了1932年1月“拉普”（俄罗斯无产阶级作家联合会）和共产主义学院艺术语言指导部共同发起的批评家会议，集中批评弗里契的“庸俗社会学”等理论。

鲁迅在翻译此文的过程中，发生了解散“拉普”的重要决定，苏联文坛面临大洗牌后出现的新局面，成立了以高尔基为首的统一的苏联作家协会。《文化月报》“文化情报”栏目里特地刊登了《拉普解消》的消息：

拉普（全俄普罗作家协会）及华普（全联邦作家协会），在成立之初，在马克思主义的旗下，吸收了俄罗斯古典的长处，消灭了新经济时代的不良倾向，奠定了胜利了的无产阶级文学的基础，可是到了现在，他们的使命又（已）经完了。他们变成了狭隘的宗派团体，他们只想制些什么全苏联作家的法令，和发些普罗文学之方向的指令，他们轻视了有才能的青年作家，拒绝了同路人作家的转向。

五六个月之前，拉普的活动受（到）了《真理报》和《少年真理报》的严重的指摘。五月九日，《真理报》发表社说（论），根本的指出了拉普活动方针的误谬。《真理报》说，拉普非特不能帮助普罗文学前进，而且阻止了他（它）的发展。拉普和华普，现在不能动员苏维埃的作家，反而将他们和目前的革命的形势分开，所以主张将上述两个团体解消，而组织一个包含凡愿意拥护苏联政府及参加社会主义建设的一切作家的团体。

鲁迅译文的原作者上田进编写了新的文章，发表于日本《普罗文学》，楼适夷翻译为《伟大的第十五周年文学》（《文学月报》第5、6期合刊），讲述了苏联解散“拉普”前后的具体情况，其中有“拉普”对待“同路人”，曾提出“普列汉诺夫正统论”，以及唯物辩证法的创作理论等，都逐一进行了批判，并表述了这些错误论调的来由和曾经产生的恶劣影响。最后再三强调联共（布）中央于1932年4月23日作出决议（其中包括解散“拉普”）之后，“苏联文学运动已有了显著的转变”。此译文为中国左联开始“彻底”

批判“拉普”作了一个政治动员报告，也是为“扭转观点”的各种文章提供了有力的支撑。[10]

1930年11月，国际革命作家联盟召开第二次代表会议，左联被吸收为该联盟的一个支部。这时该联盟主要是“拉普”起主要领导作用，直至1932年4月23日“拉普”解散。在这期间，由于联共（布）等复杂的原因，“拉普”的理论、路线往往出现反“左”又反右的两面锋芒，同时他们也不能不左右兼顾，随时作出妥协让步。

左联直接接受国际革命作家联盟的领导，贯彻会议精神，同时深受其各方面的影响，也体现于左联刊物《北斗》《文学月报》等发表的有关译介理论文章，其中包括弗里契与普列汉诺夫、卢那察尔斯基等人的有关论述。

因此，鲁迅的译文是在苏联解散“拉普”之前发出的一个强烈信号，其意义不同寻常，可惜长期以来一直被忽视。

这时，瞿秋白接连译介了《斯大林与文学》《苏联文学的新的阶段》等文。当时《苏联文学的新的阶段》一文未曾发表，其文总结了苏联解散“拉普”前的有关情况，如“同路人和同盟军”“表现五年计划的英雄”“文学突击队运动”等。

这些情况在《文化月报》《世界文化》第2期里都有所反映，即围绕着苏联第二个五年计划新形势给苏联文坛带来的新课题为中心，译介《论苏俄革命纪念与新五年计划》《五年计划中的社会主义的文化革命》《苏联文学与工人突击队》等，以及楼适夷翻译的《斯拉汉的夜——突击队报告文学》、诗歌译作《我歌颂五年计划》等。

冯雪峰修改、增补《组织与文学》

（《党的组织和党的文学》）译文

《世界文化》第2期刊登冯雪峰（丹仁）翻译的《文化的建设之路》，这是根据日译本《列宁与艺术》转译的，与如今译文差异比较大，基本内容相同。1939年7月，胡风也是根据日译本《列宁与艺术》选择了一部分，改题为《列宁与高尔基》，引起一场风波，牵涉到冯雪峰，这已经是题外话了。

《文化的建设之路》分为两大部分：《关于文化问题》《关于无产阶级文化》。

前者摘译了列宁（译为乌拉迭弥尔·伊力支，即弗拉基米尔·伊里奇）

在1919年至1923年的4则演说内容，主要是关于无产阶级文化和无产阶级文化协会的述说。对此，列宁先后发表了一系列言论，这里仅摘译了一部分。后者分为两个部分：列宁的《决议草案》和《组织与文学》。

列宁的《决议草案》针对1920年10月5日在莫斯科召开的无产阶级文化协会第一次代表大会。1920年12月1日，《真理报》发表了俄共（布）中央的信《关于无产阶级文化协会》，对该协会领导人的错误进行了批判。

无产阶级文化协会是于1917年成立的苏俄早期文化团体，领导人是亚·波格丹诺夫、彼·列别杰夫－波梁斯基，以及瓦·普列特尼奥夫（旧译普列特涅夫）、帕·别萨利科、凯尔任莱夫等。1917年至1920年，该协会在全俄蓬勃发展起来，参加它的各种讲习所和小组活动的人数多达40万，出版了近20种刊物，它的机关刊物为《无产阶级文化》，英国、德国、捷克等也相继出现了无产阶级文化协会。1920年，无产阶级文化协会国际局在莫斯科成立。该协会影响很大，牵涉到的问题很复杂，曾鼓吹建立“纯无产阶级文化”，否定民族文化遗产，引起列宁的不安，进行严肃批评，1932年该协会解散。

对于无产阶级文化协会，冯雪峰并不陌生，曾翻译《无产阶级文学协会宣言》，收入《苏联文学史话》（高力里著，戴望舒翻译，1941年香港林泉居出版），作为该书的附录。

列宁的《决议草案》写于1920年10月8日，无产阶级文化协会第一次代表大会期间。其实，同一天列宁写了两篇“决议草案”，其一比较简单，仅仅是提纲，有4条。其二则比较具体，有5条，前后均有说明文字。冯雪峰转译的是其二，没有前后的说明文字，只有中间的5条“决议草案”。其中第5条提及“无产者文化协会全俄大会”，冯雪峰特地作了注解：

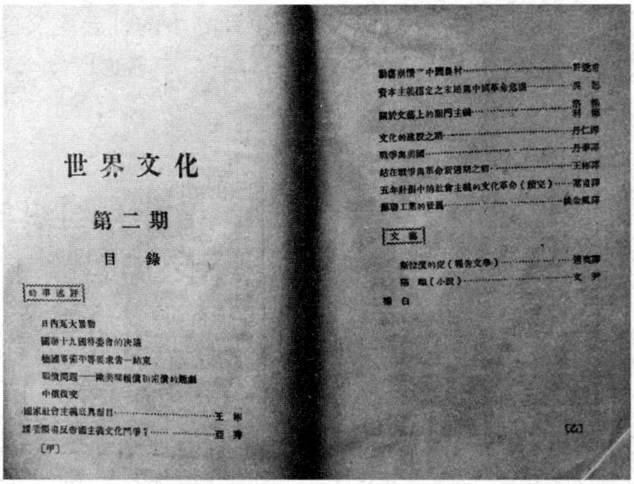
世界文化

第二期

目錄

图6－5　《世界文化》第二期目录

“无产者文化协会”是十月革命后由波格达诺夫等创设的，“创造无产者文化”的团体。在其初始是显示着文化问题上的“极左的”偏向的。有且他们在和教育人民委员会之间（设）置了隔离，将他们自己的团体看作好像一个国家内的国家一般，形成了和教育人民委员会的对立——列宁以为这种对立是有害的东西，绝对不可容许的。于是在一九二〇年十月二日至十二日之间，无产者文化协会在莫斯科开第一次全俄大会的时候，列宁就叫卢那卡尔斯基（时为教育人民委员会委员长——引者）去演说，要他在演说中指出这种对立乃伤害了那为以国家之名从事文化事业之机关的教育人民委员会的事。但因为依据十月八日《伊斯维斯察报》（苏联政府机关报）的记事，好像卢那卡尔斯基说了和列宁所说的相反的话（关于这点，卢那卡尔斯基曾声明说大家曲解了他），所以列宁就起草了这决议草案，要共产党中央委员会责成无产者文化协会全俄大会根基（据）这草案的精神，做成议决案。中央委员会是当即责成了这件事的——在无产者文化协会大会的议长列培捷夫·波浪斯基的参加之下，给大会做成了关于组织问题的决议，这决议在大会上全场一致通过。

《伊斯维斯察报》即《消息报》；列培捷夫·波浪斯基，后译为彼·列别杰夫-波梁斯基。此说明比较简单，实际情况很复杂，牵涉到各种问题，在此不赘述了。

冯雪峰翻译的《组织与文学》，即列宁论述的《党的组织与党的文学》（现译为《党的组织和党的出版物》），这在20世纪二三十年代左翼文学运动、左翼文学批评和左翼文学政策的建立中发生了重大的影响。此后，该文成为无产阶级政党领导宣传、出版、文艺等方面的纲领性文献。

最初翻译为《论党的出版物与文学》（一声），刊登于1926年12月《中国青年》第6卷第19号。冯雪峰（成文英）以《论新兴文学》为题重新翻译了这篇文章（1930年2月《拓荒者》第1卷第2号），但是依然缺少该文的开头和结尾。后被陈望道改题为《伊理基论新兴文学》，作为附录印入他翻译的《苏俄文学理论》一书里。

冯雪峰的《论新兴文学》译文后注明“据冈泽秀虎之日译”。冈泽秀虎是日本文艺批评家、俄国文学研究者，著有《苏联、俄国文学理论》《集团主义的文艺》等。冯雪峰还翻译了冈泽秀虎的《以理论为中心的俄国无产阶级文学发达史》，作为鲁迅翻译的《文艺政策》即《苏俄的文艺政策》的卷末附录（上海水沫书店1930年6月出版）。

现在，冯雪峰将原来的《论新兴文学》改题为《组织与文学》，其实是修改、增补了原译文的结尾，其中有几点值得注意：其一，他把原译文中的“集团”大多改为“党”，该译文开头明确改为“文学不可不为党的文学”，原译文为“文学（即普罗列塔利亚文学——译者注）不可不为集团底文学”。此后，“党的文学”——“制定出了文学的党性这一重大的原则”，“规定了艺术创作者的新任务”，长期成为一句经典之言，直到1982年公布了新译文《党的组织和党的出版物》。

由于险恶环境，冯雪峰不可能把标题明确写为“党的文学”，只好用中性词语。当时瞿秋白翻译、编撰的《“现实”——马克斯主义文艺论文集》一书（后收入鲁迅编辑的瞿秋白译作《海上述林》），也翻译了列宁此书的主要内容（缺少前面和后面内容），集中在瞿秋白编写的《文艺理论家的普列哈诺夫》、编译的《关于列宁论托尔斯泰的两篇文章的注解》两篇文章里。瞿秋白在前文里已经明确地把列宁此文标题翻译为《党的组织和党的文艺》，这比冯雪峰的译文标题更为明确，凸显“党”的关键词。

1942年5月14日，延安《解放日报》首次刊登P. K. 翻译的列宁此全文，题为《党的组织和党的文学》，将瞿秋白译文标题中的“文艺”改为“文学”。这两个词语的外延范围一大一小，前者包括后者，后者则无法涵盖前者。《解放日报》刊登此新译文时还刊登译者P. K. 的说明，引用了瞿秋白关于列宁的一段话，并注明出处是《海上述林》上卷第63页，这正是瞿秋白编写的《文艺理论家的普列哈诺夫》。显然，新译文的译者P. K. 仔细研究过瞿秋白的译文及其标题，如果把他俩的译文逐一细细比较，那么可以清楚地证明这一点。

《解放日报》编辑在新译文前特地写了《告读者》：“最近由毛泽东、凯丰两同志主持所举行的《文艺座谈会》，是一件大事，尤其对于关心当前文艺运动诸问题的读者。本版决定将此会有关材料，及各作家的意见，择要续刊于此，以供参考与讨论。”《文艺座谈会》即延安文艺座谈会，毛泽东在延安文艺座谈会讲话里进一步发挥了列宁此文的经典之言，如“革命文艺是整个革命事业的一部分，是齿轮和螺丝钉”等。从此以后，我国所有收入列宁此文的各种版本皆沿用《党的组织和党的文学》的译名标题。

现将一声（《论党的出版物与文学》开头）、冯雪峰（译文开头）、瞿秋白、P. K. 的译文同一段内容抄录如下：

一声译文：社会主义的无产阶级必须考虑工人政党底文学底根本原理，使这些原理能够发展更快。这些原理用最完全的形式表现出来。这些原理是和资产阶级的习惯相反，和商业化的资产阶级报纸相反，和资产阶级文学底野心冒险家底个人主义相反，和资产阶级的“光荣的自由”相反，和金钱底年取相反。

这些原理包含的是什么东西呢？无产阶级文学不但不是个人或一伙人谋利的工具，而且它不应带一点个人性质也不应脱离无产阶级底管治而独立。没有“非党员”的文学家；也没有文学的超人！

文学活动因当是无产阶级工作底一部分。它应当是工人阶级前卫军所推动的大机器当中底一个轮齿。文学应成为党的工作底一部分组织的，计划的，统一的，与革命的。

冯雪峰译文：文学不可不为党的文学。对于资产阶级的习惯，对于资产阶级的营利的出版，对于资产阶级文学的野心与个人主义和“贵族的无政府主义”及利益的追求，社会的无产阶级不可不提出党的文学的原理，使这原理发展，并且尽量地施行于实际。

党的文学的原理，是怎样的东西呢？这是如此：对于社会的无产阶级，文学的工作不但不应该是个人或集团的赚钱的手段，并且文学的工作不应该是离无产阶级的一般的任务而独立的个人的工作。不属于党的文学者走开罢！文学者的超人走开罢！文学的工作，不可不为全部无产阶级的任务的一部分。不可不是由劳动阶级的意识的前卫所运转着的，单一而伟大的社会民主主义这有机体的“一个车轮，一个螺旋”。文学的工作非为组织的，计划的，统一的社会民主党（即现在的共产党——译者）的活动的一个构成部分不可。

瞿秋白译文：“文学应当成为党的”，列宁在那篇文章里还写着：“反对着资产阶级的习惯，反对着资产阶级的营业的做买卖的出版界，反对着资产阶级文学上的地位主义和个人主义，‘老爷式的无政府主义’和赚钱主义，——社会主义的无产阶级应当提出党的文学的原则，发展这个原理，而尽可能的在完全的整个的方式里去实行这个原则。”

“这党的文学的原则是什么呢？对于社会主义的无产阶级，文学的事情不但不能够是个人或小集团的赚钱的工具，而且一般的不能够是个人的，与无产阶级的总事业无关的事情。打倒无党的文学家！打倒文学家的超人！文学的事情应当成为无产阶级总事业的一部分，成为一个统一的伟大的社会民主主义机械的‘齿轮和螺丝钉’，这机械是由全体工人阶级的整个觉悟的先

锋队所推动的。”（《关于列宁论托尔斯泰的两篇文章的注解》）

P. K. **译文**：文学应该成为党的文学。与资产阶级的道德相反，与资产阶级的雇用的买卖的刊物相反，与资产阶级的文学的野心主义和个人主义，“老爷无政府主义”及追逐利润的狂热相反，——社会主义的无产阶级应该提出党的文学底原则，发展这个原则和在尽可能更完全和更完整的形式中实现它。

这个党的文学底原则在哪里呢？不仅在，对于社会主义的无产阶级文学事业不能够成为榨取个人或集团底工具，它一般地不能成为脱离总的无产阶级事业的个人的事业，打倒无党派的作家！打倒超人的作家！文学事业应该成为总的无产阶级事业的一部分，一个统一的、伟大的由整个工人阶级底全体觉悟的先锋队使之运动的，社会民主主义的机械底“齿轮和螺丝钉”。文学事业应该成为有组织的、有计划的、统一的、社会民主党的党底工作底组织部分。

显然，一声的译文标题《论党的出版物与文学》，首次突出了“党的出版物”，其次才是“党与文学”。这让冯雪峰不能接受。两者主次的位置必须纠正，这是他重新翻译的重要原因之一，着重突出“党的文学”。一声译文的“工人政党底文学底根本原理”，在冯雪峰的笔下更为清楚地表达了，弥补了一些译文，并且沿用了一声译文中的有些关键词语。

值得注意的是一声的译文标题“党的出版物”的含义，时隔半个多世纪后，再次出现在 1982 年发表的新译文标题《党的组织和党的出版物》里，这里牵涉到对于俄文词语含义的理解、语境中的运用、表达含义等复杂的问题，在此不赘述。

冯雪峰的转译文与瞿秋白的直译文相比较，有较多的不同，前者译为“党的文学的原理”，后者强调了“党的文学的原则”；前者语气缓和，使用“不可不”，后者则是“不但不”的肯定语气；前者为“不属于党的文学者走开罢！文学者的超人走开罢！”后者坚决使用极端的否定词语“打倒……”瞿秋白在《文艺理论家的普列哈诺夫》里则翻译为：“无党派的文学家滚开！超人的文学家滚开！”等。

P. K. 的译文比较完整，融汇了先后同人的集体智慧，但是，一声——冯雪峰——瞿秋白——P. K. 四者译文之间的承递关系，鲜为人知，其中可以引申出许多话题。

除了以上“党的文学”是冯雪峰首次明确提出之外，他修改《组织与文学》译文时删改了一些句子，意旨更为明确。原译文为“我们和或者提倡浅薄的系统化，或者唱说可以做了若干的规定来解决问题的那种思想，离开得非常远。问题是在是我集团底全体，问题是在是我集团底全体，使俄国的自觉的社会民主党员底全体，都认识这新的问题，明了地讲它提出，而且到处地从事着它底解决”。冯雪峰不仅改为“问题是在是我党底全体……”而且在这句前面添加了一句话：“不，公式主义在这领域上是比在什么地方都不成文问题的。”

原译文为“这样还必须从旧俄国底半奥布洛摩夫（译者注——奥布洛摩夫是龚察洛夫底小说底主人公；他虽具有一切才能，然而没有可以实现计划的实行力，终于在做梦似的幻想之中过去日子）式的，半营利的原理——‘作者只写作，读者只阅读’里，夺去那一切的土台。”

冯雪峰把其中的“译者注”修改为“奥布洛摩夫是龚察洛夫底小说底主人公；是无可救药的懒人”[11]，把最后的“土台”改为“地盘”。这一改动简明扼要，通俗易懂，读者一看就明白。其他还有不少的修改之处，不再举例说明。冯雪峰还增补了最后一大段：

开始工作吧，同志们！在我们之前站着困难的，然而是新的，伟大的，高贵的任务——在与社会民主主义的劳动运动之密接的，不断的联系上，组织广泛的，多方面的，多种多样的文学的事业。

一切社会民主主义的文学不可不为党的文学。一切的报章、杂志、出版所等等，都应该即刻开始再组织活动，即应该开始这些一切都站在各种的党组织底各种原则上的那种状态底准备。只有这样的时候，“社会民主主义的”文学才能真实地成为这样的文学，只有这样的时候，他（它）才能在资产阶级社会的圈内，而与资产阶级的奴隶分离开，真实地和前卫的革命的阶级的相溶（融）合。

这增补的文字填补了原译文无结尾的缺憾，但是，原译文的开头部分怎么处理呢？冯雪峰特地在译文的最后附录了《列宁与艺术》的编者S. 特莱甸的注释：

乌拉迭弥尔·伊力支（列宁）底这篇论文是在发生了将党底文学（主要

地煽动、宣传文学）移于合法的状态的问题的时期写的。是一九〇五年（十月底）自由刚刚被宣言了的时候。思想的农奴制度底［伊索底言语，文学的屈从，奴隶底言语底被咀（诅）咒的时代］是好像相当程度地过去了。但是……乌拉迭弥尔·伊力支一便将“无产阶级现在不过只获得了一半自由。革命底状态是不得不即刻开始新的工作底整调的。到此为止合法的出版是非党的东西——因为党的说话是被禁止了的。”这事情指摘出来，一半竭力主张新出的文学必要有分明的党的色彩。同时这论文不但只说到专门的宣传文学，并且也触到艺术的创作一般的根本的问题，促进着现在也还有积极的意义的那许多最原则的问题。……

此为“一石双鸟”，除了介绍有关背景之外，其中有些文字恰好是列宁此文开头一些重要内容，以 P. K. 译文为例：

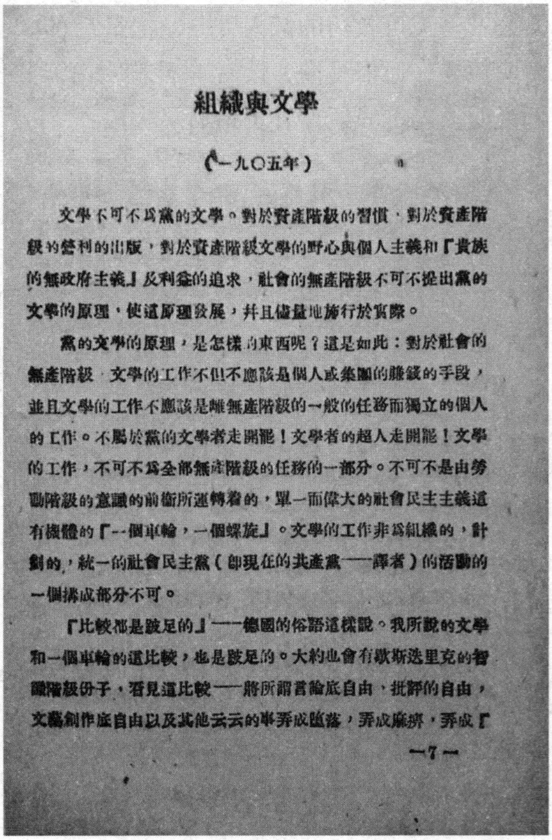

組織與文學

（一九〇五年）

文學不可不爲黨的文學。對於資產階級的習慣，對於資產階級的營利的出版，對於資產階級文學的野心與個人主義和『貴族的無政府主義』及利益的追求，社會的無產階級不可不提出黨的文學的原理，使這原理發展，并且儘量地施行於實際。

黨的文學的原理，是怎樣的東西呢？這是如此：對於社會的無產階級，文學的工作不但不應該是個人或集團的賺錢的手段，並且文學的工作不應該是離無產階級的一般的任務而獨立的個人的工作。不屬於黨的文學者走開罷！文學者的超人走開罷！文學的工作，不可不爲全部無產階級的任務的一部分。不可不是由勞動階級的意識的前衛所運轉着的，單一而偉大的社會民主主義這有機體的『一個車輪，一個螺旋』。文學的工作非爲組織的，計劃的，統一的社會民主黨（即現在的共產黨——譯者）的活動的一個構成部分不可。

『比較都是跛足的』——德國的俗語這樣說。我所說的文學和一個車輪的這比較，也是跛足的。大約也會有歌斯迭里克的智識階級份子，看見這比較——將所謂言論底自由，批評的自由，文藝創作底自由以及其他云云的事弄成墮落，弄成麻痹，弄成『

—7—

图6－6　冯雪峰翻译的《组织与文学》

在十月革命（指一九〇五年十月的政治罢工——译者）之后，在俄国所造成的社会民主党工作底新条件。在日程上提出了党的文学问题，非法刊物和合法刊物之间的区别，这个农奴制的专制的俄国时代底悲惨的遗迹开始在泯灭下去了。……

在存在着非法刊物和合法刊物底区别时，关于党的刊物和非党的刊物的问题曾经非常简单地和非常不正确地，歪曲地解决了的，而非法的刊物都是党的刊物，它由组织出版，由与党的实际工作集团主持。一切合法的刊物是非党的（因为党性是被禁止的）……

可厌的伊索寓言式的笔

调，文学的卑躬屈膝，奴隶的语言，思想上的农奴制！无产阶级结束了这个窒息俄国的一切生动的和新鲜的东西的丑恶。可是无产阶级暂时只替俄国争取了一半的自由。

此内容与冯雪峰增加的附录注释相比较，便可大致了解列宁此文的开头一些重要内容，虽然并不完整，但至少在当时冯雪峰尽力了。这其中的原因牵涉到日译本《列宁与艺术》是否完整地翻译了列宁此文。

冯雪峰把以上的列宁论述归纳为一个总标题《文化的建设之路》，赋予多种含义：其一，配合"拉普"解散带来的"思想整顿"问题，介绍列宁曾对"拉普"有关的无产阶级文化协会"左"倾言行进行批评等论述，使读者进一步了解苏联文坛的普罗文学动态。

其二，在"拉普"解散之后，冯雪峰以敏感的政治意识，认为很有必要再次提及列宁《组织与文学》的话题，起到警示、教育作用，而且修改、增补原来的译文，不仅进一步凸显主旨，而且弥补了原译文缺少开头、结尾的缺憾。

冯雪峰与同时期瞿秋白翻译的立场完全一致，都是把列宁此文作为一种"最高指示"，即将文学作为党的整个事业的一个有机的组成部分，由此否定了自由主义的文学理论，取而代之为"党的文学"的口号。同时更愿意从"政治－艺术"的模式，强调左翼文学创作的每一个环节，包括选择的题材、思想倾向、写作方式等。

其三，以上两点与张闻天的《关于文艺上的关门主义》批评党内"左"倾相呼应，在同一期刊物上形成了一个"整体"。细细品味，才能体会到冯雪峰的用心良苦。

新中国成立后，列宁文又多次重译，1982 年第 22 期《红旗》发表新译文，改题为《党的组织和党的出版物》，引起广泛关注。有些学者认为修订后的新译文不能被视作列宁论文艺问题的经典之作，文中的某些警句也不适合用于阐述文艺问题。对此，这期《红旗》刊登了《〈党的组织和党的出版物〉的中译文为什么需要修改?》一文，作了合情合理的解释。

《文化月报》和《世界文化》第 2 期的"弦外之音"很多，冯雪峰默默无闻地付出了很大的心血和精力，但是有关专著均未介绍。还有社联的撰稿人也未能透露有关的内情，甚为可惜，这是无法弥补的沉重空白。

［注］

［1］［8］夏衍的《懒寻旧梦录》，生活·读书·新知三联书店1985年版，第213页，第212－213页。

［2］包子衍：《雪峰年谱》，上海文艺出版社1985年版，第65页。

［3］［10］丁言模：《周扬第一次主编左联刊物〈文学月报〉》，载丁言模：《穿越岁月的文学刊物和作家（三）》，中国社会出版社2018年版。

［4］丁言模：《巴金领衔的“三驾车”〈文季月刊〉》，载丁言模：《穿越岁月的文学刊物和作家（二）》，中国社会出版社2017年版。

［5］丁言模：《鲁迅出资支持的左联后期刊物〈文学新地〉》，载丁言模：《穿越岁月的文学刊物和作家（一）》，中国社会出版社2017年版。

［6］应修人与冯雪峰等人都是早期新诗歌的优秀创作者，他们成立了“湖畔诗社”，并以诗社名义出版了《湖畔》《春的歌集》等诗集。1930年应修人从莫斯科回国后，曾在上海中共中央军委、中共中央组织部工作，并参加左联，参与左联机关刊物《前哨》创刊号装订与发刊工作。1932年1月，党组织调应修人到中共江苏省委宣传部任秘书，后任宣传部长。1933年他与国民党特务搏斗时牺牲。

［7］瞿秋白与张闻天的关系，详见丁言模：《两个“小卒”转换角色——瞿秋白与张闻天》（删节稿），载常州瞿秋白纪念馆编：《瞿秋白研究》第14集，上海社会科学院出版社2007年12月出版。另见丁言模：《瞿秋白与共产国际代表》有关章节，中国社会出版社2014年版。

［9］丁言模：《反对关门主义的北平〈文学杂志〉月刊》，载丁言模：《穿越岁月的文学刊物和作家（二）》，中国社会出版社2017年版。

［11］瞿秋白注解为：“《沃勃洛莫夫》（‘Oblomov’）是俄国作家龚察洛夫的著名小说，那小说的主人翁沃勃洛莫夫是个懒散，糊涂，惫懒，随便，腐烂的人物的典型。”（瞿秋白编译的《关于列宁论托尔斯泰的两篇文章的注解》）

［附录一］

拂去80多年的历史尘埃，填补多项史学研究的空白

——重现瞿秋白夫人杨之华的长篇小说手稿《隔离》（未完）

上海鲁迅纪念馆有关人员在档案室里，特地翻检出瞿秋白夫人杨之华[1]

的长篇小说手稿《隔离》（未完）。时隔80余年，拂去历史尘埃，现公布于众，以此纪念革命前辈瞿秋白、杨之华夫妇。

该小说是瞿秋白指导、杨之华执笔创作长篇小说《豆腐阿姐》之后又一部长篇小说。经初步研究，该小说具有多重意义：作者第一次以亲身经历描述了轰轰烈烈的大革命及其失败，包括宝山路会馆——上海总工会的内情，四一二的宝山路血案等，填补了中共上海党史的一个空白；作者第一次以文学作品反思中国大革命的成败，折射出党内的激烈斗争，这在中国现代文学史上尚属首次；作者第一次以亲手培养的纱厂女工朱英如等作为原型，塑造了上海丝厂女工阿毛的光辉形象，填补了20世纪二三十年代左翼文学运动史中此类“尖端”作品题材的空白；作者第一次引用了瞿秋白创作的说唱作品，并且进行了点评，也代表了瞿秋白的看法，这在瞿秋白研究史上是唯一一次；再一次见证了瞿秋白、杨之华亲密合作，将瞿秋白等人倡导的普罗文学付诸创作实践，同时折射出瞿秋白、杨之华夫妇借鉴苏联小说特点的创作理念；《隔离》是瞿秋白指导、杨之华执笔写小说的最后一篇，并非是事前的小说《豆腐阿姐》，由此弥补了笔者和父亲丁景唐等同人长期研究瞿秋白、杨之华夫妇的缺憾。

冯雪峰编排《隔离》第一节

1933年1月15日，“文总”（中国左翼文化界总同盟）的机关刊物《世界文化》第2期（前期为《文化月报》创刊号，1932年11月15日印行）“文艺栏”仅刊登一篇小说《隔离》，文末注明（待续），署名文尹，这是杨之华的笔名，然而最初在鲁迅日记里并非专指杨之华。

1931年1月瞿秋白被逐出中共中央决策层，一直到1934年初离沪赴苏区，史学家把这期间称作是瞿秋白重返文艺园地。其实，这也同样适用于当时也被撤职的杨之华的身上，10年前她就已拿起笔开始重新认识社会，学会思考。杨之华的早期文章大致分为几类：小说、政论、随笔。其中她的“问题小说”沿承了五四新文化的批判传统，不过政论往往代替了形象思维。[2]

刚从繁忙的工作岗位上被迫撤下来时，杨之华很不习惯。在瞿秋白的开导下，她才慢慢习惯了新的环境。她先后翻译和写了不少的文章。

鲁迅帮助杨之华修改的第一篇小说是《豆腐阿姐》。当时瞿秋白、杨之华还没有与鲁迅见过面，瞿秋白与鲁迅也只是在来往书信中“神交”，因此杨之华觉得以自己的处女作去打扰鲁迅——海内外扬名的著名文学家，心里忐忑不安。但事情出乎意料，让杨之华大受感动，对于鲁迅的为人处世有了新的理解。

1932 年 9 月 25 日，鲁迅在日记中写道，“阅文尹小说稿，下午毕”。现在《鲁迅全集》注释为鲁迅审阅杨之华翻译的绥拉菲摩维支《一天的工作》《岔道夫》。事前，瞿、杨夫妇第一次去看望了鲁迅夫妇，二十几天前（9 月 1 日）鲁迅夫妇带着周海婴第一次回访瞿、杨夫妇。鲁迅校改的此译稿，收入苏俄短篇小说集《一天的工作》，由良友图书印刷公司出版。两个月后鲁迅收到良友公司版税金 240 元，立即分给“文尹”60 元，此数额相当于瞿秋白、杨之华夫妇几个月的党组织补助金。足见鲁迅完全了解瞿秋白、杨之华夫妇的生活困境，尽力给予帮助。

1932 年 9 月 14 日，鲁迅在日记里写道，“上午……文尹夫妇来，留之饭”。按照一般说法，总是以男的大名为前，称其某某夫妇。如果“文尹”是指杨之华，那么称“文尹夫妇”未免不妥。因此，鲁迅在日记里这样称呼可能是指瞿、杨的合称，因为他看得出杨之华的译稿经过瞿秋白的精心修改。而且，如今此两译文都收入《瞿秋白文集》，这也是妥当的处理办法。

从另一个角度来看，鲁迅为了防止意外，在日记中故意不提瞿、杨真实姓名，而以“文尹夫妇”取代。但以后随着杨之华也写信给鲁迅，于是“文尹”在鲁迅的笔下就失去了原指瞿、杨夫妇的初衷，而变为杨之华的专称。1933 年 7 月 5 日，鲁迅在日记中就写道，“得疑仌及文尹信，并文稿一本”。在这里的“文尹”已完全变成了杨之华的代称，因“疑仌”是指瞿秋白，此出处是鲁迅写的一副著名对联（即“人生得一知己足矣，斯世当以同怀视之”）中对于瞿秋白的称呼。因此，瞿、杨最初起“文尹”笔名有可能原意就是指他俩夫妇的合称，鲁迅也许知道，也许是推理的。

杨之华《豆腐阿姐》（发表时署名文君）与两篇译稿是同一段时间写的，根据现有的材料推算，后者在先，因为前者还受到后者的影响，但是先给鲁迅修改的则是前者。杨之华使用的两个笔名“文君”和“文尹”的原意有可能都是指瞿、杨两人的合称，不过这只是一种推理。有趣的是这两个笔名只相差一个“口”，也许还有其他用意。

至于《隔离》何时写的，如何辗转到冯雪峰的手里，把《隔离》第 1 节编发在《世界文化》第 2 期上呢？

杨之华的手稿是写在黑封面的练习本上，共有 40 页，钢笔书写正面，背面空白，每行之间留出空余之处较多，便于修改。字迹大多端正、清秀，繁体字与简体字相间，标点符号大多清楚。这是一份誊清稿，但仍有不少修改之处，包括增删字，第38页上端还增加了一大段文字。最后一页摘抄了一则新闻，戛然而止，显然准备以此作为新的起点——九一八事变后的抗日战争，继续写下去。

《世界文化》第2期发表《隔离》，只是该小说的第1节，后面还有7节，全文共有2万多字（未完）。最后摘抄的一则新闻时间为1932年8月，其如下：

达同兵变详情

教导队第三连全体反叛

连排长等官佐皆被枪毙

［吴浒通讯］军校教导总队于今春参加抗日之战役，即调皖，继陈军接防达同等三处，迄今已三月余，军民感情初尚相洽，不料平地一声雷，调往达同驻防之第一营第三连上有粗黑点，示以重点。但，忽然全体叛变，击死连排长后，向山中逃去。今日上午十点钟，达同程营长派士兵两人押解击毙之张连长和洪排长尸身，乘坐升泰小轮连夜赶到吴浒报告，谓该连由吴浒调达同后，奉令驻在江南大士阁，担任达同本镇的防务，昨日晚上十时，营内已吹号就寝，万籁无声，但于星光下微显出三三两两之士兵正在窃窃耳语。维时连排长正在酣然大睡，鼻声如雷，门房外徒然走进数人，手执种田的犁头跑进来，一人安排一个，头脑壳都击成一个大窟洞，浆血并流，可怜张连长洪排长等正似张飞一般被人暗害，临死尚不知来由。叛兵既将官长尽行杀死，认为时机已到，吻哨一声，朝天放枪两声，始别大士阁营盘而蹿逃山中。闻为首者为赵某等数人。当事变时，张连长之马弁曾被叛兵抓住，本欲将其处死，本为旁人说情始行释放，及叛兵逃去后，却往找地保，过河报告营长。营长得悉，命令第一连跟踪追赶；亦不及备文，即令此马弁星夜乘船来吴（浒）报案。朱总队长一听此情，甚为震怒，立带亲信特务排仍乘升泰轮驰往达同剿办，立刻分别报告委员长，军官学校及省府，分饬毗连各县分调警团防堵，惟叛兵人数既有一连，复挟有把机关枪四挺，自动步枪八架，枪精械利，恐无人敢与周旋耳。

“赵某”原稿上有粗黑点，示以重点。但是，暂且未找到此消息的原出处（可能有改动）。不过同年 12 月 24 日上海《申报》刊登题为《蒋委员长电浙防堵变兵》的消息：“皖保安队士兵在宁国县哗变，蒋委员长以该批叛兵军械齐全，渐向东窜，恐浙境受其骚扰，特电饬竺鸣涛派军队防范堵截。竺再分电驻吴兴保安队第二团，暨毗连皖境之于潜昌化……各县派驻军堵截。”这似乎与上面的新闻有某种内在联系，尚需佐证。

如果《隔离》引用的这则消息的时间得以确认，那么《隔离》手稿至少在 1932 年 8 月以后完成。1932 年 9 月 25 日，鲁迅“阅文尹小说稿，下午毕”。也许并非指《一天的工作》《岔道夫》译稿，而是“阅文尹小说稿”《隔离》，如果确证，那么为鲁迅日记增添了一则新注解，这当然需要佐证。

这时，冯雪峰与鲁迅继续保持联系。1932 年 10 月 6 日，鲁迅在日记写道：“晚洛扬来并赠桌上电灯一座。”12 月 11 日，鲁迅邀请在家里避难的瞿秋白、杨之华夫妇和冯雪峰、周建人吃晚饭，这在鲁迅日记中有记载。《世界文化》第 2 期（1933 年 1 月 15 日）问世之后，1 月 15 日，鲁迅收到瞿秋白（维宁）的来信。1 月 25 日，鲁迅邀请冯雪峰前来吃年夜饭，“又买花爆十余，与（周）海婴同登屋顶燃放之”，一起欢度除夕之夜。

而且，冯雪峰事前点评过瞿秋白、杨之华合作的小说《豆腐阿姐》（《关于〈总退却〉和〈豆腐阿姐〉》），发表于左联刊物《北斗》第 2 卷第 2 期（丁玲主编，1932 年 5 月 20 日出版），同期刊登《豆腐阿姐》。因此，杨之华的《隔离》能够刊登《世界文化》第 2 期并非偶然，虽然其中内情不详，但是与鲁迅、冯雪峰密切相关。

《世界文化》第 2 期发表的第 1 节内容，与现存的杨之华誊清稿进行核对，除了少数的增删字和标点符号，基本相同，后面修改之处明显增多。因此，在誊清稿之前，理应有一份抄录的原稿前几节送出。而且《隔离》原稿也是陆续写成，其中有较多的痕迹。

誊清稿的黑色封面本子，很可能是瞿秋白离沪临行前赠送的。1934 年 1 月 7 日，早晨，瞿秋白拿着杨之华事前买的 10 本黑漆布面本子，这是瞿秋白最喜欢的。瞿秋白对杨之华说：“这五本是你的，这五本是我的。我们离开以后不能通信，就把要说的话写在上面，重见时交换着看。”他还为杨之华制订了半年学习计划。[3] 当天晚上，杨之华与一起工作的同志各出一元钱，叫了一个菊花火锅，买了一些苹果，为瞿秋白饯行。深夜 11 时，下着大雪，杨之华送瞿秋白到门外，瞿秋白说：“之华，我走了！”杨之华说：“再见，我们一定能再见的!”如果能确证，那么这份誊清稿《隔离》具有特殊感情和意义。

杨之华的小说稿《隔离》未能继续写下去，这是复杂因素造成的：瞿、杨住址变迁，杨之华重新复出工作，瞿秋白被捕牺牲，杨之华赴莫斯科参加共产国际“七大”等。杨之华离沪之前，把瞿秋白手稿和《隔离》等交给鲁迅、许广平保管。但是，此后因各种因素，杨之华再也没有提及小说《隔离》。

1946年7月20日，杨之华等人终于从新疆监狱释放，经长途跋涉，抵达延安。杨之华刚到枣园时，就写信给许广平：“在牢中经常的怀念你们一家人。海婴大概长得不会认识的了……十年前的故事，一幕一幕的复演在我的眼前。追念故友们不免有些感概。好在他们的血迹烈烈在人行道中。……我的身体不算十分坏，大概比你们所想象的要好一些。亲爱的广平姊，苦难不仅压不倒我的躯体，反把我的意志和个性磨练得更强硬了，这是可以告慰一切关怀秋白和我的朋友们的。……如蒙不弃，有以教之，妹当感激也。如见各旧友。请姊代我向他们致热烈的敬礼，并遥祝他们都健康!”[4]

1949年4月14日，杨之华出席全国民主妇联第一届第一次执委会会议。会议推选蔡畅为妇联主席，邓颖超、李德全、许广平为副主席，杨之华等17人为常务委员。会议任命妇联各部部门人选，杨之华为国际工作部部长，陆璀、廖梦醒为副部长。因此，杨之华与许广平在不同场合有各种交往。

同年6月，杨之华带领工作组（成员有汪敏、石敏、周湛、陈新和警卫员霍四祥等）到上海国棉十七厂，帮助建立基层工会，整顿原地下党组织。杨之华与朱英如（国棉十七厂女工委员会主任，《隔离》女主角阿毛的原型之一）重新见面，并与朱英如、厂军管会主任陈克奇、副厂长夏循元等人合影留念。

1950年，许广平把《隔离》手稿等一起捐赠给筹备中的上海鲁迅纪念馆。此后，杨之华写的《瞿秋白同志年谱》（曾在小范围内散发打印稿）[5]，以及中共中央组织部委派洪久成协助杨之华，陆续完成十几万字的《回忆秋白》（人民出版社1984年版），第一次奉献了一个比较生动的瞿秋白形象，虽然未能提及小说稿《隔离》，但是有些内容可以与《隔离》互相映照、互为补充。

1961年4月28日，杨之华与许广平参观了上海鲁迅纪念馆，同副馆长谢旦如等工作人员一起合影留念（此照片刊登于1989年2月出版的《上海鲁迅研究》第2辑），大家也许未谈起《隔离》手稿之事。

上海鲁迅纪念馆编的《上海鲁迅研究》第4辑（百家出版社1991年6月出版）刊登了《〈世界文化〉第二期的发现及其他》（朱家栋），首次披露了杨之华的《隔离》手稿的有关信息。

但是，此文误为上海文艺出版社未能影印《世界文化》第2期，作为当初策划影印本的当事人丁景唐作了解释：“一九六四年七月，上海文艺出版社改名‘人民文学出版社上海分社’，曾根据原刊影印，共印二千三百本，该刊属罕见刊物，影印本在‘文革’中也遭毁坏，流传甚少，成为新的‘孤本’。上海鲁迅纪念馆编的《上海鲁迅研究》第四期有文称：上海文艺出版社竟找不到它的影印本，怀疑《世界文化》第二期事实上没有印出来。作为当事人之一，我不能不在此附加说明，刊物是印出来的，只是在我社一九八四年编印的《图书总目》（一九五二—一九八二）中漏收《世界文化》第二期。由于‘文革’浩劫，我社版本书损失甚多，且上海市出版局收藏的各出版社的版本书也已被出售，甚为叹惜。”[6]

如今《隔离》全文得以发表，终于完成了多年之前瞿秋白、杨之华的夙愿，以告慰瞿、杨夫妇和鲁迅、冯雪峰等前辈的在天之灵。

《隔离》女主角原型之一朱英如

冯雪峰在《关于〈总退却〉和〈豆腐阿姐〉》一文里指出《豆腐阿姐》存在的缺点，认为小说主要描写1932年一·二八淞沪抗战中的“落后的工人为材料”，即豆腐阿姐和丈夫，并且放在反对资本家的斗争之外“独立地去描写”，造成这样印象的原因，也许不是作者的原意，是作者在写作过程中的思路走上了“岔道”。

因此，瞿秋白、杨之华在构思《隔离》时，将主人公改为纱厂女工阿毛，始终站在斗争的第一线，她从一个“吃素尼姑”成长为一个勇敢的职业革命家，与《豆腐阿姐》的构思截然不同。阿毛经历了大革命高潮，参加罢工，去广州参加全国劳动大会。上海工人第三次武装起义胜利后，她置身于湖州会馆——上海总工会的热闹非凡场景。她亲眼目睹1927年四一二宝山路血案，不久被捕入狱。小说最后描写了阿毛的丈夫赵先生（药店店员）面对残酷的事实，彻底觉醒了，脱下长衫，从戎扛枪，并策划国民党军队教导团的一个整连兵变，小说暗示着他们一行进山参加红军，投入艰苦的土地革命战争，将迎来全面爆发的抗日战争。阿毛仍在监狱里，日夜期盼着有一天与丈夫重新相逢。

阿毛的原型之一的朱英如（1894—1960），又名朱阿毛，江苏扬州人。她 14 岁到上海，先后在三新、英商老怡和纱厂、日商第三丝厂做工。1925 年五卅运动期间，杨之华等人培养她入团、入党，使她成为女工活动的骨干分子。1926 年 2 月，朱英如当选为中共上海区委候补委员，3 月担任曹家渡部委妇女部主任。5 月出席全国第三次劳动大会，回来后就被调到闸北，与杨之华一起从事丝厂工人运动。10 月，朱英如担任上海丝厂党支部书记，12 月任中共闸北部委妇女部主任。

小说《隔离》中的阿毛形象也叠加着杨之华的活跃身影，更多地融入杨之华的信仰、反思和大无畏的革命精神。

1924 年中共上海区委在沪西、沪东、浦东、吴淞、南市、闸北、虹口等地区开办了平民学校。并针对这些地区女工的实际情况，有的还开设了妇女特别班。杨之华与蔡和森、向警予、邓中夏、李立三等人开课讲授，讲解马列主义基本知识，启发男女工人的思想觉悟。杨之华经常深入到女工集中的工厂区，杨树浦、引翔港区的各家纱厂、浦东日华纱厂、英美烟厂、虹镇的协成丝厂等都留下了杨之华的活动足迹。在实际调查和罢工斗争实践中，杨之华与一批女工骨干分子建立了深厚的姐妹关系，还介绍朱英如、杨龙英等女工入团、入党。

在党内有关会议上，杨之华多次提出关于女工运动的动议，引起党内领导人的重视。1926 年 4 月 20 日，中共上海区委主席团召开会议，当时主持区委妇女部工作的杨之华提出开展妇女工作的一系列措施，她认为，“女工问题与上总协作，一方面在一般女同志中拉出一部分同志来协作”。这次会议决定派杨之华和诸有伦到工人区域参加实际活动。

1926 年 6 月，爆发了上海各丝厂大罢工，这一个月内先后有四次罢工，共计 60 多家丝厂的 3 万多人参加罢工。那时杨之华几乎天天都到罢工女工家里去，搞调查和宣传，帮助组织罢工委员会，提出五项条件，呼吁社会各团体给予支持。杨之华总结 6 月里前两次斗争经验时，明确指出斗争的目标：打倒穆志英，建立自己的工会。

1927 年 1 月，朱英如兼任上海丝厂总工会委员长（这意味着以前几家丝厂工会逐渐恢复活动），有关情况体现在杨之华的一份报告里，并且提及杨之华与朱英如共同工作，总的事务还是由杨之华负责。[7]

因此，小说《隔离》中出现纱厂、丝厂女工辛劳做工和工人家属的苦难生活，都是杨之华所熟悉的。更重要的是杨之华通过小说中的阿毛反思，大胆地说出了心底的话。上海工人第三次武装起义胜利后，小说《隔离》写道：

现在的阿毛专心致意的同着几十个丝厂里的男工和女工开始组织各厂的工会。她一天总要跑几个厂家，在那边，在这边的群众都是一样的热烈，一样的庆祝着暴动的成功，一样的要提出自己的要求，一样的要罢工；然而阿毛根据每天团体的决议，只限于组织工会。她看着群众自动的在工房里轰着，一定要罢工，——弄得没有办法。自然，根据群众的要求，跑到总工会去报告，去解说先组织后罢工的决议行不通。可是那些戴着眼睛（镜）坐在工会里指挥的先生们，一味的说“现在的形势只能够这样”；而且一次再一次的劝告着阿毛，“不要动摇，不然，会破坏联合战线的。”自然，阿毛觉得十二万分的为难了。她来来往往的在街道上踌躇着，踌躇着……她感到莫名其妙的空虚：这些工友，这些亲爱的成千成万的人，忽然间把她从自己的队伍里赶了出来，她和她们突然的隔离了！她们不承认她是“自己人”了，她们忽然间不要听她的话了。

多年后，杨之华回忆说：

当我怀着疑惑的心情走进了罢工的工厂，看见工人群众的斗争情绪高涨，就想：如果这时候共产党派来的人去禁止他们罢工，他们不但不会停止斗争，反而会损害他们对党的信赖。我想我是一个共产党员，应该支持他们的斗争，领导他们取得正当的利益，我不能执行禁止罢工的命令。然而我又想，共产党员必须服从组织的决定。这时候，我很矛盾，不知怎样处理才好，经过再三考虑，还是决定回去把工人的情绪和要求如实地向陈独秀反映，建议他改变决定。当我向陈独秀报告的时候，他没有听完我的话就不耐烦地说：“现在不是罢工的时候！”

……陈独秀使劲吸着烟，丢了烟头，生气地推我说，你应该服从早晨党组的决定，不然，如果因此而破坏统一战线，那我们就什么也做不成！

我快快地退出办公室，在街上踌躇着，思考着，想着党的领导和群众的利益应该是一致的，就鼓起勇气回去再一次要求陈独秀考虑我的意见。但他根本不愿听我说话，激怒地说："你是不是一个服从纪律的党员？"我只好拖着沉重的脚步走了出去。

我又走到了那个罢工的工厂门口。这时，工人愈来愈多，他们看见了我，就兴奋地告诉我附近工厂也罢了工，要我领导他们的罢工……

在第二天的党组会上，我和其他领导工人罢工斗争的同志都受到了陈独秀的责备。散会后，我们几个人一起边走边谈，张昆弟同志说，真不懂为什么要用禁止工人罢工的办法来取得与资产阶级的联合呢？这样做只能使资本家反动！[8]

当时上海总工会党组接受陈独秀的直接领导，每天早晨，陈独秀到湖州会馆的一间厢房里来办公。项英、张昆弟、"北方老李"和杨之华都是党组成员，每天早晨都到这里来开会，研究工作，接受任务，杨之华的任务是组织丝厂工会。

陈独秀的"家长制"的作风，给杨之华留下了极为深刻的印象，半个世纪前已经鲜明地反映在小说《隔离》里，并且"以小见大"——形象思维开拓了无限联想的空间，由此上升到政治高度：反对陈独秀的右倾投降主义，这与瞿秋白当时的斗争矛头是一致的[8]。

因此，小说《隔离》的整体构思在此标题上便可窥见一斑，具有多重含义：党内的意见分歧，"戴着眼睛（镜）坐在总工会里指挥的先生们"右倾错误决策与工人群众的罢工要求相抵触，阿毛与"菩萨主义"赵先生的不同思想——坚持斗争与妥协、动摇的交锋，以及蒋介石背叛革命与共产党领导的广大群众成为你死我活的阶级敌人，原来参加大革命的朋友转变为国民党的欺骗行为作辩解等。最终阿毛被捕入狱，"铁窗上的栅栏又把已经没有'隔离'的人们重新'隔离'起来，可是这已经不是真正的隔离！"

这些形形色色的无数"隔离"，甚至尖锐对立，反映了剧烈动荡社会的一幅幅场景，在不同层次、不同角度、不同场合中勾画了各种人物形象：宁死不屈的英勇战士，彻底觉醒的"菩萨主义"者，高喊"不能破坏统一战线"的戴眼镜指挥者，以及卑鄙、狡诈的投机者，从而体现了瞿秋白、杨之华共同构思的小说《隔离》的宗旨："有了真理，什么都不怕！"（《隔离》第 5 节）

1927 年春，瞿秋白撰写《中国革命中之争论问题》，他坦然地准备承担此文将产生的一切后果。此长文是党内第一次比较系统地批判党内右倾错误，矛头直指陈独秀、彭述之等人，引起共产国际的高度重视。[9]

不怕斩首，“一切为革命的胜利！”这成为瞿秋白撰写此长文的指导思想和精神力量。他特别是强调无产阶级必须理直气壮地争夺革命领导权，这是尖锐地批判党内右倾错误的“重中之重”。这些都鲜明地体现在《隔离》小说里。

“农民要求着减租税，地主在请求政府帮忙，详细的情形，我不知道。不过在我们要动身的那一天，从海陆丰来的农民代表，特地带了翻译来和我们上海去的工友谈话，说了许多，他们还说：‘我们不要这样的政府，我们要牛屎腿的政府。’”

“啊！……牛屎腿的政府?!”大家很奇怪的呆了一下。赵先生在旁边也叫了起来，“牛屎腿？盗生格。”阿毛笑了，飞舞着她那一对又长又黑的眉毛，她说：

“我当时也不懂这个意思，后来问他们，才知道是要那些赤脚种田，腿上带着牛屎的人自己起来组织政府。”

“哈……哈……那么，我们纱厂工人讲起来要的是棉屑头的政府了，泥水匠要的是石灰手的政府了，还有这里的药店员要的是药罐头的政府了，哈……哈……阿毛姐，这话对吗？”长生一面笑着，一面拍着赵先生的肩膀，他的头上和蓝布短衫上还沾满着许多棉花屑。他仿佛懂得了：只有自己的政府才是好的。

这是第一次出现在20世纪30年代的左翼文学作品里，而且使用了工农大众的口头语，生动泼辣，强调指出必须要建立工农苏维埃政权。在小说的大革命背景中，这既是超前意识，也是小说反思的结果：党内右倾错误——拱手让出革命领导权，因此在1926年三二〇事件后，让蒋介石如愿以偿地独揽广东军事、政治大权，这是造成大革命失败的主要因素之一。小说不可能长篇大论地分析其中复杂的因素，能够以形象化的表述“点到”，足矣。

1927年党的八七会议，及时挽救了中国革命，这已经被历史进程所证实，瞿秋白由此成为继陈独秀之后的第二位党内领袖。[9]《隔离》为了强调这次会议的历史功绩，不惜采用了并不妥当的方式——赵先生收到一封汉口来信，要他转交给阿毛，由此透露八七会议（没有点名），只是说“在这里进行着一个重要的会议，要把那种投降政策打得粉碎”。最后再次强调“真理在前面”。

此后，杨之华被关押在新疆监狱里，受到审讯时，敌人问：“你牺牲生命也要同他们在一起?”杨之华坚决回答：“一个人为革命死而无怨。”在签字时，她又补充为“一个人为革命为真理死而无怨”。再次体现了瞿秋白的誓言：不怕斩首，“一切为革命的胜利!”

30年代初，瞿秋白参与左联的领导，提出了要争夺意识形态领导权的政治任务，也体现在他的大众文艺观里。他认为中国传统的封建主义思想观念与资本主义经济初步发展交织在一起的“市侩主义”，在一般民众思想意识领域里很有市场，直接影响到他们的人生观。从表面上来看好像是“大众所固有”，其实却是统治阶级思想统治潜移默化的结果，眼下流行的旧的大众文艺正是思想统治“灌输”的捷径，对于文化水平不高的底层民众尤其是如此。他把文艺大众化的问题放置在中国革命进程的大背景下，并以无产阶级必须领导民主革命的政治高度，观审文艺大众化的问题，并指出它是“和一般政治经济的斗争联系着的，是总的革命斗争之中的一个队伍”，关系到整个革命的胜利。

在此大前提下，瞿秋白又写了许多“旧瓶装新酒”的许多说唱、新民谣的作品。其实，早在五卅时期，瞿秋白主编中共中央第一份报纸《热血日报》时刊登了不少利用旧曲调写的说唱，其中有些是他写的。多年后，杨之华还记忆犹新。《隔离》先后引用了瞿秋白新创作的两首说唱：

其一，“……五月三十大罢工，帝国主义凶。呀呀呀得（而）哙，革命勿成功。官府来把工会封，卖国种。工友们呀，大家义气重。呀呀呀得（而）哙，齐心来冲锋！……”

1932年春，瞿秋白写的《五月调·照五更调唱》最后一节：“五月三十大罢工，帝国主义凶。呀呀得而哙，革命勿成功，国民党也杀人凶，一场空，工人们呀，准备再暴动，呀呀得而哙，还有红军红。”[10]

以上两者对比，后半段不同，不妨认为前者是瞿秋白初稿或修改的《五月调·照五更调唱》。

其二，《孟姜女寻夫》新调：“六进六出做煞人，洗衣煮饭要分身。要求八点钟工作，多一分钟勿要答应！一天做仔三角钱，买仔柴米来无末盐。男男女女结团体，大家才要加工钱。十月怀胎苦煞哉，机器旁边生小孩。一定要放两个月假，工钱照发更应该。青天白日勿希（稀）奇，伲要×（暴）动，挂×（红）旗。大家平等选代表，工人市民开会议。……”其中“勿要”为沪语，在原稿上是一个字，杨之华写为“要勿”为一个字。

1931年瞿秋白写的《工人要求新唱春》（仿唱春调）：“六进六出做煞人，洗衣煮饭要分身。要求八点钟工作，多一分钟勿要答应！一天做仔三角钱，买仔柴米来无末盐。男男女女结团体，大家才要加工钱。十月怀胎苦拉哉，机器旁边生小孩。一定要放四个月假，工钱照发更应该。大家平等勿希（稀）奇，只要暴动挂红旗。红旗领得红旗胜，大开工农兵会议。”[11] 其中“勿要”是一个字（沪语），这是瞿秋白创造的。瞿秋白原稿最后两句上边，写有“青天白日勿管俚，工人市民开会议”。

以上两者大半前段相同，因此不妨认为前者是瞿秋白的初稿或改动的《工人要求新唱春》。

这是杨之华首次引用瞿秋白的说唱，增添了瞿秋白不同版本的两个说唱作品，并且进行了点评，也代表了瞿秋白的看法，这在瞿秋白研究史上是唯一一次。《隔离》写道：

> 后来唱的人一个个的多了起来，阿毛也跟她们一起唱了起来。不大顺口的新鲜而奇怪的字句，虽然很不自然的填塞在悲哀的平庸的《孟姜女寻夫》的调子里面，然而工友们很兴奋的唱着，并不是因为这些字句编得巧妙，而是因为这些生硬的字句里包含着伟大的思想，激动着他们，使他们觉得唱了一遍还要唱一遍，似乎他们自己的歌声能够给他们更详细的解释。歌声充满了狭小的巷（弄）堂，这里没有五颜绿（六）色的电灯，只有烁烂的星光，在蔚蓝的天空中闪烁着。辛苦得十分疲劳的男女老幼们，站在每家每户的窗口门前，听得出神似的不愿意进去睡觉了。那些年青（轻）的男女们仿佛像展开了翅膀的鸽子一样，要从自己的窝里飞出来。

这充满了丰富的想象力，增添了浪漫主义的色彩，这些通俗易懂的说唱曲调本来在广大群众中有深厚的基础，现在“酒瓶装新酒”，瞿秋白、杨之华便希望也能飞入寻常百姓家，“歌声充满了狭小的巷（弄）堂”，男女老少都听得出神，甚至年轻人“要从自己的窝里飞出来”。由此充分展现了新型的革命说唱的强大生命力，达到了潜移默化的教育启蒙的作用，这是无产阶级争夺意识形态领域的一个重要组成部分。

瞿秋白以诗人般的激情和憧憬，迫切想改变革命文学的现状。他并不完全无视文学的审美价值，也希望“艺术程度很高”的大众文艺目标早日实现。小说《隔离》首次承认这些新创作的说唱存在的一些缺点，如“不大顺口的新鲜而奇怪的字句”，“很不自然的填塞在悲哀的平庸的《孟姜女寻夫》的调子里面”等。过去从未发现瞿秋白点评自己的说唱作品，现在却通过杨之华笔下的小说反映出来了，虽然这是转述，并非是瞿秋白亲笔写下的，但这也是填补了一种“空白”，很有参考价值。

《豆腐阿姐》与《隔离》比较

原来瞿秋白指导、杨之华执笔创作长篇小说《豆腐阿姐》长达约2.8万字，那时可称为长篇小说，与其后创作的《隔离》做个对比，至少可以得出如下的几种看法。

其一，这两部小说的初衷是要不折不扣地完成演绎政治思想的任务。瞿秋白在反对左翼作家“空谈”的同时，也强调要用“唯物辩证法”等政治术语“诠释”文艺作品，这也为演绎政治见解大开“绿灯”。造成这种矛盾（这在当时并不觉得）现象的原因很多，其中之一就是要服从党的指导思想，同时也深受苏联“拉普”文学创作思想的影响，包括庸俗社会学。

“形象大于思想”的文学创作原则，在那时的铁与火斗争时代里，常常要让位于大写的政治，这是热血激昂的口号战胜一切文学形象的强硬逻辑，容不得躲进书斋里细细思考。配合政治任务，就是要直接站在广大读者面前，唤醒民众，教育民众，鼓舞民众，去冲杀，去呼喊，这就是大写的“政治”领导文学审美观念的最现实、最直接、最有效的结果。

《隔离》远远超出了《豆腐阿姐》“演绎政治思想的任务”，包括提升的高度、扩展的力度、内涵的丰富性等，这在当时左翼文学作品中是前所未有的，也只有在瞿秋白指导下才能产生，毕竟他是以党内领袖的政治胸怀、远见审视文艺作品的。他严格要求当时的左翼作家，并以更高的目标严格要求“生命伴侣”杨之华。况且杨之华不仅具有同时代女性革命家的鲜明特点，也是女秀才，重新追求早年的文学之梦——以笔做刀枪，努力攀登心目中小说的美学境界——战斗文学。因此，《隔离》出现了许多“第一次”的时代烙印，非同寻常。

其二，《豆腐阿姐》的整体构思借鉴苏联、欧美等小说的影响，将故事的主要情节浓缩在一天一夜之内，这种构思如今依然被作家所青睐。《隔离》的背景时间跨度“猛然”扩展，折射出大革命前后的重大历史事件，直接影响了中国现代史的进程——宏伟壮阔、艰苦卓绝、前仆后继的一部史诗般的现代革命史。而且历史真实与小说虚构交织带来现实题材的审美特质，以及小说中的叙事节奏的变化，如何向内聚合，向外扩展，等等。

这些都需要有高瞻远瞩的政治眼光，掌控全局的艺术概括力，善于营造跌宕起伏的情节，妙笔生花的描写等。显然，杨之华已经尽了最大努力，况且是在险恶的政治环境里，四处躲避敌人的追杀，在有限时间和不同场合中，随时被打断思路，随时回想衔接，陆陆续续写成的。因此，不必苛责《隔离》对于许多场景的匆忙处理、细节的生硬描述、人物的拖沓对话等。

其三，《豆腐阿姐》的层次分明，段落清晰，结构严谨，而且每幅画面比较鲜明、生动，笔墨主要花在细节的描写上，力求真实，以此感染读者。《隔离》则是扬长避短，采用跳跃性的笔法，并且以“快闪”的方式“跳进跳出”，不拘泥“微观”的细节，每个小节承担的描写任务比较简短，这有利于缩短每个重要历史事件之间的描写距离，避免拖沓、拉扯，陷入枯燥乏味的“复制”历史。这属于“大手笔”的处理方式，颇有气势。

《豆腐阿姐》与《隔离》都采用了社会新闻作为创作的素材。

《豆腐阿姐》的背景是1932年一・二八淞沪抗战，小说中有关战争和难民的许多情节，在《申报》等报刊上都能找到“原型”。或者说社会新闻报道点燃小说创作的灵感火花，并且直接将有些社会新闻融入小说里。

《隔离》没有《豆腐阿姐》与社会新闻那么密切，但是最后的一则新闻素材（可能改动过），预示着下文将延续《豆腐阿姐》那样的创作思路，采用社会新闻作为创作素材之一。

《豆腐阿姐》《隔离》都出现许多沪语、俚语，这是文艺大众化的一种表现。《豆腐阿姐》大多引用得比较自然，《隔离》有时运用很出色，如“牛屎腿”等对话情节，有时则显得比较勉强。

其四，《豆腐阿姐》与《隔离》的女主角人物的塑造，各有特点。《豆腐阿姐》只有一条主线，“焦点”一直对着豆腐阿姐的工作、生活和逃难，比较容易抓住重点，便于刻画她的性格。《隔离》则出现了主角阿毛和赵先生（后为丈夫）各自经历的两条线索，交叉进行，展开故事情节，笔墨不得不分散，“各表一枝”，这需要灵活多变、精练勾画的艺术手法。由于种种因素，阿毛和赵先生的形象显得比较扁平，概念化的痕迹比较多。

赵先生的“菩萨主义”形象，在那个血与火的尖锐斗争年代里是比较常见的。他与阿毛的爱情故事也并不少见，但是，描写并不成功。值得注意的是赵先生的药店背景，在杨之华的早年生活经历里出现过。

1930 年 8 月，瞿秋白、杨之华从莫斯科回沪，去了北京东路 640 弄（余荫里）9 号，曾是杨之华父亲的住处。因为两年前离开上海赴苏联前，他俩曾把一些东西存放在那里。余荫里弄堂外面沿街左右两边都是商店，有大德烟行、姜万兴机器号、同德五金机器号等。往西的隔壁弄堂是新庆余里（658 弄），其旁边就是上海中药业四大名店之一“胡庆余堂药号”（664 号），其后还有该药号的作场和堆栈。“胡庆余堂药号”的伙计与杨之华认识，其中一个还曾帮助过杨之华。[12] 这个生活素材，也被杨之华引用到小说里，这更是鲜为人知的事情。

《隔离》的最大优势是杨之华自述经历和强大的反思能力，但是这也容易成为小说艺术处理的难点。她往往徘徊于“演绎政治思想”和形象化艺术表现的“两难选择”之间，时而倾向于这一边，时而走到另一个极端，因而小说里经常出现大段大段的议论，或者是大场面的描述，如宝山路的血案等，显得整篇文风不统一，随意之处比较多。

因此，小说中的议论除了作者直接表述之外，还通过阿毛、赵先生的心理活动来显示反思的内容和力度，这势必减少了形象化的描述，进一步刻画人物的性格。阿毛、赵先生的形象往往淹没在一幅色彩斑斓的巨大历史画面中，特别是后半部分，作者干脆直接站在读者面前，成为阿毛、赵先生的代言人。

其五，《豆腐阿姐》的表现手法比较单一，大多是平铺直叙，很少有悬念。《隔离》则力图采用多种艺术手段，如“快闪”、侧写、衬托、暗喻等，但是效果不尽如人意。

《隔离》小说开头采用象征性手法，以变化无常、深不可测的浩瀚大海的较多描写，暗喻社会斗争的复杂性、尖锐性、残酷性，力图在后面的小节中逐渐凸显小说“隔离”的内涵。可以说第 1 节是整篇小说的“凤头”，《世界文化》第 2 期及时提供了首次亮相的舞台。

小说后面部分逐渐显得力不从心，虽然各节开头有些呼应，但是有的小节内容只是为了“演绎政治”而表现，甚至与整篇小说的主旨脱节。如第 2 节引用瞿秋白的说唱，原来是准备描写成为职业革命家的阿毛回家看望阔别多日的母亲，结果被说唱的内容占据了主要篇幅。

第三节的文字特别少，仅有 600 字，原意讲述上海工人第三次武装起义的前奏，但是因故大幅度“缩水”，令人惋惜。其中主要原因之一，杨之华还是想避免比较陌生的内容，多写写自己熟悉的“第一手”素材，或者说她还缺乏写小说的丰富想象力，不敢大胆地尝试有些陌生的艺术表现手法。

其六，《豆腐阿姐》《隔离》属于不同类型的小说，各有不同的价值。

《豆腐阿姐》属于偏向于“灾难小说”的构思和描写，有些形象化描写比较生动：

天已经暗下来了，房间里已经充满着灰色而模糊的微光，静悄悄的浮动着。一阵阵的西北风从门窗里吹进来，盖在草棚上面的草簌簌的响着，飞动着，一位十岁的小姑娘坐在床门前，冷得手都冻肿了，脚底下的火缸还是早上妈妈出门去的时候放好了火的，现在已经像死人一样的没有热气了。房间里放着一张桌子，一只跷脚的长凳和一张床，床上的破旧的帐子，像在酱油里煮过一样的颜色了，盖在小弟弟身上的一块破的棉花，还是她亲生姆妈的嫁装（妆）棉被，底下填（垫）着的是外婆家里送来的草。在桌子底下的马桶已经有三天没有倒了，臭气不断的被风吹过来，一阵阵的送进了她的鼻子里。东也一堆尿布，西也一堆破布，挂在窗口的一只饭篮在摇荡着……

这是一个丝厂女工家里破旧的辛酸场面，活生生地凸现出社会下层百姓的一个“苦”字。

《隔离》也有类似细节的生动描写，如“黑色绸裤包得紧紧的肥肉堆满了整个方凳子”，“只有在地板上躺着几个大大小小闭着眼睛的洋囡囡，散乱的尿布。在花瓶上还留着几枝已经枯干了的花朵……”但是，该小说侧重于“政治小说”，或者说是注重于历史小说的笔调，形象化的描写往往因“政治演绎”的重大任务被迫“退居二线”，有时刚要“伸展手脚”，却被戴上了无形的枷锁，令人遗憾。

但是，该小说也保留了许多珍贵的第一手素材，如第 5 节叙述了湖州会馆里的布局和临时监狱等情况，这是许多专著未涉及的内容。多年后，杨之华回忆这段历史时，避开了临时监狱等情节，只谈起湖州会馆里庆祝第三次武装起义胜利的热闹场景，与《隔离》描写这段内容可以互为补充。

第三次武装起义攻打老北站时，伤员被临时安置在附近的教堂里（此处可以进一步考证）。如果杨之华也亲身经历，那么又可增添许多故事。至于四·一二宝山路血案，多年后杨之华回忆说：

四月十二日早晨，我照例去总工会，从浙江路走到宝山路，感觉街上的情况有些异常，便衣包打听很多，前面还传来枪声。我正在诧异时，那个丝厂铜匠工人慌张地跑来告诉我："你不能去总工会，那里出事了。我在这里通知大家另找地方开会，但找不到地方。"我就告诉他一个我私人的社会关系的地址，约他在那里等我。我立即跑到区委去了解情况和党的决定了，才知道蒋介石在这一天在上海各处向工人纠察队全面进攻了。[13]

显然，《隔离》描写四·一二宝山路血案，杨之华是在"第一时间"听取各方面介绍的情况，心灵受到猛烈冲击，留下了极为深刻的印象，一旦想起便会出现一幅幅惨不忍睹的画面，便拿起笔如实记录。

《豆腐阿姐》《隔离》是瞿秋白指导、杨之华执笔的文学创作成果，都具有浓厚的悲剧色彩，但是内涵与外延截然不同。瞿、杨努力尝试不同的整体构思、表现手法和写作风格，为后世留下了宝贵的文学遗产。

［**注**］

［1］杨之华（1901—1973）是中共早期领导人瞿秋白的夫人，中国现代妇女运动先驱者、新中国女工工作的开拓者。1924年经由向警予、瞿秋白介绍入党，继向警予之后担任中共中央妇女部第二任部长，中共"五大"第二位女性中央委员等职。新中国成立后，先后担任全国总工会妇女部部长、全国妇联副主席、中监委候补常委等职，"文革"中被迫害致死。详见丁言模、陈福康：《杨之华评传》，上海社会科学院出版社2005年版。

［2］［7］［12］丁言模、陈福康：《杨之华评传》，上海社会科学院出版社2005年版，第90—96页，第196—200页，第240—241页。

［3］［8］［13］杨之华：《回忆秋白》，人民出版社1984年版，第149页，第62—63页，第65页。

［4］周海婴编：《鲁迅、许广平所藏书信选》，湖南文艺出版社1987版，第477—478页。

［5］丁言模：《杨之华撰写〈瞿秋白同志年谱〉》，载丁言模：《瞿秋白、鲁迅等人往事探觅》，中国社会出版社2015年版。

［6］丁景唐：《犹恋风流纸墨香——六十年文集》，上海文艺出版社2004年版，第834页脚注。

［9］丁言模：《瞿秋白与共产国际代表》有关章节，中国社会出版社2014年版。

[10] 丁言模、刘小中：《瞿秋白佚文考辨》，中国文联出版社 2013 年版，第 240—241 页。

[11] 王铁仙：《瞿秋白文学评传》，百花文艺出版社 1987 年版，第 163 页。

[附录二]

隔 离

文尹

(一)

海风呼啸着，汹涌的波涛摇荡着整个的天地。在无边无际的乌黑的夜里，小小的轮船很艰难的往前爬着——似乎是进一步又退一步的，它时时刻刻气喘似的抖动着全身。闷热的统舱里的旅客，有的脸都苍白了，有的时刻的呕吐，有的昏昏沉沉的好睡。大家挤得紧紧的，全是零零碎碎的谈话声，脚步声，打鼾声，可是没有笑声。阿毛是第二次见着大海了。第一次是到广州去，这次是回上海。海已经不那么可怕了：海固然掀动着天地，但是海是什么？它有的只是无数的波浪，没有这些波浪，海也就没有了；而每一个小小的波浪，都不过是极平常的水。阿毛闭着眼睛躺在铺位上，想着海，想着一切。

“为什么在纱厂那么久，从前还经过丝厂和织绸厂，没有在几千几万的工友中找到一个可爱的人，而偏要恋着那个‘菩萨’？——菩萨是阿毛的邻居赵先生的绰号，他是个药店里的店员；因为他不肯多管闲事，不肯参加大家的‘胡闹’，所以连他的小妹妹林弟也常常叫他‘菩萨’了。是的，我现在和他似乎更加隔膜了……”

海风，可怕的海风不息的呼啸，海里的波浪一个个的滚过去，互相的拥抱着，互相的搀（掺）和着。波浪和波浪之间难道会有隔膜么？而阿毛始终丢不开这个苦闷的思想；她只能够自己安慰着自己：——

“呵，不要紧，他的菩萨主义，也许像我的吃素的一样，到后来自然会开荤的。”

一年以前阿毛就参加了五卅运动，又在厂里闹着一些“摇班”[1]的风潮，然而还是吃着长素。其实，她是很青年、很活泼的姑娘，干起事来总是很起劲的。不过她有些“守旧”，不知道为什么，她居然会相信吃素，她不喜欢涎皮赖脸的开玩笑。年青的工友们都叫她“尼姑阿毛”。这次在广州的时候，有一次在劳动大会的饭厅里，阿毛在自己的饭碗底里，忽然发见一大块肥肉，但是这碗饭已经吃掉了大半碗。自然，一些和她捣乱的工友登（顿）时“哄堂大笑”，故意要逼着她吃下那块肉去。她那时就说：“吃就吃了，有什么好笑的！”其实她早就可以开荤的了——一年以来劝她开荤的人还嫌少么？不过因为从小的习惯，无意之中总还是避开荤菜。现在既然开了荤，又给工友们说笑，她想起从前的痴念头，自己也觉得不好意思得很。

“哙（喂），阿毛姐，不要尽闭着眼，谈谈天，开心、开心！过两天回到囚笼里去，又是说话的功夫也没有了。”——睡在她前边的一个同厂男工友，吸着香烟，把赤颗（裸）的脚推着阿毛的头发。阿毛的幻想被那种油腔滑调的声音所打断了。

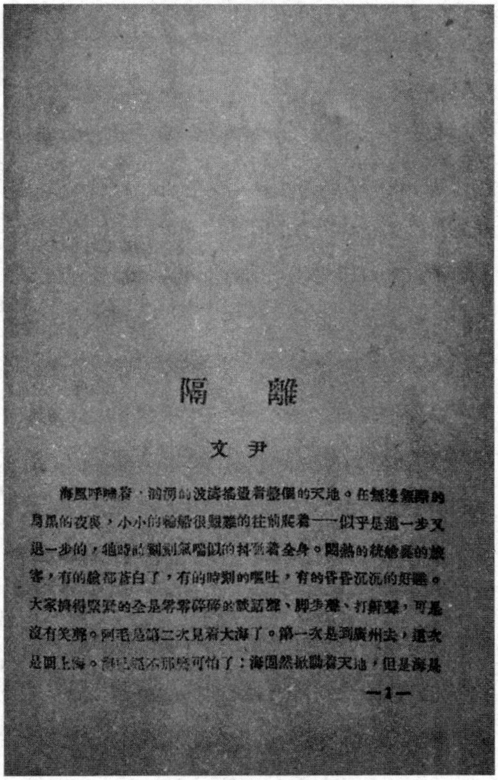

隔　離

文　尹

海風呼嘯着，洶湧的波濤搖盪着整個的天地。在無邊無際的黝黑的夜裏，小小的輪船很艱難的往前爬着——似乎是進一步又退一步的，牠時時刻刻氣喘似的抖顫着全身。悶熱的統艙裏的旅客，有的臉都蒼白了，有的時刻的嘔吐，有的昏昏沉沉的瞌睡。大家擠得緊緊的全是零零碎碎的談話聲、腳步聲、打鼾聲，可是沒有笑聲。阿毛是第二次見着大海了。第一次是到廣州去，這次是回上海。海已經不那麽可怕了：海固然掀騰着天地，但是海是

—1—

图6－7　《世界文化》第2期刊登杨之华（文尹）小说《隔离》

风声、浪声、轮船的机器声、咳嗽声又送到昏昏沉沉的阿毛的耳朵里来了。

“讨厌的……讨厌的烟气，热气，我要睡了，到上海再谈罢。”阿毛说了，还是闭着眼。

“哙（喂），你，我知道的，并不是真要睡觉，你在想念那个唐山的矿工代表[2]，他又年青又漂亮，又时刻来讨好你——不去想念他，良心上也是说不过去的。”在她对面躺着一位电车工人也插了进来。

“杀千刀[3]。我没有像你们那样的有良心，一看见女人就干着鬼鬼祟祟的把戏，应该多想想回上海来做些什么工作，不要尽想着吃豆腐，回去老婆要你的命！”她说到最后的一句，似乎那种严厉的声调又软化了。

“啊啦（阿拉）不怕家子婆的，也许她在吃别人的豆腐[3]。”……

滚着，滚着，一下子，船又在大浪头上抬了起来，全船的人的心彷佛都缩紧起来，一下子，船又跟着浪头落了下去，人的心又像松了一阵。起伏着，摇晃着、不断的恐怖紧逼着一些不（习）惯旅行的人。阿毛虽然早就自己对自己解释着：海是没有什么可怕的；但是，她还是时时刻刻会觉着恐怖：阿弥陀佛，假使这轮船真的翻了身呢？她抬起身来看了看那些“老出门的”，——他们像在自己的家里一样，如无其事的坐着，躺着。她不知不觉的又想起自己的命运，想起从前的许多痴想头，希望什么菩萨祖宗的保佑……她现在知道，菩萨和祖宗都没有用，茫茫的人海里，恐怖和哀求是“菩萨祖宗”所最看不起的。在社会的浪潮里面，也要像在自己的家里一样——她这样自譬自解的想着，同时她的身体彷佛放在摇篮里荡着，摆着，慢慢的到了无边无际的梦里去了。

她好像仍旧在永安纱厂[5]的细纱间里，紧张的机器声震动得她心惊肉跳。她站在机器旁边，挺直了腰，举起了手，在无数的抖动着的纱线堆里，接着断线头。呵，脚上彷佛垂着一块大石头，提不起来了，腰酸痛着，棉花屑满屋子飞扬着，不断的飞进鼻孔和喉咙。一阵咳嗽，头脑昏晕了。然而去看看“盎司”[6]表，照字数还没有到七个“盎司”还拿不到四角钱。再干，再干！其实支持不下去了，很想偷偷的跑到厕所里去坐一下。但是，在她旁边来往着的一位穿着黑长衫的拿马温，凸出眼睛，很严厉的看守着她。在她对面的墙角落里有一只四方的木箱，似乎很有力的像吸铁石似的引诱着她。忽然间一个活泼可爱的小姑娘的辫子滚进了机器的轮子，阿毛赶快抱住小姑娘，然而强有力的机器把她的辫子连头皮都拔了出去。阿毛抱着一个半死半活的血人儿，吓得一身冷汗，气都喘不过来的叫着：

“阿狗哥！救命呀！”

这时候，天已经亮了，然而暗淡的电灯还在云雾似的船舱顶上亮着。仿佛船已经不动，靠着码头，外面的人声乱轰轰（哄哄）的叫喊着。

阿毛和两位工友整理好行李一路回到一位老朋友的家里，也可以说这是工友的会议处。（在）这里看见了办事人，做了简短的报告，大家各自干着自己的事去了。当阿毛走到门口的时候，忽然从里面赶（走）出一位四十几岁的工人。像蒲扇似的手，满有力气的抓住阿毛的肩膀，很急忙的告诉她说：

“哙（喂），老朋友，你的厂里已经摇班过了呢！”

“呵，为什么？胜利的呢？失败的？”

“近来厂里常常要开除工人，工人自然要起来反对。他们还要求加工钱，工钱总算加了五分，但是工人还是（被）开除了的，你就是被开除的一个呀！”

阿毛出（吃）了一惊！

他又继续说：“……也可以说是胜利的，也可以说是失败的。不过这次群众的团结力很好，工人都拥护你。据说老板已经预备好，如果你再去捣乱，要叫流氓来打你，你怕吗?”

“怕什么呢？有手那（哪）怕没有饭吃，打有什么用，打不完的呀！”阿毛很匆忙的跑回家去了。

她的年老的母亲驼着背在扫地，一看见女儿就喜欢得开不出口来，然而她立刻想到了阿毛失业的恐怖，她只有这一个女儿，全靠她的工钱来活命的。阿毛很自然的注意着林弟的房间。“唔，这时候，林弟还没有放工回来，为什么房门开着呢?”她惊喜似的想着。

“姆妈，你好吗？林弟在家吗?”她问着，笑着，走进了自己的房间。

“林弟在厂里，她的哥哥病着，请假回来医病的。”……

阿毛不等姆妈说完，就三脚两步的跑到林弟家去了。老太婆很惊奇：“从前的阿毛看见男人总是怕难为情，不喜欢同男人在一起，我说起她的婚姻事，她总说再不嫁人，怎么她突然间跑去看赵先生了？况且她明知道那里只有他一个人。”……

充满了热情的阿毛，看见赵先生坐在暗瞳瞳（憧憧）的堆满了龌龊的房间里，拿着针线，很不像样的，在缝补着长衫上的裂口。赵先生带着疲劳而抖动的声调说：

“长久不见，阿毛姐，你好，我有一个星期没有去做工了，现在已经好些。”他侧转了头，带着微笑对阿毛看，一面很急忙的放开了针线，拖着一把竹椅子给阿毛坐。

“哈……提针线的手势都没有，会补衣服！我来替你补。”她立刻拿起长衫来缝补了。“呵，你生什么病，你不是一向身体很好的么。穷人那（哪）里生得起病呢！”

“是的呀，工钱要扣，药钱要出，盗生格[7]，阿毛姐，你知道你自己已经给永安老板开除了呢？我早就劝你，热心要热出毛病来的。不要多管闲事，盗生格，人人都像我一样做菩萨，世界就太平了。”

这种半死不活的口气，像冷水似的泼在她的心上。她的周身的热血，内心的热情，完全消失了。她立刻起了一种强烈的反感，她恨不得要撕破手里缝补的那件长衫，然而她竭力的压制了自己。苦闷和失望，她只好苦笑……。她正在无话可说的时候，林弟和两位男工友，三位女工友一同走进了房间。大家看见了阿毛，惊喜得要发狂！她们手里的空的饭篮在空中飞舞着。阿毛丢开了那件长衫，和每个进来的人握手。当她握着一位打包工人林长生的手的时候。赵先生冷眼的看着她。觉得她已经不是从前的阿毛。他自己虽然对阿毛还没有希望什么，然而他不自觉的发生一种嫉忌的心理。别人和阿毛在谈论些什么，他没有注意听，他竟在想着阿毛的变态和她那种活泼的动作，丰满的身体，秀丽的面孔，动人的眼睛；她比从前胖了，比从前有血色了。他坐在床边，突然听到底下的问话：

“阿毛姐，广东政府好不好？可以允许工人自由吗？”

“听说在三月以前的新政府确是不错，可是经过三月二十日[8]之后，在那里，也不像从前一样的自由了，在那里的工人说‘老×（蒋介石）要做皇帝’，事情究竟怎么样，那我也不十分清楚。”

“据说那边的农民可以不交租、不还债，这是真的吗？”

“农民要求着减租税，地主在请求政府帮忙，详细的情形，我不知道。不过在我们要动身的那一天，从海陆丰来的农民代表[9]，特地带了翻译来和我们上海去的工友谈话，说了许多，他们还说：‘我们不要这样的政府，我们要牛屎腿的政府。’”

“啊！……牛屎腿的政府?!”大家很奇怪的呆了一下。赵先生在旁边也叫了起来，“牛屎腿？盗生格。”阿毛笑了，飞舞着她那一对又长又黑的眉毛，她说：

“我当时也不懂这个意思，后来问他们，才知道是要那些赤脚种田，腿上带着牛屎的人自己起来组织政府。”

“哈……哈……那么，我们纱厂工人讲起来要的是棉屑头的政府了，泥水匠要的是石灰手的政府了，还有这里的药店员要的是药罐头的政府了，哈……哈……阿毛姐，这话对吗?”长生一面笑着，一面拍着赵先生的肩膀，他的头上和蓝布短衫上还沾满着许多棉花屑。他仿佛懂得了；只有自己的政府才是好的。

这时候，林弟正拿着茶碗，笑得站不住，把茶泼到了身上，她说：

“那末（么），哥哥要的是菩萨政府，泥塑木雕的政府。哥哥，是吗?哈……格……你，你的主义是什么？就是那个美国女人来这里说过的道理一样。她说：‘人家在你右边打一个巴掌，你就让他在的左边也打一个。’这种鬼话，同我们工人一点不相干的。”

赵先生似乎是在出神，在他的瞳（眼）神的深处含着的那种冷而阴险的光彩，射到了每个人的面前。阿毛仿佛松了一口气，然而她在心上替赵先生不好过。接着，工友都散了。阿毛的姆妈来叫阿毛回去吃饭。

（小巧）玲珑的林弟唱着小调，劈着木柴，她拾着一块块的木柴塞到灶肚里去，似乎她对于那只鲜鲜的五更调很有兴趣。

“……五月三十大罢工，帝国主义凶。呀呀呀得（而）哙，革命勿成功。官府来把工会封，卖国种。工友们呀，大家义气重。呀呀呀得（而）哙，齐心来冲锋！……”[10]

赵先生一个人孤另另（零零）的躺在床上，沉默着，思索着……暗沉沉的黄昏也渐渐的笼罩了下来。

（二）

“偷荤吃素的尼姑，不知道在外边轧了多少姘头，在家里总看不见她的！房租已经拖欠到这样久，四个月了，没有付清一个钱。阿宝的爹，你应该再去催催老太婆，再不来付钱，只好赶她出去。”

在灶间里烧着饭的老太婆听得清清楚楚，她拿了饭走进了自己的房间，那（哪）里还吃得下去。这样的骂怨已经听够了，白眼也看够了，每天的眼泪也流够了。自然，她有满肚子的怨气，但是去告诉谁呢？“淘气的阿毛会变到这样，要她到娘舅做的织绸厂去做工，又不肯去。出门去，一去几天不回家，这是不能怪别人的了。这是自己的女儿不争气呀。”她捧着一碗白饭，从眯睫着眼睛里，尽是一滴一滴的掉下亮晶晶眼泪水。阿毛十几年做工积下来的一笔老本——寿衣棺材费，也已经用尽了，箱子里的衣服也当完了，一天只吃两顿，再省也不能的了，拿什么钱来还房租呢？老太婆愈想越（愈）没有办法。她很孤独的在这间阴暗的房间里闷着。她跪在椅子上推开了西边的窗门，叹了一口气，白茫茫的天空，暗瞳瞳（憧憧）的树林，立刻使她起了一种恐怖：“杀头，枪毙，听说都在夜里，阿毛几天没有回家，外边的风声紧得不得了呀！啊唷唷，我的天呀，这是早点给我闭了口眼罢……”

阿毛离开永安纱厂已经一年多了。她一年来的生活都像滚在波浪里一样，今天滚到这边，明天滚到那边，一切不是自己所能料得到的。她虽然脱离了生产，然而她跑进了另外的一种紧张的，烦（繁）琐的，恐怖的政治生活。

她没有回家，她常常住在朋友家里。她在每天夜里还跑到夜学堂里去做临时学生。无论在白天里辛苦到怎么样，晚上她必定要读书写字。所以十（识）字课本和铅笔她终（总）是随身带着的；但是在最近的一星期以来，她是例外的过着异乎寻常的紧张生活。连“夜学堂”里都没有去了。等到事情有了一个段落，她反而觉得空虚，觉得失掉了什么似的；所以她想起了姆妈，想回家去看一看。她走过一条小小的弄堂，在那里有许多人拥在一起，她也就被那种伤心而带着悲愤的声调阻挡住了。“呵，是《孟姜女寻夫》，唔，怎么不是‘正月里来是新春’，而是……”她很仔细的听，听见：

“六进六出做煞人，洗衣煮饭要分身。要求八点钟工作，多一分钟勿要[11]答应!”

阿毛不知不觉的被柔和而清脆的姑娘的歌声，还有胡琴声所吸引了。“呵，这是时新的小调，多听一听罢。”她这样想，就走近那个唱歌的小姑娘。接着（唱）：

“一天做仔三角钱，买仔柴米来吼末盐。男男女女结团体，大家才（去）要加工钱。”

淡白色的月光笼罩着，在那里唱这曲子的姑娘不过十六七岁的光景，她嘻（翕）开了小小的嘴，和着她旁边一位年青小伙子手里拉着的胡琴，慢慢的又继续（唱）了下去：

“十月怀胎苦煞哉，机器旁边生小孩。一定要放两个月假，工钱照发更应该。青天白日勿希（稀）奇，伲要×（暴）动，挂×（红）旗。大家平等选代表，工人市民开会议。……”[12]

后来唱的人一个个的多了起来，阿毛也跟她们一起唱了起来。不大顺口的新鲜而奇怪的字句，虽然很不自然的填塞在悲哀的平庸的《孟姜女寻夫》的调子里面，然而工友们很兴奋的唱着，并不是因为这些字句编得巧妙，而是因为这些生硬的字句里包含着伟大的思想，激动着他们，使他们觉得唱了一遍还要唱一遍，似乎他们自己的歌声能够给他们更详细的解释。歌声充满了狭小的巷（弄）堂，这里没有五颜绿（六）色的电灯，只有烁烂的星光，在蔚蓝的天空中闪烁着。辛苦得十分疲劳的男女老幼们，站在每家每户的窗口门前，听得出神似的不愿意进去睡觉了。那些年青的男女们仿佛像展开了翅膀的鸽子一样，要从自己的窝里飞出来。

阿毛恋恋不舍的站了一些时候，才慢慢的，慢慢的走回家去：“姆妈年轻的时候会听见这样的小调吗?”……

（三）

在暖和的春风里已经传说着一种惊人的消息，全上海的人心都有些慌乱。站在机器旁边的工人已经燃烧了内心。一个月以前曾经经过这么几天——那是二三十万人的总同盟罢工，革命的海军放炮，孙传芳的大刀队砍头，那次是没有成功[13]，而现在——现在始终“又来了”！小沙渡[14]，杨树浦……的许多贫民窟里产生了“代表”，市民代表，甚至于老虎灶的小老板都来“投机”了。一些人并不怕大刀队，并看不起什么警备司令。在街上许多“下等社会”的人看着军警肩头上的洋枪，微微的笑着，也许他们是在想着：这些好家伙是可以夺过来的。最奇怪的是：他们还想着上海的“官儿”要大家做。这在中国真是空前的怪想头。五千年过去了，都是“平平静静的”，总是一个人做皇帝或者几个人做督办，都督，总司令之类。从没有听见过“铜匠间，织布间，缫丝间里的阿猫阿狗可以当代表”，还要代表几千几万人去管理上海，管理中国！从来也没有听见过！但是，几千，几万，几十万人现在想到了这个怪想头！

这些“怪想头”满街的飞着，空气紧张到极点。

工厂里大家等着消息，等着信号。

消息已经在传递——从这一区到那一区，从这一厂到那一厂。这是北伐军到了松江的消息吗？不单是！这里主要的是总工会的“消息”，至于北伐军——那是另外一件事！总工会说什么，就是什么。在总工会里是自己的人。[15]

果然，总工会说罢工——一九二七年三月二十一日[16]正午十二点钟，上海的一切工厂就停止了，摩托不响了，工厂的门口挤出了成千成万的群众……

他们要干什么？

（四）

阿毛自然参加这种“大逆不道”的事情。她早就知道十二点钟就没有电车了，因此，她一早就跑到外面去。她的姆妈知道外面的“风声不好”，急得个不得了。可是，这有什么办法呢？阿毛早就混在闸北一大群的丝厂女工堆里。

在华界上的男女工人已经聚在一起。前面的纠察队已经对敌人瞄准着，两方面的枪声已经开始。全上海——租界和华界都一霎时变成了一个恐怖世界。在闸北，在南市的十字街头站岗警察剥去了自己的制服，逃得一个都看不见了。店铺子，住户人家都已关上了大门。慌乱的脚步声，继续不断的流到租界里去，然而在华（界）租（界）交界的地方，已经不准中国人自由走动了。黄头发绿眼睛的外国兵奉着洋大人的命令，赶着笨重的铁甲车，几百几百的赶到了北浙江路河南里一带，在北四川路那边还有日本兵，在法租界有法国兵和安南兵，还有罗松兵[17]。今天的东西洋大人，实在也有点儿惊心了。这里，那里，所有华（界）租（界）交界的地方，都建筑了像刺猬一样的铁丝网，凶狠的机关枪，步枪，手枪，大炮的口子和电闪似的绿眼睛都对准着在华界里面的蓝布短衫的下等人。

意外的，雄壮而愤恨的呼声里混合着“咯……咯……咯……”，“轰……轰……”的枪炮声，一刻不停的继续着，受伤了的纠察队员躺在石子路上，像初阉好的鸡一样在人堆里抽动着。这时候的阿毛转来转去的找寻着妇女团体和女学校里派出来的看护。“呵，怎么看不到一个呢?”无情的枪弹在头上，在身边，一个个的飞着，飞着。她在愤怒中临时叫了许多女工，把受伤的工人一个个的从人堆里抬了出去。“抬到那（哪）里去呢？可恶的胆小朋友，只会吹牛不会做的小姐们躲避到那（哪）里去了呢!？不是据说已经分配好大批的女学生到前线来做救护工作的吗？奇怪，一个也看（不）见……”她想着。最后她想到了还是抬到宝山路的教堂里去罢。在教堂的门房间里找到了几块松木板，几十个女工开始了这个工作。

她们走进了这说阴沉沉的教堂，里面有现成的卧室还有床铺，（但）没有一个人，只有在地板上躺着几个大大小小闭着眼睛的洋囡囡，散乱的尿布。在花瓶上还留着几枝已经枯干了的花朵。一切一切都是零乱的。她们在短时间之内就布置好了纠察队的临时休息室和病房。在院子里满地铺着嫩绿色的草，仿佛在含笑似的欢迎他们！从外面抬进来的受了伤的人都皱紧了眉毛，嘴里还在不断的叫着：“打倒……打倒……”阿毛和别的女工们把他们安置在床上，地板上，把重伤的送到别的医院去了。从外面又飞进了一阵急迫的，忙乱的脚步声，大家来找阿毛了。几个女人同时的叫着：

“阿毛姐，阿毛姐，快出去，子弹，枪，放在什么地方？我们找不到（地方）呀。”

“啊呀，金生哥，你也打伤了吗?”——那位久锋丝厂里的巧美惊慌而兴奋的说着，在她手里已经吃了一半的一个冷馒头塞到了金生的嘴里去了。接着，她又报告外面的消息。

“哙（喂），世界一大半是我们的了，听说南市早已解决了，闸北方面我是亲眼看见的。沿路走来，除出俱乐部和北火车站两处还在打仗，其余的地方，都是我们工友的了。”

又痛又高兴的（受伤）纠察听到这里，大声叫了一阵，“……胜利万岁!”

她又继续（说）着：

“你们静养着，快些好起来，做工只做八点钟的了，还有……”她很急忙的转身过来又催着阿毛走。过了一忽（会）儿，阿毛和她就在马路上了。

恐怖的黄昏来到了，枪声愈加密（集）起来了，炮声阴沉沉的轰……轰……轰……几分钟一次的轰着。火光充满了黑暗的天空。喊救命的人声，烧着房屋的爆裂声，一切都是混乱的。救火器，自来水已经断了！在这一夜（里），纠察队还是继续的进攻。群众运枪的运枪，救火的救灾民。到了第二天早晨，敌军支持不住了，逃的逃，降的降。上海工人暴动的伟绩，像早晨的太阳一样，照射着半个世界，自然这半个世界是光明的，愉快的！那半个世界，还是黑暗的，失望的!

然而在失望的他们，何曾放弃了最后的挣扎呢。……

湖州会馆——总工会的新会所，成千成万的群众拥挤着。这是胜利的世界。庆祝！讨论，商量，成立新的工会，提出自己的要求，要罢工，要……千头万绪的问题。

胜利的是胜利了，挣扎的还在挣扎。问题非常的复杂。上海的工人胜利了。但是青岛，天津，北京……怎么样？汉口的租界是工人夺回来的，现在上海的租界呢？

大家乱哄哄的议论着，每一个工人，每一个小百姓心里，都盘旋着许多问题。胜利是胜利了，但是，租界还是外国人的，那（哪）里来的胜利？谁的胜利？工人纠察队？北伐军？联合战线？谁和谁联合战线？胜利了又怎么办？——现在市民会议做政府？增加工钱？真的只要做八点钟的工了？

昨天晚上，敌军的三个地雷爆发了，爆发了就完了，敌人的威势完了？北洋军阀倒了，民权！市民会议政府！那是当然的。但是，北伐军是“欢迎”来了，而前天工会代表到北伐军前敌总指挥部去请求他们立刻进攻，——他们始终不肯。他们只坐在龙华看着闸北打。好！现在闸北打完了。他们就来了，总司令[18]也来了，一道上海就不准市民会议开会。这是什么道理？是毕庶澄，孙传芳的总司令又回来了？不是的，并不是毕庶澄，也不是孙传芳……那么，工会总可以公开的组织了？

问题，问题……大大小小的问题。总工会里是忙碌得不堪。

（五）

现在的阿毛专心致意的同着几十个丝厂里的男工和女工开始组织各厂的工会。她一天总要跑几个厂家，在那边，在这边的群众都是一样的热烈，一样的庆祝着暴动的成功，一样的要提出自己的要求，一样的要罢工；然而阿毛根据每天团体的决议，只限于组织工会。她看着群众自动的在工房里轰着，一定要罢工，——弄得没有办法。自然，根据群众的要求，跑到总工会去报告，去解说先组织后罢工的决议行不通。可是那些戴着眼睛（镜）坐在工会里指挥的先生们，一味的说“现在的形势只能够这样”；而且一次再一次的劝告着阿毛，“不要动摇，不然，会破坏联合战线的。”自然，阿毛觉得十二万分的为难了。她来来往往的在街道上踌躇着，踌躇着……她感到莫名其妙的空虚：这些工友，这些亲爱的成千成万的人，忽然间把她从自己的队伍里赶了出来，她和她们突然的隔离了！她们不承认她是“自己人”了，她们忽然间不要听她的话了。果然不出她所料，群众是不管三七廿一的要干。等她走到，已经闹到不可收拾的了。工房墙里的门窗机器打毁了。阿毛同志的那位女学生也一样的照着“上峰的命令”只要群众提出要求来商量，阻止她们的罢工，然而她的话在群众猛烈的怒潮里，早失去了效用，谁还来听她的说话。她们都说这不是“自己人”，是奸细，是走狗，戳你的妈妈……一阵阵的骂声送了过来。那位白脸小姐几乎挨着拳头，她不好作声了。她暗暗的想着：“我是你们的自己人呀，怎么你们这样没有理心（性）呢！我辛辛苦苦忙碌着为的是你们的利益，唉，太没有智（知）识了，……失望……”她对阿毛看看，阿毛对他看看，似乎阿毛皱紧了眉毛在怨恨着什么似的。她深深感觉得为难，自己没有能力来对付。她发怒似的盘旋了一会：“戳他吗的！联合战线……今天不是我们丢了脸吗？领导丝厂罢工也不只一次了，从来没有碰到这样的苦闷，这样的和她们隔离。”她俩各自的走着，想着，懒洋洋的又跑回了湖州会馆——总工会。呵，这里，来来往往，川流不息的群众排队进来，排队出去，头尾相接，没有间断的了。每（个）厂工人来庆祝的时候都带着自己的礼物——匾额，对子，轴子，镜框，五颜六色，花花绿绿的挂满了整个会馆，后来没有地方挂了，只好堆在一间空房子里。各厂工人带来的鞭炮，小的大的沿路的放着，在门口的鞭炮声，自早到晚，不断的震动着，震动得全上海的中外老爷们慌乱得发昏！

“哙（喂），阿毛，你是闸北区市民会议的代表，昨天你为什么不到会？——上海市民政府要成立了，不管什么总司令的命令！……”一个很面熟的男工抓住阿毛的手臂，很高兴的问着。阿毛回答了几句，这里的人是乱哄哄的，只一挤，那个男工又不见了。

在马路上，许多活泼而高兴的男女工人，看着那些纠察队，穿着蓝布短衫，大红领带，肩着步枪，排成队伍，从工人自己的“总司令部”——商务印书馆的俱乐部里走出来，去行“升旗礼”！——他们的鼓掌声像霹雳似的突然间爆发，每一个人的脸上表示着胜利和冲锋的精神，他们深深的呼吸着，似乎世界是不同的了。总工会大门口，又是一阵鞭爆（炮）声。

可是在流动的空气里传播着一种惊人的消息。阿毛每天到工会里来的时候，常常遇着工友们发出一些怀疑的问题：——

“听说‘革命的’总司令要取缔过激运动，要缴纠察队的枪械，这是真的吗?”

“还听见他在南昌已经屠杀了工人领袖。”

“嘿！这里有他送来的大红绸轴，上面写着‘共同奋斗’四个大号金字——你去看!”——另外一个人插嘴了。的确，几万几十万上海工人都看见过他那四个大字，那幅轴子是挂在总共工会正厅的中间的哪。

阿毛还没有回答，她旁边一个男工抢着说：

“听说薛岳[19]是好的，他同工人是一气的。”

忽然间，一个带着老花眼睛（镜）的老头儿，——看上去，像个不上不下的“市民”的样子——他冷笑似的说：

“我也听说缴械的消息。‘革命的’总司令要刮民党[20]的党政府不要市民会议。市民会议是垃圾筒（桶），因为上海的下等人也混杂在里面，太不体面了。嘿……嘿……军阀。……旧的去了，新的来了。嘿……嘿……”

于是全场的目光都悄悄的射在他的脸上。

阿毛正要开口说话的时候，后面一个人在阿毛的肩上拍了一下，阿毛掉转头来一看，原来是个老朋友“穷小姐”——张先生。张先生还是同从前一样的年青，嘻（翕）开了嘴，展开着浓浓的眉毛，像弥勒佛一样和气。她（他）问着阿毛：

“你好吗？很久没有见面了……”

接着，阿毛的姆妈和赵先生也走了进来。

赵先生走进了工会的大门，就看见了异乎寻常的情形，沸腾着的讲话声，笑声，鼓掌声，鞭炮声，忙乱的脚步声，这里，那里，都像大海之中滚着的波浪。这时候的赵先生仿佛失去了自己的灵魂，他被热烈的声音惊慌了。他莫名其妙的燃烧着内心，简直激动得要发狂。他的脸色变了，他的眼睛射出发亮的火星。他无目的望着不相识的朋友。然而他们之中各自的感觉到亲热的友爱。男的，女的，老的，少的，每个人的脸上都表现着兴奋。他忽然觉到（得）自己本来的“理想”，自己本来的打算，在刚才路上所想到的一切，都消失在这狂风暴雨般的群众的热情里边。在工人们的颈上的红布带和肩上的步枪最能动人。他在那种伟大的群众的狂热里面，仿佛深深的感觉自己身上的长衫很不相称。更不好意思想到自己昨日的自己，还是很甜蜜的做着个人利益的迷梦。他正在惭愧得无可躲避的时候，忽（然）听得相熟的招呼声。

“哈！菩萨，你们药店店员昨天已经来庆祝过了，为什么看不见你的影儿呢？怎么你不同自己的伙友们回来，而同着妈（姆）妈来呢？”阿毛同张先生讲完了话之后，就立刻看见了她所期待着的赵先生。她对他很严厉的说。

张先生被别个工友拉去了，大概要她（他）去写什么东西。赵先生呆住了，微微的一层红色（晕）盖住了他的脸，他并不回答什么，他只送了一个不好意思的微笑。阿毛懂得了，然而她不放松又补上几句：

“看罢！此地不容许菩萨主义的。我感谢你在招呼我的姆妈；然而我是当你一个工友看待的。我要求你能够加深一层的了解我们，这当然要自动的，我们不愿意强迫任何一个工友！唔，你看看罢。”

老太婆不作声，到处的看，看得出神……阿毛就领着他俩去参观，然后他们走进了最后的一进房子。那边似乎比较得安静，没有设立办公处。一共也有五间楼房。楼上是空的，楼下两间藏了军米，一间藏了军火，这都是这次打下来的胜利品。一间堆着各厂送来的礼物，最后的一间据说做了临时监狱，门窗关得紧紧的，在窗外立着许多“下等人”：有的曲着身子，有的踮着脚，都在木格子的小窗洞里看着。大家还低低的议论着：

“这是工贼呀，还是一个女的。”

“她还是上海滩上刮刮叫的丝厂工会的穆会长[21]呀！”

“怪不得吃得那样肥胖，黑色绸裤包得紧紧的肥肉堆满了整个方凳子。咯……咯……”

“戳她的老祖宗，关起来做什么！拿出去枪毙好了，难道还同她客气吗？

这是上海滩上的蝗虫。”

在这个长方形的天井里，左右有两个四角方方的花坛，周围围着的是带着青泥苔的石板，中间竖着那两棵老年的梅树。赵先生和阿毛就坐在这个花坛上，老太婆也跑到那间临时监狱的窗子前，同着其他的人一样，眯着眼看那里面的人。那间房子阴暗得可怕。她的眯睫的眼光自然是非薄弱的，看得最清楚的只有房子中间闪烁着的两颗亮晶晶的眼睛，和她耳朵上的耀着光的黄金（耳饰）。她暗暗的想：

“呵，孤零零的还有更孤零零的呀，她比我还要来得孤零零，她冷清清的在这里坐活地狱……”

她驼着背又回到花坛这一边来了。阿毛和赵先生前面谈的什么话，她并没有听到，她坐了下来，赵先生坐开了一点，他继续的说：

“五卅不是也算是革命吗？成功在那（哪）里？盗生格，这一次也要看着呀！不要太相信了那些挂羊头卖狗肉的要人，他们等到利用完了，就会掉转头去讨好洋大人的，盗生格，世界上的猴子多着呢……你不要太高兴了罢。”——赵先生说到这里叹了一口气，把头摇看了几摇。——“嘿，不是你刚才告诉我那个朱大嫂，她活捉了工贼吗？这椿事的表面固然是好的，她还要求以后要同你们在一起。盗生格，其实，这是投机呀。为什么在一星期以前她不肯来这样说呢？而偏要在现在来说，这是靠不住的呀。这样偷巧的办法，只有那种人做得出，我是不愿意偷巧的。但是我干是要干的，你看罢!”

外面的鞭炮声又像放连珠枪似的震动起来，坐在头上的老太婆，以为又是真的枪声，骤然的脸色变白了，经阿毛解释以后才安了她的心。而赵先生呆呆的出神着，他的嘴里虽然还说着那种菩萨腔调，其实，这几（个）月来的事变，以及湖州会馆的情形，阿毛平常的议论——对于他早就发生了很大的影响，他是在动摇着。在这个时候阿毛的眼光像探海（照）灯似的照射着赵先生的心的深处，她含笑的回答：

“别人会利用我们，难道我们不能利用别人的吗？不过这是不关重要的，主要的是真理；有了真理，什么都不怕了。没有这个，那人像泥塑木雕一样，这种人愈多，老板们自然愈加高兴。然而人终究是人，无论怎么样聪敏的人，是逃不出人的社会。难道你真可以上西天去吗？路在那（哪）里?! ……今天华界提早戒严，你们可以早些回去，以后抽空，大家再来谈谈。”这时候在阿毛的内心里深深的印着了他最后几句话；她展开了像蝴蝶似的眉毛现出从来所没有过的笑容，她仿佛把一年多，时刻所苦闷的心事消失在他“干是要干的，你看罢”的两句有刺激性的说话之中。

阿毛的这种苦闷对谁都没有说过，然而这件事时常的影响到她的工作。她用尽各种方法想消灭他俩之间的一种奇怪的隔离。但是她遇到了意外的困难，她甚至于觉着危险。她也曾想放弃她自己执迷了的幻想，然而又像是不可能。仿佛她所遇到的男人，没有一个比得上他。而他那种菩萨主义又在妨碍着他俩的接近，甚至于有时候吸引着她，拉着她回到一些吃素，安分，贞节等类的观念上去。她暗暗的恋着他已经很久的了。她在几千几百的来庆祝的店员和工人的队伍里看不见赵先生的影儿，是椿最大的失望。然而今天，在几次三番的失望里，总算得到了一个庞大的光明的希望！隔离——思想上的隔离快些消灭罢……安慰，在她的紧张的生活里期待着……

（六）

昨天到今天相离不到二十四小时，然而情形骤然的不同了。阿毛在早晨五点钟的时候就醒了过来，似乎出去还太早，躺在床上把应该要做的事想了一想，六点半就离开了平民学校的亭子间。灰色的薄云在半天（空）里一阵阵的推过去。她仿佛头昏了起来，觉得自己的脚发着软，走路不能作主的样子，又像她自己滚在云堆里，看着街道上来往的人，有点不安静。她不知不觉的走到湖州会馆附近，远远的就看见门口站的是穿着灰色制服的宪兵。纠察队呢？为什么认识的自己人，一个也看不到了呢？难道有了意外的事吗？她在那里停住了脚步，仔细一看，这里，那里，来里往往的（人）都是那么慌张。她回转身来向这俱乐部那里走，情形更加紧张的了。走来的人都已经不敢再过去的了。呵，“哔啪，哔啪”枪声从那里来的？难道真的开火了吗？然而她还远远的望着在俱乐部最高的屋上挂着一块长方形的大红绸子，绸子随风飘扬着，还看得出那上面写的也是“共同奋斗”四个大字。她怀疑着，市民们也弄得莫名其妙，大家都在那里谈论着：对着俱乐部开枪的，不是军队里的兵士，也不是纠察队自己，也不像是工人自己。哼！怪了！那是流氓捣乱罢？那么这些手枪和长枪那（哪）里来的呢？怀疑而带惊奇的目光像电流似的相互的闪着。……大队的军警开到了。市民们的脚步乱了起来，朝东朝西的逃了一阵。阿毛也被挤到一条俱乐部斜对面的小路上，忽然看见了张先生，张先生低低的告诉阿毛：

“阿毛姐，糟了，南市，江湾湖州会馆已经被敌人占领了，总工会的委员长[22]已经失踪了，现在这里也是一样，不料事情会有这样快，没有一点儿准备……唉……”

“敌人……新军阀？……那么现在预备怎么办呢？是的，湖州会馆的情形我看见了，门口的两个过山炮没有了，在那里没有一个是自己的人；我不敢进去，才回到这里来的，糟到极点！关在那里的工贼，群众要求过许多次要干掉她，然而今天一定被敌人放走了的。唉，我们太大意，太慈悲！现在怎么办呢？”阿毛非常愁闷的叹着气。

“听说已经下了命令，立刻召集各区的群众去请愿，集中的地点就是宝山路。”

“那么，张先生，你到虹口，我到新闸去号召群众去。”

等他俩和群众到来的时候，已经走不过那条聚满了工人的宝山路了，只能跟在群众的后面慢慢的向前蠕动着。在东路前敌总指挥的门前和周围林立着森严的军队，机关枪、排枪，过山炮，一切仿佛都已经准备好的，青天白日的旗子在细雨微风中飞扬着。前面徒手的纠察，像落水狗一样，淋湿的蓝布衣紧贴了全身。愤怒而带悲壮的呼声和哭声充满了整个区域。……突然间，无情的机关枪在前面，在侧面，在各小路口，在各弄堂口，到处的扫射了过来。这时候的纠察总指挥还没有下退却命令，那里排着队伍的纠察简直是一排排的倒到地下去，混乱的脚步声，呼号声从前面传过来，呼啸的口号充满了空中，仿佛要震破整个的地球。死里逃生的纠察队队员，才剥去自己的蓝短衫，赤裸着上身向着居民家里逃进去。然而大半都被宪兵们从居民家里拖出来立刻就枪毙了！尸（死）人堆满了街道，鲜红的血流满在石子路上。弯弯曲曲的肠子，模糊的脑浆流在尸（死）人的旁边。乌黑的云，缠绵不断的雨，血，水，泥混合在一起，一切都是模糊，昏暗，悲伤，惨淡，绝望……然而登得高高的旗子——青天白日满地红——更加得意似的在空中飘舞着。只有它是自得其乐的在那里微笑，对着地面上数不清的横七竖八的死尸微笑……呵，大英，法兰西，美国，东洋的洋大人，正在华美而高大的洋楼上同着“贵国”总司令，举着香槟酒的酒杯，庆祝着“万岁，万岁，万万岁！”……

（七）

……

一切都又要还原了，似乎是这样？

但是，太平世界已经过去了，上海工人的忽然在沸腾着，全国的消息又那么混乱，可怕。上海总工会虽然已经封闭，而工人区域里的空气仍就（旧）是那么紧张。当然，他们没有纠察队了。然而，与其再引起一个暴动，不如暂时答应一些条件。是的！

上海工人的血始终不是白流的。看，各厂老板们终于在这一个短短的时期中倒了个大霉。各厂工会的权力，曾经是那么样的可怕。劳资条件是订好了的，普遍的加了工资。市政、纺织、五金，甚至小小的店员，也一样的得到了经济上的胜利。就是赵先生的药铺子里，外场和内场，从学徒起一概的加到三分之一的工资。自然还有其他改良待遇等的条件。这种胜利，在赵先生看来是意外的了。他自从加了工钱以后，自己深深的惭愧了起来，他也觉得自己的心地（底）起了什么变化似的，总是有说不出的一种苦闷。他时常的回忆着阿毛等等的一切言行。“唉！这是他们的血呀！”从此以后，他和阿毛更加亲近了，药店店员工会的事情——他也时常去过问一下。但是，这已经不是“以前的情形了”，几个月过去了，一天天的“不行”了。那天，他去出席会员大会，这还是他第一次参加，他并没有作声，只是静悄悄的听着。他看见主席台上除自己的伙友之外，还有两个外来的青年，一位穿的是灰呢西装，雪白的衬衫，大红的领带。听说这是什么“工统会”[23]的代表。另外一位是穿着鼻烟色的绸长衫，旁边还有几个军警保护着。赵先生看来，这情形和阿毛他们的工会大不相同了。自从主席宣布开会宗旨以后，会场空气十分紧张，坐在底下的人都是很气愤的，大家纷纷的问着主席，第一个人问的是关于请吃酒的事情：

“主席，要请你解说，前天在‘小有天’请吃酒，为的是什么？讨论的是什么？”

主席台上的人仿佛出了一惊似的对问的人看了一下，接着在墙角里又有一个人（站）起来问：

“主席，为什么要修改已往订立好的条件，请把理由宣布出来。”

在主席台旁边又有一个人问：

“市委委员应该把工会里的一切账目报告出来，并且你们除工会本身交付你们的薪水之外，还拿着老板多少（钱）？”

那位主席的脸一霎时白，一霎时红，两只手撑在桌上似乎在抖动，他的声音也有些不大自然了。他的回答是东扯西拉的了。他并没有回答清楚，就叫“工统会”的代表作政治报告，那位西装少年落落大方的走在（到）主席旁边，还没有开口，下面已经充满了“嘘……嘘……”的声音……

“戳你的……你们就是栽赃图官的机关，侵吞舞弊的好手！谁来相信你们。”——坐在赵先生旁边的那个伙友大胆的骂了出来。

鼓掌声像霹雳似的响了起来。

坐在主席台上穿这鼻烟色长衫的大人凸出着两只眼睛，像电筒似的盯着这位伙友，连赵先生都在他的眼光扫射之列。

坐在后面有一个人用着响亮的声音叫了起来：

“他是共产党呀，捉他去。”一轰轰得会场秩序也乱了起来，忽然从外面走进一批流氓来，乱七八糟的一阵打，会场是开不成了。大家都走出了宁波同乡会[24]。

这次会议又惊动了“菩萨”的心灵，他很沉默的同着其他的伙友们一路回店去。他的伙友对赵先生说：

“菩萨，你看这是什么把戏呀？参加‘小有天’吃饭的有工会常委[25]，有‘工统会’的代表，有老板的代表，也有官厅的代表，刮刮叫，他们讲好了条件，自然老板拿出了一笔大款来。后来因为分赃分不均，有人来密报分会和支部。今天的会议开不成，是他们的鬼（诡）计呀。菩萨，你怎么今天来参加了呢？恰好给你看了一场鬼把戏。”

后面有人追了上来，拍拍菩萨的肩膀：

“菩萨，难得，难得，你也出席了吗？我觉得朋友们太不客气了。要知道工钱是在北伐军来到上海才有加的呀。今天那么无礼对待党国代表，真是忘恩弃义。唉，不可救药的中国人呀。”

赵先生从不参加过关于这一类的议论的，但是他一开口就使人失望！他冷冷的说了两句：

“加工钱是工人自己的功劳，自己的血的代价。牛屎腿！盗生格，这那（哪）里是北伐军的呢？”……他以前的口头禅是“盗生格”，现在又加上了一句“牛屎腿”。

他们一到店里，大家各自去上工了，柜上的药方有很多，都叠在押纸的木头低（底）下。来买药的人站的站，坐的坐，都在等候着。可是赵先生今天空班，可以随意的去休息。一个脸黄饥瘦的学徒提（拿）着一封信交给赵先生，他一看信是从汉口寄来的，拆了开来，才知道信不是属于他自己的，而是要他转给阿毛的。可是并没有加封，他得先看了，签名的是“穷小姐”，“呵，张先生寄来的。”——在他心里活现着那位一团和气的脸儿，一点也没有穷相，他不知道为什么工友给她（他）起了这么一个绰号。

阿毛姐：

我们离别了。阿毛姐，这一次我离别你，还是在那一条血肉模糊，伤心惨目的宝山路上。哼，那种凄惨的痛恨的日子，我实在不愿意回忆，但是它始终要活现在我的思想里。这是什么？这就是要求我们每个人应该起来复仇；同时也就是要求我们更能认识谁是我们的敌人，谁是我们的朋友。我们要深深的记得过去的错误，特别在政策上的错误，那种投降的，动摇的，无耻的机会主义，是出卖了阶级，出卖了上海烈士们的鲜血；不是你在丝厂罢工的时候碰了不少的钉子吗？你自己不是说过的吗？你觉得当时的政策使你和群众隔离？我们在武汉说碰见的情形，也是一模一样。渐渐的，群众和我们隔离了。上海的敌人已经用枪炮，用奸猾的挑拨手段来截断我们和群众的联系。其实，假使我们自己不和群众隔离起来，那些手段都没有可怕的。最可怕的是自己在政策上截断自己和群众的关系。敌人的枪炮就更加有力量了！现在武汉的事变也跟着来了。这是要归罪于自己，然而你自己在当时也没有坚决的起来反对，起来斗争，而是默认，——自然我也一样也许更加不好些，没有自信力——这都不对的。你应该要记得你自己是群众的领导者，是闸北市民代表会议的代表。虽然只有几天的事，但是在历史上是不能磨灭的！现在我要报告几件快活的事情：

在这里进行着一个重要的会议[26]，要把那种投降政策打得粉碎。前几天已经举行了一个……你得到这封信的时候，一定早已在报上看见的了。那些纸糊着的脸儿终究要被暴风吹破了的，快了，快了，看着罢！

你知道的：这里的情形在一个月以前还是另外一个世界，工会和农会实际已经像政府一样的了。这里的群众仿佛上海屠杀以前的几天。洋大人站不住了，工厂老板也是一样。各县的农会有些自动手分土地，请土豪劣绅戴着纸帽子在街上游行。平民妇女也得到一些解放，女工在产前产后有一个月休息，工资照发。什么放脚呀，离婚呀，热闹得很。

听说你仍就（旧）在闸北区域做工作，那是很好的。我们还是紧紧的握着手，在同一条路上奋斗着，真理在前面！亲爱的阿毛姐！

珍重！努力！

穷小姐 八、八[27]

赵先生读完这封信，躺在自己的床上，药店阁楼上没有别的人，他静悄悄的看了一遍又一遍。他看完了，望着天窗，惨淡的亮光笼罩了他的内心，他起了一阵苦闷，从来没有的苦闷。他又在回忆着阿毛的一切言行，仿佛他是有些辜负着阿毛的原委。“呵，尼姑早已脱了壳，菩萨呢？终究上不了西天。呵，她不是说过的‘路在那（哪）里’，不错，是没有。恐怖，无耻，黑暗，下流，今天的会议，家庭的破产，林弟的失业，阿毛的姆妈的孤独，饥饿，自己的苦闷，一切一切从来不放在心里的事情，都想起来了。一定要去找阿毛，也许阿毛会给我安慰，给我一条新的道路，但是会不会当我投机呢？牛屎腿，盗生格，管它做什么，一定要去，畅谈一次也是好的，她会给我安慰的……”

他穿着一件竹布长衫，把张先生的一封信放好在（口）袋里，拿着一包铜元，三脚两步的跑出去了店门，跳上了五号电车。北站到了，他离开电车向东走，走到了那条弄堂，笔直的向着夜校跑。“哙（喂），怎么门上还有十字形的封条纸呢？”他惊吓，他失望，又是一阵苦闷！他回到弄堂口的一家烟纸店，买了一盒香烟，随口的问着：

“哙（喂），从前不是这里有个夜学校吗？现在怎么没有了？”

那位伙计不介意的回答他：

“官厅来封了，还捉了共产党，那个女人真刮刮叫，沿路还喊口号，就是那个梳着‘爱斯’头的阿毛呀！还抄了许多传单去。”

赵先生霎时的在胸部起了震动，不自主的惊慌着，他竭力的镇压（定）自己，又继续的问了一句：

“这有了几天的事情？”

“四五天总有了罢。”

店伙计捧起饭碗吃他的饭，再也不去理他的了。赵先生离开了这里，然而他忘记了方向，对着无目的走去。天黑了，去打听最后的消息罢。回到家里去问问她的姆妈。忽然想起了自己值着夜班还有工作的，不请假要罚款的，还要先到店里去。他从店里又急忙的跑回去。魂不在身的赵先生走进了自己的屋子，呆呆的坐在椅子上，急得一身都是冷汗。看见林弟从阿毛家里走过来，他立刻问着：

“阿毛姐回来了没有？”

“没有，还是一个星期以前来过一次，送了几块钱来给老太婆。我也想找她，因为老太婆病了，她时常的记挂着阿毛！”

赵先生心跳着，把刚才得来的消息告诉了林弟，林弟自然也一样的着急，然而她希望着，也许弄错了，捉去的并不是她。林弟急忙的跑到一个朋友家里去打听，消息已经证实了，她所得到的消息和赵先生的是一样的失望。他们一边叹着气，一边商量着：这椿事还是告诉老太婆呢？还是不？据林弟的意见，还是不要告诉老太婆为好。老年的妈妈怎么受得起这样的惊吓呢？一定不要告诉，而且不能给邻近的人家知道。赵先生看了一看小钟，时候还早，他就跑去看她的姆妈了。

“哙（喂），你好吗？盗生格，牛屎腿，你怎么病了呢？”

“不要紧，这是伤风，过几天就会好的。阿毛，你看见了吗？”

赵先生呆了一下。

“她很好，你不要念她好了。”

“唉……唔……她待别人好了，就忘记了我，唔……她没有福气呀。早知道这样，我不该逃债到上海来，更不该件件事任她自己做主意。不是早给她做了主，许配给小沙渡[24]织厂的小老板，现在样样不愁了。他现在的韩太太，不是也是工人出身吗？现在进进出出坐汽车，烧茶煮饭不用自己动手，衣服有人洗，孙子有人领，她的相貌着实不及我的阿毛，娘舅做媒又不要什么谢礼。唉，苦人终是苦命……”老太婆自己（言）自语的说着。

赵先生听了，心上万分的难受，其实阿毛已经是他的人了，但是莫名奇妙的，他还是要吃这一口软醋。他忽然想到阿毛的志气着实不错，难怪她以前不肯再到织绸厂去做工。他心上更加敬重阿毛，更加恋着阿毛。他后悔着……他心上慌乱，愁闷得不得了。他不能忍耐了，他很快的走出去，回到自己家里，林弟看得阿哥的变态，也在惊疑不定。……

林弟的妹妹，爱弟在床上打着盹。她的哥哥坐在椅子上，双手盖着脸儿，仿佛他在抽咽着，他这样的情形是第一次。林弟看得发慌，心跳着，她低低（声）的安慰着他，但是没有用处。这样惨淡的深夜，煤黑了的洋油灯，火（灯）光微细到像死人一样。阿哥的哭声引起林弟的伤心，她想到了自己失业的痛苦，她也一样的呜咽了起来。后来赵先生那么连哭带说的叹着：

“一切明白是迟的了，我对不起阿毛，牛屎腿！”他又抽咽得利害起来。……“我对她不起呀……很久不相信她的话，我自己惭愧……啊呀，不得了呀。”他哭得没有声音了，气转不过来，林弟慌了，跪到他面前，拥抱了他的抖动着的脚膝，仰着自己的头，泪珠像雨点似的流下来。两人沉默了一会，赵先生又请继续着说：

"……你不能知道，你不能懂得……她和我……她会（为）了我不肯管'抱义气'的事情，她苦闷多久长久！盗生格，牛屎腿，我对她不起。她在两个星期以前还同我看见一次，她对我流泪，她总以为我不能了解她，然而她一心一意的爱着我，她曾经为了这件事受着别人的攻击，因为她有时候妨碍了她自己的工作。呵，怎么得了，她有三个月没有月经了，在她肚子里有了……，我的呀，牛屎腿！盗生格，我对不起她……上次我也曾经答允了她去找'他们'，拿传单去散的……可是……牛屎腿！牛屎腿！唉唉唉！"

"哥哥，既然这样，你不要太伤心了，我们想法子救她出来。"

"盗生格，梦想！她是没有希望的了，我知道她决不肯投降，至少是无期徒刑……那是比死更苦呀。小孩子，母亲……怎么得了……牛屎腿，盗生格！我等着机会，我一定要找'他们'，我会去当兵……等着……黑暗的社会！"

（八）

几年以后，阿毛还在暗无天日的牢狱里。她的可爱的伶俐的儿子，虽然得了林弟的帮助，已经领了出来，靠着赵先生临走时留下来的十年以来积蓄了的一笔存工（款）过活。然而她已经受够了一切的痛苦。地狱生活：一日两餐，无味而肮脏的汤菜，饭是砂泥拌的，冬天冷得会抽筋，暑天闷热得喘不过气来，黑暗的，潮湿的肮脏的地狱！还有无穷无尽的日子要过下去。而她的亲爱的成千成万的朋友呢？她的慈爱的母亲呢？她的伶俐的儿子呢？她日夜所期待着的丈夫呢？呵！伟大的爱！都被那残酷的统治阶级剥夺完了，摧残完了。阿毛日夜的看着那铁窗上的栅栏——她重新隔离了她和工友的关系，隔离了她和赵先生的关系。她的愤怒的眼光燃烧得发红的了。自然她是时刻的回忆到她从前怎样的与群众隔离，怎样的幻想尼姑生活，吃长素……后来，虽然渐渐的溶（融）化到了广大的群众里去，然而时时刻刻还会动摇，还会……尤其是四月十二日以前她说感觉到的耻辱——几万亲爱的丝厂女工几乎当她工贼看待，那时候她仿佛英勇的兵士忽然间脱离了队伍，受着无限的孤独的悲哀。只有现在，失败固然是大大的失败了一次，而群众的队伍在地底下整顿着，步伐的声音从散乱重新回到整齐，她已经觉得自己完完全全是这个队伍里的一份子。[28]那种隔离已经被潮流，被那伟大的机器，被那千万群众的运动消灭掉了。甚至于赵先生的菩萨主义也在巨大的浪潮里溶（融）化了。然而现在——铁窗上的栅栏又把已经没有“隔离”的人们重新“隔离”起来，可是这已经不是真正的隔离！

这时候，像阿毛那样被“隔离”的有几万几十万，而中国的几千万的“下等人”，仍旧能够反对着对着现代的“曾国潘”，建立着现代的自己的“太平天国”！

日本帝国主义已经抢夺了东三省，轰炸了大上海，英美法德的资产阶级都在磨着快刀，准备一块块的宰割中国；而中国的大人老爷所痛恨的，只是中国的“新式长毛”，他们正在忙着搬运飞机，大炮，机关枪——东北义勇军和上海义勇军所要不到的飞机，大炮，机关枪，——去杀“长毛”。他们也正在帮着洋大人准备围剿“国际赤匪”。而且，中外的大人老爷，自己之间的争论，抢夺，也是多得不得了。地球上散布着浓厚的火药气，全中国的国家大事，全世界的国际大事多得很！谁还记得满嘴“牛屎腿”的赵先生？

但是一九三二年八月的报纸上发现了这么一段新闻：

达同兵变详情

教导队第三连全体反叛

连排长等官佐皆被枪毙

[吴淞通讯]军校教导总队于今春参加抗日之战役，即调皖，继陈军接防达同等三处，迄今已三月余，军民感情初尚相洽，不料平地一声雷，调往达同驻防之第一营第三连，忽然全体叛变，击死连排长后，向山中逃去。今日上午十点钟，达同程营长派士兵两人押解击毙之张连长和洪排长尸身，乘坐升泰小轮连夜赶到吴淞报告，谓该连由吴淞调达同后，奉令驻在江南大士阁，担任达同本镇的防务，昨日晚上十时，营内已吹号就寝，万籁无声，但于星光下微显出三三两两之士兵正在窃窃耳语。维时连排长正在酣然大睡，鼻声如雷，门房外徒然走进数人，手执种田的犁头跑进来，一人安排一个，头脑壳都击成一个大窟洞，浆血并流，可怜张连长洪排长等正似张飞一般被人暗害，临死尚不知来由。叛兵既将官长尽行杀死，认为时机已到，吻哨一声，朝天放枪两声，始别大士阁营盘而蹿逃山中。闻为首者为赵某等数人。当事变时，张连长之马弁曾被叛兵抓住，本欲将其处死，本为旁人说情始行

释放，及叛兵逃去后，却往找地保，过河报告营长。营长得悉，命令第一连跟踪追赶；亦不及备文，即令此马弁星夜乘船来吴（淞）报案。朱总队长一听此情，甚为震怒，立带亲信特务排仍乘升泰轮驰往达同剿办，立刻分别报告委员长，军官学校及省府，分饬毗连各县分调警团防堵，惟叛兵人数既有一连，复挟有把机关枪四挺，自动步枪八架，枪精械利，恐无人敢与周旋耳。[29]

［注］

［1］“摇班”，罢工。

［2］［9］1925年5月1日至9日，全国第二次劳动大会和广东省第一次农民代表大会在广州同时举行。第二次劳动大会正式成立了中华全国总工会。

［3］杀千刀，方言，意即不得好死的。晚清四大谴责小说之一《二十年目睹之怪现状》（吴趼人）已有此俗语。瞿秋白利用旧曲调写的说唱里也出现过，另见鲁迅的《故事新编·理水》、茅盾的《多角关系》等。

［4］吃豆腐，多指调戏，占别人便宜。经瞿秋白指导，杨之华写的小说《豆腐阿姐》中多次出现此俗语。（丁言模：《瞿秋白与杨之华》有关章节，中国社会出版社2013年版。）

［5］1920年澳洲华侨郭乐在上海开办永安百货公司，1920年郭氏兄弟建永安纱厂，后为永安纺织印染公司，规模仅次于荣氏兄弟的申新系统。

［6］盎司，既是重量单位又是容量单位。常衡盎司为重量单位。

［7］盗生格，俗语。

［8］“三月二十日”，即1926年3月20日的中山舰事件。蒋介石调动军队宣布戒严，逮捕李之龙，扣留中山舰及其他舰只；包围省港罢工委员会，收缴其卫队枪械；包围广州东山的苏联顾问所，驱逐了黄埔军校中及国民革命军中以周恩来为首的共产党员。苏联顾问和中共中央采取退让策略，详见丁言模：《瞿秋白与共产国际代表》有关章节，中国社会出版社2014年版。

［10］五卅时期，瞿秋白主编的中共中央第一份报纸《热血日报》刊登了不少利用旧曲调写的说唱，其中有些是他写的。上世纪30年代初，瞿秋白又写了许多“旧瓶装新酒”的说唱。1932年春，瞿秋白写的《五月调·照五更调唱》最后一节：“五月三十大罢工，帝国主义凶。呀呀得而哙，革命匆成功，国民党也杀人凶，一场空，工人们呀，准备再暴动，呀呀得而哙，还

有红军红。”（丁言模、刘小中：《瞿秋白佚文考辨》，中国文联出版社2013年版，第240—241页）此说唱与杨之华的小说《隔离》引用的这首说唱前半段相同，因此不妨认为后者是瞿秋白“另一个版本”的《五月调·照五更调唱》。

[11] 勿要，一个字，杨之华原稿上写为“要勿”一个字。

[12] 1931年瞿秋白写的《工人要求新唱春》（仿唱春调）：“六进六出做煞人，洗衣煮饭要分身。要求八点钟工作，多一分钟勿要答应！一天做仔三角钱，买仔柴米来无末盐。男男女女结团体，大家才要加工钱。十月怀胎苦拉哉，机器旁边生小孩。一定要放四个月假，工钱照发更应该。大家平等勿希（稀）奇，只要暴动挂红旗。红旗领得红旗胜，大开工农兵会议。”（王铁仙：《瞿秋白文学评传》，百花文艺出版社1987年版，第163页）瞿秋白原稿最后两句上边，写有“青天白日勿管俚，工人市民开会议”。此说唱与杨之华的小说《隔离》引用的这首说唱大半前段相同，因此不妨认为后者是瞿秋白“另一个版本”的《工人要求新唱春》。

[13] 指1927年2月，上海工人第二次武装起义失败。

[14] 上海旧地名小沙渡在今普陀区的东南部，泛指长寿路东段两侧至苏州河一带地区。以原苏州河的一个渡口（今西康路桥处）小沙渡得名。清朝末年，中外资本家纷纷在渡口南岸一带占地建厂造房，逐渐成为沪西主要的工业区和工人聚居的地区之一。

1920年秋天，上海共产党早期组织成立后，李启汉奉命到纱厂集中的沪西小沙渡地区开办工人半日学校，这是全国最早开办的工人学校。中国共产党正式成立前后，许多党的早期领导人和工人运动领袖到小沙渡地区宣传马克思主义，培养了一大批工人运动骨干和积极分子。小沙渡地区成为上海工人运动诞生的摇篮之一，沪西工人在五四运动中最早登上历史舞台。这时，瞿秋白在中共中央决策层里负责理论、宣传工作，他的笔下也经常出现沪西小沙渡名称，以及该地区的工人运动等。他的妻子杨之华则深入沪西潭子湾，动员工人积极参加斗争，几乎每天向瞿秋白汇报。（丁言模：《瞿秋白：听取杨之华汇报沪西情况》，载《瞿秋白与名人往事》，中国社会出版社2012年版）

[15] 原文下有粗黑点，示以重点。瞿秋白也有此行文的习惯。

[16] 1927年3月21日，中共中央、中共上海区委决定发动上海工人第三次武装起义。

［17］安南兵、罗松兵，分别指越南兵、白俄兵。

［18］“总司令”即蒋介石。1927年4月6日，蒋介石赠送上海工人纠察队“共同奋斗”锦旗一面。4月8日，蒋介石指派吴稚晖等人成立上海临时政治委员会，独揽上海市一切军事、政治、财政大权，并指挥当地党务。

［19］上海工人第三次武装起义之前，国民革命军东路军总指挥何应钦，前敌总指挥白崇禧，薛岳时为第一军第一师代师长。3月21日，上海工人第三次武装起义爆发，上海市民代表会议执委会行使职权。次日，随着这次武装起义胜利，上海临时政府诞生了。晚上7时，薛岳率部开进市区闸北，受到热烈欢迎。3月27日，薛岳第一师被调离，刘峙的第二师进驻闸北。

［20］刮民党，即国民党。

［21］穆会长，即“上海丝厂同业公会”会长穆志英，“是上海滩上的女流氓，是资本家雇佣的工贼。这个‘公会’，根本不是工人自己的组织。”（杨之华：《回忆秋白》，人民出版社1984年版，第9页）另详见丁言模、陈福康：《杨之华评传》有关章节，上海社会科学院出版社2005年版。

［22］汪寿华，浙江诸暨人，1923年加入中国共产党，历任中共江浙区委（上海区委）常委、区委职工运动委员会书记等。上海工人第三次武装起义胜利后，当选为上海总工会委员长。1927年4月11日深夜被活埋于上海城西枫林桥，是四一二反革命政变中第一位牺牲的共产党员。

［23］［25］1927年四一二反革命政变后，国民党军队在上海成立“工统会”，即“上海工会组织统一委员会”，国民党上海市党部办的“工总会”，即“上海工人总会”，都是国民党控制上海工人运动的工具，“工总会”多采取改良主义的办法处理协调劳资纠纷和矛盾，比起“工统会”更有欺骗性。因两者组织和行动不统一，次年，国民党中央决定组织“上海工会管理委员会”，将两者合并。

［24］宁波旅沪同乡会新厦五层楼，建于1921年5月，地处西藏中路原480号，也是上海各界人士聚会的重要场所之一。

［26］1927年8月7日在汉口三教街41号（现鄱阳街139号）二楼召开八七会议。详见丁言模：《瞿秋白与共产国际代表》有关章节，中国社会出版社2014年版。

[27] 此信现改为楷体，以便阅读，落款时间为“八、八”，即1927年八七会议的第二天。

[28] “后来，虽然渐渐的溶（融）化到……完完全全是这个队伍里的一份子”这一大段文字原为杨之华特地添加在正文的上端。

[29] 最后的一则消息报道现改为楷体，原稿到此戛然而止。上述抄录的《隔离》原稿中一些词语作了修正，用括弧示意；改动一些标点符号，主要是说话后的冒号，和说话结束时的句号。

原稿中分为8小节，前7个小节均有3个星号（“※”）示意隔开，第8小节是用很长一条线断开，现在一律改为序数（一）至（八），便于分清。

“苏联之友社”与《今日之苏联》周刊

《今日之苏联》周刊创办于1933年5月14日，现在已极为罕见。即使见到的1961年影印本，也成为珍本了。该刊长期以来一直蒙着历史尘埃，几乎无人问津，偶尔一两篇介绍小文也是扫描式，难以揭开该刊的神秘面纱。以下作一些尝试性的考证、分析和推理，期待有识者明示。

引出“苏联之友社”

1927年12月广州起义失败后，国民政府发布对苏联断绝邦交令。随着国内外形势剧变，1932年12月，中苏恢复邦交关系，引起中国社会各界的强烈反响，上海各界救国团体联合会开会庆祝中苏恢复邦交。不久，鲁迅、柳亚子、茅盾、周起应（周扬）、沈端先（夏衍）、胡愈之、陈望道、郁达夫等55人发出《中国著作家为中苏复交致苏联电》，表示热烈祝贺，认为“中苏两国人民从此更能增进友谊”。此电文被各家报刊纷纷转载，引起广大读者的关注。

1933年1月10日，中共中央机关报《红旗周报》第55期刊登《论中俄复交的实现》，指出“我们的党同时应该利用中俄复交后关于苏联社会主义的介绍的更多公开与半公开的可能，来进行拥护苏联的具体工作。我们的党以及一切革命的文化团体应该依据于苏联更多的具体材料证明给中国的民众看，苏联是反对帝国主义与拥护世界无产阶级革命与殖民地民族革命的无产阶级的国家……”

4个月后（1933年5月14日），《今日之苏联》问世了。1961年5月，上海文艺出版社根据原样影印，并写有《〈今日之苏联〉影印本出版说明》：

“《今日之苏联》，周刊，四开四面，1933 年 5 月 14 日创刊。内容着重介绍了苏联各方面的情况。”

《今日之苏联》与“剧联”广州分盟的刊物《戏剧集纳》版式相似（详见本书收入的《广州〈戏剧集纳〉；上海〈文艺新闻〉“牵手”》），也是 4 版一大张，右上角为刊名，注明“每逢星期三出版”。刊名下印着几行字：编辑者、出版者，均为《今日之苏联》周刊社；发行所：各大书店、各报贩、各校号房。社址：爱麦虞限路中华学艺社寄宿 402 号。爱麦虞限路中华学艺社之处，后为绍兴路 7 号，先后为中华书局上海编辑所、上海文艺出版社等单位。

中华学艺社初名丙辰学社，1916 年陈启修、王兆荣、吴永权、周昌寿、傅式说（傅式悦）、郑贞文等发起。1930 年 1 月，购买爱麦虞限路 45 号（今绍兴路 7 号）地块建立社所，次年 5 月落成。这里曾举办全国第一次木刻流动展（1935 年 10 月），被载入中国现代美术史册。

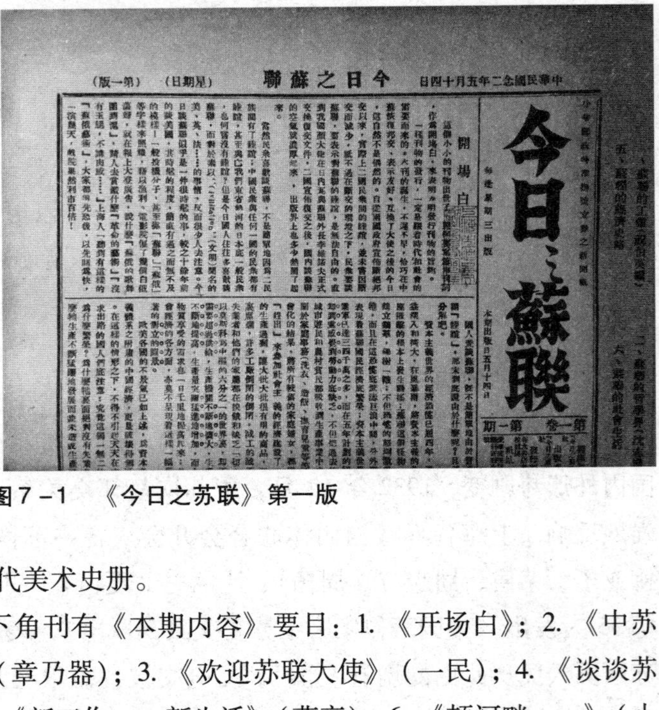
中華民國念二年五月十四日　今日之蘇聯　(星期日)　(第一版)

今日之蘇聯

每逢星期三出版

本期出版日五月十四日

第一卷第一期

開場白

图 7－1　《今日之苏联》第一版

《今日之苏联》左下角刊有《本期内容》要目：1. 《开场白》；2. 《中苏经济关系进展的观察》（章乃器）；3. 《欢迎苏联大使》（一民）；4. 《谈谈苏联电影》（郑正秋）；5. 《新工作——新生活》（曹亮）；6. 《顿河畔……》（小说，误排，应为报告文学，华蒂译）；7. 《编辑室启事》。其上有说明：“定价：每期零售大洋二分；定半年，大洋四角二分；全年大洋八角。”

第 2 版与第 3 版中缝刊登《本周刊社启事》：

一、本刊原定每星期三出版，兹因寻觅社址，延误出版，致第一期搁迟二天；从第二期起，定当严格准时出版。

二、本社同人，力量薄弱，且因忙于他事，故本刊无论数量上和质量上，都竭诚地希望国内名达帮助和指教；如承惠赐宏文，更所欢迎。文章以一千至一千五百字为最宜之篇幅。

三、本刊向党政机关登记手续，正在办理中，一俟手续办妥，即当将登记号码披露于本刊。

显然《今日之苏联》周刊社编辑一直苦于难寻社址，设法与中华学艺社负责人取得联系，才栖身于中华学艺社"寄宿402号"。周刊社成员比较熟悉苏联有关情况，人脉关系比较复杂。

撰稿人章乃器、胡愈之、郑正秋、陈彬龢[1]等都是社会名流，足见《今日之苏联》周刊社的组稿能力很强。其中，胡愈之集记者、编辑、作家、翻译家、出版家于一身，学识渊博，被称为新闻出版界少有的"全才"。左联外围刊物《文艺新闻》第54号（1932年5月9日）刊登一则消息《研究苏联正式出动》：

宣传已久的苏联研究会在上月三十日成立了，到会人数大概有五十人。都是从事于文化工作者，每个会员都自由发言述（说）对于苏联的见解，情绪很为高涨，不满足于简纯的研究会而希望作更进一步的表示。再由何思敬，沈华生两君演说苏联之国际，关于工业建设，及社会生活的一般。通过会章后，选出胡愈之，李剑华等九人为常务干事，决定最近必须举办的是：（一）出版会报；（二）举行讲演；（三）设立演讲班。又必须要表示的，（一）通电全国全世界及苏联，宣告本会之成立及其意义，反对帝国主义进攻苏联及中国革命。（二）参加牛兰案国际后援会。（三）签名于中国文化团体反对美国统治阶级于五月十三日将黑人七名处死于电椅上。末由到会之男女戏剧家临时出演一关于苏联的趣剧《冯玉祥游莫斯科》。

1931年6月15日，共产国际派往中国的特使牛兰夫妇被上海公共租界警务处逮捕，轰动一时。同年8月20日，宋庆龄和蔡特金、史沫特莱等国际知名人士发起成立了设在欧洲的"国际营救牛兰委员会"。

"苏联的趣剧《冯玉祥游莫斯科》"，取材于1926年5月到8月间，冯玉祥远赴苏联考察。回国后，冯玉祥"五原誓师"，响应国民革命军北伐，从此冯部正式脱离了北洋军阀体系，成为国民军，标志着冯玉祥革命的新起点。

显然苏联研究会的背景比较复杂，其名称应为"苏联之友社"，理应主办《今日之苏联》周刊，但尚需佐证。"胡愈之，李剑华等九人为常务干事”，其余人不详。其中李剑华回忆说：“胡愈之介绍我参加‘苏联之友社’，并在我家里开过几次会，记得胡愈之、潘梓年、孙师毅、袁殊等人来过。”这些人都是“苏联之友社”的骨干，或者说是核心成员，从而组成“九人执委”公开露面的并非都是这些人。其中袁殊很可能是“九人执委”之一，他是左联外围刊物《文艺新闻》的主编（详见本书收入的《广州〈戏剧集纳〉；上海〈文艺新闻〉“牵手”》），刊登以上消息时，则是为了避免引起反动当局的查禁，故意改用苏联研究会的名称。

李剑华还回忆说：“一九三二年‘一·二八’后，我从安吉里搬到萨坡赛路（今淡水路）巴里刘道衡家。那时，经常来到我家的有刘芝明（外号陈麻子）、何思敬（何畏）、钱啸秋（钱亦石）、张琴抚（张庆孚）、邓初民等。通过这些同志的介绍，我、胡绣枫和刘道衡都参加了左翼社会科学联盟（简称社联）。曾经和我编在一个小组里的有柯柏年、刘芝明、史存直（史一乘）、何思敬、邓初民、张琴抚等人。在每次小组会上，我们一般总是先议论国际问题，然后再谈国内问题，议论的中心是如何坚决反对蒋介石的卖国投降政策。”[2]

这些“社联”成员大多是共产党员，并担任重要职务，以不同方式支持和参加“苏联之友社”，其中翻译家何思敬还在“苏联之友社”（苏联研究会）成立大会上发言。

以上消息报道中提及“反对帝国主义进攻苏联及中国革命”，这在《胡愈之传》中有记载：九·一八事变之后，上海一些研究国际问题的共产党员筹备成立“苏联之友会（社）”，胡愈之因发表《莫斯科印象记》也应邀参加。他说：“我们成立苏联之友会（社），就是要促进政府和苏联恢复邦交，实现联合苏联共同抗日，宣言主要应体现这个精神。”但是，此主张遭到反对，有人说：“现在日本侵占了东北，其根本目的是为了进攻苏联，所以成立苏联之友会（社）的目的，是要号召全国劳动者起来武装保卫苏联。”此口号是党内“左”倾的一种体现，显然胡愈之持有不同意见。[3]从另一个角度说明，“苏联之友社”是由上海一些研究国际问题的共产党员筹备的，该社成立后，他们以不同笔名撰文，支持《今日之苏联》周刊。

国民党控制的《社会新闻》1933 年第 3 卷第 21 期刊登《苏联之友社》消息：“近日共产党人，……假藉中俄复交之客观现实事件，由江苏省委发出指令，限期督促各县，区委，领导支部，发动群众组织‘苏联之友社’，以为帮助各种各种赤化团体之不足。”这从另一个角度证实了“苏联之友社”的政治背景不同寻常。

"苏联之友社"具有国际性，由一些国家进步人士发起组织。1928年5月27日，召开苏联友谊社第一次国际大会，英国、法国、捷克、澳大利亚、德国等左翼、进步组织代表出席，这与苏联对外文化协会（简称VOKS）有关。该协会通过与各国文化交流的途径，向全世界展示苏联文化，并交流外国文化，以期达到冲破帝国主义对苏联的封锁，这是一种灵活的外交策略。

1930年9月10日，左联刊物《世界文化》创刊号的《编辑后记》已经明确指出："尤其是对外文化联络机关'VOKS'的活动，以至各国'苏联友谊社'世界大会情况。前者的用意使国内专门家尽量利用这机关，使苏联实际状况能够切实些介绍到中国来，后者的用意，在目前帝国主义者拼命进攻苏联的时候，要告诉理解苏联同情苏联者以他们应该有的认识。敢说中国苏联友谊社正在筹备中，那么，它的成立在世界大战迫切之际特别有重大意义。"（详见本书收入的《鲁迅"远离"的左联刊物〈世界文化〉》）筹备了很长时间后，才正式成立。

袁殊主编的《文艺新闻》第54号刊登"苏联之友社"（苏联研究会）成立消息的同时，在"四月份外国杂志"栏目里披露了一组消息：

（一）普罗列塔利亚文学（日本）
（二）美国《新群众》
（三）苏联之友（日文）
（要目）苏联的五一节，赤军的文化活动，《人生之路》（电影介绍）——秋田雨雀，苏联生活问答——关于婚姻，苏联的火油，（附录）：苏联产业地图，五年计划一览，等等。内山书店杂志部，日金十五钱，（约国币二角五分）

鲁迅经常光顾的虹口内山书店，成为日本《苏联之友》刊物对华传播的一个窗口。

以上这些消息主要来源于苏联对外文化协会。1931年1月，胡愈之访问苏联之后，在上海发表了题为《莫斯科印象记》的长篇报道，透露他曾访问苏联对外文化协会总部，并由该协会总部派员陪同胡愈之参观共产主义学院、中央图书馆等。因此，胡愈之被选为"苏联之友社"执委，并为《今日之苏联》撰稿人并非偶然。

精英荟萃，美好计划

《今日之苏联》创刊号具有综合性内容，有评论、游记、报告文学等，牵涉面比较广，从不同的角度、不同层次介绍苏联政治、经济、文化等。这期头版《开场白》比较长，占据整版的三分之二，其写道：

这个小小的刊物出世了，照例要写篇创刊词，作为开场白，来表明发行刊物的旨趣。

一种刊物的发行，一定是跟着时代和社会的需要而来的。本刊的诞生，不迟不早，恰巧在中苏恢复邦交、表示友好、互换了大使之后的今日，这自然不是偶然的。……究竟这独一无二的苏联为什么繁荣？为什么它里面绝对没有失业？为什么它生产不断猛跃地发展而并未造成生产过剩的结局，反而需求不断地超过供给？所谓五年计划的秘密到底何在？苏联是不是样样都好，还是也有缺点？如有，这些缺点又何在？自从苏联政权成立以来，特别是五年计划实施以来，苏联在政治、社会、经济、文化、学术等等各方面，都创造了簇新的新生命，到底这些新生命底具体的表现又在那（哪）儿？……所有这一切的问题，都是大众头脑中时常盘旋着而难得到解答的问题。关于苏联的出版品和论文，目前却也有些，但是真正能虚心而冷静地作客观的介绍的，实在太少；因为厌恶苏联的先生们，说起话来每多恶意地诽谤苏联，这是一方面；另一方面太“喜欢”苏联的摩登投机家，则拿白俄荡妇来冒充“苏俄的革命艺术”，信口雌黄，在“赞美”苏联的表皮掩饰之下来歪曲苏联，收集这些道途传说的片

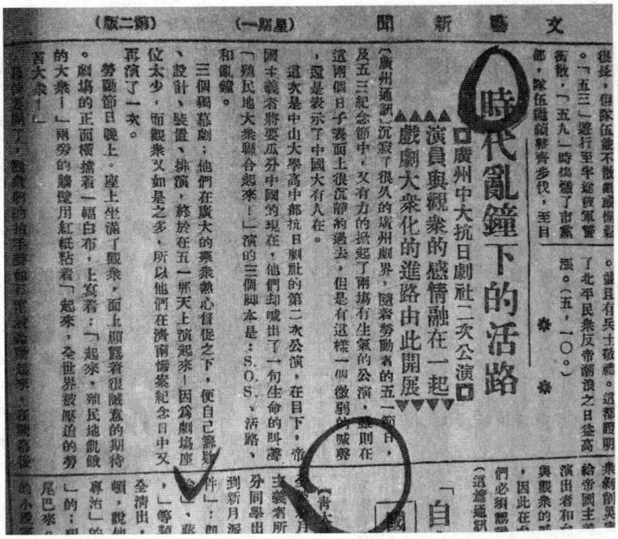
文藝新聞 （星期一） （第二版）

時代亂鐘下的活路

□廣州中大抗日劇社二次公演□

▲▲▲▲演員與觀衆的感情融在一起

戲劇大衆化的進路由此開展▼▼▼▼

（廣州通訊）沉寂了很久的廣州劇界，隨着勞動者的五一節日，及五三紀念節中，又有力的掀起了兩場有生氣的公演，雖則在這兩個日子表面上很沉靜的過去，但是有這樣一個微弱的喊聲，這是表示了中國大有人在。

這次是中山大學高中部抗日劇社的第二次公演，在目下，帝國主義者將要瓜分中國的現在，他們卻喊出了一句生命的呼聲「殖民地大衆聯合起來！」演的三個脚本是：S.O.S.、活路、和亂鐘。

三個獨幕劇；他們在廣大的群衆熱心督促之下，便自己籌款、設計、裝置、排演，終於在五一那天上演起來！因爲劇場座位太少，而觀衆又如是之多，所以他們在濟南慘案紀念日中又再演了一次。

勞動節日晚上，座上坐滿了觀衆，面上顯露着很誠意的期待。劇場的正面橫掛着一幅白布，上寫着：「起來，殖民地飢餓的大衆！」兩旁的牆壁用紅紙粘着「起來，全世界被壓迫的勞苦大衆！」

图7－2　《文艺新闻》刊登广州戏剧消息，丁景唐的红笔批阅

断（段），用动人的文笔只囫囵吞枣地把苏联描写为玄幻的天堂。

同人等创办这个小小的刊物，既不愿吹毛求疵或杜撰事实去诽谤苏联，因为我们的任务是在研究他人的长处，诽谤别人，我们没有功夫；但也不愿挂羊头卖狗肉，或是用白俄淫舞来吹成“革命的艺术”，以博得观众拥护而自已利市百倍。同人等认为苏联这个新国家，无论从那（哪）方面讲都值得我们去研究去考查（察）。咱们中国社会经济各方面已弄得如此糟糕，把一个建设有成绩各方面都日见健全的国家底内部现状及其发展趋势，客观地介绍给国人们做参考，想这样的工作，总不是多余的吧。

不过偌大的苏联，要靠一个小报来担负替他（它）介绍的工作，力量自然十分不够的。主要的是因为篇幅太小，所以有系统的长篇大论以及理论文章就无法刊登。我们这个小报的面积，只能登些片断（段）的文字，但是我们要做到：（一）这些片断（段）都是“硬碰硬”的铁一般硬事实材料；（二）这些片断（段）的连续，还是有系统的；（三）要把这小报上所发表的小文章，都为一般大众所领悟。

《开场白》的作者理应是该刊主编，也是“苏联之友社”执委，对社会经济颇有研究。《开场白》既表明了该刊的宗旨，也反映了在李剑华家里召开“苏联之友社”骨干成员会议的部分内容。其中有几个特点：

一是抓住了污蔑、攻击苏联的“先生们”荒唐谬论的要害，同时尽量避免敏感的意识形态问题，着重介绍“他山之玉”——苏联经济建设的伟大成就。

二是杜绝党内“左”倾的高调，包括以上谈及的“武装保卫苏联”等，避免引起广大读者的猜疑和不安，使反动当局难以抓住把柄。

三是最后谈到的“铁一般硬事实材料”，“片断（段）的连续性”和系统性，表明该刊编辑的出色策划能力和充足的底气、信心，这是渊博的学识、办刊的胆魄、人格的魅力所支撑的。

署名“一民”写的《欢迎苏联大使》，文前有编辑按语：“这篇文章还是四月底写好的，虽因出版延缓，递呈国书等已成过去的事实，但本文的意义仍未失去，故照登。”该文后面落款为“一九三三，四月二十八日”。5 天前（4 月 23 日），苏联大使鲍格曼洛夫来华后首次到上海，受到上海各界人士的热烈欢迎，同一天的上海《申报》作了详细报道。远在中央苏区瑞金，苏维埃政府出版的《红色中华》第 47 期（4 月 29 日）也报道了此消息。“一民”在文章中写道：

苏联自从十月革命成功的第一天起，就在其宪法导言上公开宣布反对一切帝国主义的侵略，反对民族的压迫，主张弱小民族的自决与解放，主张取消侵略和压迫所得的一切结果，主张（并实行）扶助被压迫民族独立与解放。因此，中国民族，为从暴（露）日（本）及其他帝国主义铁蹄下求得解放计，为避免瓜分之祸计，为民众自求生路计，就得与站在同一反帝战线上的苏联民众携手合作。这是吾人欢迎鲍大使的第一点意义。

此番激进的言论，“戳痛”国民党当局的敏感神经，“这是吾人欢迎鲍大使的第一点意义”。接着，“一民”强调面临日本帝国主义狼子野心，企图吞并中国的严重危机，同时“帝国主义进攻苏联的战机也是一触即发。而进攻苏联与瓜分中国是整个的一贯的帝国主（义）对外政策，二（两）者绝对不能分开。中苏二（两）民族要共同反帝御侮，就必须相互间有真诚明确的瞭（了）解。中苏的复交，鲍大使的临华，从此就给二（两）国民众以进一步的深切的相互认识底机会，进一步地促进二（两）大民族的携手合作，这是我们欢迎鲍大使的第二点意义”。

这鲜明地反映了共产党关于欢迎苏联驻华鲍大使的有关精神，弥补了《今日之苏联》头版《开场白》的“缺憾”。虽然“一民”没有明确亮出“全国劳动者起来武装保卫苏联”的旗帜，但是文中包含了此意，也间接透露了以上谈及“苏联之友社”开会时引起争论的话题。《今日之苏联》编辑故意将此文放在第 2 版的下面，低调处理，但是在头版要闻中的标题位置依然醒目。

彭康曾使用笔名“一民”，他留学日本，是创造社后期骨干，曾翻译马克思主义哲学著作，参与组建左联。但是，《今日之苏联》筹备时，彭康已经被捕入狱。著名左翼作家王任叔也使用过“一民”的笔名，时在南京工作，大概也不会写这样激进的文章。

《今日之苏联》第 2 期目录预告中有“一民”写的《苏联的对外贸易概论》，不知此文作者与以上提及的“一民”是否同一人。

7 年后，杜沧白（杜畏之）写了同题文章，发表于 1940 年《贸易月刊》第 2 卷第 2 期。该文分为 5 个部分：苏联对外贸易概述；苏联对外贸易制度及其政策；苏联贸易政策之效果；苏联对外贸易与外交及计划经济之关系；苏联对外贸易之特殊性。杜畏之，曾为中共党员，1927 年就读苏联莫斯科中山大学，回国后为“无产者社”成员。1930 年后译有《俄国资本主义的发展》《俄国侵略满洲史》等。1987 年受聘于上海文史馆。

章乃器，著名政治活动家、经济学家和收藏家，救国会“七君子”之一，中国现代史上一位特立独行的爱国民主先驱。他撰写的《中苏经济关系进展的观察》颇有分量，从历史与现实的宏观角度进行点评，即国际市场中的苏联对外贸易“面面观”和现实意义。该文占据整个版面的三分之二，分为4节：《苏俄社会制度的轮廓》《苏俄对外贸易意义》《苏俄对外贸易与帝国主义市场》《苏俄对外贸易与中国》，最后一节指出：“有些人希望能用苏俄的经济力驱逐帝国主义在华的资本势力，那末（么）希望太高了吧。”因为此愿望，“恐怕等于一个反帝的民族革命吧”。这个精彩的结论，穿越历史岁月，至今依然有着重要的意义。

郑正秋，中国电影先驱者。1923年底，中国第一部长故事片《孤儿救祖记》拍摄完成，由郑正秋编剧，张石川导演。20世纪30年代，在党的电影小组的团结与帮助下，他被选为中国电影文化协会执行委员。他宣传抗日，推动爱国运动，编写了《自由之花》《春水情波》等剧本。他在《明星月报》上发表了《如何走上前进之路》一文，明确地意识到“三反主义”（反帝国主义、反资本主义和反封建主义）创作原则。

《今日之苏联》第3版刊登郑正秋写的《谈谈苏联电影——观〈生路〉有感》。1933年2月16日，这部苏联影片（又名《人生之路》）在上海大戏院第一次公映，3天后（2月19日），鲁迅夫妇便去观看。

该影片是讲述十月革命后不久，一群流浪儿童在劳动教养所里，得到谢尔盖耶夫老师耐心、热诚、严格的教育，以穆斯塔法·柯尔卡为代表的流浪儿根除了种种恶习，逐渐变成苏维埃国家的真正公民，同时反映了苏联第一个五年计划实施的艰难过程。

郑正秋很注重现实主义题材，看了这部影片感到很震惊，觉得此影片完全不同于其他外国影片，更不同于中国电影流行的创作思路。他在文章中惊呼：看了此影片“受到了非常的感动”，这是“苏联大众电影的代表作之一”。影片中“没有女人的酥胸和大腿；没有英雄豪杰；没有才子佳人；没有大老板阔小姐；没有特别主演的大角儿，它只是表现一群扒手和小瘪三们……”而且富有人情味，“给予了观众极大的刺激，而且还有一种非常重大的力量，叫你出了影戏院，还有深深的影响，印在脑子里。”最后，郑正秋感叹：“我们翻开报纸来看，走到街上去瞧瞧，所谓小偷，瘪三，以致于强盗，绑匪，正多得可怕煞人！唉！他们的生路在那（哪）里？他们的生路在那（哪）里？”连续两个反问，充分表达了郑正秋为国为民的焦虑、担忧。

第二年，郑正秋编导的《姊妹花》，是表现贫富之间巨大反差的现实题材，创造了当时中国票房的最高纪录。1935 年 3 月，该片参加了苏联的莫斯科国际电影展览会。遗憾的是没有人注意到一年前郑正秋观看苏联影片《生路》的深切感受，与他编导的《姊妹花》之间某种内在联系。

苏联影片《生路》影响很大，以上提及的《苏联之友》（日文）刊物，刊登了日本著名戏剧家秋田雨雀写的影评。

上海《晨报》副刊《每日电影》（1933 年 2 月 16 日出版）刊登一组点评《生路》的文章，其中有夏衍写的《〈生路〉述评》，署名“黄子布”。他审视的角度不同于郑正秋的影评，先从列宁关于教育流浪儿童的论述谈起，随后介绍该影片的有关情况。此影片是新锐导演尼克拉·艾克导演，尼克拉·巴它洛夫、伊凡·库依尔拉主演，施屈路里加作曲，苏联梅裘浦濮姆社出品的第一部有声片。1931 年 5 月初映后，在莫斯科已经突破了 1200 次的上映记录。

夏衍认为：这是一部继普多夫金导演的《母亲》（扎尔赫依根据高尔基同名长篇小说改编）、爱森斯坦导演的《战斗舰波将金号》之后的又一部出色影片，在世界电影史上“值得大书特书”。这部影片让“我们也可以得到一种有意义的暗示，社会的构成是有机的，性格的转变是复杂而困难的……这里没有凭空而来的奇迹，在这儿也没有从来不犯错误的英雄”。

曹亮翻译的《新工作——新生活》比较长，占据整整一版。主要讲述时隔两年莫斯科的惊喜变化，“这只有从前到过莫斯科的人才会了解莫斯科是怎样的进步，这儿可说是欧洲最干净的城市”。工厂里的新气象、新面貌、新语言让作者刮目相看，最后写道：“至于失业，在苏俄的工人所以知道这名词是从外国报纸上看来的。他们的问题是怎样预备充足的力量，增加他们的生产和浩大的新工厂。在其他的国家女人之从事工作的，都已失业。大众再回到厨房去。而在苏联的妇女大队地从事社会事业，开创历来的新记录。”

叶以群，著名文艺理论家。曾就读于东京法政大学经济系，担任左联组织部长。他在文艺理论方面造诣极深，著述很多，译作有《苏联文学讲话》《新文学教程》等。

叶以群原名叶华蒂，在《今日之苏联》创刊号上发表译作《顿河畔……》，这是一篇苏联长篇报告文学，在其他文学刊物上发表过，这里摘录其中一部分，仅有千余字，刚开头，便戛然而止，显然版面有限，编辑只好忍痛割爱。文后说明：“这是苏联绥拉菲莫维契（奇），莫纽希科和伊哥里·朴朴夫三作家合作的报告文学《顿河底旷野》之一段，是写‘五年计划'期内农村情形的。"

《今日之苏联》编辑在编排创刊号时，已经着手第2期的稿子，基本完工，其要目刊登在《今日之苏联》第2版、第3版中缝的下端：一、《苏联的科学》（陈彬龢）；二、《国际反苏阵线的变迁》（章乃器）；三、《五年计划的秘密是什么?》（胡愈之）；四、《苏联的对外贸易概论》（一民）；五、《帝俄与苏联之农业比较观》（百英，误排印，应为伯英）；六、《世界漫游的对象——苏联》（宁华译）。

"宁华"是瞿秋白的笔名，1933年9月3日，鲁迅在日记中写道"得宁华的信，即复"。鲁迅日记中经常称瞿秋白为"维宁""惟宁"，"宁华"可能是加上瞿秋白的夫人杨之华最后一个字，延伸而成。这时距离《今日之苏联》创刊号上刊登第2期要目已有近4个月了，瞿秋白写给鲁迅的信，落款很可能是"宁华"，因此，鲁迅在日记中如此写道。

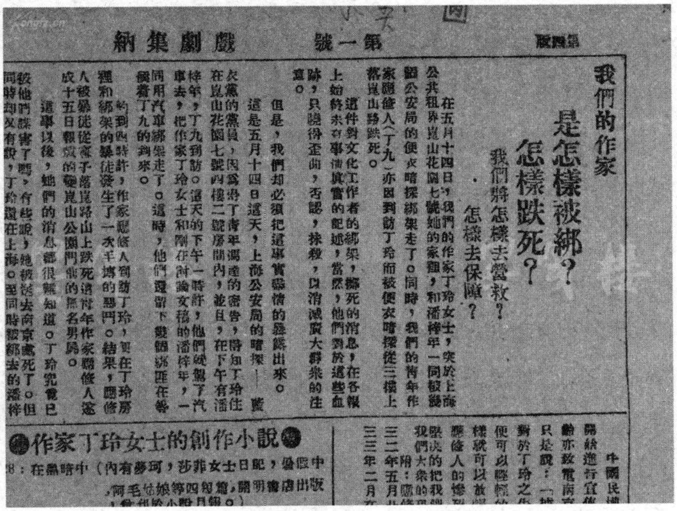
第四版

第一號

戲劇集納

我們的作家

是怎樣被綁？怎樣跌死？

我們將怎樣去營救？

怎樣去保障？

在五月十四日，我們的作家丁玲女士，突於上海公共租界崑山花園七號她的家裡，和潘梓年一同被[illegible][illegible]公安局的便衣暗探綁架走了。同時，我們的青年作家應修人（丁九）亦因到訪丁玲而被便衣暗探從三樓上落崑山路跌死。

這件對文化工作者的綁架，慘死的消息，在各報上始終未有事情真實的記述，當然，他們對於這些血跡，只曉得歪曲，否認，抹殺，以消滅廣大群衆的注意。

但是，我們却必須把這事實[illegible]情的暴露出來。

這是五月十四日這天，上海公安局的暗探——叛共黨的黨員，因爲得了青年漏逃的密告，得知丁玲住在崑山花園七號四樓二號房間內，並且，在下午有潘梓年，丁九到訪。這天的下午一時許，他們就駕了一汽車去，把作家丁玲女士和剛在討論文稿的潘梓年，一同用汽車綁架走了。這時，他們還留下幾個綁匪在等候着丁九的到來。

約到四時許，作家應修人到訪丁玲，剛在丁玲房裡和綁架的暴徒發生了一次手搏的惡鬥。結果，應修人被暴徒從窗子落崑路山上跌死這青年作家應修人遂成十五日報載的崑山公園門前的無名男屍。

這事以後，她們的消息都很難知道。丁玲究竟已被他們殺害了嗎？有些說，她被送去南京處死了。但同時卻又有說，丁玲還在上海。至同時被綁去的潘梓

作家丁玲女士的創作小說

在黑暗中（內有夢珂，莎菲女士日記，暑假中，阿毛姑娘等四篇短篇，開明書店出版

图7-3 《戏剧集纳》第一号

瞿秋白两次赴苏联，第一次是1920年10月18日，瞿秋白与李仲武、俞颂华是作为第一批前往苏俄的中国报社记者，由此彻底改变了瞿秋白的人生道路。瞿秋白撰写的《饿乡纪程》《赤都心史》，第一次向国人介绍了一个真实的苏俄。

1928年4月底，瞿秋白第二次赴莫斯科，则是作为中国共产党的主要负责人，前去筹备中共六大，并留在莫斯科，担任驻共产国际的中共代表团团长，直到1930年夏回国纠正李立三"左"倾冒险错误，主持召开中共六届三中全会。

因此，精通俄语的翻译家瞿秋白译介或者撰写《世界漫游的对象——苏联》，将是一篇精彩之文。但是，《今日之苏联》第2期可能没有问世，后世无法看到瞿秋白的此文，即使这留存的篇名也早已被遗忘了。

从另一个角度来说，"苏联之友社"或者《今日之苏联》编辑能够辗转

向瞿秋白约稿，这本身就是一个鲜为人知的故事。当时经鲁迅热情介绍，瞿秋白夫妇搬至东照里 12 号二楼，与住在马路对面大陆新村的鲁迅经常见面，留下一段传世佳话。如果瞿秋白翻译或者撰写《世界漫游的对象——苏联》还留存于世，那么又增添一则“插曲”。

伯英，即祝伯英[4]，亦名竺延璋，曾在莫斯科中山大学、红色教授研究院学习，回国后，参加中央“文委”工作，后脱党。他著作多种，译有《两种制度》《苏联银行学》等书。《今日之苏联》刊登祝伯英的《帝俄与苏联之农业比较观》一文，可能是他多种译著中的一部分。

“一民”写的《苏联的对外贸易概论》，显然是延续创刊号上的章乃器撰写的《中苏经济关系进展的观察》一文，进一步介绍，很有可能此文是一部专著的概要。

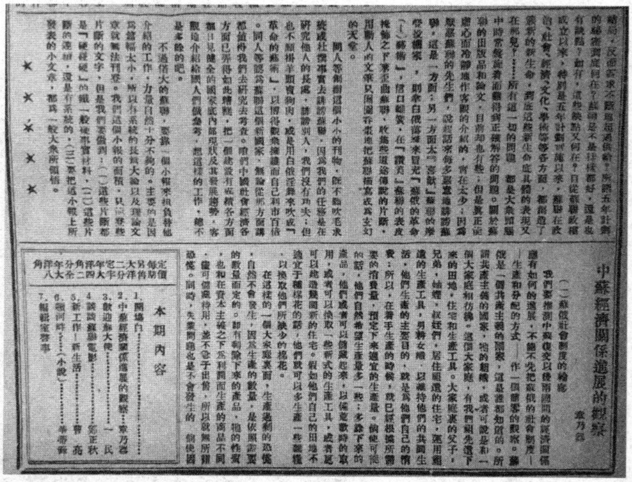

图 7-4 《今日之苏联》头版下半版

胡愈之撰写的《五年计划的秘密是什么?》，内容不得而知，不过可以从他写的《莫斯科印象记》中略知一二。该书中有《社会主义的生产竞赛》《政治·劳动·行乐》《标准工人住宅》《无产阶级者的“家”》等内容，其中《社会主义的生产竞赛》一节中写道：“为社会全体增加生产，视为工人最大的荣誉。在五年计划开始以后，又起了社会主义的生产竞赛的运动，所谓社会主义的生产竞赛，乃是大众直接干涉生产的意思，这是代表苏维埃经济发展的一个新的阶段。”文中的“大众直接干涉生产”下面有粗黑点，以示重点。胡愈之还写道：“一切的生产竞赛，都是由工人自动发起，自动决定标准，自动订定契约。这工人直接动员，为增加生产而斗争，是五年计划时期苏维埃经济的一个特征。”这种新观念在当时中国的广大读者看起来是十分陌生的概念，犹如“天方夜谭”，恰恰这是《五年计划的秘密是什么?》的内容之一。

胡愈之撰写的《莫斯科印象记》问世后，成为畅销书，广为流传。半个世纪后，湖南人民出版社决定把这本书列入《现代中国人看世界》丛书，重新出版，并请戈宝权为重印本书写了序言，加以校注，还增加了戈宝权搜存的当年照片。如今重读此书，恍如隔世，但依然深深感受到胡愈之撰写此书的激动心情。

仅仅从《今日之苏联》第2期目录中，便可得知要比创刊号的内容更为专业化，具有较高的学术性价值——深度和广度，撰稿者都是名家，但是文章未能与广大读者见面，也许发表在其他报刊上。

《今日之苏联》周刊社还策划一个艰难的出版计划，这期创刊号第1版和第4版的中缝里刊登《本社编辑之苏联丛书出版预告》：

本社现已请定国内研究苏联问题之专家若干人，编辑关于苏联各方面状况之小丛书，内容力图精密正确文字，务求简洁流利，以适大众化之要求，宗旨在达到客观的介绍，而避免浮汛的宣传。兹将第一批书目公布于后，在最近的将来，当与世相见。

一、《苏联的工业》（祝伯英编）；二、《苏联的哲学界》（沈志远著）；三、《苏联的文学界》（周起应著）；四、《苏联的艺术界》（华蒂编）；五、《苏联的经济史略》；六、《苏联的社会生活》。

后面两本书没有作者名字，显然还未最后确认，这些著作者都是资深专家、学者，其中沈志远、周起应（周扬）、叶以群（华蒂）还担任党内重要职务。

沈志远是著名经济学家，早年经侯绍裘介绍加入中国共产党，后赴苏联莫斯科中山大学学习，考取莫斯科中国问题研究所研究生，同时担任共产国际东方部书刊编译，并参加《列宁选集》第6卷的翻译出版工作。1931年12月回上海，担任中共江苏省“文委”委员、中央“文委”委员和社联（中国社会科学家联盟）常委兼宣传部长。这期间，他发表《新经济学大纲》《现代哲学的基本问题》等文章。因此，沈志远撰写《苏联的哲学界》，足以让读者“大饱眼福”。

周起应即周扬，曾任左联党团书记、“临委”书记等[5]，很熟悉苏联文坛动态，先后译介了不少苏联文学理论的论述，包括比较全面地介绍了关于苏联社会主义现实主义的思想内涵和要求，这个创作思想极大地影响了20世纪30年代的左翼文坛，但也给创作领域带来了概念化、理论化的负面影响。周扬曾转译托尔斯泰名著《安娜·卡列尼娜》（草婴则是直接从俄文版翻译的）等，一度成为书商介绍的重点之一。周扬如果撰写《苏联的文学界》，那么可以“厘清”当时中国左翼文艺界对苏联文学思潮的一些认识误区。此后，吴生编著的《苏联的文学》，列入大众知识社主编的“苏联丛书”，世界书局于1938年5月出版。

叶以群（华蒂）编译《苏联的艺术界》，书名颇有诱惑力，如果问世，销路肯定不错。但是编译的难度很大，这需要查阅大量资料，花费大量的精力，要耗费很长时间，至今也没有见到同名的中文版权威专著。

《今日之苏联》周刊社不仅积极适应中苏复交的时代潮流，还计划为共产党领导的社联、左联搭设一个发表著作的平台，遗憾的是此美好计划落空了。

此后，著名的国民党左翼人士张西曼等人创办中苏文化协会，义无反顾地承担起中苏文化交流的历史使命，并出版了《今日之苏联》，列入“中苏文化协会研究丛书”，郭沫若主编，吴清友编著，该书堪称为皇皇之作，多达700多页，分为10章，由此实现了昔日《今日之苏联》周刊社所追求的“梦想”之一。

［注］

［1］陈彬龢曾任北方的中俄大学总务长、天津南开学校总务长等职。1926年3月因参加反帝爱国运动遭段祺瑞政府通缉。1931年春进上海《申报》工作，任社评主撰，以左派“爱国志士”的面目出现，撰文谴责日军暴行。次年底，参加中国民权保障同盟，并与戈公振、邹韬奋等一起筹备出版《生活日报》。抗日战争时期，沦为汉奸，吹嘘日军武力。抗日战争后，在东京郊区的一家精神病院中毙命。

［2］李剑华：《关于社联一些情况的回忆》，载上海市哲学社会科学学会联合会编：《中国社会科学家联盟成立55周年纪念专辑》，上海社会科学院出版社1986年版。

［3］于友：《胡愈之传》，新华出版社1993年版，第119页。

［4］祝伯英，原名廷璋，浙江宁波人，早年上海交通大学肄业。后入莫斯科中山大学、红色教授研究院学习。回国后，执教上海法政学院、上海暨南大学、广州中山大学等，后为香港《星岛日报》社总编辑。新中国成立后，执教上海交通大学，担任中华书局辞海编辑所编审等，曾参加《辞海》未定稿的编辑、修订工作。著有《社会科学讲话》《世界法西斯运动》《经济核算制纲要》《哲学与社会科学》《伦敦会议的悲剧》等书。

［5］详见丁言模：《周扬第一次主编左联刊物〈文学月报〉》，载丁言模：《穿越岁月的文学刊物和作家（三）》，中国社会出版社2018年版。

广州《戏剧集纳》；上海《文艺新闻》“牵手”

潘汉年主编的《文化斗争》（详见本书收入的《潘汉年代表“文委”主编〈文化斗争〉》）与《戏剧集纳》《今日之苏联》作为“中国现代文学史资料丛书”（乙种）并放在一起，外面专门制作了硬壳外封，扉页上印有这三种刊物的说明。其中《〈戏剧集纳〉影印本出版说明》写道：

《戏剧集纳》，左翼戏剧家联盟广东分盟出版的戏剧刊物，半月刊，四开四面，发行地点广州法学院。1933 年 7 月 15 日发行第 1 号，内有营救潘梓年等人的文化界宣言，介绍苏联戏剧方面情况的文章。目前仅发现第 1 号。

此刊物与“剧联”（中国左翼戏剧家联盟）广东分盟的成立，最初是与左联外围刊物《文艺新闻》主编袁殊[1]有关。

《文艺新闻》筹办时，由袁殊夫妇和于海、翁毅夫、俞巴林（袁殊高小同学，兼职干杂务）等人合作。编辑部和发行所起初设在上海四马路 512 号，即福州路中西大药房旁边小弄堂内一家商店的后楼上。办公室虽小，但来往人不少，其中有姚蓬子、钟望阳等人常来。几个月后，左联重要成员阳翰笙来帮忙，刊物渐有起色。编辑部在原交通路（今昭通路）好运道书局附设门市部，由王达人主持。半年后，俞巴林离开编辑部，周康民（周钢鸣）接替。

楼适夷从日本回国后，在左联安排下参加该刊物的主要编辑工作，他回忆说：这里“也成为地下活动者联络接头的地方，有些组织上失掉联系，或从外地刚来找不到组织的人，就在这儿接上了关系；也有很多的读者，通过这儿参加了革命运动”。[2]

该刊创办者袁殊是个传奇人物，经潘汉年介绍入党，打到敌人内部收集情报。最初分工时，袁殊主编，他的妻子有病，便替代外出采访。于海（地下党员，美联成员）暂且住在上海艺专廉价宿舍时，经袁殊的妻子介绍一起筹办刊物，负责美术编辑兼文字编辑。翁毅夫与袁殊在火车上相识，他是反蒋（介石）的国民党改组派成员，每天跑印刷厂，分发报刊。他后来参加革命，在东北战场上牺牲。[3]

《文艺新闻》第26号（1931年9月7日）“每日笔记”栏目刊登一则短信息：“本报通讯处路畔人、卢涝等所创办之《现代文化》，最近即发刊。”

卢涝，是卢豫冬[4]的笔名。他是中山大学历史系学生，得到袁殊的信任，负责《文艺新闻》广州通讯处，原来还有一人，不久便离开了，实际上是卢豫冬独当一面。以上的一则新闻便是他与《文艺新闻》发生关系的最初一个见证。

1931年九一八事变后，全国掀起了抗日救国的浪潮，中山大学逐渐成为华南抗日运动的中心。该校师生组织宣讲队到广东各地演讲，募集御寒冬衣送给东北义勇军，开展全校范围内的军事训练，以强烈的民族责任感，投入抗日救亡运动的浪潮中。次年1月9日，中山大学高中部抗日剧社成立了，第二次公演时，由于大学各学院也参加演出，改名为国立中山大学抗日剧社。

1932年上海一·二八淞沪抗战爆发后，促使抗日剧社加紧排练，2月该剧社举行第一次公演。卢豫冬闻讯赶去广州市中心西湖路的广东省教育会礼堂观看，还到后台去访见该剧社的主要负责人李克筠（易扬）、吴永年（吴华、吴济生）等。随后吴永年又到卢豫冬住处来探望，双方一来一往，建立了良好的关系。

（广州通讯）广州中大抗日剧社乃十几个肯替新兴艺术服务的青年组织的，二月十五日该社在广州教育会举行了第一次公演，上演剧本有《工场夜景》，《钱》，《活路》三剧，在黑暗的广州社会里，又撒下了火种了。闻现在正准备举行第二次公演。

这是相隔一个月后才刊登于《文艺新闻》第48号（1932年3月28日）的消息，总题为《演剧运动的阔步——北平—广州—汉口》。这期间《文艺新闻》改出“战时特刊《烽火》”。《文艺新闻》复刊后，袁殊没有忘记搁置多日的卢豫冬寄来的新闻稿，尽管是"明日黄花菜"，依然刊登，以示重视。

（广州通讯）冰凌等近与该地作家数人合组"世界新闻社"，出版刊物，篇幅内容多仿《文艺新闻》。近来出刊之《探讨》，共出了两期，国民大学学生所主办，闻因思想正确与大受读者欢迎见罪当局，致最近将其刊物没收，并派人拿捕编者，欲行枪毙。中山大学近日有一十日刊出现，名《世界大势》。在什么都没自由的广州，除"×日本娘的"民族主义，肉麻主义一切都遭禁绝的出版界，总算是一枝比较充实的奇花异彩了。

这是刊登在《文艺新闻》第49号的（1932年4月4日）消息，题为《没自由的广州——点点奇花异彩》，其中提及"内容多仿《文艺新闻》"，这是《文艺新闻》远在广州产生影响的一个例子。

5月1日，中山大学抗日剧社第二次公演，地点仍然在广东省教育会礼堂，演出3个独幕剧：楼适夷的《S. O. S》《活路》、田汉的《乱钟》。第3天（5月3日）是"济南惨案"纪念日，又加演一场。对此，卢豫冬（卢涝）和书元、金太璞合写了长篇通讯，发表于《文艺新闻》第56号（1932年5月23日），题为《时代〈乱钟〉下的〈活路〉》，副标题《广州中大抗日剧社二次公演，演员与观众的感情融在一起，戏剧大众化的进路由此开展》，其文如下：

（广州通讯）沉寂了很久的广州剧界，随着劳动者的五一节日，及五三纪念节中，又有力的掀起了两场有生气的公演，虽则在这两个日子表面上很沉寂的过去，但是有这样一个微弱的喊声，还是表示了中国大有人在。

这次是中山大学高中部抗日剧社的第二次公演，在目下，帝国主义者将要瓜分中国的现在，他们却喊出了一句生命的叫声"殖民地大众联合起来!"演的三个剧本是：《S. O. S》，《活路》和《乱钟》。

三个独幕剧，他们在广大的群众热心督促之下，便自己筹款、设计、装置、排演，终于在五一那天上演起来！因为剧场座位太少，而观众又如是之多，所以他们在济南惨案纪念日中又再演了一次。

劳动节日晚上，座上坐满了观众，面上显露着很诚意的期待。剧场的正面横挡着一幅白布，上写着："起来，殖民地饥饿的大众!"两旁的墙壁用红纸粘着："起来，全世界被压迫的劳苦大众!"

幕快要开了，观众们的拍手声如巨雷般轰动起来，在开幕后却立刻镇静下去了。第一幕《S. O. S》，掀起了观众们有力的呼声和叫喊："打倒军阀！""打倒走狗！""打倒日本帝国主义！"幕就在拍手和呐喊中闭了下来。尤其在老李拍致全世界劳苦群众的电报中，观众的情绪几乎激涨得快要爆裂！第二幕《活路》，因为对话不甚紧密，未能有如《S. O. S》一样成绩，惟演至市民大会中的阿成牺牲归来后，群众的情绪也就随之而紧张起来，无数的呼啸与呐喊："劳苦阶级起来！""劳苦群众联合起来！""奋斗！""奋斗！"的呼声也在闭幕之前狂热地抛了出来。第三幕《乱钟》，因为（布置）布景太久了，对话太多，未能引起观众情绪的紧张，所以比较算是失败了。但是《乱钟》的狂击时，观众们的呼声还是很强烈的！

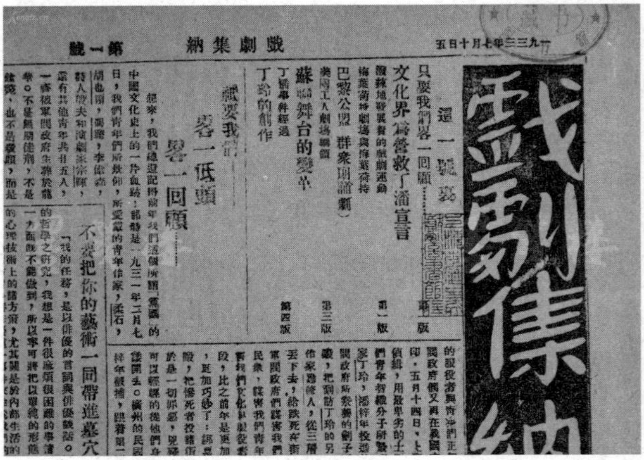
戲劇集納　第一號

文化界營救丁潘宣言

蘇聯舞台的變革

丁玲的創作

不要把你的藝術一同帶進墓穴

图 8－1　《戏剧集纳》版式

综观这三个剧本的意识是很统一的。他们都是极端的暴露出中国大众处在半殖民地半封建的悲惨地位。统治者对于工农大众剥削灾害和一切麻醉大众的手段将全国的群众更奴隶的拍卖给帝国主义。这一切，都给这三个剧本怒叫了出来。所以台上演出者和台下的观众的意识与感情都打成了一片。演员的喊声与观众的喊声融在一起。两次的观众都有一大部分是工农大众，因此在台下更有喊出"全世界的工人联合起来"的口号。我们必须认识，真的戏剧大众化，在广东，将由这里开展下去。

此文后注明："这篇通讯是由书元、卢涝、金太朴（璞）三君的通讯编成"，显然是《文艺新闻》编辑改编的，占据了整版的三分之二的篇幅。此文引起了"剧联"党团书记赵明彝的重视，特别是文中的激进标语和口号，使人眼前一亮，显然这是不同于广州其他剧团热衷于演出的《茶花女》等剧目。

赵明彝用"名乙"的化名，通过《文艺新闻》广州通讯处，与中山大学抗日剧社负责人发生联系，并建议他们建立"剧联"广州分盟。事前（1931

年新春)，在上海成立“剧联”，为了扩大戏剧战线，积极准备建立各地的分盟。最先成立的是南通分盟，这是由于过去艺术剧社和摩登社联合去南通公演以后所发展的结果，随后成立了北平、武汉、广州等分盟。

卢豫冬立即同抗日剧社负责人李克筠、吴永年商谈，对方感到由衷的高兴。随后，大家集聚在黄志潜（黄植，后为陕西省委常委、宣传部部长，参见本书收入的《中国现代剧坛两个“第一”》）家里开会，一致同意建立“剧联”广州分盟，与会者李克筠、吴永年（吴济生、吴华、吴壮飞，后任国务院侨务办公室国外司司长等职)、萧宜越（萧希明，后为中共中央宣传部对外宣传局局长)、黄志潜、黄自卓（王枫)、李五欢（李森林，李克筠的弟弟)、陆剑仙和卢豫冬 8 人作为发起人，前 5 人推选为分盟领导成员，黄志潜（黄植）为分盟书记，吴永年（吴济生）为组织委员，黄自卓为宣传委员。会后即复信给“名乙”（赵明彝)，得到“剧联”批准。其后，双方通信联系更加多了，由吴永年以“吴艺”的化名、卢豫冬以“黎映纯”的化名，与李五欢三人共同负责进行。

“剧联”广州分盟成立后，逐渐扩大到二三十人，其中有广雅中学的何德明、省一职的何浩明、阮海田（后任粤中军分区副司令员)、邝达芳（邝鲁直、邝明，后任商业部司长)，职业青年周明（周朝现，后为中共广东省委顾问委员）等。

在两年左右的时间里，中山大学抗日剧社前后公演了 9 次，其中续演或重演 3 次，共 12 次，平均每两个月演一次，作为一个非职业性的学生剧团来说，这是一个很不错的成绩。“剧联”广州分盟以曙风书店名义出版了一种《话剧脚本小丛书》，都是 48 开的袖珍小册子，其中有李克筠等集体创作的《我们不起货》，署名章起云。中山大学抗日剧社与海员工人一起演出此剧和《怒吼吧，中国》；李克筠（易扬）创作的《打回老家去》，此剧当时很流行，入选于张庚为读书生活出版社编辑的国防剧本选集；萧宜越（萧希明）创作的《他们投降了》，署名杜乃硕。[5]

1934 年 1 月 27 日晚，中大抗日剧社以中大学生会纪念“一・二八”淞沪抗战两周年的名义在中大附小礼堂演出时，广州“社联”的一些中大、女师学生在场内散发传单，高呼革命口号，引起潜入场内的特务注意，次日凌晨进行大搜捕。同年 5 月，“苏维埃之友会”被特务发现，李克筠被捕入狱（后出狱，不幸病逝)，吴永年、萧宜越、黄志潜等被迫离开广州，抗日剧社也随之停止活动。

不该忘却的故事

据有关专著记载，“剧联”广州分盟吴永年等仿照上海《文艺新闻》样式出版《戏剧新闻》，介绍苏联和日本左翼的戏剧理论与活动，报道上海、北平左翼剧运消息，共出版3期。[6]这也许与北平同名刊物误为一谈了。

“剧联”北平分盟成立于1932年2月25日，在北平西城李阁老胡同法学院三院于伶住的宿舍里成立的，起初盟员有12人，其中李树芬（后为“剧联”党组书记）、陶也先（总务部长）、陈沂（组织部长）、宋之的（宣传部长）、于伶（研究部长）组成第一任执委会。宋之的主编机关刊物《戏剧新闻》，该刊相近于上海《文艺新闻》，8开大小，每期4版一张，介绍国内外戏剧动态，包括北平和各地的戏剧活动情况。该刊共出4期，时间为1932年8月15日至1932年10月。鲁迅曾对他们提出忠告：你们出的刊物太左了，恐怕是长不了。果然如此，魏照风回忆说：“事实也确是如此，那时我们登的一些文章和消息太暴露，等于告诉敌人我们正在搞什么活动，虽然革命的勇气很足，但是年轻幼稚，只知一味的蛮干。”[7]这也是广州《戏剧集纳》刚萌生便被查禁的主要原因之一。

吴永年等人负责《戏剧集纳》与上海《文艺新闻》也很相似，版式则与北平的《戏剧新闻》一样，也是每期4版一张。刊名也与上海《文艺新闻》有关。《文艺新闻》第60号（1932年6月20日）最后刊登答问一信，题为《集纳正名——致来夫同志：啸一》：

来夫同志：我现在校阅本号的大样，这一版有一篇文章，因为太长，不能登。尚有四百字余白要补稿子，我记起你上次要我答复的问题，——关于“集纳”这名词的解释来；现在就在匆忙中说一说吧。

为什么不称新闻学而要称“集纳”呢？这有两点理由：一、Journalism的解释，是：一切有时间性的人类生活之动态的文字、图书、照相等，使之经过印刷复制的过程，再广遍的传布给大众，使大众在生活行为上，受到活的教养，而反映于其生存的进取与努力。二、因此，这学问，就不仅是“新闻学”而已；经营或编辑杂志，或别种类此的书籍等，只要具备印刷、广布、时效这三大原则的条件，就都是属于此的。自然这其中最主要的仍是“新闻”。

其次，新闻这名词在中国，已经公开的成为“谎骗造谣”的别号了，而中国到现在为止的“新闻学”，又没有一本是完全的真实的Journalism。因此，我们依于Journalism的真实的解说，乃产生了“集纳主义”与“集纳运动”的新称谓。

过去，曾有人释译此字尾“拉杂主义”，这不但不正确，而且隐约的带了些绅士之轻蔑态度！因此，“集纳”还必须要有精选与批判，这两个内容的条件呢！

草草，敬礼！

啸一，六，十七夜

Journalism，意即新闻业、新闻工作。因此吴永年等人采取此说，如今“集纳”一词鲜为人知。

《戏剧集纳》仿照上海《文艺新闻》样式，也是报纸版面的模样，第一版刊名放在右上角，其下注明“中华邮政特准挂号认为新闻纸类”，通讯处“广州法学院周德仁转交”。中山大学设有法学院，戴季陶兼院长，何思敬为副院长，周德仁可能是化名，进步学生，或参加中山大学抗日剧社，或参加了李克筠等人组织的“新兴（社会科学）读书会”。

《戏剧集纳》刊名下注明：“每期零售大洋二分，约定全年二十四期，国内连邮大洋六角，国外每期另加邮费。”

刊名左边设有4个版面的要闻标题：第1版有《只要我们略一低头略一回顾……》（汪瑾）、《文化界为营救丁潘宣言》；第2版为《泼辣地发展着的戏剧运动》《梅叶荷特剧场与梅叶荷特》（杜乃硕，即萧宜越翻译）、《巴黎公盟——群众朗诵剧》；第3版为《美国工人剧场纲领》《最近十五年苏联舞台的变革》（易扬，即李克筠翻译）；第4版有《丁潘事件经过》和《丁玲的创作》（旅罔，即卢豫冬撰写）。除了以上用括号注明之外，其余文章都没有署名，难以考证，甚为遗憾。

显然，这期组稿的重点是“丁潘事件”，除了头版评论、消息登载之外，第4版则是专版。1933年5月14日，左翼作家丁玲（曾任左联党团书记）、潘梓年被叛徒出卖，在上海租界被国民党蓝衣社特务秘密绑架。这时，应修人（时任中共江苏省委宣传部长）恰巧前去访见丁玲，与埋伏的特务抗争，坠楼身亡。

此消息传开后，引起社会上很大震动，蔡元培、杨铨、胡愈之等文化界人士联名致电南京国民政府，要求释放丁、潘，或从宽处理。但是，国民党当局起初矢口否认绑架丁玲、潘梓年，也拒绝透露丁、潘的下落。在上海地下党组织领导下，中国民权保障同盟总干事杨铨（杨杏佛）等人出面组织了“丁潘营救委员会”，由左联派去的楼适夷主持工作（鲁迅未去开会），并于6月10日发表宣言，其中提出：“筹集资金，援助丁潘家族。”左翼、进步报刊纷纷刊登有关消息。[8]

《戏剧集纳》第1版发表评论《只要我们略一低头略一回顾……》（汪瑾），其指出：

想来，我们总还记得前年我们这个所谓“党国”的中国文化史上的一片血迹，那时是一九三一年二月七日，我们青年们所景仰，所爱戴的青年作家，柔石，胡也频，冯铿、李伟森，诗人殷夫和演剧宗晖，还有其他青年共廿五人，一齐（起）被军阀政府生葬于龙华。……在今年，军阀政府又在我国文化史的一页上打上腥膻血污的手印，……比之前年是更加奸险，更加巧妙了，绑票，毒杀，把惨死者投诸街头。于是一切罪恶，凶残，都可以轻轻的从他们身上推诿开去。广州的《民国日报》不也是第一日只说丁玲，潘梓年被捕。跟着第二日又把丁玲的被捕都否认了么。

……（我们）应该一致起来清理应修（人）的惨死，和要求释放丁玲，潘梓年，以及其他无数在囚的劳苦民众自己的代言人。

“左联五烈士”等被害消息，《文艺新闻》首次大胆地披露，还刊登了他们的照片，此事给卢豫冬留下深刻印象，也是他当年欣然同意为该刊广州通讯处工作的重要原因之一。卢豫冬也写了《丁玲的创作》一文，最后写道：“丁玲，这个为大家而努力着的作家，现在，她在不息的前进之中，已经给白色统治的鹰犬捕去了；我们应该怎样去回答这个阴毒的白色恐怖，和保障我们大众的作家底健在呢?!”

该文一旁是《作家丁玲女士的创作小说》的篇目，自1928年的小说集《在黑暗中》至1933年的小说集《夜会》。《戏剧集纳》第1版中间的醒目位置，刊登《为著作家丁玲、潘梓年募捐!》：

为丁潘奋斗的事，现在才开始，我们要以□□□□展开□□□□衣党戕害工人，学生，及智（知）识分子的恐怖，猛烈进攻。

丁潘保障委员会已经组织起来，开始宣传和募捐的工作，捐的钱要用于法庭斗争，使丁潘亲属出庭。现陆续捐来的钱已经不少，要捐的请速将（钱）款寄交上海信箱1879号中国论坛社代转，或寄本社转交亦可。

原刊中的□□□□，印字模糊，故代之。“丁潘事件”发生后，1933年6月19日，伊罗生（后为史沫特莱）主编的《中国论坛》第2卷第7期上，发表了左联《为丁玲、潘梓年被捕反对国民党被色恐怖宣言》。该刊还先后发表了消息《丁玲失踪》、茅盾的《丁玲——新中国的先锋战士》、李家贞的《目击者揭露绑架丁玲的绑匪》、无名氏的《丁玲被杀害》等文。《中国论坛》响应“丁潘营救委员会”的呼吁，发出捐款的启事，原在广州的“剧联”分盟也发动起来了。

《戏剧集纳》创刊号还发表了国内外戏剧信息和短评，第2版的短评《泼辣地发展着的戏剧运动》介绍了上海戏剧动态，同时刊登消息《广州剧运的生力军——广州戏剧研究会出版剧本丛书》：“最近新成立的戏剧研究会，对于戏剧工作，颇为努力，闻该会戏剧丛书已出有《女权运动会》《他们投降了》和《我们不起货》等数本，其余将陆续出版。闻已出版之《我们不起货》为以最近发生吴淞翰轮事件为题材之四剧场，并将分赠各剧团云云。”

《他们投降了》《我们不起货》两个剧本都是中山大学抗日剧社创作的，并且演出效果反响很好。著名戏剧家欧阳予倩在广州创办广东戏剧研究所并附设戏剧学校、音乐学校，并不是“最近新成立的”。《戏剧集纳》编辑如此说，主要还是感谢欧阳予倩所做的扶持出版工作。

事前，《文艺新闻》第54号（1932年5月9日）《戏剧界无情斗争——广州新兴戏剧团体联盟》，副标题《一朝混入革命队伍中来，平民即是普罗列塔利亚》：

（广州通讯）欧阳予倩“归来后”，曾函约“戏剧界朋友”于本月十日在太平馆茶叙，有所协商，结果由当时到会之各国人作为发起人，联同发出一意见书等之类的东西（起稿者为欧阳），要求“本市较通声之各剧团共同发起组织“广州剧联会”（名未确定）……当时被邀请的有六个团体，即：尖社，现代剧团，近代演员团，光明剧社，万人社，及前卫戏剧作者同盟，……前三者比较接近，光明社独立之成分多（因多是在校的中学生），而万人社与前卫戏剧作者同盟，因思想关系，有点在同一战线上的可能。……

这则通讯理应是卢豫冬写的，最后还特地注明："这通讯完全以私人资格而作，与本人所属的团体无关的。四．十八，于广州。"

不料此文引起风波，《文艺新闻》第56号（1932年5月23日）《戏剧防御战！——致〈文新〉编者》，副标题《一朝混入革命队伍中来，平民即是普罗列塔利亚》，落款为名一（5月17日）。这可能是"名乙"（赵明彝），显然不满意事前"广州通讯"的某些倾向性，进行了严厉的批评。

其实这里牵涉到卢豫冬等人的"剧联"广州分盟与另一个分盟的微妙关系。由于各种因素，广州两个"剧联"分盟始终没有合并，不过双方还是曾有交往，以上报道便是一例。[9]

"剧联"广州分盟发起人之一萧宜越原为中山大学高中部学生，两年后直升为中山大学农科本科。1934年5月参加共青团，同时参加党的地下工作，此后秘密从事地下工作。以后进入陕甘宁边区，在新华通讯社当翻译，后为新华社编委、对外新闻编辑部主任、中共中央宣传部对外宣传局局长等职务。他离休后，被聘为《新中国季刊》总编辑，合译《福斯特自传》《英帝国危机》等。

《戏剧集纳》刊登的《梅叶荷特剧场与梅叶荷特》，见证了萧宜越（杜乃硕）早期翻译活动，不知他晚年是否还记得。该译文介绍了梅耶荷德（梅叶荷特）的有关情况，"他献身于新时代的促进，尝试大胆的实验，而且完全破坏了演剧的旧原则。从青年时代他已经竭力于为了大众的演剧创作了。"

《梅叶荷特剧场与梅叶荷特》译文提及在莫斯科梅耶荷德剧场公演《怒吼吧，中国》，苏联左翼文学家特莱耶珂夫（亦译为特列季亚科夫、特勒蒂科夫），中国名字为"铁捷克"。他根据1924年6月万县惨案创作剧本，并沿用他原来写的诗歌的标题。1932年，中国也曾演出过该剧。随着华北危亡，更需要《怒吼吧，中国》，有力地证实"戏剧是武器"的重要意义。

在早期左翼演剧活动中，梅耶荷德则是频频出现的"权威"词汇。夏衍等人发起的上海艺术剧社，第二次公演时采用了梅耶荷德的导演方式。该社重要成员冯乃超（后为左联党团书记兼宣传部长）首次介绍了梅耶荷德及其舞台艺术理论，日后“走红”的斯坦尼斯拉夫斯基则是批评对象。

《戏剧集纳》第2版、第3版都是介绍国内外的戏剧动态，苏联剧坛尤为突出。《最近十五年苏联舞台的变革》由李克筠（易扬）翻译，该文比较长，几乎占据半个版面。介绍了苏联“每个剧场都有一个艺术和政治的会议，是一个包含工场中各阶层的工人，工会的代表‘伶人’，舞台管理者和艺术家的组织”等，这些苏联舞台变革中涌现的新组织、新场景、新面貌都成为李克筠等年轻中国戏剧运动者追求的梦想。

北平的《戏剧新闻》第4期（1932年10月出版）也刊登了《十五年来的苏联剧坛》，也许与李克筠的译文有相似的内容。李克筠、萧宜越、卢豫冬等人译文在中山大学校史等专著中都未有记载，随着《戏剧集纳》背后的故事长期蒙上历史尘埃，都早已被世人淡忘了。

［注］

［1］袁殊（1911—1987），早年曾在日本早稻田大学留学，学习半年的新闻学。1931年3月创办《文艺新闻》后，经潘汉年、王之春介绍，加入中国共产党，成为特别党员。他利用接近敌伪政府头面人物的机会，搞到许多有价值的重要情报。抗战胜利后，他不辞而别，与李一氓、扬帆奔波在苏北、山东一带的战场上。解放后在中央机关工作，1955年因潘汉年、扬帆案件被捕入狱，1982年平反昭雪。

［2］楼适夷《记“左联”的两个刊物》，载《左联回忆录》（上），中国社会科学出版社1982年版；于海《我与〈文艺新闻〉的一段因缘》，载《中国现代文艺资料丛刊》第6期，上海文艺出版社1981年4月出版。解放初，于海与丁景唐同在上海市委宣传部工作。“文革”后，丁景唐约他写此稿。

［3］丁言模：《〈文艺新闻〉影印本》，收入丁言模：《瞿秋白与书籍报刊——丁景唐藏书研究》，中国社会出版社2013年版。

［4］卢豫冬（笔名宗珏、旅冈等），1914年生于广西贵县（现名贵港市）。1931年到广州求学，次年入中山大学历史系。负责《文艺新闻》广州通讯处工作。“剧联”广州分盟于1932年5月成立，卢豫冬为发起人之一。1934年5月，中山大学抗日剧社被查封。卢豫冬到香港躲避，后辗转到上海，参加“剧联”活动，从事戏剧理论和宣传工作，后参加中国文艺家协会。1939年8月，卢豫冬到国际新闻社香港分社担任编辑，同时兼任中国新闻学院教授，主讲《军事新闻》等课程。1947年至1950年，在广东国民大

学新闻系主讲《新闻学概论》《新闻学史》《新闻名著选读》等课程。此后，执教华侨大学中文系、政治系和福建师范大学中文系任教授，著述多种。

[5] 卢豫冬（旅冈）：《我与左翼剧联广州分盟的联系》，载《新文学史料》1994 年第 4 期。

[6] 梁山、李坚、张克谟编：《中山大学校史（1924—1949）》，上海教育出版社 1983 年版，第 76 页脚注 [1]。

[7] 魏照风：《忆当年北平剧联的活动》，载中共北京市委党史研究室等编：《北方左翼文化运动资料汇编》，北京出版社 1991 年版。

[8] 详见丁言模：《反对关门主义的北平〈文学杂志〉月刊》，载丁言模：《穿越岁月的文学刊物和作家（二）》，中国社会出版社 2017 年版。

[9] 当时在广州戏剧研究所戏剧文学系的一批人以胡春冰为首，组织了一个团体“广州前卫戏剧作者同盟”，还组织了一个学校剧团“光明剧社”，当时都没有党的关系。后来温盛刚（失去党组织的联系）建议把广州几个进步文艺团体联合起来，成立了“广州文化界大同盟”。不久便和上海“文总”（中国左翼文化总同盟）取得联系，成立了“文总”广州分盟，负责人是何干之、温盛刚、欧阳山、谭国标，下设“左联”“剧联”“社联”。（文化部党史资料征集工作委员会编：《中国左翼戏剧家联盟史料集》，中国戏剧出版社 1991 年版，第 481 - 482 页）。另详见卢豫冬（旅冈）：《我与左翼剧联广州分盟的联系》，载《新文学史料》1994 年第 4 期，等等。

《光明》“跨界”综合性，高擎“国防文学”旗帜（上）

《光明》半月刊，1936年6月10日创办，生活书店总经销，洪深主编兼发行人，共出版3卷。出至第3卷第5号时，1937年七七事变发生，进入全面抗战时期，改出《光明战时号外》周刊，1937年10月出至第7期停刊，先后共出版36期。

该刊编辑考虑周到，为了便于读者查找，在每卷结束后，及时统计上一卷的所有目录，按照栏目分类，其中有小说、集体创作、报告文学、诗歌、剧本、评论、散文·杂感·杂文、特稿、通讯、论坛、译丛、读者之页、书评、文坛情报、社语、连载读物、介绍等，这些众多栏目在同时期的文学刊物中属于“佼佼者”。

如果以本书刊登的《光明》第一部分内容为主，那么至少有如下一些鲜明的特点：

其一，该刊撰稿人有郭沫若、茅盾、周扬、洪深、夏衍、于伶、张庚、杨骚、周立波、徐懋庸、沙汀、艾芜、舒群、姚雪垠等，大多是1936年6月7日正式成立的中国文艺家协会成员，云集众多名作家，汇总诸多杰作。

该刊自称是纯文学刊物，其实是“跨界”综合性的文艺刊物，自始至终高擎“国防文学”旗帜。除了小说、诗歌、散文（随笔）、评论、报告文学等之外，文学剧本、戏剧评论尤为突出，特别是集体创作的剧本，此举被公认为20世纪30年代首先倡导的一种新的创作方法，产生了广泛影响，一直延续到新中国成立之后的戏剧界。

这些与洪深、夏衍、于伶等人在戏剧界中“引领”左翼、进步潮流的文学剧本及其影响、地位密切相关，但是该刊又区别于其他戏剧专刊，在很大程度上是接受中共地下党组织的领导，特别是在党组织遭受三次大破坏的白色恐怖中，坚持开展反抗国民党当局“文化围剿”的戏剧运动，同时高举“国防戏剧”的旗帜，取得了“前所未有”的杰出成果。

因此，《光明》第2卷第12期，（1937年5月25日）推出“戏剧专号”，精彩纷呈，成为本书介绍《光明》第一部分的重要内容之一。

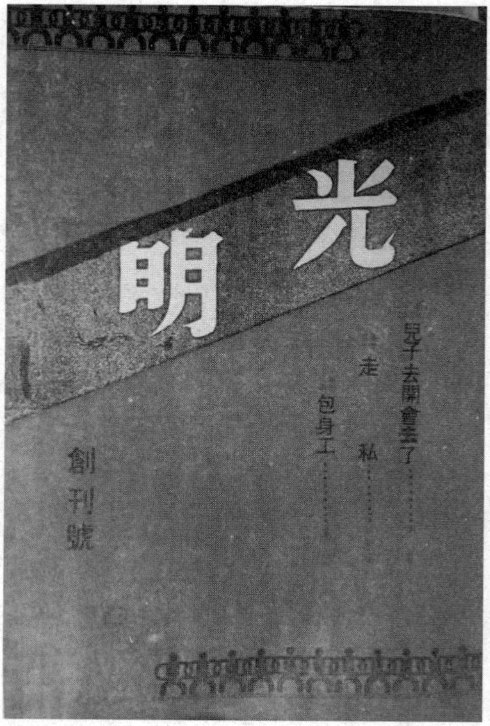

图9－1 《光明》创刊号

其二，该刊紧密结合抗战时局和文坛新动向，随时调整策划思路，与时俱进，不断地推出很有特色的各种专辑、专栏，深受广大读者的喜爱。

该刊出至第1卷第7期时，为纪念九一八事变5周年，同时推出《东北作家近作集》，64开，随刊附送，这是一种特殊的专辑。

七七卢沟桥事变后，该刊第3卷第4期（1937年7月25日）编辑部立即发表《我们的宣言》（一）（二），呼吁文艺界同人团结起来，同仇敌忾，坚决选择抗战的钢盔，绝不做亡国奴。

高尔基、鲁迅病逝后，该刊临时组稿，推出“追悼高尔基特辑”“哀悼鲁迅先生特辑”“马耶可夫斯基逝世七周年纪念”等。但是，“追悼高尔基特辑”难以看到，因为现在的影印合订本《光明》（上海文艺出版社1985年版）这期上仅存目录。现存的“哀悼鲁迅先生特辑”中，有些哀悼文章以后被删改、扩写收入不同的集子里，有些短文则被人遗忘，成为“佚文”。因此，这些哀悼文章都是“初版本”。

第2卷第2号《光明》（1936年12月25日）推出“一九三六年的回顾”的评述专栏，其中有周立波的小说评论、杨骚的诗歌评论、张庚的戏剧评论、吕骥的音乐评论，主要评述过去一年“国防文学”的实践成果，总结经验教训，努力指导、促进“国防文学”文学实践，希冀出现轰轰烈烈的全民抗战文学的局面。

1937 年春，"五大剧社"举行春季联合公演之后，该刊推出"戏剧专号"，内容很丰富，不仅有专题评论文章，主角演员的专题文章，并且汇总了全国各地戏剧运动的信息等。其中《中宣部长和熊佛西氏谈禁演〈赛金花〉之辨说忆记》（署名"A 记者"），采用了戏剧、文学、通讯报道等多种艺术手段，"弦外之音"处处皆有，堪称一大奇文。

该刊第 3 卷第 3 期（1937 年 7 月 10 日）推出"移动演剧运动特辑"，针对当时抗日救亡演剧的具体情况，力图解决迫在眉睫的具体问题。

其三，公开各种座谈会记录，丰富了该刊的内容，显示了编辑出众的策划能力。如"本志读者 · 作者 · 编者座谈会""中国剧运先驱者怀旧座谈会""移动演剧座谈会"等，前者座谈会保存了"第一线"作家羊枣（杨潮）、杨骚、许杰、舒群、罗烽、艾芜、沈起予与读者"零距离"沟通的情况，后两者座谈会披露了大量的中国近代、现代戏剧运动的"第一手"资料，这些都是长期以来世人所忽视的。

其四，该刊"不务正业"，刊登了郭沫若的《〈资本论〉中的王茂荫》（载第 2 卷第 2 期，1936 年 12 月 25 日出版）。此后，该刊接连发表了 5 篇专题文章。

郭沫若被誉称为研究王茂荫的首倡者，促进了早期的王茂荫研究，进入了发掘王茂荫史料、揭示清朝"币制改革"的阶段。《光明》则为他们提供了"首次亮相"的大舞台，超出了该刊标榜"纯文学"刊物的范围，破例"闯入"中国近代经济史和历史人物研究的范畴，在同期文学（文化）刊物中建立了绝无仅有的杰出功绩。《光明》的沈起予、李兰夫妇等"慧眼识宝"诸事，功不可没，但是很少有人提及。

其五，该刊第 1 卷第 3 号（1936 年 7 月 10 日）"附录号外"《高尔基哀荣录》的一篇译文《永息在我们的心里》（罗曼 · 罗兰原作，未署译者名字）酿成一场轩然大波，引起沈起予等人与黎烈文及其朋友圈的一场笔战，这是"两个口号"（"国防文学"与"民族革命战争的大众文学"）论争尾声时的一个插曲。

《光明》"跨界"的综合性特点，各种内容精彩纷呈，令人惊喜不已，应该清醒地重新认识、估评该刊，坚决拂去长期"人为"遮盖的历史尘埃，打破惯有的"世俗"观念，理直气壮地恢复其应有的历史重要地位，重新绽放原有的耀眼光芒。

因本书的篇幅有限，只好将大型文学刊物《光明》的丰富内容分为上、中、下三大部分来介绍，本书先介绍第一部分，后面两个部分将刊登于（五）（六），本文则是“开场白”，以下多文都是围绕该刊的各种内容进行介绍的。

洪深、沈起予等人创办《光明》

1930年2月22日，上海大光明戏院放映美国影片《不怕死》（罗克主演）时，愤怒的洪深站起来大声抗议，并走上舞台向观众演讲，痛斥这部辱华的影片……这成为轰动一时的新闻，从此，洪深的名字与强烈的爱国热情紧密相连。

此后，洪深加入左联，任英文秘书。8月，他与田汉等发起成立光明剧社，并以该社名义加入中国左翼剧团联盟（1931年改组为左翼剧作家联盟，即“剧联”）。

洪深大闹大光明戏院，参与成立光明剧社，并与沈起予主编《光明》半月刊，形成3个不同阶段的“光明”含义，见证了洪深这位“海归派”的思想变化，始终贯穿着一个大写的“爱国”炽热感情。

创办《光明》之后，洪深应邀前去广州中山大学执教，寒暑假期间，返回上海或到南京等地排演话剧。因此，《光明》具体事务都由沈起予、李兰夫妇具体操办。

《光明》半月刊问世的3天前（1936年6月7日），下午两点，四马路（今福州路）大西洋菜社先后出现了众多知名作家的身影。洪深高大魁梧，戴着黑眼镜来了。沈起予的个子矮矮的，穿着一套米色西装。他的夫人李兰与著名女作家白薇一起走进会场，她写道：“人们像赶赴战线的将士们一般，一阵一阵不断地涌到，虽然会场已扩大过三次，但好像还不够用似的。”（李兰：《一个有历史意义的会合》）

这里在举行中国文艺家协会（以下简称“协会”）成立大会。自从左联及文总所属的左翼团体自动解散后，周扬、夏衍等人立即发动组建一个抗日统一战线的作家团体“中国作家协会”，后改名为“中国文艺家协会”，接受文学、戏剧、电影、音乐、美术等各界人士入会。

这次成立大会经选举结果，茅盾、夏丏尊、傅东华、洪深、叶圣陶、郑振铎、徐懋庸、王统照、沈起予等9人为理事，郑伯奇、何家槐、欧阳予倩、沙汀、白薇等5人为候补理事。参加这次大会的众人散去后，新当选的理事立即举行了第一次理事会，下设总务部、出版部、调查部、研究部、联谊部等5个部门。

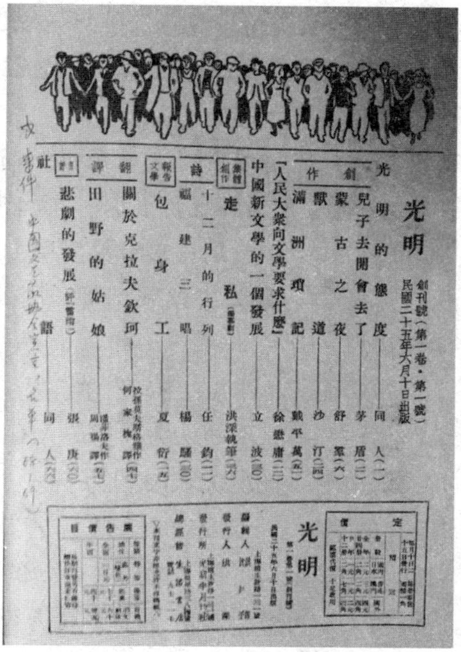

图9-2　《光明》第一卷·第一号

当天《大晚报》刊出《向文艺家协会提议》一文，署名苏达，首先明确指出：“我们要学习西欧以及美国作家大会的经验。……我们协会底任务就是要把全国的文艺家在保卫文学和民族生存这一共同目的上结合起来，这一点何家槐先生（在）新出的《文学界》上，有很明白的解释。”接着，提出以下9条意见，其中第9条说道：“会员编辑的刊物，协会要援助和指导它们。当然，最好是协会可以单独地出一个刊物，在未达此目的以前，我以为最好把既存的刊物加以改革。要使每个刊物的特色强调起来，甚至在编者同意下完全改变性质。”

显然，此文事前已经写好，俨然是周扬等决策者的口气，其中谈到“何家槐先生（在）新出的《文学界》上”，这是公认的“协会”刊物，但是茅盾作为协会常务理事召集人不能过问。周扬、夏衍等人酝酿建立协会时，已经考虑要创办《文学界》，其顾名思义，象征统一战线的文学界，其大前提则是必须集聚在“国防文学”旗帜下。

《文学界》并不是何家槐（后期左联常委）出面主编，其名义上主编周渊（邱韵铎），实际负责人是戴平万（接受“文委”书记周扬的指示），徐懋庸、沙汀、杨骚、陈荒煤等人协助。1936年6月5日创办，共出版4期，同年9月10日终刊。[1]

同时，何家槐也参与筹备和协助《光明》初期编辑工作，1936年4月20日写给鲁迅信中说：“光明书局最近决定要出月刊，叫《文艺（学）界》，……沈起予和洪深他们也编一个半月刊，由生活书店代售，我也帮一点忙。这两个刊物出版后当即寄呈先生请教，并极恳切的盼望给我们稿子。”[2]夏衍也回忆说：“周扬知道夏衍就是我，是在一九三六年五、六月间，我参加《光明》半月刊的编务，把《包身工》的原稿请他提意见的时候才‘暴露’的。”[3]《包身工》发表于《光明》创刊号。

显然筹办《光明》时，周扬、夏衍、何家槐以不同方式参与指导和协助，提供左翼作家的各种稿件，传达有关指示精神，并且一直关注该刊，给予各种帮助和支持。

洪深与沈起予主编的《光明》与《文学界》创办时间仅相差5天，即“协会”成立前后，况且洪深、沈起予被选为“协会”理事，《光明》不仅刊登“协会”成立的许多有关消息，而且撰稿人大多是“协会”成员，坚决执行“协会”有关决议和精神，因此有人干脆把《光明》也列入“协会”的刊物。

如果细细品味以上提及的苏达一文第9条“最好把既存的刊物加以改革”诸语，那么不妨认为周扬等人有一个美好的设想，将《文学界》《光明》办成“协会”的两大核心刊物——“双轮驱动”，再加上有希望改革成功的“既存的刊物”，形成一个左翼、进步的文学刊物“基地”，从而忠实地完成周扬等人宣传、实践“国防文学”的阶段性任务和目标。

其文学刊物“基地”中有周扬等人扶持的《文学青年》，后改名为《青年习作》（1936年8月10日出版），封底还刊登了《光明》《文学界》刊物广告：“青年们！你们不是追求着“光明”吗？请阅——《光明》半月刊已出五期。有迅速反映现实的文艺作品，有真实纪（记）录生活的报告文学，有倡导国防文学的理论批评。洪深、沈起予编辑，上海福州路生活书店总发行。”“代表文学界的前进力量，倡导国防文学运动的《文学界》月刊一卷二期，七月五日出版，每册零售二角，上海光明书局发行。”[4]

《文学界》是周扬等人直接插手办的刊物，《光明》则由三位“海归派”洪深、沈起予、李兰（“非党”人士）公开露面，也便于向国民党政府登记领取许可证，这与《文学界》恰好形成“一里一外”互补的现状，两者互相配合，互为支持，形成一种“领头羊”的声势，这是周扬等人所希望看到的局面。

洪深等人充分发挥自身的优势，凸显集体创作剧本、组织作家与读者座谈等鲜明特点，把《光明》办得“风生水起”，很“接地气”，影响愈益扩大，甚至超过了《文学界》。此后，《文学界》停刊，《光明》则继续办下去，独领风骚，周扬等人也继续在此刊物上发表各种文章。

《光明》终刊之前（1937年9月），周扬夫妇一家、艾思奇夫妇、何干之夫妇以及周立波、林基路、李云阳、舒群等12人，离沪赴延安，正式结束了与《光明》的合作。

中国的当前之急务，是救亡与救穷。

在表面上看起来，救亡当然比救穷更为重要。但事实上，不能救穷，也就不能救亡；而不能救亡，自然更谈不到救穷。这是人人都知道的事，用不着多说。

洪深执笔的《光明的态度》代为该刊发刊词（1936年6月1日），开头就认为"救亡与救穷"是当前的两大"当前之急务"，鲜明地打上了洪深思维个性的色彩——接地气。他接着说："去年的十一月间，华北正在闹伪自治问题的时候，我颇有机会和一些老百姓接谈。"他很反感有些民众的麻木不仁，同时也很同情"中国老百姓尽是遇到大兵土匪，水旱灾荒，苛捐杂税，闹得大家没有吃，没有穿的这种慢性亡国的真相，很少有人想到。中国老百姓的冤对头是外国经济势力，和那与这种势力结合的封建剥削，这更使我们觉得救亡和救穷是不可分的事情"。

洪深强调广大爱国者包括文学家、艺术家，"要有'以牙还牙'的决心和勇气的抗争"，"不动摇的抗战的胆量——为了争取民族的生存而抗战！为了我们子孙的生存而抗战！"他大声疾呼："诸君啊，到了那个时候，死还是这样困难的一件事么？"他最后认为，我们要拿起笔杆，用各种文艺形式，"去做那救亡救穷反帝反封建的工作"，这就是洪深强调的该刊宗旨。

洪深的这种表述，如果在周扬等人的笔下则必然是另一种表述方式，也没有一味强调"国防文学"，避免引起"两个口号"论争的延伸。洪深"避嫌"的思路与茅盾的想法不谋而合，茅盾回忆说：自己起草的"协会"宣言没有提"国防文学"。"协会"成立时讨论该宣言时，仍然有人提议把"国防文学"写入宣言，"而且争论得相当热烈"。由于事先已经协商好，所以多数人支持茅盾的意见，不提口号问题。[5]

沈起予、李兰是相濡以沫的患难夫妇，见证了那个非常年代的中国知识分子悲欢离合的故事。他们的子女都很优秀，事业有成，各领风骚。

沈起予说着一口四川话（重庆巴县人），笔名绮雨，早年毕业于日本京都帝国大学，1927年回国后成为创造社后期的活跃分子，译介日本普罗文学运动等有关情况。他作为左联发起人之一，出席左联成立大会，并且积极从事文学创作、理论批评，以及译介外国文学，成绩卓著。

1933年8月底，应广西省立师范专科学校杨东莼校长的邀请，沈起予、李兰夫妇前去桂林任教。沈起予讲授“文学概论”课程，并组织学生成立了剧团，曾演出反映东北人民反抗日军侵略的话剧《嫩江》《SOS》等。1934年4月，杨东莼辞职后，沈起予、李兰夫妇返回上海。

1936年苏联著名作家尼·奥斯特洛夫斯基不幸病逝，他转译奥氏的长篇小说《暴风雨所产生的》（亦译《暴风雨所诞生的》）的片段，发表于《光明》第2卷第5号（1937年2月10日），在文末注解里称奥氏是一位“奇伟的作家”。新中国成立后，他担任中国作协第一届理事。

沈起予与鲁迅的关系很微妙，不过至今也不见他的回忆文章。1928年创造社、太阳社围攻鲁迅时，沈起予作为创造社后期冯乃超、李初梨、彭康等“留日派”中的一员，他在《创作月刊》第2卷第3期（1928年10月10日）上发表文章《艺术运动底根本概念》。加入左联后，沈起予与鲁迅几乎没有什么来往，至少没有出现在鲁迅日记中。周文与傅东华“盘肠大战”的争论期间，左联有关负责人徐懋庸、周立波、王淑明主编的《时事新报·每周文学》第21期（1936年2月11日）发表了沈起予撰写的《对〈山坡上〉的私见》一文，该文开头就说明“经朋友的督促”，以第三者身份说几句，也不想就“应否删改”问题纠缠，而是认为应该首先对《山坡上》“有个全面的评估”，说了比较客观的评价。[6]谁知此文不仅没有“平息”双方的火气，反而使得双方的嗓门更高，这为文坛留下了茶后饭余的谈资。有的“好事者”趁机说这是又一次“得罪”了鲁迅，因为周文是鲁迅培养的青年作家。

沈起予作为《光明》主编之一，在翻译问题上与黎烈文展开笔战，于是双方提起某些“旧话”，增加了论争的火药味（详见本书收入的《“肝火正旺”的笔战》）。

不过有一个公认的事实，鲁迅请沈起予的夫人李兰翻译《夏娃日记》（马克·吐温的小说），鲁迅还写了《〈夏娃日记〉小引》（1931年9月27日）。但是，在鲁迅日记里也未出现李兰的名字，只有《夏娃日记》的书名，这不大合乎情理，显然鲁迅在“避嫌”。

笔者家父丁景唐曾请沈起予的夫人李兰（曾为上海文艺出版社资深编辑）撰写回忆文章《一个目击者的回忆片段》，刊登于丁景唐主编的《中国现代文艺资料丛书》第7集（上海文艺出版社1983年1月出版），该文谈及翻译《夏娃日记》一事，她说：“冯雪峰从鲁迅那儿拿来美国作家马克·吐温著的《夏娃日记》原文本，叫我译成中文，后由湖风书店出版，是这以前几个月的事。我给鲁迅翻译过一封信，是这年七月间的事。原信是冯雪峰拿来的，是鲁迅写给一位进步的德国作家的回信，由我译成英文后，寄往德国了。可惜原信稿遗失了，我记得是写得满满的三张信纸。”

1931 年 7 月 20 日，鲁迅“校录《夏娃日记》毕”，同月 30 日下午，冯雪峰（文英）和丁玲（丁琳）访见鲁迅。当时丁玲筹办左联刊物《北斗》，鲁迅提供了珂勒惠支的版画《牺牲》和里惠拉的壁画《贫人之夜》等。因此，李兰为鲁迅翻译“写给一位进步的德国作家的回信”，可能与珂勒惠支的版画有关。

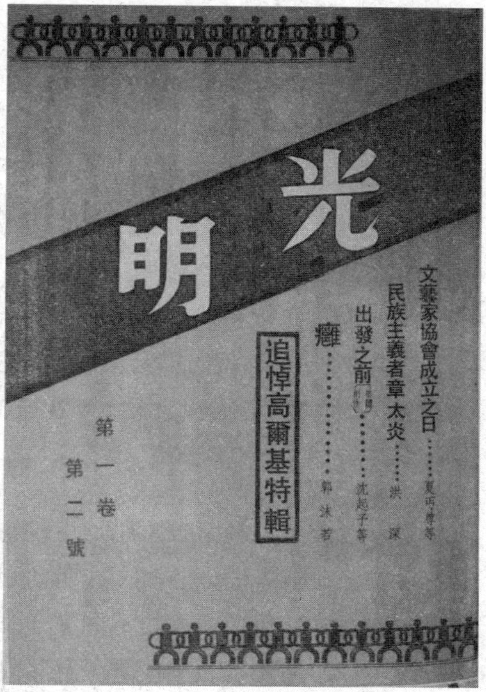

图 9－3　《光明》第一卷·第二号

李兰是一位出色的翻译家，幼年丧父，家境日衰，母亲为生计在武汉一所教会学校门前摆摊，艰难度日。一位好心的教会教师得知小李兰特别用功，因家贫被迫辍学，便设法帮李兰去教会学校读书。李兰半工半读，一直念到高中毕业，由此打下了坚实的英语基础。

1928 年，李兰考入上海艺术大学，相识执教的沈起予。此后，他俩赴日本留学，结婚。他俩不是共产党员，却是左联的活跃分子，做了不少工作，李兰的《一个目击者的回忆片段》一文有生动的叙述，谈及的人物有冯雪峰、冯乃超、彭康、丁玲、胡也频、冯铿等。

洪深、沈起予、李兰互相协作，经过一番紧张、忙碌的筹备工作，写下了第一篇《社语》（类似编辑部按语），欣喜之情充溢字里行间，其中写道：

在这不抗战便亡国的重要关头，我们筹备着我们争求《光明》的半月刊杂志，而今居然送出了这薄薄的，但相信也还有些斤两的第一期。

有斤两，这话不是指文字技术的炉火纯青，而是指题材内容的极端现实。自然，谈到技巧，我们也是技巧主义者，但来不及制造开花炮时，手榴弹也只得应用。

也得说明：我们要求的技巧是钢的锻炼，是铁的熔冶；在这敌人升堂入室的时候，若还从事于雕虫小技的磨炼（练），那上焉者也不过有个把太（泰）戈尔的位置，下焉者则简直就是亡国奴的帽子一顶。

从这种意思上，这一期我们很快地来了一篇集体的创作——《走私》，我们排斥那（哪）个人的虚飘的灵感，我们尊重集体的踏实的意见。我们一同商议“主题”，我们又互相提供材料；待一切谈好，议好之后，使推定了一个最适宜的人来写。自然，这还不过是我们在匆忙中的一个尝试；我们希望今后能有更适宜的人来做出更完善的作品，我们希望集体的创作能够在中国文坛上开出灿烂的花。

集体创作《走私》独幕剧，由洪深（执笔），沈起予、何家槐共同讨论的结果，各地剧团纷纷上演。这期创刊号还有茅盾、舒群、沙汀、夏衍、徐懋庸、周立波、杨骚等人的不同文学作品，他们都是“协会”的重要成员。同时刊登“协会”宣言和简章，及其附录——加入“协会”者的名单，由此显示出“协会”的强大实力，创刊号便是一个例证。

这期正文中夹着第2号的要目，出现了“重量级”人物的名字：夏丏尊、王统照、郭沫若、周扬等人。还设立了《文艺家协会成立之日》的专栏，发表了与会者撰写的一组文章，留下了重要的“第一手”史料。显然，沈起予、李兰夫妇编辑时，一期接着一期连轴转，以后每期正文中都夹着下一期要目，让读者有个心理准备——“先睹为快”，这也是书刊市场的一种预售手段，来自《光明》的总经销者——邹韬奋主持的生活书店，他们有一套很有成效的经营模式。

曾任周扬的秘书（内部交通员）、著名女诗人关露特地撰写了《〈光明〉半月刊读后感》，发表于《读书生活》第4卷第6期（1936年7月），点评了《光明》前两期：

最近几个月来出版的许多文学杂志中，最使我快活地见面的有《光明》半月刊。它没有惊人的封面，没有惊人的厚大的篇幅，也没有捧戴出许多惊人的作家。它只是刺一般地指点着现实，关心着国家底危难，把民族革命的文化任务负在自己的肩头上的。

第一期上的两篇论文，徐懋庸的《人民大众向文学要求什么?》和立波的《中国新文学的一个发展》，是首先要引起我们注意的。徐先生根据目前的特殊现实所赋予我们的"抗×的民族革命战争的全民统一战线"的职责，肯定了"国防文学"的意义，后一篇文章是具体地考察了"国防文学"的历史的特质。说明了在祖国危难紧急的现时，向来和战线疏远的人民群众，现在都要自动和热情地统一在反帝抗×和反汉奸的战线下面，变作"战斗的同僚"的现在，在中国文学形态的史的辩证的发展上，"国防文学"的必然的产生。

第二期中的《文艺家协会成立之日》和《追悼高尔基特辑》都是对于现实反映得最敏锐的。"文艺家协会"的成立和伟大文豪高尔基的死，《光明》都能用着民族的关心和在反帝救亡的任务下纪念着他们。

第一期上的几篇论文和二期上的一些纪念文章，可以说是有着和别种刊物比较起来的特殊的优点。特别是关于"文艺家协会"和纪念高尔基的一些文章，都是由于热情和真实的笔，表现出积极和勇敢的现实生活给予作者们的意义和情绪。

创作中的《包身工》，是一篇对于在奴隶制度下的女工生活的生动的写实。作者在深刻的认识中写出了在帝国主义铁蹄下畸形都市中的奴隶制度。跟着年年资本帝国主义危机的深刻化，帝国主义者不得不更加急剧地向民族殖民地伸长侵略的爪牙，加紧对于殖民地奴隶们的劳动的榨取。资本主义者对于这半封建和半殖民地的中国的劳动榨取最有力的办法，便是利用中国的封建奴隶制度，把封建的奴隶们召集在资本主义的精练的技术和机器下，用二十元的身价，便买来被占有三年的全部身体和自由的这些"包身工"的女孩子。

这文章里，我们看见在"没有光，没有热，没有希望，——没有法律，没有人道"的黑屋子里生活着的二万四千人以上的，将要饿死在机器下的"冤魂"，和被皮鞭子抽得烂紫的身体。看见二十世纪的企业家占有的精练的机械和技术，和对这企业家忠实地服役着的中世纪的封建奴隶。

杨骚的《福建三唱》是一首热情的政治诗。从故乡的怀念的中兴起了被侵略的仇恨。这诗的优点是怀眷而不悲伤，愤怒但是没有贩卖的呼喊。字句很通俗，音节和旋律都适于舒适的吟诵，但是我认为第二段的末截很带了一些讽刺和幽默的趣味。只是第二段全段的歌唱和头尾两段接得不很紧凑，使读者读的时候会觉得有一点突然。

任钧的《十二月的行列》是一首歌颂民族解放的政治抒情诗。

“十二月的步武哟，更坚实地展开吧，看，横蛮的强敌已经在发抖！一九三五年的战鼓哟，擂得再响些吧，听，沈（沉）睡的中国已经开始怒吼!”

这诗的政治思想和情绪，已经能够充分地通过诗句传递给读者了。

施谊的《一条腿》，使我们感动地认识了这样一个坚强而勇敢的战士。在没有战斗情绪和观念的人们看起来，会以为这是一个罗曼蒂克的故事。事实上战士是这样生惕门特的冷酷的自利者是怎么也想不到的。

《光明》里的几首诗写的是胜利的，虽然它们占的篇幅和地位并不（占）优势。这说明了中国的诗人在文坛上并不因了作品而占优势，大概也是中国最伟大的诗还不曾兴起来的原（缘）故吧。

集体创作剧本《走私》是一篇很尖锐地反映着现实的作品。它的缺点是作者原来想用尖锐和讽刺笔，描写一种有着抗争的政治性的故事，但是为着题材太广泛，作者受着时间的限制，对于这种广泛的题材，不能很好地去把握；因此剧本中贩私货的贾云祥的动作和言语，村民们以不吃白糖反对“走私”的对白，这些人物和事件在典型的真实上，都被表现得贫乏了一点。

《出发之前》是写在目前这些贪污的军阀和汉奸都猖獗地卖国的时候，下级官员最能和民众同站在反敌和反汉奸的立场。小队长陈俊便是这样一个人物，当西南军的上级官员要调他出发去的时候，他想着这一定又是军阀混战，自己不愿意参加，逃避到家里去，后来经了（过）他老婆的解释，他明白了现在除开武装抗敌是没有第二条出路的，于是决定了自己“抗日”作战的目标，又重新回到军队里去。

这作品是用了这样生动的故事反映着一般汉奸以外的下级官员的心理；题材是生动的，只是在写作的技巧上，作者不曾用深切的描写，更具体地表现出故事中的人物。比方：

“……这末（么）一想，便忽然有一个意外的念头浮上心来，使他自己吃惊，同时也增加了他的兴奋：难道我就这末（么）永远地参加内战，难道我就不能在另一条路上求活了么？……这念头即刻像强烈电流似的，在他全身上猛烈地旋转，加速度地扩大，终于由模糊趋于明晰，终于由犹豫走至坚定。”

这一段心理的描写是比较抽象了一点，作者只用了理论上的分析说明他的心理，没有把握着心理的辩证的发展的关节。其次在对话中也时常犯了这样一个倾向。

概括起来，《光明》上的这两篇集体创作，虽然严格地批评起来，技巧上做得不够，可是在中国文学的新阶段上，可以说是创开了一个新的实验。我的意见，集体创作这件事，在某一点上说是比个人创作要困难得多。因为个人创作只是写自己所经历过，所了解和想得到的东西；集体创作是要写贡献给这个作品的集体的经历和知道的东西。因此集体创作执笔的人除开一般创作的应有的努力而外，对于经过集体意见所讨论过题材：更要加以深刻的想象，否则这作品便要变成抽象的，并且在写成了以后，还需要经过集体的修改，这样才可以成为一篇更好的集体创作。

对于集体创作我既然没有经验，懂得的也太少，现在我愿意粗心地把这一点也许是不正确的意见贡献给这两篇作品的作者们。

茅盾的《儿子去开会去了》和沙汀的《兽道》都写得生动感人，这显然是作者由自己充实的生活中产生出来的。特别是前一篇，它敏锐而真实地表现出了一个有着认识的知识分子对于革命的想望（向往）和了解。

《光明》这刊物，我们不能说它一点缺点也没有，可是它最大的特色，是能由于将许多现实的内容，负起了现实给与它最大的任务。它对于现实是忠实的，热情的，而且是敏感的。在"统一战线"和"反帝反汉奸"的号召上，它是紧张地服役（执行）着它的任务。

关露这篇评论指出《光明》贴近现实的鲜明特点，点评了其中作品的优点和不足之处，包括夏衍的报告文学《包身工》、茅盾的《儿子去开会去了》和沙汀的《兽道》等。

关露着重"推崇"徐懋庸、周立波的两篇论文，这是"两个口号"（"国防文学"与"民族革命战争的大众文学"）论争中鼓吹"国防文学"的力作，前者是驳斥胡风首次提出的"民族革命战争的大众文学"，后者紧密配合"敲边鼓"，一唱一和，相得益彰，这也是周扬等人比较看重的两篇文章，由此掀起"两个口号"论争的新高潮。因此，关露此篇评论也间接传达了周扬等人的意见，显示了《光明》在"两个口号"论争中的鲜明立场。

对此，关露也仅仅点到为止，并未加以发挥。她还谈了对于集体创作的看法。当时《光明》积极倡导这种新的创作方法，并且接连推出集体创作的剧本，影响很大，关露根据自己创作的经验，指出集体创作方法的特点，同时有些担心，特别是执笔者的难处，并未加以“捧杀”或“棒杀”集体创作方法，比较有说服力。

洪深等人还策划了一些新栏目，创刊号的《社语》中还透露：“读者，作者，编者的互相交换意见的联合座谈会，写作技术的相互讨论会等都在我们的计划中，而且将努力使其很快地实现。我们很希望各方面的帮助；《光明》有成就的这个光荣是属于大家的。”果然，《光明》随后推出新栏目《读者之页》，便于读者、作者、编者三者之间的沟通，深受读者的喜爱，产生了比较大的影响。

为了答复众多《光明》读者来信提出的各种写作问题，沈起予便把自己积累的创作经验与读者分享，写下了《我在创作上达到的见解——致〈光明〉的投稿者》（《光明》第1卷第6号，1936年8月25日）。可能是李兰不辞辛苦地认真统计，将每卷刊物的总栏目发表，以便读者查寻，也为后人留下了一份珍贵资料。

有的读者来信认为：“《光明》的封面太无生气，不能使人注目，所以敝人想在二卷开始，封面上最好是加些关于时事插图，这就有生气了，能使人注目，同时定（订）阅的人，也许可以增加些。”

该刊创刊号的封面显得比较“土气”，整个封面为土红色，上下边缘为剪纸图案——人与人携手，意喻该刊是文学界统一战线的一种象征。刊名白色，由黑底斜向条块衬托，其下右为竖排的要目，左为“创刊号”。

第2号封面底色改为绿色，以后每期的底色不同，但是基本美术元素依然如同创刊号。这种省事简单的封面设计，与该刊的丰富内容不相称，在林林总总的书刊市场上也显得“灰头灰脑”的，难怪爱护此刊的读者很不满意，提出各种批评。

但是，见多识广的洪深不以为意，希望不事张扬，低调办刊，避免某种后果。该刊编者答复读者信中说：“关于本刊封面，还有江流，沙林两先生也来函表示同样的意见。同时在我们编者中也商议过，而据洪深的意思，则以为不改的好，因为《光明》二字斜排，反足以使人注目。可是现在我们已于本期更换了。至于本刊的论文，自信尚不曾与目下的救亡工作离开，惟因《光明》系一纯文艺刊物，故也只能从文艺阵线上立着。”

“现在我们已于本期更换了”，指创办《光明》第2卷第1号（1936年12月10日）封面有所改观。刊名改为竖排，字体粗大，放置在右上角，由土黄色块衬托，显得很醒目。左边呈大三角，几乎占据半个篇幅，展现土黄色的风云状图案，下端为众志成城的中华儿女，意喻中华民族奋起抗战，保卫大中国，凸显主旨，一改过去“边缘意味”的封面设计。而且，封面用以衬托的土黄底色不再是每期更换，而是第2卷每期都是一个色调——矢志不渝，将迎来“七七事变”后爆发的全面抗战。

第2卷第2号《光明》（1936年12月25日）推出“一九三六年的回顾”的评述专栏，主要评述过去一年“国防文学”的实践成果。这期《社语》坦陈：

这特大号照例应当，而且我们也准备在二卷一号出的，但竟延到这一期来了。横竖是年尾，掉头热闹一下，想来也是有意义的。

年尾，——是一九三六年的年尾了。这一年中世界大战虽没有如预期那样地爆发，然而西班牙的两种势力的角斗，远东危机的日益迫近，在在都说明一般人的预期的“虽不中不远了”。

在将来的战争中将是最残酷的战场的中国，在这一年中的文艺上表现了。什么呢？这儿有吕骥，张庚，立波，杨骚诸先生，在音乐，戏剧，小说，诗歌的各部中，各为我们画了一个清爽扼要的轮廓，希读者们注意。

七七卢沟桥事变后，该刊第3卷第4号（1937年7月25日）编辑部立即发表《我们的宣言》（一）（二），呼吁文艺界同人团结起来，同仇敌忾，“凡我文艺界同人，都应有‘投笔从戎’的决心和准备，而在军令未下之前，亦应把笔尖对准敌人，编辑集中到前线。”最后大声疾呼：“最后的胜利是属于我们的。”这不仅晃动着文艺界中无数爱国者的激情昂扬的身影，也反映了全国民众奋起抗战的心声。这一期的诗文、剧本、歌曲、木刻作品等都充满了全面奋起抗战的激情，“被迫发出最后的吼声”，一直延续到终刊。

该刊“战时号外”第1期（1937年9月1日），由原来半月刊改为周刊，原大开本改为小开本，每本仅售2分（原为1角），沈起予在卷首《编者的话》中悲愤地写道：

《光明》自创刊以来，即以唤起抗敌救亡为己责，而现在歼敌的炮声，终于响遍大地，足证吾人一年来的呐喊，并未虚掷。

……因为邮局停寄印刷品，因为从前的书店不肯再替我们发售，使我们在资金上受到了重大的打击。我们不能维持从前那样的大量篇幅，只得改出这末（么）小小的一个周刊。在这种状态下，从前存于本社的原拟登载的稿件，都多不能适用。现在我们已将付有邮费的稿件逐一退还；假如因为交通状态的混乱而致有纷失时，这，也只能希（望）作者的原谅！

本刊今后仍然偏重于时间性的抗敌救亡的带文艺性的文字，希（望）作者能给我们以千字左右的含这类性质的稿件（稿交北雁出版社转）。现在我们还不能规定稿酬，但除印刷费外尚有赢（盈）余时，我们当将全部提供为作者的报酬。本刊是否能继续呼喊，全靠作者，读者与我们的合作。

“从前的书店”指生活书店。1937 年秋天起，以邹韬奋、徐伯昕为首的生活书店领导机关决定，把大部分干部分派到内地开辟工作，上海分店由王泰雷负责，在上海坚持艰难的出版发行工作，在沪门市部改为远东图书公司。因此，生活书店上海分店无暇顾及发行《光明》等刊物。

随着抗战形势越来越紧张，战火南下蔓延，难民潮四处流散，交通堵塞，物价飞涨，信息不通畅。但是，《光明》同人克服种种困难，节衣缩食，埋头苦干，依然坚持出刊，改为北雁出版社总经销，《光明》编辑部迁移其中（环龙路即今南昌路 106 弄 6 号）。

这时，沈起予等人乘坐救护车前往抗敌前线，采访战时新闻。回来后，沈起予撰写了《夜宿枫林桥》通讯报道（“战时号外”第 6 期），并且发出《本社紧要启事》：“最近编者曾到前线一次，知道一个面包，一条手巾都为士兵们所宝贵。为使前线战士免除饥寒，增加战斗力计，本社特举行募集读者自由捐，将得捐款，购买物品，藉四川同乡会救护车路线，亲送前方。读者捐款，希（望）直交环龙路一〇六弄六号北雁社内本社为盼。”

一个月后，“战时号外”第 7 期（1937 年 10 月 30 日）发表了最后一期稿件，最后一篇为《伟大的试验》（署名元留），最后写道：“愿作英雄或微尘，只有自己去取舍，——这时代在试（考）验着我们。”落款为“十月十四日我军大胜之夜”。

在隆隆的抗敌炮声中，《光明》结束了自己担负的历史使命，留下了说不尽的话题，但是，如今又有多少人关注呢？

［**注**］

［1］详见丁言模：《周扬等人文学阵地〈文学界〉月刊》，载丁言模：《穿越岁月的文学刊物和作家（一）》，中国社会出版社 2017 年版。

［2］周海婴编：《鲁迅、许广平所藏书信选》，湖南文艺出版社1987年版，第190页。

［3］夏衍：《懒寻旧梦录》，生活·读书·新知三联书店1985年版，第328—329页。

［4］详见丁言模：《“双轮驱动”的〈文学青年〉月刊》，载丁言模：《穿越岁月的文学刊物和作家（二）》，中国社会出版社2017年版。

［5］茅盾：《我走过的道路》（中），人民文学出版社1981年版，第324页。

［6］详见丁言模：《论争“亮点”的〈夜莺〉月刊》，载丁言模：《穿越岁月的文学刊物和作家（一）》，中国社会出版社2017年版。

“戏剧专号”之一

“五大剧社”春季联合公演

《光明》第2卷第12号（1937年5月25日）推出“戏剧专号”，精彩纷呈。

事前，洪深、沈起予、李兰等人早开始策划“戏剧专号”，在《光明》第2卷第9期《本刊特别启事》（1937年4月19日）中预告：“近来全国戏剧运动颇形活跃，本刊不久想出一戏剧专号以飨读者，希（望）国内各戏剧团体及专门从事剧运的人踊跃赐稿。”

在4月27日“中国剧运先驱者怀旧座谈会”（详见本书收入的《“千载难逢”的剧坛前辈座谈会》）上，沈起予、李兰向与会者约稿，并在《光明》第2卷第11期（1937年5月10日）预先刊登下一期的要目，其中注明洪深、陈波儿的文章“题未定”。半个月后，第12期（1937年5月25日）如愿推出。这期《社语》写道：

这专号本不预定特大，但蒙全国戏剧界踊跃赐稿，致不得不把篇幅增加四十面，而还有许多迟到的及其他的稿件竟不能不割爱。全中国剧运的实际情形及今后的趋向，大致都可由这专号中的通讯和论文明瞭并指示出来。

（姚）莘农先生因忘了截稿期，（马）彦祥先生因忙，洪深因病（他本先来了题目的），致豫（预）告的文章不能刊出，这是一憾事。

这掉尾的戏剧专号结束了本刊一年来的历程，第二年的道路又摆在我们前面。文艺上的救亡运动这目标，我们决不变更，而在第二年中更想将写作的水准提高一点。

注重写作技术的人常忘记去了时代，注重时代性的人常忘去了写作技术。

两者同时并重，应当是我们的理想。

读者的意见和忠告是杂志的生命线，对此，我们总是不断地热切地期待着的。

“……两者同时并重，应当是我们的理想。”这是对这期“戏剧专号”诸多文章的一个精辟的概括。

这期设有多个专栏，其中有郑伯奇、张庚、光未然的专论，欧阳予倩、唐槐秋、应卫云等人的座谈会记录（《中国剧运先驱者怀旧座谈会》），夏衍（韦春亩）、石凌鹤的批评意见。在“杂感”栏目里刊登了各个剧社演员的文章，以及全国各地戏剧运动的信息。并且发表殷扬（扬帆）写的独幕剧《布袋队》、许幸之改编的《阿Q正传》（续二）。

光明 第二卷第十二號 戲劇專號目錄

專論

關於戲劇的通俗化——鄭伯奇（一四八九）

目前劇運的幾個當面問題——張庚（一四九二）

「庸俗的戲劇運動」批判——光未然

中國劇運先驅者懷舊座談會——趙慧深 尤兢 筆記

出席者：歐陽予倩、唐槐秋、應雲衛、顧夢鶴、馬彥祥、……

列席者：沈西苓、許幸之、白楊、金焰等十餘人。

（批評）對於春季聯合公演的一些雜感——韋春畝

向小劇團建議——凌鶴

雜感

我們的生活——藍蘋

幾次未演出的戲——王瑩

螞蟻劇團的希望——藍洋

光明

編輯人 洪深 沈起予

發行所 光明半月刊社

總經售 生活書店

图10－1 《光明》戏剧专号目录

由于这期“戏剧专号”内容丰富多彩，篇幅比较长，为了便于诸君翻阅，以下是首篇，其他另起标题的有5篇文章：《“千载难逢”的剧坛前辈座谈会》（附录《中国剧运先驱者怀旧座谈会》记录全文）、《中国现代剧坛两个“第一”》《“双胞胎”〈赛金花〉禁演后的“舌战”》《鲁迅观看王莹等演戏》《许幸之改编的〈阿Q正传〉》，依次介绍。

“五大剧社”春季联合公演

1936年初，随着左联主动解散，所属的“剧联”（左翼戏剧家联盟）也解散了，在周扬等领导和支持下，上海一部分剧作者以联谊会的方式继续活动，并成立了上海剧作者协会，其中有洪深、于伶、张庚、章泯等，主要是培养戏剧作者，从事国防戏剧创作，开展戏剧救亡运动。该协会成立不久，制定了《国防戏剧纲领》10 条。次年 7 月 15 日，召开该协会全体会议，夏衍代表党组织提出建议："本会原名上海剧作者协会，现因事实上的需要，应扩大组织，便成立全国性的，并更名中国剧作者协会。"决议通过后，随即成立了中国剧作者协会，会员有50 多人，并决定集体创作一个三幕剧《保卫卢沟桥》。

因此，洪深主编的《光明》成为发表国防戏剧作品的主要阵地之一，自创刊以来，每期都刊登抗日救亡的剧本，同时刊登了诸多戏剧运动的信息。

1936 年冬天，上海剧作者协会为各大剧团的剧场公演忙绿（碌）着。次年春天，又忙了一阵子"五大剧社"即业余剧人协会、中国旅行剧团、四十年代剧社、光明剧社、新南戏社 5 个话剧团体，在"中国话剧大本营"卡尔登大戏院（后为长江剧场）举行春季联合公演。1937 年 3 月 25 日，上海《申报》刊登广告，制作醒目大标题："霹雳一声，展开了中国剧坛光明的新局面！上海话剧集团春季联合公演。"

但是，邻旁一版刊登了国民党的上海市社会局一则《（为剧团限期登记事）布告》，由该局常务委员潘公展（局长）、陶百川、童行白联名落款："案查本市剧团林立，其组织多未依照人民团体立案之程序，向党政机关履行法定手续，殊属不合，合亟会衔布告，凡本市已经组织之职业剧团，业余剧团，或学校剧团等，均须自布告之日起两星期内，依法向本会声（申）请许可设立，向本局呈准备案，否则概予取缔，此布。中华民国廿六年三月廿三日。"此布告犹如"达摩克利斯之剑"，高悬在这次联合公演的剧团之上，同时警告那些"企图越轨"的进步剧团，随时可以取缔。

这次联合公演之前，卡尔登大戏院刚刚结束一场影城歌舞团的艳舞情歌之表演。第二天开始便是"艺术至上"的话剧，3 月 26 日、27 日，由业余剧人协会上演章泯导演的《大雷雨》[1]（俄国奥斯托洛夫斯基原著，译者芳信）。3 月 28 日、29 日，由中旅剧团上演唐槐秋导演的《雷雨》（曹禺编剧）、《春风秋雨》（阿英编剧）。3 月 30 日至 4 月 2 日，由四十年代剧社上演方于[2]、孙师毅改编并导演的《生死恋》（毛姆[3]原著）。4 月 3 日至 6 日，由光明剧社上演沈西苓、宋之的导演的《求婚》（契诃夫原著），以及孙师毅、尤兢（于伶）导演的《结婚》（果戈理原著、许幸之改编）。4 月 7 日至 10 日，由新南戏社上演应云卫导演的《复活》（托尔斯泰原著、田汉改编）。5 个剧团的联合演出，显示了上海话剧界的强大力量和紧密团结，并为 1937 年的话剧年作了一个良好的开端。

郑伯奇是创造社元老，与郭沫若等人关系甚密，也是左联发起人之一，曾任上海艺术剧社社长（公开挂名，夏衍等人具体负责）。1930 年 3 月 16 日，上海艺术剧社的刊物《艺术》月刊在上海创刊，夏衍（沈端先）主编。《艺术》发表的首篇是郑伯奇写的长篇论文《中国戏剧运动的进路》，该文总结了清朝末年中国文明戏出现之后的中国戏剧运动的发展道路，同时可以看作是上海艺术剧社的一种宣言：“中国戏剧运动的进路是普罗列塔利亚（无产阶级）演剧。”[4]此后，郑伯奇写了许多戏剧评论。

1933 年 9 月 5 日，郑伯奇撰写了《大众所要求的戏剧》，发表于《戏》创刊号，积极响应“剧联”提出的“戏剧大众化”的口号，融入左联倡导的文学大众化运动。这期《光明》“戏剧专号”首篇为郑伯奇的《关于戏剧的通俗化》，显然是在原来的基础上进一步提高。他认为：现在“新观众所要求的戏剧，第一是要跟自己的生活有关，第二是要自己能够理解。《雷雨》，《日出》，《春风秋雨》，《钦差大臣》，《美萝香》，《赛金花》，《大雷雨》，《洪水》等剧，能够受到观众的欢迎就是这个道理”。并且认为：“不违背时代要求，不歪曲现实，不放弃领（引）导作用，这三点不仅是通俗化的标准，也应该是一切文艺写作的准则。”

同时，郑伯奇严厉批判“作者、演出者放弃了自己的立场，只是去追随观众的嗜好和趣味”——媚俗、低俗，其中原因之一是为了适合老板的原则，不能不让步。其次，应该避免观念化和通俗化，即一味强调戏剧的教育性，借着剧中人物的口大发议论，“这是一种太心急的办法，其实也是一种最偷懒的办法。”媚俗、概念化是当时的两大顽疾，长期延续。

郑伯奇此文写于 1937 年 5 月 19 日，距离《光明》“戏剧专号”出版日期仅有 6 天。同月 30 日，郑伯奇意犹未尽，又写了《戏剧文学的通俗化问题》，在此解释了戏剧通俗化的三大原则，其中谈到文艺领（引）导作用的问题时，他强调指出，这还牵涉到“作者和读者或观众的人格问题”，“作者常常自以为是高高在上，而将读者或观众则视为不堪受教的。这种态度使作者在通俗作品上常常招致失败”。此言有“出处”，让郑伯奇记忆犹新。

原来瞿秋白撰写《“我们”是谁?》（1932 年 5 月 4 日）一文，批评郑伯奇（何大白）《大众化的核心》中流露出来的一种倾向，“表现着智（知）识分子脱离群众的态度，蔑视群众的态度。这种病根必须完全铲除”。[5]瞿秋白还约郑伯奇谈话，沟通思想。多年后，郑伯奇还写了回忆文章。

张庚，原名姚禹玄，湖南长沙人，中国戏剧理论家、教育家、戏曲史家。

1934 年加入中国共产党，并担任“剧联”常委，编辑《生活知识》等刊物，撰写戏剧理论文章，并根据梅里美小说改编了话剧《秋阳》。上海剧作者协会成立之后，他出版了第一本戏剧理论著作《戏剧概论》，初步建构了自己的戏剧理论框架。

1938 年到达延安后，张庚担任鲁迅艺术学院戏剧系主任、鲁艺工作团团长等职务，著名新歌剧《白毛女》中饰演喜儿的第一代演员王昆时为 19 岁，正是张庚“慧眼”发现的。1945 年 4 月召开党的七大期间，新歌剧《白毛女》在延安杨家岭中央礼堂举行了首场演出，毛泽东、朱德、刘少奇、周恩来等中央领导和与会代表观看了演出，引起了轰动。

且说 1937 年 5 月 5 日张庚撰写了《目前剧运的几个当面问题》，直接对于这次“五大剧社”联合公演提出比较深刻的看法：

其一，这次公演是“第三次中兴”的一个重要标志。首次“中兴”是欧阳予倩等人组成春柳社的黄金时代（中国现代话剧运动的启蒙阶段），那是“观众把它当做革命民意的表现而加以拥护”的结果。第二次是田汉领导的南国社的兴起，“一直到转变”（转向左翼戏剧）。这次公演是意想不到的，“并不是剧运者（有）意识地工作的结果，而是由于整个爱国运动提高了市民们的文化水准之故。在剧运本身，自然也有它内在的原因，就是技术上的进步……数十年来舞台和镜头生活自然培养的结果”。这个见解颇有说服力，以后中国现代话剧的历程也证明了这一点。

在 4 月 27 日“中国剧运先驱者怀旧座谈会”上，张庚没有发言，但是借鉴了欧阳予倩、郑伯奇等人发言的某些意见，特别是关于“三次中兴”，郑伯奇则是把“新剧史”分为三个阶段（见本书收入的《“千载难逢”的剧坛前辈座谈会》附录《中国剧运先驱者怀旧座谈会》），洪深也曾表示了类似的意见。

其二，目前存在“四缺少”的危机，即“剧本的缺少，演员的缺少，舞台技术人员的缺少，导演人才的缺少”。认为这次公演采用的剧本，翻译和外国文学改编的剧本占据大部分，其中有点生活意义的只有《大雷雨》。他说：“我总觉得像曹禺先生的《雷雨》或是凌鹤先生的《黑地狱》[6]这样的剧本始终是可爱的，应当多写出来的。”

当时反动当局严查进步剧本，凡是针砭时局、反映黑暗社会的剧本难以上演。在这次公演之前，上海社会局再次通令各学校和各剧团（社），必须将剧本一式 4 份，在公演前两个星期呈送社会局审核，经审核通过后，方准排演，否则一概不得演出。

其三，提出解决“四缺少”问题的思路和建议，包括“从旧剧学习技术”，他认为：苏联戏剧大师梅耶荷德教演员学习中国戏剧，教他们练习武术，“我想那决不是他的好新奇，而是他对于中国戏有许多独特的认识。我们的演员抛开丰富的遗产不去发掘，专门从外国电影这贫薄的来源中学习一鳞半爪的技术，那是非常危险的”。这是一个重大课题，与后来提出的口号“推陈出新，剔除糟粕，吸取精华，创造新文化”相接轨，但是在历次政治运动期间，这个课题所经历的坎坷曲折道路，一言难尽了。

夏衍（韦春亩，预告上为秦炳耆）如约赶写了《对于春季联合公演的一些杂感》，毫不客气地指出：“为着应付一个偶然的机会而在极短促的时期之内筹备这次公演，无疑的就是这次失败的主要的根源。”其中有两个剧社是在这次公演的前夜才仓促决定，因此剧目的选定和工作人员的分配，都是异常的草率和纷乱。如果再有两个星期乃至一个月的时间，那么所得到的结果肯定完全不一样。

这次联合公演的剧目中，除了《大雷雨》《春风秋雨》等已经多次排演之外，新上演的有《生死恋》《结婚》《复活》。夏衍点评了阿英写的《春风秋雨》，认为作者企图用现实的手法来描写人物的个性和戏剧的环境，同时舍不得割爱——利用一切可能的象征和影射，乃至讽刺时事，由此削弱了剧本的真实性，破坏了人物的个性。对此，夏衍也反思自己写的《赛金花》剧本，也存在类似的问题。

一年前，因争演《赛金花》的主要角色，业余剧人协会内部发生分裂，金山、王莹、蓝兰、顾梦露等另组了一个四十年代剧社，这次联合公演前夕，他们匆忙挑选了毛姆的三幕剧本《生死恋》。

《生死恋》最初是著名文学翻译家、音乐教育家方于依据法文版译出的，名为《毋宁死》（原名为 *The Sacred Flame*，直译为《神圣的火焰》），发表于《文艺月刊》第 3 卷第 11 期（1933 年 5 月 1 日出版），后由南京正中书局 1934 年 7 月出版单行本。方于认为该剧在英国伦敦、美国纽约、德国柏林已公演千次以上，备受好评。该剧本取材新颖，结构紧凑，使观众或读者自始至终心情紧张，亟待破此疑团。该剧是一个符合“三一律”[7]的范本，剧情时间不及 24 小时，布景三幕如一，排演甚为经济，这是吸引四十年代剧社仓促排演的原因之一，参加演出的有金山、何为、王苹、蓝兰、贺路、王莹、刘琼、李子。

公演《生死恋》时，《申报》同样刊登广告，声称原作者毛姆（时译为毛罕姆）“笔尖所触无非评论人生三大问题！”“剧情展开处处发挥人类至高情感！”“迷离曲折紧张刺激犹如侦探影片！”“性爱交流热烈细腻又似恋爱小说！”并且竭力推崇“本剧在伦敦纽约上演千次以上，博得盛大赞美，不愧为近代戏剧杰作”。大为诱惑的广告之语，催促观众掏腰包进场观看。

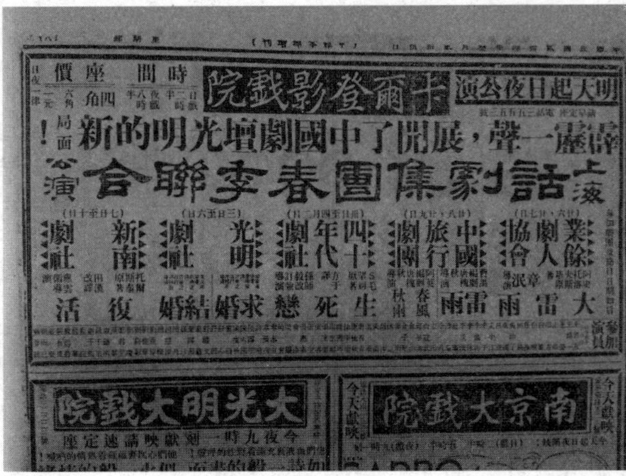

图 10－2　《申报》刊登的广告

但是，夏衍冷静地认为：该剧能够在英国剧坛引起轰动，并不是剧本的优秀，而是迎合了第一次世界大战之后英国观众从狂热的兴奋，回归到对战祸之惨痛的反省的一种风气。以士兵出征为题材的作品也引起一时的轰动，如《离婚法案》《三角关系》等。但是，这些剧作所提出的问题，不是目前大家所关心的社会现实问题，显然这是严厉批评四十年代剧社挑选剧本不合时宜，难免哗众取宠，力争票房价值。

同时，夏衍很不满意地指出：四十年代剧社演出《生死恋》时，“那种舞台上纷乱，不合作，不统一，这在话剧运动上是如何痛心的一件事啊！那时候的演技，假使容许我说一句偏激的话，这早已经超过了‘不合作’，而是不愿演戏，不肯演戏，好像有些不得已的原因，而在敷衍观众和搪塞观众的程度了！”对于这些很有才华的熟悉演员，夏衍很痛心地诉说着，不知这些演员看了是什么滋味，也许他们也有难言之隐。

夏衍分析了田汉改编《复活》的得失，认为结构有些松散，应该有剪裁，不能满足于主人公的悲剧，而是要进一步写出造成这悲剧的社会根源，这是“作者绝可宝贵的企图”。但是，这次公演该剧的“第一印象”，“我以为冗漫而不集中的描写，在实际上往往会不能收到作者所期待的效果的”。

最后，夏衍指出：“中国话剧今年已经到了一个或者发皇威或者堕落的歧途，我以为中国话剧运动者在极力地推进运动，提高水准之外，还该注意一下建立‘演员道’的工作，对于艺术和人生的诚恳和真挚。”他语重心长地说：“戏里面多一点实生活，实生活里面少一点戏！”此言穿越岁月，如今依然是广大文艺工作者的座右铭。

对于夏衍的尖锐批评，这期《光明》“戏剧专号”刊登了辛汉文的《四十年代剧社的今后的方向》。该文作了解释：四十年代剧社过去曾排演了夏衍的《赛金花》《秋瑾》，这两个具有“国防意义的史剧”。但是这次春季联合公演，不能再上演这两出戏。“较有意义的新剧本也来不及排演，而我们对于联合公演的热忱却又很高，在无法之中才上演《生死恋》一剧，但是这个戏是不曾得到大量观众的拥护的；原因不是在于技术上的成败，而在于目前观众的要求是否适应。今后我们想尽量选择现实事件的剧本上演，并且克服过去经营和技术上的缺点，将我们的水准和经营方法在统一救国抗敌的大前提下建立起来，我们不以小巧技术来取悦观众，我们可能地到比较平民化的剧场去上演，同时将票价降低，使我们的观众更（容）易走进我们的剧场，我们大部分主体观众，现时尚被关在剧场之外呢。”

此文的“高调”的检讨，把问题提升到国防戏剧的高度，多做自我批评，以回应夏衍的尖锐批评。并且谈到今后的努力方向，走进平民化的剧场，降低票价，争取“主体观众”回到剧场。如果这些话语穿越岁月，似乎重现在20世纪的五六十年代里，只是词语改变了，但是基本精神“照旧”。

石凌鹤的短文《向小剧团建议》，指出目前小剧团混乱的状况，并不具备建立剧团的条件，财力、技术、人员等缺乏，往往为了演一出戏，大家筹钱，请其他剧团演员来当主角，其他人则是跑龙套，凑热闹。其他剧团的主要演员忙着“走穴”，这形成了一种奇观，“几个剧团的公演几乎等于一个剧团公演”。因此，石凌鹤建议：“在可能范围内，就其可以接近的剧团联合起来，这就是在不致于引起人事纠纷条件之下合并数剧团为一个剧团。”

光未然，原名张光年。《光明》举办座谈会之前，他已经创作了一些较有影响的独幕剧，“五月的鲜花开遍了原野/鲜花掩盖着志士的鲜血/为了挽救这垂危的民族/他们曾顽强地抗战不歇！……”这首《五月的鲜花》由光未然作词、阎述诗谱曲，歌颂抗日志士，表现民族觉醒，作为《阿银姑娘》的序曲公演后，流传甚广。1939年初春，光未然赴延安，以后创作了著名的组诗《黄河大合唱》，冼星海谱曲，成为跨世纪的经典歌曲。

光未然不仅是一位诗人、剧作家，也是文学家，他撰写的《〈庸俗的戏剧运动〉批判》长文，认为这次春节联合公演标志着中国话剧的基础已经奠定了。戏剧的水准也提高了，并拥有了自己的观众。这是令人高兴的。但是，随着职业化、半职业化剧团出现，也产生了一种危机即“戏剧运动庸俗化”，这是“目前整个运动（戏剧）运动的路线和戏剧运动的本来意义背道而驰的”。具体表现为剧作家的“生意眼”，导演的“噱头主义”，国防戏剧被唾弃，古典剧本“无计划”的上演，“以及整个戏剧界工作态度的不严肃”。

该文从8个方面来谈论：戏剧运动的庸俗化；职业化与庸俗化；戏剧家的逃避现实；生意噱头与正义；口号公式与国防；怎样提高水准；剧人生活的糜烂；戏剧救亡的一条大路。最后指出：“戏剧之救亡的使命应该加重，戏剧之政治的任务应该加强起来。每一个戏剧工作者应该把自己的头脑武装起来；每一剧团应该坚强地组织起来，成为救亡运动中的一个细胞；剧团与剧团之间应该密切地联系起来，以从事于计划地战斗。”

光未然1929年加入中国共产党，后来因鄂北组织被破坏，从而失掉党组织关系。1936年他到上海从事抗日救亡活动，次年重新加入共产党。因此，他对于戏剧运动的不良倾向很敏感，在此文中使用了“路线”“危机”“庸俗化”等严肃词语，这是上海滩戏剧界人士感到很“陌生”的，也与形形色色的舞台剧目和内容“相距甚远”。当时，光未然是在许幸之家里认识周扬，但只是寒暄几句，并没有深谈。新中国成立后，他与周扬长期共事，关系甚密。

光未然写的《〈庸俗的戏剧运动〉批判》长文与夏衍等人文章“截然不同”，相似于周扬或其他党组织领导人的“口气”，是一篇指导性的论文，分量很重，既有严肃的批判，大声疾呼，又指出今后努力的方向，寄予殷切期望，“超出”了光未然当时的“普通身份”，不过迄今无人谈起其中的内情。

［**注**］

［1］《大雷雨》女主人公卡杰林娜在黑暗势力摧残下，以死抗争，成为俄国戏剧中最美丽动人的悲剧女性形象。此剧反映了19世纪中叶，农奴制改革前夕的俄国人民，对光明的渴望，对自由幸福的追求。

在这次联合公演之前（1937年1月27日），业余剧人协会演出的《大雷雨》已在卡尔登大戏院公演。该协会几乎拥有上海影剧界所有的重要人物，为了吸引观众，该协会印刷了精美的“说明书”，既有剧情，也有爱憎分明的绘画。参加演出的有沙蒙、吕班、钱千里、顾而已、舒秀文、赵丹、叶璐茜、蓝苹等演员，应云卫担任舞台监督，冼星海配乐，演出大获成功，并且成为全国各地许多剧团喜爱的剧目之一。南京、成都、重庆、桂林、北平、汉口等地历演不衰。观众总数高达10万以上，创造了新中国成立之前外国古典名剧在中国演出的最高纪录。

［2］威廉·萨默塞特·毛姆，英国小说家、剧作家，代表作有戏剧《圈子》，长篇小说《人生的枷锁》《月亮和六便士》和短篇小说集《叶的震颤》《阿金》等。1920年他曾到中国，写了游记《在中国的屏风上》（1922年），并以中国为背景写了一部长篇小说《彩巾》（1925年），至今还有他的作品中译本。

［3］方于，常州武进人，出生在苏州，父亲方毅曾担任上海商务印书馆辞典编辑部部长。方于18岁时成为中国历史上首批公派女留学生，赴法留学7年。她孜孜不倦地钻研文学，还向著名音乐家玛黛依斯夫人学习声乐。方于很同情同宿舍的潘玉良的身世，一起学习素描、油画等。方于与丈夫李丹合译了法国作家雨果的《悲惨世界》，历时坎坷多难的半个多世纪。

［4］详见丁言模：《第一本左翼综合性文艺刊物〈艺术〉月刊》，载《穿越岁月的文学刊物和作家（三）》，中国社会出版社2018年版。

［5］该编写组：《瞿秋白文集》（文学编）第1卷，人民文学出版社1985年版，第486－490页。

［6］详见丁言模：《“不受审查的”左翼〈电影·戏剧〉月刊》，载《穿越岁月的文学刊物和作家（二）》，中国社会出版社2017年版。

［7］“三一律”，亦称“三整一律”，西方戏剧结构理论之一，要求戏剧创作在时间、地点和行动三者之间保持一致性，即一出戏所叙述的故事在一天（一昼夜）之内，地点在一个场景，情节服从于一个主题。

“戏剧专号”之二

“千载难逢”的剧坛前辈座谈会

1937年4月27日，洪深、沈起予等人策划一个“中国剧运先驱者怀旧座谈会”，在中国饭店里召开。下午，尤兢（于伶）最先到达，已经开好房间，独自倒在床上，茶房（服务员）每隔几分钟开门查看一下，以为他要自杀。

沈起予急忙赶到，生怕迟到。因为《光明》创办时，在福州路大西洋西菜社举行杂志同人茶话会，洪深与沈起予都以为对方会先到，结果都迟到了，出现了“有客无主”的尴尬局面。

沈起予认为邀请的人比较多，赶紧换了一个双开间的套房。石凌鹤和马彦祥来了，马彦祥筹办《戏剧时代》，也在忙着拉稿件。随后出现了郑伯奇、许幸之、姚莘农、陈波儿，辛酉剧社的老将罗鸣凤、蚂蚁剧团的李伯龙也来了。大家寒暄、谈话，有的开始忙着打电话、接电话，有的干脆说有事，晚上再来。摆上茶点后，夏衍、张庚、章泯、王莹等先后赶来了。晚上，欧阳予倩、唐槐秋、应云卫出现了，更是热闹了，他们都很健谈，还善于说笑话。

晚餐后，开始座谈，又来了赵慧深、白杨两位女士，还有袁牧之、唐纳、王惕予、阿英、碧泉等先生。其中赵慧深、白杨同为中国旅行剧团成员，赵慧深是该剧团的宣传部长，负责新闻报道等。1935年10月12日，唐槐秋创办的中国旅行剧团首次在天津英租界新新剧院演出曹禺的话剧《雷雨》，并得到曹禺的指导，赵慧深饰演主角繁漪，戴涯扮演周朴园，唐若青扮演鲁侍萍，陶金饰演周萍，章曼萍饰演四凤，引起轰动，连演多场。1937年，赵慧深又在袁牧之编导的影片《马路天使》中扮演妓女小芸，加之原来扮演的繁漪这两个角色，让赵慧深享誉艺苑影坛。后为东北戏曲学校校长、北京电影制片厂编辑部主任等。

以上座谈会之前的各位光临的情况，都被沈起予记录在《中国剧运先驱者怀旧座谈会·编者之言》(《光明》第2卷第12期）里，最后写道：“除了田汉先生远在南京和本杂志的发行人兼编辑之一的洪深远在广州而外，上海的剧运先驱者们差不多都到齐了。我们感谢这许多的剧人的惠临，也想着在这剧运高潮中，这会合将有其历史的意义。”《光明》上一期预告时，称这个怀旧座谈会，“这是一部有声有色的中国剧运信史，也是今后从事剧运者的极宝贵的参考资料”。留下了欧阳予倩、应云卫等“元老”当事人的第一手珍贵资料，第一次填补了近代、现代戏剧运动史料的空白，大概至今也是仅有的一次。

这次座谈会（类似口述史）是继“五大剧社”春季联合公演之后，不妨看作是上海剧作者协会组织的又一次重要活动。同时，这次座谈会与稍后问世的欧阳予倩、马彦祥编辑《戏剧时代》创刊号（1937年5月16日）互相呼应，实现“双轮驱动”效应。

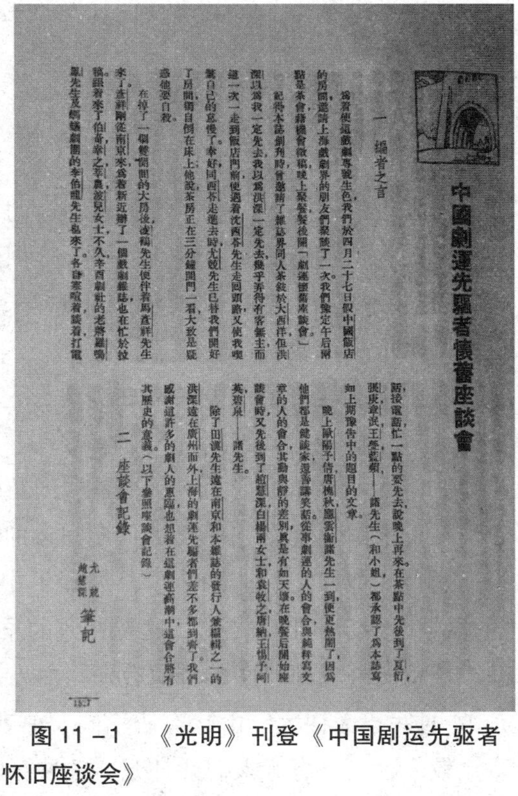
中國劇運先驅者懷舊座談會

一 編者之言

爲着使這戲劇專號生色，我們於四月二十七日假中國飯店的房間邀請上海戲劇界的朋友們聚談了一次。我們豫定午后兩點是茶會藉機會徵稿，晚上聚餐，聚餐後開「劇運懷舊座談會」。

記得本誌創刊時曾邀請了雜誌界同人茶敍於大西洋，但洪深以爲我一定先去，我以爲洪深一定先去，幾乎弄得有客無主，而這一次一走到飯店門前，便遇着沈西苓先生走回頭路，又使我嚜驚自己的怠慢了。幸好，同西苓走進去時，尤競先生已替我們開好了房間，獨自倒在床上，他說，茶房正在三分鐘間門一看，大致是疑惑他要自殺。

在掉了一個轉彎間的大房後，凌鶴先生便伴着馬彥祥先生來了。彥祥剛從南京來，爲着新近辦了一個戲劇雜誌，也在忙於拉稿。跟着來了伯奇，辛之，章泯，葉波兒女士。不久，辛酉劇社的老將羅鳴[illegible]先生及峨嵋劇團的李伯龍先生也來了，各自寒暄着，談着，打電話接電話，忙一點的要先去，說晚上再來。在茶點中先後到了夏衍，張庚，章泯，王瑩，藍蘋，——諸先生（和小姐）都承認了爲本誌寫如上期豫告中的題目的文章。

晚上歐陽予倩，唐槐秋，應雲衛諸先生一到，便更熱鬧了，因爲他們都是健談家，還喜講笑話。從事劇運的人的會合與純粹寫文章的人的會合，其動與靜的差別，眞是有如天壤。在晚餐后開始座談會時，又先後到了[illegible]深，白楊兩女士，和袁牧之，唐納，王惕予，阿英，碧泉——諸先生。

除了田漢先生遠在南京和本雜誌的發行人兼編輯之一的洪深遠在廣州而外，上海的劇運先驅者們差不多都到齊了。我們感謝這許多的劇人的惠臨，也想着在這劇運高潮中，這會合將有其歷史的意義。（以下參照座談會記錄）

二 座談會記錄

尤競 [illegible] 筆記

图11-1 《光明》刊登《中国剧运先驱者怀旧座谈会》

《戏剧时代》月刊共出3期，是一份戏剧专业性的刊物，得到上海剧作者协会成员的大力支持(该刊第3期刊登改名为中国剧作者协会成立大会的有关文件)，对于推动与探讨当时救亡戏剧运动，加强戏剧界的团结起了积极的作用，其宗旨之一帮助解决戏剧运动中的现实问题，试图缓解张庚提出的目前存在“四缺少”的危机（详见本书收入的《精彩纷呈的“戏剧专号”》)。

该刊创刊号发表了这次联合公演的各个剧团演出的剧照，还刊登了阿英整理的《上海各话剧集团春季联合公演文献辑要》，不仅有上演的各个剧本内容介绍，而且有各个剧团的导演、演员名单。该刊明确指出急需讨论的一些问题：“（1）怎样建立救亡戏剧及新形式的探求。（2）国际戏剧文化的动态及重要理论的介绍。（3）旧剧的改革与新歌剧之建立。（4）国内剧坛动态的报告与重要公演的记录。”

同时刊登了《一九三七年中国戏剧运动之展望》，汇集了36人短文，其中有阳翰笙、殷扬、张庚、尤兢（于伶）、阿英、郑伯奇、唐纳、沈西苓、姚克、石凌鹤、章泯、袁牧之、余上沅、许幸之、应云卫、赵慧深、白杨、蓝洋、胡萍、唐槐秋等。许多人异口同声地认为1937年是“戏剧年”，大家主要围绕如何开展抗日救亡戏剧运动的问题，各抒己见。

如果说《戏剧时代》是不见面的“座谈”，话题紧贴现实，那么事前《光明》编辑部举办的座谈会则是相聚一堂，人员大多还是《戏剧时代》的投稿者，大家“零距离”谈论往事。这“一今一昔”的话题有内在的衔接关系，都属于《戏剧时代》所提出的第一、第三个急需讨论问题的范围。

座谈会主席为沈起予，尤兢（于伶）、赵慧深（曾就读上海的南方大学文科）提笔记录（记录稿见本文附录）。沈起予的开场白谈到《戏剧时代》创刊号发表的《一九三七年中国戏剧运动之展望》。“现在请在座的诸位中国戏剧运动的拓荒者随便谈谈。……希望用怀旧的方式把这些困苦艰难或者有趣的经过谈谈，抚今追昔，给现在和将来的从事剧运者一些参考和殷鉴。先请欧阳予倩先生谈谈春柳社。”

欧阳予倩是著名戏剧、戏曲、电影艺术家，中国现代话剧创始人之一，被誉为“中国现代戏剧之父”，他早年是“春柳社的台柱、上海戏剧协社的灵魂”等。辛亥革命前的春柳社是中国留日学生最早组织的话剧团体，欧阳予倩在日本留学（早稻田大学）期间参加春柳社，在《黑奴吁天录》等剧中扮演角色。他回忆春柳社诸事，见证了中国近代、现代戏剧界的“文明戏”的开端，逐渐向话剧转变、发展，他的早期戏剧活动类似于一部活的辞典。欧阳予倩的现场即兴回忆与他后来写的专题文章《回忆春柳社》（1957年7月14日写于无锡大箕山）有所不同，前者属于临场发挥（口语化），趣闻逸事比较多，而且有旁人插话补充，各种声色互为映衬，生动有趣，气氛活跃。后者资料比较全，属于书面语，比较沉闷。如果两者互相对照、补充，可以引申出许多鲜为人知的往事。

欧阳予倩谈起一些早期演文明戏的“第一个”趣闻。他说：“最初和我演戏的像李息霜、曾孝谷、唐悬这几位多还在，李和曾是用中国话来演剧的最初的尝试者，也可以说是开脉的两个人。”

李息霜，即中国文化界奇人李叔同（弘一法师），被称为中国油画、广告画的先驱之一、新文化运动和中日文化交流的先驱、中国话剧的奠基人、西方乐理传入中国的第一人。

当时，李叔同、曾孝谷留学日本，同时进入东京美术学校学习西洋画，成为该校西洋画科的首批中国毕业生。1906 年李叔同、曾孝谷等人共创春柳社，第一次公演改编的《茶花女》（法国作家小仲马原著）第三幕，李叔同扮演茶花女，曾孝谷、唐恳分别扮演亚猛的父亲、亚猛。日本一位老戏剧家对李叔同的演技颇为欣赏，令人想起了法国女演员杜菲列扮演的茶花女。不过一般评论倾向于曾孝谷演得最好。欧阳予倩看到此剧后，才知道春柳社，并托人介绍相识曾孝谷，加入该社，从此走上了戏剧人生的道路。

欧阳予倩认为一位天津女留学生潘英，“是中国女学生穿西装的第一人”，爱好音乐，早年与陈撷芬、秋瑾同为留日女生。1904 年 11 月，她们与其他留日女生在留学生会馆召开大会，决心恢复女界爱国团体——共爱会。“公举陈撷芬为会长，潘英为书记，（秋）瑾亲任招待，使得成立一年之久的共爱会组织健全起来”。她们制定了严格的、系统的行动纲领，从宗旨、权利、义务到活动都有极为详细的规定，共爱会向国内女界倡导女子留日，鲜明体现了早期“女权和女学思想”。

欧阳予倩回忆在日本演出《茶花女》时，王正廷负责票务和维持台下秩序，他那时是青年会干事，后来则是著名的外交官，他曾担任南京国民政府外交部长、驻美国大使、中华基督教青年会总干事等职务。他最热心的还是中国的体育事业，成为中国历史上第一位国际奥委会委员。但是，他早年为《茶花女》演出干杂务诸事，则是很少被人提起。

欧阳予倩回忆说：“从刘艺舟我又想起两个人，中国第一个用西洋音乐的是朱老头，石海笑装扮西洋女子最好看。”朱老头、石海笑难以寻觅昔日的踪迹，不过刘艺舟则留下“不当都督当艺人”的佳话。[1]

沈起予追问欧阳予倩：“文明戏之为话剧是怎样转变的呢？”欧阳予倩话匣子打开了，谈起诸多往事。1922 年春洪深回国后，带来了欧美先进的话剧理念，由此拓展了中国现代戏剧的新天地。对此，引起同为“海归派”胡适的重视，告知欧阳予倩，逐渐形成了一个新剧圈子，其中有应云卫等人于 1921 年冬天成立的上海戏剧协社。该社第一次公演谷剑尘编的《孤军》时，已参加该社的欧阳予倩把洪深介绍给应云卫，又介绍了田汉。这些最初的人际关系，在以后欧阳予倩写的长文《谈文明戏》等文中均未出现。

著名电影导演、戏剧活动家应云卫谈了上海戏剧协社的诸多情况，回忆说："我本来不是'戏剧协社'的人，戏剧协社是中华职业学校的师生组织的，我在少年宣讲团受排挤，因为我主张演有剧本的戏，谷剑尘拉我入'协社'。我进来后，学生们出去了，就改组成戏协社，'协'字是吸收外面人的意思。"新中国成立后，应云卫应邀写了长文《回忆上海戏剧协社》，"隐藏"了自己，都是谈他人的诸事，包括洪深加入上海戏剧协社之后，一改从前的作风，1924 年 4 月第一次公演洪深改编、导演的《少奶奶的扇子》（上海戏剧协社第 6 次公演），轰动上海滩。

中国戏剧活动家唐槐秋早年留学法国期间，迷上了话剧。他借鉴欧洲旅行剧团的形式，1933 年底办起了中国第一个职业剧团，被称为"一个怪念头，害了他一辈子，却使他青史留名"。1936 年 4 月 15 日，唐槐秋率领中国旅行剧团回到上海，时任卡尔登大戏院经理的曾焕堂担心没有票房号召力，与唐槐秋签订了一个"倒三七"合同，即剧场得大头，剧团得小头，而且不管演出售票情况如何都要保证剧场收益，如果剧场收入不足 156 元，则由剧团予以补足，演期限为 10 天。敢于冒风险的唐槐秋却毅然接受了这个苛刻的合同，认为该大戏院地处闹市，舞台设施精良，只要在这里一炮打响，就能在上海滩站住脚，结果创造了"话剧卖座之盛超过电影"的纪录，令人刮目相看。

在这次座谈会上，唐槐秋回忆早年留学日本的有关趣闻，他说："唐有壬在日本庆应大学，晚上常来和我下围棋，一位李小姐说我们是同性恋爱。我回国时，因为上海没有朋友，有壬介绍我去找予倩。这时候，他在'丹桂第一台'唱戏，热天老穿一件洋纱衫，很简朴的样子，老不肯请我吃饭，我请他到外面吃酒，看他唱戏，我不久也心动了，他劝我也来，说：'我做小姐，你做丫头。'我一回到湖南，真的大唱起戏来了。"

1911 年欧阳予倩回国后，与陆镜若先后组织新剧同志会、春柳剧场，春柳剧场解散后，他投身京剧事业，编、导、演了大量剧目，如《鸳鸯剑》《馒头庵》《潘金莲》《哀鸿泪》等，被称为"北梅（梅兰芳）南欧"。

唐槐秋提及的唐有壬是"维新派"唐才常的次子，中华民国时期著名政客，曾任南京国民政府外交部常务次长。1935 年 12 月 25 日，唐有壬在上海寓所被中华青年抗日锄奸团成员暗杀身亡。

"六君子之首"谭嗣同的老师欧阳中鹄是欧阳予倩的祖父，欧阳予倩自幼称启蒙老师唐才常为"唐大哥"；因此，唐有壬介绍唐槐秋去见欧阳予倩，便有了唐槐秋在座谈会谈的一则趣闻。

唐槐秋回湖南老家结婚，4 个月期间大过演戏之瘾，轰动四周乡民。同时也因演戏闯下大祸，闹得满城风雨。他出演《安南卖天记》中的一个角色，大骂湖南军阀。当时湖南督军张敬尧派了一排士兵前来压阵，一听此骂言，报告上面，派来了大批兵马来抓革命党。唐槐秋先得到风声，逃到广东，那时他的父亲在广东当国会议员，不久，他就到法国去留学了。

新中国成立后，唐槐秋担任中国戏曲研究院导演，1954 年病逝。因此，他曾在座谈会上讲话则成为“稀罕”之言了。

辛酉剧社的老将罗鸣凤拿着一张稿纸，写有发言提纲，谈起往事，他说：“辛酉剧社脱胎于辛酉学社，辛酉学社是办社会教育少年宣讲，产生于辛酉年（1921 年），后来组织辛酉爱美剧团，辛酉学社的各部都停顿，只剩了辛酉爱美剧团，便是辛酉剧社。”辛酉剧社的鼎盛时期是以朱穰丞翻译、改编、导演的《狗的跳舞》（俄国安特列夫原著）等为标志，该社与田汉的南国社、上海戏剧协社“三足鼎立”。

沈起予问起朱穰丞（在国外）当初的思想是如何转变的，马彦祥只是简单地回答一句话：“那自然是客观形势使然的。”随后谈起辛酉剧社解散之事，似乎答非所问，其实答案已在不尽言语之中。

如今，世人很少有人知道朱穰丞是一个多才多艺的共产党人。1930 年冬天，朱穰丞前往法国，参加了共产党，并担任“反帝大同盟”法国分会中国组组长、旅法支部书记，后被法国政府驱逐出境。朱穰丞辗转赴苏联莫斯科，经萧三介绍参加“国际革命戏剧同盟”，曾在瓦赫唐科夫剧院学习导演，后来进了列宁学校。《光明》编辑部召开这次座谈会的第二年（1938 年），朱穰丞与许之桢（后为全国总工会副主席）等在列宁学校就读的一批中国师生回国，到了中苏边境时，朱穰丞“失踪”了，1943 年冤死在苏联西伯利亚劳改营里，直到 1989 年 1 月 16 日苏联最高苏维埃发布命令为他恢复名誉。夏衍在《懒寻旧梦录》中提到了朱穰丞，并且悲痛地说：“这是一个悲剧，我希望在中国近代话剧史上，不要遗漏这个先驱者的名字。”[2]

1921 年，朱穰丞等年轻人在虹口区公平路租了一所洋房，发起成立一个青年团体辛酉学社，朱穰丞担任总干事。1927 年四一二反革命政变后，学社因左、右两派之争而停办。同年，朱穰丞邀集袁牧之、马彦祥、应云卫、陈樱、王遐文和原有社员沈颂芳、黄培生、罗鸣凤等成立辛酉学社爱美剧团（辛酉剧社），仍由朱穰丞领导，他兼任导演。这时该剧社进入“难剧运动”

时期，以“殉道者”的精神对待艺术，选演了俄国安特列夫的四幕剧《狗的跳舞》、日本武者小路实笃的三幕剧《桃花源》、契诃夫名剧《万尼亚舅舅》(改名《文舅舅》)。面临接连亏本的困境，朱穰丞等人依然孜孜不倦地追求戏剧艺术。

1928 年秋天，田汉的南国社，洪深的戏剧协社和辛酉剧社共同发起“上海戏剧运动协会”，推动早期话剧运动。这时，朱穰丞结识了潘汉年、夏衍等，特地请潘汉年担任辛酉剧社的顾问，指导剧社的工作。朱穰丞的思想发生了急剧变化，从纯艺术的“象牙之塔”中跳出来，积极投身于革命戏剧运动，他参加了“剧联”（中国左翼戏剧家联盟）的筹建工作，后为“剧联”的骨干分子。

马彦祥在座谈会上，当然不会透露朱穰丞思想转变的有关情况。沈颂芳后来写了《辛酉剧社与朱穰丞》(1958 年 4 月 3 日)，披露了一些情况，但是遗憾地说：“解放前后，从苏联回来的朋友说，他在 1937 年病逝于回国途中。”其实，苏联方面不愿意透露内情，后来经朱穰丞的几个儿子的不懈努力，通过各种途径，才探知朱穰丞冤死的具体情况，令人扼腕不已。

郑伯奇回顾了上海艺术剧社的情况[3]，强调指出“一九二九（年）艺术剧社虽然只有他（它）短短一年的历史，可是在整个中国剧运史上的影响是极大的。”潜台词是上海艺术剧社首次倡导普罗戏剧、美术，影响至今。

后来，郑伯奇撰写了长文《艺术剧社前后》《回忆艺术剧社》，以及许幸之写的《友爱与温暖的回忆——为上海艺术剧社诞生二十七周年纪念而作》(1957 年 9 月 12 日)、石凌鹤《回忆五十年前的上海艺术剧社》等，都详细叙述了昔日诸事。

但是，在这次座谈会上，郑伯奇、夏衍、许幸之、沈西苓、张庚、阿英等人避而不谈左联、剧联等往日诸事。夏衍仅仅说了一句话，“还办过中华艺术大学的，校长是陈抱一。陈望道，汪馥泉诸人也在。记得（许）幸之还在中华艺大教过化装（妆）”。这大概是他第一次在座谈会上谈起中华艺术大学，此处即左联成立之处，现为左联旧址纪念馆（上海市虹口区多伦路 201 弄 2 号）。

陈抱一，早年毕业于东京美术学校。1925 年 12 月 28 日，他与陈望道、丁衍庸等退出上海艺术大学，创建中华艺术大学，陈抱一为主任委员，1926 年 1 月开始招生，成为中国共产党领导的一所综合性艺术大学。1929 年 9 月 5 日，上海中华艺术大学聘请陈望道担任校长，夏衍为教务长兼文学科主任，实际主持校务。许幸之、沈叶沉等人从日本留学回国后，也应邀加盟该校。这时该校集中了一批著名的革命文学家和理论家，其中有从上海艺术大学转来的冯乃超、彭康、朱镜我等人。

许幸之在座谈会披露上海艺术剧社成立之前的一段逸事，即在东京成立“创造社剧社”，那时已经提出“不要布尔乔亚（资产阶级）技巧这意见”。因此，许幸之等人回国后（曾为“美联”即左翼美术家联盟主席）首次打破了长期以来美术战线上的“沉寂”，明确提出“艺术是阶级斗争的一种武器”，也在情理之中。[4]

这次座谈会的最后，有人提及高长虹与狂飙剧社的演剧运动诸事，其中有些内情至今未有人提及，其中复杂原因有高长虹与鲁迅交恶、延安之行被冷遇等坎坷遭遇，最后孤寂的高长虹被视为精神不正常，1954 年春天，突发性脑溢血死亡。

其中提及参与狂飙剧社演出的吴似鸿，她的回忆录中并没有提及（也许遗忘了），只记得自己作为南国社的成员，曾几次去南京演出田汉的《生之意志》《秦淮河之夜》等。吴似鸿是鲁迅的同乡，多才多艺，撰写白话文小说、散文和短剧。早年考入新华艺术大学学习，后参加“美联”，聆听过鲁迅讲演，加入南国社时，认识了田汉、陈凝秋等人，曾和唐槐秋等同台演出。1929 年冬，经田汉介绍，吴似鸿与左翼作家蒋光慈相识，成为浪漫的文学伴侣，直至 1931 年 8 月蒋光慈病逝。此后，她的经历坎坷曲折，吃尽苦头。“文革”后，吴似鸿被平反了，撰写了长篇回忆录《浪迹文坛艺海间》（浙江人民出版社 1984 年版）、《我与蒋光慈》（广西教育出版社 1992 年版），提供了许多第一手的珍贵资料，但是没有涉及狂飙剧社的有关情况。

图 11－2 《光明》第 2 卷第 12 期扉页刊登《茶花女》（半张）、《黑奴吁天录》图片

这次座谈会持续到深夜，与会者才纷纷离去。遗憾的是田汉、洪深因故

未到场，否则这次座谈会会留下更多的宝贵资料。迄今为止，也未查到类似规模的怀旧座谈会记录的“续篇”，更为凸显了这次座谈会策划者“高瞻远瞩”的胆魄和眼光，以及出色的组织、交际能力。

值得注意的是这次座谈会谈到诸多问题，至少反映了如下一些问题：

其一，辛亥革命前后，戏剧活动始终与政治背景密切相关。郑伯奇颇有眼光，首先把“新剧史分为三个阶段”，直接与政治背景挂钩，由此观审，得出的结论不同寻常。这与他写的长篇论文《中国戏剧运动的进路》有关，只是不谈普洛戏剧运动，而是从艺术与社会之间关系的宏观层面来谈及。

春柳社的王钟声、刘艺舟本身就是革命党人，特别是刘艺舟演剧时，见景生情，自编自唱。他善于以古讽今，有的放矢，以图改造黑暗社会，谋求“在讴歌俚曲之间，而觅爱国励群之道”。

其二，田汉、洪深、朱穰丞等人的思想转变，大多是当事人的第一手资料，弥足珍贵，折射出他们戏剧人生之路的转折点。他们都是左联或“剧联”的发起人、组织者，成为左翼、进步戏剧运动的中坚力量。朱穰丞的曲折戏剧道路，令人惋惜，如果他当时顺利归国，那么他在苏联学习、实践的戏剧理念，将给中国戏剧界带来不可估量的影响。

其三，座谈会上几次提及鲁迅。

郑伯奇特地指出：“至今仍有人说创造社的人早在东京议决了打击鲁迅，那实在是无稽之错误。”此事牵涉到 1928 年“革命文学”论争，围攻鲁迅诸事，已有多文述说，在此不赘述。

洪深的得意弟子马彦祥（笔名马凡鸟）早在复旦大学国文系上学时，曾于 1927 年 11 月 2 日中午与蔡毓骢（复旦大学社会系学生）一起到鲁迅住处，邀请鲁迅前去复旦演讲。在这次座谈会上，马彦祥谈起鲁迅曾观看《西哈诺》，至今仍然有人如此传说，但是难以查到有关史料佐证。

洪深改编的法国浪漫主义剧作家罗斯丹的《西哈诺》，全剧五幕，换景繁杂，而且此剧排练难度很大，上场演员多达 60 多人，其中大多数演员是新手，洪深却执意点名要马彦祥扮演主角。经过 4 个月的排练，1930 年 6 月 10 日在复旦大学正式公演，后移至上海新中央大戏院公演，轰动一时。该剧的演出确立了复旦剧社在中国话剧舞台上的地位。

查看鲁迅日记，并未有观看此剧的记录。不过鲁迅收藏的德国、美国、法国、苏俄、日本等十几个国家的 300 余位版画家作品中，有《西哈诺》剧的插图，是日本木刻家栋方志功于 1932 年创作的版画作品，现收入《鲁迅藏外国版画百图》(国家图书馆出版社 2011 年版)。

座谈会最后提及狂飙剧社众人，虽然没有提及鲁迅，但是世人还是会不由自主地联想起高长虹、向培良、柯仲平（后为中国作家协会副主席）等人，他们都曾与鲁迅有各种关系，不再赘述了。

［注］

［1］刘艺舟，湖北鄂城人，中国戏曲活动家、编剧、演员。早年就读早稻田大学，结识了黄兴、宋教仁等人，加入同盟会。他喜爱戏剧，与春柳社的王钟声同为革命党人。回国后，他与王钟声等合演新剧，鼓吹爱国思想，揭露清政府的黑暗统治和无能。辛亥革命爆发，刘艺舟被推举为山东军政府临时大都督。袁世凯篡位后，刘艺舟离任南下，在上海应潘月樵、夏月珊、夏月润的邀约搭班，在新舞台演出，坊间盛传“都督演戏”。1913 年反袁革命失败后，流亡日本，以演戏维持生活，并接济革命党人。1915 年代表留日学生回国请愿，反对袁权辱国的“二十一条”，被捕入狱，直到袁世凯死后才获释。出狱后编演讽刺袁世凯的京剧《皇帝梦》（又名《新华宫》），自演袁世凯，轰动一时。

［2］夏衍：《懒寻旧梦录》，生活·读书·新知三联书店 1985 年 7 月初版，第 174 页。

［3］［4］详见丁言模：《第一本左翼综合性文艺刊物〈艺术〉月刊》，载《穿越岁月的文学刊物和作家（三)》，中国社会出版社 2018 年版。

［附录］

中国剧运先驱者怀旧座谈会

一、编者之言

为着使这戏剧专号生色，我们于四月二十七日假中国饭店的房间，邀请上海戏剧界的朋友们聚谈了一次。我们豫（预）定午后两点是茶会，籍机会征稿，晚上聚餐，餐后开“剧运怀旧座谈会”。

记得本志创刊时，曾邀请了杂志界同人茶叙大西洋，但洪深以为我一定先去，我以为洪深一定先去，几乎弄得有客无主，而这一次一走到饭店门前，便遇着沈西苓走回头路，又使我他吃惊自己的怠慢了。幸好，同西苓走进去时，尤兢先生已替我们开好了房间，独自倒在床上；他说，茶房正在三分钟开门一看，大致是疑惑他要自杀。

在掉（调换）了一个双开间的大房后，凌鹤先生便伴着马彦祥先生来了。(马）彦祥刚从南京来，为着新近办了一个戏剧杂志，也在忙于拉稿。跟着伯奇，幸之，莘农，波儿女士，不久，辛酉剧社的老将罗鸣凤先生及蚂蚁剧团的李伯龙先生也来了。各自寒暄着，谈着，打电话，接电话，忙一点的要先去，说晚上再来。在茶点中先后到了夏衍，张庚，章泯，王莹，蓝苹……诸先生(和小姐）都承认了为本志写如上期豫（预）告中的题目的文章。

晚上，欧阳予倩，唐槐秋，应云卫诸先生一到，便更热闹了，因为他们都是健谈家，还善讲笑话。从事剧运的人的会合，与纯粹写文章的人会合，其动与静的差别，真是有如天壤（之别）。在晚餐后开始座谈会时，又先后到了赵慧深，白杨两女士，和袁牧之，唐纳，王惕予，阿英，碧泉……诸先生。

除了田汉先生远在南京和本杂志的发行人兼编辑之一的洪深远在广州而外，上海的剧运先驱者们差不多都到齐了。我们感谢这许多的剧人的惠临，也想着在这剧运高潮中，这会合将有其历史的意义。(以下参照座谈会记录)

二、座谈会记录

尤兢（于伶)、赵慧深笔记

主席：——近来戏剧运动很高涨，本刊决定出一个戏剧专号，企图对中国剧运尽一点推动的作用。我们知道马彦祥先生和欧阳予倩先生编的《戏剧时代》的第一期中间，有一栏叫《一九三七年剧运的展望》，那末（么）本刊就向诸位征点怀旧的谈话吧。现在请在座的诸位中国戏剧运动的拓荒者随便谈谈。以现势看，当前的剧运情势不但比较转好，而且可以说是达到了过去未有的高涨时期了，可是这情势的转好和高涨是经过与突破了无数的困苦与艰难的得来的。希望用怀旧的方式把这些困苦艰难或者有趣的经过谈谈，抚今追昔，给现在和将来的从事剧运者一些参考和殷鉴。先请欧阳予倩先生谈谈春柳社……

予倩：最初和我演戏的像李息霜、曾孝谷、唐恳这几位多还在，李和曾是用中国话来演剧的最初的尝试者，也可以说是开脉的两个人。另有一位姓李的现在在满洲，我还见过他一本叫《大连的中日文化》这书。值得提起的是我们演《茶花女》的时候，管前台，弄票子，和在下面维持秩序的王正廷，他那时在青年会做干事。我们第一次的戏是在东京留学生会馆演的，藤泽浅二郎和左围次郎都帮过忙的。

主席：是什么年代?

予倩：光绪末年，记不清三十二还是三十三年（1907年——引者），总之是秋瑾回国那年（有误——引者），我跟秋瑾一同学日语，所以认识，她同一位天津女留学生潘英来看《茶花女》，潘英是中国女学生穿西服的第一人，秋瑾穿和服，那时候我不敢同女人交际，讲话，她们到后台，我们只点点头。

槐秋：好像演《茶花女》是第二次了……

予倩：不，第二次是《鸣不平》和《黑奴吁天录》。

尤兢：哎，我保存得有这《黑奴吁天录》舞台面的Card。

伯奇：这倒可以制版印出来。

尤兢：《茶花女》的Card我也有，可惜只有半张了。

（注：见前面插图，即这期《光明》扉页刊登的插图——引者）

予倩：那时候有一个常州人叫谢抗白，能够说京白，唱唱二黄戏，要想加入春柳社，大家不要他，连他来看戏也拒绝了。他就跑去拜藤泽浅二郎做师傅，入日本人的戏台演戏，夹在许多大学生中间饰一个小兵，常常见人就问：“喂，你们看见我演戏没有?”可是人家多没有注意到他。有一件事值得一提的：我们有一回演了萨尔都（Sardon）著的《最后的拥抱》，东京同盟会因为这个戏，增加了四十个同盟会员。同盟会员说我们有功革命，就常常请我们吃饭，我们喜欢得了不得，有饭吃，又有恭维话可听。这样一连吃了一个多月的饭。从此演剧为多数人注意起来了。任天知就（被）邀到上海来演，我因为要在那边读书，不曾同来。任天知带了王钟声（是当时的革命党，从广西来的，后来被杀在天津）在上海演《黑奴吁天录》。后来和汪笑侬结合，名“春阳社”。加入的社员包括当时的知识分子，留学生，新闻记者，和洋行买办等。于是上海的新剧空气就大大地热闹起来了。等到我和一部分春柳社的人回国的时候，任天知已经办“社会教育团”了，中间有一位旗人，自称是光绪皇帝的兄弟，疯疯癫癫的，真是一个奇人。这时候汪优游，杳天影，欧无为等也出来了。我们归国不久，就是辛亥革命了。到民国二年方又正式成立“春柳（社）”。陆镜若等成立“同志会”。先后成立的有“民鸣”“民新”等社，戏班老板叫这些是文明新戏，文明戏这名称就在这时候流行开来的。

云卫：郑正秋（后为明星公司导演，已逝世）这时已经出来没有？

予倩：郑正秋、张石川等这时也已经出来了。

（这时电话不断地来找唐槐秋先生，但唐先生终以大家的盛情难却，留下来了）

予倩：这时候同志会从湖南演戏回来，就参加春柳社，在“谋得利”演戏。

××：“谋得利”怎么好演戏呢？

予倩：就是现在的沙逊大厦的地址（上海外滩），那时是戏院，外国人在那儿弄弄戏，地点并不好。

××：（另外一个人）这时候有没有女演员？

予倩：“民新”有过女演员，唯一的也是最初的女演员叫吴一笑，后来成为天津最红的妓女了。

云卫：那时候在三洋泾桥（在上海外滩）的叫什么舞台？

予倩：在现在的新惠中（旅馆名）这地方，初名歌凤台，“民新”进去之后叫笑舞台。……我在笑舞台演过一年戏，那时候前台是张石川，后台包括上海所有的新剧人才。笑舞台的后面尽是妓院堂子。那时候真荒唐极了，马马虎虎上场，专门卖噱头。记得我们有一次同查天影在馆子里吃饭，戏院来电话说滑稽快要完了，催我们去上正戏，我们死人也不管，叫他们滑稽拉得长点，吃完饭到后台，一边化装（妆），才一边讲戏，连我们自己在戏中是姓甚（什）名谁，都不知道。汪做二姑娘，我做大姑娘，一个嫁给姓李的，一个姓陈的，我们上了台，还不知道自己该嫁给姓陈还是姓李的。闹了半天笑话，实在闹不下去了，做父亲的欧无为就只得破口大骂我们这两个女儿：姓李姓陈的弄不清楚，把我老子的脑子也弄昏了，究竟你嫁给李还是陈？于是乎观客大笑，博得满堂采（彩）！

槐秋：这时候赚钱吗？

予倩：我最多的时候是三百元一月，然而穷得把衣服都当光了。

槐秋：你三进三出笑舞台的时候，我已经在上海，到你后台去玩了。

予倩：这时候多少妓女盯着我，宣景琳（现在还在演电影的老明星）跟她嫁给陈英士的姊姊也常到后台来的。

云卫：唉——姓田。

予倩：笑舞台完了，我们九亩地的“新舞台”，这时候潘月樵在文明戏（方面）最有名。

罗凤：演的是《新茶花》。

予倩：不是，是《空谷兰》和改名叫“牺牲”的《狄四娘》。在新舞台的时候，更荒唐了，记得在《空谷兰》中潘饰兰生，《狄四娘》（雨果原著——引者）中我演小姐。

云卫：悲旦。

予倩：夏月润演将军，他是没有台词的，演到我不爱他了，他生气的时候，竟对住我说：你这女人真混蛋！老子一枪打进……（说时做着当时一枪打进的表情，大众笑）

云卫：唉，唉，当心呀，检查记录，这不能记进去！

（众又大笑）

予倩：他这末（么）一来，观众鼓掌了，可是我却害臊得说不出话来。任天知，汪优游他们多是这样。当时有所谓派的，欧无为是激烈派正生，郑正秋是言论派正生，任天知是言论派小生。有一次我和任天知同场，我作（做）小姐，和他在花园里讲恋爱，汪优游同查天影一个做情敌，一个扮打岔的青年，正当我们在谈话的当口，时时伸出头来做怪相，台下极力欢迎他们的滑稽，弄得言论派的言论，不能尽量发展（挥）了，可是他们的滑稽变化却层出不穷的来，于是任天知大怒，忽然在和我握手密谈的关口，暴跳起来，舞动司的克（拐杖），满台奔走说：姑娘，你们家里狗的太多，我非先打了狗再和（你）说话不可。（于是就去打那些做怪相的）文明戏就在这些地方失信于观众，弄得遭受失败。

幸之：你们在新舞台演戏，我看到的。

××：（一个人幽默地）你那时候，还正在吃奶呢！

（众笑）

云卫：《新茶花》我看过。

伯奇：《明末遗恨》这类好像也演过的。

予倩：清朝末年，是演过许多激烈戏的。演言论老生的专门骂人，骂官场。潘月樵和刘艺舟两个最有趣，几乎是到处被抓，在四川，湖南，汉口这些地方多因为在戏里骂了当地的官厅，官厅就要抓他们，常常是化装逃走的。

西苓：（刚吃完一只香蕉，慢吞吞地）那时候倒不要审查剧本呀？

予倩：根本就没有剧本哩。

云卫：这是口号，标语时代！

予倩：同欧无为同场的时候，他常常用四六句的调子，对台下演说一通，等台下鼓了掌，再回过头来对我说：我说完了，你讲吧！老实说，我当时在戏剧上算是日本派（从东洋回来的格）多少带点写实的倾向，一末瞎来，真叫我常常讲不下去。但顾（欧无为）下台后就逞能说：你看！那末（么）会讲的欧阳都给我难住了！

云卫：沈冰雪这老头子应该讲讲他，他很有学问。

予倩：能写写。他常常做我的父亲。在后台用苏州话叫我“乖囡”。

凌鹤：这时候是用上海话居多？

予倩：且用苏白，正说国语。

伯奇：此风是什么时候开的？

予倩：春柳（社）全用国语，因为多是高等的观众。当时有过一个争论的，我们主张用国语，文明戏的人说观众不懂，应该用上海话。论生意，我们确是（实）不及他们，他们用浪漫小说改编，常常满堂——满座的意思。

槐秋：我在日本看见过刘艺舟的。

予倩：从刘艺舟我又想起两个人，中国第一个用西洋音乐的是朱老头，石海笑装西洋女子最好看。

槐秋：记得他在日本演林冲，我们替他销票子，有一个湖南同乡看他的戏看疯了，找我介绍，说是得见一面，死而无恨，我就介绍了。他人高，我那位同乡很矮，见面之下，只呆呆的从下面望，竟说不出话来了。

西苓：怎么会疯的呢？

槐秋：他演的《家庭恩怨》，我那位同乡说他戏里面那声“哥哥”真叫得美死了！就着了魔，发了疯。

主席：文明戏之为话剧是怎么转变的呢？

予倩：我到小舞台去看他们的演的《马永贞》，胡适之告诉我：洪深回国了，应该见见。洪深每天来看《马永贞》，很恭维他们，胡适之奇怪他，洪深与小舞台的人多认识，他加入中国戏剧界是从这时候起。那时他自荐演《赵阎王》，我看了觉得了不起，跑到后台去认识他，我说不懂《赵阎王》。

主席：这时候田汉回国没有？

云卫：“少年宣讲团”要洪深去化装（妆），洪没空，我去了，认识梁少文，他认识田汉，介绍给我。

予倩：我认识云卫的时候，云卫正演姨太太。

众笑：哈哈哈。

予倩：云卫在“戏剧协社”演《孤军》，我把洪深介绍给云卫，又把田汉也介绍了，云卫马上就请洪深加入。

云卫：我本来不是“戏剧协社”的人，戏剧协社是中华职业学校的师生组织的，我在少年宣讲团受排挤，因为我主张演有剧本的戏，谷剑尘拉我入“协社”。我一进来，学生们出去了，就改组成戏剧协社，“协”字是吸收外面人的意思。我长演苏州白的姨太太。那时没有人愿做坏人，我就专做反派。欧阳看见我专（装扮）的美，特地为我写一（剧）本《泼妇》，我演了，因为与我个性不合，失败了，这时候没有导演。我认识洪深是这样的：杭石君和陈宪文等有一个叫实验剧社，演出《兰女士》，拉我去做台柱子，我很骄傲，听说包厢里有一个是在美国专门学戏剧的，此人就是洪深，我大吃一惊，可是没法子认识他，我那时候很怕交际，后来决计请他来导演《泼妇》。欧阳与洪深同来，洪深大发议论，说戏要“排”，大家都佩服他，他说演员的动作，坐立，都要听他安排，布景的样子也要照他打的做，布景是用红颜色画条子，配上藤椅。这时候有一个怪物。

主席：不是沈西苓（给外埠读者，这位大导演在沪上有“怪物”的绰号）吧。（众大笑）

云卫：是周空空，恰巧少一位男演员，洪深认定他可以做，结果周空空大（获）成功，我和谷剑尘失败了。洪深说《泼妇》失败在（于）没有女角，我托我的未婚妻介绍了黄月清，黄月静姊妹来演戏。洪深自己也演的，他因为在“小舞台”和秦哈哈演《赵阎王》，因大家不懂失败了，这时正要寻找好的合作者，便找到了我们，主张用写实的布景，欧阳主张有新戏，于是演了《好儿子》，完全男女合演，不卖票，专请客看戏，洪深主张请来客签名，还加演一个《泼妇》，结果大（获）成功。接着又演过《回家以后》。

主席：上演地点是那（哪）些场合？

云卫：陆家浜职工教育馆，那时候陆家浜还有一条河，女客见我们演得好，也都加入了，后来演成功了《少奶奶的扇子》。洪深不久进电影界去了。有几件发噱的事情，应该说的：“协社”演戏时，孟君谋管道具，从老远的牛庄路背二大箱子东西，下雨天雇不到车子，就自己背到陆家浜来，戏要开幕了，道具还不到，他在急死人的当口来了，弄得满身烂泥。还有一次满座了，观众还打开铁门挤进来，洪深做着演员，化好装（妆）了，跑到铁门口去和挤进来的观众大吵其架，把嗓子吵哑了，沙着声音上台。此公妙事真多，演《少奶奶的扇子》成功了，大家到同兴楼去吃庆功宴，他老先生兴奋得要钱剑秋坐上黄包车，自己亲自拉钱去同兴楼。

予倩：南国（社）的事情，槐秋多知道。

主席：这时候南国（社）成立没有？

伯奇：这是田汉和曾琦、左舜生做朋友的时候。

槐秋：我来讲讲我怎么样认识予倩的。死了的唐外交次长从小和我是朋友，我父亲是同盟会会员，因为革命的关系……

予倩：（笑着抢着说）我先认识槐秋的老太爷，我叫他唐大哥，后来槐秋竟叫我二哥！

哈哈（众大笑）

槐秋：唐有壬在日本庆应大学，晚上常来和我下围棋，一位李小姐说我们是同性恋爱。我回国时，因为上海没有朋友，有壬介绍我去找予倩。这时候，他在“丹桂第一台”唱戏，热天老穿一件洋纱衫，很简朴的样子，老不肯请我吃饭，我请他到外面吃酒，看他唱戏，我不久也心动了，他劝我也来，说：“我做小姐，你做丫头。”我一回到湖南，真的大唱起戏来了。我十八岁讨老婆，朋友们来贺喜，就唱堂会，一位记者包君编一个戏就叫《结婚》，在大厅里演了起来，我穿着新郎的衣服上去演新郎，演了三天，戏瘾大发，就把堂会集成班子，叫“化装演讲团”，到乡下去演，用“云门寺”的庙台，观音（菩萨）生日开张，怕没有人来看，就各人分贴条子，今日开演……就是现在的海报了。第一天观众五千。

凌鹤：倒是民众剧。

槐秋：可惜那时候还不知道这名字。坪内挤满了人，一演四（个）月，团员也有了四十多人了。居然也成立了一个乐队，乐器是二胡，笛子和风琴，调子是《打牙牌》，《四季相思》这类。经费是我们四个当大少爷的各分担五百元，戏目是《刺马》，《聊斋》，《黑籍冤魂》，《恨海》等，四个月中间，共计演了四十余出。后来因为一出戏有关革命党，竟闯下了滔天大祸，闹得满城风雨的是《安南卖天记》，写安南亡国之后，人民被剥削得一无所有了，只有各人头上一块天可以卖来付捐税，法（国）人就多（都）把他们抓了来，关在黑牢中，叫他们不见天日，这可真把天卖掉了！故事的发展是压迫愈重，人民不堪忍受，就组织了“志士会”，有的主张联合中国，有的说中国本身就不灵，内战等等。我们演的时候，分派定演各志士的演员，骂当时的各军阀，我被指定骂湖南，本来，督军张敬尧排给我们一排兵在镇压庙台的，经我一骂之后，他们连忙去电长沙，派了大批兵马来抓革命党，我先得了风，躲避起来，团体从此就瓦解了；在晚间，我由陆路逃入广东，那时我父亲在粤做国会议员，不久，我就到法国去学飞机了。

（槐秋先生讲到这里，便退席，直到散会后才又来谈了一下。接着是辛酉剧社的罗鸣凤先生谈话，他手上似乎还有一张草稿。）

鸣凤：辛酉剧社脱胎于辛酉学社，辛酉学社是办社会教育少年宣讲，产生于辛酉年（1921 年）。后来组织辛酉爱美剧团，辛酉学社的各部都停顿，只剩了辛酉爱美剧团，便是辛酉剧社。

那时辛酉剧社的社员都是些洋行小鬼，除了喜欢文艺外没有别的嗜好，大家积聚起钱来演戏，可是常常的亏本，生活弄得非常刻苦。

辛酉剧社在草创的时期，演的戏是幕表戏，也有很多国防戏剧，如卖国贼私通日本等故事。剧情大概是一个官僚家庭，有大太太，姨太太，朱穰丞演大太太，黄培生演姨太太。后来大家渐渐感到需要剧本，便演陈大悲的《虎去狼来》，丁亚（西）林的《亲爱的丈夫》，田汉的《获虎之夜》等独幕剧。那时袁牧之与顾震小姐加入，专挑了丁亚（西）林的《酒后》给他们演。以后演《狗的跳舞》（安特列夫著，朱穰丞译），这时是辛酉剧社的全盛时期，当时上海的话剧势力鼎足而三，是辛酉，南国，戏剧协社。后来便是“难剧运动”，因为四个独幕剧演出亏本太利（厉）害，便演《文舅舅》，那（哪）知《文舅舅》的演出依然亏本。于是便引起自我批判，结果知道我们失败的原因是因为我们没有看见时代，永远住在象牙之塔的里面。后来朱穰丞便出国，几个朋友都继续离开上海，辛酉（剧社）便消灭了。后来又有人想将辛酉复活，来同我说，我说辛酉的中心人物的离开，不如说（思想）意识离开了时代，死的东西是不能复活的。可以另组织，不必定要辛酉复活。刚才马彦祥所说的现在可以设法使辛酉再复活，我是以为不必的。

最后，我还要说几句：刚才主席说我们是话剧拓荒者，我们倒的确吃过苦。记得以前在中央大会堂有次夜间，想将布景拿进去，可是租界的铁门已经关了，只好从铁门上爬过去连夜弄起来。有次在青年会演《桃花源》，星期日演，星期五就去工作，工作到夜间两点，没有地方睡，只好睡在戏中所用的草窝里，五点又起来排戏，我们从来没有什么庆功宴，因为从来没有赚过钱，所以常常吃面同锅贴当晚饭。

还有辛酉有一个朋友不能忘记的，便是周履安，是袁牧之未进辛酉前最好的小生，他是明星公司的演员，同张织云配戏，后来因为生热病，病好之后变成了神经病了。

辛酉曾出版过契可（诃）夫著、朱穰丞译的《文舅舅》剧本，以及半月刊《戏剧新园地》。

予倩：我从广东回来，演改良的《潘金莲》，田汉和洪深多不跟我合作，因为思想不同……

彦祥：我记得田汉思想的转变是由演《莎乐美》起的。洪深在一九二八年九月十号，上海三剧团成立联合会，一个多月之后，洪深宣布退出，就成立了“剧艺社”，同时编《戏剧运动》周刊，洪深在《假如我爱一个女人》这样不相干的题目下，写出了当时剧坛的纠纷；一九二九年一月十九号，演《赵阎王》找复旦（剧社）的人帮忙，限十天之内排好戏，于是布景多向影片公司借，话剧与电影的合作从那时起。结果戏是演得并不成功。这时洪深又排演《西哈诺》，要我演，这时候他的思想开始转变了，在《特刊》里他写文章说这时候演《西哈诺》，除了学习技巧之外，没有意思，他还从唯物的观点来解释《西哈诺》的鼻子，气质和性格。鲁迅也来看的，我病了，他代我上场，他跌伤了，我又上去。总之，这次是他转变的开始，此后就和田汉合作，办“学艺传习所”了。

主席：朱穰丞（现在外国）的思想转变是怎样的？

彦祥：那自然也是客观形势使然的。一九三〇年青鸟，大夏，光华，艺术剧社等等成立了上海剧团联合会的时候，朱穰丞在所谓“难剧运动”之后，解散了“辛酉剧社”，成立“前卫剧社”。在前面说的洪深编的《戏剧运动》这刊物上，写过中国剧运入第二阶段的宣言。

（这儿时期已到了北伐前后，大家都谈到了剧人间的思想转变，和思想上的投机，比如予倩先生说《毛毛雨》专家黎锦晖先生那时也谈无政府主义之类，颇多有趣的材料，可是人多嘴杂，不好记，也不便于记，故从略）。

主席：这儿请谈谈“艺术剧社”吧，艺术剧社社员在座的很多。请社长说说他（它）的成立时期和经过。

伯奇：一九二九（年）艺术剧社虽然只有他（它）短短一年的历史，可是在整个中国剧运史上的影响是极大的。我们可以把新剧史分为三个阶段，第一是辛亥革命前后，以“春柳”为中心的文明剧，由于政治上二次革命的失败，新剧运动低落了下去，直到五四运动发生，胡适之看戏，介绍洪深给国内演话剧的。第二是由于《新青年》，《新潮》的介绍易卜生，确立了话剧这一名词和艺术，一直到北伐时期，这应该为第二阶段。从政治上的北伐成功，宁汉合作开始，新剧史上到了第三阶段，这时候，政治上的各种主张，反映出艺术家的各种主义来。如方才予倩说过的，在各人慌慌忙忙中，黎锦晖竟也主张无政府主义就是一个例子，艺术剧社是产生在这个时期中的。经过是这样：成仿吾和郭沫若和我等分别由广州回到了上海，大家觉得还是要在文化上做点事情，于是仿吾从日本带回了初梨和乃超，再后一点是幸之，起予和西苓回国，不久，司徒慧敏和凌鹤也来了。这些多是感受了当时东京激变的思潮，在当时国内那样的情势中，大家就不约而同地想在思想上做点工作，致（至）于至今还有人说创造社的人早在东京议决了打击鲁迅，那实在是无稽的错误。那时田汉已经在小市民和青年中间有着很大的影响了，创造社还和光慈，杏邨等的“太阳社”论争着，不久两社接近了，周勤豪办上海艺术大学，田汉在那儿教着书。后来周勤豪为要多收学生，于是四处找名人来教课，创造社的一群虽明知周的为人，可是抱着接近青年的决心，多去了。学生中（有）很多爱好戏剧的。

起予：那时候学生中爱好戏剧，至今还在戏剧方面活动的就只有王莹，李声韵，陈波儿和周伯勋这几个了。

伯奇：我办“文献书房”，同热心戏剧的学生们商议成立剧团，初组成的时候，社员多不固定，排了《抗争》，没有演出，等书店停了，才租下房子来正式办剧社。

夏衍：还办过中华艺术大学的，校长是陈抱一。陈望道，汪馥泉诸人也在。记得幸之还在中华艺大教过化装（妆）。

幸之：“艺术剧社”之前，就有过“创造社剧社”，我们未回国前在东京成立过分社。怪物（西苓）起草了一个宣言，请秋田雨雀和村山知义演讲，村山不同意我们宣言里面不要布尔乔亚技巧这意见，演讲被警察来弄得未终场，之后分社无形停顿了。

伯奇：老田在“梨园公会”第二次演剧……洪深和欧阳多上台的。演《名优之死》，《苏州夜话》，《古潭的声音》等，我们去看了来，大为批评老田，老田不高兴，我们自己就决定干剧运，第一次在宁波同乡会公演。

幸之：布景是我弄的，这时候吴印咸开照相馆，我用油画颜料去画布景，你们想着那（哪）儿够用呢？

伯奇：这次演了三个戏，凌鹤，王莹，唐晴初等演的《炭坑夫》，陈波儿和保罗演的《梁上君子》，声韵，凌鹤，叶吉，保初等演的《爱与死之角逐》。三天满座，关了铁门，我们大家很乐观，田汉与洪深也来看戏，起初以为我们这些外行演不好戏的，看了居然称好。

西苓：那时候我们的剧社在北四川路永安里的米店楼上。

伯奇：一九三〇年四月，第二次演出《阿珍》和《西线无战事》。

凌鹤：那是在北四川路日本演艺馆演的，因为第一次“宁波同乡会”的舞台太小，这次系群众剧场（场）面大，场景又多，所以看中了这个上海的旋转舞台，即前台演剧，后台就同时布景，前面一完，将轴心一转，布景和化装（妆）好了的演员便出现，根本用不着闭幕。可是结果机纽（钮）常常不灵，弄得大家都爬到地下动手来推台才能转动了。

幸之：起予是文学部部长兼打大炮做效果的。

起予：这次效果很糟。

凌鹤：效果部长陶晶孙本来打算用红绿灯来指挥效果的，可是前后台呼应不灵，弄得一塌糊涂。

幸之：现在不能忘记的是孟超、乃超、晶孙、邱韵铎这些朋友。

西苓：还有轰轰作响的司徒慧敏。

（谈到这儿，夜已深了。忙的开始退席，剩下的也胡乱地吃着水果，人声颇噪（嘈）杂。在这中间碧泉先生在对着记录，赵慧深小姐叙述当时剧团中别具一格的“狂飙剧社”的经过，云卫先生又在一旁对另一记录尤兢先生作补充。）

碧泉：最初狂飙出版部成立于一九二八年的冬天，所有狂飙社的同人都在北平，后来上海柯仲平，丁月秋，陈凝秋等即组织狂飙剧社在宝山路天通庵车站（老北站——引者）附近九五四号。当时自命为狂飙戏剧家的就是向培良，他曾自湖南带来一批人参加。这剧社的本身是个人英雄主义的集团，长虹等想抢作领袖，底下一班人却以柯仲平为中心，排斥高长虹与向培良，将马彦祥同沉樱要来，这是沉樱第一次参加剧团。后来去南京公演，演向培良的《从人间来》同长虹的《上海之夜》。在南京演剧时，柯仲平买了一大块纱布遮在台口，他自己在纱后面裸体跳舞，跳舞的名字叫作《海夜歌声》。在南京又有吴似鸿参加在晓庄演出。后来就无形停顿。

尾语

这次的“怀旧座谈会”系谈到一九三〇年的上海剧团联合会的成立时止。这会成立于大西洋菜社。那时如南国，辛酉，剧艺社，戏剧协社，艺术剧社，青鸟，大夏，光华……几乎所有沪上的剧团都参加；虽然由于客观环境的变化，不曾发展下去，但这一会合，显然在剧运上是有其历史的价值。

编者

“戏剧专号”之三

中国现代剧坛两个“第一”

《光明》第2卷第12期“戏剧专号”里，发表任天马（赵荣声）的《肤施（延安）的话剧与“活剧”》一文，他是向国统区报道延安戏剧活动的“第一人”。向林的《西北角上饶有历史意味的“一二·一二”剧团》则是首次报道“西安事变”后西北军戏剧活动的“第一文”，这两篇通讯报道填补了抗战初期中国戏剧史的空白。

1937年8月，上海的戏剧、音乐和电影工作者成立了13个救亡演剧队，其中左明带领的第五队辗转到延安，演出话剧《血祭上海》，引起观众的很大兴趣，也得到中共中央的重视，毛泽东提议设立一个培养艺术干部的学校，定名为鲁迅艺术学院，此后延安的戏剧运动蓬勃开展起来。

事前（1937年初），中共中央领导机关从陕北保安迁移到延安，同年七七卢沟桥事变全国抗战全面爆发，在这期间延安的戏剧活动信息很少出现在上海等都市里。因此，任天马（赵荣声）一文在《光明》上首次刊登，披露了抗战前期的延安戏剧活动，为广大读者带来了新鲜事物。

赵荣声，安徽安庆人，笔名任天马，父亲赵纶士是著名的教育家，与陈独秀、马一浮等相交甚密。在抗战之前，他就读燕京大学，积极参加“一二·九运动”，1936年4月参加共产党，担任“社联”书记、《燕大周刊》总编辑。

1937年4月，在燕京大学文学院任教的斯诺，对赵荣声讲述了在延安的所见所闻。此后，赵荣声与靳明、欧阳方、陈龙、王向立、柯华、朱劭天、郑怀芝、李植清、张非垢等十几个同学以“春假到西安旅行”为名，前往陕北延安。在延安的几天里，时任中国文艺协会主任丁玲向赵荣声等人介绍了延安的情况，在赵荣声的再三请求下，丁玲解下胸前佩戴的一枚五角徽章，上面刻着“共产党万岁”，赠送给赵荣声，并说：“你带回去时可要小心些，不要闹乱子。”陈赓、成仿吾、林伯渠对他们讲述了红军和苏区的财政情况。赵荣声等学生拿着从北平带来的两罐大前门香烟，去拜访毛泽东，聆听毛泽东谈论的很多关于抗战的问题。以后几天里，他们观看了延安的话剧演出，参观了抗日军政大学，又见到了朱德、博古。

回到北平后，赵荣声撰写了一组通讯报道，次年 1 月在武汉的上海杂志公司出版单行本，题为《活跃的肤施》（当时延安称为肤施），收入《初到肤施》《丁玲女士》《朱德的故事》《夜谈游击战》《林伯渠先生》《毛泽东先生》等 21 篇，附录陕北通讯《生活一天一天更快乐》《陕北公学》。此书比斯诺的《西行漫记》早一个月，被称为最早介绍延安的专著。

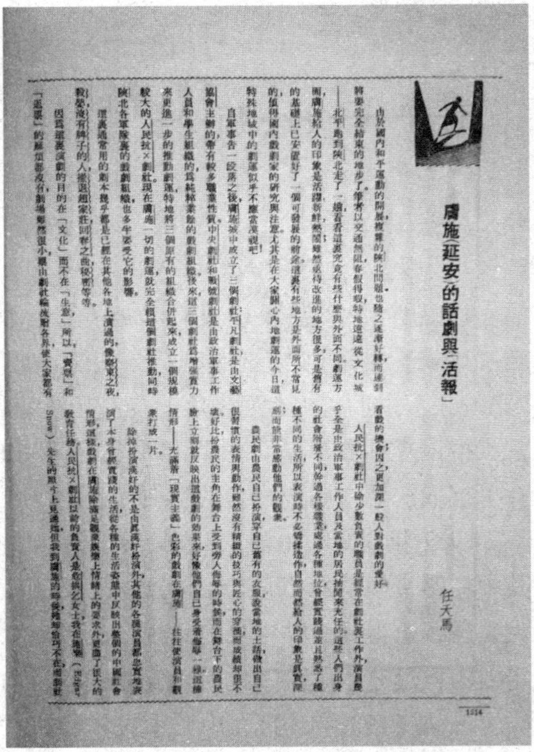
膚施（延安）的話劇與「活報」

任天馬

由於國內和平運動的開展，複雜的陝北問題也隨之逐漸好轉而達到將要完全結束的地步了。筆者以交通無阻，春假得暇，特地遠遠從文化城——北平跑到陝北走了一趟，看看這裏究竟有些什麼與外面不同。劇運方面，膚施給人的印象是活躍新鮮，然固雖然亟待改進的地方很多，可是舊有的基礎上已安置好了一個可發展的前途，還有些地方是外面所不常見的，值得國內戲劇家的研究與注意。尤其是在大家關心內地劇運的今日，這特殊地域中的劇運似乎不應當漠視吧！

自軍事告一段落之後，膚施城中成立了三個劇社；平凡劇社是由文藝協會主辦的，帶有較多職業性質；中央劇社和戰號劇社是由政治軍事工作人員和學生組織的，爲純粹業餘的戲劇組織。後來，這三個劇社爲增强實力來更進一步的推動劇運，特地將三個原有的組織合併起來，成立一個規模較大的人民抗×劇社。現在膚施一切的劇運，就完全賴這個劇社推動，同時陝北各軍隊裏的戲劇組織，也多半要受它的影響。

這裏通常用的劇本幾乎都是已經在其他各地上演過的，像暴風雨之夜，沒有褲子的人，搬退趙家莊，回春之曲，秘密等等。

因爲這裏演劇的目的在「文化」而不在「生意」，所以「賣票」和「送票」的麻煩都沒有；劇場雖然很小，輪由劇社輪流招待各界，使大家都有看戲的機會；因之更加深一般人對戲劇的愛好。

人民抗×劇社中除少數負責的職員是經常在劇社裏工作外，演員幾乎全是由政治軍事工作人員及當地的居民抽閑來充任的，這些人們出身的社會階層不同，除過各種職業，處過各種地位，曾經實踐過並且熟悉了種種不同的生活，所以表演時不必矯揉造作，自然而然給人的印象是真實深刻，而使非常感動他們的觀衆。

農民劇由農民自己扮演，穿自己舊有的衣服，說當地的土話，做出自己很習慣的表情與動作，雖然沒有精緻的技巧與匠心的穿插，而效果却很不壞。好比，扮農民的主角在舞台上受到劣人侮辱的時候，而在舞台下的農民臉上立刻就反映出這戲劇的效果來，好像他們自己身受着侮辱一樣，這種情形——大滿帶「現實主義」色彩的戲劇在膚施——往往使演員和觀衆打成一片。

除掉扮演演好的不是由真演好扮演外，其他的各種演員都忠實地表演了本身曾經實踐的生活，從各種的生活姿態中反映出整個的中國社會情形，這樣戲劇在膚施除滿足觀衆換場上情緒上的要求外，更盡了很大的教育任務。人民抗×劇社以前的負責人是危拱之女士，我在施諾（Snow）先生的照片上見過她，但我到膚施的時候，她却恰巧不在膚施劇社

1514

图 12－1　《光明》刊登《肤施（延安）的话剧与“活剧”》

抗战全面爆发后，赵荣声辗转前去山西，参加丁玲领导的西北战地服务团，担任了随军服务团的记者。此后，他服从党组织安排，担任第二战区前敌总指挥卫立煌的秘书，长期隐蔽，被称为“红色卧底”。“文革”后，他担任工人出版社副社长、副总编，还出版了 28 万字的专著《回忆卫立煌先生》《沿着斯诺的足迹》等。

《光明》刊登任天马（赵荣声）的《肤施（延安）的话剧与“活剧”》，此文同时刊登于上海开明书店出版的《月报》第 1 卷第 6 期（1937 年 6 月 15 日，胡愈之、叶圣陶、胡仲持等编辑）。此文与《活跃的肤施》可以互相参照，因前者是后者中的《文艺 · 戏剧 · 音乐》《两幕话剧》《活报》等文的进一步具体化，偏重于戏剧方面的情况，并且删改了后者中的重要人物介绍。该文介绍说：

人民抗×剧社（国统区刊登文章时一律被删去与“日本”有关的字眼——引者）以前的负责人是危拱乞（之）女士，我在施乐（Edgar Snow）先生的照片上见过她，但我到肤施的时候，她却恰巧不在，而剧社是由木刻名家温涛先生主持。

温涛先生是一个多才多艺的矮个子，能够作画，制曲，编剧，导演，剧社中大大小小的事，好多是他亲手来做的。有时丁玲女士，（吴）奚如先生，成仿吾先生等也来帮他编选一点剧本。演员，以廖承志先生（先烈廖仲恺先生的长子），朱光先生，施月琴女士最受观众欢迎，据说他们在戏剧方面努力有长久的历史了。

施乐，即斯诺，赵荣声等人拿着斯诺画的草图，前去访问延安的，显然他们事前做了不少“功课”。

危拱之是叶剑英的前妻，1927 年加入中国共产党，参加过广州起义，是长征老干部，曾先后遭受党内“无情斗争”，三起三落。在莫斯科中山大学学习时，苏联有关方面为帮助中国共产党培养革命文艺骨干，派出一批著名演员对危拱之等人进行文艺培训，排练歌剧、话剧、舞蹈等。回国后，危拱之担任红军学校俱乐部主任，兼戏剧管理委员会委员，编导、排演戏剧，并与李伯钊等人创办了红军八一剧团，这是红军历史上的第一个正式的文艺团体。危拱之集编剧、导演、舞蹈、歌咏于一身，经常率剧团赴前线慰问红军部队。1936 年延安成立人民抗日剧社（前身是列宁剧团、工农剧社），她任社长兼导演。该剧社以群众化、通俗化的艺术形式宣传了党的政治主张和方针，表现了抗日根据地军民的战斗生活，它还是戏剧歌舞学校和陕北初期戏剧运动的大本营，培养了一大批艺术人才。赵荣声称危拱之等人“在戏剧方面努力有长久的历史了”，可惜他没有见到，否则可以留下“第一印象”的珍贵史料。

其实，这时危拱之已经离开剧团。“西安事变”后，她作为中共代表团内务成员前往西安，负责党从西安到上海的政治交通工作，兼任陕西省委妇女部长。剧团主任为黄植（早年在左翼剧联广州分盟工作，“文革”后任中共陕西省委宣传部部长，参见本文收入的《广州〈戏剧集纳〉；上海〈文艺新闻〉“牵手”》），剧团党支部书记为杨醉乡（后任陕甘宁边区文协秘书长、陕西省文联主任、省文化局局长等职），剧团副主任为木刻家温涛。赵荣声等人赴延安访问时，温涛经常陪伴着，向赵荣声赠送一枚“人民抗日剧社”

徽章，他和红军将领陈赓一起坐在炕上，与赵荣声等人聊天。

温涛多才多艺，曾在上海艺术学院学习音乐、美术，在美华舞蹈学校学舞蹈。他到延安后发挥了他的特长，并且在舞台设计与专制布景、新型舞蹈的训练与排演、演员的训练、道具设计等方面都有了大胆的改进，大为提高了剧社社员的艺术素质和演出水平。他还能创作歌曲与配制乐谱，不仅表演口琴，极受欢迎，而且表演音乐相声（实际上是口技），可以达到一支乐队的各种演奏声，如鼓声、号声、琴声等。[1]赵荣声生动地记述了温涛发明的舞台灯光效果：

图 12－2　《肤施（延安）的话剧与“活剧”》演出照片

肤施没有电灯，小小的舞台上主要的灯光只是一盏煤气灯，灯旁边活系着两个红绿布袋，当舞台上灯光需要改编（变）的时候，在后台的人只须拉动那系着红绿袋的绳子，那灯光的色彩便立刻改变了。老实说，这种装置比上海下等“地舞台”的“灯光”都不如，可是在肤施却给这些无福可享的人们以满意的光明。煤气灯之外，次要的灯光是蜡烛，在很大的红纸灯笼中燃烧着。烛焰的跳动，令人飘飘然回想到一百年前的舞台。舞台前面的边沿上，用十几盏小煤油灯排成一条弧线，在每盏灯（背）朝着观众的一边罩着一个用烟卷包中的锅箔纸制成的“凹镜”，好收到使灯光照向舞台的效果，这，据说是温涛先生创造的 Foot Light（足灯）。

在物资匮乏的环境中，温涛或他人利用简易的条件、巧妙的构思，居然也能将木刻艺术的特点渗透在舞美灯光的装置设计上，“粗略”地达到光影和线条转换的艺术效果。

1933 年 11 月，铁马版画会成员温涛在上海曾创作两部木刻连续画《毁灭》《五叔之死》，寄赠并写信给鲁迅，希望鲁迅能写两篇序言。此后，他又创作了 24 幅木刻连续图画《她的觉醒》，先后寄赠给鲁迅。但是，鲁迅未有回信，其中原因之一《她的觉醒》的文字说明是张某写的。4 月 16 日，鲁迅写下《三月的租界》一文，对张某进行严厉批判，也许这是温涛另请周楞伽为《她的觉醒》写说明的原因之一。[2]

图 12－3　《肤施（延安）的话剧与“活剧”》演出照片

1936 年冬天，温涛来到延安，在人民抗日剧社的艺术学校任教。著名画家李琦回忆说，自己在儿童剧团当小演员时，儿童剧团团长是木刻家温涛，他是华侨，多才多艺，音乐、舞蹈、美术都很擅长，后来从国统区来的画家胡一川、施展等也到剧团工作。剧团经常在陕甘宁边区巡回演出，往往一边行军，一边搞宣传，写标语，有时也在墙上画几笔简单的漫画。工具是麻捆的刷子，用的颜料是锅底灰或石灰。

1938 年温涛因故离开延安，赴武汉、长沙等地执教。1949 年，他担任梅县文工团团长，次年病逝。如今世人只记得温涛与鲁迅关于版画创作问题的“交往”，但是几乎无人提起他曾在延安工作的经历。幸好，赵荣声一文初步填补了这个空白，虽然不是很详细。

赵荣声在《肤施（延安）的话剧与“活剧”》里提到成立 3 个剧社：中央剧团、平凡剧团、战号剧团。这时人民抗日剧社已经扩展为总社，成为苏区戏剧运动的中心组织，领导延安和苏区各地的剧团，并在各地设立分社。总社内分组织、编审、剧舞、总务四部，社员很快发展为 200 多人，能够演话剧、歌舞剧、歌舞活报和音乐等节目。

中央剧团，即原来的人民抗日剧社，是有几年历史的苏区老剧团，共有 50 多人，分为歌舞班和戏剧班，仍然是总社的主力剧团。

平凡剧团，由中央机关的工作人员组成，大多是受过一般教育的知识分子和有演剧经验的青年，艺术水平在延安各剧团中首屈一指。

战号剧团是由抗日军政大学学员组建的。他们演出的水平比较高，演出了《没有祖国的孩子》《汉奸的子孙》《本地货》等剧目。同时战号剧团又是歌咏队，常常在开幕之前演唱许多革命歌曲。[3]

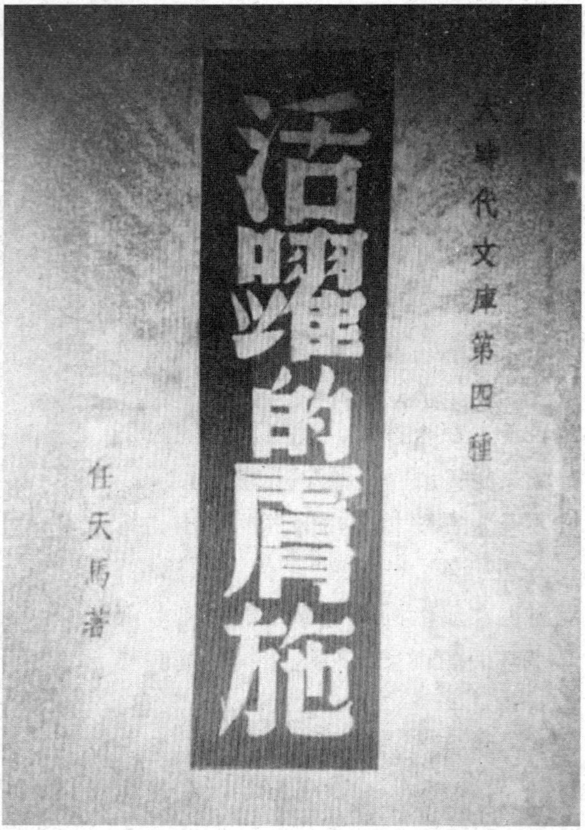

图 12－4　赵荣声（任天马）的专著《活跃的肤施》

为了纪念鲁迅，这 3 个剧团曾联合演出了许幸之改编的六幕剧《阿 Q 正传》（详见本书收入的《许幸之改编的〈阿 Q 正传〉》），赵品三扮演阿 Q，廖承志扮演王胡，杨醉乡、董芳梅分别扮演老、小尼姑，轰动延安全城，此事被写入《续西行漫记》（韦尔斯著）。

赵荣声在文章里介绍说：延安的戏剧运动，“全赖这个（总）剧社推动，同时陕北军队里的戏剧组织，也多半受它的影响。这里通常用的剧本几乎都是已经在其他各地上演过的，像《察东之夜》，《杀婴》，《没有牌子的人》，《撤退赵家庄》，《回春之曲》，《秘密》等等”。其中有些剧目在如今有关专著里并未提及，他还在文章里写道：

人民抗×剧社中除少数负责的职员是经常在剧社里工作外，演员几乎全是由政治军事工作人员及当地的居民抽闲（调）来充任的。这些人们出身的社会阶层不同，干过各样职业，处过各种地位，曾经实践过并且熟悉了种种不同的生活，所以表演时不必矫揉造作，自然而然给人的印象是真实，深刻；

而能非常感动他们的观众。

农民剧由农民自己扮演，穿自己旧有的衣服，说当地的土话，做出自己很习惯的表情和动作，虽然没有精致的技巧与匠心的穿插，而成绩却很不坏。好比，扮农民的主角在舞台上受到旁人侮辱的时候，而在台下的农民脸上立刻就反映出戏剧的效果来，好像他们自己身受着侮辱一样。这种情形——充满着“现实主义”色彩的戏剧在肤施——往往使演员和观众打成一片。

延安演剧的鲜明特点和效果，使当时国统区的广大读者感到非常新鲜，也无法理解“戏剧大众化”在这里竟然得到“遍地开花、结果”，甚至不屑一顾这些“下里巴人”的演剧水平。即使如今某些学者、专家也疏忽了这些打上历史烙印的延安演剧特点，片面去追求“高大上”的政治效果，这反而足以彰显了赵荣声之文的史料价值——真实可信。

第二天晚上，赵荣声等学生和其他几个新闻记者一起前往一个小教堂（改建为能容纳五六百人的中央大礼堂，此后举行重要会议），观看文艺演出，他们作为客人坐在前排，毛泽东等人坐在后排，其余的观众是刚在延安成立的西北青年救国联合会（原共青团组织）成员等。演出之前“拉歌”，有人大声喊起来，“请北平来的同学唱歌”。随着响起一阵热烈掌声。赵荣声等学生唱起了苏联歌曲《祖国进行曲》，“我们祖国多么辽阔强大，她有无数田野和森林；我们没有见过别的国家，可以这样自由呼吸……”（今歌词译文略有不同），这是一首著名的歌曲，原为苏联1936年上映的音乐故事片主题曲，气势非凡，旋律震撼人心，煽动激情。上世纪50年代，在中国流传甚广，歌声刚落下，立即有人高声叫喊：“再来一个……”赵荣声等学生盛情难却，又唱了一首苏联歌曲《快乐的人们》：“快乐的心随着歌声跳荡，快乐的人们神采飞扬，我们的歌声唤醒了城镇，也唤醒偏僻的大小村庄。”这是1934年12月上映的苏联第一部音乐喜剧片《快乐的人们》中的主题歌，几天后流传到苏联全国各地。第二年的五一劳动节和十月革命节，游行队伍高唱这首歌走过莫斯科红场，推动了全场的热烈气氛。

“拉歌”半小时后，大家观看了剧团演出的两个独幕剧《父子兄弟》《最后的秘密》（亦为《秘密》）。前者是陈白尘创作的，讲述一对同胞兄弟相继加入义勇军和地方警察，多年不见后的偶然相遇，弟弟盘问哥哥，一怒之下打死了哥哥。父亲回来说明情况，弟弟悔恨不已，最终明白酿成这悲剧的根源是共同的敌人——侵华日军，愤怒地喊出了“打倒日本帝国主义”的口号。赵荣声点评道："这短短的独幕剧用极真切的表情演出，观众紧张的心情随着剧情的起伏不能自己（已）的感觉着哀痛，愤恨，惋惜，激怒。五年来羞惭的耻辱，在每一个人的心上重新烙上一道新痕。"

《最后的秘密》（亦为《秘密》）是反映西班牙工人革命斗争。廖承志扮演警长，朱光（朱光圳）扮演工人，王玉青扮演半疯工人，王汝梅（黄华，后为外交部长）、黄植扮演警察。

此剧本原来刊登于莫斯科出版的《国际文学》，朱光将其翻译过来。剧情比较简单，但是对于扮演角色的要求很高。经过一周的紧张排练，竟然成功演出，毛泽东、博古、朱德等中央领导人观看后十分赞许此剧。

朱光是才华横溢的江南才子，早年参加上海艺术剧社活动。此后，他担任红军政治部秘书长，遭受"党内无情"斗争后，被开除党籍，与廖承志等人被押解进行长征。朱光到延安后，担任中央宣传部的科长，被公认为延安"七才子"之一，韦尔斯在《续西行漫记》中说："红军中有两个才子，一个是廖承志，另一个就是朱光。"新中国成立后，朱光担任广州市市长。

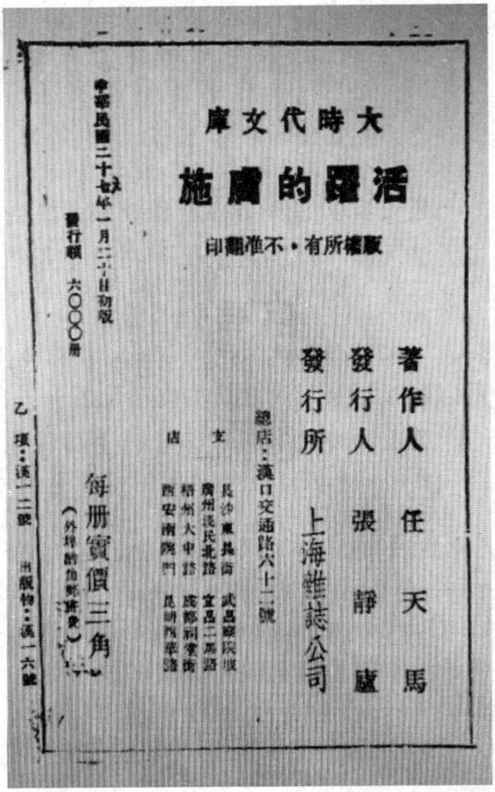
大時代文庫
活躍的膚施
版權所有・不准翻印
中華民國二十七年一月二十日初版
發行額 六〇〇〇冊
著作人 任天馬
發行人 張靜廬
發行所 上海雜誌公司
總店：漢口交通路六十二號
支店 長沙南陽街 武昌察院坡 廣州漢民北路 宜昌二馬路 梧州大中路 成都祠堂街 西安南院門 昆明西華路
每冊實價三角
（外埠酌加郵匯費）
乙種：漢一二號 出版物：漢一六號

图 12－5　赵荣声（任天马）的专著《活跃的肤施》

赵荣声等学生很荣幸能够与毛泽东等人一起观看此剧时，"零距离"欣赏了这些多才多艺革命家的精彩表演，这在赵荣声等学生的一生中是唯一一次。赵荣声点赞道："此剧比《父子兄弟》场面较大，对话较多，一贯的热烈情绪，比较前面一剧更紧凑，我相信它给观众的刺激也是更深刻。"

观看了两个独幕话剧之后，表演"活报剧"，这是赵荣声等学生从来没见过的新鲜事物。"活报剧"最初出现在苏联，1923 年成立"蓝衫剧团"，向不识字的观众提供一种类似"获得报纸"的普及效果，产生很大影响，其他国家也纷纷仿效。1931 年秋，李伯钊、危拱之、胡底、沙可夫等人来到瑞金的中央苏区，带来了苏联“蓝衫剧团”的“活报剧”艺术，得到中央苏维埃政府分管教育、文艺的瞿秋白等人大力支持。随着红军长征到陕北，人民抗日剧社等演出“活报剧”，发挥了重要的宣传作用。

赵荣声根据现场观看的真实感受，并查找了有关资料，首次介绍这些富有延安特色的“活报剧”：

“活报”是戏剧中一种轻骑式的短小杂剧，内容包括唱歌，对白，舞蹈，演说，并且配有音乐；由一群天真活泼的小孩子表演，做得非常有趣。……

第一幕是《联合战线》，启幕时为一个某某人分头向几个兄弟挑拨，令他们互相打架，一等到兄弟们打得你死我活时，夺取他们的家产。后来，大家发现某某人和汉奸的阴谋，才知道被骗了，拉起手来接（结）成“联合战线”同打某某人。

在表演这幕“活报”过程中，音乐几乎是不断的在奏着。调子大都是陈旧而普遍流行于民间的。坐在我旁边的一位乡下老者能够很快乐的点头欣赏它，并且不断的拍着自己的大腿叫好。有些穿插是很滑稽的，引得全场哈哈大笑。表演某某人的装出种种凶恶神情，又引起大家的愤恨。

“天真活泼的小孩子表演”的“活报剧”，理应是温涛负责的儿童剧团，这些节目也是他编导或改编的。赵荣声等人观看的第二个节目《叮铃舞》（赵荣声写为《丁玲舞》），正是温涛编排的节目，“这是一幕简单的歌舞活报，注重歌声舞步的美”。

接着是《音乐会》节目，“一排穿着白衣的孩子蹲在地上代表琴上的键，由另一个小孩子次第在他们身上按，如同弹琴一般。台后风琴发出声音，我们几乎以为是从这些蹲在地上发出来的。这‘人’垒成的‘琴’奏了许多歌曲后，变换形式，成为其他的乐器，又奏起了新曲”。这些在都市经常出现的轻松愉快的歌舞节目，在延安民众眼里却是一种“新事物”——在贫瘠生活中带来欢乐。

最后一个节目是《海陆空军总动员》，一群孩子装扮成陆军队伍进行，随后的孩子们做出划船的姿势，最后的一群孩子接连变换为飞机的模样。他们出场时分别高喊“我们是抗日的”陆军、海军、空军，集合在一起，表演了很多的阵形，然后高呼：“陆海空大联合，一起抗日！”这个原版本是人民抗日剧社演出的《统一战线舞》（仿照苏联歌舞，朱世荣曾创作《统一战线活报剧》《海军活报剧》等），由一群青年穿着水手服，戴着水手帽排列出骑兵、空军、海军队形，雄壮有力的步伐，激发了观众抗日必胜的信心，毛泽东曾陪同美国记者斯诺观看此节目。斯诺在《西行漫记》中特地设了一章《红色剧社》，采访了危拱之，写道："在共产主义运动中，没有比红色剧社更有力更巧妙的宣传武器了。通过节目的不断变换，通过每天都变换内容的'活报剧'，军事、政治、经济和社会的新问题都成为节目的题材，顾虑重重的农民的许多问题和怀疑，就通过这种幽默诙谐、明白易懂的方式得到了解答。"

毛泽东与赵荣声等学生一起观看了以上这些节目。次年（1938 年）4 月 10 日，成立鲁迅艺术学院，毛泽东出席成立大会并讲话。他倡议搞群众喜欢的形式，即群众喜闻乐见的中国作风、中国气派的形式。1942 年 5 月，毛泽东在延安文艺座谈会上发表了著名的讲话，提出文艺为工农兵服务的方针等。他深刻地了解当地民众喜欢看什么，进一步充分发挥文艺为政治服务的重要作用等，这些重要见解都渗透在他平时观看文艺演出的各种感想里。

"活报"演完，晚会散了。在静悄悄的深夜，温涛先生把笔者带进舞台后面他自己居住的屋中。在微弱而且摇曳不定的烛光下，这木刻专家的破木桌子上摆着一瓶自延水边岸折来的鲜艳桃花。白烟像雾一般的由桌下土洞升腾，温先生用一只纸烟罐子煮着他自南洋带来的咖啡。

在随便的闲聊中间，温先生除掉杂述一些自己的生活情形和丁玲最近的逸事，多半是关于肤施的文化界近况，而戏剧方面的设备缺陷，是他所苦恼的事。台上道具没有不算苦，甚至胭脂在陕北也不能够多得。且喜"活报"处处不为物质设备所限制，而且日益改进。在他很自信的轻快语调中，我知道"活报"已经普遍的推广在陕北一带了。

赵荣声撰文的笔法很灵活，巧妙地运用了对比手法，"破木桌子"与"鲜艳桃花"，"微弱的烛光"与飘弥的咖啡香味，难以购买的胭脂与"很自信的轻快语调"，这些不经意的鲜明反差，凸显了延安戏剧运动的艰难性与乐观、向上的精神，追逐一个伟大的梦想，历史进程证明了这一点。

赵荣声此文还配有六幅照片（可能是斯诺原来拍摄的），均为以上表演节目的剧照，照片中的孩子身着统一的白色服装和戴着白色的帽子，做出各种队形和舞姿，让读者第一次产生犹如身临其境的直观感觉。这些节目是毛泽东等人观看过的，这些照片更是一组珍贵的史料。

赵荣声的延安之行，受益匪浅。赵荣声对于此文主角之一温涛，花费了不少笔墨，也是向上海等地广大读者传递一个信息：国统区的艺术家如果到延安来是大有作为的。赵荣声最后乐观地预计：“外面能助长肤施（戏）剧改进的力量，也会透入那边每一幕剧中去。”第二年，周扬等人奉命先后赴延安，促使延安文艺运动推向一个新高潮。

当初（1936 年 1 月）中共中央研究决定将工农剧社改名为人民抗日剧社，同年 7 月，中共中央机关迁移到保安县，周恩来要求剧社去安塞县为东北军演出，以鼓动东北军与红军联合起来一致抗日。剧社演出《亡国恨》，再现了侵华日军在东北烧杀掳掠、奸污妇女的罪行，激起东北军官兵（绝大部分是东北三省的同胞）的愤怒之情，许多官兵流泪高呼：“打回老家去，收回东三省!”红军战士和苏区群众趁热打铁，高呼“中国人不打中国人!”“欢迎友军一致抗日!”

同年 12 月爆发“西安事变”，亦称“双十二事变”（1936 年 12 月 12 日），张学良和杨虎城在西安发动“兵谏”。12 月 25 日，在中共中央和周恩来主导下，以蒋介石接受“停止内战，联共抗日”的提议而和平解决，此为抗日民族统一战线的建立准备了必要的前提，成为由国内战争走向抗日民族战争的转折点。

不久，在东北军学兵队“话剧队”基础上成立以“双十二事变”时间命名的剧团，此后上演了不少剧目，于是就有了向林写的《西北角上饶有历史意味的“一二·一二”剧团》。此文多次提到王隽闻及其创作的剧本，很有可能是他撰写此文，文中引用了他撰写的几篇重要文章，而且他后改名为王林，此文署名向林，两者之间有某种关联，但尚需佐证。

王隽闻是著名作家，河北衡水市桃城区人。1930 年春，他在北京读书时加入了共青团。第二年秋天，考入青岛大学外文系（后翻译《目前的俄国剧场》，载《时事类编》1936 年第 4 卷第 7 期），随后加入中国共产党，担任了青岛大学地下党支部书记，并介绍同学俞启威入党，俞启威即后为天津市第一任市长的黄敬。

王隽闻很早就走上文学创作的道路，被沈从文引为知己。他创作了许多小说、剧本等，被誉称为“冀中的莫里哀”，后任天津市文联副主席、河北省文联副主席等职务。

1936 年秋，张学良听从共产党的建议，从北平招来一批青年学生，成为东北军学兵队的学员，其中有不少是共青团员、共产党员，参加过一·二九运动，王隽闻由黄敬（时任北平市委宣传部长）直接派遣去做东北军地下工作的。学兵队的学员被限制在东城门楼上，下面就是监视他们的国民党宪兵团，因此他们自称为“一伙流浪汉，一群爱国犯”。向林一文写道：

……于是趁各种假期便演起话剧，来调剂他们苦闷的岁月了。

然而他们没有舞台，只得把床板临时搭个二尺来高的台子，软幕也不过是几丈透亮的染色薄布，灯光更是谈不到，观众都得坐在地上。可是这些物质上的困难，并没有噬灭了他们的对戏剧（的）兴趣。从“九一八”五周年到“一二·一二”中间不过三个月，他们竟公演了四次。演出的剧本有《中华的母亲》，《回春之曲》，《苏州之夜》，《喇叭》，《压迫》，《打回老家去》。

其中《打回老家去》是王隽闻创作的独幕剧，但并不是易扬（扬帆）创作的同名话剧（在京沪公演多次），地点不在东北，而是在陕北的东北军“剿共”前线。剧中的士兵要尽孝，为东北老家的父母报仇，“打回老家去，官长要服从命令，于是悲剧发生了”。此剧情深深感动了观看的东北军官兵，有的士兵放声大哭，“被官长逐出会场，——怕扰乱秩序”。

此剧公演了 3 次，以后再也没有机会上演了，但是“由它而产生了一个《打回老家去》的歌曲”，向林一文如此写道。《打回老家去》的歌曲，由安娥作词、任光作曲，1936 年 7 月 18 日发表。同名的话剧（王隽闻创作的）与歌曲之间可能有内在联系，这是很有意味的话题。

“西安事变”后，成立了“抗日联军临时西北军事委员会”，下属有宣传委员会，商派张寒晖、伊洪等接管了“剿总”政训处所属的“大道剧社”，并在东北军学兵队的“话剧队”基础上成立了“一二·一二”剧团，张寒晖任团长，当时还有安志文、李伟、王遂蓬、王隽闻（王林）、徐瑞林等，大都是戏剧和音乐的爱好者。

张寒晖早年就读北平国立艺专戏剧系，1925 年 10 月加入共青团，随即由邓鹤皋（邓洁，后为石油工业部副部长）介绍转入中国共产党，后加入“北平左联”，帮助组织剧社。1935 年 9 月，张寒晖第二次应邀去西安，在西安第二中学（今陕西师大附中前身）担任国文教员。他创作了著名的歌曲《松花江上》，被称为抗日战争时期“流亡三部曲”之一。

“西安事变”爆发之前，当时在东北军里做基层地下活动的孙志远（后任国务院第三机械工业部部长），向王隽闻推荐《松花江上》，并写了个便条。王隽闻去西安第二中学找到张寒晖，张寒晖非常高兴，说他这首歌写出来不久，还不成熟，要王隽闻在学兵队一边教唱一边修改。张寒晖当即哼着歌，用简谱谱出歌词交给王隽闻。不久，此歌曲很快就在东北军中传开了。王隽闻还把这首歌寄给北平的黄敬，转给北平学联的歌咏队，但是未写作者张寒晖的名字，生怕张寒晖遭到迫害。多年后，王隽闻才透露内情，广大歌者才知道风靡中华大地的抗战歌曲《松花江上》作者的名字和生动事迹。

西北这座火山爆发后，虽在大军包围之中，人民却有了言论自由，但是他们都背上枪分散到火线上去了。

西北政训处的大道剧社结束后，原班演员组织了解放剧社。他们要在新年公演，约“一二·一二”剧团共同演出。这时“一二·一二”剧团刚起了名，但并未正式成立，经费更是没有着落，然而在解放剧社来约时，章大姐（化名——引者）答应了。

预定参加的剧目好几个，但是时间仓促（距新年一星期多），旧演员都分散了，女演员还是一个没有。

这时王隽闻以“一二·一二”事变为背景，写了个独幕剧本《火山口上》，这剧本角色不多，但中心于（是）一个女主角。可巧剧作者偶然路遇他（的）一个老同学乌玉女士（即吴光伟——引者），一谈此剧，她答应了担任此角色，并且她有相当的舞台经验。

连对台词和排演通共没有五次，我们便冒冒失失的上台了。

《火山口上》是一出悲剧，男主角是一个主张抗日的青年军人，暗恋着女主角，但被国民党特务毒死。女主角却爱着这个有着杀父之仇的特务，当她最后觉悟后，她打死了这个特务，自己也服毒自尽。对于此剧情，王隽闻与张寒晖第一次见面时谈起，立即遭到张寒晖的激烈反对：“这样没有光明，没有出路，我坚决不同意！”王隽闻辩解说：“假若不都死了，就不成纯悲剧了。”张寒晖毫不留情地说：“你受形式主义的毒可太深了，不好不好！”这时，“西安事变”爆发了，王隽闻根据所见所闻，灵光乍现，立即动手修改剧本，处理为一个完美的结局：女主角打死特务后，和青年军人一起投入到“西安事变”中。向林一文写道：

解放剧社出演的是《死亡线上》，《一片爱国心》。我们夹杂在他们中间，他们既是舞台专家，人员又齐全。我们演员还得兼提示，幸而有解决剧社诸同志各方面的帮助，不然，困难当更加多。

我们是准备失败的，然而出人意料，在剧情顶点时观众怒吼之声，使提示者淹没在声海中，甚至有观众立起来喊叫。有某话剧专家说，所谓打破幕线，应该这样打破才是。而且还得到了国际的荣誉。美记者 L. M. Bertram 和史沫特莱（S. MedlY）女士看到顶点时，也一样的号呼鼓掌。前者并亲自到后台访问演员和剧作者。

……第一次演出后，风闻（传）到了前线，于是竟有许多军官告假回来看这戏了。直至（“西安事变”）和平结束前，尚有许多官兵这样嘱咐朋友：“《火山口上》再演的时候录，你可给我捎个讯，我一定告假回来看看。”

L. M. Bertram，詹姆斯·贝特兰，出生于新西兰，记者、作家。1936 年他作为访问学者在北平燕京大学学习期间，一些英国报刊纷纷委托他报道中国情况。他受到斯诺夫妇和当地爱国学生运动的影响。在“西安事变”爆发后，他赶到西安，与史沫特莱一起用英语向外界广播。此后，他访问延安，数次采访毛泽东，其记录整理稿题收入《毛泽东选集》第 2 卷，题为《和英国记者贝特兰的谈话》。詹姆斯·贝特兰与史沫特莱一起观看《火山口上》，对于当时国统区广大读者来说，这又是一件新闻。

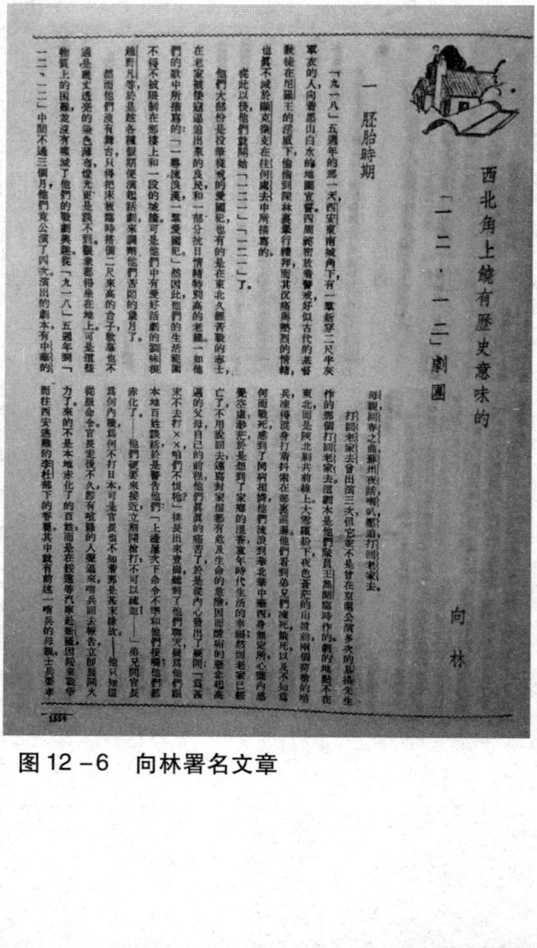
西北角上饒有歷史意味的
「一二·一二」劇團
向林
一 胚胎時期

图 12－6　向林署名文章

多年后，王隽闻（王林）的子女找到父亲生前使用过的公文包，里面有一个信封，珍藏着 5 张《火山口上》的剧照等，其中有王隽闻和女主角吴光伟等人的合影，见证了那段难忘的历史。

向林一文里还提及《评〈火山口上〉及其演出》一文，署名白文，刊登于西北刊物《文化周报》第10期，并引用了一大段话：“它（该剧）暴露了汉奸的对抗×（日）运动的阴谋阻扰，它暴露了汉奸为个人利益出发的对爱国运动的危害，它暴露了汉奸用什么方法在屠杀抗×（日）分子，在杀害爱国青年。它也暴露了中国汉奸的卑鄙龌龊，生活的腐化，和贪生怕死，……它充分的把握了现实的真实，也反映了真实的本质。”这段引文中的“汉奸”，在原文里却是“法西斯蒂”，并且省略号的原文为“它更告诉我们法西斯蒂怎样在进行更多的阴谋‘一二·一二’”，这是把矛头直接对准南京政府——阴谋趁机挑起大规模的内战。

《评〈火山口上〉及其演出》开头就明确点明了《火山口上》剧作者的名字，“《火山口上》之在‘一二·一二’以后由东北军基本干部：学生抗日先锋队队员王隽闻君编成，同时又由抗日先锋队组成的‘一二·一二’剧团演出，并且博得广大群众热烈的同情与赞许，我想，这决不是偶然的事。”此文显然把“西安事变”与此剧紧密联系在一起，意味深长。

该文高度评价了剧作者，认为“作者对现实有着深刻的认识和理解，能把握住这一活的题材，作品显得自然有力，深刻动人”。还指出此剧演出时的不足之处，其中谈到汉奸与女主角夺枪的细节。向林一文便答复说：“我们跟观众学了一着。女主角夺汉奸手中的枪，最初夺不过来，后来竟夺过来了，我们自己也觉不妥，可是观众当时却做了我们的导演了：‘咬哇，用牙齿咬哇！’”

《火山口上》公演大获成功，不胫而走，“剧目每日（相）同，共演三天，从下午三时起演，《火山口上》等每次都占三小时。易俗社剧院（场）是西安市最大的一个，可容二千多座，这三天老是挤得满满的”。

易俗社剧场原为“宜春园”，位于西安市关岳庙街（今西一路）关岳庙对面，坐南向北，砖木结构，是陕西最早的现代化剧场之一。剧场由前厅、观众厅（含楼座）、舞台、演员化妆室组成，设座席900多个，与向林一文说的数字不同。

《火山口上》公演成功后，上面也拨给一笔经费，“一二·一二”剧团开始计划到咸阳去公演，并且聘请了周伯勋、章邯先生，作为艺术指导者。

周伯勋，生于古都西安，早年加入田汉主办的南国社，后为左联、“剧联”（左翼戏剧家联盟）成员，在几十部电影中扮演了许多令人难忘的角色。同时，他为地下党工作，传递情报。新中国成立后，他在上海电影制片厂担任演员兼制片主任，相继拍摄了《武训传》《聂耳》《尤三姐》《望江亭》等影片。

1936年西安抗日风起云涌，周伯勋应邀返回西安，担任西北各界救国联合会宣传部副部长、西安实验剧团副团长、导演兼演员，他导演了话剧《春风秋雨》《未登记的同志》《日出》《雷雨》等，具有丰富的舞台经验。因此，他前去指导“一二·一二”剧团并不是偶然的，帮助该剧团提高了演出水准，除了重新排演《火山口上》之外，还新排演了独幕剧《撤退赵家庄》。该剧最初由夏衍、尤兢（于伶）、沈西苓、章泯、石凌鹤等集体讨论，尤兢（于伶）执笔，以九一八事件5周年之际发生的“丰台事件”为素材，全剧充满了悲愤抗日的气氛，戏剧冲突强烈，观众反响强烈，广州、云南、陕北抗日根据地等先后公演此剧，产生了很大的影响。[4]

以上谈及王隽闻（王林）的子女找到父亲生前使用过的公文包里，还有一份王隽闻撰写的《咸阳公演归来》一文（剪报），原载西安《解放日报》副刊（1937年2月3日）。该报原为西安的《西京日报》，“西安事变”后，中共西北特别支部徐彬如等以西安各界抗日救国会的名义，随杨虎城的十七路军接管了国民党陕西省党部，同时关押了西京日报社社长兼中央社西安分社社长丁复进。张学良的秘书郭维城派丛德滋、关吉岗接管了该报社，李一氓叫徐彬如推荐韩进、魏文伯（后为华东局书记）担任编辑。为报纸起名时，大家认为“西安解放了”，由丛德滋写了报头，“西安事变”的第二天正式创刊了。这时成立了抗日临时联军西北军事委员会，中共代表团到达西安后，由周恩来、张学良的秘书长吴家象、杨虎城秘书长南汉宸分别代表三方组成联合办公厅，其下设有宣传委员会，由郭维城（代理负责）、李子健、宋绮云、张兆麟、丛德滋等人组成，负责管理西安《解放日报》。

向林一文抄录了王隽闻的《咸阳公演归来》全文，首次向国统区的广大读者公布了这份史料。

事前，赵野凡去咸阳察看情况，回来沮丧地向张寒晖、王隽闻等人汇报，那里的舞台窄小、简陋，演出效果堪忧。果然，1月27日剧团到了那里，发现演出的舞台是一个砖造的旧式戏台，席棚是临时搭的，演员的声音难以传到远处，大家都很担忧。

这次演出是为了纪念上海“一·二八”淞沪抗战5周年，当地社会各界召开大会，下午4时，剧团开演，观众多半是驻军和本地的上层人士。演出时观众的嘈杂声此起彼伏，多半是妇女带着孩子，妇女之间大声说话。但是，随着剧情发展，到了高潮时，全场竟然出奇的安静，都沉浸在紧张的剧情里，深深地被吸引了。王隽闻欣喜地说：

咸阳这地方，我们可以大胆的说，公演话剧这大概是第一次。观众是否有欣赏话剧的修养和趣味是一个问题。但我们从这次公演中觉得话剧若能把握得住了群众的情绪，观众的趣味是很容易改变的。我们仅只演了三场，可是我们后来走到街上，士兵们便向着我们笑，甚至说着舞台上的词句，亲近我们。并据本地驻军某君说，这一两天以来，街谈巷议里，几乎都离不开我们了。这谈语中也许免不了低级的趣味，但其影响之大可想而知。我还亲自听见两个兵站岗时议论我们剧中的人物。

我们咸阳这次公演，不但得到了很大的宣传效果，并且更重要的是给了我们一个确信：即是我们能克服一切枝节的困难，而可以大踏步的到军营里去到乡村中去！

但是好景不长，东北军被解体了。《咸阳公演归来》发表后，东北军奉命准备西调甘肃，联合办公厅为了东北军学兵队人员的安全，决定把分散到各单位的学兵队员集中到陕甘宁边境的邠县“待命西进”，并将学兵队改名“甘肃绥靖主任公署青训班”，郭维城为负责人。这时，“一二·一二”剧团的张寒晖、王隽闻等人也随后到了邠县，住在县城外的一座泰山庙里，时值元宵节，各界筹备召开军民联欢和庆祝“西安事变”的“和平胜利大会”。剧社每天演出两场，剧目有独幕剧《中华的母亲》《撤退赵家庄》和刘静沅创作的独幕剧《自觉》。

同年春天，东北军又被改调到安徽、河南，剧团也一同到了安徽怀远县。5月，学兵队被国民党强行解散，剧团转移到淮阳，6月也被遣散。张寒晖返回西安去了，后赴延安，历任陕甘宁边区文化协会秘书长、戏剧委员会委员，创作了许多著名歌曲以及曲子戏、秧歌舞，1946年3月11日，他在延安不幸逝世，年仅44岁。人们将他誉为与聂耳、冼星海齐名的人民艺术家。

向林一文落款“一九三七年五月五日于怀远”，已经有一种预感剧社即将被解散，“这时期是群众急需要认识目前新形势的时期，但是艺术落在时代太后了。但除了时间短促外，写作时间的困难和顾虑多也不能不是个大原因。大时代的怒潮打了一个浪花，又归于风平浪静后，于是这个浑身带着历史意味的‘一二·一二’剧团也跟着浪花沉到海底下去了。”

震惊中外的“西安事变”，在王隽闻的心目中留下了极为深刻的印象，他曾创作《黎明》（载《学生呼声》1937 年第 1 卷第 3 期），主要反映“西安事变”前夜，即 1936 年 12 月 11 日晚上 10 时，地点在陕西临潼华清池，剧中人物有蒋介石、钱大钧（参谋长）、蒋孝先（宪兵第 3 团团长）、杨振亚（宪兵第 1 团团长）、张副司令等，几乎集中了这次事变的主要人物，再现了这次重大历史事件。此剧大概是第一个讲述“西安事变”的独幕剧，虽然未曾公演，但是，世人不应遗忘这位大胆的第一个“吃螃蟹”的剧作者。

1937 年底，王隽闻在家乡参加了人民自卫队，担任政治部宣传队长。1942 年，日军悍然举行惨绝人寰的“五一大扫荡”，王隽闻时任冀中文建会副主任和火线剧社社长，坚持留下参与了这场“反扫荡”的激烈战斗，并开始长篇小说《腹地》的创作。但是，此作品给王隽闻（王林）的后半生带来了一场“大起大落”的悲剧。他病逝后，解放军出版社重新出版 1949 年版的《腹地》，好评如潮，认为这作品是“解读和反思伟大抗日战争的第一笔”，“王林是位了不起的战地军旅作家”。

王隽闻（王林）的文学成就呈现多元化，丰富多彩，还有不少作品鲜为人知。向林写的《西北角上饶有历史意味的“一二·一二”剧团》中保留了王隽闻（王林）等人当年的真实“足迹”。虽然“一二·一二”剧团是短暂的，但是历史的浪花依然欣喜地将其捧出，在世人面前展现“生命之美”。

［注］

［1］［3］刘润为主编：《延安文艺大系》（上），湖南文艺出版社 2015 年版，第 184 页，第 155—156 页。

［2］详见丁言模：《“双轮驱动”的〈文学青年〉月刊》，载丁言模：《穿越岁月的文学刊物和作家（二）》，中国社会出版社 2017 年版。

［4］详见丁言模：《“不受审查的”左翼〈电影·戏剧〉月刊》，载丁言模：《穿越岁月的文学刊物和作家（二）》，中国社会出版社 2017 年版。

“戏剧专号”之四

“双胞胎”《赛金花》禁演后的“舌战”

《光明》第2卷第12期“戏剧专号”发表的《中宣部长和熊佛西氏谈禁演〈赛金花〉之辨说忆记》（署名A记者），堪称一大奇文。

1937年5月5日，中国教育电影协会[1]第六届年会闭幕，翌日中午，在南京中央饭店大厅里举行盛大宴会，铺着雪白台布的大餐桌摆成一个“山”字形，国民党要人、电影界、戏剧界等名流80多人相聚一堂，各路新闻记者纷至沓来。

当“菠萝蜜杏仁冻”美味甜品快要上桌时，周剑云（上海明星影片股份公司经理）坐在陈立夫、张道藩（时为国民政府内务部常务次长）之间，站起来演讲一番。掌声未停息时，有人站起来故意说：“教育电影协会明年到北平去召开，请熊佛西先生报告一下‘怎样欢迎’吧。”

坐在一旁的著名戏剧教育家、剧作家熊佛西40多岁，“不怎么矮也不怎么胖的身材，头上有癞子似的光滑滑的一块，三七分的长发也不能完全遮盖住，戴一副近视眼镜，雪青的夹衫，全身的打扮很调和”。他顿时成为全场焦点的人物，即《中宣部长和熊佛西氏谈禁演〈赛金花〉之辨说忆记》的主角之一。该文署名“A记者”，可能是洪深或他人，这是其他报刊不敢刊登的“新闻稿”，《光明》“戏剧专号”偏偏大胆地发表。此文写得很机敏，采用了戏剧、文学、新闻报道等多种艺术手段，“弦外之音”处处皆有，让广大读者“心有灵犀一点通”，无须赘言。

熊佛西是中国话剧的拓荒者和奠基人之一，1921年与沈雁冰、欧阳予倩等13人组织民众戏剧社，合办《戏剧》月刊，主张戏剧在现代生活中“是推动社会前进的一个轮子，又是搜寻社会病根的X光镜”。1924年，他赴美国哈佛大学研究戏剧、文学，获得硕士学位，回国后执教北京国立艺术专科学校戏剧系、燕京大学等。九一八事变后，他率领部分师生奔赴河北定县农村开展戏剧大众化的实验，举办戏剧学习班，成立了十几个农民剧团。1937 年七七事变后，他率师生员工在长沙成立抗战剧团，巡回演出，宣传抗战。

“我在北平住了二十年，有些玩的地方都还不算生疏。”熊佛西站起来说了一些客套话。最初提议熊佛西讲话的那个人显然不满意，写一张条子委托王平陵（国民党御用文人）递过去，但遭到拒绝。那个人干脆站起来说：“请熊先生报告《赛金花》在北平禁演的经过!”

此言一出，犹如一把盐撒进油锅里，立即引起一片窃窃私语，“全场的空气顿时紧张起来，人们充满着兴奋的神色，而眼珠子全像‘?’似的并射视着熊氏，熊氏无奈地站起来”。

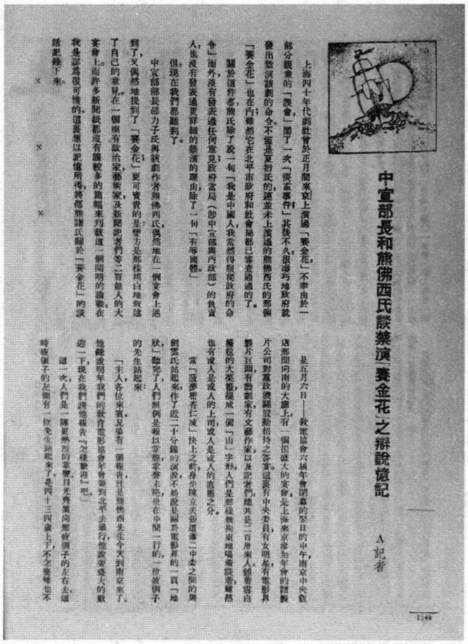
中宣部長和熊佛西氏談禁演「賽金花」之辯說憶記

A記者

图 13－1　《中宣部长和熊佛西氏谈禁演〈赛金花〉之辨说忆记》文章署名“A记者”

“A 记者”写此文的开头就明确写道：夏衍创作的七幕历史讽喻话剧《赛金花》[2]，由上海四十年代在南京上演时，“不幸由于一部分观众的‘误会’，闹了一次‘痰盂事件’，其后不久，很凑巧地政府就发出禁演该剧的命令”。

该剧以一代名妓赛金花的个人经历为主线，展现了庚子事变期间一群只知一味“叩头外交”屈辱求和的奴才群像，以此讽喻国民党当局的不抵抗政策，揭露汉奸的丑态。1936 年 10 月 19 日，四十年代剧社在上海金城大戏院（北京路、贵州路转角处）首次（日夜两场）公演《赛金花》，由洪深、于伶、史东山、石凌鹤、孙师毅、应云卫、司徒慧敏、欧阳予倩等组成导演团，洪深执行导演（洪深有事去广州，由石凌鹤、于伶接替导演）。参加演出的有王莹（扮演赛金花）、金山（扮演李鸿章）、梅熹、张翼、刘琼、欧阳山尊、王献斋、尤光照、白璐、李丽莲、刘亚伟等，接连公演 20 余场，轰动上海滩。

公演的最初几天，上海《申报》接连刊载一则大广告：“悲壮哀艳七幕伟大历史名剧《赛金花》，集艺坛人才之精华，演中国悲壮之史实，树剧界空前之奇迹。”并刊有王莹扮演赛金花的两幅剧照。剧情介绍：“拳匪骚扰，灭洋扶清，妖言惑众，朝野震动。一代名妓，晋谒权荣，旧事重提，不齿与众。火光血影，大炮轰轰，大臣昏聩，高歌狂饮，兵临城下，不闻不问。八国联军，攻陷京津，铁蹄到处，百姓遭瘟。无耻官场，争投敌人，随众逃难，巧遇外兵。娇容艳貌，醉倒将军。外交谈判，自任昭君，一言九鼎，拯救生灵。事过境迁，美人无功，再操神女，潦倒一生。”

随后，剧社应邀去南京公演，在国民大戏院最后一场演出中，当台上演到卖国官吏向洋人表白“奴才只会叩头”时，观看此剧的张道藩突然起立，大声呼叫，并指使一些人将事先准备好的各种杂物，连同痰盂扔上舞台。一时剧场秩序大乱，演出被迫暂停，激怒了观众，痛斥扰乱者：“滚出去，我们要看戏!”第二天，国民党当局发出通令，以《赛金花》一剧“有辱国体”“有损民族光荣”为借口，禁止上演。

消息一传出，一片哗然，各家报刊采用各种方式发表文章，产生各种版本之说，其中不乏揶揄之谈，讽刺张道藩“当时竟因此忿懑得晕倒在地。——这可真合了一句俗语，叫做‘发黄章第十七’了”。“某要人在晕厥醒过来之后，还做了一篇文章，发表在报上，希望负责人作‘良心的反省’这真是字字珠玑，令人感动的话！但我忽然想起意大利水兵在上海大戏院‘宣扬文明’的事来了。”以此辛辣讽刺张道藩应该到上海大戏院去“昏厥”一下，以面对意大利水兵疯狂捣毁大戏院的野蛮行径。（林真：《关于〈赛金花〉演出纠纷》，载《联华画报》1937 年第 9 卷第 1 期）

这时，德国大使馆收到北平办事处寄出的关于熊佛西创作的 4 幕话剧《赛金花》部分文稿内容，其中有赛金花与八国联军统帅德国军官瓦德西之间关系的剧情，认为“有辱德军人体面，特函（北）平市府，请求禁演，以维两国邦交云”。

熊佛西创作的《赛金花》已经排演了一个月，熊佛西亲自导演，赛金花由俞珊扮演，她原来是田汉南国社的名角，杨村彬、赵狂云、房品章等参演。原来准备在 1937 年 3 月 25 日至 28 日在长安街新新大戏院公演，并且开始售票。南京政府内务部对北平市政府下令禁演此剧后，熊佛西还想改剧名为《落花梦》，但是仍然遭到北平市政府的无情“封杀”。后者悍然认为这与“内务部令精神不合，决定凡关于《赛金花》之戏，无论更名或删改均不允公演，以维中德邦交，而遵中央法令，社会、警察两局已向新新大戏院施行取缔云”。

“刚才有一位先生要我报告《赛金花》在北平禁演的经过，多谢他对我的关心，可是我不想对这件事发表什么意见，‘我是中国人，我该服从中国政府的命令！’还是这句话……”一把火活活地被什么压灭了似的，他停了一停（说），“刚才听周剑云先生谈到国产电影的种种，我很愉快，因为听到了以前没有听过的话。周先生要求保护国产电影，这是对的，中国人应该珍爱自己的东西！中国政府应该保护自己的东西。譬如，我是一个作家，是一个戏剧的学习者，是一个中国人，所以我是无论如何也珍爱自己的作品的……”

对于熊氏的一番话，有些人看作“弦外之音”，有些人觉得已够痛快，而多数人是神经不怎么锐敏的，带着不满意的表情，吃“菠萝蜜杏仁冻”了。接着中委陈立夫关于国产电影的演辞。

至此，题外文章的《赛金花》禁演问题不致再提及了，人们暗暗在想。有些人是失望，有些人是擦擦油光光的脸面透过一口气。不规则的刀叉轻击的声音点缀着一个广大的厅子。

在场的国民党中央委员陈立夫手握生死予夺的大权，谁也不敢冒犯。但是“A记者”毫不畏惧，巧妙地遣文造句，将“菠萝蜜杏仁冻”与“不规则的刀叉轻击的声音”组合在一起，形成一组辛辣讽刺的场景。接着把笔锋一转，让国民党中央宣传部部长邵力子出场了，推出“舌战”一台戏，增加了全场的“热点”气氛。

邵力子曾是共产党人，后被“欢送”出党，成为国民党的要人。解放战争后期，他扮演“和平老人”的角色，在两党之间“穿梭”商议。[3]新中国成立后，担任全国人大常委、政协常委和民革常委等。

白衣仆欧（仆役）拥导着一位头发花白了的，穿着藏青中山服的中年人进来，这就是中宣部部长邵力子氏。他在主人的斜对面坐下来，笑眯眯地招呼相识者。……

“……譬如《赛金花》因为赛金花这人一死，顿时就发现了两个剧本（北平与上海各一），在作者或许是别有用意，而我们不能不疑心到有一点

‘生意经’的意味在内。我总希望影片公司能把‘生意经’的眼光放得更广大一些，更久远一些，专门钉（盯）住一种‘风气’，那是不久就会失败的。”

“A记者”笔下的邵力子形象“笑容可掬”，并非像陈立夫那样的阴险狡诈、张道藩的专横跋扈，但是他的“儒雅”言辞里暗藏玄机。

这时，邵氏的席上发现了小条一张，邵氏看后，笑眯眯的接下去（说），“听说今天熊佛西先生也在这里，那就顺便谈谈《赛金花》吧。这个戏上次在南京演，我是去看过的，觉得结构，演技，布景——各方面都很不错；不久听说观众在闹事了。其后又知道中宣部也有命令禁止了。我是并不主张禁演这个戏的，今天方副部长（即中宣部方治氏）也在这里，我不能当面撒谎。我当时的确说过不必禁，我想我们国家所受的侮辱真不知有多少，《赛金花》那样的描写也算不了什么。可是那命令在我到部以前已经发下去了。”

“但是过了若干时日，我想《赛金花》是应该禁演了，觉得自己当时的理解太浅。我想，那些抛茶杯、丢痰盂的侠义的爱国思想固然不需要，然而把赛金花这女人描写得那么伟大也是过分的，我们知道，庚子之变是那等皇宝宗亲与义和团等少数人闯的祸，赛金花以美色去周旋瓦德西，去为洋兵办粮草，去为北京城的老百姓们求情，这叫什么？是‘瓦全’的精神！”

“我们的国家现在已到了什么地步？大家都已很明白，我们现在所需要的是‘玉碎’的精神！——是‘宁为玉碎，毋为瓦全！’”

“譬如一旦非常时期到来了，一群洋兵开到了某个村庄，这时倘使有一位像赛金花那样的女人出来，去向洋兵讨情，以图全村生命财产的苟全一时，我们想，需要不需要呢？我们是宁愿毁灭了村庄而抵抗洋兵的。这样一想，我以为《赛金花》自有其禁演的理由了，因为我们现在已不需要‘瓦全’，是宁愿‘玉碎’！”——全场热烈鼓掌，熊氏更频频点头。

这是一篇精彩的通讯报道（包括各人发言），犹如一出独幕剧的场景，“剧情”一波三折。

其一，邵力子不赞同禁演，点赞夏衍剧本公演等如何是好，并叹息“禁演”是不是他的责任，由此博得“递条子”（可能是A记者或他人）、熊佛西等人的同情。

其二，话头一转，自责“理解太浅”，避而不谈张道藩在公演剧场里斥责的丑闻——给在场的陈立夫、张道藩及其追随者的好大面子，反而指责“抛茶杯、丢痰盂的侠义的爱国思想”，巧妙地掩盖了其中的真实情况。

图13-2 熊佛西

其三，抛开剧本《赛金花》的禁演问题——讽喻国民党的不抵抗政策，揭露汉奸的丑态，而是“偷梁换柱”，把话题引向所谓的政治层面，严厉斥责历史上的赛金花，并且以当下侵华日军南下大举进攻的严峻局势，提出古今中外的民族抗敌精神——“宁为玉碎，毋为瓦全”，博得全场的热烈掌声，大家似乎忘却了“递条子”初衷——禁演的话题。

邵力子曾任驻苏联大使，如今坐在宣传部长的位置上，什么大风大浪的诸多棘手问题都处理过，眼下禁演《赛金花》的难题，只是“小菜一碟”，几个转弯，便把话题“小舟”引向“自由”的彼岸，这是古今中外官场上的惯例之一，不足为奇。但是，“剧情”峰回路转，“A记者”接着再次让熊佛西登场。

“今天知道熊佛西先生凑巧也在这里，就请熊先生发表一些意见吧！”全场是更热烈更兴奋的鼓掌起来，桌上的杯盏刀叉也疯狂了似的跳跃着。然而张道藩先生被余上沅先生邀着离席了，没有听到这两位剧界前辈关于此事的意见，该是十分遗憾的。

这个画面很精彩，欲抑先扬，特别是张道藩离席（著名戏剧家余上沅故意为之），向读者交代很清楚，“十分遗憾”的叹息却是蕴含着热嘲冷讽，颇有“点睛之笔”。

熊氏一改先前沉缓的调子，迅速地站起身来。是过于愉快还是过于紧张呢？（面）颊上的肉抽动着，近视眼频频闪烁着，而且音调也有些颤抖了，有时还口吃着。

“诸位，三点钟我还有一个会要出席（按：即中央文化基金保管委员会，每年举行大会一次，熊氏为该委员会之一）现在，只请给三分钟的时间，不，两分钟（全场笑了）也够了，让我说一说吧！”

“刚才邵部长讲到‘生意经’，我熊佛西干了二十年的戏剧运动，自问从没有想到过‘生意经’。那末（么）我为什么不迟不早的写《赛金花》这剧本呢？——我与赛金花见过总有七八次之多，许多朋友都希望我把她的一生写个剧本，然而我以为那女人平庸极了，无论谈吐，举动；那样的女人不是我写剧本的材料，所以一直没有动手。”

“直到去年九十月间，我却想起这件事了。诸位，去年九十月的北平是怎样一种情形？天坛是油漆得簇新了，许多名胜都修葺得挺漂亮了，可是每天听到的是××（日本）的军队今天在那里演习，明天再（在）那里游行，上空是他们的飞机，路上是他们的兵车。这些，南方的报纸还能看到，而北方的报纸是不能刊载的。一切，我感到与庚子年的情形太相同了，我恐怕庚子的故事又将在北平重演一回了。看到这些，我们还能漠然视之吗？当然，不，所以我想借赛金花的事迹来发泄自己提醒人们。”（声音有些嘶哑了，是激昂，是愤怒，还是悲哀?）

“邵部长以为赛金花的‘瓦全’精神要不得，所以犯不上编写为剧本，我却以为不是这么说的。一个艺术家应该看他的人格，情感，以及对于某一件事件的‘看法’如何，——对不起（周剑云）先生，我要用一个英文（词）了，实在‘看法’两个字不够，所谓‘看法’即是Interpretation——不能一概而论的。譬如台上的这瓶花，请许多画家来可以画成各种不同的姿态，倘说画家的最大的成功是描写得‘像’，那不是艺术品，是‘死东西!’（这三个字用着最高的音调）这样，请一位摄影家来拍一张照不是便当得多，何必要艺术家呢?”

“所以同样的一个人物，爱国的人可以写得悲壮热烈，充满爱国爱民族的情绪，若是落在汉奸的笔下，就会污蔑得不成东西，一切，都得看作者的人格，情感，看法如何而定的。”

“我是一个戏剧的学习者，自己承认学识不够，世故不熟，然而我是一个中国人，是一个爱国家爱民族的中国人，我有血有肉，有人格，有灵魂，我不能承认我的笔下会‘有辱国体’；说我写的剧本不够成熟，我是坦白地承认的，说我‘有辱国体’，那即使把我的头砍下来摆在这台上也不能承认。（说着，认真地举起右手向上颈‘嚓’的一来）想到这些，我是真想‘改行’了，为什么我还要干戏剧运动呢？政府对我们有了些什么安慰，有了些

什么帮助呢？”（到这时候，三个“两分钟”也过去了，他喘一口气，继续微带着口吃地说）

“我写好了那个剧本，曾送给北平政府社会局审查过，通过了。后来听说禁演《赛金花》的消息。起初以为不是对我而发，可是仔细一问，知道所有的《赛金花》都在禁演之列，这才知道完了。记得拿到禁令是三月二十三日。此后是足有三天，北平的二十来位中西记者，跑到我家里来要我发表意见，我仍就是那两句话：‘我是中国人，当然得服从政府的命令！’除此我不愿多说什么。”

“A 记者”不仅是一位出色的剧作家，而且是一位高明的导演，提醒诸位关注熊佛西“砍下来”的手势，“聚光灯”的焦点迅即对准这个特写镜头，把全场的戏剧性气氛推向顶点。“A 记者”抓住了主角熊佛西的一个细节，“他喘一口气，继续微带着口吃地说”。哇，这组镜头超级棒！

其中熊佛西对周剑云说声“对不起”，因为事前周剑云痛斥国产电影中的中国人“洋化”，对白竟然用外语引以为“光荣”。熊佛西随机应变，使用了 Interpretation 一词，具有多重含义：诠释、表演、理解、判读等，以此一种术语“以正视听”，表明作者与作品之间的关系。

“A 记者”的“镜头”继续围绕着熊佛西，全方位“拍摄”，随即再次将“镜头”推近。熊佛西不愧是著名戏剧教育家，脱口而出一番艺术与生活的基础理论，由此渐进，自我揭晓了创作《赛金花》的公开秘密。

1936 年 2 月，侵华日军华北驻屯军在北平有一个步兵中队 270 多人。4 个月后，侵华日军人数已经扩充到近 2000 人，自 6 月至 9 月，侵华日军在平津一带进行了大小演习 29 次之多，此后，侵华日军华北驻屯军全体出动，举行扩编以来的首次秋季大演习（次年悍然发动七七事变）。

但是，中国军队和政府还是委曲求全，甚至对于“许多名胜都修葺得挺漂亮了”，粉饰太平，也熟视无睹，这巨大的反差，连不是军事家的熊佛西也在悲哀地预计：“恐怕庚子的故事又将在北平重演一回了。”华北危急，中华民族危在旦夕！“起来，不愿做奴隶的人们……”全国广大爱国军民与熊佛西的热血在一起沸腾。

在全场“聚光灯”下，熊佛西成为主角，迅即进入“剧情”，慷慨激昂的大段“独白”，令全场“震撼”：“我是一个中国人，是一个爱国家爱民族的中国人。”这掷地有声的誓言，即使在场的“大魔头”陈立夫也暂且不语。

熊氏至此渐渐地恢复了沉着的常态，以较低较缓的语调继续（说）下去：

“刚才邵部长给了我很好的指教。邵先生是新闻界的老前辈，也是文艺界的老前辈，二十年前邵先生编《觉悟》时，我还投过稿，虽然我们从没见过面，但算起来我也是邵先生的部下（邵部长和蔼地笑了），邵先生的话当然我是听从的。不过，我最后还有一点疑问，就是：直到禁演令发下，我始终没有把我的剧本呈送到中央过，所以我想请问邵部长，究竟看过我那剧本没有?”

熊氏斜侧了头向邵部长，是一个很好的戏剧的动作。这动作继续着有两三秒钟之久，等待着答复。邵氏半站着答道：“看过了，看过了。”

熊氏又接下去（说），“那很好，邵先生既然看过了，我很希望邵先生能把我的剧本，逐段的在未妥处加以批注了还给我，我当印成许多分送给全国各戏剧家，文学家以及一切艺术家们，引起一个更大的讨论。”

邵氏继熊而起。

“方才熊先生问我有没有看过他写的剧本，我说‘看过了，看过了’。其实我没有仔细的读过，不过大意我是知道的了。现在我也有一个问题要请教熊先生，为什么熊先生的《赛金花》与上海的《赛金花》相彷（仿）佛呢?像洋兵入京，赛金花周旋瓦德西——几幕结构都很相似的，这到底是怎么回事?”

“那我不知道，因为我还没有看到上海的《赛金花》；不过据人说，上海的《赛金花》是做到被逼出走为止，我则写到病死的，这一点就不类同。

“奥，”邵部长接下去说，“兄弟的意思总还希望熊先生能牺牲《赛金花》，因为处于我们全民族危急存亡，千钧一发的今日，我们不需要那样的‘瓦全’精神。前几天，孙伏园先生有信给我也提到这件事，我正打算写回信给孙先生。请他劝劝熊先生能够牺牲《赛金花》。现在熊先生到南京来了，那就更好，我们不妨约一个时间再当面谈谈。倘使熊先生一定要演，那末（么）或者大家想法子修改修改再演。熊先生的意见如何?”

熊接下去（说），“并不，并不，我可以牺牲的!”

双方是“统一地”笑了，毫无芥蒂的。

稍稍喘口气，全场气氛徒然又紧张起来，熊佛西忍无可忍发难了，“斜侧了头向邵部长，一个很好的戏剧的动作”，抛出最后“杀手锏”，追问邵力子是否看过《赛金花》的剧本，并且进一步“逼宫”，希望“加以批注”，随后“分送给全国各戏剧家，文学家以及一切艺术家们，引起一个更大的讨论”。

真所谓一波未平又起一波，但是熊佛西的“杀手锏”打进了棉花堆里，被邵力子的“太极拳”缓缓地推回，“绵里藏针”，后劲一波比一波强大。其实，读者哑然一笑，因为邵力子仍然是“不变应万变”，笨拙地挥动着“政治大棒”，甚至提出为何京沪两个《赛金花》有相似之处，这是一个“多余的话题”。熊佛西“旧闻重提”——当年邵力子也是爱国反帝的呐喊者，他办的上海《民国日报》副刊《觉悟》，曾是广大读者青睐的三大副刊之一（其他两者是北京《晨报》副刊，上海《时事新报》副刊《学灯》），这与他眼下竭力回避《赛金花》喻古讽今的主旨形成鲜明反差，这也是一种辛辣讽刺的场面。

“书生”熊佛西面对邵力子的“无厘头”——答非所问，只好苦笑一番。双方心照不宣，“统一地”笑了，不再触及核心的“禁区”——《赛金花》喻古讽今的实质性问题。邵力子作为国民党要人，只能“点到为止”，甚至搬出老友孙伏园（曾是北京《晨报》副刊编辑，发表鲁迅的《阿Q正传》等）的“名片”，希望熊佛西“退让一步”，毕竟一旁还有虎视眈眈的陈立夫，否则“残局”难以收拾，后果自负。果然，陈立夫作总结发言了。

最后是陈立夫先生的话，结束了这次辩说。陈氏的大意是：政治家与艺术家的看法往往是不同的：艺术家是用最有力的方法发挥自己的情感，见解，而求得观众的共鸣，但政治家则不然，还须顾到各方面。陈氏到末了有一节很风趣的谈话：

“……譬如《赛金花》这剧本，是以反面的手法来提高观众的爱国情绪，可是，熊先生你得留心，恐怕扮演赛金花和几个媚外洋奴的演员，有被观众打下台去的危险呢？因为演得太认真了，观众的情感无法遏止了。”陈氏说这几句时，对熊氏脸色一正，希熊氏能关心到这些地方。人们对于陈氏的周到的思考，无不十分心折地笑了。陈氏提议道：“今天上海电影界十家公司请我们吃饭，席间不仅谈到了（电）影界的问题，还对于《赛金花》有了坦白的谈论。无论谁，都是为复兴民族的目标而作为谈话的出发点，我们应该为庆祝民族复兴的早日成功，而愉快地喝一杯酒！”

人们高举起手边的剩杯送到嘴边去。在玻璃杯的叮当声中，怀着不同的情绪而散去。让一个杯盘狼藉的场面骄傲地占据着那间南面的大厅。

陈立夫表面上是沿顺着邵力子的所谓“政治”层面上的思路引申讲述，其实暗藏杀机，特别是对“熊氏脸色一正”，声色俱厉，严厉警告：“熊先生你得留心。”即使你的剧本《赛金花》上演，也必然会发生类似张道藩大声斥道、他人“扔痰盂”的事件，这分明是“最后的通牒”。

“A 记者”何等机敏，不再把镜头对准熊佛西和其他众人的神色——在陈立夫、邵力子软硬兼施的大棒挥舞下，而是把“焦点”转移到“杯盘狼藉的场面”，并且使用了“骄傲”二字。此时“无声胜有声”，无须多言，因为这次“唇枪舌战”的双方输赢早已见分晓了，广大读者心里有杆秤，足矣。

“A 记者”最后说了一番“客套话”，以应付当局书报检查官，还加了一个注释：“此文系事后之忆记，当时并无摘录，错误之处，或所不免，但自信大关节目，不致有误，如有不完全尽实处，则系记忆不佳所致，决非出于故意，此声明者也。”

此文落款时间为 1937 年 5 月 7 日夜于南京，即此“宴会舌战”第二天晚上“追记”的。如果出现这样一幅画面：“A 记者”等人秘密聚集一处，互为补充“追记”，那么这是比较合情合理的，否则单凭“A 记者”一人，难以“追记”如此完整。如果继续联想，那么“秘密聚集”的每个人的脸鲜活起来，剪辑成一组镜头……这已经是题外话了。

“A 记者”此文在当时属于“独家新闻”，其胆魄和勇气令人钦佩，敢于巧妙地“捅马蜂窝”，而且不动声色地“全身而退”。此文引起广大读者的关注，毕竟“朝野对话”属于凤毛麟角，稀罕得很。

对于这次宴会，1937 年 5 月 7 日，《中央日报》刊登了一则消息[4]，避重就轻，惯用伎俩，不足为奇。但是，令人大跌眼镜的是同一天该报两个版面（正反）同时刊登这则消息，一字不差，“下了双黄蛋”。这至少有三种可能：其一，不同版面的编辑收到两篇同样内容的报道，但是措辞、角度等不同，于是“各行其是”。主编大人签发之前突然发觉，立即下令撤换同一篇文章，统一口径。其二，该报编辑暗中“打抱不平”，故意为之，“破例”一回，反正上海的夏衍、北平的熊佛西各有剧本《赛金花》出现，让他俩都看看，万一忽视了这一版，还能看到另一版面，这也是一种“独家新闻”的表现。其三，该报主编老爷一不小心“疏忽”了，闹了一个不大不小的笑话，这与张道藩“翻跟头”唱歌等诸类的滑稽传闻“相提并论”。这三种可能性说起来，都好像有点“天方夜谭”，不知当事人如何做的，幸好如今世人不大有人去注意昔日的“中央”报纸，不必让其一夜之间成为“网红”。

此前，不少报刊用不同方式指责禁演《赛金花》一事。“A 记者”此文发表后，果然有人“彻底明白”了，严厉指责和冷嘲热讽一番，其文署名季鱼，题为《〈赛金花〉禁演问题——介绍〈光明〉第二卷第十二号“戏剧专刊”》（载《关声·书报评介》1937 年第 5 卷第 12 期），其写道：

在这一期戏剧专号上，有一篇文章谈到《赛金花》禁演问题，文章的题目是《中宣部长和熊佛西氏谈禁演〈赛金花〉之辨说忆记》，我读了之后，才恍然懂得了禁演是有这么光明正大的理由，才恍然彻悟到聪明的政治家的聪明的头脑。

早些日子，我听说四十年代剧社在南京公演《赛金花》闹了活剧。那是公演《赛金花》到最后一天，第四幕揭开，舞台上正进行着一个昏庸卑怯的清廷官员媚外而磕头的情形，瓦德西高傲的据（居）坐在上面，底下就狗似的匍匐着清廷的官吏，这时台下一部分观众喧嚷了起来，香蕉皮，橘子，茶杯，痰盂，……乱纷纷的向台上投掷，茶杯、痰盂着地破碎，“哈叽”响成一片。据（居）坐着的瓦德西和匍匐着的清廷官吏，及其他演员，都受不了这袭击，踉踉跄的逃入后台。

……一直到中宣部的禁演命令下来，我才明白了这是什（怎）么一回事。我不再纳闷了，但我很不平，以《赛金花》这样一个叙述历史事实的剧本，竟也会遭受到这不幸的待遇，而执行这事情的又是我们自己人，根据的理由又是空洞的“有伤国体”，这无论如何不能叫我们做国民的心悦神服的觉得这处置是得当的。

我们知道《赛金花》这一剧本的内容，是根据了史实而写的，它说描写的是拳匪乱后，八国联军之役，那些清廷官吏卑污投降之丑态。我翻阅全戏，找不到一个“有伤国体”的地方，“有伤国体”这条罪案，不知是何所据而云然。在全剧中，讽刺得最刺骨的，便是这个第四幕中关于清廷官吏卑污投降的丑态，但这，在我们做国民的看来，却绝对不应该遭受到非议的地方，因为第一这是史实。第二，在厉行新生活运动的目前中国，正到处听见大人先生们提倡着礼义廉耻，那末（么），在戏剧方面，根据新生活运动的标准，把过去卑污投降的史实，搬演在舞台上，来讽刺和教育现在的官吏，奖励气节，这不但不应该加以禁止，反应该加以提倡的，所以，假如中宣部对《赛金花》的禁演，根据的理由是这一段讽刺，那无异（疑）是说讽刺清廷官吏的卑污投降是“有伤国体”，这无论如何是说不过去的。

我们还应该想想，这剧本是并不仅仅是消极的讽刺，而是有积极的国防的意义的。这剧本里所描写所讽刺的卑污投降的丑态，现在正存在着，而且还在进行着。存在在什么地方？在东北，在冀东，在察北。在东北，郑孝胥，溥仪等，不是正在表演这种丑态吗？在冀东，殷汝耕，赵雷这些汉奸们不是正在表演这种丑态吗？在察北，张海鹏，李守信，德王这些傀儡走狗们正在表演着这种丑态吗？把他们这种丑态，借用一个历史上的事实，活生生的搬上舞台，来刺激观众的爱国情绪，这是一个多好的额交易观众的心理建设！然而这样一个有意义的剧本，意外的遭受了不幸，竟被禁演，使它不能子啊观众之前露面，完成教育观众，训练观众的使命，这真是一件太可惋惜的事。

这一期《光明》上的这篇文章，对禁演问题，其经过，其理由，是谈得比较具体而痛快的。而谈的人，又是和这事情有着密切关系的，这样直截（接）痛快的辩说，我们是非常值得去看的，因为这一方面使我们了解那些政治家聪明的看法和做法，一方面也可以知道这一点，在政治家们聪明的看法和做法之下，我们剧作者和演剧者所感受到的痛苦。

此文作者季鱼显然是一个知情者（此文可能经过他人修改），笔法娴熟，对于张道藩的丑态不屑一顾，直接“捅破窗户纸”，以不可辩驳的事实，有力地揭示了《赛金花》喻古讽今的主旨，直刺要害——“聪明的政治家的聪明的头脑”。并且巧妙地“以其矛攻其盾”，即蒋介石、宋美龄夫妇大力倡导的所谓“新生活运动”。此文点赞《光明》“A 记者”一文的同时，辛辣地讽刺那些所谓的“政治家”，并不着一个“骂”字，广大读者却心领神会，这只需看以上引文的最后一句话：“在政治家们聪明的看法和做法之下，我们剧作者和演剧者所感受到的痛苦。”

有趣的是 1937 年 5 月 7 日《中央日报》发表《各影片公司答宴党政各界，陈立夫邵力子均有演说，并谈及〈赛金花〉禁演问题》消息报道时，同一天上海《申报》发表了宋美龄宣传“新生活运动”的报道，题为《基督教协进会年会，蒋夫人演辞——愿新生活运动与教会合作而推进》。这两则新闻报道也许成为季鱼一文的构思之一。

季鱼的犀利笔锋与“A 记者”嬉笑怒骂皆成文的鲜明特点“相映成辉”，但是，学术界从未把这两文放在一起谈论，也许并不知道此两文的存在，留下一个遗憾的空白。

季鱼何方人氏，难以考证，不过其谐音与王季愚[5]的笔名季愚相似。王季愚是于伶的前妻，女才子，同于伶在上海一起参加了中国文艺家协会。王季愚听从夏衍的建议，翻译高尔基的长篇小说《在人间》，经艾思奇推荐，1936 年 9 月由上海读书生活出版社出版。王季愚曾在《光明》第 2 卷第 11、12 期先后发表《四百个儿童的集体创作》《辛克莱的〈不准通行〉》。

1938 年初，王季愚作为“上海妇女社”理事和《上海妇女》编委会成员之一（其他成员有许广平、蔡楚吟、姜平即孙兰等），参加筹备出版《上海妇女》半月刊。

该刊第 3 卷第 8 期（1939 年 10 月 10 日）发表《观〈赛金花〉后》一文（署名月旦），“点赞”了新上演的《赛金花》，熊佛西原作，魏如晦（阿英）改编，集体导演，由中法联谊会戏剧组主办（阿英、许幸之等人），上海剧艺社（于伶、欧阳予倩等人组织）出演，地点在璇宫剧院（爱多亚路即延安中路、成都路、浦口路东大厦）。演员有柏李（饰顾妈）、屠光启（饰孙三）、蓝兰（饰赛金花）、朱凡（饰小方）、苏丹（饰杨大爷）、汤琦（饰邹王爷）、莫言（饰钱五爷）、即絮（饰曹七爷）、裴冲（饰沈少爷）等。仅就演员扮演的角色，就可看出与熊佛西的原作有不同之处，也不同于夏衍的同名剧本，采取了从侧面反映原来“叩头外交”剧情的高潮，增加了其他的情节（见如下有关广告）。改编者阿英（笔名张若英）掌握的史料十分丰富，曾整理、编写了关于赛金花生平史料的专题文章（张若英《庚辛之际的赛金花》，《女子月刊》1936 年第 4 卷第 9 期），其中谈到赛金花曾是一个“状元夫人”，一个“住过仪銮殿的外国人‘临时太太’”，因此改编时增加一些情节，也有史料根据的。

《观〈赛金花〉后》一文认为这次演出成功的主要因素是“第一当然阵容坚强，第二因为题材通俗”。“剧本的内容虽然不够有力，只是平平淡淡地写了赛金花的一生，但因为导演与演员的深刻体味（会），倒也含有很多讽刺性。”“至于布景，效果，灯光，化装（妆），演技方面，够艺术，也够美满，我们观众所感觉到的，只是我们的情绪，始终被台上（剧情）仅仅地抓住。”

1939 年 9 月 27 日起，上海《申报》刊登新上演《赛金花》的广告：声称“上海从未演过，古装凄艳名剧，亦真亦艳，可歌可泣”。“凭两瓣樱唇，拯救北京百姓，施十分媚力，颠倒碧眼男儿。”“状元夫人千古伤心恨史！苏州名妓一生奇遇艳迹！”的剧情介绍。

同时刊登了采访蓝兰（扮演赛金花）的报道以及她的剧照，其中透露了一些改编的内情：“为了原作的时代性早与目前不同且兼适应此时此地的客观环境起见，全剧在保持精彩下现经删成四幕，内容所表演的也只仅以‘一代名妓’个人的一生事迹变迁为限。所有一切服装道具及布景，此次全承新华公司友谊租借，这实在是生色不少的极大助力。”

几天后（1939 年 10 月 1 日），上海《申报》刊登《熊佛西的〈赛金花〉》一文，认为《赛金花》剧本是中国的《羊脂球》（莫泊桑名作），对于赛金花见瓦德西的场面，夏衍的剧本是写实的，熊佛西的剧本则是暗写的。前者“仅以妓院出走为悲痛的最高点，熊作则先之以入狱，继之以老年的穷愁潦倒，极能动人，使人不忍看下去”。同时点赞了阿英改编的剧本，认为“以醉酒起，以醉酒结，全剧融成一片，也颇见巧思。可称赞的是结尾，这不仅是把赛金花的人格提高，更要紧的是要我们不要忘记了现实”。

此后的《申报》广告出现了“观众如潮涌而至，场场客满，向隅观众不计其数”诸语。10 月 10 日上午 9 时，上海剧艺社加演一场《赛金花》，此与“双十节”联系起来，此讽刺意味不言而喻了。

这时上海已经沦陷为“孤岛”，距离事前南京政府内务部下令禁演《赛金花》仅相隔 2 年。当初《赛金花》禁演令下达的同年底，发生了惨绝人寰的南京大屠杀，陈立夫、张道藩等人早已逃离南京。如果他们远在重庆等地听到上海再次上演《赛金花》的消息，是否还会与熊佛西“唇枪舌战”一番，煞有介事地下达禁演令呢?

其实，当初《赛金花》禁演令下达之后，仍有地方戏院老板坚持邀请上海剧团前去演出《赛金花》，因“有利可图”，这已是题外话了。

［注］

［1］1932 年 7 月 8 日，在南京成立中国教育电影协会，是我国第一个电化教育组织，以辅助教育、宣扬文化为宗旨，提出“教育电影化，电影教育化”，积极提倡通过教育电影化和电影教育化进行民众教育和学校教育，“富民强国”。蔡元培任协会主席，朱家骅、蒋梦麟、陈立夫、徐悲鸿、厉麟似、郭有守、罗家伦、田汉等均为该协会委员。该协会实际负责人郭有守和陈立夫、朱家骅、厉麟似等具有官方背景，因此该协会具有半官方的性质，在全国范围内具有统辖力和影响力。该协会的主要活动有：购置和摄制教育影片；推广教育影片；制定影片标准，抵制不良影片；出台关于电影出路的方案等。1933 年，该协会被国民政府教育部指定为“罗马国际教育电影协会”的中国

分会。

［2］详见丁言模：《周扬等人文学阵地〈文学界〉月刊》，载丁言模：《穿越岁月的文学刊物和作家（一）》，中国社会出版社2017年版。

［3］详见丁言模：《“上海人民和平代表团”北上纪行》，载丁言模：《瞿秋白、鲁迅等人往事探觅》，中国社会出版社2015年版。

［4］1937年5月7日《中央日报》发表《各影片公司答宴党政各界，陈立夫邵力子均有演说，并谈及〈赛金花〉禁演问题》：

［本报特写］来京出席教育电影协会年会的明星、天一、民新、艺华、联华、暨南、新华、华安、快活林等九影片公司及中国电教用品公司代表，于昨日中午假中央饭店欢宴党政各界，致谢此次招待盛意。来宾到有陈立夫、邵力子、方治、张道藩、熊佛西、王淑芳、罗刚等及新闻界共约六十余人，主人方面，除各公司代表周剑云、张善琨、邵醉翁等外，并有男女演员十余人，共达八十余人，济济多士，颇极一时之盛。

发展电影事业　首由主人代表周剑云致词，希望当局协助电影事业之发展，并提出电影检查问题，希望二点：一、国产片均须中央检查，香港各厂出品不得例外，以资统一，而免劣片行销外国，影响国际观听。二、经中央检查之影片，不再受任何地方性之检查。继由陈立夫代表教电协会致词，希望电影界与政府合作，注重电影事业教育化。关于剧本方面，亦望注意，务必适合时代精神，并谓电影事业除求本身的改善外，并须注意如何增加观众的问题。倘若观众有限，将来影片虽多虽精，观众并不增多，则收入当然不易增加，电影事业亦难有充分发展之希望，盼各公司合作进行。

关于《赛金花》剧　继有中央宣传部长邵力子致词，谓中央为扶助国产电影事业之发展，拟邀请银行界举办影片公司放款，并述及《赛金花》禁演问题。以值此国难严重时期，人人应有“宁为玉碎，毋为瓦全”之决心，由赛金花为乞怜外人，但求“瓦全”之弱者，其行为足以影响国民心理，故《赛金花》剧情，根本不适于现代之中国国情。最近北平熊佛西先生亦有《赛金花》剧本之制作，希望能自动撤销公演之计划。词毕，熊佛西起立说明其创作《赛金花》经过，并谓本人（坚）决拥护中央，遵从中央命令。嗣（后）陈立夫起立演说，略谓艺术家与政治家，因立场不同，故对剧本之看法亦不同。在艺术家对于剧本制作之技巧方面，果已极为圆满，确为成功的作品，但以政治家的眼光看来，认为对于社会环境，有不适宜之处。公演之后，将有不良影响，故无论电影或戏剧，不仅须具备精神、物质两条件，并须注意到空间与时间云云。至三时许，宾主尽欢而散。

［5］王季愚，四川安岳县人，早年就读北平大学法学院时，与同班同学于伶、宋之的等都是俄文读书会活跃分子。1932 年加入“社联”（中国社会科学家联盟）北平分盟。此后，王季愚、于伶相约离京分头南下，后在上海相聚，同在正风中学执教，结为夫妇（后离异），并且一起参加中国文艺家协会。

1939 年王季愚加入中国共产党，1941 年赴延安，在“鲁艺”文学院编译处工作。新中国成立后，历任哈尔滨外国语专科学院院长、党委书记，黑龙江大学副校长、党委副书记，上海外国语学院院长、党委副书记等职。

“戏剧专号”之五

鲁迅观看王莹等演戏

《光明》举办“中国剧运先驱者怀旧座谈会”（载于《光明》第2卷第12期“戏剧专号”）时，除了向郑伯奇、张庚、夏衍等约稿之外，还邀请各剧团演员陈波儿、王莹等人写稿，其中陈波儿等人也在预告要目中出现，不过写了“题未定”，王莹等人稿件如愿刊出。加上业余剧人协会、四十年代剧社、蚂蚁剧团以及潮州、武汉、长沙等地从事戏剧活动的作者纷纷来稿，形成了一个颇有全国性的戏剧剧坛信息大汇总，为这期《光明》“戏剧专号”增添了许多新内容。

王莹的一生颇有传奇色彩，她多才多艺。[1]她写的《几次演不出的戏》，回顾了昔日演戏经历的4个片段。

其一，夏衍领导的上海艺术剧社的艰难生存，“我们一堆人都很穷，常常几天没有饭吃的事也有的，但我们的心却热得忘记了一切物质上所感受到的欠缺”。1930年春第二次公演之后，大家忙着排练高尔基的《夜店》。但是，4月28日晚间，上海市警察局突然派武装警察查封了窦乐安路口12号的上海艺术剧社，并且抓走了刘保罗等5名社员。同时，夏衍等人主办的中华艺术大学也遭到了查抄。王莹写道：“小道具单上那个手枪一支的几个字也成了‘反动’的证据，不问情由地便把那间曾经许多日夜努力和热闹的小排练室加上封条了。戏自然是不能演出，就连剧社的名字也不许存在了，这件事的发生当时对于我们的打击和苦痛真是不能描摹的了。”

其二，上海艺术剧社被查封后，石凌鹤、王莹等人分散到各种场合移动演出。一次，王莹、唐晴初和左明（原南国社成员，后为摩登社负责人）应邀去演出《到明天》（左明创作，反映工人爱国反帝题材），演出中突然大幕被拉上了，原来台下左、右两派学生发生了冲突。“左明君从病床上起来，赶着跑到幕前向观众说话，台下的观众一致拥护着演下去，掌声震得场子里快要爆炸了，大幕在呼声中重又拉开了”，演戏继续进行。突然，几个武装警察冲上台，大幕又被强行拉扯上了。“我们走下那个小舞台，锣鼓声和观众们的愤恨声打成一片，我们差不多要流泪了，一种说不出的懊恼和对观众们热诚的歉意在苦痛着我们。临走时，几个学生悲愤地向我们道歉，而且说：‘我们不怕，不会忘记，有机会时我们还是要在台上和你们见面的。’”

其三，王莹等人到南京演出《赛金花》，结果成了一场“闹剧”（详见本书收入的《“双胞胎”〈赛金花〉禁演后的“舌战”》）。

其四，王莹还记得上海艺术剧社一次失败的演出，工人听不懂翻译改编的《炭坑夫》，明明是悲剧，却引起了笑场，“这次虽然演出了，可是比不能演出还要使他们伤心，因为我们已经失去了演戏的意义和价值”。

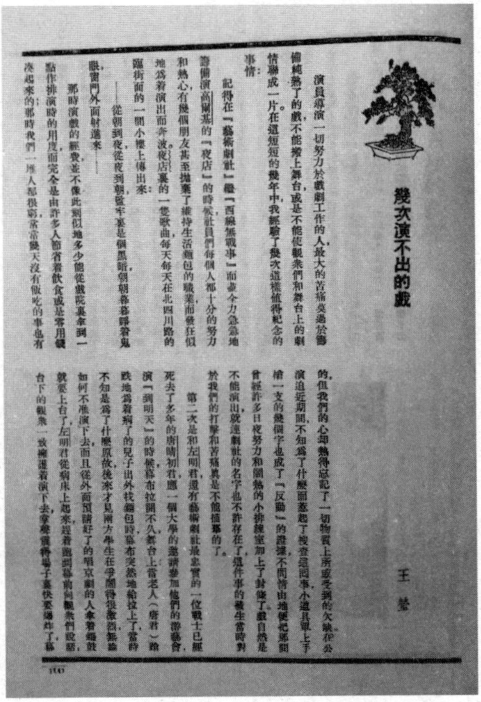

幾次演不出的戲

王瑩

演員導演一切努力於戲劇工作的人，最大的苦痛莫過於籌備純熟了的戲，不能搬上舞台，或是不能使觀衆們和舞台上的劇情聯成一片。在這短短的幾年中，我經驗了幾次這樣值得紀念的事情：

記得在『藝術劇社』繼『西線無戰事』而盡全力急急地籌備演高爾基的『夜店』的時候，社員們每個人都十分的努力和熱心，有幾個朋友甚至拋棄了維持生活麵包的職業，而發狂似地爲着演出而奔波。夜店裏的一隻歌曲，每天每天在北四川路的臨街面的一間小樓上傳出來：

——從朝到夜，從夜到朝，監牢裏是個黑暗，朝朝暮暮睜着鬼眼，窗門外面射進來——

那時演戲的經費並不像此刻似地多少能從戲院裏拿到一點，作排演時的用度，而完全是由許多人節省着飲食或是零用錢湊起來的。那時我們一堆人都很窮，常常幾天沒有飯吃的事也有的，但我們的心卻熱得忘記了一切物質上所感受到的欠缺。在公演迫近期間，不知爲了什麼而惹起了搜查這回事，小道具單上手槍一支的幾個字也成了『反動』的證據，不問情由地便把那個曾經許多日夜努力和關熱的小排練室加上了封條了。戲自然是不能演出，就連劇社的名字也不許存在了。這件事的發生當時對於我們的打擊和苦痛真是不能描摹的了。

第二次是和左明君，還有藝術劇社最忠實的一位戰士已經死去了多年的唐晴初君，應一個大學的邀請參加他們的游藝會，演『到明天』的時候，幕布拉開不久，舞台上當老人（唐君）跌跌地爲着病了的兒子出外找麵包時，幕布突然地給拉上了。當時不知是爲了什麼原故，後來才見兩方學生在爭鬧得很激烈。無論如何不准演下去，而且從外面預請好了的唱京劇的人拿着鑼鼓就要上台了。左明君從病床上起來，趕着跑到幕前向觀衆們說話，台下的觀衆一致擁護着演下去，掌聲震得場子裏快要爆炸了。幕

图 14－1　王莹写的《几次演不出的戏》

这些史料弥补了“中国剧运先驱者怀旧座谈会”上未能来得及说的“空白”，尖锐地抨击和强烈抗议反动当局野蛮地镇压左翼戏剧运动的罪行，虽然不能明确地表白，但是广大读者心领神会。

1935 年 11 月，上海业余剧人协会上演改编的《钦差大臣》（果戈理原作），地点在上海金城大戏院（后为黄浦影剧场），金山饰假钦差，顾而已扮演市长，施超扮演校长，郑君里扮演审判官，蓝苹扮演木匠妻。大家排练好几天了，其中重要角色市长太太还未选定，经过再三斟酌，最终确定由已走红的王莹饰演，这是她与蓝苹同台演戏，她俩之间的微妙关系不言而喻。此后，王莹与蓝苹还有合作，那是在电通影片公司的事，王莹仍然是主演，蓝苹饰演的则是“微末的小角色”。

鲁迅对于果戈理的作品很熟悉，先后翻译了《死魂灵》《死魂灵一百图》

等，而且这一年正值苏联、欧美、日本都在纪念果戈理的《钦差大臣》上演百年，加之其他因素，因此，于伶等人商议决定辗转邀请鲁迅前来观看。

1935 年 11 月 3 日晚上，下着小雨，负责暗中联络的人员悄悄地告诉于伶等人，鲁迅夫妇来了。这时楼下观众席中才到了七八十人，楼座的顶灯还没有开，鲁迅夫妇已经坐在楼上第一排左面靠中间的第一个座位上了。于伶等人立即在戏院门口、过道、观众席等处布置有关人员，暗中保护鲁迅夫妇的安全。共产党员许秉铎站在台角，能够清楚地看到鲁迅夫妇，他觉得自己的责任重大，不断地提醒自己。他回忆说：

> 戏在进行中，（鲁迅）先生的注意（力）是十分集中的。观众在笑，他有时也微微的笑一笑，有时也不笑。有时观众不笑，他反而笑了。但这只限于微小的面部表情，很少形体动作。我记得在全剧进行中，仅有两次较显著的反应：一次是第三幕县长到小旅店去拜访假钦差，假钦差将皮鞋提在手中手足无措地一不小心掉在地上，县长被吓了一跳。另一次是第四幕假钦差受贿，那些官员们的丑态……他是笑了，比较显著的笑了，而且耸了耸肩。我在距离四五丈远的地方，好像也听到了（他）轻微的笑声。
>
> 鲁迅先生的反应为什么这样的冷静而“与众不同”呢？我想主要的是先生对果戈理的讽刺的理解比我们深刻。
>
> 散场时，他是等楼上前排观众离开座位才起身的。我看到他很快的从人多的太平门走出去。[2]

当天晚上，鲁迅在日记中记载：“夜同广平往金城大戏院观演《钦差大臣》。”这是鲁迅唯一一次观看王莹、蓝苹同台演出。

鲁迅并未把观看的意见直接告诉上海业余剧人协会，而是通过左联作家丽尼转告，“市长的妻子必定是个丑妇，所以和女儿争风才有喜剧的效果，如果像‘业余（剧人协会）’所演出的那样俊扮，就和作者底本意大有差别了”。

剧中王莹饰演的市长太太扮相应该是一位半老徐娘，结果却是一位 20 岁左右的少妇，而且身边有那样高大的女儿，形成了一种滑稽的反差。鲁迅委婉地批评王莹的扮相，其实是批评导演理解剧中人物的思路。对于蓝苹的角色，鲁迅未作只字评价，毕竟她是“跑龙套”的小角色。

1937 年 4 月 27 日，蓝苹参加“中国剧运先驱者怀旧座谈会”，应邀撰写

《我们的生活》的状态，与几乎同时写的《从（娜拉）到（大雷雨)》有些不一样。后文还透露几分谦和，前文则是在扮演一位颇有表演艺术功底和理论的“前卫”演员。

其开头便直言不讳地写道：“我们从事于演剧的人不能不把自己锻炼成一块百折不挠的钢。我们不仅需要健全的身体，还更需要健全的思想和意志。”接着谈起新兴演剧的“演员也应该有正确的社会人认识，也应该站在同一的文化水准上，真的，要使我们的新兴演剧得到健全的发展，非打破过去及资本主义社会中对演员的那种‘愚民政策’”。

其中出现的“钢”“健全”“文化水准”“愚民政策”诸语，好像在宣读一份惊世骇俗的“宣言”，大声宣布自己已经进入从身体“舞台”上升为精神舞台的“蜕变”大门，急不可待地亮出“先锋”与“解放”的本质。

图 14－2　《申报》刊登《生死恋》演出的广告

蓝苹在《我们的生活》里引用了“李却·波里士拉夫斯基的《演技六讲》（郑君里译）上说过这样的事……”

《演技六讲》是郑君里翻译的表演理论专著（上海良友图书印刷公司 1937 年版，以后多次再版），分为 6 章即《聚精会神》《情绪的记忆》《戏剧的动作》《性格化》《观察》《节奏》。原作者是美国电影、戏剧导演波列斯拉夫斯基，他 16 岁起就是舞台演员，曾在莫斯科艺术剧院工作，得到苏联戏剧大师斯坦尼斯拉夫斯基（以下简称斯氏）的指导，较有系统地学习表演。因此，《演技六讲》深入浅出地介绍了斯氏的表演基础知识，是初学者必读之作。

对于此书，蓝苹多次翻看，颇有心得，在《我们的生活》里后半部分加以引用和阐述，认为“一个演员必须有以下三项极重要的训练”：一是身体训练，二是丰富的知识，三是一种操纵自如的精神活动。由此引申出自己的看法，“一个演员的生活是很容易有……危机”，即“生活的糜烂”，“客观环境上的打击”。对于后者，蓝苹透露：“我在某一个时期曾经差一点成了一个退却者。”措辞含糊，政治上的失意，但是经老乡万籁天（《娜拉》导演之一）、魏鹤龄的鼎力相荐，蓝苹有机会重返上海滩，首次扮演《娜拉》的女主角。

蓝苹几次闯荡上海滩，逐渐有了撰写《我们的生活》一文的资本，“我什么也不希望，只希望我能做一个演员！我还希望中国多产像李却·波里士拉夫斯基那样善诱，能启发演员的导演人！”这两个惊叹号诠释了蓝苹当时的美好愿望。

王莹、蓝苹曾属于上海业余剧人协会，成立于1935年春天。这是“剧联”（中国左翼戏剧家联盟）党团会上，讨论并同意了不久前由尤兢（于伶）、章泯、金山等在赵丹住处商议的关于开展剧场艺术运动的建议，并通过决定由章泯、张庚、徐韬、赵丹、金山负责业余剧人协会筹备工作，邀请社会人士、戏剧活动家李伯龙等参加工作。最初以当时著名导演、演员、舞台美术工作者业余时间参加演出，由此作为该剧社名称。该协会以剧场公演为主，突击演出为辅的办法，冲破国民党当局的“文化围剿”。从1935年6月至1937年2月，该协会先后举行了三次大型公演，上演了《娜拉》《钦差大臣》《欲魔》《醉生梦死》《大雷雨》等，为话剧职业化奠定了基础。

1937年春，该协会更名为上海业余实验剧团，由章泯、陈鲤庭（化名陈思白）、应云卫组成理事会。编导有史东山、沈西苓、袁牧之、贺孟斧、章泯、应云卫和欧阳予倩，演员有赵丹、郑君里、顾而已等，还有一批特约编导和顾问，人才济济，先后演出《罗密欧与朱丽叶》《太平天国》《武则天》等剧目，影响很大。

这期《光明》“戏剧专号”发表《业余剧人协会的抱负》一文，署名该协会，并无执笔者的名字，颇有“集体负责”的含义，做了该协会成立以来的一个小结。该文毫不掩饰地认为：该协会具有“内外”的“写实主义”，具有苏联莫斯科艺术剧院的表演艺术即斯坦尼斯拉夫斯基体系的方法（长时期影响了中国戏剧界）。“必要使工作人员在创作方法与创作态度上联合一致，并在相互的批判作用下，来完成艺术的统一的效果”。

随着争演《赛金花》的角色，从业余剧人协会中分化出来的四十年代剧社，于1936年10月成立。事前，尤兢（于伶）代表党组织宣布，剧社领导小组要体现党的政策，领导小组成员有金山（组长）、王莹、刘斐章（兼管宣传）、王献斋、梅熹。因此，1937年春季“五大剧社”举行春季联合公演之后，夏衍批评四十年代剧社的演出，辛汉文署名的《四十年代剧社的今后的方向》，在某种程度上也是向党组织作的公开检讨，最后表态：“我们愿意和大家合作去做打破那种不合理的演出的先锋。”

蓝洋（李伯龙）写的《蚂蚁剧团的希望》成为这期“戏剧专号”里的亮点之一。

李伯龙，又名松青、华沙、沙苏、阿咪、蓝洋、默生等，在《中流》《剧场艺术》等报刊上发表各种文章。他曾参加上海艺术剧社，与夏衍等人熟悉，后进入联华、昆仑等影业公司，主编《剧场艺术》。新中国成立后，他一直在上海电影界工作。

1928年（一说1930年12月），李伯龙与许德良、沙千里等人创建爱国团体——蚁社，以“联络感情，增进友谊，从事文化运动”为宗旨，倡导“蚂蚁精神”自励，在抗日救亡洪流中，发挥了集体的力量。蚁社成员大多是公司、商店、工厂、海关中的一般职员，也有少数高级职员，富有强烈的爱国进步思想，其中有些人加入共产党，有的在党内担任重要职务。

蚁社设有文化部等，其中有蚂蚁图书馆、学术研究组、剧团、歌咏团、读书会、摄影组等。李伯龙作为蚂蚁剧团主任，多次撰文介绍该剧团的情况。并且邀请应云卫、欧阳予倩、章泯等前来讲演指导，引起剧团成员的浓厚兴趣，希望每两个月能举行一次专题讲座。

蚂蚁剧团曾为了公演话剧《走私》《婴儿杀戮》《号角》，向社会局备案获准。蚁社租借公共租界的湖社（湖州同乡会礼堂）演出时，却遭到工部局禁演。工部局 Roberson 在一封信中写道：“我已经采取所有可能的步骤以停止这些演出。警察局和国民党司令部已答应蚁社取消这次文娱活动。此外，特别分区捕房已通知湖社和蚁社，没有工部局的批准和准许证，不准进行演出。尽管如此，仍有较多激进分子将坚持演出。……我已向他们的代表指出，唯有工部局的批准才能得到警务处的承认。”不久，蚂蚁剧团转移到华界中央大会堂演出，又遭到国民党社会局和警察局的禁演。为此，该剧团推选徐步、沙千里、许德良等人为交涉委员会，并发去律师函件，质问工部局，但遭到蛮横拒绝。剧团交涉委员会决定第二次向领事馆提出强烈抗议。

经历了5年多的磨难，李伯龙在《蚂蚁剧团的希望》一文里感叹一番：蚂蚁剧团刚成立时，只有一个剧团的名称和几个团友。“五六年边做边学的艰辛的蛮干中，有了二十八次表现，中间包含了四次公演。不敢说对戏剧运动和（蚁）社的使命上尽了多大责任，但我们很欣幸地觉得这若干次经验的积累，已挣得了很可宝贵的戏剧财产，由（有）了它，也许可能在未来的文化运动上有些微（薄）的贡献。”

对于禁演等诸事，李伯龙表示：“我们检讨过去上演剧目，及因演爱国戏剧的第三次公演的被阻，和其他小小的挫折，我们觉得很不够；差可告慰的是我们从未搬演有害于社会进步的剧目。”

蚂蚁剧团是“纯粹业余性质”的，李伯龙表示要进一步提高各方面的水准，“我们在本年想多多地找演出机会，及设立文艺部，Dramatie Eve 作戏剧理论及技术的研究，剧本创作和翻译的努力。一部分同志还希望在最近筹划一个小剧场，这不但可给本团在种种方面得到试验与便利的机会，同时也许可对一般有戏演出而被高贵的剧院阻碍因而辍演的纯粹业余性质剧团一个帮助的机会。”

蚂蚁剧团是业余剧团中一道亮丽的风景，曾拥有众多资料，如今却湮没在浩瀚的现代戏剧运动档案资料中，殊为可惜。

《光明》“戏剧专号”还刊登了蓝枫（张光年）的《戏剧运动在武汉》、成心的《天津剧运近况》、娜拉（司马文森）的《杭州的剧运》、白克的《剧运在广西》、章扬新的《长沙的剧运》、黄茫的《几年来漳州剧运的动态》等文，分别介绍了各地戏剧运动的近况，因篇幅有限，不再赘述了。

［注］

［1］详见丁言模：《〈艺术〉月刊的“续篇”〈沙仑〉月刊》，载《穿越岁月的文学刊物和作家（三）》，中国社会出版社2018年版。

［2］于伶：《鲁迅“北平五讲”及其他》，载《鲁迅回忆录》第1集，上海文艺出版社1978年版。

“戏剧专号”之六

许幸之改编的《阿Q正传》

《光明》第2卷第10期至12期（1937年4月25日—5月25日）连载许幸之改编的六幕剧本《阿Q正传》[1]，但这是第4个修改稿，最后修改稿则是演出稿，即1939年7月（上海“孤岛”时期），中法剧社首次演出的稿本，由中法剧社1939年8月15日出版。

许幸之在《〈阿Q正传〉的改编经过及导演计划》（《戏剧杂志》1939年第3卷第1期）写道：

恐怕是十年前吧，我静静地在东京帝大的池水边上，初次诵读了先生的《阿Q正传》之后，在我的下意识中立刻幻（想）起了一种假（遐）想，特别是因为那是学画的原（缘）故，便在脑海里浮起了一幅江南的农村的画境。因此，我早就画过一幅阿Q水彩画像，那是一九三五年我个人画展览会中的往事。后来，在我参加电影的生活中，再度翻阅先生的伟构（作）时，又在我的幻觉中，浮起一层（幅）破落的农村未庄的全景，并且，更具体的把阿Q的形象，及其周围人物的各种姿态，如像电影似的一幕幕在我的幻觉中展开。

待至一九三六年，鲁迅先生悄然长逝的那天，我在殡仪馆中，描下了先生瞑目长眠的遗容，并且参加了先生的葬列（礼）之后，我好几天之内，彷（仿）佛丧失了一个温厚的祖父一样，接连好多夜也不能安顿。正如听到高尔基的恶（噩）耗传来，我脑中肃穆着，连梦寐中都曾忆起他的形影。

当我在书斋里，加工地重行（新）描出先生的遗容的时候，我可从他的画像中，联想起先生的伟大作品《阿Q正传》了。我再翻开《阿Q正传》

来阅读，这时，在我的脑海中浮现的已不是“画像”，而是塑造起阿 Q 及其周围人物的“雕像”了。这时候，我有把阿 Q 及其周围的人物，从“平面的”移向“立体的”要求，然而，遗憾的是我不善于雕刻，当时，我并且悔恨我自己为何不学雕刻？要不然，我一定会鼓起勇气，塑造出雕刻的阿 Q 群像来。

“描下了先生瞑目长眠的遗容”，许幸之这幅速写，刊登于《光明》第 1 卷第 11 期（1936 年 11 月 10 日），其下为《挽鲁迅先生》，俯拾作词，冼星海作曲。

1937 年“五大剧社”（业余剧人协会、中国旅行剧团、四十年代剧社、光明剧社、新南戏社）举行春季联合公演，引起一时的轰动（详见本书收入的《精彩纷呈的“戏剧专号”》）。随后，上海剧作者协会又着手筹备秋季联合公演，并吸取春季联合公演筹备时间短促的经验教训，提出了改进的要求。

这时，许幸之认为：“作为中国之戏剧节的联合公演，如果没有自己的创作剧本，实在不足以发扬民族艺术的光华。”于是决定改编《阿 Q 正传》，搬上话剧舞台。

阿Q正傳（續完）

魯迅原著
許幸之改編

第四幕　革命

時間：仝上九月十四日晚
地點：未莊土穀祠
佈景：迎台口附近有柵欄一排，木頭門檻，柵欄中央，開關着兩扇大腰門，門上懸着橫匾一方，上書「有求必應」四字，紅底黑字。柵欄內直對廟門處有泥造的神龕一所，神龕內泥塑着土地公公婆婆的塑像約三四尺長。神龕左右及塑像內，沾滿了香燭的污點。龕前有粗木神壇一方，香爐蠟燭台顛倒橫陳。燭台上火光灼灼，香爐內化着紙錢，土穀祠內烟霧騰騰。神壇旁邊有破朽方桌一張，長櫈兩只。桌旁有一塌板舖，舖上鋪架稻草墳藉，對方左首牆根下，有叢萬一堆，什物凌亂。

幕開：夏四奶奶正跪在土穀祠磕告老頭子手包黃符香燭，王九媽提着燈籠想着一柱長香。單四嫂子用衣角擦着眼淚，抱着儀仗在懷中的病兒，慘厲地呼喚着。

王九媽　（呼喚）寶兒，回來吧！
單四嫂子　（應聲）回來嘍
王九媽　寶兒快快回來吧！
單四嫂子　寶兒回來嘍！
（老頭子龍鍾地把仙方交給單四嫂，并且拍拍她的肩膀。）
老頭子　回家先把這帖仙方給寶兒吃下去，不要緊，單四嫂，不要緊，你放心好了。
單四嫂子　（急切地望着老頭子的面孔）寶兒不妨事麼？老伯伯！
老頭子　不妨事，不妨事，把這兩帖仙方吃下去，包好！（拍拍胸脯）單四嫂，包好！
王九媽　不錯，[illegible]
[illegible]的寶兒的[illegible]
（王九媽單四嫂子[illegible]應答，退場）
後台　王九媽（呼喚）寶兒回來吧！
後台　（單四嫂應聲）回來嘍！
後台　（呼喚）寶兒，快快回來吧！
後台　（應聲）寶兒回來嘍！
後台　（漸遠）寶兒，回來吧！
後台　（漸遠）回來嘍！
後台　（更遠）寶兒，快快回來吧！
後台　————
（半響[illegible]只聽見「咪呀」一[illegible]慘叫，接着是[illegible]的哭聲，土穀祠中[illegible]把[illegible]夏四奶奶[illegible]門外[illegible]，然後慢慢地低下頭，長嘆一聲。）

图 15－1　《阿 Q 正传》改编为剧本

事前，最早把《阿 Q 正传》改编为六幕剧本的是陈梦韶，1928 年间为厦门双十中学的演出改编的。此后，他加以整理、修改，题为《阿 Q 剧本》，1931 年 10 月由上海华通书局出版。该剧基本上是按照原作的情节安排的，没有添加“额外”的情节。

几年后（1934 年 8 月 19 日），袁牧之主编的《中华日报·戏》副刊上连载他改编的《阿 Q 正传》，每期刊登一幕中的几个片段。袁牧之写信给鲁迅征求意见，1934 年 11 月 14 日，鲁迅回信说，戏中把《呐喊》中的一些人物插进去，“是很好的”，背景也可定为绍兴，但是对话不一定用绍兴方言。鲁迅强调：“这剧本最好是不要专化，却使大家可以活用。”（鲁迅：《答〈戏〉周刊编者信》）。这个改编思路影响了此后的改编者，不必拘泥于原作中的几个人物，可以扩展，增加戏剧性，以便吸引观众。

4 天后，鲁迅对阿 Q 的画像也作了描述：“阿 Q 该是三十岁左右，样子平平常常，有农民式的质朴，愚蠢，但也沾了些游手之徒的狡猾。”特别指出：阿 Q 要戴毡帽，如果戴上一顶瓜皮小帽，就失去了阿 Q。（鲁迅：《答〈戏〉周刊编者信》）这个舞台造型成为经典之言，一直沿用至今。

鲁迅对于改编《阿 Q 正传》的意见，在其他信件中也有各种表述。许幸之的一些朋友也提出忠告：《阿 Q 正传》缺乏戏剧性，切勿作大胆的尝试，并且明确表示鲁迅生前颇不愿意把《阿 Q 正传》改编为舞台剧和电影。但是，许幸之认为：“一个研究艺术的人，往往是很‘固执’的，也许这‘固执’就是他产生作品的一种牢不可破的界线的意志吧！”他接连几次阅读《阿 Q 正传》之后，对于鲁迅“这伟大的作品的深切的爱欲，已经超于（越）了亲切的朋友们对于我的忠告了”。于是他提笔开始改编了。

第一稿完成后，许幸之感到内容“贫乏之极”，草草地修改，便请人誊写一遍，去征求几个知己朋友的意见，他们“觉得动作多过语言，不适合与（于）舞台条件”。许幸之吸取朋友的意见，重新起草第二稿，经他人誊写之后，他仔细研究一番，觉得仍然“缺乏戏剧性，尤其是缺乏纷争”，即戏剧性的矛盾冲突，难以形成高潮。他依然没有泄气，在前两稿的基础上，起草了第三稿，“使用誊写版把它第三次的改本油印出来”。

在一个晴天的下午，许幸之邀请了夏衍、阿英、沈西苓、宋之的、孙师毅等，在小书房里举行一次《阿 Q 正传》剧本的批评座谈会。大家的发言让许幸之大为失望，异口同声地认为这是一个失败的剧本，甚至是不堪入目：太拘泥于原著，太缺乏故事性，结构上有许多问题等。心灰意冷的许幸之，一怒之下把前两稿撕毁，差点把油印本烧掉。

这时，一直关注许幸之改编一事的朋友发表了《阿 Q 在舞台上》，给予许幸之一个忠告。许幸之“心有灵犀”，也撰写了《改编〈阿 Q 正传〉的我见》，以答复朋友们给予的“严正批评和指示”。

不久，中国旅行剧团的唐槐秋督促田汉改编《阿 Q 正传》，准备在上海卡尔登大戏院公演。许幸之闻讯后，便写信给“软禁”在南京的田汉，并委托朋友送去自己改编的《阿Q正传》（油印稿），“作为他写作的参考资料，并在信中希望他能早早写出，作为我改编工作的楷模”。但是，田汉的“改本迟迟不出”。

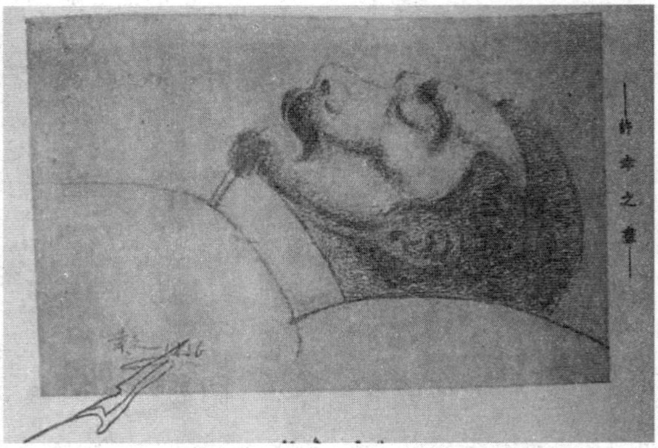

图15－2　许幸之速写《鲁迅遗像》

其实，田汉被捕之前已经动手改编了，袁牧之主编的《中华日报·戏》连载的《阿Q正传》最初是田汉改编本，袁牧之将其翻译成了绍兴话。田汉后来坦陈：“若干年前应《中华日报》（的）《戏》周刊之约，把鲁迅先生的小说《阿Q正传》改成话剧。那时正是大众语运动展开的时候，所以每一段写成后照例由《戏》编者袁牧之先生改译成绍兴话。而且预备全部完成后，由辛酉学社的话剧部用绍兴话演出。但后来问鲁迅先生时才知道袁牧之先生的‘宁波绍兴话’不大靠得住。而我也因为种种原因把那一改编的企图半途放弃了。”[2]

田汉说的“种种原因”之一，便是“绍伯”一文的风波。鲁迅的《答〈戏〉周刊编者信》中已经批驳“绍伯”一文，愤怒地表示：“但倘有同一营垒中人，化了装从背后给我一刀，则我的对于他的憎恶和鄙视，是在明显的敌人之上的。”“绍伯”是田汉借用表弟易绍伯的名字，还是他的表弟动手写的，众说纷纭。鲁迅坚持认为“绍伯”便是田汉，加之不久发生“四条汉子”与鲁迅“碰撞”之事，鲁迅与田汉的隔阂进一步加深，鲁迅还讥讽田汉改编《阿Q正传》。

1936年7月，沈西苓曾写信给鲁迅，谈起改编《阿Q正传》一事。7月19日，鲁迅复信说：“左联初成立时，洪深先生曾谓要将《阿Q正传》编为电影，但事隔多年，约束当然不算数了。我现在的意思，以为××××××乃天下第一等蠢物，一经他们××，作品一定遭殃，还不如远而避之的好。况且《阿Q正传》的本意，我留心各种评论，觉得能了解者不多，搬上银幕以后，大约也未免隔膜，供人一笑。颇亦无聊，不如不作也。”（《鲁迅书信集》）

石凌鹤看到此信原件，并设法制版印在他自己写的《鲁迅与电影》（其二）一文（载石凌鹤主编《电影·戏剧》第 3 期，1936 年 12 月 1 日）开头，并故意用白纸条遮盖信中两处“××……”文字。以后此信收入《鲁迅书信集》时，则变成了两处“××……”多年后，石凌鹤特意在刊登此信印件下注明：

鲁迅在此信中，对田汉颇有责难言辞，我认为不便，故以白纸贴没，剩以空白示意，应予说明。

又，若英是我的化名，一并声明。

凌鹤

八八年八月十七日（盖章）[3]

许幸之把改编的《阿 Q 正传》油印稿辗转交给田汉，田汉在修改初稿时，是否借鉴了前者的构思和情节，这难以考证，因他俩都从未谈及。仅就剧本而言，他俩的改编本（以下简称为“许本”“田本”）有一些相似之处[4]：

其一，两者不约而同与原著的背景、时间“同步”，仍然把时间定为辛亥革命前后，地点也放在浙江绍兴一带。但是，为了增加戏剧性，两者都不再是重复叙述原著的故事，力图“阐扬”鲁迅的思想意识——挖掘几千年积淀的国民劣根性，重视中国农民问题的重要性和迫切性。

两者都是以《阿 Q 正传》阿 Q 为中心，增加了鲁迅其他一些小说中的人物和情节，特别是增加了女性，以便增加演出效果。“许本”中出现了《孔乙己》中的孔乙己、咸亨酒店掌柜和酒保，《明天》中的单四嫂子、王九妈、红鼻子老拱、蓝皮阿五，《药》中的夏四奶奶、红眼睛阿义、刽子手等。

“田本”比“许本”少一幕（共五幕），除了《孔乙己》《明天》的人物之外，还编入《故乡》中的闰土、杨二嫂，《风波》中的赵七爷、七斤、七斤嫂、八一嫂，《狂人日记》中的“狂人”则成为“吴之光”。另外还塑造了一些新人物，如关在狱中的“光复会会员马育才”等。

其二，两者中的人物性格都被“改造”了，以适应改编者的整体构思，“不约而同”把吴妈塑造为泼辣的风流寡妇。“许本”在第三幕、第五幕中，设计了吴妈与赵老太爷发生冲突的情节，展现了社会矛盾激化。

其三，编造了原著中没有的许多情节。“许本”第一幕出现赵老太爷勾引吴妈，迫使后者怀孕，赵老太爷则栽赃给阿 Q。第二幕则是假洋鬼子来推销洋货，收购古董，与老尼姑讨价还价做生意（关于宣德炉），并勾引小尼姑。第五幕更为热闹，除了审讯阿Q外，还审问庄大——欠了赵老太爷的旧债。吴妈受审时，趁机控告赵老太爷，老尼姑、小尼姑又来告发宣德炉被盗的事，县官又动起小尼姑的念头。第六幕阿Q“大团圆”时，插入一些新情节，如野孩子卖馒头，刽子手卖人血馒头，吴妈带着私生子给临刑的阿Q送水等。显然，“许本”比“田本”走得更远，发挥了丰富的联想力，增加了大量的戏剧性情节，提高了可看性，以便吸引观众，甚至可以说在某种程度上“彻底颠覆”了原著“枝枝节节”的情节，完全变了样，推出一个崭新的《阿Q正传》。读者如果很不习惯这种“重口味”的改编方式，那么就会指责“许本”成为茶余饭后的一种“笑柄”，看似热闹的众多人物登上舞台则是在“胡闹”。

“田本”把原著中一笔带过的监狱情况，则扩充为第五幕戏，阿Q同牢的有要求减租与东家打官司被拘的陈菊生、欠租户刘子贵、“狂人”读书人吴之光、强盗徐二虎和真正的革命党人马育才。剧情中有其他囚徒对阿Q“寻开心”，又有吴之光控诉“吃人的罪恶”，马育才严肃地说道：“死了一个天真无辜的农民。朋友们，中国革命还没有成功，残余封建势力还非常的大，我们还得继续奋斗。不过我们首先要枪毙我们每个人意识里面的阿Q吧。”(田汉后来又作修改)

除此之外，“田本”大体上还是按照原著的重要线索铺开剧情的，这也是欧阳凡海点赞的原因之一。

“许本”最后一场戏先有监狱后紧接为刑场，监狱里的孔乙己与阿Q的对话，粗略地“涵盖”了“田本”监狱中各种人物的各种思想。刑场上，则出现了人性化的一幕，吴妈送水给阿Q，与周围冷漠的观客形成巨大反差(这类似鲁迅当初愤恨中国一些留日学生的冷漠、麻木，甚至嬉笑观看中国人被杀头的血淋淋场面)，希冀引起观众对阿Q的同情——可悲可怜。结尾也并没有像“田本”那样直接站出来大声呐喊，而是处理为阿Q突然奋然昂扬地说：“过了二十年……”围观人们哄然大笑，枪声响起，阿Q未倒下，无力地张口说：“造反……”周围仍然是一片笑声，枪声再响，阿Q垂头倒下。

仅就这结尾的处理，“许本”略胜一筹，具有余味绕梁之感，较好地诠释了原著精神。“田本”则显得生硬，概念化、标语化占据了上风，与该剧前面几场戏比较流畅的叙述形成了鲜明的对比。

如果细细地分析“许本”“田本”，那么可以进一步得出令人耳目一新的结论，折射出不同剧作者的审美价值观和审美情趣。

《光明》编辑沈起予有意刊登“许本”，再次鼓起许幸之的信心，在油印本的基础上又作了修改，把第四稿交给沈起予，于是就有了《光明》连载该剧本的一段佳话。同时，“田本”发表于欧阳予倩、马彦祥合编的《戏剧时代》创刊号（1937年5月16日），那是马彦祥（当时在南京执教国立戏剧学校）约稿的结果。

不久，大型文学刊物《文学》第9卷第2期（1937年8月1日出版）发表了欧阳凡海《评两个〈阿Q正传〉的剧本》，评论了“许本”“田本”，一贬一褒，泾渭分明。

他认为：“许本”“无论在原作的立场上看，无论在编剧的立场上看，我敢肯定是一个失败的作品。”其一，许幸之对阿Q的性格还没有摸透，因此剧中的阿Q的特性总是生硬而不自然，“只能抓主（住）原著中表现阿Q底性格最明显的几个场所加以复述”。其二，许幸之不能将阿Q的性格从“一言一动的无意中衬托出来”，只能用别人或阿Q的嘴里“一气儿背诵出来”。而且阿Q性格的描写有时显露破绽，前后不相协调。其三，许幸之不了解原著的情节，不了解阿Q的环境和周围人物，“结果任意创造人物，将原著中的情节为要穿插上的便利而加以割裂或歪曲”，形成“组织（结构）上的失败”。

他觉得“田本”，没有“许本”的这些毛病。其一，“田本”中人物的出现都有着合理的组织（结构），每个人物都有存在的价值。田汉很自然地将阿Q融化在他的环境里，同时阿Q的四周人物并不是仅仅为了阿Q而被推上舞台的。其二，“田本”没有原著中的某些重要情节，但是他抓住了原著的主要精神。“至于原著中的一些枝枝节节的部分，倘是在剧本的组织（结构）上生硬地加以穿插反而不自然的话，则毋宁就牺牲这些枝枝节节的部分吧。”

不过“田本”还是有提高的空间，其一，细节方面，9月里应该是穿夹袄的，却错为穿棉袄。酒店好像是两个，一是周老板的咸亨酒店，一是萧老板的盛亨酒店，可是看人物表、剧情，“似乎没有用两个酒店的必要”，这也许是作者疏忽，或“手民之误吧”。类似的疏忽地方很多，希望田汉应该注意。

其二，“田本”“有几个最大的缺点”，他忘记了写阿Q被枪毙时的旁观者，这在原著中是有极大价值的。因此“不足痛斥这凶恶的社会，也不足指出阿Q这人类渣滓的地位”等。欧阳凡海的结论是“田本”没有“许本”那样“成为笑柄与胡闹的人物”，但也没有将阿Q呈现出“值得同情，值得敬爱”之处。

图15－3　中法剧团演出许幸之改编的《阿Q正传》剧本的剧照

欧阳凡海的评论有可取之处，同时不免受到苏联社会学的“批判武器”的思维方式的影响，难免会出现有些苛刻的评价。其实，他评价“许本”的问题，在“田本”中也同样存在，只是程度不同而已。总之，欧阳凡海对于“田本”看得顺眼，认为“许本”改编的力度过大，不忍卒读。

许幸之看到欧阳凡海此文后连连摇头，认为他是一位文学家，“至于如何站在剧作者的立场创作剧本的苦心，欧阳先生是不能了解的”。许幸之还引用了外国评论家汉米尔登（C. Hamilton）的一句话：“一般的门外汉，单从阅读上去判断戏剧时，是如何地容易陷入谬误呢?”许幸之认为欧阳凡海不曾把“平面”的文字作为“立体形象”来观察，“也难怪他对我大加谴责了”。“其实，根据同样的‘故事’或‘原著’，而创作出形态不同的剧本，在文艺史上的先例已不胜枚举，我想，对于文艺有深刻修养的欧阳先生早就知道了。”

许幸之很不服气，他坦陈说：“经过了几位对于戏剧有深刻研究的殷扬（扬帆）先生、陈西禾先生（时任上海剧艺社、苦干剧团编导，后为上海电影制片厂导演——引者）和吴天先生（早年留日时参与首次导演《雷雨》——引者）等的批评和指示。”许幸之又作了第5次修改，指导思想是“剧作者的任务并不在于忠实于原著，而在于如何使原著的故事成为戏剧性的发展，如何加强它们的纠葛，如何展开人物之间的斗争，如何使他们的个性明显而具有典型性，如何使全般的戏剧场面成为舞台艺术的形象化，如何使原著向着舞台领域去发展”，获得更多的读者等，这些才是“剧作者忠实于原著的唯一方针”。许幸之还作了具体解释，主要突出了三点：

其一，“为了加强辛亥革命者典型的时代中所产生的典型的环境，我首先在序幕中，布置了辛亥革命前夜的时代背景”。

其二，特地把人物分为 4 个集团：一是以赵老太爷、秀才、秀才娘子、赵白眼等处理成为封建的豪绅地主及其走狗。二是以假洋鬼子为中心，县官、差人、地皮、刽子手等为半封建及其走狗。三是以志拱为中心，蓝皮阿五、掌柜、酒保、单四嫂、五九妈、老尼姑、小尼姑等，处理为小市民的中立主义者。四是以阿 Q 为中心，吴妈、孔乙己、王须、小 D 等，处理为在以上两大势力之间被压迫的一群，“尤其是男女主角的阿 Q 和吴妈成为两大势力互相勾结与阴谋之下的牺牲者了，但不同的，一是具有反抗性的悍烈的妇人，而一是愚昧低能的精神胜利的懦夫”。

其三，“在原著的暗示之中，……增加了故事本身的葛藤和纠纷。将他们的人与人之间的爱欲，贪佞，虚伪，奉承，相骂，爱财，失业，失恋，榨取，盗窃，集合在封建制度的崩溃，农村破产，与辛亥革命的浪涛之中，而卷起种种色色的斗争波澜”。

为了加强戏剧冲突的整体构思：“我假借了代表土豪劣绅的赵太爷的势力，诱奸女佣人，待发觉对方有了肚皮而无法逃避时，就借刀杀人，把一笔账算在性欲本能要求的阿 Q 身上。同时，把染有维新思想而代表了买办阶级的假洋人鬼子，用洋货勾引小尼姑，盗窃宣德炉的罪恶，也推到以‘造反’为光荣的阿 Q 身上。阿 Q 受着失业，贫困，饥饿，和失恋的打击，为人所不齿，而做了一批偷盗的生意回来，反而人人对他畏敬，这使阿 Q 的精神胜利法格外滋长起来。于是在酒醉之后，谈革命，想造反，意识模糊都把窃盗，和革命，造反混为一谈。于是，在封建地主及买办阶级的双重欺压之下，贪官污吏与土豪劣绅的互相勾结之下，糊里糊涂断送了他的生命。最后，还要吸取他的鲜血，来营养一个无用的社会寄生虫。因此，社会的罪恶集于阿 Q 一身，而社会的黑暗及其弱点，也从阿 Q 身上暴露无遗。”

许幸之确实下了一番苦功夫，不拘泥原著的情节和人物，敢于打破条条框框，添加了鲁迅其他一些小说中的人物和情节，按照自己的思路进行再创作。而且许幸之是画家，场景的画面感很敏感，不惜笔墨增加人物及其相互之间的纠葛，形成错综复杂的戏剧性冲突，波澜起伏，最后归结到阿 Q 的身上，既增加舞台戏剧效果，又挖掘了剧本主题思想的深刻性。

许幸之借鉴了中外戏剧中的经典人物和情节的处理方式，力图把阿Q塑造为贴近当下现实社会的无业游民的形象，但是，这是许幸之心目中的舞台上的阿Q，并不是鲁迅笔下的具有复杂心理和性格的阿Q。阿Q表面上依然生活在未庄文化之中，但其实置身于许幸之在形式上划分的四个阶层中，被强行推向复杂尖锐的阶级矛盾和斗争的风口浪尖，挤压出可悲可恨可怜可叹的形象。如果说以上提及欧阳凡海采用了社会学的“批判武器”，那么许幸之笔下的阿Q也“主动”接受了社会学“蒸馏”的某些后果，尽管仍然戴着乌毡帽，但是这位阿Q失去了鲁迅笔下有血有肉的人性，只剩下一个陌生的“现代派”的无业游民，时而浑噩，时而清醒。仅就这点上，欧阳凡海的有些评价又占了上风，即“剧中的阿Q的特性总是生硬而不自然”。

但是，不得不承认，众多观众并不在乎改编的剧本是否忠实于原著，而是注重剧中情节和人物是否引人入胜，是否能够引起不同程度的共鸣——具有现实意义，暂且引起强烈共鸣，释放心中积压的各种情绪，足矣——“许本”达到了预期效果。

而且，许幸之有意识地把该剧写成悲喜剧，即偏重于一种幽默的戏剧形式，但是阿Q被枪毙的效果则是悲剧，“是悲喜剧的交流”。他凭借着积累的舞台布景的经验，采取别具一格的中西结合的方式，如序幕上采取了欧美古典戏和中国京戏的演出方法，包括欧洲剧坛流行的“戏中戏”方式，“以增加戏剧的趣味性，引起观众浓厚的兴趣”。许幸之还吸取早期“文明戏”的优点，“特别强调或是夸张了它的叙述之说，使观众容易了解，而可以获得‘大众化’”。

许幸之原想在鲁迅逝世周年之际排演此剧，但是未能如愿。苦等3年后，才如愿以偿。1939年上海“孤岛”时期，中法戏剧学校创办后，阿英担任教务长，教员除了上海剧艺社于伶等骨干之外，还有郑振铎、殷扬（扬帆）、溥侗、冒舒湮等。同时，许幸之等人在筹备职业化的剧团“中法剧社”，冒舒湮应邀执笔写了“中法剧社”的开幕词《我们的愿望》，该剧社成员有吴天、吴晓邦和一些电影演员。该剧社正式成立时，原拟首演法国名剧《祖国》，因故改为排演许幸之改编的《阿Q正传》，拟定在1939年7月14日法兰西共和国国庆之日正式上演。

事前传出风声，中法剧社即将正式上演《阿Q正传》，“已经与新建的辣斐花园剧场[6]订立了长期合作的合同，首次公演期定为七月八日，先上演鲁迅原著而经许幸之改编的《阿Q正传》。《阿Q正传》之在上海，以前虽屡次有筹演消息，但是以工作的艰巨，责任的繁重，迄未实现。该社因拥有雄厚的人力与物力，且经编导者许幸之苦心经营，而予隆重演出，对目前‘孤岛’剧坛定有伟大贡献。又悉，该剧社拟于正式公演前二日，（即七月六日）举行义演出一天”。(《青青电影》1939年第4卷第17期)

7月14日，《申报》刊登了大幅广告，“隆重献演”许幸之编导的《阿Q正传》，地点在辣斐花园剧场，声称该剧是“旧社会崩溃的写真，大革命前夜的序曲”，“中法剧社第一次伟大贡献，善与恶的搏斗，爱与欲的奔流”。“严肃的题材，轻松的演出，有辛辣的讽刺，有热烈的斗争，有透顶的幽默，有大胆的暴露”。“读过《阿Q正传》的人不可不看，未看过《阿Q正传》的人不看不可”。同时尊称鲁迅原著作品“轰动世界文坛巨著，鲁迅先生不朽杰作”。

该广告还刊登了该剧的演员名单（38人）：王竹友扮演阿Q，华容扮演孔乙己，吕吉扮演吴妈，王献唐扮演地保，庐山扮演假洋鬼子，徐莘园扮演赵老太爷等，其中甘愿“跑龙套”的舒适（扮演康大）、韩非（扮演差人甲）、乔奇（扮演老仆）等后来都成为戏剧（电影）明星。

这里有一个插曲，为了《阿Q正传》的改编问题，许广平曾以剧作者未经征求鲁迅先生家属的意见，提出异议。为此，王任叔出面约许幸之和舒湮，在巴黎大戏院楼上咖啡馆和许广平见面商谈。许幸之因病卧床，由舒湮一人赴约，他首先代表改编者向许广平道歉，并邀请她第二天日场去看戏，听取意见。此事由于双方谅解，没有发生瓜葛。（舒湮：《我们还在战斗——“孤岛”剧运识微》，《上海“孤岛”文学回忆录》上，中国社会科学出版社1985年版）

中法剧社公演的《阿Q正传》，一炮打响，连演17天，“卖座始终不衰”，“售款七千五百元”，创造了票房纪录。同时还出版了《中法剧社公演〈阿Q正传〉特刊》，收入了许幸之的专题文章和许广平（景宋）的《阿Q的上演》等文。许广平欣喜地写道：随着时代的变化，剧坛的进步，观众程度的加深，“尤其抗战以来的‘明星’式的‘偏重女主角’等的积习已经改进不少了”。此时此地来演阿Q，不会像鲁迅早年预料的那样，“一定有他（它）历史的意义，（对）实（际）生活的讽刺和被压迫者向（以）各种方式反抗的真精神”。

“许本”上演的这一天，“田本”也亮相于上海舞台（1937年12月21日，中国旅行剧团已经在武汉上演）。1939年7月24日至30日，上海业余话剧界举行慈善公演，地点在黄金大戏院，田汉改编的《阿 Q 正传》成为压轴戏。其实，这是中共上海党组织发动的，戏票由各剧团分摊推销，票房收入除了支付演出费用之外，余款由八路军驻上海办事处转交新四军。

“许本”“田本”同时上演，报刊惊呼“《阿 Q 正传》闹双包案”，并刊登了“许本”的两幅剧照，认为两本子“各有千秋”，同时点赞“田本”是田老大（田汉）“写剧以来最好的一个戏”。（1939 年 7 月 19 日《中国艺坛画报》第 40 期）

经许幸之整理、修改之后，第五稿（演出稿）由中法剧社 1939 年 8 月 15 日出版。扉页上刊登了许幸之设计的六幕舞台布景（史铁尔画）、《出场人物关系图表》、演出时的《高低潮比较表》，由此“再现”了舞台演出的艺术效果，让读者如临其境，足见许幸之策划该书的一番苦心，其中凝聚着他的大量心血，展现了他跨界（话剧界、美术界）的非凡才华。

“文革”后（1980 年 11 月 30 日），历经磨难的许幸之有机会再次修改《阿 Q 正传》剧本，由中国戏剧出版社 1981 年 8 月出版。不过有些地方的修改不尽如人意，如最后结尾时，删去了吴妈、私生子与阿 Q 的一些对手戏，删去了阿 Q 高喊“救命”等台词，甚至把他最后一句台词“造反”，改为“革命”，令人感慨一番。

[**注**]

[1] 许幸之改编的剧本《阿 Q 正传》共有六幕：

第一幕——恋爱的悲剧：阿 Q 与赵老太爷的佣人吴妈闲聊，忽然跪在吴妈的面前求爱，惊动了赵家。这时吴妈因被赵老太爷诱奸，怀孕几个月了，赵老太爷趁机栽赃给阿 Q，把他赶出赵家，不准他再来要工钱。

第二幕——生计问题：阿 Q 无处安身，感到失业的悲哀，饥肠辘辘，爬墙进入静修庵偷葡萄，恰巧遇见假洋鬼子调戏小尼姑，非常愤恨，被假洋鬼子毒打一顿，离开了未庄。

第三幕——从中兴到末路：阿 Q 从城里“中兴”回到咸亨酒店，受到追捧。阿 Q 趁着酒兴，大谈革命党。忽然，吴妈登场，拽住匆匆路过的赵老太爷，当众责问，结果被捕入狱。

第四幕——革命：酒醉的阿 Q 在土地庙里酣睡，梦中大呼造反。这时赵老太爷家被抢劫，团兵抓走了阿 Q，他竟然以为革命党来了，甚为得意。

第五幕——不准革命：在县衙门里，阿 Q 被押上，同时还有吴妈和老、小尼姑等，阿Q被糊里糊涂判为死刑。

第六幕——大团圆：刑场上，吴妈动了恻隐之心，取水祭阿Q。阿Q高呼“二十年之后——造反!”

［2］田汉：《阿Q正传》，戏剧时代出版社，1937年，第1页。

［3］详见丁言模：《“不受审查的”左翼〈电影·戏剧〉月刊》，载《穿越岁月的文学刊物和作家（二)》，中国社会出版社2017年版。

［4］参见邵伯周：《从小说到剧本，再到舞台和银幕》，载《上海师范大学学报》（社会哲学版）1987年第3期。

［5］1939年7月24日至30日，上海业余话剧界慈善公演，地点在黄金大戏院。7月24日下午8时：夜莺剧团演出《永久的朋友》，7月25日下午8时，华联剧团演出《醉生梦死》；7月26日下午8时，银联剧团演出《缓期还债》；7月27日下午8时，互助剧团演出《花溅泪》；7月28日下午8时，保联剧团演出《日出之前》；7月29日下午2时，复旦剧团演出《生死恋》；7月29日下午8时，业余戏剧交谊社演出《走，成全好事，破旧的别墅》；7月30日下午8时，益友·工华·精武·职妇剧团演出《阿Q正传》。

［6］辣斐花园处于辣斐德路（复兴中路)、毕勋路（汾阳路）口东南处，现今为上海邮电医院（南部）所在地。辣斐花园有溜冰场、剧场等，于伶领导的上海剧艺社曾在此处演出，上演过曹禺的《日出》《雷雨》《原野》《北京人》和巴金小说改编的《家》等。

郭沫若首倡的王茂荫研究

《资本论》是马克思用毕生精力写成、恩格斯花费大量心血整理的。其中1864年出版的德文版《资本论》第1卷第1篇第3章《货币或商品流通》中，论述“强制流通的国家纸币”（币制改革）问题时，专门列了一个注释，谈及清朝官员王茂荫，这是《资本论》中出现的唯一一个中国人。

20世纪30年代出现了不同版本的中译本《资本论》，而且所依据的国外《资本论》版本也不尽相同，因此，在“出口转内销”的复译过程中产生了各种难题，其中之一便是如何将不同外文字母的不同读音，正确翻译为王茂荫，其过程被称为“王茂荫发现史”。

（一）

《光明》陆续刊登了有关王茂荫研究的6篇文章：郭沫若的《〈资本论〉中的王茂荫》，载第2卷第2期，1936年12月25日出版；张明仁[1]的《我所知道的〈资本论〉中的王茂荫》，载第2卷第4期，1937年1月25日出版；王璜的《王茂荫生平及其官票宝钞四条》和《王茂荫后裔访问记》，先后载于第2卷第9期（1937年4月10日出版；后被摘要刊登于《史地社会论文摘要月刊》第3卷第7期，1937年4月20日出版），第2卷第10期（1937年4月25日出版），以及郭沫若的《再谈官票宝钞》，载第3卷第1期（1937年6月10日出版），朱曼华《王茂荫宅内读书记》（同上）。

郭沫若被誉为研究王茂荫的首倡者，促进了早期的王茂荫研究，进入了发掘王茂荫史料、揭示清朝“币制改革”的阶段。《光明》则为他们提供了“首次亮相”的大舞台，超出了该刊标榜“纯文学”刊物的范围，破例“闯入”中国近代经济史和历史人物研究的领域。《光明》的沈起予、李兰夫妇等“慧眼识宝”诸事，功不可没，但是很少有人提及。

郭沫若对于社会改造的理论问题一直怀有浓厚的兴趣。1924 年 11 月，留学日本的郭沫若携妻儿回国，应陈启修、王兆荣等人创办的中华学艺社之邀，担任学艺大学筹备委员会委员，并允诺预约为教授、文学系主任。距离学校的开办还有一段时间，郭沫若打算翻译马克思的《资本论》，填补中译本的一个空白，这以后一直成为他未实现的宏愿。

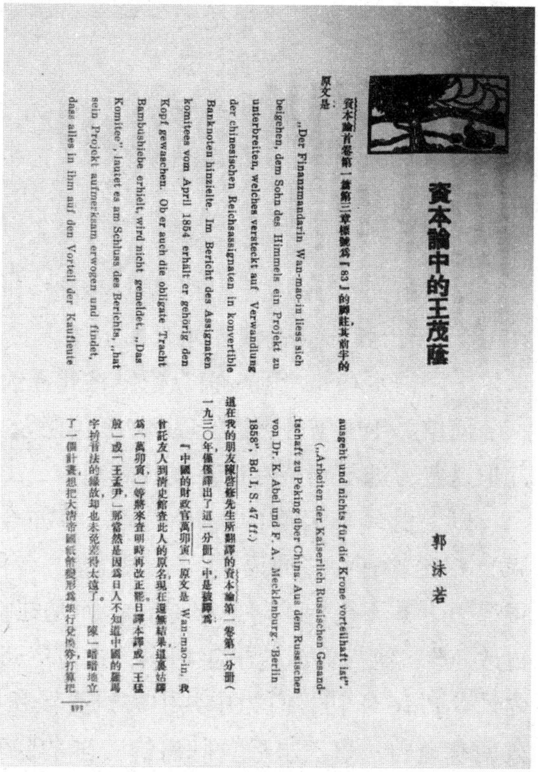
資本論中的王茂蔭

郭沫若

資本論首卷第一篇第三章標號爲「83」的脚註，其前半的原文是：

„Der Finanzmandarin Wan-mao-in liess sich beigehen, dem Sohn des Himmels ein Projekt zu unterbreiten, welches versteckt auf Verwandlung der chinesischen Reichsassignaten in konvertible Banknoten hinzielte. Im Bericht des Assignaten komitees vom April 1854 erhält er gehörig den Kopf gewaschen. Ob er auch die obligate Tracht Bambushiebe erhielt, wird nicht gemeldet. „Das Komitee", lautet es am Schluss des Berichts, „hat sein Projekt aufmerksam erwogen und findet, dass alles in ihm auf den Vorteil der Kaufleute ausgeht und nichts für die Krone vorteilhaft ist".

(„Arbeiten der Kaiserlich Russischen Gesandtschaft zu Peking über China. Aus dem Russischen von Dr. K. Abel und F. A. Mecklenburg. 'Berlin 1858", Bd. I, S. 47 ff.)

這在我的朋友陳啓修先生所翻譯的資本論第一卷第一分冊（一九三〇年僅僅譯出了這一分冊）中是被譯爲

「中國的財政官萬卯寅〔原文是 Wan-mao-in，我曾託友人到清史館查此人的原名現在還無結果，這裏姑譯爲「萬卯寅」，等將來查明時再改正。日譯本譯成「王猛殷」或「王孟尹」，那當然是因爲日人不知道中國的舊日字拚音法的緣故，却也未免差得太遠了。——陳〕暗暗地立了一個計畫，想把大清帝國紙幣變形爲銀行兌換券，打算把

图 16－1 郭沫若写的《资本论中的王茂荫》

1925 年 11 月，郭沫若还写有一文，题为《马克斯进文庙》，假想马克思来到文庙访问孔子，两人交流学说、思想，发现彼此“出发点可以说是完全相同的”，“各尽所能，各取所需”的共产主义学说与“大道之行也，天下为公”的大同世界主张竟然“不谋而合”。郭沫若原来想写一篇论文《马克斯学说与孔门思想》，却不曾料到，写成这个模样，“带有几分游戏的性质”。

1928 年东渡日本之前，郭沫若在上海不仅要妻子外出购买《资本论》等著作，还将各种日译本、德文版本都取来，对照着学习。他发现好几种译本都把马克思的一条脚注里 China 误译为“陶瓷”，经过反复思考，正确改译为“中国”。此后，郭沫若并未放弃研读《资本论》等有关经典著作。

1936 年 5 月 15 日，流亡日本的郭沫若发表摘译的马克思《黑格尔式的思辨之秘密》（《质文》月刊第 5、6 合刊）。同时，郭沫若翻阅老乡陈启修[2]翻译的《资本论》第 1 卷第 1 分册（第 1 篇，昆仑书店 1930 年 3 月初版）时，发现第 193—194 页第 83 条注释中写道：

中国的财政官万卯寅（原文是 wan - mao - in，我曾托友人到清史馆查此人的原名，现在还无结果，这里姑译为“万卯寅”，等将来查明时再改正罢。日译本译成“王猛殷”或“王孟尹”，那当然是日人不知道中国的罗马字拼音法的缘故，却也未免差得太远了。——陈）暗暗的立了一个计划，想把大清朝帝国纸币变形为银行兑换券，打算把那个计划奏请皇帝裁可。他在一八五四年三月的帝国纸币委员会的报告当中，大大的碰了钉子。不过，他到底因此受到了照例的笞刑没有，却还没有明白的消息。在那个报告的结束里面，这样说着：“本委员会把他的计划详细研究过，才发现，这个计划的一切都是以商人的利益为目的的，没有一点是为着皇帝的利益的。”（《俄国驻北京的大使馆的关于中国的研究》，阿泊尔博士［K. Abe］并麦克伦埠［F. A. Mecklenburg］从俄文翻译的译文，柏林，一八五八年，第一卷四七页以下）

王茂荫（“万卯寅”）的一些奏折被当时俄国驻北京布道团的巴拉第收录在1857年出版的《帝俄驻北京布道团人员论著集刊》里。1858年，德国人卡尔·阿伯尔和弗·阿·梅克伦堡将此译为德文出版，并更名为《帝俄驻北京公使馆关于中国的著述》。其中王茂荫及其货币观点，引起马克思的注意，并把这些写进了《资本论》的注释里。

以上引录陈启修的翻译文字，与如今中译文（据马克思修订的法文版）相比，有一些词语不同（很正常），但基本意思明确。而且，陈启修很谨慎，并不仓促、轻意下结论，而是在括弧里特地加注，“等将来查明时再改正”。他与郭沫若早年相识，知道广州中山大学邀请郭沫若前去任教的内情。1926年初，时为中共中央执委瞿秋白由蒋光慈陪同初访郭沫若，不久便有邀聘一事。事后，陈启修（陈豹隐）对郭沫若解释说：此事是瞿秋白推荐的。

郭沫若看到陈启修特地在括弧里添加的注释，引起他的浓厚兴趣。1936年10月19日，便写了《〈资本论〉中的王茂荫》。并在文后注明：“存心写出这篇短文已经有三四个月了。因为手中书籍缺乏，于所悬拟的问题不能周详。故踌躇着不敢写出。现在终于拉杂地把它写了出来，我想藉此以刺激一下研究近世经济史的学徒们，希望他们有资料之便的，多多做点整理的工作。”他还感叹：“翻译真不是一件容易的事情，尤其像《资本论》这样伟大的著作，竟连半截注脚，都是须得费一番考证的工夫的。”

图 16－2　王茂荫

郭沫若将此文辗转投稿给《光明》，引起洪深、沈起予、李兰的高度重视，及时抓住这个“双赢”的契机，立即编排刊出，并在这期《社语》中推荐：“郭沫若先生的文章，虽然不是属于文艺范围，然而却对《资本论》作了一个最有价值的考证。不特中国的经济学专家们弄不清，即连日本的《资本论》研究的权威者亦暧映（昧）不明白的事项，从此可以大白于天下矣，我们很高兴有发表这篇文章的先荣。”

郭沫若撰写此文之前，查看了手头的《东华续录》，竟然一下子查到了有关资料：“户部右侍郎王茂荫奏：钞法未善，酌拟章程四条。并以兵民怨恨，自请严议。得旨：王茂荫身任卿贰，顾专为商人指使。且有不便于国而利于商者，亦周虑而附于条款内，何漠不关心于国事，至如此乎？并自请严议，以谢天下。”

郭沫若继续往下查看，发现又有一条：“谕内阁恭亲王奕訢亲王衔定郡王载铨，奏：遵议王茂荫条陈钞法室碍难行一折，著即照所奏均无庸议。”随后严厉斥责王茂荫的奏折，认为他“殊属不知大体！复自请严议，以谢天下，尤属胆大！……王茂荫著传旨，严行申饬。”这些资料与马克思在注释里引用之语，即“这个计划的一切都是以商人的利益为目的的”诸语相吻合。

因此，郭沫若认为 wan－mao－in 即王茂荫，陈启修翻译为万卯寅，“字字对走了”。日本的河上肇博士译为“王猛殷”，高素之译为“王孟尹”，“王”字被他们猜中了。其中 wang 读音为 wan，则是因为俄文发音中没有 ng 一音。

郭沫若不由得大喜，凭借深厚的学识进一步认为：咸丰年间的“官票宝钞”是一种不兑换的纸币，由政府强制使用的，“这大约是近代意义的纸币之在中国的开始，但是毫无信用。一着手施行，先由军事上和地方上的官吏，便叫起来不便来。而且作伪比私铸大钱更要容易，弄得误受伪票的小商人都无辜受累”。因此，王茂荫“酌拟”了“章程四条”来改良，其中包含了陈启修翻译的马克思关于王茂荫的注释。

郭沫若意犹未尽，认为陈启修的这段译文“实在不大妥当”，干脆着手重译马克思的这个注解，与如今中译文（据马克思修订的法文版）相比，仍然有较多不同之处：

郭沫若译文：中国的财政大员王茂荫上一条陈于天子，请将官票宝钞暗渡为可兑现的钱庄钞票。在一八五四年三月钞法核议会的奏呈中，王茂荫为此受申饬。然其曾受法定的笞刑与否，则无明文。该奏议之结尾有云：“本核议员等曾将其条陈详加审核，觉其所言专利商贾，于朝廷毫无一利。”

今中译文：清朝户部右侍郎王茂荫向天子上了一个奏折，其暗中的目的是要把官票宝钞改为可兑现的钞票。在1854年4月的大臣审议报告中，他受到严厉申斥。他是否因此受到笞刑，不得而知。审议报告最后说：“臣等详阅所奏……所论专利商而不便于国。”[3]

这两者译文颇有趣味，特别是郭沫若的译文第一次明确王茂荫的奏折，“暗地里把官票宝钞转移向可兑现的钱庄钞票”，从而突出关键词：“官票宝钞”“兑现”“钞票”，这是郭沫若引以为自豪的，此后他又纠正了关于钱庄、“官票宝钞”的说法。而且，郭沫若的最后一句译文，是结合查到的《东华续录》资料，进行改写的。郭沫若还点评道：“马克斯在这简单的几句话中，我看到对于王茂荫是有充分的同情的，他担心这位大员的下体怕受了竹杖的敲打。其实这是过虑了的。王茂荫在严受申饬之后的第四天上被调为兵部右侍郎，这或者是有些微左迁的意思，但他并没有受笞刑，却是可以断言。”

如今中译文与郭沫若译文相似，沿用郭沫若的几个关键词，明确王茂荫职务等。并且最后一句既有郭沫若之意，又结合法文版的“直译”含义，将两者结合，便成为特有的文言句子。值得注意的是其中使用了省略号，可以省却许多译文的麻烦，也许马克思修改的法文版上已有，也许是译者故意添加的。

郭沫若在此文中留下几个问题：一是《东华续录》没有详细记载王茂荫的“章程四条”，希望北平朋友和读者去查找一下。二是王茂荫的后人一定还在，可以进一步去了解王茂荫的籍贯、生平和著作。郭沫若富有前瞻性地指出："能由他的后人从家乘中抄点出来给我们，我看也是很好的近代经济史的资料。"

果然，此举引起反响。张明仁时在上海大夏大学读书，勤奋好学，也是《光明》的忠实读者。他看到郭沫若的文章，很是兴奋，认为郭沫若的文章，"不但解决了许多经济学家所不能解决的事项，而且对研究近代经济史的，指出了一条新的整理的途径，这是很值得注意的"。

张明仁翻检出曾经看过有关王茂荫的3部书：赵尔巽主编的《清史稿》、缪荃荪辑录的《续碑传集》、闵尔昌辑录的《碑传集补》，其中虽然没有记述王茂荫的"章程四条"具体内容，但较多地记载了王茂荫的籍贯、生平等史料。其中《清史稿》记载王茂荫的内容比较多，张明仁抄录了许多内容，并作了"按语"，提示与此链接的条目，以便他人进一步研究。不过此文误将《碑传集补》中的《王节母赞》（莫友芝）说成是点赞王茂荫的母亲（实为王茂荫的祖母），这是研究王茂荫的最初阶段中不可避免的，不足为奇。

热心的王璜早就知道王茂荫的大名在歙县是无人不晓的，他看了郭沫若、张明仁的文章，觉得很不满足，并且指出后者之文中的某些错误。他决心返回歙县，去采访王茂荫的后裔，解答郭沫若提出的问题。

王璜等人的歙县之行果然大有收获，王茂荫的两位重孙王桂鋆（王采南）、王桂培"笑颜逐开"接受采访，拿出了王茂荫的奏折（底本），以及王茂荫后人写的《子怀府君行状》，比《清史稿》记载的王茂荫有关事项更为详细、准确。王璜等人在兴奋之余，费了一番周折，分工抄录了其中大量内容。由此第一次详细披露了王茂荫的"章程四条"的主要内容，提供了珍贵的第一手资料，有力地推进了早期研究王茂荫的工作，展现了一个"清朝币制改革"的研究新天地。

王璜等人发掘的史料，证实了郭沫若原来的推测，"王茂荫的计划大约是教各地大钱庄以若干的折扣来承受国家的'官票宝钞'，由他们的手再发给民间，随时可以兑现，那样更可保证'官票宝钞'的信用，而国家也坐收一笔大利"。王璜感叹："王茂荫的计划是很好的。开始他想在京城都会银号，设立总局，以期往来流通。"但是，皇帝和大臣并不理解，反而斥责王茂荫，其计划难以施行。

王璜撰写了《王茂荫生平及其官票宝钞四条》一文，文后注明："得到王英子、方言、詹阜民诸兄的帮助不少，他们或供给我材料，或替我照相，是文章成后，在此向他们致谢！"

沈起予、李兰夫妇收到王璜的专文，喜出望外，立即改变原来发稿计划，《光明》第 2 卷第 9 期重点推出该文，列为“特殊文献”，并在扉页上刊登了 4 幅照片，两幅王茂荫的奏折（底本），以及王茂荫的遗像、王茂荫的重孙王桂培的照片，这些都是第一次公开。这期还特地发表《本刊特别启事》：

这一期因“特殊文献”之稿较长，所以将“书评”临时取消。关于王茂荫之稿，下期当再有一次《王茂荫后裔访问记》的文章来，作一考证的结束，也相信东方学术界所未明瞭（了）的事，从此可以真相大白，而这问题也就有始有终了。

特别启事高度评价王璜此文，不仅重申“从此可以真相大白”，而且立足于“东方学术界”的高度，颇有“傲视群雄”之气魄。同时，王璜应邀续写《王茂荫后裔访问记》，以飨读者，以达到“有始有终”——跟踪新闻的“双赢”效应。

果然，《光明》第 2 卷第 10 期刊登了王璜的《王茂荫后裔访问记》，详细记述了采访过程，写得很生动，披露了许多逸闻趣事，特别是关于王茂荫刚正不阿、清廉自律的故事，令人肃然起敬，后来大量的史料证实了这一点。

据王桂鋆（王采南）介绍，王茂荫幼时很好学，为人忠厚，但大胆敢为，却又是别人始料不及的。王茂荫平时常常说：“我以书籍传子孙，甚过良田百万，我以德名留给后人，甚过黄金万镒。自己不要什么，两袖清风足矣。”

当地熟知内情的人说：“王茂荫先生除了丢下住宅外，什么也没有。因为他是很刚正的，根本没有想到子孙们的事，或图自己的富裕，而剥削平民，所以现在他的后裔们的生活是很

图 16－3　《资本论》第一卷

艰难的，只靠着卖古董古书生活。”也有其他的子孙在外面经商，他们的生活是比较富裕的。

王茂荫病逝后，大臣、乡贤写挽联的甚多。曾国藩写的挽联叹曰：“七旬耆宿，九列名卿，谁知屋漏操修，尚同寒士；四海直声，卅年俭德，足令朝廷悲悼，何况吾曹。”李鸿章的挽联：“直节誉丹豪，从此朝廷思汲黯；清风高白岳，可堪乡里失袁修。”

王璜的《王茂荫后裔访问记》发表后，王茂荫后裔写信给王璜，纠正了两个说法。第二天，王璜立即写信给沈起予：“（一）程演生编的是《安徽丛书》，不是《安徽通志》。（二）王茂荫底奏稿，第一次他底门人易佩身在苏州付梓的，易佩身做过江宁藩司，也可算是名流；他刊印的王氏奏稿，在苏州也许不难觅得。第二次是王氏后人，在江西自己刻印过一次。程演生所得的是这一种。”沈起予收到此信后，作为“更正”启事，发表于《光明》第3卷第1期。

《光明》第3卷第1期头条便是郭沫若的《再谈官票宝钞》，郭沫若“与时俱进”，文章开头便说：“集体的方法用到研究上来也是怎样有效，关于王茂荫的探索，是一个很好的证明。”集体创作是《光明》热衷推出的“标杆”之一，郭沫若巧妙地提出“集体的方法”的新观念，感谢张明仁、王璜的努力，在短时间内便把王茂荫的生平籍贯和推行的“四条章程”搞清楚了，“真真是愉快的一件事”。否则这些问题一直搁在肚里，“要等到我自己已有工夫去找书，并回国跑到歙县的‘义成天官第’去访问，那不知道要到什么时候才能弄得水落石出。说不定就等到我成了什么地方的泥土，恐怕都是办不到的”。

郭沫若并未自吹自擂自己的“倡导研究王茂荫”的功劳，在这里显得很谦虚，坦承自己写的《〈资本论〉中的王茂荫》有推测之误，“我疑铸大钱的办法也出于王茂荫，那便是猜错了”。他梳理、分析了咸丰铸大钱、“官票宝钞”等问题，同时列出鲍康的《大钱图录》里有关的图标，加以具体说明，这些都在《光明》上刊登，配以郭沫若此文。

值得注意几点：其一，郭沫若改变原来将“官票宝钞”混为一谈的说法，列出的图案分别列为“咸丰时代的宝钞”“咸丰时代的官票”。他认为：“《大钱图录》里面也有‘官票’和‘宝钞’的图标，并附有说明。”“这个说明和我所见的实物对照起来时（是）很正确的，只是我所见的宝钞有‘拾千文’，官票有‘拾两’，为鲍康所未见。”郭沫若认为：“所谓‘宝钞’是以铜货为本位，所谓‘官票’是以银两为本位的，票式票质，都和王茂荫所拟的不同。”

其二，郭沫若认为：“大钱铸造的建议虽然不是出于王茂荫，但钞票的建议是出于他，那是被我猜着了的。”最后，郭沫若得出结论：

钞票的漫然的发行既然弄成了僵局，当然要想些方法来救济。救济的方法，我看还是以王茂荫所想的为不错。他所拟的四条章程，一句话归总，其实就是在求其兑现而已。他希望钱钞可以取钱，银票可以取银。有了这两条，他那后二条关于流通商的拟议都要算是蛇足。只要票可兑现，那在流通上有什么问题呢？说到这儿，究竟马克斯的见解是犀利。他把他的四条章程——译文，我相信他是见过——只概括成了一句，便是……（外语，略）

正确地译出来时，便是“……献一条陈，暗将官票宝钞改变为可兑现的钞票。”原语 Banknote 系泛指现代的一般的银行钞票，我前次把它译成了“钱庄钞票”，其实是错误了的。

郭沫若此文很重要，厘清了“清朝币制改革”中的诸多问题，为今后研究王茂荫的货币思想的理论和马克思《资本论》中有关王茂荫的注释，提供了一条基本正确的探索途径和思路。

郭沫若很重视自己写的这两篇文章，加上王璜的第一篇文章《王茂荫生平及其官票宝钞四条》（节录），都收入《沫若近著》（北新书局 1937 年 8 月初版），形成了郭沫若“倡导研究王茂荫”的最初成果，“立此存照”，以备今后之用。

这期《光明》除了刊登郭沫若一文之外，还发表了《时事新报》编辑朱曼华《王茂荫宅内读书记》。朱曼华最初看到郭沫若第一篇文章《〈资本论〉中的王茂荫》之后，原想回安徽歙县义成村老家把王茂荫的“章程四条”抄录出来，但是“人事倥偬”，未能成行。看到王璜一文后，朱曼华不由得回想起自己童年诸事，便提笔写了自己孩提时在王茂荫宅内读书的情形，“让读者多知道一点王茂荫的故乡和他的后人的状况”，包括王茂荫重孙王采南的后代都曾是朱曼华的同学。

朱曼华之文的第一手资料，具有一定的史料价值。《光明》提供早期研究王茂荫的大舞台，由此落下帷幕。

（二）

但是，郭沫若并不是第一个在《资本论》的注解里确认（译音）王茂荫的学者。早在4年前，王思华、侯外庐已经把“万卯寅”更正为王茂荫（郭沫若并不知情），其译文如下：

中国钱法侍郎王茂荫，窃拟一个奏章，伏乞将大清帝国纸币改为银行兑换券，而谋上陈天子。据1854年3月的大清帝国纸币委员会的报告，他受了该委员会的重大责罚。不过，他是否亦为传统的笞刑加诸其身，则报告不详。该报告的结尾中，有云：“该奏所陈，已有本委员会慎重审虑，咸认用意卑秽，悉为市井小人之徒图利，而毫无裨益于皇上者。”[4]

王思华，河北乐亭人，中国著名经济学家、统计学家，早年与同乡李大钊接触，逐步接受革命思想。1926年至1930年分别在法国里昂大学、英国伦敦政治经济学院攻读经济学，并获得博士学位。侯外庐被捕后，王思华继续翻译《资本论》。1937年9月辗转赴延安，加入中国共产党，在中央党校教授政治经济学，后任国家统计局党组书记、局长。他是马克思经济学说在中国最早的传播者之一，撰写了《〈资本论〉解说》《大众〈资本论〉》《怎样研究〈资本论〉》等。

侯外庐，山西平遥县人，中国历史学家、思想家、教育家。1927年赴法留学，并开始学习德文，尝试翻译《资本论》。他回忆说：

挟着（《资本论》）二十章译稿，归途中，我在柏林停了两天，与当时正在柏林的成仿吾同志会面。仿吾同志在莫斯科有朋友，我找他，是想通过他的朋友，为我争取一个留在苏联完成翻译《资本论》的机会和条件。

成仿吾同志一向支持我的志向，这次，他还设想了一个远远超越我的想象力的计划。他建议中共驻第三国际代表团把郭沫若同志从日本请到莫斯科，和我共同完成《资本论》的翻译，他将这个想法，写在他给张闻天同志介绍我的信上。成仿吾同志的设想给我带来的兴奋自不必说，于是，我带上这封没有封口的信直接奔莫斯科。[5]

但是，此事并未成行，否则将留下一段佳话。张闻天转达中共驻共产国际代表团的意见，认为侯外庐留在莫斯科或让郭沫若到莫斯科都有困难，指示侯外庐回国。九一八事变后，侯外庐在北平参加抗日救亡运动，同时与志同道合的王思华（执教中法大学）继续翻译《资本论》。侯外庐回忆说：

一九三二年八月，王思华和我的译本出版第一卷上册前夕，我们在《世界日报》发表了一篇题为《〈资本论〉冒首第一句译文的商榷》的文章，身在异邦的郭沫若也注意到了（尚待佐证——引者）。我们在文章中写到一项查考资料的细节，第一卷第三章《货币与商品流通》注83，马克思引用《帝俄驻北京公使馆关于中国的著述》中的王茂荫奏折。初译时，我对满清的这个官僚一无所知。回国后，查阅陈豹隐先生的译本（陈豹隐翻译出版过《资本论》前三章，一九三二年时，在北平大学法学院与我同事），陈先生是音译为“王蒙尹”的（有误——引者）。重译过程中，王思华请来研究财政史的崔敬伯先生，我和崔先生一起查阅有关材料，终于在《清史稿》的列传中发现，马克思说的是清户部右侍郎王茂荫，而非他人。[6]

因此，王思华、侯外庐与崔敬伯才是“王茂荫发现史”的引领者，但是并未产生类似郭沫若之文发表后的连锁反响，这与拥有广大读者的《光明》提供的舞台密切相关。郭沫若在日本警视厅监督下生活的环境中，能够“独立思考”完成《〈资本论〉中的王茂荫》一文，实属不易，并首倡早期的王茂荫研究。如果把以上王思华、侯外庐的译文与陈启修、郭沫若、如今的译文放在一起揣摩一下，别有一番意味。

郭沫若的《再谈官票宝钞》发表之前，1937 年 3 月，著名历史学家吴晗已经完成了《王茂荫与咸丰时代的新币制》（载《中国社会经济史集刊》第 6 卷第 1 期，1939 年 6 月出版），他“轻车熟路”，运用多年积累的史料，作了准确的阐述，成为王茂荫研究的早期阶段“总其成”者。

吴晗在文章里首先提到《光明》刊登的郭沫若第一篇文章，很客气地说：“郭先生假如是在本国，也在北平的时候，他一定能看到我所见到的史料，用不着费心思去猜想，更不至于猜错王茂荫是提议铸大钱办法的人。”

他还指出：几位翻译《资本论》注释有关王茂荫条目时，将原文中的 Reichsassignate 分别翻译为“帝国纸币”“大清帝国纸币”，“根本无此名词”；郭沫若翻译为“官票宝钞”，译对了一半，译错了一半，“因为官票和宝钞是两种绝不相同的东西，Reichsassignate 指宝钞而言，并非官票”。

而且，原文中的 Assignaten Komitee 翻译为“帝国纸币委员会”（陈启修等）、“钞法核议会”（郭沫若），“也都是错的，因为在有清一代，在任何典籍中，我们也不能发见（现）有这两个名辞或机关的存在，清制管理钱币的机关名钱法堂，钱法堂有两个，一由户部右侍郎兼管，一由工部右侍郎兼管。所属的造币厂有宝泉二局，宝泉属户部，宝源属工部”。

吴晗此文发表时，抗日战争已进入相持阶段，郭沫若早已回国，担任国民党军委政治部第三厅长，整天忙于抗日救亡的诸多工作。时在重庆的郭沫若如果看到吴晗此文，那么会哑然一笑，因为有些问题，他已经“自我救赎”了。

吴晗在此文中，“第一次”站在宏观的层面上，认为咸丰时代是一个对外屈辱、对内镇压的时代，外贸入超，银子逐年大量流出。同时太平军兴起，云南铜运不达，铸钱的原料成了大问题。特别是太平军占领了大部分地区，中央财政越发不能支持。于是咸丰皇帝决定发行纸币，即不兑换的官票，由此掠夺人民财富。消息一传出，京城外的市场陷入混乱局面，商铺纷纷歇业倒闭。王茂荫主张行钞，但反对“不兑换”的方式，由此遭到训斥。结果大钞行不通，钞法失败。

王茂荫为何要为商贾说话呢？吴晗认为：王茂荫是安徽歙县人，那里是徽商（在全国商业界占有重要地位）主要地区之一。王茂荫家庭就是徽商的一员，他从小目濡耳染，自然成为商贾的代言人。[7]

经历了半个多世纪的风风雨雨，王茂荫研究之途坎坷曲折，幸好他多少沾光——马克思《资本论》的庇荫。如今王经一编撰的《王茂荫年谱》（安徽人民出版社 2015 年版，纪念王茂荫 150 周年），前后长达 20 年，令人感叹不已。其书洋洋大观，汇集了几代人的研究成果，内容翔实，条理清晰，被称为“关于王茂荫研究著述、资料最丰富的一部”。

遗憾的是此书最后的《研究王茂荫文章（著作）名录》中列有郭沫若的《再谈官票宝钞》条目，但是在前面的《郭沫若首倡研究王茂荫》一节里并未提及此文，也“无暇顾及”此文与吴晗的《王茂荫与咸丰时代的新币制》一文的内在联系。

当年《光明》“破例”提供早期研究王茂荫的大舞台——独一无二的，长期以来一直未进入几代众多学者的法眼，既是在情理之中，也在情理之外。

［注］

［1］张明仁，湖南常德人，就读上海大夏大学中文系，后毕业于正风文学院，任教光夏中学，参加中教联，编辑《中学生丛书》。1939年底赴安徽屯溪任皖报社副刊编辑。1941年返回光夏中学，后下落不明。著有《国学研究法》《四朝学案人名索引》《古今名人读书法》《怎样阅读书报杂志》等。

［2］陈启修，四川中江人，1917年毕业于日本东京帝国大学，同年受邀担任北京大学法科教授兼政治门研究所主任。1923年赴苏联和西欧考察。1925年归国后参与领导国民革命运动，历任广州黄埔军校教官与农民运动讲习所教员、国立中山大学法科科务主席兼经济学系主任、武汉《中央日报》总编辑等。大革命失败后流亡日本，改名为陈豹隐，从事理论著述、文学创作和翻译工作。1956年，被评为全国仅有的两名经济学一级教授之一。

［3］中共中央马克思、恩格斯、列宁、斯大林著作编译局翻译：《资本论》（根据马克思修订的法文版第1卷翻译），中国社会科学出版社1983年版，第107页脚注。

［4］王思华（王慎明）、侯外庐译：《资本论》第1卷上册，以国际学社的名义于1932年9月出版，第133页。

［5］［6］侯外庐：《〈资本论〉译读始末》，载《马克思恩格斯著作在中国的传播》，人民出版社1983年版。

［7］参见王经一编撰：《王茂荫年谱》，安徽人民出版社2015年版，第309页。

说不尽的鲁迅

哀悼鲁迅先生特辑

1936年秋天，沈起予等人与黎烈文及其朋友圈发生一场笔战（详见本书收入的《“肝火正旺”的笔战》）。这期间鲁迅不幸病逝了，虽然下一期《光明》已经截稿了，但是沈起予等人放下手中事务，依然与沙汀等人商议，决定立即组稿，增加《哀悼鲁迅先生特辑》（以下简称“特辑”），设法编入《光明》第1卷第10期（1936年10月25日），还附有任钧作词、冼星海作曲的《为哀悼鲁迅先生作》。10月22日下午4时半，鲁迅灵柩葬仪在万国公墓礼堂前举行，有些民众唱起此挽歌。

在这期《光明》扉页上，沈起予等人编排了一组有关鲁迅的照片，其中有鲁迅与青年木刻家会谈、鲁迅躺在床上病逝的遗容、鲁迅写给何家槐的信，鲁迅卧室内景、鲁迅书桌上未完稿的著作和参考书籍，这些照片是青年摄影家沙飞等人拍摄的。

这时相距鲁迅病逝（10月19日）仅为6天，足见组稿、写稿者都很匆忙。

“特辑”共收入24位作家写的哀悼文章或诗歌，其中魏金枝、杨骚、窦隐夫（杜谈）、艾芜、沙汀、何家槐、丽尼、王统照、戴平万、周立波、白薇、夏衍、李兰、洪深的文章收入《鲁迅先生纪念集》（文化生活出版社1937年10月19日出版，此时间有误）里。其他作者鹿地亘[1]、徐懋庸、孔令境、陈荒煤、周木斋、白朗、林娜（司马文森）、梅雨（梅益）、林林、林淡秋等人文章，其中有些以后被删改、扩写收入不同的集子里，有些短文则被人遗忘，成为“佚文”。因此，“特辑”里的这些文章都是“初版本”，如果从不同的角度来观审，可以挖掘出不可忽视的话题。

这些哀悼之作除了窦隐夫（杜谈）的诗歌之外，其余都是赶写的短文，最短的是夏衍的《在大的悲哀里》、杨骚的《切身的哀感》，仅有150多字。比较长的文章千余字，如王统照的《噩耗》、林娜（司马文森）的《文学家·战士与革命者》等文。远在广州中山大学执教的洪深赶写文章后，在10月20日早晨，以航空邮件的最快速度，把文稿寄给《光明》编辑部。

值得注意的是周扬、沈起予等人并没有在“特辑”里发表文章，而且这些文章编排也许是巧合，大多是按照与鲁迅生前“亲近疏远”依次编排的，但愿这是不成立的理由。

鲁迅这名字，在我是最亲密，最尊重的一个。自从今年二月和他初次见面以来，这名字是不断地广大的占有了我的意识的师友，在这大的悲哀里面，我也仿佛地可以在心里听到他的言语。这是一贯于长时期的不屈的苦斗的一个声音，和永远不会改变的“诚实”。挂了黑色的丧章，这个字永远地刻在我的心底，不，这个字还会灿然地辉耀在世界多数人的心里。

这是“特辑”首篇文章《和鲁迅在一起》一文的开头，由日本左翼作家鹿地亘写的，其中两个“最”在“特辑”里是唯一的。该文词句好像不大通顺，不知是何人翻译的结果。其中有一句话“在这大的悲哀里面”，竟然与夏衍短文的标题《在大的悲哀里》几乎相同，也许是沈起予借鉴夏衍一文的标题，“顺手”翻译了鹿地亘文章里的这句话，尚待佐证。此后，鹿地亘的报告文学《我们七个人》，由沈起予翻译，作家书屋（重庆白象街88号）将其作为“当代文学丛书”之一，1943年6月初版，时代印书馆（重庆上清寺旁）发行。

《文学大众》月刊（1936年9月5日创办）与周扬等人关系密切，该刊主编房坚曾采访鹿地亘，撰写了《日本作家鹿地亘访问记》一文。其中提出一个敏感的现实问题即“两个口号”论争。鹿地亘认为这“两个口号”都有其根据，但是委婉地表示：“我想我没有详细发表意见的必要。”希望双方尽快地结束这场论争，“千万不要给意见根本不同的人”造成有机可乘的机会。这是鹿地亘首次发表对于“两个口号”论争的看法，不想卷入中国现代文坛的复杂纷争的旋涡里。迄今为止，房坚这份采访稿未能收入各种版本的“两个口号”论争的专题资料集，大量研究鲁迅的文章也忽视了这一点，好像并不存在房坚采访鹿地亘一事。[2]

鹿地亘对于鲁迅的感情很真挚，他是鲁迅逝世后“抬棺人”之一，与巴金站在最前面。鹿地亘撰写了许多回忆鲁迅的文章，其中第一篇哀悼鲁迅的文章大概是发表在“特辑”里。鹿地亘谈到了自己在“第一时间”赶到附近的鲁迅住所，“我看见了一个坐黄包车出来的穿着白衣的看护妇的姿相。我跑上去，‘五点二十五分’这句悲痛的回答刺痛了我的心胸”。

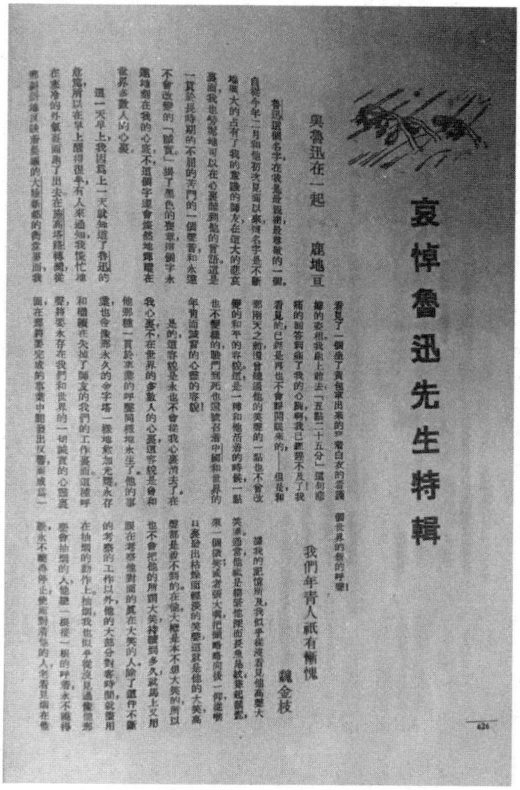
哀悼魯迅先生特輯

與魯迅在一起　鹿地亘

我們年青人祇有慚愧　魏金枝

图 17－1　鹿地亘撰写的《哀悼鲁迅先生特辑》

鹿地亘、池田幸子夫妇住在窦乐安路（今多伦路）燕山别墅，距离鲁迅寓所不远。两天前（10 月 17 日），胡风在鹿地亘住处，帮助编译一部《鲁迅杂感选集》，遇到了一些疑难问题，于是要去鲁迅家里请教。恰巧碰到独自在虹口公园散步的鲁迅，于是他俩一同到了鹿地亘家，这竟成了鲁迅最后一次串门。体弱的鲁迅回家时受凉，至下半夜病情突发，拖延一日，于 10 月 19 日清晨 5 时 25 分溘然长逝。鹿地亘深深地记住了“五点二十五分”，这个刺痛心的悲哀时间，况且他是目送鲁迅离去的背影——“见证者”之一。

鲁迅病逝后，鹿地亘还写了其他悼念文章《鲁迅——我的师友》《鲁迅和我》等，以后收入在各种纪念鲁迅的专集里，但是，并未收入以上这篇《和鲁迅在一起》短文，似乎成了“佚文”。

著名作家魏金枝早期短篇小说集《七封书信的自传》，被鲁迅誉为“优秀之作”。魏金枝加入左联后，担任左联刊物《萌芽》助理编辑，协助鲁迅、冯雪峰办理此刊物。这期间，鲁迅对魏金枝创作的影响、指导，以及在生活上予以关心和引导，这些让魏金枝“没齿不忘”。魏金枝在哀悼短文里，以小说家的眼光，“精确”地刻画人物细节，其写道：

据我的记忆所及，我似乎从没看见他高声大笑过。通常，他只是皱紧他深而长鱼尾纹，耸起胡髭，来一个微笑；或者张大嘴，把头略略向后一仰，从喉口里送出枯燥而清淡的笑声，这就是他的大笑，高声都是说不到的。在他，大概是本来不想大笑的，所以也不会把他的所谓大笑，持续到多久，就马上又用眼在考察他对面的真在大笑的人。除了这件不断的考察的工作以外，他的大部分对客（人）时间，就尽用在抽烟的动作上。抽烟，我也似乎从没见过像他那么会抽烟的人，他总一根接一根的呼着，永不晓得厌，永不晓得停止，使面对着他的人，老看见烟在他的面前漂浮，而他的看人的眼，也不住的在闪着，这会使人觉到寒栗，会使人觉到不安，会使人担心于自己的内心在病的（时候）被发见（现）。他的走路，更带着一种心急的样子，他以稳实而急速的步子，向前直冲，就是很短很短的路程，也老用那么快的步子走着，仿佛怕会走不到似的。

这段传神、细腻的描写，也许在追忆或描写鲁迅的大量文章中当属“独一无二”的，也是作者“零距离”观察的结果。魏金枝很熟悉鲁迅，在共同办《萌芽》时期，有时几乎“朝夕相处”，亲密无间。但是，他的哀悼短文却使用了《我们年青人只有惭愧》的标题，虽然文中没有也不可能提及具体事例，但是“惭愧”二字包含了多重含义，其中就有他对于昔日恩师鲁迅的一种忏悔。

自1931年《萌芽》停刊后，魏金枝被迫回杭州财务学校任职，此后他的名字很少出现在鲁迅日记里，双方关系逐渐疏远了，甚至发生过争论，那是1935年就如何看待文坛上文人相争的问题。鲁迅写的七篇论“文人相轻”的文章中，其中有专门批评魏金枝的《分明的是非和热烈的好恶》一文（载《芒种》第8期上，笔者介绍该刊物时[3]遗漏了有关内容）。

1935年4月，魏金枝在施蛰存主编的《文饭小品》第3期上发表《再说“卖文”》一文，批评傅东华、郑振铎、茅盾等人编辑的大型文学刊物《文学》压制他的小说稿，同时点名批评茅盾。事前，魏金枝把小说稿寄给杜衡，后者说是《文学》创刊需要稿件，结果被退回来。这时以杜衡为代表的“第三种人”与左翼作家发生论争，魏金枝便以为被认作是杜衡这一派的，因此，他强烈不满《文学》编辑部，其中还有其他复杂原因。

魏金枝的文章发表后，在上海文坛引起各种反响。一个月后（1935年5月），鲁迅在《文学》第4卷第5号上发表《“文人相轻”》，主要是批评林语堂把文坛上的进步与反动，正确与谬误的斗争笼统地说成是“文人相轻”的论调，也顺便讽刺了魏金枝。魏金枝很不服气，撰写《分明的是非和热烈的好恶》一文，既是批评鲁迅的观点，又列举了一些事例，是针对《文学》编辑部的。

鲁迅接着写了《三论“文人相轻”》(7 月 15 日)、《四论“文人相轻”》(8 月 13 日)，先后发表于《文学》第 5 卷第 2 号、第 3 号，直接批评魏金枝的观点。魏金枝看到后难以接受，但是没有提笔撰文，竭力克制了。同年 10 月 24 日，鲁迅收到魏金枝来信，他在信中解释了自己的观点，并声明自己和杜衡“第三种人”并没有特殊关系。

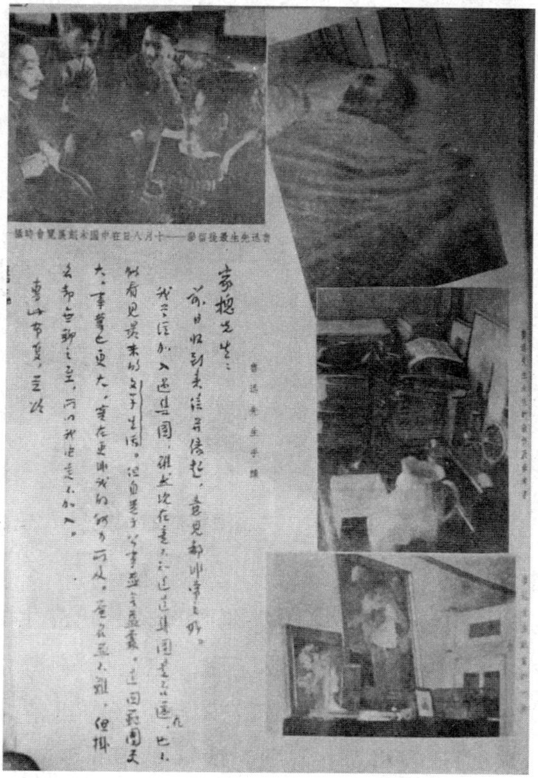

图 17－2　《光明》第 1 卷第 10 期扉页刊登一组有关鲁迅的照片，左下为鲁迅写给何家槐的信

鲁迅没有回信，5 天后（10 月 29 日）写信给曹聚仁时很可能谈到魏金枝的问题，现在收入《鲁迅全集》中的此信，已经被曹聚仁删除了某些内容。曹聚仁是《芒种》的主编之一（几乎每期都寄给鲁迅），亲手刊发魏金枝的《分明的是非和热烈的好恶》一文。因此，他看到鲁迅信中有关魏金枝的问题，为了“避嫌”而删除，随后交给征集鲁迅书信的许广平，以免产生“说不清”的后果。可惜这是一种推测，并且是一个永远无法破解之谜，因为当事人都不在世了，也未留下有关回忆的文字。

现在唯一的线索是鲁迅编辑《且介亭二集》时，收入附录《三论“文人相轻”》时，文后附录了魏金枝的《分明的是非和热烈的好恶》一文，世人也许能推测其中“内情”一二。

魏金枝的哀悼短文《我们年青人只有惭愧》无法面对病逝的鲁迅述说自

己内心的痛苦，但记住了他的一颦一笑，特别是“使人觉到寒栗”的眼神。当初他正处于穷困潦倒之际，迫切需要解决迫在眉睫的生计问题，在未了解某些情况之下，愤愤不平地写了《再说“卖文”》一文。

图 17－3　俯拾作词、冼星海作曲的《挽鲁迅先生》

现在鲁迅仙逝了，魏金枝真诚地写道：“他（鲁迅）在五十岁寿辰时说，他还要替社会做十年事。三年以前，那时的环境，逼得他无法行动，但有个朋友告诉我说，他还没有死心，他仍要支撑一下这破落的局面。对他那么严肃，精勤，勇往直前的人，在我们年壮未死的，只有惭愧。”1930 年 9 月 17 日，上海左翼文化团体在荷兰西莱社举行鲁迅五十寿辰纪念会，魏金枝也参加了，因而有了以上的追忆和感叹。以后，魏金枝又撰写了《呜呼！》《鲁迅先生的青皮战术》等诗文，纪念鲁迅逝世 10 周年。新中国成立后，他还撰写了《青年导师鲁迅先生》等一批研究鲁迅思想和作品的文章，不断弘扬鲁迅精神，传播鲁迅文学。

“让我再看几眼吧，他是那样的平静的睡着。这虽不是初次的见面，却是最后的永诀！我偷偷的拭着眼泪，也有人同样的做着。周遭呈现着无数愁惨的面孔，他们失去了些什么？”1936 年 10 月 20 日，诗人杜谈（窦隐夫）在万国殡仪馆（今胶州路 207 号）瞻仰鲁迅遗体，回到家后抑制不住心中涌起的悲哀之情，写下了这首诗《让我再看几眼吧》。

“天气是这样阴暗，有人说是陨落了巨星一颗！仅仅的献上花篮一个，但小小的蓝儿能够装进什么？这悲哀只有你的读者知道，当此亡国无日的时候——许多事，谁再向他们解说！他们一定会明白，这时代失去了什么？”

4 年前（1932 年 9 月），由任钧（森堡）倡议，左联批准，穆木天领头发起，在上海福州路、山东路转角处的麦家圈教堂成立“中国诗歌会”。1933 年 2 月 11 日，“中国诗歌会”在上海创办了《新诗歌》杂志，这是一份具有深远意义的现代诗刊，由穆木天、任钧、蒲风、杜谈（窦隐夫）、柳倩等人负责。

1934年秋天，杜谈（窦隐夫）寄给鲁迅一本《新诗歌》，并写信请教关于诗歌写作的问题。11月1日，鲁迅回信给窦隐夫："诗歌虽有眼看和嘴唱的两种，也究以后一种为好；可惜中国的新诗大概是前一种。没有节调，没有韵，它唱不来，唱不来，就记不住，记不住，就不能在人们的脑子里将旧诗挤出，占了它的地位。""我以为内容且不说，新诗先要有节调，押大致相近的韵，给大家容易记，又顺口，唱得出来。但白话要押韵而有自然，是颇不容易的，我自己是在不会做，只好发议论。"这已经成为鲁迅谈论新诗歌的重要见解之一，让杜谈（窦隐夫）等人受益匪浅，也是他们与后世的诗歌爱好者努力的方向。

1936年10月19日中午，孔令境吃完饭，刚放下饭碗，书桌上还摊着鲁迅编辑的瞿秋白遗作《海上述林》，突然楼下传来一个震惊人心的声音："鲁迅刚死了！"

孔令境赶紧套上外衣，赶到大陆新村，走进熟悉的鲁迅家里，看到许广平等人，他一句话也说不出，登上楼梯，走进鲁迅的卧室，"先生睡着，床边站着一个青年，先生的面上覆着一块白方巾，我轻轻地揭去方巾，一种冰冷的感觉接触着手，先生是安然的，正仿佛睡着一般，但先生要永远地睡着了"。

1932年初夏，孔令境因共产党嫌疑被逮捕入狱，挚友李霁野四处奔走设法营救。3个月后，台静农接孔令境出狱，这时孔令境才知道鲁迅帮了很大的忙，回沪后便去拜访鲁迅。孔令境在《我的记忆》中详细叙述了此事情，并且第一次披露了鲁迅与茅盾之间的交往等诸事。此文写于1936年10月29日，发表于《光明》第1卷第11期，显然这是《光明》编辑特地邀请"知情人"孔令境撰写的，因为上一期"特辑"里发表他的文章，令人"意犹未尽"。

孔令境最初与鲁迅接触，则是充当了孔令境的姐夫茅盾的"信使"。此后，孔令境在《忆鲁迅先生》一文中真诚地写道："鲁迅先生给我的影响，确确实实是我生平的第一人，在和他次数不很多的接触当中，我深深被他的独特的风范吸引住了，他的一言一动，我都觉得可爱可敬，因为自觉和不自觉地随时随地在向他学习。自然先生的造诣和风范，我不及他万分之一，可是把先生的做人和为学的态度作为我奋斗的目标也可以说是二十年如一日。"

孔令境撰写《巨星陨落》时，他还在忙绿着鲁迅丧事，此后又写了20多篇纪念鲁迅的文章。他保存了许多"痛别鲁迅"时的珍贵资料和图片，其中也有他忙碌的身影，这些以后收入到孔令境的大女儿孔海珠撰写的专著里。

著名作家艾芜（原名汤道耕）与沙汀（原名杨朝熙）同龄，是少年时期同学，他俩在上海巧遇，以后从左联走向中国文坛。1931 年 11 月 29 日，他俩写信给鲁迅，求教文学创作问题。又寄了各自写的小说，其中有艾芜的《太原船上》。同年 12 月 28 日，鲁迅回信，就创作题材等问题谈了自己的看法，并认为《太原船上》写得很朴实，这对于艾芜是一个很大的鼓舞。鲁迅这次回信，以后题为《关于小说题材的通信》刊登于《十字街头》第 3 期（1932 年 1 月 5 日），产生了较大的影响，艾芜的《太原船上》也给读者留下了一个初步印象。

艾芜在《悼鲁迅先生》里记载了此事，并且“记得三年前春天的时候，我遭了一件不幸，须（需）要财力方面的帮助，鲁迅先生便悄悄助了五十元。当时我还不知道，一直到半年后我才明白”。

1933 年艾芜不幸被捕，鲁迅闻讯捐款 50 元，请史良律师出面辩护和设法营救，艾芜才得以出狱。当初寄给鲁迅看的小说《太原船上》，由于小说政治倾向的关系，公开出版的刊物难以刊登，艾芜也没有设法去投稿，文稿由沙汀保存。后来沙汀设法去投稿，但不幸的是该刊物一出版，即遭到查封，沙汀也未说明是哪一份刊物。其实，该刊物是《文学新地》，是笔者的父亲丁景唐曾主持第一批影印本之一。[4]

艾芜出狱后，没有接受周扬的建议，不愿意担任左联组织工作，一心搞创作，他也没有卷入“两个口号”（“国防文学”与“民族革命战争的大众文学”）论争。沙汀则一度成为周扬的得力助手，尽管赞成“国防文学”口号，写了文章，但也不愿意卷入文坛的复杂人际关系。1936 年 10 月 30 日，沙汀、艾芜、陈荒煤应邀参加了张天翼、欧阳山等人组织的“第二次小说家座谈会”，“两个口号”论争的双方“代表”坐在一起，开诚布公。[5] 对此，沙汀、艾芜等人有关回忆文章中从未提起，即使众多有关研究专著和有关文章也忽视了，两次“小说家座谈会”便成为一件“佚闻”。

事前，沙汀写《哀悼之辞》时，心里还是有抵触情绪（隔阂），没有想到会去参加“第二次小说家座谈会”，他在《哀悼之辞》短文里也只是简单地谈了自己的哀思，“对于鲁迅先生在文学上的功绩，我是不配来提起的，单就创作来说，他所给我们后辈开劈（辟）出的道路也就够我们走，但以一个文学工作（方面）在看他，那是太小视鲁迅先生了”。其潜台词不言而喻了。

徐懋庸一度处于“两个口号”论争的风口浪尖，他曾作为左联与鲁迅的联络人所作的一切努力“戛然而止”。鲁迅病逝后，徐懋庸脑子里乱哄哄的，“心头撒下一种成分十分复杂的痛苦。昏昏沈沈（沉沉）中，跑来跑去的将这消息转告许多朋友，跑了半天，回家以后，提起笔来，先在纸上写了十六个字！‘敌乎，友乎？余惟自问。知我，罪我——公已无言。’”随后，他买来几尺白布，将这16个字写上，作为敬献给仙逝鲁迅的一副挽联。

这副挽联含义深远，高度浓缩了徐懋庸与鲁迅之间的恩恩怨怨，显示了徐懋庸的出众才华。其下联成为他写哀悼短文的标题，该文发表后，立即被各家报刊转载，并且配有不同诠释之文。

徐懋庸在《知我罪我公已无言》短文中写道：“先生的生前，虽然发言行事，不无看错的时候，但即使是错误，也从一种十分纯正的立场出发，决没有卑劣的动机。他观察人物，判别友敌，纵然不一定正确，但他那爱护战友，憎恨敌人的坚强伟大的精神是一贯的。”此“盖棺论定”打上了徐氏的鲜明烙印，也只有他“在大的悲哀里”敢于如此之说。以后，徐懋庸在回忆录里详细记述了与鲁迅交往的诸多事情，披露了大量的史料。

事前，《申报》刊登《光明·哀悼鲁迅先生特辑》预告，徐懋庸的《知我罪我公已无言》短文的标题和作者名字的字号比较大，特别醒目，引起议论纷纷，猜测其用意何在——暗示鲁迅与徐懋庸之间的矛盾。对此，《光明》编辑不得不在第1卷第11期（1936年11月10日）上刊登《本刊重要启事》，“本刊上期在《申报》上所登之广告上的《哀悼鲁迅先生特辑》中曾将徐懋庸先生的名字及题目用较大一号的铅字排出。按此乃出于（生活）书店广告部之手。因有朋友误会，故特郑重声明”。

何家槐曾任左联后期常委，周扬的得力助手，他与徐懋庸的文风截然不同。

1936年4月21日，鲁迅收到何家槐的信和《作家协会缘起》的简章。何家槐在信中说：“我想这一类的组织，在目前不但可能而且必需，只要大家能够真诚地合作，而又能够不客气地互相批评和指摘。我以为对于文坛本身的黑暗，龌龊，卑劣，阴谋等等，不但不能靠着‘宽容与大度’的掩护，不给于打击或揭露，相反的，为着使‘宽容与大度’不致落空或者受了强奸，更应该彻底地暴露各种各样的卑劣行为。不过，这并不致妨害到作家协会这种组织的建立。不知先生的意见如何?”尽管这番话是真诚的，但是经历了各种风波之后，晚年的鲁迅特别敏感，信中的“真诚地合作”“互相批评和指摘”“宽容与大度”等语却显得很刺眼。鲁迅不想在信中与何家槐——周扬指示的“说客”闹翻，便写了4月25日的回信。

在邀请鲁迅参加周扬等人发起的中国文艺家协会的问题上，外界传闻不一，何家槐作为当事人（直接联系鲁迅）一时有口难辩，特别是1936年4月底召开“国防文学”座谈会，周扬、何家槐等人参加，何家槐也发言了，鲁迅闻讯后很不满意。[6]

当何家槐写《学习鲁迅先生的精神》短文时，正文里点赞鲁迅一番。同时，他第一次公开了4月25日鲁迅写给他的一封信（现收入《鲁迅全集》）。鲁迅在信中写道：“前日收到来信并缘起，意见都非常之好。我曾经加入过集团（左联——引者），虽然现在竟不知道这集团是否还在，也不能看见最末的《文学生活》（左联内刊——引者）。但自觉于公事并无益处。这回范围更大，事业也更大，实在更非我的能力所及。签名并不难，但挂名却无聊之至，所以我决定不加入。”对此，何家槐还写一段“附注”：

> 这是鲁迅先生今年夏天写给我的一封信（信见插图）。我请他加入文艺家协会的筹备委员会，负起领导这一文艺团体的责任，而且带便告诉他我自己对于统一战线的了解与意见。鲁迅先生赞成我说（所）提出的意见，但不肯加入筹备委员会。他所指的关于另一文艺集团的事，鲁迅先生当时有点误会，但这封短信，可以帮助我们了解鲁迅先生近来的态度，言论，却是可以断言的。因此借《光明》将它制版出来，想来不是没有意义的，至于鲁迅先生的签名，不知什么时候撕破失去了，恐怕读者有所误会，特此声明。[7]

徐懋庸看到4月25日鲁迅写给何家槐的一封信，30日写信给鲁迅，作了一番解释，“据一般的传说，先生对于有一批人，已经深恶痛疾，我也在其内；我曾经省察过，自己在公在私，所做之事，虽不如谣传中之无聊无耻，但错误和疏忽之处确也不少，难怪先生生气的”。5月2日，鲁迅写给徐懋庸的答复信：“所谓‘那一批人’，我却连自己也不知道是‘那（哪）一批人’。”最后郑重表示：“我希望这已是我最后的一封信，旧公事全部结束了。”[8]

显然，何家槐最初写信给鲁迅的背景很复杂，牵涉到解散左联前后的诸多事情，包括“两个口号”论争、成立中国文艺家协会等，这些都折射出鲁迅与周扬等人之间的意见分歧，其中包括了不同程度存在的“左”倾关门主义、宗派主义。鲁迅婉拒加入一事也因此“得罪”了周扬等人（鲁迅生前也知道），即使他病逝后，在周扬等人扶持的有关刊物中仍然出现“耿耿于怀”的文章，透露出不满情绪。

这次“特辑”收入的众人文章自然不会“旧事重提”，只有何家槐偏偏公开鲁迅来信并作了“附注”，以作自我辩护，“澄清”外界各种传说。但是，后世研究者众说纷纭，不再赘述。

夏衍写的悼念文章很短：“在中国民族的解放战阵里面，一面有光辉的大旗被吹倒了！这是一种无可补偿的损失，这是中国和世界被压迫大众的最大的悲哀。在这巨人的灵前默祷的时候，我们应该以他的愤怒为愤怒，以他的憎恶为憎恶，以他的决心为决心，继续他的遗志，完成中国民族的自由和解放（事业）。”

在某种程度上，此短文成为“文委”（上海临时中央文化工作委员会）周扬等人的一种悼词，短文的标题《在大的悲哀里》以后也出现在夏衍的自传体回忆录《懒寻旧梦录》（生活·读书·新知三联书店1985年版）里，作为一章标题，内容大为扩充，最后写道：“鲁迅去世那一天，《光明》十一月号已经截稿待发，洪深和沙汀商量后，决定立即组织稿件，增加了悼念特辑。我也写了一篇悼文《在大的悲哀里》。”

周立波到上海后，“亦步亦趋”跟随周扬，他的名字从未出现在鲁迅的日记里。在“两个口号”论争中，周立波充当急先锋，大力宣传“国防文学”。这次“特辑”里收入了周立波写的短文《无可言喻的悲哀》，他谈起成立中国文艺家协会时通过决议，写信给高尔基和鲁迅，以示慰问，“祝他们康复”。但是，不久“我们就听到了高尔基终于逝世了的消息，而现在，又要我们听到东方文学的大师，中国反封建反帝斗争的最强韧的饶（骁）将，鲁迅先生去世的讣音了”。

对此，梅雨（梅益）在《文艺家协会成立之日·希望》（载《光明》第1卷第2期，1936年6月25日）已经首次披露：“六日晚上，即文协成立大会的前晚，有一位参加文协的朋友在报上看到高尔基病危的消息，特地同我商量，想在明天大会上提议慰问鲁迅同高尔基。而在当日会场上，我也陆续听到朋友们谈到这一事情，所以我们还没有动议之前，另一位朋友已正式提出了。自然这提议立刻全体通过，在这里，我们也可以看出文协的态度。文协并没有陷在狭隘的爱国主义的泥沼里，……鲁迅是我们最进步，最有战斗性的作家的一员，他的健康自然是我们所关心，文协在这决议上显示了它对这站在同一战线上的作家的敬爱。”

1935 年秋天，梅雨（梅益）在北平参加左联。同年底，北平地下党组织遭到破坏，他南下上海。通过左联东京分盟的林林，梅雨辗转联系上海左联，与何家槐接上关系，参加上海左联和上海文化界救亡协会的活动。1935 年夏天，梅雨同周立波、田间分在左联一个小组。此后，周扬时常到梅雨住处谈话或借钱，有时指示梅雨写文章。

鲁迅病逝的当天晚上，梅雨（梅益）提笔写了哀悼短文《诀别之辞》，高度评价了鲁迅，认为“他是一个壮大而坚毅的巨人，他是现中国进步智（知）识阶级最光荣的代表”。

著名作家王统照，后任山东省文联主席、山东大学中文系主任、山东省文化局局长，著有多部长篇小说等。1920 年，王统照在北京中国大学读书，从周作人那里打听到鲁迅住址，开始与鲁迅通信，不久前往北京八道湾与鲁迅首次见面，交谈甚欢。次年，王统照与周作人、郑振铎、沈雁冰、叶绍钧等人发起成立文学研究会，发表了不少文学作品。1923 年 5 月 4 日，王统照第二次拜访鲁迅，鲁迅在日记中有记载。此后，他俩经常保持书信联系。

1934 年王统照赴欧洲游历和考察，到英国剑桥大学研究文学，写有《欧游散记》等。次年回国，后到上海，自《文学》月刊第 7 卷第 1 期（1936 年 7 月 1 日）起，他开始担任主编。该刊物创办于 1933 年 7 月 1 日，由鲁迅、茅盾、郑振铎、叶圣陶、郁达夫等人组成编委员，集体负责，后因种种原因，第 2 卷开始由傅东华、郑振铎主编，具体编务由黄源负责。这期间发生了许多事情，鲁迅颇有啧言，也牵涉到周扬等人。

1936 年 5 月 3 日，鲁迅已经得知王统照要接任《文学》主编，写给曹靖华的信中，忧心忡忡说了一番话，“旧人颇有往者，对我大肆攻击，以为意在破坏。但他们形势亦不佳”。这包括 4 月 30 日“国防文学”座谈会。鲁迅又说：“从七月起，《文学》换王统照编辑，大约只是傀儡，而另有牵线人。今晚请客，闻到者只十八人，连主人之类在内，然则掌柜虽换，生意恐怕仍无起色。”[9]

王统照主编的《文学》月刊第 7 卷第 1 号是“儿童文学特辑”，其中有王统照写的《小红灯笼的梦》，也有徐懋庸、艾芜、沙汀、杨骚、周木斋等新成立的“文艺家协会”成员的文章，这些似乎被鲁迅事前预料到了，王统照“只是傀儡”。如果从另一个角度来看，鲁迅晚年心理特别敏感，将大量不愉快的事情累积、串联起来，产生了对“那一批人”的不良印象。对此，王统照在以后许多有关回忆文章里“只字不提”，始终认为鲁迅“是中国进步文艺的坚强领导者和带头人，也是我的良师和益友”。

鲁迅病逝后，王统照立即组稿，推出“鲁迅先生纪念特辑”（《文学》第7卷第5号，1936年11月1日出版），首篇便是王统照的诗歌《悼鲁迅先生以诗纪感》：“千万人的悼歌唱出永怀与追慕，千万人的沈（沉）郁由呻吟而激越！向何处再找回着强健的老旅人，向何处在思路中找回识途的伴侣?”“但使世界还没有摔成虚空，一颗心，他永在民族的大体中耀动，不是？战栗的手接触着他的热力，不朦胧的眼睛看见那颗心的血红。”

这诗歌里呈现了一个大写的鲁迅，其铿锵节奏，澎湃激昂的气势，哪里有一丝酸腐的“伪说”和猥琐的“叽叽喳喳”，王统照不愧为鲁迅的“知音”。王统照在《光明》“特辑”里发表的《噩耗》哀叹：“一星期前，我曾与他在北四川路匆匆相遇，谈过几句话，（他）面容只是黄瘦，不像病人，语音还是那样清劲，想不到才隔几日，便在今日清晨‘撒手人间’！”此文写于鲁迅病逝的当天深夜里，王统照的心情难以平复，5天后（10月24日深夜）写下以上那首悼念诗歌。

戴平万，是个老革命，早年参加彭湃领导的农民运动。以后到上海，与蒋光慈、钱杏邨、杜国庠、洪灵菲等组成太阳社，他们错误否定、批判鲁迅，陷入极“左”思潮的泥潭里。1935年春，戴平万返回上海后，接任左联党团书记，住在一家商号里。沙汀早年在《太阳月刊》上读过戴平万的作品，一起办《文学界》时，沙汀告诉戴平万自己曾加入共产党，但组织关系丢了，戴平万表示愿意介绍沙汀重新入党。几天后，沙汀的入党申请通过了，戴平万还批评周扬：沙汀是熟悉人，为什么不早解决他的入党问题。沙汀在党内的联系人是戴平万、周扬，此后联系人是陈荒煤、林淡秋，直到1937年八一三抗战爆发为止。

这次“特辑”里刊登了戴平万、陈荒煤、林淡秋的悼念文章，其中林淡秋早年聆听过鲁迅在左联成立大会上的发言，并且协助《萌芽》编辑柔石干些杂务，在柔石那里相识冯雪峰、魏金枝等，有时也跟着他们参加左联某些活动，如作品讨论会、工农通讯工作座谈会等。左联后期（1935年），林淡秋与徐懋庸、何家槐组成左联常委会，他回忆说：“这两部分人构成两派，即所谓‘周扬派’和‘胡风派’，互补相容。两派都有严重的宗派主义思想情绪，而对于清醒地反对宗派主义的鲁迅，都有这样那样的错误认识，使一开始就成为‘左联’主帅的鲁迅，不能发挥主帅的实际作用。”[10]

林淡秋在《难言的隐痛》里写道："当我在苏联新闻片上看见千百个花圈围绕着高尔基的尸身，万千大众构成送葬的行列的时候，我不禁联想到这位'中国的高尔基'，'当光明的使者赶走了中国黑暗的恶魔的时候，鲁迅先生的死亡也许会引起类似的场面吧?'料不到先生竟在这狰狞的黑暗中悄悄地长逝了。亲爱的朋友们，伟大的先生死去了，我们后死者应该怎样呢?"这最后一句话与林淡秋以上的回忆结合起来，那么弦外之音并非同寻常。

林林曾留学日本，与郭沫若等人熟悉。1935 年 5 月 15 日，左联东京分盟在日本东京创办左翼文艺月刊《杂文（质文）》（后为不定期），与国内的周扬等人有联系，积极支持"国防文学"。[11]《杂文（质文）》被迫停刊后的第二年（1937 年 5 月），林焕平、魏猛克、魏晋、林林等人分别被日本政府以反日作家的"罪名"驱逐回国，他们在国内继续参加抗日救亡运动。林林撰写多文，发表于曹聚仁、徐懋庸编辑的《芒种》等刊物。

林林的短文《失掉了一个倔强的战士》写道："我们青年人差不多都曾受过鲁迅先生的教育，我是成千成万青年中之一个。"林林留学日本时，沈起予、李兰夫妇已经回国了。这次"特辑"里，沈起予因故未写文章发表，李兰则写了《忆鲁迅先生》，第一次披露了"中译本《夏娃日记》的来历"：

五年前也是在这种样儿的初秋时候，一天一位朋友（鲁迅先生的好友，也是我们的好友）拿了一本封面剥落了的破旧红色西书给我，说是鲁迅先生的，是他家的娘姨引（的）孩子（即鲁迅先生的爱子海婴）玩，在隔壁一家正搬走了的西人家里的弃物中拾得的。鲁迅先生看上了那里面的插图，所以叫我有空翻了出来，找机会出版去。这本由人家的弃物堆中拾起来的破书，就是那年十月由湖风书局出版的《夏娃日记》的原文本。

"一位朋友"即冯雪峰，那时他住在北四川路 194 号拉摩斯公寓（现为四川北路 2093 号）地下室，与楼上的鲁迅属于近邻，关系密切。李兰《忆鲁迅先生》很有特点，仅仅写了翻译《夏娃日记》一事，大概生怕"话多说漏嘴了"，因沈起予已经与鲁迅的关系疏远了，而且恰逢《光明》沈起予等人与《中流》黎烈文等人展开笔墨大战。

40 多年后，李兰又写了"续闻"，题为《一点引起痛惜的回忆》（《鲁迅诞辰百年纪念集》，湖南人民出版社 1981 年版）。那时沈起予、李兰也住在北四川路，距离鲁迅寓所比较近。李兰有时在内山书店里看见鲁迅在看书，她“立在那陈列书籍的一排一排的书架前，一面翻着手中的书页，一面好似无心而却十分真切地从侧面瞻仰他的风采”。“鲁迅先生有时坐在高火钵前，侧着身子，手里捏着的烟卷悠悠地冒着烟，他正凝神，若有所思，头微仰，似乎准备谈讲点什么。”李兰有时偶然听到内山完造夫妇与鲁迅谈笑风生，“他们三人一同发出了不高的笑声，我也顿时感到有些心花怒放似的”。

这些生动的细节，不知李兰当时是否与沈起予谈起，不过鲁迅委托她翻译《夏娃日记》一事，沈起予理应知道。李兰回忆说：

> 一九三一年，正当《夏娃日记》在排印中，一天，冯雪峰同志突然问我：“你喜欢鲁迅先生的小说吗?”我回答：“喜欢，非常喜欢。”他追问我：“最喜欢哪一篇?”我举出了《祝福》和《离婚》。他笑着说：“到底是女孩子。”我说：“女孩子又怎么，通过祥林嫂和爱姑，鲁迅先生不是写出中国农村妇女的悲惨命运了吗?”雪峰同志笑了。接着他说：“你把鲁迅先生的小说用英文翻译出来好不好? 先生同意让你给他翻译。”我一时怔住了，经过思考，我认为这是应该做的事，我应当努力去干；尽管我能力薄弱，但学习的基础和毅力，我是有的。
>
> 可是，随着时间的流逝，环境和政局愈来愈趋恶化，我也迫于生活，抽不出时间来搞中译英的工作，但最大的原因还是由于雪峰同志不久离开上海，没有人来催促我，这件事就放下没提了。

如果当时李兰翻译了鲁迅的小说，那么很可能会改变她的人生道路。同时冯雪峰转告鲁迅的意思，也是相信李兰的能力，至少《夏娃日记》的中译本已经得到了证实。

著名散文家丽尼与吴朗西等人创设文化生活出版社，聘请巴金为总编。丽尼在《要学习的精神》一文里回忆说：“《死魂灵百图》底出版，《凯绥·珂勒惠支版画选集》底印造，（鲁迅）先生亲自看校样，至少有五次之多。《版画》底每一页，都是先生亲手折叠，亲手加上衬页的。这样的精神，我想是只有先生才能有的吧。”

1936 年 10 月 16 日下午，吴朗西到晋益装订所等取几本精装本《凯绥·珂勒惠支版画选集》(缩影本)，马上赶到鲁迅家里。鲁迅躺在藤椅上，仔细欣赏了画册的封面，随后一页一页翻看，最后点点头说：“这本版画印得还可以，装帧也美观大方，以后的画集就照这样印，一个月可以出一本吧?”

吴朗西说："完全可以。"并表示过两天再送书来。

鲁迅在桌上早就准备好牛皮纸和麻绳，立即动手包扎画册。第二天，鲁迅拿了这本画册去送给日本友人鹿地亘，不料受到风寒，气喘复发，10 月 19 日病逝。事后吴朗西痛悔不已，真不该在 16 日马上送画册去。[12]

丽尼在《要学习的精神》一文里还透露了鲁迅委托丽尼转告观看《钦差大臣》的意见：

先生以为那钦差大臣所住的旅馆，门该是朝里开的，所以在门外偷看的人才能一个不留神地跌进来，如果朝外开，则是决然跌不进去的。又说，县长底妻子必定是个丑妇，所以和女儿争风才有喜剧的效果，如果像业余（剧人协会）所演出的那样俊扮，就和作者底本意大有差别了。又指出了（剧中人物）各个性格上的正确理解，如仆人不能像那样聪明，因为傻而自作聪明的仆人是俄国文学底传统，又说到服装，在这里，引证了《死魂灵百图》里面的绘画。像这样敏锐的观察，这样热忱的，负责的指导，只有先生才有，怕是只有先生才能吧。而我们底戏剧界，今后也竟失却这样的一位良师了！

1935 年 11 月初，上海业余剧人协会开始在金城大戏院（后为黄埔剧场）演出改编的讽刺喜剧《钦差大臣》，于伶等人商议去邀请鲁迅前来观看。多年后，于伶写了回忆文章，在此不赘述了。

白薇，与杨骚是一对怨偶佳侣，都是才华横溢的左联诗人、作家。1927 年秋天，他俩重聚在上海，结识鲁迅，他俩的作品经常出现在鲁迅主编的刊物上，其中有白薇创作的反映大革命题材的多幕剧《打出幽灵塔》、独幕剧《革命神受难》、长篇小说《炸弹与征鸟》等。她与杨骚积极参加左联各种活动，1934 年他俩感情彻底破裂，终于痛苦地分手，一度成为报刊的热门话题之一。

这次"特辑"同时刊登了他俩的哀悼文章，这时他俩已经产生了感情裂痕，因此编者故意将他俩的文章前后分开，相隔十几篇章。杨骚写的文章很短，他说："我更觉得非常难过，却一个字也写不出！我将用什么话来哀悼他呢？我只觉得鲁迅先生之死，比高尔基之死给我的哀感更切身些，更深重些……"

白薇情深意切地写了短文《听了死耗之后》，"今年夏初，听说鲁迅先生病重，我十二分想去看他，可是自己也在医院里，然想念他的心，每天在作滚，毕竟，我写了慰问的信，由内山书店转给他。不料那就是他生前我给他最后的敬意”。鲁迅病逝后，“我拖着身上的痛和房东太太到殡仪馆去看他的遗容，仿佛紧迫的眼泪要流出，终于在那严肃的灵前眼泪流不出来。我想留着这些热泪，为他的遗志去努力”。此后，她的哀思绵绵不断，以一个女性作家的细腻感情，写了不少纪念鲁迅的文章，披露了大量的生动细节，令人感叹不已。

《光明》“特辑”里还有其他人的悼念之文，因篇幅有限，尚待有机会再介绍。

郭沫若、阿英、陈烟桥等悼念文章

《光明》第1卷第11期、12期继续刊登悼念鲁迅的文章，融入全国悼念的热潮。

第11期发表了孔令境的《我的记忆》、木枫的《鲁迅先生与中国木刻画》。鲁迅是中国现代新兴木刻运动的倡导者、指导者、推动者，他积极介绍国外的优秀木刻家及其作品，木枫一文明确指出：鲁迅是“第一个在中国画坛上播下了木刻画的种籽”，还提及鲁迅“请了一位日本木刻家来讲授”。这位日本木刻家是内山完造的弟弟内山嘉吉，他是1931年8月17日来沪，应鲁迅要求，为暑期木刻讲习班讲授木刻技法，鲁迅亲自担任翻译，讲习班为期6天。许多中国著名木刻家的回忆录里都提起此事，也写入各种版本的中国现代美术史。

8月22日，讲习班结束的当天晚上，举办了别开生面的婚礼。鲁迅在日记里写道：“内山完造君招饮于新半斋，为其弟嘉吉君与片山松藻结婚也，同坐四十余人。”内山嘉吉、片山松藻结婚半个月后，9月8日回国，临行前，收到鲁迅一幅墨宝。

木枫一文的内容比较简单，文后特地注明：“这篇短文就算表示爱好木刻的我对于这位良师的悼念吧！”陈烟桥看到此文后，立即挥毫写了补充一文（见下文）。

这期《光明》扉页上刊登了温涛的木刻作品《鲁迅先生之死》，许幸之的速写——鲁迅的遗容，以及俯拾作词、冼星海作曲的《挽鲁迅先生》，注明：“慢唱，悲伤，沉痛。”

俯拾，是陈凌霄的笔名，曾任上海暨南大学的左联小组长、中共暨南大学支部书记，后为《人民日报》文艺部诗歌散文组组长等。他在《挽鲁迅先生》里写道：“揩去脸上的泪，一切的战士记着你，战斗的声音；静默里，记起‘五四’你，放出无比的光芒，‘五卅’‘一·二八’‘一二·九’到如今，你做着最光辉的引路灯，今天你烈火般的笔，不能参加生死的搏斗，但‘以牙还牙’的战线，齐叫出砍掉敌人的头！”这首悼念鲁迅的歌曲“鲜为人知”，在有关研究冼星海的专著里也几乎没有提及，世人更是淡忘了。

沈起予等人编辑《光明》第11期后，在《社语》中写道：“鲁迅先生逝世，全国同声悲悼，本志上期也献了一个哀悼特辑。今后除了对鲁迅先生有特殊研究的文章，以及在理解鲁迅先生上有特别帮助的资料而外，纯感情的纪念文字，我们不拟再登载了，各人去做应做的事，才是纪念鲁迅先生的最好的方法。本期另境先生的《我的记忆》和木枫先生的《鲁迅先生与中国木刻画》，都是足以帮助理解，研究鲁迅先生的。”

显然，沈起予等人收到大量悼念鲁迅的诗文稿件，一时难以刊登，只好写了如上文字，敬请诸位谅解。

这时沈起予等人又收到郭沫若的《不灭的光辉》、阿英（张若英）的《作为小说学者的鲁迅》、陈烟桥的《鲁迅与中国的版画》等文，于是发表于《光明》第1卷第12期。

郭沫若与鲁迅之间的关系已有多文撰述，鲁迅病逝后，郭沫若转变了他原来对鲁迅的看法，真所谓“上天入地”。这篇《不灭的光辉》写于1936年11月1日，郭沫若对鲁迅作了高度评价，认为“我们现在来纪念鲁迅，首先应该体验得这些精神，而这精神在鲁迅的著作中是磅礴着的”。“这精神的真谛，不就是‘不妥协’的三个字吗?”郭沫若甚至想对中国文艺家协会周扬等人提出建议：“把四马路命名为‘鲁迅路’”，设立鲁迅文艺奖金。这个建议很有创意，四马路即现在的福州路，那时集中了中华书局、商务印书馆、开明书店、时报等著名报刊社，被称为“文化街”。如果当时将此命名为鲁迅路，那么不知要增添多少话题，影响至今。

《光明》编辑沈起予等人很重视郭沫若此文，还特地制作郭沫若书写此文标题的手迹，以及郭沫若的签名，以示重视，并在该文的四周围有黑框，其意不言而喻了。

说起阿英与鲁迅的关系，世人立即会联想到大革命失败后，阿英作为太阳社的骨干分子积极参与“革命文学”论争，与创造社“围攻”鲁迅之事。阿英发表的“鲁迅三论”（《死去了的阿Q时代》《死去了的鲁迅》《朦胧之后》）和“鲁迅史论”（《鲁迅》），以惊世骇俗的否决论调，带给现代文坛一场强烈“地震”。同时，阿英也付出了沉重的代价，他的名字列入鲁迅“奋起反击”的名单里，被深深地烙印在中国现代文学史上。虽然后世出现了各种为阿英辩护的声音，但是无法抹去这一段史事。

阿英参加左联之后，对待鲁迅及其杂文的评价逐渐转变。1933 年阿英写的《小品文谈》（后收入阿英随笔集《夜航记》，上海良友图书印刷公司 1935 年 3 月印行），已经把鲁迅的杂文集《热风》作为早期新文学运动以来小品文的杰出代表，并且分析了不同时期小品文的特点。

鲁迅逝世后，阿英根据掌握的大量文史资料，撰写了《作为小说学者的鲁迅》，高度评价了鲁迅编撰的《中国小说史略》，“在中国小说的研究，整理，及其影响看，却是最有成就的一个”。而且这部专著“实际上不止是一部‘史’，也是一部非常精确的‘考证’书，于‘史’的叙述之外，随时加以考释，正讹辨伪，证（正）本清源”。阿英明确指出：“这是在方法上最见卓识的地方。”

阿英是文史大家，以丰富藏书闻名文坛，他以“专业”的眼光评价鲁迅的《中国小说史略》，给予比较准确的“定位”。他最后写道：

> 鲁迅先生，作为一个小说学者，看他的成就，是和在其他方面一样得值得纪念的。他替我们在为蒙茸的杂草所遮掩的膏腴的地域里，开拓了一条新的路，替我们发掘了不少的宝贵的珍藏，他更遗留给我们以一种刻苦耐劳，勤谨不苟的工作精神。现在，他故去了，为着这学术领域内的前途，为着发扬鲁迅先生未完成的在小说学方面的事业，后来者的责任，是依旧至艰巨的。我们应该运用着新的写作方法，有更多的发现，更多的整理，更完整的新的小说史产生。我们应该这样的纪念鲁迅先生，然也只有这样，才不愧对这已经永久安息了的前驱者——鲁迅先生！

如果说这是鲁迅去世后，阿英写的第一篇“专业性”的悼念文章，那么其中包含了丰富的情感，远远超出了此文的本身。

陈烟桥是投入新兴木刻运动中的最初一批“学徒”之一，继而成为鲁迅的忠实助手。平时鲁迅的言传身教，对于新兴美术的真挚热爱之情及其精辟见解渗透了陈烟桥的心灵。

陈烟桥等人“最后一次”与鲁迅交谈，是在 1936 年 10 月 8 日下午，鲁迅抱病来到八仙桥青年会，参观正在展出的“第二回全国木刻流动展览会”。事前，陈烟桥等人筹办这次展览会时，通知了鲁迅。同时他们设想：如果鲁迅病了，不能勉强他前来，以免加重病情。当然还是希望他能来，聆听他的指导。

鲁迅当时与陈烟桥、白危、曹白、林夫、黄新波等多位木刻青年交谈，陈烟桥做了笔记。以上的引文里，陈烟桥只是简单说了“他和我们谈了许多话”。20 多年后，陈烟桥发表了《最后一次的会见》（《美术》1961 年第 5 期），详细地回忆了鲁迅关于木刻创作基础是素描等谈话内容，加之白危、黄新波等人的回忆，互相补充、印证，基本上可以勾勒出鲁迅当时讲话的内容。

鲁迅与陈烟桥等人交谈的时候，青年摄影家沙飞及时按下照相机的快门，留下了珍贵的历史照片，被各类出版物广泛刊载。

1936 年 10 月 19 日清晨 6 时，陈烟桥、黄新波住在老靶子路文碧小学二楼的寓所里，因连续工作很疲劳，还未起床。突然，他俩被一阵急促的脚步声所惊醒，日本友人池田幸子（与鹿地亘一起来华），神色凄惨地冲进门来，大声说：“鲁迅先生死了！马上到他家去！”陈烟桥、黄新波愣住了，池田幸子再三催促，他俩才如梦初醒，冲下楼去。在电车上，他俩好像丢了魂似的，茫然若失地呆坐着。

陈烟桥、黄新波一进门，便看见鲁迅的三弟周建人守候在楼下，大家悲伤得说不出话来，沉默地握手，二楼的鲁迅卧室里，巴金、萧军、黄源等人默默地站着，许广平伏在鲁迅身边哭泣。

陈烟桥、黄新波含着泪，各自创作了一幅鲁迅遗容的速写（黄新波将此速写改作为木刻），陈烟桥在速写画面的右下角，匆忙地写了一行字：“1936，10，19 烟桥。”

这幅速写刊登于《光明》第 1 卷第 12 期，其下是陈烟桥撰写的悼念之文的标题《鲁迅先生与版画——作为补充木枫先生的大作〈鲁迅先生与木刻画〉》，该文比较详细地介绍了鲁迅与陈烟桥等青年木刻家交往的经过，后被收入《鲁迅先生纪念集》第 2 辑（文化生活出版社 1937 年版）。由此，陈烟桥开始构思和创作了关于鲁迅的系列木刻作品，其中有《光明的指导》《鲁迅与青年运动》《鲁迅提倡木刻》《鲁迅与高尔基》等。

陈烟桥曾希望茅盾能够出面填补鲁迅留下的巨大真空，继续指导中国新兴木刻运动，但是因故未能如愿。

陈烟桥一直把鲁迅生前的亲切教诲铭记在心间，在抗日烽火的艰难日子里，他凭借着顽强的意志，终于完成了第一本研究新兴木刻理论著作《鲁迅与木刻》书稿，由中国木刻用品合作工厂、新艺丛书社1946年1月初版。此书被公认为中国第一本研究现代新兴木刻理论的著作，其中《鲁迅与木刻》《鲁迅论木刻版画》两文则是比较全面地阐述鲁迅相关的美术活动以及对于木刻的理论见解。该书收入的其他文章也渗透着鲁迅有关的美术思想，主要是陈烟桥对现代美术（包括木刻）的审美情趣和价值观。

《光明》出版最后一期即“战时号外”第7期（10月30日）发表了资深学者金性尧写的《鲁迅先生的被禁作品》一文。该文开头写道：“十月十九日《大公报》有一篇内政部所通过的，禁止的和部分删改的关于鲁迅先生作品的记载，其完全禁止发行的，有《毁灭》，《二心集》，《南腔北调》，《伪自由书》四种的，大约占鲁迅先生作品的十分之一。”他呼吁在全面抗战爆发之后，应该立刻开放鲁迅被禁的著作，“这不但是敬爱鲁迅先生的共同的愿望和要求，也就是今后中国思想界的一个绝大的胜利!”

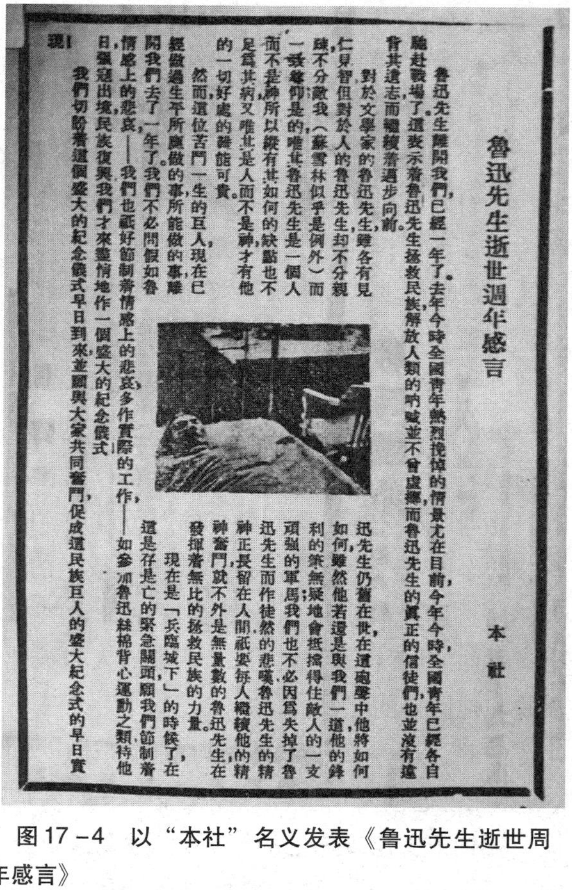
鲁迅先生逝世週年感言

本社

魯迅先生離開我們，已經一年了。去年今時全國青年熱烈挽悼的情景尤在目前，今年今時，全國青年已經各自馳赴戰場了。這表示着魯迅先生拯救民族，解放人類的吶喊並不曾虛擲，而魯迅先生的真正的信徒們，也並沒有違背其遺志而繼續着邁步向前。

對於文學家的魯迅先生，雖各有見仁見智，但對於人的魯迅先生，却不分親疏，不分敵我，（蘇雪林似乎是例外）而一致尊仰是的，唯其魯迅先生是一個人而不是神，所以縱有其如何的缺點也不足為其病，又唯其是人而不是神，才有他的一切好處的彌能可貴。

然而這位苦鬥一生的巨人，現在已經做過生平所應做的事，所能做的事，離開我們去了一年了。我們不必問假如魯迅先生仍舊在世，在這砲聲中他將如何如何，雖然他若還是與我們一道，他的鋒利的筆無疑地會抵擋得住敵人的一支頑強的軍馬；我們也不必因為失掉了魯迅先生而作徒然的悲嘆，魯迅先生的精神正長留在人間，祇要每人繼續他的精神奮鬥，就不外是無量數的魯迅先生，在發揮着無比的拯救民族的力量。

現在是「兵臨城下」的時候了，在這是存是亡的緊急關頭，願我們節制着情感上的悲哀，——我們也祇好節制着情感上的悲哀，多作實際的工作，——如參加魯迅絲棉背心運動之類，待他日強寇出境，民族復興，我們才來盡情地作一個盛大的紀念儀式

我們切盼着這個盛大的紀念儀式早日到來，並願與大家共同奮鬥，促成這民族巨人的盛大紀念式的早日實現！

图17－4 以“本社”名义发表《鲁迅先生逝世周年感言》

事前“战时号外”第5期（10月10日），沈起予等人特地以“本社”的名义发表《鲁迅先生逝世周年感言》，并配有一年前鲁迅病逝于床上的一张照片。该文写道：

鲁迅先生虽离开我们，已经一年了。去年今时全国青年热烈挽悼的情景尤（犹）在目前，今年今时，全国青年已经各自驰赴战场了。这表示着鲁迅先生拯救民族，解放人类

的呐喊并不虚掷，而鲁迅先生的真正的信徒们，也并没有违背其遗志，而继续着迈步向前。

对于文学家的鲁迅先生，虽各有见仁见智，但对于人的鲁迅先生，却不分亲疏，不分敌我（苏雪林似乎是例外）而一致尊仰；是的，唯其鲁迅先生是一个人而不是神，所以纵有其如何的缺点也不足为其病，又唯其是人而不是神，才有他的一切好处的确可贵。

然而，这位苦斗一生的巨人，现在已经做过生平所应做的事，所能做的事，离开我们去了一年了。我们不必问假如鲁迅先生仍旧在世，在这炮声中他将如何如何，虽然他若还是与我们一道，他的锋利的笔无疑地会抵挡得住敌人的一支顽强的军马；我们也不必因为失掉了鲁迅先生而作徒然的悲叹，鲁迅先生的精神正长留在人间，只要每人继续他的精神奋斗，就不外是无量数的鲁迅先生，在发挥着无比的拯救民族的力量。

现在是“兵临城下”的时候了，在这是存是亡的紧要关头，我们节制着情感上的悲哀，——我们也只好节制着情感上的悲哀，多作实际的工作，——如参加鲁迅丝棉背心运动之类。待他日，（赶）强寇出境，民族复兴，我们才来尽情地作一个盛大的纪念仪式！

我们切盼着这个盛大的纪念仪式早日到来，并愿与大家共同奋斗，促成这民族巨人的盛大纪念（仪）式的早日实现！

鲁迅病逝后，苏雪林原来自称为鲁迅的“学生”，却立马翻脸为“骂鲁（鲁迅）第一人”，还对鲁迅进行人身攻击，骂鲁迅“阴险，多疑，善妒”等，立即引起公愤，遭到各方的严厉声讨。同时，叶公超（“新月派”）与苏雪林的态度截然相反，他撰写的《非战士的鲁迅》一文（1936 年 11 月 1 日天津《益世报》增刊），却大为赞赏鲁迅的小说史研究、小说创作及文字能力三方面的成就，甚至认为“骂他的人和被他骂的人实在没有一个在任何方面是与他同等的”。

因此，这一正一反的现实案例，让广大世人议论纷纷，也反映在以上《鲁迅先生逝世周年感言》一文里——如果是沈起予起草的（其中“并不虚掷”等词语曾出现在他的笔下），那么这填补了一年前“特辑”未能刊登他的文章的“空白”。他的美好愿望“民族巨人的盛大纪念（仪）式”，此后果然实现了。

［注］

［1］［2］详见丁言模:《“姊妹花”〈文学大众〉月刊》，载丁言模:《穿越岁月的文学刊物和作家（二）》，中国社会出版社2017年版。

［3］详见丁言模:《徐懋庸、曹聚仁“种刺”的半月刊〈芒种〉》，载丁言模:《穿越岁月的文学刊物和作家（一）》，中国社会出版社2017年版。

［4］详见丁言模:《鲁迅出资支持的左联后期刊物〈文学新地〉》，载丁言模:《穿越岁月的文学刊物和作家（一）》，中国社会出版社2017年版。

［5］详见丁言模:《公开弥补“裂痕”的〈小说家〉》，载丁言模:《穿越岁月的文学刊物和作家（一）》，中国社会出版社2017年版。

［6］详见丁言模:《“双轮驱动”的〈文学青年〉月刊》，载丁言模:《穿越岁月的文学刊物和作家（二）》，中国社会出版社2017年版。

［7］何家槐写给鲁迅一信，后收入周海婴编:《鲁迅、许广平所藏书信选》，湖南文艺出版社1987年版，第190页。

［8］鲁迅博物馆鲁迅研究室编:《鲁迅年谱》第4卷，人民文学出版社1984年版，第343—344页。

［9］《鲁迅全集》第13卷，人民文学出版社1987年版，第366页。

［10］《左联回忆录》（下），中国社会出版社1982年版，第472页。

［11］详见丁言模:《东京左联月刊〈杂文（质文）〉》，载丁言模:《穿越岁月的文学刊物和作家（一）》，中国社会出版社2017年版。

［12］详见丁言模:《“作家之家”的〈作家〉月刊》，载丁言模:《穿越岁月的文学刊物和作家（一）》，中国社会出版社2017年版。

“肝火正旺”的笔战

《光明》第1卷第3号（1936年7月10日）的内容很精彩，均为“协会”（中国文艺家协会）骨干作家的创作和论文，其中有尤兢（于伶）、洪深、张庚集体创作的剧本《汉奸的子孙》，以及艾芜《不做汉奸的李二狗》、柯灵《未终场》、石凌鹤《火线外》等小说，王亚平、锡金、任钧等诗歌，洪深、屈铁（王任叔）、杨骚的评论等。

沈起予等人在《社语》开头写道：“《光明》是属于大家的，然而编者们在取稿上也有个一定的目标。因之在潮水般涌来的投稿中，我们常常有退回的事，即很熟的朋友们的稿件，甚至编者亲自约定的文章，也因有所不合而割爱。这除了请一声‘原谅’而外，似乎无话可说。”

“很熟的朋友们的稿件”，包括“割爱”关于“两个口号”（“国防文学”与“民族革命战争的大众文学”）论争的茅盾、鲁迅等文。但是，沈起予等人万万没有想到这期的“附录号外”《高尔基哀荣录》的一篇译文《永息在我们的心里》（罗曼·罗兰原作，未署名译者名字）酿成一场轩然大波，引起与黎烈文及其朋友圈的一场笔战，这是“两个口号”论争尾声时的一个插曲，令人深思。

同时，这篇未署名的译文《永息在我们的心里》刊登在侯枫主编的《东方文艺》第1卷第4期（1936年7月25日），也是列入“追悼高尔基特辑”专栏里。侯枫是“协会”成员，他主编的《东方文艺》也属于“协会”“加以改革”的对象。[1]因此，此译文是周扬等人“协会”的“统发稿”，来历非同一般。

事前（6月26日），黎烈文根据巴黎出版的《星期五》周刊翻译了罗曼·罗兰的《和高尔基告别》，发表于黄源主编的《译文》第1卷第6期

(1936年8月16日)“高尔基逝世纪念特辑”(二)专栏，黄源将其作为头条，以示重视。黎烈文是公认的法国文学翻译家，况且此译文千余字，他自信没有什么大问题。

不料，黎烈文的译文触及“好事者”王黑云(化名)的敏感神经，撰写了《两篇译文的对照》，发表于9月3日《大沪晚报》，全文如下：

我们由于经济，时间，和阅读的能力的关系，有时要读外国作品就不能不靠翻译，我们是如何切望著好的，可信赖的翻译啊！

那情形真好像没有眼睛的瞎子，希望人家指给他一条平坦正确的大路一样。

执笔作翻译的人们该如何酌量自己的能力和慎重他的工作！

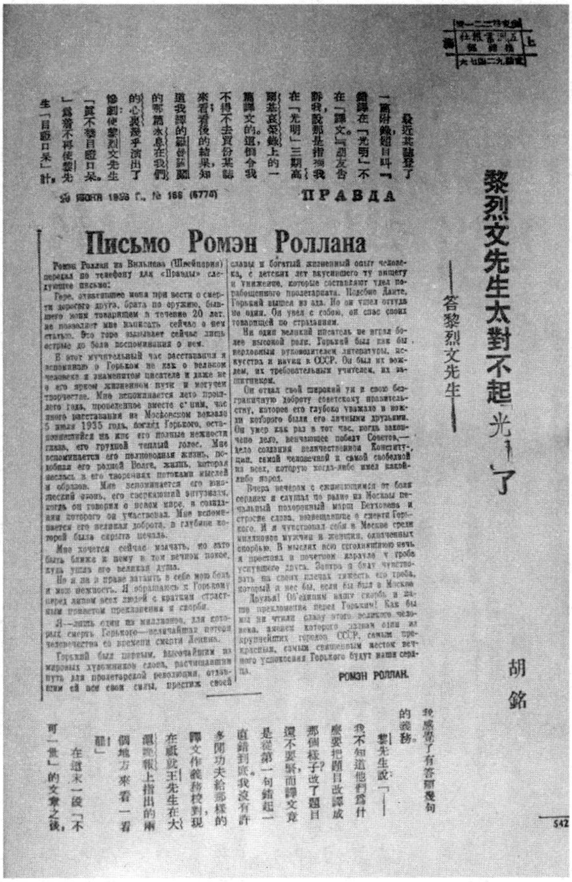
黎烈文先生太對不起「光明」了
——答黎烈文先生
胡銘
ПРАВДА
Письмо Ромэн Роллана
РОМЭН РОЛЛАН.

图18－1　胡铭辩驳之文

从前关于A. 托尔斯泰的小传，我曾看见两篇译文，照对之下，其中居然有许多绝对相反的地方，使我很惶惑而无所适从，自然我们并没有使两篇译文完全相同那样昏聩的要求，但只要近不差致就算很满足了。最近在《光明》第三期特集号外《高尔基哀荣录》有一篇罗曼·罗兰的《永息在我们的心里》和《译文》新一卷第六期的《和高尔基告别》内容是一样的，标题的不同原不足异(矣)，但内(容)也有几处相异而几乎是相反的地方。

“……而是在去年夏天一同度过的几个月里，在一九三五年七月杪在莫斯科车站的另一回出发之际……”——译文相当的这一段的在《光明》上是——

“……却想起了去年夏天我同他在一起住了很多的时候，说起了一九三五年七月五日，在莫斯科车站离别时候的情形……”

别的且不管，单就“七月杪”和七月五日来说，这就完全不同，我们之所谓“杪”，普通都指着未（末）尾的意思，月杪就是一月的最后几天，可是七月五日并不是月杪呀！而相反地，却是月初，其间只（至）少要有二十天的时间上的距离。罗曼·罗兰一人不能既说七月五日又说七月杪，是毫无疑义的，这差错一定在翻译者的身上，再有紧接下去的“沉着的语音”和“宏亮的声音”其间也是不同的。《译文》中接此句下的“他的强壮，正直的手掌”，在《哀荣录》内也不是有（的）。

“……我只是那些自从列宁死后，把他的死也看作人类最大的丧事的千千万万的人中的一个。”——《译文》

“高尔基的死，是伊利奇死后人类最大的损失，千百万人都这样感觉，我不过是他们中间的一个。”

我以“丧事”和“损失”是截然两种事情，“最大的丧事”未必就是“最大的损失”，同时最大的损失未必就是最大的丧事！

这是一篇，另外还有，也是《译文》和《光明》所刊载的。在《译文》新一卷第五期上的标题是《高尔基论托尔斯泰的信》，《光明》上则是《托尔斯泰及其周围的人们》。

当高尔基一见到托尔斯泰的时候，他发见（现）并不是他理想中的那个托尔斯泰的像（相）貌时，《译文》上的是——

“……我所想象的他不是这样的——是个高大的身材，阔大的衣服。然而他却是个小小的老头子，而且不知怎的使我想起来了那个巨灵的呆子——苏福马（罗）夫的小说？……”《光明》上则是——

“……我一直只是这么地想着：他不是那个样子——而是个身材更加高，骨格（骼）更加堂堂（皇）的人物。可是，会着一看，他却是个小个子的老头儿；并且，不晓得什么缘故，我忽然从他想起了那个天才的奇人——斯沃洛夫的话说。”“阔大的衣服”和“骨格（骼）更加堂堂（皇）”自然不是一回事情，而“那个说巨灵的呆子——苏福罗夫的小说”和“那个天才的奇人……斯沃洛夫的话说”则使我完全莫名其妙了。

一九〇〇年十月的信内，在《译文》则常见“澳孟”二字，如“要上澳孟的”和“而且甚至从澳孟救出了小姑娘”，但《光明》上相当于“澳孟”

二字的则为“酒场”。“澳孟”二字在《译文》上并无注释，我们实在无从想到那就是酒场。

好了，下面再各引来一小段，其中虽无大差异，但其几处不同之点，也很易见——

“……完全像蝎和蛇一样，他们在太阳之下爬动，然而蛇蝎虽然可呕总还恭恭敬敬地坐着不动的，至于这班人却是蜿蜒着，喧哗着，可呕的印象呀。”——《译文》

“他们完全跟蝎和蜈蚣一般地在太阳筋上面爬来爬去，但是，昆虫虽然脏，可还来得温和；而这些家伙，是在爬来爬去的噪闹着，实在是个讨厌的印象。”——《光明》

我们以读者的立场要求更明确可靠的翻译！

王黑云不满意翻译中存在的各种问题，将《光明》与《译文》刊登的几篇译文作了对比，点评虽然寥寥数语，但倾向性很明显。其中《译文》上的《高尔基论托尔斯泰的信》（春雷翻译），《光明》上则是《托尔斯泰及其周围的人们》（任钧翻译），以及最后的两段译文的例子，显然《译文》处于下风。

王黑云批评的“重头戏”，即将黎烈文的译文与未署名的译文《永息在我们的心里》作了对比，认为两篇译文的内容均出自罗曼·罗兰一人之手，但是有几处“相异”，并且“断然”认为黎烈文的译文有问题，俨然宣称：“以读者的立场要求更明确可靠的翻译”，言下之意，黎烈文的译文不靠谱，从而引起一场风波。

黎烈文收到友人寄来的《两篇译文的对照》一文剪报，才得知此事。黎烈文看了王黑云的文章指出几个不同的地方，觉得很奇怪，为什么这篇法文译成中文会有那样“天差地远”呢？他急忙查找 7 月份收到的法国《Europe》杂志，刊登罗曼·罗兰的原文，与自己原来依照翻译的《星期五》周刊作了对比，发现两者所载一字不差。

黎烈文又找来《光明》第 1 卷第 3 号“附录号外”，仔细对照一番，不禁目瞪口呆，连连摇头。译文《永息在我们的心里》不仅标题与原文大相径庭，而且“从第一句错起一直错到尾”，这在中国现代翻译史上又是一个“新闻”。

黎烈文一面声称“我没有许多闲功夫给那样的译文作义务校对”，并且对于《两篇译文的对照》很不满意的其中两处译文，进行了对比和分析，撰写了《错译在〈光明〉不在〈译文〉一文，发表在黄源主编的《译文》第2卷（新2卷）第1期（特大号）“高尔基逝世纪念特辑（三）”附录（1936年9月16日），其文最后写道：

以上谨就王先生指出的几个地方对了一对，错误全在《光明》，而不在《译文》。王先生以读者的立场要求更明确可靠的翻译，我现在以译者的立场大胆地回答王先生：《译文》上我所翻译的《和高尔基告别》一文，即是一篇最明确可靠的翻译，你的要求请单独去向《光明》上的译者提出罢！

（附记：还有《光明》第三期“特辑号外”所载纪德的《高尔基死了》一文，根据八月份《Commune》杂志上的原文对照起来，也是一篇充满错误的劣译。）

当时，周扬等人的“协会”与鲁迅、巴金等人发布的《中国文艺工作者宣言》，一度成为“两个口号”论争双方的各自阵营（组织），互相指责对方是宗派主义、小集团。中央特派员冯雪峰希望双方捐弃前嫌、团结起来，以便建立文艺界联合战线。经过茅盾劝说，9月中旬，冯雪峰和茅盾、郑振铎通力合作，终于发表了《文艺界同仁为团结御侮与言论自由宣言》。经宋庆龄劝说，鲁迅在上面签名，但是周扬、夏衍等人未签名，有各自的理由。此宣言促使“两个口号”论争逐渐停止，文艺界抗日统一战线的初步建立，成为上世纪30年代中国现代文学史上的一件大事。

但是，“两个口号”论争双方的隔阂及其带来的影响则长期渗透在各自的心底，何况《光明》与《译文》恰好代表了当时论争双方主将周扬与鲁迅各自的文学阵地，因此，黎烈文的《错译在〈光明〉不在〈译文〉一文标题，也不可避免地掺进了一种火药味。

同时，黎烈文作为《译文》的干将，“如法炮制”，也把“校对”目光放在《光明》刊登的译文上，即“特辑号外”《高尔基哀荣录》同时刊登的另一篇译文《高尔基死了》（纪德原作），认为这篇500字的译文，则是“充满错误的劣译”，并写下标题《〈光明〉太对不起纪德》，发表于《中流》第1卷第2期（1936年9月20日）。

黎烈文指出该译作的7条问题，将原法文与中译文进行对比和分析，并指出其中还漏了一大段。他最后写道：

以上谨只举出重要的错误，其他可议之处还不在内。以一篇五百字的译文，竟有这样多的错误，并且丢了一大段，又凭空捏造出一个“现实剧院”，人已经死了而还要借着他的口“向我们宣告”，这那（哪）里是翻译，这简直是创作啦！而这样拙劣的创作却署上纪德的名字，《光明》真太对不起纪德了！

五百字的文章里既有这许多错误，照比率推算起来，如果是一万字的文章，那不会有一两百错误吗？这样看来，那些一万字里仅有三十个错误和可议之处的名译，也就不足深究了！

黎烈文的火气够大的，接连撰写两文“刺”向《光明》，并且对于沈起予“点名道姓”，引起沈起予等人的强烈不满。特别是《永息在我们的心里》的译者胡铭（化名）更是不服气，于是赶写了《黎烈文先生太对不起〈光明〉了——答黎烈文先生》（载《光明》第1卷第8号）。

胡铭指责黎烈文第一篇文章《错译在〈光明〉不在〈译文〉》是“不可一世”之言，“然而，可怜得很，黎先生指摘的统统落了空”。胡铭是根据6月20日苏联《真理报》（俄文版），与黎烈文依据的法文版杂志“截然不同”。并且沈起予等人也给予大力支持，不惜成本将《真理报》此文制作一番，同时配文刊登，“铁证如山”，言之凿凿。并且，胡铭揭示真相，其写道：

但，其实这闷葫芦也可以揭得穿的。原文！原文！“原”来高尔基于六月十八日一永眠，罗曼·罗兰即从瑞士亲自打电话到《真理报》去致吊，《真理报》即将他的吊辞于二十日刊出，同一天莫斯哥（科）的《消息报》复根据由巴黎转过去的电播，也刊了这吊辞，但两报间的字句也就有了出入，而与《真理报》的“罗曼罗兰的信”的标题比起来，后者也另取了一个《悲哀与热爱的话》的标题。就这样，原文！原文！“原”来那“不过寥寥千字”的文章，恐怕还是先出于罗氏之“口”，后来才整理发表于《星期五》之类的刊物上的罢！

黎先生若硬要骂我们改了题目，还得请先到巴黎的街上去骂罗氏自身，也还得进一步去骂骂莫斯哥（科）的街，骂那两家报馆“为什么要把题目改译成那个样子！”自然，我们的标题也与《真理报》的不同，而取了该文的末尾一句“永息在我们的心里”。但是，告诉黎先生！在这种情形之下，我们是有将它改成一个能够动人的题目的权利的。《消息报》不就改过了么？

胡铭和沈起予等人着实花费了一番苦功夫，将此事的来龙去脉，说得清清楚楚，言外之音：黎先生，你是井底之蛙，眼界狭窄得很，看看我们“正宗”原版的来源，你依据的只是“二手货”，不配与我们来对话，更谈不上做一个“义务校对员”，因为你不懂俄文。同时，胡铭免不了提升了“口水战”的分贝，出现了“骂街”二字，将黎先生逼入“死胡同”，坐等看热闹。最后，胡铭得意扬扬地写道：

末了，我本也想将黎先生据法文认为错处的俄文举出来“校对”一下，可惜印刷所既无俄文字母，而一个既根据“张三”，一个又根据“李四”，也委实校对不清的。可是我得说明白，仅就黎先生所指的那几点而言，我的俄文是绝对没有错的（至于其他地方或许有错，但那是须得懂俄文的人来指教）。本来一据法文，一据俄文来对错，原是近乎滑稽的事情，但这滑稽的责任，恐怕要由黎先生的硬派“《永息在我们的心里》的确就是 Vendredi 和 Europe 上所登的 Adieeu à Gorki”之类“高见”来负罢！

不过，话又得说回来，在现在这种行帮重于国家，商略重于道义的时代，承《中流》的编辑黎先生一再关注“同型杂志”的《光明》而赐以“纠弹”，也许是应有的现象吧。

胡铭之言似乎有据有理，“真相大白于天下”，趁机冷嘲热讽一番，发挥得淋漓尽致，好不痛快。并对于“不知天高地厚”的黎烈文，教训一番，指责他搞宗派主义、小集团，挑起“纠弹”事端，延续“两个口号”论争的余波——要负全部责任。眼看胜券在握，这期《光明》编者写的《社语》解释道：

感谢读者丹心先生的通知，使我们知道了某（杂）志登载了黎烈文先生的《错译在〈光明〉不在〈译文〉》的文章。现已由原译者胡铭先生答复，希参照。不过我们觉得黎先生的“我没有许多闲功夫给那样的译文作义务校对”之类的话似乎火气过大；火气大也未常（尝）不可，但至少要调查一下别人的译文的根据，未经过调查，而又由于读者的请求（如黎文中所举的王先生）不得不答复时，在黎先生是仅有说出“本文是根据某地某时的法文译出，相信无错

(当然就说点这‘是一篇最明确可靠的翻译’的自译自赞，也还关大体)但不识《光明》是依据什么文字，有错与否，不得而知”之类的话的权利，若硬要多来一点，那就不特侮辱了别人的译文，并且暴露了自己的短见。

对于黎烈文第二篇文章《〈光明〉太对不起纪德》，这期《社语》写道：

又是一套不请自就的义务校对！老实告诉黎先生，《光明》三期增刊的《高尔基哀荣录》上的文章没有一篇是根据法文译的，你老是那末（么）法文，法文的干吗？如果真是为的批评翻译，请先把别人根据的文字弄清爽后再谈；若是想找个地方教两个 lelales，则《申报》上有的是广告地盘。

当然，我们因为想使读者早点知道高氏死后的情形，那篇附录是情（请）人在忙中赶译出来的，想来错处在所不免。可是这是须得别的人来指教的。……

胡铭非常自信地宣称：“我的俄文是绝对没有错的。”这一席之言深深地刺激了黎烈文及其朋友圈的自尊心，况且藏龙卧虎的高手大有人在。

《中流》第1卷第3期（1936年10月5日）发表王敏撰写的《到底是谁译错了》一文。他觉得“自己既懂得一点法文与俄文”，就不妨出来作一下“义务校对”，以解决这次译文的纠纷。

先说《光明》三期《高尔基哀荣录》上胡铭先生所译的一篇《永息在我们的心里》。据《光明》八期胡铭先生答黎烈文先生一文中说，他是根据俄译文转译出来的，并郑重声明：“仅就黎先生所指的那几点而言，我的俄文是绝对没有错的。”(这里所谓“我的俄文”当然是指由俄文译的中文吧!)

王敏指出“胡（铭）先生对俄译文还有几处不忠实的地方”，随后说：“我希望从事翻译的文化工作这要郑重其事，不要把译事看得太容易，像《光明》那样的错误百出的译文，实在太对不起原作者和读者!”此语犹如“一锤定音”，分量很重，评判的天平顿时倾斜于黎烈文这一边。在王敏一文后面，黎烈文附注：

读了王敏先生的文章，我们知道即使根据俄文来说，《光明》也“太对不起纪德和中国的读者”，事实胜于雄辩，实在用不着我来多说；但有两点我还得声明几句：

第一，我的两篇指责《光明》误译的文章，都是九月三日《大沪报》登出来的“两篇译文的对照”一文引出来的。该文作者没有拿任何外国文对过，而语气之间，已将错误派在我这方面，这就使得我不能不出来说话了。因为《光明》的译文并未注出译者的姓氏，我自然只好拿杂志的名称来作代表，所以胡铭先生说我“一再关注同型杂志的名称来作代表，以及胡铭先生说我‘一再关注同型杂志的《光明》而赐以纠弹’，那责任是应当由最初隐姓埋名，想要躲避责任的胡铭先生担负的”。

第二，罗曼罗兰和纪德都是法国人，他们说法国话，写法国文，《光明》从俄文转译他们的东西时应当在篇末注明译自俄文或苏联某报才对；倘不注明，则别人当然要认为译自法文，拿法文来校对的。打个譬如：作为创作家的沈起予先生的作品，万一也能和周文先生的作品一样译成日文，登在日本杂志上面，而又有人再从日本文转翻译成欧洲文字登在欧洲杂志上面，却并不注明译自日文，如果有人觉得译文有了错误时，请问他会找中文来对呢，还是找日文来对？这样浅显的道理，《光明》编者沈起予先生竟不知道，他不怪《光明》的“错译”没有注明原作的出处，却怪别人没有调查它的译文的根据，真是怪事。

至若旁的一些题外之话，“又是一套不请自就的义务校对”啦，“若是想找个地方教两个 lelales，则《申报》上有的是广告地盘”啦，等等，我觉得或则过于天真，或则过于谩骂，都不是《光明》编者沈起予先生所应说的话，恕我不来一一回答了。

黎烈文的话不免“画蛇添足”，原本可以休战的事情又起波澜。仅相隔 5 天，《光明》第 9 号也出版了，沈起予“附带”发表了《最初的答辩和最后的答辩》。他写道：

因为黎烈文先生在一篇文章的“烈文附注”上提到我个人的名字，我想稍稍解答两句，但恐怕这是最初的一次，同时也是最后的一次了。

按《光明》三期附录《高尔基哀荣录》是在匆忙中“赶”出来的，为的是想（让）读者们早点知道这巨人死后的哀荣。所以根本说来，那原是含“新闻”性的东西。当时各位译者也曾注出了自己的姓名，可是由于校对者对工人的关照错误，而我们又不忍要工人改排，且想不到黎先生要从这些地方勇敢地做文章，疑为是避责任，所以就让它去了。至于要在篇末注明译自俄文之类，因为我们不曾想到每个读者都像黎先生一样，所以就未多麻烦译者。原因很简单：罗、纪虽是法国人，恐怕有时也会说外国话，写外国文，而且俄文既比法文先刊，当时我们也用着视为“转译”。假如沈起予的作品在国内还不曾发表而先发表于日本，因之有人从日文直译成欧洲文字。我还是主张应根据日文来“校错”的，黎先生把我引来做“譬如”的那“譬如”，在此毫不适用，而《社语》的怪黎先生没有调查译文的根据，也就毫不“真是怪事”了。

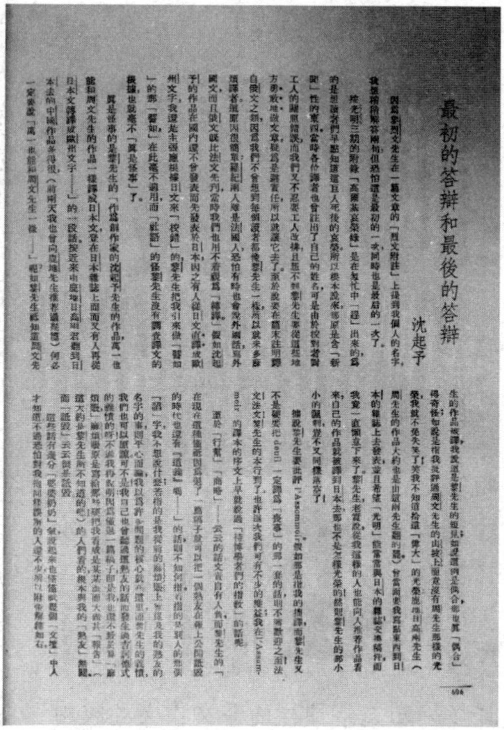
最初的答辯和最後的答辯
沈起予

图 18－2　沈起予辩驳之文

沈起予又作了一番自我辩护，其中牵涉到周文与傅东华“盘肠大战”的争论期间，沈起予撰写了《对〈山坡上〉的私见》一文的往事。因此，有的“好事者”趁机说这是又一次“得罪”了鲁迅（周文是鲁迅培养的青年作家），“迁怒”于沈起予，退还特约他翻译的一文，把几件不相干的事扯到一起。

对此，沈起予很是恼火，在自我辩护的最后发了一通牢骚，无可奈何地说道：“硬把我看成是某某派而大做其‘报告’（这大约是黎先生所不知道的吧！）的人们看的，根本与我的‘熟友”无关。而‘诋毁’云云倒是诋毁。这些话有几分‘婆婆奶奶’气，说起来也仅仅只几个‘文坛’中人才知道。不过恐怕对我抱同样误解的人还不少，所以附带解释如右。”

显然，沈起予并不想卷入“两个口号”论争的旋涡，也似乎没有写论争文章（也许吸取了过去参与“围攻”鲁迅的教训），尽管他是“协会”理事，有许多事情“有口难辩”。现在他编辑《光明》，眼看这次翻译问题又要再次面临“两个口号”论争的双方，言外之意，希望“肝火正旺”的黎烈文能够理解。

这时鲁迅不幸去世，《光明》与《中流》等编辑都忙于推出追悼鲁迅的特辑。同时《光明》忠实的读者来信，谈起这场墨笔官司，希望双方停止论争，再次触动沈起予的敏感神经，便在这期（第1卷第11号）的《读者之页》刊登两位读者的来信，并且写了答复之信：

金门、宣明两先生：

蒙你们关心《光明》，并给以良好的鞭策，感甚！本来黎烈文先生也是我们的钦佩者之一，而对贫弱的中国的文化界也希望有更多的杂志起来分工合作。可是我们读着《中流》创刊号上的编者之辞时，就不竟（禁）感觉失望，原来从前在《自由谈》时代反对过“性灵文学”的人，现在已在提倡变相的“性灵文学”了。跟着来的，就是他的对《光明》的猛烈的攻击；——这所以不说是“批评”而说是“攻击”者，是他的文章既不在反对“重译”，——严格地说来《光明》的当时的文章还不算是重译——也不调查别人的译文所根据的文字，便那末（么）肯定地说《光明》的文字一定是从法文译出而又再加许多近乎中伤的话，如：“目瞪口呆；从首错到尾；我没有许多闲功夫给那样的译文作义务校对”等等。（至于对自己的也有缺点的译文却自赞为最可靠，最明确）——这末（么）一来，到（倒）使我们真不知黎先生的真意在那（哪）里的了！所以也就在《社语》上提了两句。自然，当时我们是没有忘去（却）“作家们的联络”的这一神圣使命的。可是我们也觉得“联合”不是见人便叩头的意思，而在见着别人既在提倡变相的性灵文学，又以如斯的态度来对待《光明》，我们更不能不对别人的“质”上发生了疑问。

本来是自己在“自译自赞”，现在却说别人在“逞能”。本来自己的态度已经不良了，而现在又进一步开始对人恶骂。对于这种先伸手打人，及别人还手时便说“君子动口，小人动手”的带“阿Q相”的人我们还有什么可说呢！

“读者不尽是无理智的……”我们应得让你们的这话来作结束。祝安好。

《光明》编者之一沈起予

沈起予这番“坦诚”的解释，不仅没有平息黎烈文的“肝火”，反而激起他的“义务校对”的激情，继续扩大批评翻译的范围，真是一波未平又起一波。

《中流》第1卷第4期（1936年10月20日）“常识谈话”栏目刊登了毕公撰写的《沈起予先生和集体创作》，其中写道：

《光明》编者沈起予先生最近曾经在一篇文章里表示欢迎被人批评他的译书，看那样子，沈先生的翻译该是无懈可击的了。不料我偶尔把第九号《光明》上登出的沈先生的大作《中国漫画家从苏联带来的礼物》一文翻了一翻，便发现沈先生的错误竟是俯拾即是，倘不信，我就随手拈几个出来看看罢。

毕公认为其中一段文字有3个严重的错误：

（一）将画册递与大家的陈先生既说“这画是取集体创作的方式画成的，不能说是出于某一人之手”，而沈先生却说“这册漫画的集体创作的方法，似乎是Kukryniksi一人执笔画”，这事岂不前后矛盾吗？我们究竟应当相信那（哪）一个的话对呢？原来Kukryniksi并不是“一人”的名字，而是苏联Mikhail Koupriauov，Porfiri Krylov，Nicolas Sokolov三个著名漫画家合用的笔名，因为画是三人合作的，所以陈先生说：“这画是取集体创作的方式画成的，不能说是出于某一人之手”，不料沈先生连Kukryniksi这集体笔名都不知道，竟以为苏联的集体创（作）也和中国老牌集体创作家何家槐、徐转蓬诸公的集体创作一样，是由某一人执笔，因而贸贸然说出“这册漫画的集体创作的方法，似乎是Kukryniksi一人执笔画”的蠢话，一个“前进刊物”的编者竟会这样不学无术，也真未免太难以为情了。

……

此外，沈先生还在同一篇文章里把table speech那样惯用的语句译作“小谈”，并在底下加上一个？号。这虽见沈先生的仔细，同时岂不也就暴露了《光明》编者的无学吗？

《中国漫画家从苏联带来的礼物》一文并不是翻译，而是沈先生自己的大作。上面举出的几个错误都是沈先生自己注明了原文的地方。在自己作（做）的文章里已经每注必错，那么倘是一篇翻译，那错误之多还能想象吗？

我和沈先生素味（昧）平生，自然没一点儿私人恩怨。我写这篇文章绝不是有意和沈先生为难，我不过看见沈先生那种像煞有介事，强不知以为知的态度，觉得很不顺眼，所以在沈先生自己作（做）的文章里随便拈出两点谈谈，这说不上翻译批评，这只是一篇关于常识的谈话。但就我所见到的几处说来，我觉得沈先生的常识作为一个前进刊物的编者是还差得很远很远。我诚恳地奉劝沈先生，以后应该多读书，少作（做）文，免得一开口就驴头不对马嘴，见笑大方，遗（贻）误读者！

同时，黎烈文在这期《编后记》写道：

关于《光明》的错译问题，已经有王敏先生在上期本刊上根据俄文证明《光明》"错得岂有此理"，"确实太对不起纪德与中国的读者"，一个稍有良心的编辑，在这时候，除掉忏悔自己不该拿那样乱七八糟的译文欺朦（蒙）读者以外，实在不应该再有什么话说。想不到《光明》编者沈起予先生竟还会强词夺理地说王敏先生的批评是"超过吹求的文章"，请问沈先生把原意是"我在莫斯科的莫大愉快，正像到处悬挂的红旗镶上了黑边一样，被悲哀包围着"那样明白合理的话语，译成"在莫斯科是极大的兴奋。这里到处布满着哀悼的装饰，到处悬挂着镶黑边的红旗"这种莫名其妙的句子，还不能算大错吗？指出这样的大错，还可说是"超过吹求的文章"吗？沈先生，你这样狡辩，未免太无赖，太无耻了罢？

但是非黑白，高明的读者是看得清清楚楚的，任你沈先生怎样强词夺理，恐也不能掩尽天下的耳目，关于这事，我们是犯不着再来和你多辩了。

倒是毕公先生的《沈起予先生和集体创作》一文，我们觉得是一篇狠（很）有趣味的文章，看到毕公先生画出的那个没有常识却偏要逞能的脚（角）色，恐怕谁也忍住不要笑痛肚子罢？

对此，沈起予发表读者——"爱护先生的一个不相识者劲人"的来信。该信对于沈起予的《中国漫画家从苏联带来的礼物》一文，"看了很同情而且真的觉得相当宝贵"。同时指责毕公一文最后"这几十个刻毒的字和这一篇将人为难的文章将先生的一篇介绍斩头剪尾的来形容得真的大错特错"。严厉批评黎烈文"这个笑痛肚子的编者好似一见这类抨击别人（也许是有恶感者）的文章就不加细研究明白地就登出来，以为自己就痛快了！"

沈起予将此信以及自己的答复——承认自己的误译之处，一起发表于

《光明》第1卷第11号（1936年11月10日）“读者之页”专栏里。

劲人先生：

Kukryniksi一集体笔名的确是我弄错了。第一因我不懂俄文而对漫画也是外行。我之所以转载那几幅漫画的动机，原是由于许多读者来信说《光明》的插图过少。第二，那册漫画在我手中的时间仅不过三天（连制版期在内）便要交与黄士英先生，所以仅仅请教了张仲实先生，便没有功夫请教第二位了。因为张先生是研究社会科学的，他只对我说“大致是怎样怎样”，所以我也就照样不肯定地说“大致是怎样怎样”以待改正的机会；现在已在《光明》上期《社语》中改正了。好在我并不曾说出“我敢以介绍者的立场来说，我那篇文章是最明确最可靠”一类的“自己介绍自己赞”的话，所以读者们大致还不至把我当成十恶不赦的“无耻”者吧。一位巨人曾说过：“我们有时自然是要犯错误的，不犯错误的只有死人，因为死人根本就不行动。”所以毕公先生指摘我的错误，我不特毫不介意而且异常欢迎。可恶的倒是他对中国的刚在萌芽的集体创作所作的污蔑，所放的毒箭！和那用意不明的“前进刊物”一类的字句。

至于他指的我译的几个单字，我看倒可不必改正，因为Parnasse山毕竟是从前称为诗人的灵所（不是指死人的用纸糊的“灵屋”）的中部希腊的山，而epigram也毕竟是“诗句”中的一种；至于table speech也许可译为“茶话”之类；可是当天我们并没有茗茶闲谈。好在毕公也毕竟不曾说出“那样惯用的语句”应译作什么，所以仍就让陈先生“小谈”一下罢。

至于对黎烈文先生，我总觉得他近来集了“阿Q相”和“吉阿德相”的大成。既然要出来打天下，自己就不应披挂一身破铜烂铁，把Kukryniksi弄错了也值得黎先生笑破肚子，但在未笑破肚子之前，应得先把自己的（《中流》上的文章大约是黎先生阅过的罢！）“四行诗”弄成“酒徒”（参照《中流》创刊号上《东京随笔》一文）之类的宝贝揩个清爽——与未“目瞪口呆”之前，应把别人的译文的来源调查清爽一样，也与要出恭就得先带两张草纸一样。不然就对别人笑破肚子，别人还是在自己的身上嗅得出臭味来的。

老实的沈起予起初诚恳地承认误译，事态向“平息”方向发展，不料他的笔锋一转，指责对方讽刺“集体创作”（这是“协会”仿造苏联文坛的流行的一种创作方式，加以大力提倡），进而把矛头直指黎烈文，甚至出现“出恭”的不雅之词，真所谓“兔子急了也会咬人”。

这一下“惹毛”了对方，将这场笔墨官司推向“白热化”。毕公的笔锋老辣，迅即写下《请沈起予先生再查字典》一文，发表于《中流》第1卷第6期（1936年11月20日），他写道：

我在第四期《中流》上《沈起予先生和集体创作》一文中指责过沈起予先生几个错误，平心而论，那种指责实在是和二加二等于四一样明确，如果沈起予先生不完全凭着意气抹杀真理，我想他只能虚心接受，再也无所用其狡辩的。但看了第十号和第十一号的《光明》，沈起予先生非但不肯服过，反而骂我“可恶”，这实在使人十分失望。

错了就错了，何必多说呢？沈起予先生既承认“Kukryniksi一集体创作笔名的确是我弄错了”，却还要拖出一位张先生来代他负过，这在好讲“道义”的沈起予先生，未免有点说不过去罢！而底下还接着说：“一位巨人曾说过：‘我们有时候自然是要犯错误的，不犯错误的只有死人，因为死人根本就不行动’”一类自骗自的精神满足的话，岂不是十足道地的‘阿Q相’吗？

其余几个错误，沈起予先生也是在狡辩得可笑！他说Epigram是“诗句”的一种，所以可以译作“诗句”。照沈先生的逻辑来说，那么man也可以译作“动物”了，因为“人”也是“动物”的一种呀！

还有Parnasse一字，沈先生定要把它译作“诗人的灵所”，理由是“因为Parnasse山毕竟是从前称为诗人的灵所（不是指死人的用纸糊的‘灵屋’）的中部希腊的山”。我看来看去，总不知道这“诗人的灵所”是什么意思。查了几种外国字典都不见有这样的解释。后来幸得一位朋友提醒我：沈起予是日本留学生，他大概是根据日本字典死译过来的罢？于是我赶忙跑到一位朋友家里，把那本白水社出版的《佛和大辞典》一查，果然在Parnasse条下，有着如下的解释：“巴尔纳斯山（从前称为诗神的灵所的中央希腊的山）。”

哈哈，原来沈先生的“灵所”是一个原封不动的日本名词，这就难怪虽然注上“不是指死人的用纸糊的‘灵屋’”，我们也仍旧不知道是怎样一种“灵所”了。其实《佛和大辞典》写的“诗神的灵所”是并没有错的，“诗神”两字显然是指Appollon和Muses，因为是奉献给神的山，所以称作“灵所"。不知沈先生凭着什么理由硬要一而再地把"诗神"改成"诗人"。既然改成了"人",又怎能还有"灵所"呢?"人"的"灵所"不正是指死人的用纸糊的"灵屋"吗?

一个常常翻译法文的人单单靠着一本《佛和大辞典》已经可笑了,更何况连辞典都看不清楚呢?一字之差,意义便完全不同了,沈先生真应该再多查字(辞)典啊!

沈起予借着读者的嘴指责黎烈文等人,黎烈文在这期《中流》里也同样刊登读者来信,意即自我辩护,同时答复:

公树、梦华两先生:

……"批评翻译"一事,我想除开已经受到批评的人们及怕要受到批评的人们以外,一定谁都认为重要的。这事阻力虽多,但只要时间和能力许可,我们一定继续做下去,以副读者诸君的期望。

关于《光明》的错误问题,我实在不想再说什么,本来我对《光明》和沈起予先生个人丝毫没有"为难"的意思,可怪的是《中流》刚刚出世,就有人在某晚报上拿我的译文和《光明》的翻译对照,并把错处轻轻断在我身上。那么,我在答辩之余,将《光明》的翻译检查检查,也狠(很)在情理之中吧?但这样一来,却犯了滔天大罪了,"行帮重于国家"呀,"商略重于道义"呀,"阿Q相"呀,"打天下"呀,什么什么的就简直闹不完了。看了第十号《光明》沈起予先生答读者的信:"我们应得让你们的话来作结束",总以为这事也可以完结了罢,所以我在第五期《中流》上并没有作答。然而不然,沈起予先生以为自己错得狠(很)漂亮,以为我的沈(沉)默是畏怯,就越骂越有劲,在第十一号《光明》上竟连"出恭"等等都骂出口了,真的,"再一步他大概就要实行'国骂'了"。我在受到这样远远超过了"骂街"的恶骂时,倒反而替沈起予先生难受,我觉得像沈起予先生那样的人写出"出恭"一类的话语是太可惋惜的事情。

沈起予先生不怪自己没有注明译文的出处,老怪别人没有调查《光明》译文的来源,这实在不知道是根据什么理由?难道沈起予先生以为每个批评翻译的人都应当雇佣几个"包打听"去调查别人译文的根据吗?

就算《光明》所载纪德和罗曼·罗兰这两位法国文豪的文字是译自俄文,不能拿法文校对,那么王敏先生根据俄文来批评总该没有话说了罢,但沈起予先生又说那是“超过‘吹求’的文章”。请问不懂俄文的沈起予怎能知道那是“超过‘吹求’的文章”呢？把原意是“在深沉的静默里，一个看不见的音乐队奏了一曲挽歌”的语句译作“大家都狠（很）庄严的不知不觉口中唱出葬歌的调子”这种大错特错的妙文指了出来，还算“超过‘吹求’的文章”吗？如果沈先生稍有一点艺术的良心，我想也不会说出这样的话了！

总而言之，由某晚报的《两篇译文的对照》一文引出来的我和《光明》的纠纷，已早有王敏先生根据俄法两种文字证明“像《光明》那样错误百出的译文实在对不起原作者和读者”，而我的译文则据王敏先生对照原文的结果，“并没有发现什么错误”，这就够了，我实在不想再说什么。以后无论沈起予先生再要“出恭”也好，或进一步实行“国骂”也好，我现在声明在先：决不奉陪了。

黎烈文在这期的《编后记》里也写道：

本期胡风先生的《把目光放到战壕以外》是一篇令人读了感慨无量的文章。敌人的炮火不足畏，只有同一战壕里的伙伴的暗算，却是最最使人丧气的事。而我们的文坛现在就充满着躲在暗角落里施放冷箭的英雄！

关于本刊两篇批评《光明》翻译的文章，编者已经一再声明那是由于某报的《两篇译文的对照》挑引出来的。编者对于《光明》并无恶感。因为希望纠纷早日结束，所以看了沈起予先生在第十号《光明·读者之页》里的文章，就并未作答，不料沈起予先生把我们的沉默当作畏怯，又在第十一号《光明》里大放厥词。这样，纠纷延长下去，责任谁属，公正的读者也就十分明白罢？

黎烈文怒气冲冲地声称“决不奉陪”，不再费口舌了。5天后，沈起予等人在《光明》第1卷第12号（1936年11月25日）以刊登读者来信的方式——意即同意，自己也搁笔“沉默”了。其实，双方的忠实读者都已经提出强烈呼吁——休战，其中《光明》读者周秋楚的来信（11月13日）很有代表性，其写道：

编者先生：

每一个文人，似乎都喜欢标榜着自己的才能高强，而讥笑着人家的浅薄；

因此常常借着公开的刊物，大打其笔墨官司。是的，学术的公开讨论，这是一种好现象，但不知咱们中国的文人开口就喜欢骂人。这似乎不像是一群有相当文化程度的人干的事，简直是兽性发作。尽可以好好的讨论，为什么要眼巴巴里哩！

在这里我有一个提议，我想，这样想法的人，也不止我一个吧！在刊物的宝贵篇幅里，对于指摘译文的错误的文章尽量的少登，我认为登载这类的文章，简直是浪费读者宝贵的篇幅。

错误是不能避免的，前进的先生们看到了，予以指正，我们认为是善意，这是正当的。办法是这样：

如发现某杂志某一篇译文，译笔有错误的地方，立刻可以写信给原作者，经过一番讨论，认为的确是错了，那末（么）由原杂志来一个更正。这样，我想对双方都没有什么坏处吧！

两个杂志打笔墨官司，是使读者头痛的事。在购买力薄弱的中国青年，谁有钱来买每一种文学杂志，即使有钱也没有相当时间。假使甲乙两杂志打起官司来，他只是看一种杂志的，那末（么）读了论争的文章，简直是莫名其妙，无所适从了。像《高尔基哀荣录》就是那样，事情是大家不错，要是事前大家讨论一下，一场空翻是绝对可以避免。（下略）

《光明》的忠实读者李月华来信中说：何主人已经写了《论翻译》，大概可以在《大晚报》上发表，另外又写了一篇《论战的态度》，可能发表于《时事新报·青光》副刊，这“打圆场”的迫切心情是显而易见的。不过，笔者未能找到此两文，也许这两家报纸副刊编辑不想卷入其中，生怕“节外生枝”。终于，这场“纠弹”的笔墨官司落下帷幕了，尽管还有零星的余声。

昔日（1922 年或 1924 年有争论）创造社与文学研究会关于翻译的错误问题，牵涉到郭沫若、茅盾、郑振铎等人。当时翻译水平不高，经验不足，译作中有错译、误译、死译等不足为奇，但是夹进了意气和成见，乃至成了一场护自己之短、揭他人之痂、讽刺挖苦的混战。

时隔十几年后，翻译水平大有提升，但是这场笔墨之战依然再现昔日“意气和成见”的浓厚气氛，起因都是“好事者”，具有惊人的相似之处。如果回味一下以上“纠弹”论争的整个过程，令人感慨，那么至少可以得出以下一些看法：

其一，表面上这场“纠弹”的笔墨官司，最初是“好事者”王黑云的

《两篇译文的对照》一文酿成的，但是，其中重要原因之一则是“两个口号”论争双方不同程度存在宗派主义、关门主义，从而产生了影响深远的隔阂，导火线一触即爆发。如果要继续寻根追源，那么话题就扯远了。

况且《光明》与《中流》先后问世，恰好形成“两个口号”论争双方的延续阵地，双方为了捍卫自己的阵地，不惜撕开君子的温文面纱。“好事者”王黑云无意或有意从中挑起事端，触动《中流》编者黎烈文的敏感神经，包括“挑衅”他的法文翻译家的权威声誉，他将矛头指向发表译文的《光明》编者，发出的论争声音立即变得非同一般。最后，黎烈文感叹胡风的《把目光放到战壕以外》一文，沈起予的自我辩护时“旧话重提”，这些都是生动的例证，散发出浓浓的火药味，飘逸在“两个口号”论争的余音上空。

其二，如果仅仅停留在翻译问题上，那么黎烈文与沈起予的论争，一波三折，似乎前者及其朋友圈的翻译水平略胜一筹，但绝不是谁输谁赢的简单结果。最初，黎烈文一开口就是“肝火旺盛”，加之没有搞清楚对方译文的来历，因此，他即使“再有理”，也难以让对方接受。

双方你来我往，谁都不服谁，都不愿“退避三舍”，互相指责，热嘲冷讽，推波助澜，甚至“爆粗口”，从不同角度暴露了东方文人的“丑陋”一面。“简直是兽性发作”，虽然读者的犀利点评似乎有点刺耳。

其三，在中国现代文学史上，黎烈文与沈起予以不同的文学成果赢得不同的声誉，值得世人尊重。他俩后半辈子的人生道路截然不同，但是“殊途同归”——曾在很长一段时间内，他俩都因某种相似的原因被打入“冷宫”，文史研究出现了沉重的“空白”。“文革”后，由于黎烈文曾主编《自由谈》、与鲁迅的密切关系等因素，黎烈文的著译文集终于出版了，为进一步研究打下了坚实的基础。但是，沈起予依然远离世人的视线，这是诸多因素造成的。

因此，黎烈文与沈起予昔日的笔墨官司，反映了他们各自的性格、心理等特点，猜疑和忠诚、老实与机敏、直白与刻薄、傲慢与偏见、浅薄与高深等杂糅在一起，这也是一种文史档案，折射出诸多问题。

其四，令人奇怪的是后世影印合订本《光明》偏偏漏掉了第 1 卷第 3 号“特辑号外”《高尔基哀荣录》，虽然这期封面的要目上凸显此标题。对此，笔者家父丁景唐在封面要目上特地批语：“为何影印本没有。”也许这是故意避嫌，生怕牵涉到幕后“功成名就”的大人物。

其五，王黑云的《两篇译文的对照》发表于《大沪晚报》，该报的背景很复杂。该报创办于1936年5月7日，在意大利驻沪领事馆注册，聘用意大利人刚恒毅为董事长，罗骥为发行人，顾文生任华人经理。编辑有张孛平(后任总编辑)、黄静庵、朱亚杰、曾广樵。1937年八一三事变的当天，该报改出对开版张2版，以后未见出版。

其实，该报是国民党中统CC系下属秘密组织干社[2]的直属外围单位，原中统特务黄敬斋（黄再生)、郑蕴侠曾撰文回忆到干社的人事组织及其直属的大沪晚报社等外围单位。

黄敬斋曾任干社文书组主任干事，他回忆说：大沪晚报社社长是李恩弨，要闻版和本埠版的主编是张修明（光明出版部所属的《东南晚报》的主编)。副刊编辑的主编则黄敬斋担任，而且是李恩弨请丁默邨（组建臭名昭著的76号特工总部）委派的。郑蕴侠回忆《大沪晚报》的内容，“主要是意大利的一个天主教神父专门宣扬法西斯主义和歌颂墨索里尼和蒋介石”。[3]

黄敬斋主编的《大沪晚报》副刊，内容五花八门，良莠不分，泥沙俱下。其中既有捏造的鲁迅等杂文，也发表萧乾、关露、萧红、萧军等人的文学作品。发表王黑云的《两篇译文的对照》之后，也刊登批评《光明》的文章（署名抚琴)，题为《〈宾阳门外〉及其他批评的〈光明〉》，其中包括《光明》刊登的郭沫若的《宾阳门外》、李辉英的《郊战演习》等作品，让读者一时难以辨清优劣是非。

《大沪晚报》发表《两篇译文的对照》一文挑起事端，也许是想控制上海文坛的舆论导向，故意自我炒作，趁机浑水摸鱼，产生广告效应，扩大影响。

《两篇译文的对照》一文引发的笔墨官司，牵涉到各种人物，引申出许多疑问。其中《两篇译文的对照》的作者王黑云有何来历，还有《永息在我们的心里》的译者胡铭，精通俄文、法文的王敏和接连撰写两文的毕公都是“神秘”的翻译高手，至于《光明》读者周秋楚来信，背后是否有人指示等。

对此，周扬等人回忆文章中几乎疏远此事，似乎与他们毫无关系。如今各种有关专著和专题文章也很少谈及这场轰动一时的笔墨官司——“两个口号”论争尾声时的一个插曲，其中《大沪晚报》的复杂背景也是重要原因之一。

［注］

［1］详见丁言模：《“独挡一面”的〈东方文艺〉月刊》，载丁言模：《穿越岁月的文学刊物和作家（二）》，中国社会出版社2017年版。

［2］干社遵照蒋介石号召的“苦干、实干、硬干”的原则命名，社长是吴醒亚、副社长潘公展，下设干事会，干事长丁默邨，副干事长陶百川，干事会下设置新闻、出版、教育、宣传、戏剧、电影6个事业设计组。

［3］李斌《〈大沪晚报〉署名“鲁迅”及“鲁逊”的文章考辨》，载《中国现代文学研究丛刊》2017年第1期。详见黄敬斋：《国民党CC系的干社》，载《文史资料选辑》第36卷第106辑，中国文史出版社1992年版；郑蕴侠：《CC化身——干社》，载《文史资料存稿选编》第1卷，政协贵州省委员会文史资料委员会编，贵州人民出版社2006年版。

附录：

左联与中国著作者协会

1930年3月2日，正式成立的左联是中国共产党直接领导下的革命文学团体，也是中共六大决议、中共六届二中全会实施的政治产物。[1]潘汉年则是具体执行者“第一人”，筹备中国著作者协会和左联的主将。

左联的前身：中国著作者协会

太阳社刊物《海风周报》第2期（1929年1月6日出版）刊登《国内文坛消息》，这是钱杏邨以亚鲁的笔名编写的，其中写道：

中国著作者协会，经过两个月的筹备，已于1928年12月30日正式成立。于是日下午二时假上海北四川路广肇公学开成立大会。计到郑振铎，孙伏园，张崧年等九十余人。选举结果，郑伯奇，沈端先，李初梨，彭康，郑振铎，周予同，樊仲云，潘梓年，章锡琛九人为执行委员，钱杏邨，冯乃超，王独清，孙伏园，潘汉年五人为监察委员。并有下列重要提案，（甲）以一月份为宣传月，争求思想言论出版之自由；（乙）刊行创作年鉴；（丙）组织委员会发行会刊；（丁）聘请法律顾问。现该会正在积极进行。

多年后，钱杏邨回忆说：“潘汉年先找到创造社的冯乃超和太阳社的我，可能还有个别人商谈。潘汉年当时是党中央宣传部干事，负责联系文艺界。大革命失败后，国民党对出版著作控制更严，我们当时觉得打出争取言论和出版自由的旗帜，便于团结文艺界的各方面的人士。党指示我们，不要把这个组织的政治色彩搞得太鲜明，要尽可能团结更多的人。大概是从一九二八年十月开始，我们分头去串连。那时我们同鲁迅先生的公开论战的高潮虽然平息下来了，党也在做工作，但双方隔阂还有，所以没有主动去同他商量此事。但是，我们却联系了原文学研究会和语丝社的不少人。”[2]

冯乃超回忆说：“一九二八年底，在左联成立之前，张申府（崧年）曾找郑振铎、阿英、樊仲云和我几个人筹备组织中国著作者协会，在成立大会上我们把上海艺大有点写作能力的学生和一些青年作家都动员参加了，结果垮了。”[3]

冯乃超与钱杏邨的回忆略有不同，但是潘汉年是筹备中国著作者协会的主将，则是公认的。1928 年 5 月，潘汉年担任中共江苏省委宣传部文化工作党团（或称文化党组，后划归中共中央宣传部领导）书记，后为“文委”第一任书记。因此，他成为执行中共六大决议《宣传工作的目前任务》——六届二中全会《宣传工作决议案》有关指示的具体执行者“第一人”。

事前，潘汉年与创造社后期的其他小伙计一样，在“围攻”鲁迅时，不甘落后，发表了挖苦鲁迅的小品。鲁迅冷冷地说道：“我在‘革命文学’战场上，是‘落伍者’……也是青年革命艺术家潘汉年编撰的《现代小说》和《战线》；再加一个真是‘跟在弟弟背后说漂亮话’的潘梓年的速成的《洪荒》。但前几天看见 K 君对日本人的谈话（见《战旗》七月号），才知道潘叶之流的‘革命文学’是不算在内的。”

鲁迅看到所谓“革命咖啡店”的广告，其中提及他和潘汉年等人，便有感而发：“这样的乐园，我是不敢上去的，革命文学家，要年青貌美，齿白唇红，如潘汉年叶灵凤辈，这才是天生的间号，乐园的材料；如我者，在《战线》上就宣布过一条‘满口黄牙’的罪状，到那里去高谈，岂不亵渎了‘无产阶级文学’么？”[4]

双方唇枪舌剑，互不相让，翻翻如今汇编的厚厚两大册《“革命文学”论争资料选编》（人民文学出版社 1981 年版），令人瞠目结舌，显然当时留下的“沟壑”一时难以填补。因此，潘汉年等人筹备中国著作者协会，自然疏远鲁迅了，更谈不上主动去沟通。

钱杏邨等人起草的《中国著作者协会宣言》，刊登于创造社后期的综合性刊物《思想月刊》第 5 期（1929 年 1 月出版，实际出版时间稍后）。其宣言声称：

我们痛心军阀的内战，我们愤慨帝国主义列强的侵略，当此存亡绝续之交，我们益感觉到自己责任之重大，我们是以出卖劳力为生活的，为维持自己的生存，故有改善经济条件与法律地位之要求；然而同时我们是知识的劳动者，中国文化之发扬与建设，其责任实在我们的两肩。我们为完成此重大的使命，敢结合中国著作界同志，成立中国著作者协会。

此宣言落款时间1929年1月，后面列有发起人（作家、文化人）多达42人：沈端先、沈起予、朱镜我、李铁声、王独清、周谷城、周予同、周毓英、孟超、金石声、洪涛、洪灵菲、范香谷、耿济之、陈醉云、张崧年、张友松、张资平、张云伏、许德珩、章锡琛、章克标、区克宣、傅彦长、彭康、程希孟、汤澄波、冯乃超、郑振铎、郑伯奇、赵景深、樊仲云、潘梓年、潘汉年、潘怀素、钱杏邨、龚冰庐、陶希圣、孙伏园、孙福熙、陈石孚、胡仲持。

这张名单以太阳社、创造社、文学研究会成员和各个大学教授、资深编辑为主，但是偏偏缺少了太阳社的主将蒋光慈，他因故未能参加这个协会。协会执委的9人中，沈端先（夏衍）、李初梨、彭康、潘梓年4人均为共产党人，而且先后担任“文委”或“文总”（中国左翼文化总同盟）、左联等重要职务；如果从文学团体来看，除了夏衍，其余都是创造社、文学研究会成员。

该协会的5人监察委员除了孙伏园（文学研究会）之外，其余都是太阳社、创造社成员，共产党人有3人，显然在投票决议时占有优势。

42人名单中还有不少文学研究会的成员：周予同、樊仲云、章锡琛、孙伏园、耿济之、赵景深等，孙伏园的弟弟孙福熙、胡愈之的弟弟胡仲持等人也签了名。

其中张申府（崧年）是中国共产党早期创始人之一，后退党，先后在暨南大学、大陆大学、大夏大学、中国大学、北京大学、清华大学等校任教，成为著名学者。

郑振铎，现代著名作家、文学评论家和文学史家。1927年四一二反革命政变后，郑振铎被迫出国。次年回国后，老友张申府找到他，欣然同意参与筹组中国著作者协会。一年多以前，郑振铎曾发起组织“上海著作人公会”，而且还设想将此扩大为全国性的规模。以上谈及的《中国著作者协会宣言》关于著作者的地位与痛苦的论述，以及著作者自身与为文化建设的两重责任的论述等，与《上海著作人公会缘起》的论述是一致的。因此，郑振铎也参与起草《中国著作者协会宣言》。[5]

樊仲云，早年参加文学研究会，先后任商务印书馆编辑、新生命书局总编辑，以及复旦大学、中国公学教授。后充当汉奸，出任汪伪国民政府教育部政务次长、汪伪中央大学校长。

陶希圣先后在上海复旦大学、劳动大学、暨南大学、中国公学、上海法学院、立达学园及中央大学任教，同时与周佛海、樊仲云等创办新生命书局。后任汪伪中央常务委员会委员兼中央宣传部部长，又“摇身一变”，担任国民党要职，成为国民党权威理论家。

图 1－1　广肇公学校长卢颂虔

在中国著作者协会成立大会上，太阳社和中华艺大的青年学生发表了一些激烈的意见，很可能是尖锐批判鲁迅、茅盾等人的过激言论，引起了一些人的疑虑，生怕又要被卷入什么论争中去，甚至连一些发起人也不那么积极参与其事，不久这个协会流产了。此后，潘汉年等吸取教训，考虑用另一种形式团结文艺界左翼、进步人士，酝酿筹备左联。

左联：第一次推举鲁迅为盟主

中国著作者协会假借广肇公学校舍宣告成立，该校在北四川路福德里（今四川北路 1702 弄），占地六七亩，拥有三层楼西式洋房新校舍。其前身为培德小学，由广东珠海人卢颂虔创办于 1913 年，得到同乡卢著卿等赞助，在北四川路清云里租房办学。1932 年，广肇公学在水电路建造新校舍，改名粤东中学。

北四川路福德里的广肇公学，距离 1930 年 3 月 2 日左联成立大会地点窦乐安路 233 号（今多伦多路 201 弄 2 号）中华艺术大学并不远，但是拉近彼此的距离——迈出这一步则具有重大历史意义，成立了共产党领导的革命文学团体，第一次推举鲁迅为盟主，谱写了左翼文艺运动的新篇章。

中国著作者协会与左联之间的递承关系，时隔半个世纪后才再次引起史学界的重视。当初，国民党当局已经发觉了前后两者成立之间的关系，在一份报告里写道：

共党之文艺运动，不仅出版刊物，且进而组织文艺团体。最初组织者，为十八年（1929 年）春成立之“中国著作者协会”。但此会尚系与其他普通作家合作，虽该会执委大半为共党分子，——如李初梨、冯乃超、钱杏邨、成仿吾、王独清等均当选，但亦有非共党分子当选，如樊仲云、郑振铎等。此会旋即无形消灭。是年春，共党伪江苏省委特设文化支部，以华汉、潘汉年、彭康三人为干事，作为进一步之文化运动。并于是年夏，在上海成立左翼作家联盟。两个月后，又成立社会科学家联盟，使社会科学与文艺分途进行。故十八年（1929 年），实为普罗文艺最兴盛之一年。[6]

这些内容中有关时间、人物、政治身份等存在许多错误和问题，但是说明了中国著作者协会引起国民党当局的注意，并察觉到该协会与左联之间的承递关系。同时注意到中共六大之后，中共中央很重视文化工作，建立有关专门文化领导机构，配备专职人员，具体负责文化工作。

因此，潘汉年奉命尝试成立统一的文学界组织，吸取失败的经验教训，促成左联的诞生，决不能割裂、孤立地看待左联成立一事。

周恩来、李立三等人责令停止“围攻”鲁迅，酝酿筹组左联，已经有多文撰述，显然他们是代表中央的意见，不同程度地体现了中共中央会议决议的有关精神。其中吴黎平（吴亮平）的回忆颇有代表性：

30 年代初，我曾和潘汉年同志一起在中央文化工作委员会工作。当时，他在领导文化工作委员会，团结广大进步文化工作者，在反对国民党反革命“文化围剿”的斗争中，发挥了重要的作用。

1929 年 7 月，我遵照党的指示，从莫斯科中山大学回到上海，被分配在中央宣传部工作。当时，中央的秘密机关设在上海，宣传部长是李立三同志。我的工作主要有两方面，一方面主编介绍国际共产主义运动的刊物《环球》；一方面作为中央宣传部的代表参加党的文化工作委员会（文委）的领导。……

大约是在 1929 年 11 月间，根据党中央的指示，我向潘汉年同志谈了对于革命文化运动的三点意见：一是在反革命白色恐怖下，革命文化工作者必须团结一致，共同对敌，自己内部不要闹这个派那个派，争个不休；二是我们要尊重鲁迅先生，团结在鲁迅的旗帜下；三是准备成立革命的群众社团，统一和加强党对革命文化运动各个方面的领导。潘汉年同志很同意这些意见，表示自己也有这些想法。我们交换了对于工作的一些具体设想。随后，文委召开会议，专门讨论了这些问题。潘汉年同志在会上向大家传达了成立“左翼作家联盟”、“社会科学家联盟”、“左翼戏剧家联盟”的意见，要求大家立即停止对于鲁迅先生的批评，他还主动做了自我批评，承担了责任，给大家作了很好的榜样。会后，我和潘汉年同志约定一起去拜访鲁迅先生。[7]

如果把中国著作者协会与左联的两份发起人名单进行比较，那么可以至少得出以下一些看法：

其一，“只出不进”和“只进不出”。前者原来的大部分发起人属于“非党人士”，“一律退出”，除了郑伯奇之外，不再考虑或商议他们加入。后者仍然以太阳社、创造社的共产党人为骨干，同时增加新的左翼、进步作家。事前，潘汉年等人已经考虑到党员与非党员的比例。

更重要的是公开亮出“中国左翼作家联盟”（左翼、作家、联盟均为日文译词）的旗子，首次推出鲁迅的名字，无疑向文学界乃至全社会发出一个强烈信号，左联产生了新的盟主。后来他与瞿秋白共同领导了30年代左翼文艺运动，开创一个新局面。左联的大多数人经受了严峻的历史考验，令人赞叹。此后，左联决议开除周全平、叶灵凤、周毓英和蒋光慈，郁达夫主动退出，则是诸多因素造成的。

其二，前者9人执委中有4名共产党人，选举通过的。后者7人常委沈端先（夏衍）、冯乃超、钱杏邨、鲁迅、田汉、郑伯奇、洪灵菲，其中只有沈端先（夏衍）、郑伯奇是原来中国著作者协会执委，钱杏邨、冯乃超则是该协会的监委。

这7人常委名单具有一定的代表性，事前经过核心小组潘汉年等人研究讨论决定，经“文委”上报中央同意的。在成立大会上，这7人常委候选人全部通过。显然，这要比前者的“审批程序”严格些，凸显了共产党领导、筹组的重要性。

其三，前者名单上的郑振铎被选为9人执委之一，而且是“上海著作人公会”与筹组中国著作者协会的主要参与者和见证人，筹备左联时却被“推出门外”，还有著名作家、资深编辑叶圣陶等人也同样未被邀请加入左联。

如果说原来“围攻”鲁迅、茅盾是“左”倾的错误做法，那么停止“围攻”，并邀请他俩参加左联，是局部、阶段性纠正“左”倾错误。但是，左联未能邀请郑振铎、叶圣陶等人，则依然是“左”倾关门主义的一种表现。

图 1－2　广肇公学

其四，前者名单的凝聚力比较差，大多数发起人并没有思想准备，将被纳入“革命文化运动”之中，因此，一旦有过激言论出现，立即抽身离去。后者的共产党人作为骨干力量，带头表率，承认错误，做了大量的各种“沟通”工作，包括与鲁迅交谈等，其凝聚力、战斗力不可估量。

根据有关史料记载，可以认为左联是中共六大决议实施的政治产物，其中主线比较明显：中共六大和六届二中全会有关决议的延续性，新成立的“文委”领导机构与潘汉年等人的专职人员配置，中国著作者协会与左联之间的承递关系，潘汉年是执行中共六大决议《宣传工作的目前任务》、六届二中全会《宣传工作决议案》有关指示的具体执行者“第一人”。

虽然受到“左”倾的深刻影响，左联、社联等及其创办的左翼文化刊物一直在“屡纠屡行”的过程中曲折前行，但是，左联、社联等所产生的重要成就及其深远影响，则是载入史册，值得敬仰和缅怀。

［**注**］

［1］中共六大通过的决议《宣传工作的目前任务》，分为三个部分：“煽动”“宣传”“刊物”。其中第 2 部分“宣传”最后一条，明确指出：“宣传之另一种的方式就是我党同志参加各种科学文学及新剧团体。参加这些团体会议与提出马克思主义的报告，建议以及报告苏联状况等等，——这一切，地方党部都必须利用以为扩大自己宣传工作与利用一切公开可能的基础。”（《中共中央文件选集》第 4 卷，中共中央党校出版社 1989 年版，第 414—422 页）

这在中共六届二中全会《宣传工作决议案》中进一步细则化，为成立的左联、社联等制定了基本指导方针和公开工作的策略和方式，特别是最后一句话。

《宣传工作决议案》规定："尽量利用群众的宣传组织与刊物，但须切实审查给予正确的指导。"这开头的文字（小标题）下面都有粗黑点。"党应当参加或帮助建立各种公开的书店，学校，通信社，社会科学研究会，文学研究会，剧团，演说会，辩论会，编译新书刊物等工作。但党在这些工作中，必须切实审查给与正确的指导，随时纠正同志因迁就客观环境降低或回避党的政治口号的错误。"这把中共六大提出的"利用一切公开可能的基础"指示进一步明确化，便于操作。

《宣传工作的组织问题》明确中共中央宣传部是"全国宣传教育工作的最高指导机关"，并且设立 7 个部门：审查科、翻译科、材料科、统计科、出版科、编辑委员会、文化工作委员会。其中文化工作委员会——"文委"此后成为左翼文艺运动的领导机构，其具体工作为"指导全国高级的社会科学的团体，杂志，及编辑公开发行的各种刊物书籍"。（《中共中央文件选集》第 5 卷，中共中央党校出版社 1989 年版，第 249—275 页）

这里虽然没有提出指导文学团体，但是在以上谈及的《特别注意于一般群众中的宣传工作》中已经涉及，而且特地点名文学研究会，这是瞿秋白早年曾参加的全国最有影响的文学团体之一。因此，左联的前身——中国著作者协会发起人的名单上，有许多文学研究会成员，不足为奇。

其实，1928 年春，瞿秋白赴莫斯科筹备中共六大之前，忙于党内各项事务，无法分身，便委托郑超麟（《布尔塞维克》编辑）代表中央去创造社联系，应事前对方派人来联系，希望前去指导工作。郑超麟见到了李民治（李一氓）、欧阳继修（阳翰笙），但他忘记了是否还有潘汉年，前后交谈了五六次。中共六大后，蔡和森担任中共中央宣传部长，曾听取郑超麟（时为宣传部秘书）关于创造社的情况。（郑超麟：《谁领导了中央文化工作委员会》，载《新文学史料》1989 年第 2 期）后来，成仿吾特地去日本，邀请冯乃超、朱镜我、李初梨等人回上海，加强了创造社后期的党员力量，因此，创造社和太阳社（成员都是共产党员）成为中国著作者协会及左联发起人的骨干力量。

［2］吴泰昌（记述）：《阿英忆左联》，载《新文学史料》1980 年第 1 期。

［3］冯乃超：《左联成立前后的一些情况》，《鲁迅研究资料》第 6 辑，天津人民出版社 1980 年 10 月出版。

［4］鲁迅：《文坛的掌故》《革命的咖啡店》，收入《鲁迅全集·三闲集》。《现代小说》，月刊，1928 年 1 月创刊于上海，叶灵凤、潘汉年编辑，1930 年终刊；K 君，即郭沫若。他和成仿吾与日本战旗社作家藤枝丈夫等谈话，载于日本无产阶级艺术联盟的机关刊物《战旗》1928 年 7 月号。

［5］郑福康：《郑振铎传》，北京十月文艺出版社 1994 年版，第 211—212 页。

［6］沈云龙主编《近代中国史料丛刊续编》第 87 辑，大海出版社有限公司印行。

［7］吴黎平：《潘汉年在反对文化“围剿”的斗争中》，载《文学史料》1983 年第 2 期。

丁景唐修订补充《左联名单》一文的10则来往信札

1977年至1978年，笔者家父丁景唐为了修订、补充《关于参加中国左翼作家联盟成立大会的盟员名单》（以下简称《左联名单》）一文，曾征求多人意见。丁景唐生前精心保存了与夏衍、冯乃超、许幸之等人一些来往信札，以及丁景唐亲笔修改《左联名单》的“征求意见稿”“修定稿”，其中夏衍审阅的批语手迹，弥足珍贵［（书札之四）注解[6]］。现整理出来，以飨读者。

10年浩劫的“文革”刚结束，丁景唐被安排与蒯斯曛、刘金等清理“文革”中的出版物，由此触动了丁景唐重新研究20世纪30年代左翼文学运动的念头。1977年春，他“重遣春温上笔端”，撰写了关于《中国小说集〈阿Q正传〉——〈国际无产阶级文学选集〉之一》的史料介绍之文，悄然开启了他后半生学术研究“第二春”的序幕，且一发不可收（信札之七）。两年后（1979年）他正式“复出”，担任上海文艺出版社社长兼党组书记。

那时，山东师范学院的薛绥之还是“摘帽右派”（后为《鲁迅生平史料汇编》的主编，资深教授），已在主编《鲁迅生平资料丛抄》（信札之七注解[1][2]），他邀约还未正式平反的丁景唐修改、补充《左联名单》一文。此原文撰写于1961年7月，丁景唐根据夏衍讲述的有关资料，查找了一些资料，整理写成，并请夏衍校阅此文草稿，后发表于《中国现代文艺资料丛刊》第1辑（上海文艺出版社1962年5月出版）。

不久，北京鲁迅博物馆鲁迅研究室的荣太之（负责编辑《鲁迅研究动态》《鲁迅研究资料》）、陈漱渝（后为副馆长兼研究室主任）前来约稿，丁景唐很是高兴，又查找了大量资料，并作了许多修改（信札之二），并请他们协助打印多份“征求意见稿”，分送给夏衍、冯乃超等人，听取修改意见。于是就有了他们的答复回信（信札之四、之五）。为此，丁景唐又作了重要修改（信札之八）。

这期间，丁景唐先后委托温崇实（后为上海社科院社会科学杂志社编委会副主任）、王观泉（后为黑龙江省社科院研究员）前去当面请教冯乃超和夏衍、许幸之（信札之五、信札之十）。同时委托中山大学李伟江（后为教授，主编《冯乃超文集》等）协助有关事务（信札之五）。

1978年4月17日，许幸之提出不同意见（信札之九），丁景唐再次酌情处理，最后致信荣太之、陈漱渝（信札之十），总算“定稿”。前后经历了大半年时间，对于《左联名单》一文，丁景唐不知大大小小修改了多少遍。

“一九七八年春暖花开时节重新校订”，这是丁景唐在最终定稿的落款。其中写道：“这次经鲁迅研究室促进，又作了些修改，把原来列举的几本《中国现代文学史》中失实的一些例子全部删去，增加了若干内容。我还特别要感谢当年参加‘左联’成立大会的夏衍、郑伯奇、冯乃超、许幸之四位老同志。多承他们热忱鼓励，来信赐教。谨此表示敬意。有不妥之处，尚希同志们进一步帮助指正。”

《左联名单》一文反复修改、补充后，收入《中国现代文艺资料丛刊》第5辑（上海文艺出版社1980年12月出版）。《鲁迅研究资料》第5辑（天津人民出版社1980年5月出版）因故并未刊登，第6—8辑也未刊登。后经中国社会科学院文学研究所约稿，丁景唐再次修改，发表于《左联回忆录》下册（中国社会科学出版社1982年5月初版），收入丁景唐的《犹恋风流纸墨香——六十年文集》（上海文艺出版社2004年版）。

事前，1979年8月酷暑期间，丁景唐在闷热的石库门老宅三楼写下了《再记》：

本稿几经修订，搁置一处，又历一年半载。现应中国社会科学院文学研究所之约，又修改了一遍。同时，我也要乘此向一九七七年六月和一九七九年一月，先后逝世的阿英同志和郑伯奇同志表示我的敬意和悼念。他们两位都是半个世纪前，参与筹备“左联”和在成立大会上被选为常务委员的老一辈革命作家，都是我崇敬的文坛前辈。粉碎“四人帮”后不久，在阿英同志卧病期间，我还就一九三八年上海“孤岛”时期，在他主编的《文献》上发表毛泽东同志于鲁迅逝世周年纪念大会上在陕北公学的演讲稿的来源问题，向他请教过。但当时，我还没有想到要重新修订补充本文的计划。待到阿英同志离开我们半年以后，在新的一年春光来临之际，我重遣春温上笔端，着手修改，向夏衍、郑伯奇、冯乃超、许幸之同志发信，请求指教。但是，已永远听不到杰出的老一辈无产阶级革命作家阿英同志的亲切的声音了。这是多么遗憾，失却了一位“左联”成立大会的历史见证人，失却了一位提供珍贵历史材料的文坛前辈。

还有，一九二一年创造社成立时主要成员之一的郑伯奇同志，他在收到我的修改稿后不久，即一九七八年三月二十一日清晨，因脑溢血病病倒，进医院长期治疗，于今年一月二十五日逝世。今年四月，我到西安，特地请伯奇同志的女儿小敏、幼敏同去安放他骨灰的西安革命公墓凭吊致哀。我几次在甜水井十一号伯奇同志的书房里，听到伯奇同志夫人和他们的子女诉说七十几岁高龄的伯奇同志，在林彪、“四人帮”肆行封建法西斯统治时期遭到迫害，身心备受摧残的悲惨事实。我也看到在他的遗物中，还留着我向他请教的信件和征求意见的打印稿。幼敏告诉我：“爸爸在病床上是细心地看过，表示同意的。”

以下抄录的10封珍贵的信札和郑伯奇未来得及书写的修改意见，见证了左联老盟员夏衍、冯乃超、许幸之、郑伯奇和研究鲁迅的资深学者非常重视丁景唐修订、补充的《左联名单》一文，体现了他们重视、爱护、怀念、研究左联以及弘扬左联的革命传统精神。《左联名单》一文具有多重意义：

其一，《左联名单》及时抢救了三位左联发起人、重要成员夏衍、冯乃超、许幸之的“第一手”回忆资料，并且首次披露，由长期研究左翼文艺运动的资深专家丁景唐在原有的基础上进一步梳理、归纳、修改、补充、提高。在夏衍、冯乃超、许幸之的指点和鼓励下，丁景唐纠正了长期以来存在的一些错误、含糊之说，澄清了一些重要史事，查寻、增加了许多重要新史料，第一次基本上还原了左联成立大会的历史面貌，这是研究左翼文艺运动（左联史）的一个重要突破，具有较高的学术价值。此文凝聚着丁景唐多年来学术研究的心血，也是他后半生开启学术研究“第二春”的第一个重要研究成果，同时体现了左联前辈、学者同人的集体智慧。

其二，《左联名单》既是承前启后的“中介环节”，连接“文革”前后的左翼文艺运动（左联史）的研究，又具有“文革”后筚路蓝缕的“开拓性”重要意义，展示了研究30年代左翼文艺运动（左联史）的广阔天地，并且牵涉到20世纪二三十年代中共党史、中国现代文学史、中国左翼作家研究和上海文化革命史等。对此，《左联名单》均不同程度地填补了各方面的历史空白。

丁景唐主持、上海文艺出版社文艺理论室编辑的《中国现代文艺资料丛刊》第5辑（上海文艺出版社1980年12月出版）刊登了一组“中国左翼作家联盟史料选刊”，以纪念左联成立50周年，其中除了丁景唐的《左联名单》之外，还有《上海新文学运动者底讨论会》《中国左翼作家联盟的成立》《中国左翼作家联盟底理论纲领》《中国左翼作家联盟北平分盟的成立及其行动纲领和理论纲领》《中国左翼作家联盟盟员考录》《“左联”盟员谈“左联”》等，这组珍贵的史料和有关专题文章在“文革”后尚属“第一批”汇集和公布。

一些资深学者、编辑汇编了《左联回忆录》上、下两集（中国社会科学出版社1982年5月出版），其中有征求《左联成员名单》（未定稿）的意见，得到众人的积极响应，由此及时抢救了一大批“第一手”资料。加之其他同人的研究成果，形成了“文革”后较有规模地研究左联的新热潮。

其三，如果把《左联名单》与左联“前身”1928年12月30日正式成立的中国著作者协会会员名单（另撰文述之）作个比较，那么可以得出一些重要结论：

一是左联彻底改变了“前身”的政治面貌，体现了共产党领导的革命文学团体，具有鲜明的政治倾向和纲领，并且是以共产党员、左翼作家为主，公开打出左翼作家联盟的旗号。

二是首次举起以鲁迅为盟主的旗帜，加之次年瞿秋白参与左联领导，形成了“左翼文台两领导，瞿霜鲁迅各千秋”（1980年11月，茅盾（沈雁冰）病重时写下一首七绝，题为《赠丁景唐》）开创的左联新局面。

三是左联成员大多是在险恶环境中经受了严峻考验的革命作家，成为中国革命文学的前驱者和播种机（茅盾语）。

因此，《左联名单》的学术价值和权威性、治学的严谨性、尊重前辈之敬意，以及众人大力协助的团队精神，令人赞叹。而且，此文鲜明地反映了“文革”结束后中国社科学术界的新气象，勇于打破被长期压制的沉闷气氛，重新焕发出朝气勃勃的学术精神，满怀信心地迎接改革开放的新时代。

2020年3月2日是左联成立90周年，4月25日是家父丁景唐诞辰百年之日，以及怀念之前已经仙逝的各位老前辈，现谨以草拟的小文作为一种真挚的纪念和敬意。

（本文和以下信札的有关注解得到陈漱渝先生的指点和帮助，谨表谢忱）

［**信札之一**］

丁景唐致信李何林、王瑶

（1977 年 11 月 14 日）

李何林、王瑶同志[1]：

现趁鲁迅研究室张杰、王德厚、蒋锡金等同志来沪之便，托他们带上王观泉同志[2]的《鲁迅年谱》分送你们。这本书印得很少，王观泉手边早已没有，特来信要我从赠我的书中找两本寄给两位请指教。我手边也仅有这两本，留下一本自用。

荣太之同志约我修改、补充了一篇关于左联名单的文章，过去是听夏衍同志讲述，写就后并经他校阅的。这次又修改补充，详细情况已在给荣太之、陈漱渝同志的信中说明，也请你们校阅，顺致

敬礼！

丁景唐

十一月十四日[3]

［**注**］

［1］李何林，南开大学、北京师范大学资深教授，时为鲁迅博物馆馆长兼鲁迅研究室主任，主编《鲁迅年谱》（4 卷）等。著有《鲁迅论》《近二十年中国文艺思潮论》《中国新文学史研究》《关于中国现代文学》《鲁迅的生平和杂文》等。

王瑶，著名学者，北京大学资深教授，一度兼任鲁迅研究室副主任，著有《中国新文学史稿》等。曾任现代文学研究会会长、《中国现代文学研究丛刊》主编，参与编撰《中国大百科全书》等。

［2］王观泉，黑龙江省社会科学院研究员，著有《“天火”在中国燃烧》《席卷在最后的黑暗中——郁达夫传》《一个人和一个时代——瞿秋白传》等。他的夫人鲁秀珍曾主编《北方文学》，被评为全国十佳编辑之一。丁景唐把《左联名单》有关信件和资料都收藏在王观泉寄来的一个《北方文

学》特大信封里。

[3] 丁景唐珍藏的信札大多是用圆珠笔复写好几份（下同），以便保存，原信件寄出。

[信札之二]

丁景唐致信荣太之、陈漱渝

（1977年11月14日）

荣太之、陈漱渝同志[1]：

《名单》一文已作了较多的修改。

一、补充了鲁迅日记等材料。

二、新增了郭沫若自述与左联的关系[2]。此节文字据我看到的有关材料中，都未有人引用过。

三、新增了茅盾自述与左联关系的一段话，是根据鲁研室《丛刊》第一辑上茅盾自己的话。[3]

四、我的原来文章是根据夏衍同志谈的，写后并经他校阅过。一九六一年，他曾谈到郭老在日本，经上海有关同志（他未说明何人，总是创造社中人，可能是冯乃超同志[4]）写信去征求他同意后，把名字列入名单中的，所以那上面（见第二名单[5]）有郭老的名字。而茅盾虽也有人写信征求同意列入发起人名单，而第二名单上却未列入。

关于郭老是否有人写信去征求同意后列名，这次我也删去了，如你们能设法把这份材料打印十几份，去听取夏衍、冯乃超同志的意见，倘他们回忆郭老是由他们写信征求列入发起人名单，那就请你们添入。

现在，我的写法全有事实根据，而且是照他们自述的。

五、郁达夫由鲁迅介绍入盟，为发起人，也是夏衍同志说的。这，我也听冯雪峰谈起过。他们都谈到郁达夫那天未出席成立大会，这是确实的。

一九六四年，我去北京人民文学出版社，经查时（得到）该社负责人许觉民[6]（笔名法派，现在北京图书馆工作）、王士菁同志[7]协助，看到该社收藏的一本郁达夫日记（一九二九—一九三〇年）[8]，我抄了不少材料，但在“文革”中散失，颇为可惜。幸好我把一九三〇年三月二日左联成立那天的郁达夫日记还抄在另一处，所以这次把这不可再得的材料用上了。抄的是全文，如不要那么全，请你们删掉些好了。

六、我又重看三十年代以来十几种有关左联成立的材料，包括李何林同志的《二十年文艺思潮》、丁易的《中国现代文学史》等等，发现有把丁玲、郁达夫甚至周扬都写成出席成立大会的记载。这些都不符史实。为此，我把一九六一年原文中提到的几本文学史都删了，只是一般地谈到一些不确实的记载。文中所说有些编著把一、二年后参加的人也列为发起人，就是指丁玲，以及周扬等。我在文中没有必要点明，就用了这种笼统的说法。

七、关于左联的解散问题，我考虑了二（两）种写法，最后还是用了“某些党员领导人执行王明路线”的提法[9]。想来，是可以的。不知你们意见如何？特别请听听李何林、唐弢[10]、王瑶等同志的意见。

最后，还请你们把它修改补充，然后打印十几份，转请李何林、唐弢、王瑶同志以及夏衍、冯乃超同志提提意见，同时也希寄几份给我，也送一份给姜德明同志[11]。他们有什么意见务祈告诉我。

在《中国现代文艺资料丛刊》第一辑上，我还写过一篇《关于左联告……世界作家书》[12]，作为一种左联史料，也可供参考。即

祝好！

丁景唐

十一月十四日[13]

［注］

［1］荣太之、陈漱渝时为北京鲁迅博物馆鲁迅研究室的同事，荣太之于1984年调到烟台市社科联工作。陈漱渝后为副馆长兼研究室主任、中国鲁迅研究会副会长兼秘书长、中华文学史料学会副会长等。著有《鲁迅与女师大学生运动》《鲁迅在北京》《鲁迅史实新探》《许广平的一生》《宋庆龄传》等。

［2］丁景唐在《左联名单》（征求意见稿）中写道：

郭老在《跨着东海》一文中曾谈到他与“左联”的关系，说：“这个建议（丁按：指与鲁迅先生等联合起来组织作家联盟的建议）到后来——怕是在一年之后吧，是被采纳了。我当时曾经把《少年维特之烦恼》一书捐献给联盟，把那书的版税作为联盟的基金。凡是参加那初期活动的朋友们，对于这个小小的往事，应该还有人能够记忆的吧。”（见一九五一年八月新文艺出版社初版《海涛》第八十九页）

丁景唐后来珍藏的众多旧书刊中有孔另境主编“今文学丛刊”第1辑

《跨着东海》，便是采用该丛刊里刊登的郭沫若同名长文题目。

郭沫若的自传《跨着东海》篇幅很长，“今文学丛刊”第2辑（1947年11月30日）续登郭沫若此文时，改题为《我是中国人》（第2辑也是以此为题），此两文以后收入郭沫若的《海涛集》。对此，笔者已另撰文述之。

[3]《丛刊》应为《资料》；茅盾：《我和鲁迅的接触》，载《鲁迅研究资料》第1辑。另详见茅盾：《“左联”前期》，载茅盾：《我走过的道路》中，人民文学出版社1984年版。

[4]见“书札之六”第2部分第4条的答复。阿英回忆说：“左联筹备的事，是否有人早已写信到日本告诉他（郭沫若），我不清楚。郭沫若其时在日本，常有信回国，我与他有较多的书信往来，主要是约他给太阳社的刊物写稿。”（吴泰昌记述：《阿英忆左联》，载《新文学史料》1980年第1期）

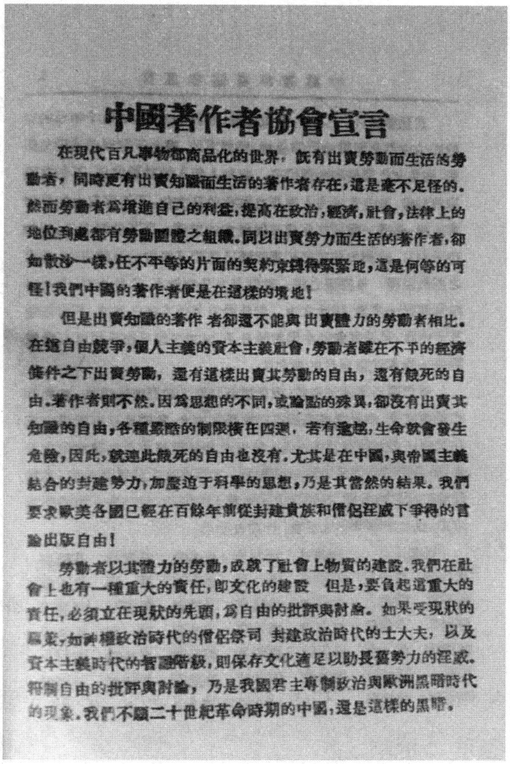
中國著作者協會宣言

在現代百凡事物都商品化的世界，既有出賣勞動而生活的勞動者，同時更有出賣知識而生活的著作者存在，這是毫不足怪的。然而勞動者為增進自己的利益，提高在政治，經濟，社會，法律上的地位到處都有勞動團體之組織。同以出賣勞力而生活的著作者，卻如散沙一樣，任不平等的片面的契約束縛得緊緊地，這是何等的可怪！我們中國的著作者便是在這樣的境地！

但是出賣知識的著作者卻還不能與出賣體力的勞動者相比。在這自由競爭，個人主義的資本主義社會，勞動者雖在不平的經濟條件之下出賣勞動，還有這樣出賣其勞動的自由，還有餓死的自由。著作者則不然。因為思想的不同，或論點的殊異，卻沒有出賣其知識的自由，各種嚴酷的制限橫在四邊，若有逾越，生命就會發生危險，因此，就連此餓死的自由也沒有。尤其是在中國，與帝國主義結合的封建勢力，加緊迫于科學的思想，乃是其當然的結果。我們要求歐美各國已經在百餘年前從封建貴族和僧侶權威下爭得的言論出版自由！

勞動者以其體力的勞動，成就了社會上物質的建設。我們在社會上也有一種重大的責任，即文化的建設　但是，要負起這重大的責任，必須立在現狀的先頭，為自由的批評與討論。如果受現狀的羈束，如神權政治時代的僧侶祭司　封建政治時代的士大夫，以及資本主義時代的智識階級，則保存文化適足以助長舊勢力的淫威。箝制自由的批評與討論，乃是我國君主專制政治與歐洲黑暗時代的現象。我們不願二十世紀革命時期的中國，還是這樣的黑暗。

图2－1　《中国著作者协会宣言》

[5]“第二名单”，即国民党档案中最初参加左联的盟员名单（49人）资料。“第一名单”即《拓荒者》第1卷第3期刊登的《中国左翼作家联盟的成立》报道中的30人名单。

鲁迅主编，冯雪峰、柔石、魏金枝助编的《萌芽月刊》第1卷第4期（1930年4月1日出版）刊登《左翼作家联盟底成立》消息报道，与《拓荒者》第1卷第3期报道的内容基本相同，即报道了开会的经过，列有出席者的名单，以及左联行动纲领（附录）和左联理论纲领的摘要。

[6]许觉民，历任三联书店副经理、人民文学出版社副社长兼副总编辑、中国社会科学院文学研究所所长、《文学评论》主编等，著有文学评论集《人生的道路》《法派文学评论选》等。丁景唐的《犹恋风流纸墨香——六十年文集》（上海文艺出版社2004年版），许觉民作《序一》，袁鹰作《序二》。

［7］王士菁，人民文学出版社鲁迅著作编辑室负责人，曾一度调广西大学任教，时任中国社科院文学研究所鲁迅研究室主任，后为鲁迅博物馆馆长等。著有《鲁迅传》《鲁迅早期五篇论文注译》《鲁迅创作道路初探》等，参与编辑注释《鲁迅全集》（10卷）、《鲁迅译文集》（10卷），《瞿秋白文集》（6卷）等。

［8］见“书札之三”注解［1］。

［9］见“书札之四”注解［6］。

［10］唐弢，中国社会科学院文学研究所研究员，著有《推背集》《海天集》《向鲁迅学习》《鲁迅的美学思想》等，与严家炎主编《中国现代文学史》（3卷本），另辑有《鲁迅全集补遗》《鲁迅全集补遗续编》等。

［11］姜德明，历任《人民日报》文艺副刊《大地》编辑、人民日报出版社负责人等职，著有《书衣百影续编》《新文学版本》《姜德明书话》等。

［12］见“书札之七”第二点。

［13］此信与上一封信同一天写的，两份复写信件装订在一起，前面增添一张空白稿子的背面，丁景唐用钢笔字竖写说明：“一九七七年十一月十四日关于《左联名单》给鲁研室的信。”两封信都是写在上海文艺出版社信笺（20×16=320格）的背面，分为3页，竖写，钢笔字手迹，自右向左，整洁、清晰。

[信札之三]

丁景唐致信荣太之、陈漱渝等

(1977年12月9日)

关于参加中国左翼左家联盟成立大会的盟员名单

(征求意见稿)

一九七七年十二月九日，本人经参看一些新的资料，并同一些同志交换意见，有下列修改补充，请在“征求意见稿”上改正为感。

(一) P1，正文第10行“相机演说”后应加句号“。”

(二) P1，正文第12行“当经有人记录”，改为“后有人整理成回忆记录(署名王黎民)[1]，”

(三) P1，正文第13行“第四期”应为“。”号

(四) P1，文末加(脚)注[1]：

[1]据冯雪峰1973年9月11日的回忆材料，说：“鲁迅先生在左联成立大会上的讲话，当天没有布置做记录，因为在秘密环境中开会，我个人当天也没有做记录，这是过了三、四天后我凭记忆写的，其中有些话在大会上未说过，是他平时谈话时说的，鲁迅先生同意补进去，于是就插进去。鲁迅自己看过，改过几个地方，发表署过一个记录人的名字的，署的什么名我早已忘记，收到你信后才知道是什么名，我在别处也从未用过这个名字。”原件存山东师范学院，这里转引自安徽师范大学中文系编印的《鲁迅研究资料》。

(五) P2，第2行“周全平”之后加(脚注)“[1]”，并在这页之末加注“[1]周全平，不久以后被开除盟籍。”

(六) P2，第2行“候补委员”之后的“。”删去。

(七) P4，第12行“其夫人来。”之后加一句“沈余即茅盾。”

(八) P4，末2行头上“郁达夫”之前加“蒋光慈因病未能出席”。

(九) P4，末行在“郁达夫当天”之后加“因事也”。

(十) P5，第14行之后加一段说明：

“(郁达夫这则日记，经王映霞看过，她说：日记中的王老是她的祖父王二南，张菊龄是她的表姐，已先后故世。丁按，夏莱蒂是郁达夫友人，两人曾合编《大众文艺》。)”[1]

(十一) P6，第3行末—4行，请将“在王明指令下，某些党员领导人执

行王明右倾机会主义路线，”删去。[2]

（十二）P6，第5行在“不断有新的盟员参加。”之后，加一段：“许多盟员为中国革命文艺工作作出了贡献。有不少老同志经历了新民主主义革命的斗争，为社会主义革命和社会主义建设继续作出新的贡献。”

（十三）P6，第8行“一部分在反动派”，改为“一部分作家在国民党反动派”。

（十四）P6，末2行“当祈”应是“尚祈”。

目前，因寄来的五份打印稿，已将上述修改后，分寄有关同志征求意见，请再寄我一、二份，则可在打印稿上修改补充之。待有关同志将意见寄还后再行通知你们。

现在，如要付排，务请按以上修改补充意见办理。

丁景唐

一九七七年十二月九日[3]

[**注**]

[1]《左联名单》（征求意见稿）抄录一则郁达夫的日记（1930年3月2日）：“（一九三〇年三月）二日。星期日。（二月初三），阴晴。向晚有风，似欲雨矣。今天在家里看了一天的家。王老于午前来，在这里吃中饭。饭后小睡，起来的时候，已经是四点多了。

作张氏菊龄及夏莱蒂二人书。候北新来信，不至，又写了一封信去问去了。”现已出版各种版本的《郁达夫日记》。

[2] 见“书札之四”注解[6]。

[3] 此复写的信札，圆珠笔字横写，没有抬头收信人的名字，也无落款者。但是根据最后两段话来看，应该是寄给荣太之、陈漱渝的。此信札前面整理的修订条目，类似“统发稿”，也是分送给其他校阅《左联名单》“意见征求稿”的对象，详见此信札最后一段内容。

[信札之四]

夏衍答复丁景唐之信

（1977年12月15日）

一、参加“左联”筹备小组的十二个党员[1]中，至今在世者只冯乃超、华汉、李初梨和我四人，参加成立大会的非党员，也只郑伯奇、许幸之等数人，而且都已经是年已八旬左右、记忆力衰退的老人了，思思怅然。

二、《萌芽》和《拓荒者》发表的成立大会的名单，基本上是确实的，但其中有些人不是“发起人”，蒋光慈则确未参加。

国民党档案中的名单，正如你考证所得，郭、茅、郁均未参加。但三人都经筹备小组通过，列名于“发起人”名单，——对外发表时考虑到他们的处境，未公开。

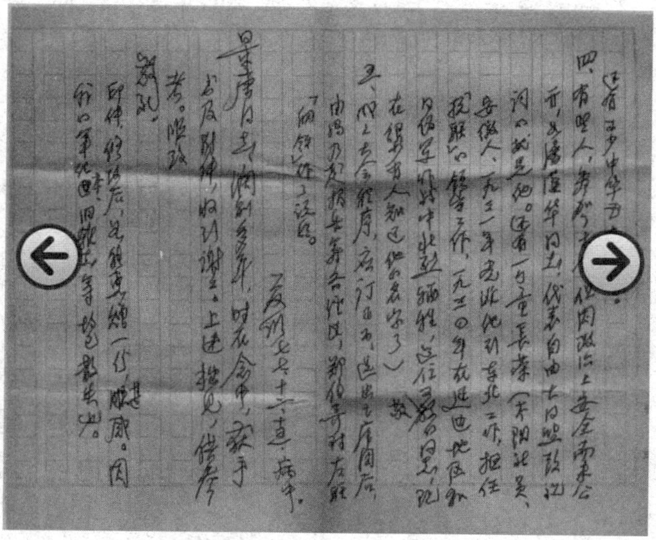

图2－2　夏衍写给丁景唐的信

三、参加成立大会的人，既不是四十人，也不止五十人，是六、七十人或更多一点，因为那个会场挤满了，后面和两旁还有站着的人，会场外以至窦乐安路口，还安排了纠察队。会场人数多，由于不止是发起人和盟员参加了，而且还有不少艺术剧社的演员。南国剧社的演员（如俞怀——即莞尔、陈波儿、刘丱 、陈劲生、李声韵、王洁予等），站在后面的还有不少中华艺大的学生。[2]

四、有些人，参加了大会，但因政治上安全而未公开，如潘漠华同志，代表自由大同盟致祝词的就是他。还有一个童长荣（太阳社员，安徽人，一九三一年党派他到东北工作，担任“抗联”的领导工作，一九三四年在延边地区和日伪军作战中壮烈牺牲，这位可敬的同志，现在很少有人知道他的名字了）。[3]

五、成立大会程序，应订正为：选出主席团后，由冯乃超报告筹备经过，郑伯奇对“左联”纲领作了说明。[4]

夏衍

七七、十二、十五，病中。

景唐同志：

阔别多年[5]，时在念中，获手书及附件，收到，谢谢。上述拙见[6]，供参考。顺致

敬礼。

印件修改后，如能惠赠一份[7]，甚感。因我的笔记本、旧杂志等均已散失也。[8]

［注］

［1］12名成员说法不一。夏衍回忆说：参加左联筹备小组的12名成员有鲁迅、郑伯奇、冯乃超、彭康、阳翰笙、钱杏邨、蒋光慈、戴平万、洪灵菲、柔石、冯雪峰、夏衍。除了鲁迅和郑伯奇外，都是党员。1929年10月中旬（“双十节”之后不久），在上海北四川路、窦乐安路（今多伦多路）口的“公啡”咖啡馆三楼可容十二三人的小房间。召开第一次参加筹备会有11人，即筹备会10名党员和潘汉年。筹备会一般每周开一次会议，有时隔两三天也开过，地点几乎固定在“公啡”咖啡馆三楼。鲁迅参加过一两次，郑伯奇则参加多次。蒋光慈不经常参加会议，说他写作忙。（夏衍：《懒寻旧梦录》，生活·读书·新知三联书店1985年7月初版［下同］，第145—147页）

［2］1930年3月2日左联成立大会的左联盟员人数等情况，各人说法不一。丁景唐《左联名单》（校定稿）：参加成立大会“为参与发起者五十余人”，“实际参加成立大会的盟员为四十余人”。另参见夏衍的《懒寻旧梦录》第154页；吴泰昌记述：《阿英忆左联》，载《新文学史料》1980年第1期。

［3］童长荣的简要介绍，写入夏衍的《懒寻旧梦录》第155页，并增加了李伟森（左联五烈士之一）等史料。

［4］左联成立大会程序等详见夏衍的《懒寻旧梦录》第150页。

［5］1949年冬天，经夏衍、姚溱提名，拟将丁景唐调回宣传工作岗位。

1950年元旦后，丁景唐到上海市委宣传部正式报到，上级领导为夏衍等。“文革”后，他俩重新取得联系，因此有“阔别多年”之说。对于一些往事，丁景唐撰写《懒寻旧梦二三事——忆念夏衍同志》一文，收入他的《犹恋风流纸墨香——六十年文集》（上海文艺出版社2004年版）。

[6] 丁景唐在《左联名单》（征求意见稿）上端，用毛笔写道：“请夏衍同志校阅，指正。丁景唐，十二月九日。”此时间与“书札之三”的时间相同，显然“书札之三”也分送给夏衍校阅。

夏衍在此“征求意见稿”上批阅有两处：其一，在国民党档案里的一份名单旁批阅：“据我回忆有_ _ _ 此均未参加（成立大会）”。夏衍在杜衡、侍桁、蒋光慈、叶灵凤、郁达夫、郭沫若的名字下面划线“_ _ _ ”。

其二，对于文中“在王明指令下，某些党员领导人执行王明右倾机会主义路线”，丁景唐用红笔删去。夏衍则在一旁批阅：“此点似可不必讳言，左联的解散，确实是根据王明授意肖三，按照共产国际第七次大会的精神，给左联写信，建议改组左联，成立抗日统一战线的文艺协会而解散的。肖三的信尚存。但，是否要扣上右倾机会主义的帽子，则可考虑的。”

当时有关资料极为缺乏，有些甚至是研究的敏感禁区，因此夏衍提供的此线索极为重要，此事后来真相大白，详见夏衍的《懒寻旧梦录》“萧三来信笺”一节（生活·读书·新知三联书店1985年版）。丁景唐考虑之后，还是删除此语。

在夏衍批阅的“征求意见稿”上，丁景唐用红笔进行修改，添加一些新资料，并综合冯乃超等人意见，在原标题旁添加“校订稿”3个字，并用红笔注明：“（一）夏衍同志于十二月十五日病中新提意见，抄录在后面。（二）《一个共产党员眼中的鲁迅先生》有关材料抄录在第二页，备查。”

第二条为韩托夫（原名韩财元，曾为中共中山大学文科支部委员）写的回忆文章，最初发表在1956年10月15日出版的《文艺报》半月刊第19期“鲁迅纪念专号”（后收入薛绥之主编的《鲁迅生平史料汇编》第4辑《鲁迅在广州》，天津人民出版社1983年版。现收入上海鲁迅纪念馆编：《回忆鲁迅在上海》，上海书店出版社2017年版）对此，丁景唐注明：“（此材料）这同夏衍同志提到有中华艺术大学学生参加大会，并安排了纠察队的情况是一致的。”

[7] 丁景唐摘抄了夏衍来信的修改意见，并摘抄了韩托夫的回忆内容，

写道："不知夏衍、冯乃超同志，还能记得起此人否？"此修改的"征求意见稿"（校订稿）原件备案，并且重新整理成文，寄给夏衍，同时委托李伟江转给冯乃超（信札之六）。

[8] 夏衍此信写在人民文学出版社稿纸（20×20＝400格）的背面，分为两页，竖写，钢笔字手迹，自右向左，字句上下整齐，横竖分明。他因患病，字迹略有抖动，但清晰可辨。信封是邮电局统一印制的，较狭长，印有"收信人地址""收信人姓名""寄信人地址及姓名"的项目。信封上也是竖写的钢笔字手迹，直接寄到丁景唐老宅家中，落款"北京夏寄"。

信封底贴着两张8分邮票（一般只需一张8分邮票，夏衍担心超重，故多贴一张邮票，其细心、认真、负责，可见一斑），盖有北京、上海邮局的两个（寄、收）邮戳，比较清楚。

[信札之五]

丁景唐致信冯乃超

（1978年1月24日）

冯乃超同志：

温崇实同志[1]回沪已有多日，谈起您和你夫人身体都好，为慰。崇实同志现因病卧床数天。这个病颇怪，打一个喷嚏而引起腰伤，不能转侧。我和女儿、女婿都去看过他，他返沪后即来望我。

北京师范学院中文系新近编了一本《"围剿"鲁迅资料选编（一九二七——三六）》[2]，内中收入了当年创造社、太阳社以及其他许多资料，杜荃的《文艺战线上的封建余孽》也收在内。此书厚达三百数十页。北京友人寄（给）我，我已送了一本给崇实。不知你见到过这本书否？

目前曾托中山大学李伟江同志转寄一稿[3]，请您指正、补充，谅已收到。当时因我没有您的通信处，怕寄到郑效洵[4]处转，反而耽搁时间，而伟江同志[5]和我久有通信往来，而他也想知道一些"左联"的事，遂托他看后转寄。

夏衍同志已有信和意见寄来。他又回忆起一些新的情况（我以前写的文章也是根据他回忆写的）。为供您回忆参考起见，我特地把他意见抄寄一份。夏衍同志的补充材料中，还提到李声韵、陈波儿同志等也参加了成立大会。

我另又抄起了一段韩托夫（当时中华艺大支部书记）的回忆[6]，亦供参考。不知您认识此人否？

便中赐复为盼。即致

敬礼！

丁景唐

一九七八年一月廿四日[7]

［注］

［1］温崇实，历任《文汇报》党组成员、上海社科院社会科学杂志社编委会副主任、编审等，副局级离休干部。

［2］后有中国社会科学院文学研究所现代文学研究室编：《“革命文学”论争资料选编》上、下集，人民文学出版社1981年版，收入直接参与论争的150多篇文章。

［3］［6］见“信札之四”注解［7］。

［4］郑效洵，笔名孝嵩、郑岱等，曾为狂飙社成员，后任人民文学出版社副总编辑、北京图书馆图书资料采选委员会主任等。

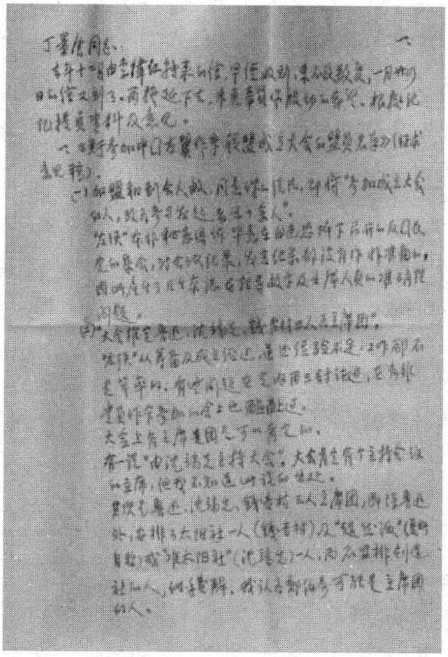
丁景唐同志：

图2－3　冯乃超写给丁景唐的信

［5］李伟江，中山大学中文系教授，曾借调到鲁迅研究室工作，主编或与人合编《鲁迅在广州》（《鲁迅生平史料汇编·第四辑》）、《创造社资料》（上、下册）、《大海》（洪灵菲选集）、《重新起来！》（冯铿文集）、《冯乃超文集》（上、下卷）、《冯乃超研究资料》以及《创造社十六家评传》等。

［7］此信分为两页，在较薄纸上竖写，便于复写，圆珠笔字手迹，自右向左，整洁、清晰。

［信札之六］

冯乃超答复丁景唐之信

（1978 年 2 月 1 日）

丁景唐同志：

去年十二月由李伟江转来的信[1]，早经收到，来不及致复，一月廿四日的信又到了。再拖延下去，未免辜负你殷切的希望。根据记忆提点资料及意见。

一、《关于参加中国左翼作家联盟成立大会的盟员名单》（征求意见稿）

（一）加盟和到会人数，同意你的说法，即将“参加成立大会的人，改为参与发起者五十余人。”

“左联”本非秘密团体，毕竟在白色恐怖下召开的反国民党的集会，对会议记录、发言记录都没有作好准备的，因此产生了几个杂志在报导数字及出席人员的准确性问题。

（二）“大会推定鲁迅、沈端先、钱杏村（邨）三人为主席团。”

“左联”从筹备及成立经过，虽然经验不足，工作却不是草率的。有些问题在党内再三讨论过，在有非党员作家参加的会上也酝酿过。

大会有主席团是可以肯定的。

有一说“由沈端先主持大会”[2]。大会肯定有个主持会议的主席，但我不知道此说的出处。

其次是鲁迅、沈端先、钱杏村（邨）三人主席团，即除鲁迅外，安排了太阳社一人（钱杏村［邨］）及“超然派”（夏衍自称）或“准太阳社”（沈端先）一人，[3]而不安排创造社的人，似乎费解。我认为郑伯奇可能是主席团的人。

二、对“夏衍同志一九七七年十二月十五日对《关于参加中国左翼作家联盟成立大会的盟员名单》的意见”的意见。

对其中的一、二两条[4]，没有意见。只觉得第一条似乎过于强调在世者“都已经是年已八旬左右、记忆力衰退的老人了”。

“三、参加大会的人，既不是四十人，也不止五十人，是六、七十人或更多一点，因为那个会场挤满了，……站在后面的还有不少中华艺大的学生。”这一条不尽准确。“左联”成立大会会场虽然在中华艺大校内，但对该校学生并不公开，不应有一般学生参加，该校党支部主动参加保卫工作的也只能是极少数几个人。至于南国社出席大会的只田汉、黄素[5]等，以作家身份参加的。中国艺术剧社参加成立大会的只有沈叶沉、侯鲁史、许幸之[6]等人，也都不是演员。演员李声韵[7]、陈波儿等肯定没有参加那天的大会。俞怀、程少怀是上海艺大学生，曾在创造社出版的刊物上发表了诗作，是以作家身份参加的。俞怀在上海艺大被封后，参加（担任）闸北区委的党的干事。

"四、……"[8]没有意见，因为我不清楚。

"五、……"[9]我留下这样的记忆，郑伯奇是我有意把他作为创造社的代表，提出来经过研究后参加筹备委员会的，他还不是党员，没有参加党内成立"左联"的会议。郑伯奇似乎以主席团身份发言的。

三、有一点和夏衍在记忆上有重大出入的，就是向鲁迅征求对《纲领》及其他文件意见的事。我的记忆是我一个人，而不是两个人，到景云里鲁迅家中而不是内山书店。这是我根据自己的"记忆犹新"的记忆，而不是根据《鲁迅日记》。[10]

四、郭沫若去东京后，我没有和他联系过。和他联系的是李一氓（民治）、彭康二人。郭来信，有些有时在我们之间传阅。[11]

五、韩托夫，我不认识他。新中华艺大党支部的人，由于我们在该校教书的党员不参加该校党支部，我只在工作关系上见过几个人。有一次为声援上海祥昌纱厂工人被害，李立三提出总同盟罢工口号，把推动罢课运动的任务交给了中华艺大，要它首先罢下来，上级参加罢课委员会的有江苏省委代表李初梨、团中央代表某、和文化党团代表的我。因此，我得以见到中华艺大支部的小罗、小王……和两位女同志，其中一位姓余。韩托夫如系该校支部，照理我们应该见过面。[12]

我能够提供的资料，暂时就是这些。

你过去送我两本书，一直没有向你道谢，在此向你告罪。你抓住一方面的问题，认真地、孜孜不倦地工作，我向你致敬。

小温的病好些么？我不知道他的地址，望告，我向他问好。

敬礼！

冯乃超

七八，二，一

"杜荃"是谁，仍未解决，此系师院新编的书，很想得到。又及。[13]

［注］

［1］见“信札之四”注解［7］。

［2］夏衍回忆说：左联成立大会“我在主席团里，参加主持会议。”（夏衍：《懒寻旧梦录》，生活·读书·新知三联书店1985年7月初版，第156页）

［3］“即除鲁迅外，安排了太阳社一人（钱杏村［邨］）及“超然派”（夏衍自称）或“准太阳社”（沈端先）一人”。这段话，丁景唐抄录时故意删去，用“……”替代，然后寄给夏衍参看。

［4］指丁景唐抄录夏衍信中的主要意见，原件见“信札之四”，下同。

［5］黄素，原名黄德修，又名黄芝冈，左联发起人之一，后任文化部戏剧改革局研究处处长等职。

［6］另参见丁言模：《第一本左翼综合性文艺刊物〈艺术〉月刊》《〈艺术〉月刊的“续篇”〈沙仑〉月刊》，载丁言模：《穿越岁月的文学刊物和作家（三）》，中国社会出版社2018年版。

［7］1929年9月，冯乃超与李声韵结婚。

［8］见“书札之四”第4条。

［9］见“书札之四”第5条。

［10］冯乃超曾三次去鲁迅家里，这里说的单独去是指第3次，《鲁迅日记》1930年2月24日有记载。（冯乃超：《左联成立前后的一些情况》，1977年12月20日修改，收入李伟江编辑的《冯乃超文集》上卷，中山大学出版社1986年9月出版）

［11］否定了丁景唐的猜测，见“信札之二”第4条。

［12］冯乃超提供的此史料很重要，以后多次被各种文章所引用。韩托夫回忆的材料，被丁景唐写入最终定稿的《左联名单》。

［13］杜荃的《文艺战线上的封建余孽》，刊登于《创造月刊》第2卷第1期（1928年8月10日）。冯乃超接手编辑该刊第2卷第6期，因此，对于之前的有关情况不大清楚。龚济民、方仁慈编：《郭沫若年谱》上集（天津人民出版社1982年版，第193页），认为此文是郭沫若（杜荃）撰写的。

冯乃超此信写在三张较厚的白纸上，每页右上方注明序数“一”“二”“三”。钢笔字手迹，横写，字迹端正、清晰。行文时纲目分明，小标题下面的内容，故意缩进4格（字），层次清晰，类似起草一份文件。

信封是北京邮局出售的统一信封（底色为黄色斜花纹），右上方贴着一张8分邮票，左下角有北京火车站的图案。横写的钢笔字手迹，直接寄到丁景唐老宅家中，落款为冯乃超在北京的详细地址。因丁景唐写信时不清楚此地址，请李伟江代转的（信札之五）。信封底盖有上海邮局的红色邮戳，至今很清楚。

[信札之七]

丁景唐致信薛绥之

（1978年2月23日）

薛绥之同志[1]：

承寄《鲁迅在广州》[2]二书及信都早收到。不知健康可好？现想已出院回家休息？

我因琐事太多，未能集中精力执笔撰文。山师（山东师范学院）几位同志在收集整理鲁迅研究资料方面所作的努力，我是极愿助一臂之力的。言昭[3]一文已作修改，谈《波艇》还是第一次，尚能收入《鲁迅在厦门》[4]，对她是一个鼓励，请你酌定。

建议可收入《鲁迅在上海》[5]的拙作，有下列几篇，可供参考：

（一）《关于参加中国左翼作家联盟成立大会的盟员名单》已经重大修改，请夏衍、冯乃超同志提了宝贵意见。不过他们之间在一、二具体细节上尚有不同回忆，待分函洽商。修改稿因是鲁迅研究室相约，说是要刊载第五辑上，三月发稿，出书可能在年底或明年初。

（二）《关于〈中国左翼作家联盟为国民党屠杀同志致各国革命文学和文化团体及一切为人类进步而工作的著作家思想家书〉的几种译文》，刊在1962年5月《中国现代文艺资料丛刊》第一辑。不知你能托同学抄寄我作补充修改否？[6]

（三）《记日本译印的左联五烈士的纪念集——关于〈中国小说集阿Q正传〉》原刊《中国现代文艺资料丛刊》第三辑，现已修改，不久即可在爱辉（县教师进修学校）的《学（读）点鲁迅丛刊》第二辑重登。刊出后，可再修改一下，寄给你。

（四）《鲁迅与朝华社》（言昭在我指导下写就，不久可在《南京师范学院学报》刊出，校样早已看到）拟和我以前写的《鲁迅与柔石合办〈艺苑朝华〉》二文合在一起，成为一个整体介绍《鲁迅与朝华社》的关系。

（五）《鲁迅与〈奔流〉》[7]，由言昭在我指导下执笔，写出三稿，尚得再改一次，寄你，或可先请你在《山东师院学报》上发表一下，听听意见。

（六）我去年允为你们写一篇《鲁迅与珂勒惠支》（结合我以前三篇文章再补充材料编写）至今未动笔。[8]

（七）设划（想）中有一篇《鲁迅与史沫特莱》（我有史的原书几本，已在请人译出有关材料）。[9]

对你们的关切，我是尤为欣慰的。向田仲济同志[10]问好。

祝好！

景唐

2月23日[11]

［**注**］

［1］薛绥之，先后执教山东师范学院（后为山东师范大学）、聊城大学、山东大学，资深教授，著有《鲁迅杂文选讲》《鲁迅作品教学手册》和主编《鲁迅生平资料丛抄》等。

［2］［5］薛绥之主编的《鲁迅生平资料丛抄》（山东师范学院聊城分校中文系图书馆编），为中文系学生编写的一套教学参考书，其中有《鲁迅在绍兴》《鲁迅在日本》《鲁迅在北京》《鲁迅在厦门》《鲁迅在广州》《鲁迅在上海》等，分辑编印。

［3］［4］丁言昭，丁景唐的三女儿，著有关露、丁玲、林徽因、张幼仪、陆小曼、安娥等多部女性作家传记。她写的《鲁迅与〈波艇〉》，后收入《鲁迅生平资料汇编》第4辑，天津人民出版社1983年版。《鲁迅生平资料汇编》共出版5辑，顾问李何林、唐弢、戈宝权，薛绥之主编，韩立群副主编，编委有钟敬文、丁景唐、单演义、吴宏聪等人。

［6］“文革”期间，丁景唐大量书刊遭失，因此有委托“抄寄”之说。后来拿到“发还”的《中国现代文艺资料丛刊》第1辑，在《左联名单》和《关于〈中国左翼作家联盟为国民党屠杀同志致各国革命文学和文化团体及一切为人类进步而工作的著作家思想家书〉的几种译文》两文里，丁景唐原来已经作了多处修改。

［7］［8］丁言昭的《鲁迅与〈奔流〉——纪念〈奔流〉出版五十周年》和丁景唐、王观泉合作的《鲁迅和凯绥·珂勒惠支》，均刊登于《中国现代文艺资料丛刊》第4辑“复刊号”，上海文艺出版社1979年11月出版。

［9］丁景唐珍藏的史沫特莱的签名本《大地的女儿》和纽约初版本（精

装本)、伦敦版的《中国的战歌》。笔者已另撰文述之。

[10] 田仲济，山东师范大学资深教授、副校长，兼任省作协、省文联、省社联副主席，中国现代文学研究会副会长等。著有《中国抗战文艺史》《中国现代文学史》《五四新文学运动的精神》《文艺评论集》等。1981年12月，田仲济、柯灵、唐弢、黄药眠、丁景唐等人组成中国作家团访问香港。

[11] 此信一页，在较薄纸上横写，便于复写；写的内容比较多，圆珠笔字迹小，但整洁、清晰。

[信札之八]

丁景唐致信夏衍

(1978年3月19日)

关于《左联成立大会名单》的问题

夏衍同志：

我的那篇《左联成立大会名单》曾同时征求您和冯乃超同志的意见。我在接获您的回信后，即把它改了一下，已抄了一份寄您。后来又得到乃超同志来信，他也不知道是谁向流亡在日本的郭老征求为发起人的，可能是别的同志，他的回忆中有一个补充，说是主席团中应有郑伯奇。郑伯奇是冯乃超同志把他作为创造社的代表，提出来经过研究后参加筹备委员会的，他不是党员，没有参加党内成立“左联”的会议。郑伯奇似乎以主席团身份发言的。[1]

按：《拓荒者》第三期报导“左联”成立时的主席团为鲁迅、沈端先、钱杏邨三人，没有郑伯奇，是否另有缘（原）因？您还能记得否？

还有，冯乃超同志认为，“左联”本非秘密团体，但毕竟在白色恐怖下召开的反对国民党的集会，对会议记录、发言记录都没有作好准备的，因此产生了报导数字及出席人员的准确性问题。他认为参加大会的人没有六、七十人或更多一点。对中华艺大学生并不公开，不应有一般学生参加。该校党支部参加保卫工作的也只能是极少数几个人。

至于南国社出席大会的只有田汉、黄素等以作家身份参加的。艺术剧社参加成立大会的只有沈叶沉、侯鲁史、许幸之等人也都不是演员，演员李声韵、陈波儿等肯定没有参加那天的大会。俞怀、程少怀是上海艺大学生，曾在创造社出版的刊物上发表了诗作，是以作家身份参加的。俞怀在上海艺大被封后，参加（担任）闸北区委的党的干事。

为此，我想在两种写法中选择一种，即把您同他的意见有不同处统一一下，把一般演员和学生参加这一点改掉。[2]未知尊意如何？

因为《鲁迅研究资料丛刊》就要把《左联名单》一文付排了，故请柏彬同志当面请教一下。顺致

敬礼！

丁景唐

1978年3月19日

丁景唐在另外一张薄纸上复写了一段话：

关于艺术剧社问题

我在《关于艺术剧社》一文[3]中曾提到："艺术剧社在中国戏剧运动史上具有重大的意义，首先在于它是在中国共产党领导下，第一次举起了无产阶级戏剧的旗帜，在舞台上进行了艺术的实践，而使无产阶级戏剧运动不再是革命戏剧理论上的一个口号。"

有的同志说，当时不能说是无产阶级文学或无产阶级戏剧。不知怎样提法或阐述，更为确当？[4]

［注］

［1］《左联名单》（修订稿）时确认此说。

［2］《左联名单》（修订稿）摘录了夏衍、冯乃超、许幸之信札中的重要内容。对于参加左联成立大会的盟员，《左联名单》（修订稿）表述为"除鲁迅先生、柔石、冯雪峰等几位之外，大部分是原创造社、太阳社、我们社、引擎社和艺术剧社、南国社等文学艺术团体的成员，其中有不少人是共产党员和共青团员。最初加入左翼作家联盟的有五十余人"。

［3］丁景唐的《关于艺术剧社》一文发表于《上海戏剧》1961年第5期。另见夏衍、郑伯奇、许幸之等人有关文章，载《中国话剧运动五十年史料集》第1辑（中国戏剧出版社1958年版）、《中国左翼戏剧家联盟史料集》（中国戏剧出版社1991年版）等。

［4］此信札前面有抬头和落款，3页半，另一张纸写的为一页，均在较薄纸上横写（便于复写）。丁景唐考虑到夏衍在病中，因此圆珠笔写的字比较大，类似现在印刷体的3号字体，便于辨认。

［信札之九］

许幸之的答复

（1978年4月17日）

关于“左联”成立大会名单的几点补充意见

一、关于发起人名单，和成立大会出席人名单可能有不少出入。因为当时有些发起人不在国内，或不在上海，故不可能参加成立大会。《萌芽》《拓荒者》所发表的名单比较可靠。但其中也有个别人如蒋光慈因肺病很严重未能出席，郁达夫既然在他的日记中写明当时整天在家[1]，未参加大会。名单可能是别人代他们签署的。

二、至于国民党档案中查获的名单更不可靠。其中如杜衡、侍桁等属于“现代”派文人，自然不会参加，叶灵凤属自由派文人，想来不会出席会议吧？郭老早已流亡国外，根本不可能参加。沈起予还未归国，也不能出席成立大会。[2]

三、关于出席成立大会的人数多寡问题，我比较倾向于冯乃超的回忆。因为当时白色恐怖比较严重，环境相当恶劣，不可能邀请平常很少往返、思想不一致，又不属于那（哪）个团体的成员，或尚在读书的学生，被随便邀请参加成立大会的。至于有少数学生被安排为纠察队，在会场内外保卫会场的情况是会存在的。夏衍同志回忆会场中挤满了人的情况，可能是把鲁迅先生几次到“中华艺大”演讲的情景混淆了吧？

四、关于郑伯奇代表创造社参加大会，我记得是曾经有党外人士参加的筹备大会上作出过决定的[3]（筹备会议是在北四川路窦乐安路口公啡咖啡馆楼上集会）。至于是否推郑为主席团成员，则已记不清了。

78年4月17日[4]

［注］

［1］见“书札之三”注解［1］

［2］见“书札之四”注解［6］。

［3］见“书札之六”有关条目。

［4］许幸之此答复写在两张较薄（有些透明）的纸上，没有抬头称呼，设有标题，类似撰文，有落款时间，但未签名，丁景唐后补上，以备查阅。

此答复为钢笔字手迹，横写，字迹清晰、流畅。这是王观泉应丁景唐委托前去请教后，许幸之写下的，然后委托王观泉转寄给丁景唐。

［信札之十］

丁景唐致信荣太之、陈漱渝（草稿）

（1978 年 5 月 1 日）

荣太之、陈漱渝同志：

“左联名单”一稿，根据夏衍、冯乃超、许幸之同志的意见，并参考有关资料，又作了再一次修订、补充。这次算是定稿了。稿上加了“校定稿”三字，示与十六、七年前初稿的区别，这是有必要的。

为了这次补充修订，我曾托友人王观泉同志（他从黑龙江文化局借调《美术》杂志工作）再次代我去访问了夏衍同志、许幸之同志。夏、冯、许三位老同志对出席人数，未有统一意见，所以我只好用转述的办法，把他们的意见一一写明。请你们看后，修改，有什么意见或不清楚的地方，请告。

上海文艺出版社要恢复《中国现代文艺资料丛刊》[1]，编辑方针大致和十五年前出的三辑相同，欢迎你们来稿，我乐于介绍。

78/5/1[2]

［注］

［1］上海文艺出版社出版的《中国现代文艺资料丛刊》第 1—3 辑（1962—1963 年），是由丁景唐（时在上海市委宣传部工作，后调到上海市出版局）与方行、孔罗荪主编的，得到该社领导李俊民、蒯斯曛等支持，并与周天等合作，共同克服了种种困难和阻力，抢救、搜集、保存、传播、整理和研究中国现代革命文艺史料和作品。

“文革”后，丁景唐担任上海文艺出版社社长兼总编辑、党组书记，恢复了《中国现代文艺资料丛刊》，第 4 辑为“复刊号”（1979 年 11 月出版）。

［2］此信为原件，写在一张较薄的纸上，修改多处。随后在另外纸上誊写清楚，寄出。

后　记

2020 年 3 月 2 日，左联（中国左翼作家联盟）成立 90 周年。一个月后（4 月 25 日）是我的父亲丁景唐诞辰百年之日。本书便成为一个特殊的礼物，虔诚地献给以上两者，以此缅怀左联作家和父亲等研究左翼文学的前辈。

左联成立 30 周年前后，1961 年 7 月，父亲根据夏衍讲述的有关资料，查找了一些资料，整理写成《关于参加中国左翼作家联盟成立大会的盟员名单》（以下简称《左联名单》），并请夏衍校阅此文草稿，后发表于《中国现代文艺资料丛刊》第 1 辑（上海文艺出版社 1962 年 5 月出版）。

“文革”后，1977 年至 1978 年，父亲为了修定、补充《左联名单》一文，曾征求多人意见。父亲生前精心保存了与夏衍、冯乃超、许幸之等人一些来往信札，以及父亲亲笔修改《左联名单》的“征求意见稿”“修定稿”，其中夏衍审阅的批语手迹，弥足珍贵。经过大半年反复修改、补充《左联名单》，父亲将其收入自己主编的《中国现代文艺资料丛刊》第 5 辑（上海文艺出版社 1980 年 12 月出版），此年正是左联成立 50 周年。

父亲生前用王观泉的老伴鲁秀珍（《北方文学》主编）提供的《北方文学》特大信封，装进了夏衍等人信件等资料，用毛笔蘸着红墨水，在上面写着“左联名单”，以备此后参考使用。笔者从一堆堆的杂乱报刊中，偶尔翻检出，惊喜不已，于是整理成文，收入本书附录之二。此文得到当事人之一陈漱渝先生的热情帮助和指点，受益匪浅，在此表示衷心感谢，

为了“配套”，笔者又撰写了《左联与中国著作者协会》，作为本书附录之一，读者可以参照翻看，也许有所启示。

时间过得真快，可敬可爱的父亲去世两年多了，每次翻看他遗留下的有关书刊，都会有新的发现，上面都有他的批注，红色、蓝色、黑色的笔迹，

叠印着父亲在灯下写作的身影。那时每当夜深人静时，母亲已经在一旁的大床上侧身睡着了，父亲面前总是一大堆写不完的稿纸，右手前方放着一杯浓茶，茶叶几乎占据半杯，各种笔横七竖八搁置在书桌兼饭桌上，他的外衣搭在椅子背上，四周是永远理不清的杂乱书刊。父亲的浓厚宁波腔无声无息地印在批注文字里，他有时特地画个红圈，以示重视。这些简短批注似如一颗颗闪光的珍珠，不经意中放射出神奇的光芒，悠闲地穿越岁月，奇妙地串联起各种文史资料，令人看了豁然开朗，新的思路喷涌而出。

笔者在整理父亲的旧书刊时，找出一本《文坛史料》（上海中华日报出版社 1944 年版），署名杨之华，但是并非是瞿秋白夫人，而是抗战时期日伪政府的“文化汉奸”。如今网上流传的编者“张冠李戴”，将两个同名同姓的人物混为一谈，以讹传讹，令人匪夷所思。

《文坛史料》收入“鲁迅先生的遗札三封”，除了一封是写给林语堂之外，另外两封信，却不知何时写给何人，也不知是否伪造的，各种版本的《鲁迅全集》也未收入。笔者撰文时留下一条尾巴：“对此，将另撰文述之。”

几个月后，笔者翻开父亲曾主持的影印本之一《海风周报》（太阳社蒋光慈、钱杏邨主编），第 3 期刊登李白裕写的《介绍鲁迅先生的做人秘诀》（以下简称《秘诀》），这是一篇“奇文”，令人咋舌，并引申出许多疑问。笔者联想到《文坛史料》收入“鲁迅先生的遗札三封”，以及父亲有关的批注，便撰写一文，作为本书收入的《太阳社“四处出击”的〈海风周报〉》附录，感兴趣的读者不妨瞄几眼。

笔者撰写本书时，刚完成《鲁迅“远离”的左联刊物《世界文化》一文，翻检其他旧书刊时，发现笔者的旧作刊登于《上海鲁迅研究》第 4 辑，同时刊登的还有《〈世界文化〉第二期的发现及其他》。猛然想起父亲藏有《世界文化》第 2 期，立即钻进闷热的阁楼里。爬上跳下，大汗淋淋，昏头昏脑，最终还是没找到，沮丧不已。上网查询后，求助女儿，请她在网上购买此刊物。

左三层，右三层，包装得严严实实，《世界文化》第 2 期终于到我手边。该刊扉页上盖有圆形蓝色公章，刻字很清晰，即为“人民文学出版社上海分社藏书”。一旁还有红色的长方形图章，字迹比较模糊。上面编号为 300773，一旁为滚动的蓝色时间印章：1964. 9. 16。显然这是从出版社图书室流传出去。其源头却是“文革”前父亲主持影印了两批 40 余种 20 世纪 20 年代末、30 年代初的革命文学期刊，这得到当时上海新文艺出版社（上海文艺出版社的前身）领导李俊民、蒯斯曛等支持并与周天合作。

真所谓“山不转水转”，《世界文化》第 2 期“回归”到我家，父亲在天之灵也会感到欣慰。

经过一番初步研究，才搞明白这期的“来龙去脉”，并对于此刊发表的杨之华的小说《隔离》第 1 节，产生了一种“奢望”，希望得到上海鲁迅纪念馆的热情帮助，提供此小说的全文，结果如愿以偿。非常感谢该馆的领导和有关部门负责人和工作人员，让杨之华的小说时隔 70 多年重见天日，由此弥补了笔者和父亲丁景唐等同人长期研究瞿秋白、杨之华夫妇的缺憾。

笔者曾撰写《瞿秋白与杨之华》（中国社会出版社 2013 年版），并与陈福康合作撰写《杨之华评传》（上海社会科学院出版社 2005 年版），讲述瞿秋白、杨之华夫妇患难与共的经历，以及杨之华一生的光辉历程。但是，《杨之华评传》问世前后遭到了刁难、排斥、阻扰、诋毁，呜呼！如今能看到杨之华的文学创作的最后句号——长篇小说未完稿《隔离》，重现天日，填补了一个重要空白，成为《瞿秋白与杨之华》的一种“续文”，这种欣慰之情，那些所谓阿 Q、阿 D 远亲们不屑一顾，因这其中没有“油水可捞”。

本书的内容比较精彩，填补了许多研究领域的“空白”，挖掘的大量新史料，揭开了另一个左翼文学史书的一角，令人惊喜和深思。

本书各章基本按照刊物创办时间排列顺序，最后一章《〈光明〉“跨界”综合性，高擎“国防文学”旗帜（上）》篇幅很长，只好分为 10 个小节，其中 6 个小节是《光明》“戏剧专号”，内容比较精彩。此后，陆续刊登《光明》后面几个部分，敬请诸位谅解。

本书写作过程中得到许多热心人的帮助，解决了无数的难题。我发短信给戴建国老师，希望得到援助。次日，他刚回沪，立即查询资料库。原来我只要一片树叶，他却给我一片树林，任我挑选，尽情观赏。他和姚要武老师曾分别写了《穿越岁月的文学刊物和作家》前三集的书评，给予热情鼓励和指点。但是，我没有时尚酒肆的招牌，推荐未果，在此说声对不起。

自从父亲去世后，笔者一直处于“四脚朝天”的紧张、忙碌状态，赶写了一年，今年春节后，刚交出百万字的文稿，接着赶写此书稿，“煎熬”了半年，终于完成草稿——向父亲的在天之灵交出的又一份功课，希望能赶上左联成立 90 周年纪念活动。人很累乏，眼睛时而模糊，甚至叠影，但看看挂在墙上的父母遗像，一切都值了。

对于撰写《穿越岁月的文学刊物和作家（四）》，笔者深有感触。由于各种因素和条件限制，这4集中有许多不尽如人意之处，此后设法弥补。待时机成熟之后，笔者再归纳、梳理、提高，完成有关专著，包括《穿越岁月的文学刊物与作家》丛书的索引本，这也是不成文的“潜规则”。

多年前，常州瞿秋白纪念馆曾举办“丁氏父子学术讨论会”，也是唯一一次，我有幸和父亲同时参加并发言。即将迎来左联成立90周年，老父亲仙逝了，笔者“子承父业”，简要谈谈《“多元化”冲破左联史研究的“瓶颈”》，如下：

改革开放之后，史学界迅猛产生了“井喷”的壮观，出现了大批有价值的著文，开创了朝气蓬勃的新局面。众多资深学者终于宣泄了长期被压制的郁闷心情，尽情一吐为快，迎来了学术生命的“第二春”。

但是，随着市场浪潮席卷每个角落，加之复杂因素，史学界不可避免地深受“浮躁”顽疾的侵蚀，在专题断代史、历史人物和重大事件等研究方面逐渐产生了不同程度的“瓶颈”状态，严重影响了新世纪的深入研究。其表现特点众所周知，不再赘述。

对于二三十年代左翼文艺运动史（包括左联史）的研究，家父丁景唐等前辈以渊博的知识、扎实的功底、严谨的学风，奠定了良好的研究基础。改革开放后，他们又以新的姿态、新的活力，继续从事自己钟爱的研究事业。我们作为后学者应该以“多元化”的思路和方式，冲破左联研究的“瓶颈”，这是传承薪火——对于史学界前辈的最好回报。

一、以多学科的思维方式，改变直线性、机械性的思维方式。左联史是二三十年代左翼文艺运动史的重要组成部分，牵涉到中共党史、中国现代文学史、中国戏剧、电影、美术史和中国现代社会学史、中国现代美学史等多种学科。左翼文艺运动的许多重要人物多才多艺，兼有数职，或作家、文学理论家、社会学家、戏剧家、美术家、教育家、藏书家等。

因此，必须不断地开拓思路，将多学科的研究思路和成果运用于左联史研究，使其成为一种边缘学科，然后辐射于其他学科，互为流动，互为促进，互为提高，实现“双赢”效果。如中共党史与现代文学史研究相结合，现代美学史与左翼（进步）文艺作品研究相结合，国际文学潮流与中国左翼文艺运动史研究相结合等，努力推出各种音调的“双重奏”，抛砖引玉，启迪思维，给人耳目一新的感觉。决不能让一个倾向掩盖另一个倾向，应当运用多学科的视角、思维方式分析、研究，才能得出新的观点，挖掘出更多的新史料。

二、改变狭窄、扫描式的表层化研究，注重第一手资料的“文本主义”，钻进去，跳出来，以多层次、多元化的思路，开拓研究新天地。

过去依赖手工抄写的烦琐方式，极大地限制了研究的深度、广度、高度，加之历次政治运动的冲击，严重遏制了灵活思维、独立思考的空间，不免出现了许多狭窄、扫描式的表层化研究和成果。

如今进入大数据的信息化现代高科技时代，极大地开阔了研究的视野，为提高研究层次提供了便捷、快速的有利条件，改变了过去依赖手工操作的单一模式。但是，由于市场经济大潮等复杂因素产生的各种不利影响，在新的历史条件下又重新回到原来起点，即进行仓促、简单、省事的表层化研究，浅尝辄止，普遍不愿意投入精力查找第一手资料，而是采用各种自以为聪明的快速方式，折射出普遍的浮躁心态。

我们在传承前辈薪火时，更应该弘扬他们的严谨学风和执着精神，然后充分借助现代科技的手段，扩大信息量，去伪存真，筛选梳理，归纳提高。

三、以新的宏观与微观相结合的研究方式，继续挖掘新史料，夯实新的基础，提升研究层次。

在以上两点的基础上，逐渐建立新资料库，进行筛选梳理，整合新老资源，形成新的宏观与微观相结合的研究方式，努力填补大量该领域的研究空白。

四、梳理新时期的普及与提高的辩证关系，充分利用现代科技手段，主动适应新时代的宣传需求，积极扩大影响，大力弘扬左联精神。

左联时期，瞿秋白等人已经提出普及与提高的辩证关系，当今如何把左联精神与时代精神相接轨，如何把左联研究的各种成果普及于大众，在普及中提高，在提高中普及，这是摆在我们面前的一个很重要的课题，也是一个时代挑战。除了传统的纸质平面传媒之外，还应该充分利用现代科技手段，借助多元化电子传媒的强大力量，与时俱进，积极、主动跟上大数据的当代潮流。

“以左联精神宣传左联”，积极参加和迎接建党百年的盛大纪念活动。

本书如有遗珠之憾或有误之处，敬请有识者指正。撰写过程中，得到陈漱渝、何瑛、吕俊、顾良辉、蔡佳仙、徐淼、王锡荣、陈福康、乐融、何昊佩、朱圣斌、但颖、王璐、戴建国、姚要武、李良倬、李良吾、亚男等人提供的各种热情帮助，此书稿承蒙中国社会出版社陈贵红等同人的认真校改，在此表示由衷的感谢。